Steve Alten

EL ÁNGEL DE LA MUERTE

Steve Alten es natural de Filadelfia y licenciado
por Pennsylvania State University. Autor de varios
bestsellers de *The New York Times*, actualmente
vive con su familia en Boca Ratón, Florida.

D1539165

EL ÁNGEL DE LA MUERTE

EL ÁNGEL
DE LA MUERTE

Fin de los días

Steve Alten

Basada en una historia de Steve Alten y Nick Nunziata

Traducción de Alfredo Gurza

Vintage Español
Una división de Random House, Inc.
Nueva York

Dedicada con amor a mis maestros
Eliyahu Jian,
Yaacov Bourla
y Chaim Solomon

Índice

PRIMERA PARTE
OSCURIDAD

SEGUNDA PARTE
FIN DE LOS DÍAS

TERCERA PARTE
EL INFIERNO SUPERIOR

CUARTA PARTE
EL INFIERNO INFERIOR

QUINTA PARTE
TRANSFORMACIÓN

Reconocimientos

Con enorme orgullo y aprecio reconozco a quienes han contribuido a la finalización de *El Ángel de la Muerte. Fin de los Días.* El concepto de esta serie nació hace cinco años en sesiones de lluvia de ideas con mi amigo y colega escritor Nick Nunziata. Luego de una excursión de tres días por Manhattan, en la que "caminamos en los zapatos de nuestros personajes", armamos una pauta que a la larga se convertiría en un libreto cinematográfico. Si bien el libreto era sólido, creo que ambos supimos instintivamente que había una historia aún más profunda que contar. Dieciséis meses después comencé a escribir la novela que ahora tienen ustedes en sus manos, sin saber que sería una travesía de dos años, la cual no habría completado sin la perspicacia y creatividad de Nick. *El Ángel de la Muerte* sigue siendo nuestra creación.

Mi aprecio sincero a Cristóbal Pera, Wendolín Perla, Alfredo Gurza y la gente maravillosa de Random House Mondadori en México. Mi gratitud y aprecio a mi editor Lou Aronica, de Fiction Studio (laronica@fictionstudio.com), cuyos consejos fueron siempre certeros, y a mi agente literario Danny Baror, de Baror International, por su continuada amistad y dedicación. Gracias también a su incansable asistente Heather Baror.

Un agradecimiento especial a Erik Hollander (www.HollanderDesignLab.com) por su impresionante ilustración de la portada, y al artista John Toledo, quien debe haber invocado de ultratumba a Gustave Doré para crear los dibujos de las páginas interiores. Gracias también a la publicista Lissy Peace, de Lissy Peace and Associates, junto con los lectores-editores Barbara Becker y Michael McLaughlin.

Mi gratitud extrema a dos individuos que son la definición de la palabra *patriota*. En primer lugar, el abogado Barry Kissin, quien continúa luchando contra los molinos de viento de la injusticia en su empeño por proteger a la humanidad, revelando un programa secreto de armas biológicas de los Estados Unidos que nos amenaza a todos. En segundo lugar, el capitán Kevin Lasagna, un veterano con 18 años de servicio, cuya experiencia en el adiestramiento de soldados contribuyó a dar autenticidad a los pasajes militares incluidos en el viaje del protagonista. En honor de Kevin y para todos mis seguidores en las fuerzas armadas, quiero decir lo siguiente: los temas de esta novela pueden ser interpretados como antibélicos, pero no son antisoldados. En ese sentido, no he vacilado en abordar el lado oscuro de asuntos que debemos llevar a la luz... por el bien de todos.

Un muy cordial agradecimiento a mis maestros de la Cábala, Eliyahu Jian, Yaacov Bourla y Chaim Solomon, junto con toda la familia Berg: Rav Philip S. Berg, su esposa Karen, y sus hijos Yehuda y Michael, quienes han logrado popularizar una sabiduría de cuatro mil años de antigüedad y cuyos libros y enseñanzas han influido de manera tan profunda en mi vida, mis escritos y en los personajes de este libro. Por último, a mi alma gemela Kim, a nuestros hijos y a mis padres, por su amor y su tolerancia de las largas horas que mi carrera literaria implica.

STEVE ALTEN
www.SteveAlten.com

Nota del autor

El martes 5 de mayo de 2009, aproximadamente a las 8:15 p.m., me hallaba vegetando en el sillón, recuperándome de una jornada entera de escritura de *El Ángel de la Muerte*, descansando para editar el texto a medianoche. Mi hijo de seis años dormía en mi cama y mi hija de 15 estaba recibiendo una asesoría escolar en casa de una vecina.

Trabajaba desde hacía dos largos años en la novela que ahora tienen en sus manos, haciendo investigaciones extensas al tiempo que abrazaba un recién descubierto sentido de la espiritualidad. Según mis cálculos, me faltaban sólo dos semanas de escritura y me emocionaba estar en la recta final de un libro que contenía un mensaje que yo creía sinceramente podía cambiar la vida de las personas.

Lo que no podía saber era que en cuestión de minutos la realidad irrumpiría, acercándome peligrosamente a la historia que estaba escribiendo.

A menos de ocho kilómetros de distancia, mi esposa y alma gemela acababa de entrar a una tienda de comida saludable ubicada en un pequeño pasaje comercial cerca de nuestro hogar. Mientras hablaba con un empleado acerca de la mercancía, dos hombres armados, con capuchas y pasamontañas, entraron a la tienda. Uno de ellos apuntó su pistola a la cabeza de mi esposa...

Diariamente ocurren cosas malas a gente buena. Tragedias acontecen a las familias. Buscamos un sentido, cuestionamos a Dios. Nuestra fe es puesta a prueba. Dos años antes me habían diagnosticado el mal de Parkinson, a la edad de 47 años. No había antecedentes familiares. Nunca culpé a Dios; simplemente le agradecí que no fuera algo peor. Habiendo tantas personas que sufren en este mundo, ¿cómo podía autocompadecerme?

Esa noche, mientras yo estaba sentado en el sillón cavilando el destino de mi protagonista, mi esposa había sido tomada como rehén, atada de brazos y piernas con cinta adhesiva, mientras esos dos hombres perpetraban un acto de maldad que puso la vida de ella en sus manos. Después de robarle el bolso y sus joyas, así como el contenido de la caja fuerte de la tienda, los asaltantes armados se marcharon. Llegó la policía. Mi esposa me telefoneó, llorando histérica. Gracias a Dios, nadie en la tienda resultó lastimado.

Fue una mala noche, pero desde luego pudo haber sido mucho peor. Este libro habla del bien y el mal, de las decisiones que tomamos y de por qué estamos aquí. Abreva de la sabiduría de un texto de 2000 años de antigüedad que literalmente decodifica el Antiguo Testamento, brindando explicaciones científicas acerca de la existencia y la espiritualidad, sin el fardo del dogma religioso. Mi esposa me había involucrado en estos estudios un año antes, lanzándome a mi propio viaje espiritual. La información que me fue revelada en libros y conferencias aportó respuestas a preguntas sobre la vida y la muerte tan sencillas como asombrosas, pero tan claras que instintivamente yo sabía que eran ciertas. También me resultó evidente que *El Ángel de la Muerte* debía ser algo más que un simpe *thriller*. Y sin embargo, si los acontecimientos de aquella terrible noche de martes hubiesen resultado de otra manera, tal vez ustedes no estarían leyendo este libro ahora.

Quisiera ser de otra opinión. Quisiera creer que mi fe habría permanecido inalterada si mi esposa hubiese sido asesinada y que, a la larga, habría terminado el libro en la misma luz en que fue concebido originalmente. Pero de igual modo podría haber enfurecido y quemado el manuscrito en un arranque de ira, no habiendo aprendido nada de mis estudios, ni del viaje de mi protagonista a través del infierno.

Por fortuna, mi esposa resultó ilesa y me fue evitada la dura prueba del dolor. Tras una breve pausa, *El Ángel de la Muerte* quedó terminada; mi propio viaje espiritual adquirió un nuevo propósito.

¿Cómo debo interpretar los sucesos del 5 de mayo de 2009? ¿Dios intervino? ¿La fe de mi esposa la salvó? ¿Simplemente corrimos con suerte? ¿El incidente fue una recompensa o un castigo por algún acto pasado? He aprendido que causa y efecto son deliberadamente confusos para así garantizar el libre albedrío; de otro modo, seríamos animales actuando para nuestro amo.

Pero quién sabe, tal vez un día el hombre que apuntó un arma a la cabeza de mi alma gemela lea esta novela y adquiera las herramientas espirituales que necesita para transformar su propia vida.

Eso sería lindo.

De cualquier modo, estoy agradecido porque ustedes están leyendo el libro. Espero sinceramente que les brinde luz y entendimiento para su vida, tal como escribirlo lo hizo para mí.

STEVE ALTEN,
doctor en Educación

La tierra aparecía también corrompida ante Dios y la tierra estaba colmada de violencia. Dios contempló la tierra y vio que estaba corrompida, pues toda la carne se había corrompido sobre la tierra. Y Dios le dijo a Noé: "El fin de toda la carne ha llegado ante mí, pues la tierra está colmada de violencia por obra de ellos. Y mira, los he de destruir junto con la tierra".

Génesis

Los lugares más ardientes del infierno están reservados para aquellos que en épocas de gran crisis moral se mantienen neutrales.

DANTE ALIGHIERI, *La Divina Comedia: Infierno*

Prólogo

Le dolía el brazo izquierdo desde que despertó. Comenzó como un dolor sordo, gestado en lo profundo del hombro sobre el que solía apoyarse al dormir todas las noches, pues reservaba el brazo derecho para abrazar a su esposa. Al presionar con las palmas de las manos la gruesa pared de cedro en la ondulante oscuridad, su bíceps izquierdo comenzó a palpitar. El viejo gruñón lo ignoró, como ignoraba casi todo. Con la edad resultaba más fácil. No así con la juventud. El orgullo había vociferado contra las indiscreciones de las masas; mientras más había hablado, más había sido apaleado. Pero, bueno, había cosas peores que el dolor físico. Las palabras producían heridas más profundas que cualquier acero.

La Voz lo había llamado en su desdicha. Le había prometido un alma gemela. Hijos. Un pacto fue sellado. El marginado ya no estaba solo.

Rodeado por la oscuridad y el mal, el hombre justo se había aferrado a la Luz nutritiva. Cuando se propagó la mancha de la corrupción, se llevó a su familia al desierto. Pero la Voz se hartó de la maldad y las inmoralidades sexuales. Y cuando la Voz le dijo cuál era su tarea, se comprometió a sí mismo y a sus hijos sin vacilación.

No podía ignorar nunca a la Voz.

Pero cuando los años se convirtieron en décadas y el desprecio de los hombres renombrados tramó contra su hogar, la certeza del hombre menguó, no porque no confiara en la Voz sino porque llegó a aborrecer a los mancillados cuyos pecados, impulsados por el ego, habían cambiado de manera tan abrumadora el curso de su propia vida, presagiando el Fin de los Días.

El tiempo y la tarea le robaron la juventud. Sus hijos trabajaban a su lado, se casaron y formaron sus propias familias. Él continuó en la brega, renunciando a la comodidad en aras de la devoción. A los años de madurez siguió un desánimo terminal. Al anidar la vejez en sus huesos, menguó el recuerdo del pacto y su paciencia hacia la Voz se oscureció gradualmente, tornándose tolerancia y, en ocasiones, resentimiento. Lo que nunca advirtió fue que estaba siendo puesto a prueba, que su falta de compasión hacia los malvados había manchado su alma, sellando para siempre el destino de sus enemigos... y el suyo propio. Comenzó en el gris de una pesada mañana invernal. Lluvia helada. Pertinaz. Al cabo de dos días se desbordaron los ríos. Luego de 15 días, el valle quedó sumergido. El diluvio convirtió en siervos a los acaudalados e hizo anclas de su oro. Los repentinamente desposeídos de un hogar huyeron a tierras más altas. Exigieron admisión en su navío, pero el anciano se negó. Con el paso de los días ofrecieron compartir con él sus riquezas mal habidas. Cuando el mar se elevó hasta tocar el horizonte, le suplicaron.

El anciano persistió en su negativa. Tras toda una vida de humillación y sufrimiento era demasiado tarde para una reconciliación.

Amenazaron con incendiar su santuario, y con ello sellaron su suerte. La ladera de la montaña hizo erupción. La tierra fundida hizo hervir las aguas. En la oscuridad de su santuario oyó los gritos desesperados de los condenados... y su satisfacción cedió ante el sentimiento de culpa. Agobiado por esa carga, se ungió a sí mismo como la auténtica víctima; al hacerlo, se excusó mentalmente de toda responsabilidad relacionada con el caos, dando así por descontada su propia inacción y cualquier transformación que tuviera que soportar.

Pasó el tiempo. La Tierra fue bautizada. Él se afanaba con el culto cotidiano. Mantenía a sus animales. Su alma permanecía intranquila y mancillada.

La vela parpadeó al aproximarse, su luz parcialmente velada por las partículas de polvo del establo arremolinadas en el aire. Apareció el rostro de su alma gemela. Su tono de voz era de amonestación:

—¿Y por qué se esconde mi esposo en el establo?

Con dificultad procuró ignorar la sensación quemante que irradiaba desde su antebrazo izquierdo hasta los dedos.

—Baja la voz, que él podría oírte.

—¿Quién podría oírme? ¿El Bendito?

—El Ángel de la Muerte. Acércate... cuidado con la llama. Pega el oído al cedro y dime si se halla cerca de aquí.

Inquieta pero curiosa, la mujer se arrodilló junto a la pared y escuchó. La cubierta media estaba al nivel del agua; el barco se mecía suavemente y ella podía oír el mar golpeando contra el crujiente casco del navío. Aguardó largo rato. El calor sofocante de ese rincón encerrado la hacía transpirar.

Y entonces la sintió... Una presencia fría que se filtró por sus frágiles huesos, aniquilando la calidez. Los animales también la sintieron. Los caballos se agitaron. El ganado se apretujó en un corral contiguo.

Y después, algo más aterrador: el débil sonido de algo que raspaba, la guadaña metálica del ente sobrenatural probando la madera.

Turbada, la anciana se puso de pie de un salto, dejando caer la vela. La llama halló la paja, de las chispas el incendio se irguió como un demonio infernal.

Despojándose de su túnica, el anciano intentó sofocar a la bestia, pero sus débiles esfuerzos sólo lograron multiplicarla.

Su esposa recuperó la compostura, corrió hasta un bebedero, metió una vasija de barro al agua y, vertiéndola, sometió el fuego. De las cenizas se elevó vapor, dispersándose por el recinto. El humo de madera espesó el aire.

La anciana abrazó a su esposo desnudo en la oscuridad; sus pulsos acelerados latían en sincronía.

—¿Por qué nos acecha la muerte?

—*La presión se desploma, 60 sobre 40. Apresúrense con esa arteria braquial, necesito administrarle Dobutrex antes de que lo perdamos.*

El anciano balbuceó, confundido por las voces desconocidas que repentinamente comparten su cabeza.

Su esposa lo sujetó de los hombros y lo sacudió para que volviera al momento presente.

—¿Por qué nos acecha la muerte?

Apartó la mano de la mujer de su palpitante hombro izquierdo. La intensidad del dolor iba en aumento.

—La negatividad del hombre ha convocado al Ángel de la Oscuridad... Ronda la tierra sin ataduras. No temas: mientras permanezcamos ocultos no podrá hacernos daño.

—Tu brazo... ¿sucede algo malo?

—*¿Seguro que fue un AEI (artefacto explosivo improvisado)? Mira la piel que cuelga de lo que queda de su codo: la carne se derritió.*

El anciano se separó de los brazos de su esposa y gimió. Su brazo izquierdo de pronto irradiaba un calor abrasador.

—*La arteria está cerrada. Comiencen con el Dobutrex. Bien, ¿dónde está la maldita sierra para hueso?*

—*Creo que Rosen la estaba usando para rebanar su carne asada.*

—¿Qué tienes?

Grita en su agonía; la sangre abandona su rostro arrugado.

—*La carne... ¡se le escurre del hueso!*

—¿*Cómo está su presión sanguínea?*

—*90 sobre 60.*

—¿Te quemaste el brazo en el incendio?

—No. Me empezó a doler desde antes que los gallos se despertaran para gritonearle al día.

—Dime qué hacer. ¿Cómo te puedo ayudar?

—Dame alguna herramienta para cortar.

—Me estás asustando. Déjame traer a nuestro hijo...

—No hay tiempo... ¡Aaah!

—*Pongámosle otra unidad de sangre antes de cortar el brazo. Enfermera, sea un ángel y sostenga esa radiografía. Quiero amputar aquí, justo debajo del inicio del tendón del bíceps.*

El viejo gruñón se desplomó. Su esposa se arrodilló junto a él en la oscuridad ondulante. El ruido de arañazos era cada vez más fuerte.

—¡Dime algo! Por favor, mi amor... ¡despierta!

—*Doctor, está despierto.*

El soldado abrió los ojos y vio luces brillantes y unos desconocidos con mascarillas y batas quirúrgicas. El dolor era enceguecedor, su brazo izquierdo era carne destazada, la agonía competía con el dolor pulsante en su cráneo maltratado.

La anestesia fue un baño fresco para sus terminales nerviosas. Sofocado el pánico, cerró los ojos y se sumergió en el sueño.

Desde el otro extremo de la sala de operaciones en Bagdad, la Parca contemplaba al soldado estadounidense malherido como a un viejo amigo... a la espera.

Primera Parte

OSCURIDAD

El mal no existe, o por lo menos no existe en sí mismo. El mal es simplemente la ausencia de Dios. Es como la oscuridad y el frío, palabras creadas por los seres humanos para describir la ausencia de luz y de calor. Dios no creó el mal. El mal es el resultado de lo que ocurre cuando el ser humano no tiene el amor de Dios presente en el corazón. Es como el frío que llega cuando no hay calor o la oscuridad que llega cuando no hay luz.

ALBERT EINSTEIN

Julio

En algún punto del callejón el tono gris de la mañana es violado por el mecanismo hidráulico de un camión de basura. Un perro responde desde un patio cercado. Un autobús escolar maniobra arrojando un eructo de emisiones, en su trayecto a la YMCA local.

En la casa sin niños del final de la calle, la mujer de cabello color manzana acaramelada ronca suavemente sobre una almohada de plumas. Su subconsciente se niega a ser perturbado por el despertar del vecindario. Su vejiga cosquillea, pero ella permanece en el sueño.

Mary Klipot se aferra al sueño como alguien que no sabe nadar se aferra al bote volcado en un mar tempestuoso.

En su sueño desaparece el vacío. En su sueño, su padre no es un desconocido y su madre drogadicta siente remordimiento por haberla abandonado. En su sueño hay un hogar y un lecho tibio. Galletas de chispas de chocolate y besos de buenas noches que no saben a tabaco. El aire tiene la dulzura de las lilas y las paredes son de una blancura jovial. Hay recámaras privadas y duchas y maestras que no son monjas. No hay habitación insonorizada en las mañanas de miércoles y sábados, nada de correas de cuero ni aspersiones de agua bendita, y ciertamente no hay un padre Santaromita.

En su sueño, Mary no es especial.

Mary la especial. La huérfana con el coeficiente intelectual alto. Lista, pero peligrosa. Satanás es la vocecita en tu cerebro que te dice que le prendas fuego al gato, que será divertido. Salta del alféizar, sobrevivirás. Dios falta en esos momentos. Los frenos de un camión desbocado. El médico con el estetoscopio helado le da un nombre: epilepsia del lóbulo temporal, y escribe una receta.

El padre Santaromita cree que sabe más. Los exorcismos semanales se prolongan hasta que Mary cumple ocho años.

Ella toma la medicina. El coeficiente intelectual constreñido rinde dividendos. Cuadro de honor en el colegio parroquial. Una beca universitaria. Se gradúa en microbiología en Emory y en John Hopkins. El futuro luce dorado.

Claro que hay "otros" desafíos. Fiestas y condiscípulos. Cervezas y drogas. La pelirroja introvertida con ojos metálicos color avellana es bonita en un estilo "parque de casas rodantes", pero no es una chica fácil. A Mary la especial la apodan *la Virgen María*. La abstinencia la marca como una marginada. *Vamos, Mary. Sólo los buenos mueren jóvenes.* Mary muere 100 muertes. Tiene dos empleos para poder costear su propio apartamento. El aislamiento es más fácil.

Sus excelentes calificaciones le abren puertas. El trabajo de laboratorio le ofrece la salvación. Mary tiene talento. El Departamento de Defensa le da una cita. El Fuerte Detrick la necesita. Buen sueldo y beneficios gubernamentales. La investigación es desafiante. Luego de algunos años será asignada al laboratorio de contención del Nivel 4, donde podrá trabajar con algunas de las sustancias biológicas más peligrosas del planeta.

La vocecita asiente. Mary acepta el empleo. La carrera definirá una vida menos vivida.

Con el tiempo, los sueños cambian.

El descubrimiento había sido desenterrado en Montpellier. El equipo arqueológico a cargo de la excavación requirió de los servicios de una microbióloga con experiencia en el manejo de agentes exóticos.

Montpellier está a 10 kilómetros del Mediterráneo. Es una ciudad empapada en historia y tradición, rondada por una pesadilla compartida por todo el continente euroasiático.

La excavación arqueológica era una fosa común que se remontaba a 1348. Seis siglos y medio habían disuelto órganos y carne, dejando una maraña de huesos. Tres mil hombres, mujeres y niños. Los cuerpos habían sido arrojados apresuradamente por sus agobiados seres queridos, cuyo dolor había pasado a segundo plano ante el pánico.

La peste, la Muerte Negra.

La Gran Mortandad.

Trescientas personas diarias habían muerto en Londres. Seiscientas diarias en Venecia. Devastó Montpellier, matando a 90% de los habitantes. En unos cuantos años, la Muerte Negra redujo la población del continente de 80 a 30 millones, en un área en que el transporte estaba limitado al caballo y el pie.

¿Cómo pudo matar con tanta eficiencia? ¿Cómo se propagó tan rápido? El jefe de la excavación era Didier Raoult, un profesor de medicina de la Universidad Mediterránea en Marsella. Raoult descubrió que el tejido hecho pulpa hallado dentro de los restos de las dentaduras de las víctimas de la peste, preservadas en muchos de los cráneos desenterrados, podía aportar evidencia de ADN que quizá por primera vez resolvería el misterio.

Mary se puso a trabajar. La culpable era *Yersinia pestis*: la peste bubónica. Una pestilencia salida del infierno. Dolor extremo. Fiebre alta, escalofríos y verdugones. Seguidos por la hinchazón de los bubos: protuberancias negras, del tamaño de pelotas de golf, que aparecían en el cuello y las ingles de las víctimas. Más adelante, los órganos internos infectados se colapsaban y a menudo se desangraban.

Una rima infantil del siglo XIII da indicios impactantes de la rapidez con que la Muerte Negra se propagó: *Hacemos la ronda en torno al rosal, en el bolsillo un ramillete; ¡achú, achú!, todos caemos al piso.* Un estornudo y la peste infectaba un hogar y luego toda la aldea, exterminando a las víctimas inadvertidas en cuestión de días.

Impresionado con su labor, Didier Raoult le dio a Mary un obsequio de despedida: una copia de unas memorias inéditas recientemente descubiertas, escritas durante la Gran Peste por el cirujano personal del papa, Guy de Chauliac. Traducido del francés, el diario detalla la casi erradicación de la especie humana por obra de la Gran Mortandad entre los años de 1346 y 1348.

Mary regresó al Fuerte Detrick con el diario de Chauliac y muestras de la asesina de 666 años de antigüedad. El Departamento de Defensa se sintió intrigado. Dijo querer protección para los soldados estadounidenses en caso de ataque biológico. Mary Louise Klipot, de 31 años, fue ascendida y colocada a cargo del nuevo proyecto, llamado Guadaña.

En menos de un año, la CIA se hizo cargo de los fondos y Guadaña desapareció de los registros.

Mary despierta antes de que suene la alarma. Su estómago gorgotea. Su presión sanguínea desciende. Apenas llega a tiempo al excusado.

Mary lleva una semana enferma. Andrew le aseguró que era una simple gripa. Andrew Bradosky era su técnico del laboratorio. Treinta y nueve años. Con el encanto de un colegial, de buen ver. Mary lo eligió entre un grupo de empleados no porque estuviera calificado para el trabajo, sino porque le resultaba transparente. Incluso sus intentos de establecer una relación social fuera del trabajo estaban calculados para obtener un ascenso. El viaje a Cancún el pasado abril fue una diversión bienvenida; sólo accedió cuando él aceptó sus reglas de celibato. Mary se estaba reservando para el matrimonio. Andrew no estaba interesado en casarse, pero era como una golosina para los ojos.

Mary se viste rápidamente. La ropa quirúrgica de algodón simplificaba sus elecciones de atuendo. La ropa holgada era la mejor decisión para estar en la sala BSN-4, con el traje ambiental que debía usar durante largas horas.

Pan tostado y mermelada era todo lo que su estómago alterado podía tolerar. Esta mañana iría a ver al médico del departamento. No era que quisiera ir, pero estaba enferma y el procedimiento estándar para trabajar con agentes exóticos requería revisiones de rutina. Camino al trabajo intentó tranquilizarse, diciéndose que probablemente era sólo una gripa. *Andrew podría tener razón. Hasta un reloj descompuesto da la hora correcta dos veces al día.*

Detestaba esperar. *¿Por qué relegaban siempre a los pacientes a salas de examen antisépticas con camastros acojinados, cubiertos de papel, y viejos ejemplares de* Golf Digest? *Y estas batas para examen... ¿alguna vez había usado una que le quedara bien? ¿Necesitaba que le recordaran que debía bajar de peso?* Juró ir al gimnasio después del trabajo y enseguida descartó la idea. Tenía demasiado que hacer y Andrew estaba atrasado en sus tareas, como de costumbre. Consideró incorporar a otro técnico, pero la inquietaban los posibles rumores.

Se abrió la puerta y entró Roy Katzin. La expresión del médico era demasiado jovial para ocultar malas noticias.

—Bueno, hicimos toda la gama de pruebas, con las máquinas más sofisticadas que se pueden comprar con el dinero de los contribuyentes, y creemos haber detectado el origen de tus síntomas.

—Yo ya sé qué es. Es la gripa. El doctor Gagnon la tuvo hace unas semanas y...

—Mary, no es la influenza. Estás embarazada.

Toda enfermedad procede de la ira.

ELIYAHU JIAN

Agosto

El reloj del tablero, que se había paralizado a las 7:56 a.m., de alguna manera dio un salto a las 8:03 a.m. en el instante que había tardado la conductora de la minivan Dodge, una mujer de cabello castaño intenso, en maniobrar entre el tráfico de los carriles en dirección sur de la Vía Rápida Major Deegan.

Ya estaba oficialmente retrasada. Logró incrustarse en el carril derecho, detrás del trasero de un autobús Greyhound que iba fumigando el ambiente con monóxido de carbono. Los dioses de la hora pico se burlaron de ella: un vehículo tras otro la rebasaban por la izquierda. Valiéndose de la única herramienta disponible en su arsenal, oprimió el volante con las dos manos, esperando que el bocinazo cimbrara los nervios de la vaca metálica que pacía frente a ella.

En vez de eso, la música de su teléfono celular de manos libres se animó y dio paso a una voz masculina tipo zen, con un rítmico acento hindú, que la saludó diciendo:

—Buenos días. Gracias por esperar. ¿Puede informarme con quién hablo?

—Leigh Nelson.

—Gracias, señora Nelson. Por razones de seguridad, ¿puede decirme el apellido de soltera de su madre?

—Deem.

8:06 a.m.

—Gracias por esa información. ¿En qué puedo ayudarla hoy?

—¿En qué puede ayudarme? ¡Su maldito banco retuvo el maldito depósito de mi maldito esposo! ¡Rebotaron ocho cheques míos y me cobraron 35 dólares por cada uno, con lo que mi cuenta quedó gravemente sobregirada! ¡Y por eso ahora estoy enloquecida de rabia!

—Lamento lo sucedido.

—No, no lo lamenta.

8:11 a.m.

—Veo que el cheque de su esposo fue depositado el día 4.

La mujer se inclina hacia su derecha para poder ver más allá del obstáculo que representa el autobús Greyhound cubierto de manchas de carbono. La salida de la FDR Sur está a 100 metros de distancia. El estrecho carril es lo único que separa de la libertad a su vehículo atrapado. Considera la oportunidad tal como *Cool Hand Luke* mientras hacía trabajos forzados en la prisión.

Aquí dándole, jefe.

Acelera por la abertura, pero le cierra el paso un Lexus negro cuyo conductor tuvo la misma idea que ella. ¡Frenos, bocina, dedo medio!

—El cheque pasará el martes.

—¡Qué martes ni qué nada! ¿Desde cuándo retienen toda una semana un depósito de General Motors?

—Lamento las molestias. Desafortunadamente, es la nueva política del banco para todos los cheques de otros estados.

—Óigame bien. Mi esposo acaba de perder el trabajo. Su seguro de desempleo no empezará a llegar sino en cuatro semanas. Por lo menos bonifíquenme las comisiones por los cheques rebotados.

—Nuevamente lo lamento, pero no puedo cambiar las políticas del banco.

Mira, Luke, me parece que lo que tenemos aquí es un problema de comunicación.

—Yo también lo lamento. ¡Lamento que el gobierno los haya rescatado, malditos incompetentes, con 800 mil millones de dólares de nuestros impuestos!

—¿Desea hablar con mi supervisor?

—¡Seguro! ¿En qué lugar de la maldita India vive?

9:17 a.m.

La minivan Dodge repta por el tráfico provocado por una obra en construcción en la calle 25 Este. Vira al estacionamiento del hospital de la Administración de Veteranos. Queda aparcada en un ángulo garantizado para enfurecer al propietario del auto a la derecha.

La mujer ladeó de un tirón el retrovisor. Aplicó apresuradamente rímel en las pestañas de sus ojos azul-gris. Se puso maquillaje en la nariz respingada. Repasó con un labial neutro sus gruesos labios. Echó un rápido vistazo al reloj y tomó su portafolios de piel del asiento para bebé y salió de la minivan hacia la entrada de emergencias, rezando por no toparse con el administrador del hospital.

Al abrirse las puertas dobles, fue recibida por el aire acondicionado y el aroma de los enfermos. En el área de espera sólo había cupo de pie. Toses, muletas y el llanto de los niños, entretenidos con *The Today Show*, transmitido en pantallas planas montadas en la pared y aseguradas con cable de acero.

Desvió la mirada, pasó de largo frente a la recepción y las actitudes de la gente. A medio corredor se detuvo para ponerse la bata blanca de laboratorio, atrayendo la atención de un indio alto, de poco más de 40 años, que hizo un esfuerzo para recuperar el aliento.

—Disculpe, ¿cómo llego a la Unidad de Cuidados Intensivos?

La expresión desencajada de aquel hombre sofocó el impulso de ventilar su ira; por su aspecto estaba segura de que no era el empleado bancario con quien acababa de hablar. *Camisa de vestir empapada en sudor. Corbata de moño. En la pierna derecha del pantalón una banda elástica. Un académico que visita a un colega enfermo. Probablemente vino en bicicleta desde el campus.*

—Siga el corredor a la izquierda. Tome el ascensor al séptimo piso.

—Gracias.

—¡Doctora Nelson!

La voz de Jonathan Clark la hizo saltar.

—¿Tarde otra vez? Déjeme adivinar... ¿un embotellamiento en Nueva Jersey? No, espere, hoy es lunes. Los lunes son de conflicto por los niños.

—No tengo conflictos por mis niños, señor. Tengo dos hijos adorables; la más pequeña es autista. Esta mañana decidió pintar al gato con avena. Doug tiene una entrevista de trabajo, mi niñera llamó de Wildwood para reportarse enferma y...

—Doctora Nelson, usted está familiarizada con mi filosofía acerca de las excusas. Ninguna persona exitosa ha necesitado nunca una excusa y...

Su presión sanguínea aumentó un punto.

—Y nunca ha habido una persona fracasada que carezca de excusas.

—Le quitaré la paga de medio día. Ahora váyase a trabajar y no olvide que tenemos junta de personal a las seis.

Elige bien tus batallas, Luke.

—Sí, jefe.

Leigh Nelson escapó por el corredor a su oficina. Arrojó el portafolios sobre un archivero y se desplomó en la crujiente silla de madera
que estaba en perpetuo estado de desequilibrio sobre su base descen-
trada. Su presión sanguínea estaba en el punto de ebullición.

Los lunes en la Administración de Veteranos (av) eran trampas para
osos mentales. Los lunes la hacían añorar sus días silvestres en la granja
de cerdos de su abuelo en Parkersburg, West Virginia.

Había sido un verano desafiante. El sistema de salud de la av de
la bahía de Nueva York consistía de tres campus: uno en Brooklyn,
otro en Queens y el suyo en el Lado Este de Manhattan. En un intento de ahorrar lo que en realidad no eran sino unas cuantas monedas, el
Congreso había decidido que sólo podía financiar dos centros de tratamiento protésico. Y eso a pesar de dos guerras en curso y un nuevo
recrudecimiento de las hostilidades. Un millón de dólares por soldado en combate, apenas centavos para atender sus heridas. ¿Washington
había enloquecido? ¿Esa gente vivía en el mundo real?

Ciertamente no vivían en el mundo de Leigh.

Un horario más largo, el mismo sueldo. Sigue adelante como un
buen soldado, Nelson. Aguanta y repite el mantra: *Alégrate de tener empleo
todavía…*

Leigh Nelson detestaba los lunes.

Veinte minutos, una docena de correos electrónicos y media dona
después, estaba lista para revisar los archivos de pacientes amontonados sobre su escritorio. Apenas había leído la segunda carpeta cuando
Geoff Payne entró a su oficina.

—Buenos días, *Pucheritos*. Supe que quedaste atrapada en el último
tren a Clarksville.

—Estoy ocupada, Geoff. Di qué asunto te trae aquí.

El director de admisiones le entregó un archivo de personal.

—Un recién llegado de Alemania. Patrick Shepherd, sargento del
cuerpo de marines. Edad, 34 años. Otro amputado por aei, sólo que este
pobre tipo recogió el dispositivo con la mano cuando estalló. Amputación completa del brazo izquierdo, justo abajo del inicio del bíceps.
A eso añade hematomas e hinchazón en la base del cerebro, pulmón
izquierdo colapsado, tres costillas rotas y una clavícula dislocada. Sufre
todavía de accesos de vértigo, jaquecas y fallas severas de la memoria.

—¿Estrés postraumático?

—Del peor tipo. Su diagnóstico psicosocial está en el expediente. No está respondiendo a las medicinas antidepresivas y se niega a recibir terapia psiquiátrica. Los médicos en Alemania lo tenían vigilado las 24 horas por el riesgo de que se suicidara.

Leigh abrió el expediente. Echó un vistazo a la evaluación TEPT (trastorno por estrés postraumático) y luego leyó en voz alta el historial militar del paciente.

—Cuatro asignaciones: Al-Qaim, Haditha, Fallujah y Ramadi, más un periodo en Abu Ghraib. ¡Cielos! Su tanda de servicio fue un recorrido del infierno. ¿Ya le tomaron medidas para la prótesis?

—Aún no. Lee su historial personal, te resultará particularmente interesante.

Leigh pasó la vista por el párrafo.

—¿En serio? ¿Era beisbolista profesional?

—Fue lanzador de los Medias Rojas.

—Bueno, entonces tómate tu tiempo antes de ordenar la prótesis.

Geoff sonrió.

—Tuvimos suerte. Este chico habría sido el verdugo de los Yankees. En su primer año en las Mayores es un novato sensación, y ocho meses después lo mandan a Irak.

—¿Era así de bueno?

—Estaba encaminado al estrellato. Recuerdo haber leído acerca de él en *Sports Illustrated*. Boston lo reclutó en una de las rondas inferiores en 1998; nadie le daba la menor oportunidad de triunfar. Tres años después, dominaba a los bateadores en la Liga A. Los Medias Rojas perdieron a uno de sus abridores y de pronto el chico está lanzando en las Mayores.

—¿Dio el salto de la Liga A a las Mayores en una temporada? ¡Rayos!

—Al novato le corría agua helada por las venas. Los aficionados lo apodaron *el Estrangulador de Boston*. En su primer partido en las Mayores lanzó juego de dos imparables contra los Yankees; eso lo convirtió en un héroe de culto en la Nación Medias Rojas. En el segundo lanzó nueve entradas y permitió sólo una carrera limpia, pero Boston perdió el partido en la décima. Iba a enfrentar de nuevo a los Yankees a mediados de septiembre, pero ocurrió lo del 9/11. Para cuando se reanudó la temporada, él ya se había marchado.

—¿Cómo de que se ya se había marchado?

—Se esfumó. Dejó a los Medias Rojas y se enlistó en los marines… ¡el muy chiflado!

—Su biografía dice que está casado y tiene una hija. ¿Dónde está su familia?

—La mujer lo dejó. Él no quiere hablar de eso, pero algunos veteranos recuerdan haber oído rumores. Dicen que su esposa se llevó a la niña luego de que él se enlistó. Probablemente estaba enojada, ¿quién puede culparla? En vez de estar casada con un futuro multimillonario y celebridad deportiva, tiene que criar a su pequeña sin ayuda, sobreviviendo con el sueldo de un recluta. Es muy triste, pero lo vemos todo el tiempo. Las asignaciones de las fuerzas armadas no han sido nunca el ingrediente de un buen matrimonio.

—Aguarda. ¿No ha visto a su familia desde que comenzó la guerra?

—Te repito que no quiere hablar de eso. Tal vez sea lo mejor. Después de todo lo que ha sufrido, no me gustaría dormir a su lado cuando sueña con los combates. ¿Recuerdas lo que Stansbury le hizo a su esposa?

—Dios mío, no me lo recuerdes. ¿Dónde se encuentra el sargento?

—Está terminando su examen físico. ¿Quieres conocerlo?

—Asígnalo al Pabellón 27, me reuniré con él más tarde.

UNIDAD DE CUIDADOS INTENSIVOS, SÉPTIMO PISO

El cuarto olía. Bacinicas y amoniaco. Enfermedad y muerte. Una estación de paso a la muerte.

Pankaj Patel estaba parado frente a la cama de la UCI (unidad de cuidados intensivos), contemplando el rostro del anciano. El cáncer y la quimioterapia se habían combinado para extraer la fuerza vital del ser físico de su mentor. Su rostro estaba pálido y enjuto. La piel colgaba de sus huesos. Las órbitas de sus ojos estaban cafés y hundidas.

—Jerrod, lo siento mucho. Estaba en la India con mi familia. Vine tan pronto me enteré.

Jerrod Mahurin abrió los ojos; ver a su protegido lo reanimó al estado consciente.

—No… ahí no. Ven a mi lado, Pankaj. ¡Rápido!

Patel se desplazó al lado izquierdo de la cama del profesor.

—¿Qué sucede? ¿Viste algo?

El anciano cerró los ojos y reunió sus últimas reservas de fuerza.

—El Ángel de la Muerte espera mi alma al pie de la cama. Estabas demasiado cerca. Muy peligroso.

Perturbado, Patel volteó a mirar el espacio vacío.

—¿Lo viste? ¿El Ángel de la Muerte?

—No hay tiempo.

Jerrod alargó la mano izquierda hacia su protegido, la pálida piel tersa como la de un bebé, marcada por un campo minado de hematomas reveladores de una docena de sondas intravenosas.

—Has sido un alumno excepcional, hijo mío, pero esta delgada capa de realidad física que llamamos vida encierra mucho, mucho más. Todo lo que ves es una ilusión, nuestra travesía es una prueba y la estamos reprobando miserablemente. El desequilibrio está inclinando la balanza a favor del mal contra el bien, de la oscuridad contra la luz. La política, la codicia, el capitalismo de la guerra. Y sin embargo, cuanto hemos enfrentado hasta ahora son simples síntomas. ¿Qué impulsa a un ser humano a actuar de manera inmoral? ¿A violar a una mujer? ¿A sodomizar a un niño? ¿Cómo puede un ser humano cometer un asesinato u ordenar la muerte de decenas de miles… incluso millones de personas inocentes, sin una sola chispa de conciencia? Para hallar las auténticas respuestas necesitas concentrarte en la raíz de la enfermedad —el anciano cerró los ojos, hizo una pausa para tragar una mucosidad—. Está en juego una relación causa-efecto directa, una relación entre la fuerza negativa y los niveles de violencia y codicia que una vez más se han elevado para atormentar a la humanidad. El hombre sigue dejándose seducir por la gratificación inmediata de su ego, alejándonos más y más de la Luz de Dios. Las acciones colectivas de la humanidad han convocado al Ángel de la Muerte, y con él, el Fin de los Días.

La sangre bajo la piel de Patel se vasodilató, produciendo piel de gallina.

—¿El Fin de los Días? El conflicto en Medio Oriente… ¿conducirá a la tercera guerra mundial? ¿Un holocausto nuclear? ¿Jerrod?

El moribundo reabrió los ojos.

—Síntomas —tosió.

El olor no se disipó.

Buscando en la intacta bandeja del desayuno, Patel tomó con una cuchara un trozo de hielo y lo puso en la boca de su maestro.

—Tal vez deberías descansar.

—En un momento.

Jerrod Mahurin tragó el hielo ofrecido y miró a su protegido a través de las rendijas de sus ojos febriles.

—El Fin de los Días es un acontecimiento sobrenatural, Pankaj, orquestado por el Creador mismo. La humanidad… se está alejando de la Luz de Dios. El Creador no permitirá que el mundo físico sea erradicado por aquellos que obtienen fuerza de la oscuridad. Como con Sodoma y Gomorra, lo mismo que con el Gran Diluvio, Él aniquilará a la humanidad antes de que los malvados destruyan Su creación, y el acontecimiento finalizador, sea lo que sea, ocurrirá pronto.

—Dios mío.

Los pensamientos de Patel se dirigieron a su esposa Manisha y a su hija Dawn.

—Esto es importante. Después de mi fallecimiento, un hombre de gran sabiduría te buscará. Yo te he seleccionado.

—¿Me has seleccionado? ¿Para qué?

—Como mi sustituto. Una sociedad secreta. Nueve hombres con la esperanza de restablecer el equilibrio.

—¿Nueve hombres? ¿Qué se requerirá de mí?

Un hálito de enfermedad sopló de la boca de Jerrod Mahurin como un fuelle desinflado; el olor era acre y fuerte.

La reacción de Pankaj Patel fue hacerse para atrás.

—Jerrod, esos hombres... ¿pueden impedir el Fin de los Días? ¿Jerrod?

Tomando otro hielo, el pupilo lo colocó en la lengua del maestro. El agua se escurrió por la rendija de la boca del anciano.

Pasó un momento, el silencio fue roto por el sonido constante del monitor que indicaba el cese de la actividad cardiaca.

El doctor Jerrod Mahurin, la máxima autoridad europea en conducta psicopatológica, había muerto.

PABELLÓN 27

Leigh Nelson entró al Pabellón 27, una de las 12 áreas que sus colegas llamaban "una pecera de sufrimiento". Aquí todo estaba en exhibición, la carnicería, la demolición emocional, el lado horrible de la guerra que nadie fuera del hospital quería que le recordaran.

A pesar de que durante la primera Guerra del Golfo sólo hubo 14 amputados, la invasión ordenada por la segunda administración Bush fue una historia completamente diferente. Decenas de miles de soldados estadounidenses habían perdido miembros desde la ocupación de 2003 y sus cuidados a largo plazo abrumaban el ya de por sí agobiado sistema de salud; su angustia era mantenida deliberadamente oculta a los ojos del público. Y la guerra continuaba.

Se requiere de un tipo especial de profesional de la salud para trabajar día tras día en un pabellón de amputados de guerra. Las bombas dejan el cuerpo humano destrozado por marcas de quemaduras y heridas de metralla. El dolor puede ser insoportable, las cirugías pueden parecer interminables. La depresión se propaga sin trabas. Muchos de los veteranos heridos tienen poco más de 20 años de edad, algunos son adolescentes. Encarar la pérdida de un miembro y el cambio que implica en sus vidas puede ser devastador para la víctima, para su familia y para quien le brinda cuidados médicos.

De día era terrible, pero de noche era siempre mucho peor.

Leigh se detuvo ante la primera cama a su derecha, ocupada por Justin Freitas. El cabo, de apenas 19 años, había perdido los ojos y las manos 10 semanas antes, tratando de desactivar una bomba.

—Hola, doctora Nelson. ¿Cómo supe que era usted?

—Oliste mi perfume.

—¡Sí! Olí su perfume. Oiga, doc, se me cayó el control remoto de la televisión, ¿me lo puede alcanzar?

—Justin, ayer hablamos de esto.

—Doc, creo que quizá sea usted la que está ciega. Tengo manos, puedo sentirlas.

—No, muñeco. Son las terminales nerviosas que confunden a tu cerebro.

—¡Doc, puedo sentirlas!

—Lo sé.

Nelson luchó para contener las lágrimas.

—Vamos a darte unas manos nuevas, Justin. Unas cuantas cirugías más y…

—No… no más cirugías. ¡No quiero más cirugías! ¡No quiero unas tenazas! ¡Quiero mis manos! ¿Cómo voy a cargar a mi hijita si no tengo manos? ¿Cómo podré tocar a mi esposa?

La ira se encendió como un chispazo. La doctora Nelson apenas tuvo tiempo de hacer una señal para pedir ayuda antes de verse obligada a luchar con su paciente, peleando para impedirle golpear los muñones vendados de sus antebrazos contra el barandal de aluminio de su cama.

Un camillero corrió al lugar y la ayudó a sujetar los brazos de Justin Freitas con cintas de velcro, el tiempo suficiente para que ella le inyectara un sedante en la sonda intravenosa, hundiéndolo en un delirio anestesiado.

Haciendo una pausa para recuperar el aliento, la doctora Nelson hizo unas anotaciones en el expediente de Justin. Otros 16 amputados aguardaban en este pabellón. El primero de ocho pabellones.

Cada pabellón tenía su portero, un veterano de combate que conocía el pulso de sus camaradas soldados. En el Pabellón 27 era el sargento Rocky Allen Trett. Herido por una granada a propulsión ocho meses atrás, habían tenido que amputarle las dos piernas. Ahora estaba sentado en la cama, esperando para saludarla.

—Buenos días, *Pucheritos*. Llegas tarde. ¿La pequeña te ha dado mucha lata en casa?

—¿Cuál es la palabra que te gusta usar? Ha sido… desafiante. Pareces estar de buen humor.

—Mona vino con los niños.

—De acuerdo, no me lo digas. Los niños son Dustin y Logan, tu hija se llama Molly.

—Megan. Ojos azules, como los tuyos. Estupendos niños. No veo el momento de volver a casa. Escucha, ya sé que prometí no preguntar…

—Llamé de nuevo a nuestro protesista esta mañana. Me prometió que será a mediados de septiembre a más tardar.

—A mediados de septiembre.

Rocky hizo un esfuerzo para ocultar su decepción. Luego de unos instantes recuperó la compostura y señaló al otro lado del pasillo.

—No dejes de prestarle atención a Swickle. Hace un rato estaba llorando a mares. Su esposa le dio de desayuno la solicitud de divorcio. Dice que no puede soportar la idea de tener a un lisiado por esposo.

—Qué linda. Rocky, ¿qué hay del chico nuevo, Shepherd?

Rocky meneó la cabeza.

—Olvídate del protesista. Ese muchacho necesita un loquero.

—Muñeco, todos necesitamos un loquero.

Le dio un beso en la frente, le devolvió la sonrisa y se dirigió a la cama 17, una de varias áreas provistas de cortinas para dotarlas de privacidad.

—Sargento Shepherd, soy la doctora Nelson y voy a ser su…

Recorrió la cortina.

La cama estaba vacía.

El cielo de Manhattan estaba teñido de azul. Una brisa constante proveniente del East River minimizaba el hedor a hollín. Hileras de acondicionadores industriales de aire zumbaban cerca de ahí; el quejido mecánico de sus ventiladores reverberaba en el asfalto. El ruido del tráfico se sumó a la serenata siete pisos más abajo; la frecuencia de las bocinas aumentaba ligeramente al acercarse rápidamente la hora del almuerzo.

El helipuerto del hospital de la AV estaba vacío; el helicóptero de Medevac estaba en una misión.

El hombre desgarbado, de pantalón deportivo gris y camiseta blanca, caminó descalzo por el borde de concreto de 25 centímetros de anchura que rodeaba el helipuerto en la azotea. Su larga cabellera castaña volaba al viento, sus rasgos y su aspecto distraído recordaban los de Jim Morrison, el cantante de los Doors. El soldado compartía con el artista el alma inquieta, apresada en una tumba de carne.

Sentía la mano izquierda como si hubiese hundido el brazo hasta el codo en lava. El dolor era insoportable y lo empujaba al borde de la locura. *No tienes brazo, imbécil. Es un dolor fantasma... igual que tu existencia.*

Patrick Ryan Shepherd cerró los ojos; el hombre de un solo brazo invocaba los sonidos y los olores de la jungla urbana para que fluyeran hacia el agujero en su memoria...

...haciendo manar imágenes de un pasado perdido hace mucho tiempo...

La brisa es constante, el cielo está teñido de azul. El chico sujeta firmemente con los puños el bate de beisbol.

Patrick tiene 11 años, es el más pequeño de los jugadores. Brooklyn está conformado por vecindarios divididos étnicamente; el área de Bensonhurst es mayoritariamente italiana.

Patrick es irlandés, el enclenque de la camada.

Un fuereño que finge pertenecer a este lugar.

Es sábado. Los sábados se sienten diferentes de los domingos. Los domingos son más sombríos. Los domingos son de pantalones elegantes y misa. El pequeño Patrick detesta la iglesia, pero su abuela lo obliga a ir.

Sandra Kay Shepherd está discapacitada. Se cayó de una escalera en el trabajo. Tiene 61 años y es diabética. Depende de la insulina. Doce años antes, el segundo esposo de Sandra la abandonó sin dar ninguna explicación.

La madre de Patrick murió de cáncer de pecho cuando él tenía siete años.

El padre de Patrick está preso; cumple el cuarto año de una sentencia de 25 por homicidio cometido al conducir un vehículo en estado de ebriedad.

Dos fuera, las bases están llenas, sólo que no hay bases. La primera y la tercera son autos estacionados. La segunda es una alcantarilla. El home *es una caja de pizza.*

El pequeño Patrick vive para estos momentos. En estos momentos ya no es el enclenque. Ya no es diferente. En estos momentos, Patrick puede ser el héroe. Michael Pasquale está en el montículo, lanzando. Tiene 13 años y ya ha sido humillado dos veces por el niño. El italiano hace el primer lanzamiento a la cabeza de Patrick.

Patrick está listo. Retrocede un paso y golpea la pelota de hule con el palo de escoba. Es un hit *que pasa zumbando la oreja izquierda del lanzador. La bola rebota entre varios automóviles estacionados antes de desaparecer.*

—¡Se fue por la alcantarilla! Es un doble de terreno por regla. Ve por ella, Shepherd ("pastor") alemán.

—Querrás decir Shepherd irlandés.

Patrick gime mientras los muchachos mayores lo escoltan a la base de concreto. Las reglas del beisbol callejero son simples: el que batea la pelota debe ir a recogerla.

Dos chicos levantan la cubierta de la alcantarilla, desatando un hedor capaz de inducir el vómito. El líquido fangoso está metro y medio más abajo. Gary Doroshow, que suele traer un rastrillo de metal, hoy está con sus padres en Coney Island.

—Baja, Shepherd.

—¿Seguro que cayó ahí? Ni siquiera la veo.

—¿Me estás llamando mentiroso?

—Pon tu trasero de piojo allá abajo.

Patrick desciende, escalón por escalón, jalando el cuello de la camiseta sobre su nariz para protegerse del hedor abrumador de la mierda líquida.

El cielo azul desaparece de pronto, la tapa de la alcantarilla resuena al ser colocada en su sitio.

—¡Oigan!

Las risas sordas hacen que el corazón de Patrick lata a toda prisa.

—¡Oigan! ¡Déjenme salir!

Empuja la cubierta de hierro con el hombro, pero no logra moverla bajo el peso de Michael Pasquale. A su derecha hay una pequeña abertura entre la acera y la calle. Intenta salir por ahí, pero se topa con las patadas de varias zapatillas deportivas.

—¡Déjenme salir! ¡Auxilio! ¡Abuela, ayúdame!

Siente una arcada y vomita el desayuno sobre el fango pestilente.

El sudor corre por su rostro. Está mareado.

—¡Déjenme salir, déjenme salir!

Lo acomete el pánico, no puede respirar. La adrenalina convierte sus hombros en arietes; arremete contra la tapa de la alcantarilla. La fuerza de sus golpes desequilibra momentáneamente a Michael Pasquale, pero la resistencia es rápidamente reforzada por el peso de un segundo niño.

Se siente desfallecer. Se siente pequeño y asustado. El cáncer se robó a su madre, el alcohol hizo lo mismo con su padre. El deporte es el pegamento que lo ha mantenido en una pieza; sus hazañas atléticas nivelan el campo de juego de la vida. Las risas aumentan y la última onza de dignidad abandona su cuerpo.

Se prepara para soltarse de la escalerilla de metal y llenar su vacío con el abrazo de ese lodo de heces y orines.

Y entonces escucha la voz de una niña, firme y exigente. La respalda una presencia masculina de más edad.

Las zapatillas deportivas se retiran.

La tapa de la alcantarilla es levantada.

Patrick Shepherd alza la vista y mira a su ángel, enmarcada por el cielo azul.

Parece ser de su edad, pero mucho más madura. Cabello rubio, ondulado, largo y sedoso. Lo mira con sus ojos verdes.

—¿Y bien? ¿Te vas a quedar ahí abajo todo el día?

Patrick sale del desagüe a la luz, con la ayuda de un hombre en mangas de camisa con una corbata color marrón. Se ha echado al hombro su saco gris de lana.

—No es por ofender, pero necesitas conseguirte otros amigos, hijo.

—No son... mis amigos.

Patrick tose, tratando de ocultar el sollozo.

—Por cierto, fue un buen batazo. Me gustó cómo mantuviste atrás las muñecas. Procura evitar los lanzamientos que vayan fuera de la zona de strike.

—No me lanzan nada mejor que eso. Si la pasan sobre el plato puedo batearla profundo, pero perdemos demasiadas pelotas así. En realidad yo soy lanzador, pero tampoco les gusta que yo lance...

—...porque eres muy bueno, ¿no?

La chica hace una mueca burlona.

—¿Cómo te llamas, hijo?

—Patrick Ryan Shepherd.

—Bueno, Patrick Ryan Shepherd, estamos camino a casa de regreso de la sinagoga y luego iremos a la Roosevelt High a ver la práctica del equipo de beisbol. ¿Por qué no recoges tu guante y nos encuentras allá? Tal vez te permita lanzar en la práctica de bateo.

—*¿Práctica de bateo? Espere, ¿usted es el nuevo entrenador de beisbol?*

—*Morrie Segal. Ella es mi hija…*

—*…no, ni te me acerques. Apestas. Ve a casa y date una ducha, Shep.*

—*¿Shep?*

—*Es tu nuevo apodo. Papá me deja poner apodos a todos los jugadores. Y ahora vete, antes que te cambie el nombre a Pete el Apestoso.*

El entrenador Segal le guiña el ojo y se aleja con su hija.

El cielo está teñido de azul, el día de agosto es glorioso…

…el día que la vida cambió para Patrick Shepherd… el día en que se enamoró.

El hombre sin brazo izquierdo abrió los ojos. El dolor fantasma había disminuido, para ser remplazado por algo mucho peor.

Habían pasado 11 años desde la última vez que besó a la única mujer que ha amado, o que la vio jugar con su hijita. La ausencia le partía el corazón, que era como un dique a punto de reventar y dejar salir un torrente de frustración y rabia.

Patrick Shepherd aborrecía su existencia. Cada pensamiento era un veneno, cada decisión de los últimos 11 años estaba maldecida. De día sufría la humillación de una víctima; de noche se convertía en el villano, recreando sus acciones en batallas del pasado en forma de pesadillas de violencia humana que encogían el corazón, cimbraban el cráneo y destrozaban los nervios. Una realidad que ninguna película de terror podría plasmar. Y sin embargo, por mucho que se despreciara, Patrick odiaba aún más a Dios, porque era su abominable Creador, su eterno guardián indiferente, quien había llegado de noche como un ladrón y extirpado de su cerebro el recuerdo de su familia, dejando en su lugar un agujero vacío. A pesar de sus esfuerzos, Patrick no podía llenar el hueco y la frustración que sentía, la rabia; era demasiado para que un hombre pudiera soportarla.

Sujetó el borde de concreto con los dedos de sus pies descalzos. Una extraña sensación de calma bañó su ser como una marea tranquilizante. Patrick miró por última vez el cielo azul y despejado de agosto, profirió un grito primordial, gutural, que anunciaba su muerte y…

No.

Se congeló, balanceándose precariamente en un pie. La voz susurrante era varonil y familiar. Resonó en su cerebro como un diapasón. Patrick Shepherd giró la cabeza, desconcertado.

—¿Quién dijo eso?

El helipuerto vacío se burló de él. Entonces se abrió de golpe la puerta y del cubo de la escalera emergió una belleza de cabello oscuro. La bata blanca de la doctora se agitó con el viento.

—¿Sargento Shepherd?

—No me llames así. ¡Nunca me llames así!

—Lo siento —la doctora Nelson se acercó con cautela—. ¿Está bien si te llamo Patrick?

—¿Quién eres tú?

—Leigh Nelson. Soy tu doctora.

—¿Eres cardióloga?

La respuesta la tomó por sorpresa.

—¿Necesitas una cardióloga? —vio sus lágrimas, la angustia en su rostro—. Mira, tengo una regla básica: si te vas a matar, al menos espera hasta el miércoles.

La expresión de Shepherd cambió; su ira se disipó en confusión.

—¿Por qué el miércoles?

—El miércoles es el día tope. En el día tope ya puedes vislumbrar el viernes y luego viene el fin de semana, ¿y quién quiere matarse el fin de semana? No cuando los Yankees están jugando tan bien.

La boca de Patrick se retorció en una media sonrisa.

—Se supone que debo odiar a los Yankees.

—Eso debe haber sido un tremendo problema: un chico de Brooklyn lanzando para los Medias Rojas. Con razón quieres saltar. En fin, puedes llamarme doctora Nelson o Leigh, como prefieras. ¿Cómo debo llamarte?

Patrick miró atentamente a la bonita morena. Su belleza colmó momentáneamente su vacío.

—Shep. Mis amigos me llaman Shep.

—Bueno, Shep, me disponía a tomar un café y una dona. Estoy pensando en una de chocolate con relleno cremoso. Ha sido un lunes terrible. ¿Por qué no me acompañas? Podemos hablar.

Patrick Shepherd contempló su existencia. Emocionalmente agotado, dejó escapar un suspiro exasperado y se bajó del borde del edificio.

—No tomo café; la cafeína me produce jaqueca.

—Estoy segura de que hallaremos algo que te guste.

Lo tomó del brazo y condujo a su nuevo paciente al interior del hospital.

Lo que es absurdo y monstruoso de la guerra es que hombres que no tienen ninguna rencilla personal sean adiestrados para matarse unos a otros a sangre fría.

ALDOUS HUXLEY

Septiembre

—Por favor diga su nombre y ocupación para el registro.

El hombre correoso de 57 años se alisó la barba de candado marrón y habló en el micrófono con un espeso acento de Brooklyn.

—Me llamo Barry Kissin. Soy abogado. Vivo y ejerzo el derecho en Frederick, Maryland, el hogar del Fuerte Detrick.

El presidente del comité, Robert Gibbons, senador demócrata por Maryland, se inclinó hacia el micrófono para dirigirse al testigo.

—Señor Kissin, ¿podría describir en breve la naturaleza de su trabajo en cuanto atañe a la audiencia de hoy?

—Durante la última década he investigado las actividades estadounidenses en materia de armas biológicas, específicamente por cuanto toca al descarado encubrimiento del FBI de los ataques con ántrax por correo contra dos miembros del Congreso, así como los medios, en septiembre y octubre de 2001.

—¿Encubrimiento? Señor Kissin, ¿está usted sugiriendo que el FBI ha engañado deliberadamente a este comité?

—Senador, la evidencia es abrumadora. Por ejemplo: en una audiencia previa del comité, realizada el 17 de septiembre de 2008, el congresista Nadler hizo notar específicamente al FBI y a los miembros ahí presentes que sólo hay dos instalaciones en el mundo, ya no digamos en los Estados Unidos, que tienen el equipo y el personal necesarios para producir el polvo seco de ántrax recubierto de sílice hallado en los sobres dirigidos a los senadores Daschle y Leahy en 2001. Esas instalaciones son el Sitio de Pruebas del Ejército de los Estados Unidos en Dugway, Utah, y el Instituto Battelle Memorial en West Jefferson, Ohio, un contratista privado de la CIA. A pesar de numerosas solicitudes, el FBI sigue negándose a incluir esas instalaciones en su investigación.

—Señor Kissin, la cepa Ames de ántrax fue descubierta en una vaca muerta en Texas en 1981. El principal sospechoso del FBI, el difunto Bruce Ivins, experimentó con la cepa Ames como una potencial arma biológica mientras trabajaba en un laboratorio de bioseguridad localizado en el Fuerte Detrick.

—Correcto. Pero Bruce Ivins envió esa cepa a Battelle, donde el ántrax fue convertido, de la forma acuosa que había en el Fuerte Detrick, a la forma pulverizada y capaz de usarse como arma, hallada en las cartas dirigidas a los dos senadores.

—En su opinión, señor Kissin, ¿cuál fue la motivación del supuesto encubrimiento del FBI?

—En las cartas con ántrax estaban impresas las leyendas "Muerte a América", "Muerte a Israel" y "Alá es grande", un burdo intento propagandístico de hacer creer al público que las cartas fueron enviadas por terroristas musulmanes luego de los sucesos del 9/11. La administración Bush usó ese miedo para apabullar al Congreso y obligarlo a aprobar la Ley Patriota, a pesar de que la evidencia prueba de manera contundente que ese ántrax de grado militar provino de laboratorios dirigidos por nuestras propias agencias de inteligencia. La investigación Ameritrax se transformó en un encubrimiento del FBI poco después que el *New York Times* y el *Baltimore Sun* reportaran que la cepa Ames en las cartas había sido habilitada como arma, lo que significa que ese ántrax tuvo que provenir del Sitio de Pruebas de Dugway o de Battelle. A partir de ese momento, el FBI guardó un hermético silencio, eliminando cualquier referencia al proceso de habilitación del ántrax como arma, limitándose a decir que las esporas habían sido secadas. Esto permitió al FBI describir al inmunólogo Bruce Ivins como un agente que actuaba solo, para así desviar la atención lejos de Battelle y Dugway. El supuesto suicidio de Ivins en 2008 fue una manera conveniente de atar cabos sueltos y dar por cerrado el caso, antes de que la evidencia pudiera ser rastreada hasta la comunidad de inteligencia estadounidense y los laboratorios privados de Battelle. La fría y dura realidad, senador, es que los Estados Unidos se han embarcado en un programa secreto de investigación de armas biológicas que viola el tratado mundial que prohíbe dichas armas y amenaza la vida de todos los ciudadanos de este planeta. Estos programas comenzaron bajo la administración Clinton, sin el conocimiento del presidente, y luego fueron acogidos por la administración Bush, en particular por el director de la CIA, George Tenet, quien buscaba maneras de, cito sus palabras, "quebrar la columna vertebral del terrorismo biológico". A resultas de esto, tenemos ahora una serie de programas de investigación de armas biológicas, secretos y sumamente peligrosos, administrados con fines de lucro por nuestras propias agencias de inteligencia militar.

—¿Puede darnos más detalles de esos programas secretos de investigación?

—Sí, señor. Tal como lo explicó el editor científico del *New York Times* en su libro *Gérmenes*, en 1997 la CIA financió un proyecto secreto llamado Clara Visión, un programa enfocado al desarrollo de sistemas de armas capaces de propagar gérmenes biobélicos cultivados en laboratorio. El presidente Clinton nunca fue informado del programa; de hecho, sólo un puñado de funcionarios sabía de su existencia, la mayoría de ellos vinculados a la industria de inteligencia militar. Un segundo programa, el Proyecto Jefferson, dirigido por la DIA (Agencia de Inteligencia de la Defensa) en Dugway, se concentra en producir ántrax mediante la ingeniería genética. Battelle fue contratado para modificar ese ántrax, habilitándolo como arma. Las cartas con ántrax enviadas a los senadores Daschle y Leahy contenían dos gramos de este ántrax convertido en arma; cada sobre tenía más de un billón de esporas vivas por gramo, más de dos millones de veces la dosis promedio necesaria para matar a una persona. Hay que tener presente que Daschle y Leahy eran dos demócratas que obstruían la aprobación de la Ley Patriota.

Un murmullo zumbó por las salas del Senado.

—Señor Kissin, en su opinión, ¿qué tan involucrado está el Fuerte Detrick en este... escándalo?

—Senador, ésa no es una pregunta fácil de contestar. El Fuerte Detrick sirve a varios amos, incluyendo a Seguridad Doméstica y al Instituto Nacional del Cáncer. Sé de primera mano que hay muchos científicos en el Fuerte Detrick que se toman muy en serio el tratado internacional que prohíbe las armas biológicas. El problema no es el Fuerte Detrick en sí mismo; el problema es el complejo militar-industrial y su objetivo demencial de sustituir la *détente* por el dominio del espectro total de armamento. Y no dejemos de lado la variable de la ganancia en esos planes. Lo que resulta terrorífico y criminal es el hecho de que la nueva expansión de 10 mil millones de dólares del Fuerte Detrick haya sido adjudicada para su administración a Battelle, la misma organización responsable de habilitar como arma el ántrax usado en los ataques.

—Háblenos más acerca de Battelle. Sé que es una corporación privada...

—...una corporación privada que opera en conjunción con el complejo militar-inteligencia-industrial. Battelle tiene una división de seguridad nacional que ofrece los servicios de ingenieros, químicos, microbiólogos y científicos de aerosoles, apoyados por laboratorios con tecnología de punta, que realizan investigaciones en los campos de ciencia y tecnología de bioaerosoles. La división farmacéutica de Battelle, Battelle-Pharma, ha desarrollado un nuevo aerosol electrohidrodinámico que administra más de 80% de un fármaco a los pulmones, en una nube isocinética de partículas de tamaño uniforme, comparado con el 20% de eficacia de sus competidores. Aquí reitero que las esporas de ántrax usadas en las cartas estaban recubiertas con un polividrio que unía firmemente el sílice hidrofílico a cada partícula. Bruce Ivins no tenía ningún acceso a esa clase de tecnología avanzada en el Fuerte Detrick. En pocas palabras, senador Gibbons, a esto nos referimos cuando decimos que algo es habilitado como arma. Es la necesaria posproducción que permite usar un arma de bioterror contra una población numerosa, ya sea en panfletos lanzados por aviones o algún otro medio de enviar toxinas al enemigo.

—Damos la palabra al senador republicano por Ohio.

Kimberly Helms ofreció una sonrisa impertinente.

—Gracias, señor presidente. Señor Kissin, con todo el debido respeto, tengo un problema muy serio con la idea de que sus "teorías de conspiración" pasen a formar parte del registro público. Acaba de testificar bajo juramento que el FBI ha estado involucrado en un descomunal encubrimiento relacionado con el intento de asesinato de dos senadores, en ataques cuyo origen es un programa secreto de armas biológicas dirigido por nuestras propias agencias de inteligencia, sin supervisión del Congreso y ni siquiera con el conocimiento del presidente. En su afán de atemorizar al público estadounidense que está presenciando esta audiencia, se las ingenió para manchar el buen nombre de la corporación Battelle, una compañía que nunca ha sido blanco de la investigación Ameritrax. Por cuanto a mí compete...

—Todo lo que he dicho bajo juramento es verdad, senador Helms. Battelle trabajó en el proyecto Clara Visión, Battelle fue contratada para modificar genéticamente el ántrax usado en los atentados de 2001, y ahora se le paga a Battelle para dirigir los laboratorios de armas biológicas en el Fuerte Detrick. Lo que usted llama una teoría de conspiración es un hecho de conspiración. Más importante aún, a resultas de este demencial programa de operaciones ocultas pequeños laboratorios no supervisados a lo largo del país, financiados con 100 mil millones de dólares de los contribuyentes, diseñan ahora mismo, mientras hablamos, agentes que amenazan a nuestra especie y para los cuales no hay vacuna ni cura. Y si eso no lo espanta, senador Helms, entonces quizá debamos revisar si usted aún tiene pulso.

Ernest Lozano salió del edificio del Senado a un incipiente torbellino de septiembre. Había un rumor de truenos a la distancia. Al oeste, el cielo había adoptado una extraña apariencia: el celaje ondulaba a baja altura, como un mar de 15 metros, y el horizonte distante de Washington, D. C., tenía un color verde limón.

Lozano bajó uno por uno los escalones de concreto; cada paso que soportaba su peso doblaba sus rodillas artificiales. Llegó a la acera y cojeó hasta una hilera de limusinas negras aparcadas defensa contra defensa a lo largo de dos calles.

Había varios puntos de acceso al lucrativo complejo inteligencia militar-industria privada, pero los dos más efectivos seguían siendo la política y las fuerzas armadas. La carrera de Lozano había sido impulsada por estas últimas; los años que pasó en Inteligencia del Ejército le sirvieron para conocer traficantes de armas, caciques narcotraficantes y dictadores déspotas, todos ellos parte de una corriente navegada por facciones clandestinas al interior de la CIA y otras organizaciones de inteligencia. Era un escenario que no toleraba necios ni el menor sentido de la moral; sus operativos se valían del miedo y el fraude para crear nuevos nichos dentro del mercado mundial.

Lo que pocos estadounidenses entendían era que la "guerra al terror" era un gran negocio y que los grandes negocios debían ser protegidos a cualquier costo: un costo definido en términos de influenciar a los legisladores en el poder, ya sea a través de contribuciones caritativas, favores políticos o donativos de campaña. El complejo militar-industrial era mandamás y el nuevo juego en la ciudad era la guerra biológica. A diferencia de los sistemas bélicos, los fondos para la guerra biológica podían ser ocultados al público, etiquetados bajo cualquier rubro, desde Seguridad Doméstica hasta el Instituto Nacional del Cáncer, o transferidos a compañías privadas como Battelle.

Había que considerar también, desde luego, aplicaciones militares prácticas.

Para Ernest Lozano y las "Pirañas del Pentágono" con las que hacía negocios, las armas biológicas eran la ola del futuro. Refinerías de petróleo y ductos de gas natural eran bienes vitales que debían ser protegidos; sin ellos, las poblaciones morirían de hambre, las economías se colapsarían. Tanques y soldados eran rentables, pero sus recursos estaban limitados a la disponibilidad de acero y carne. Un arma biológica era limpia, rápida e indiscriminadamente letal. Además, había abundantes ganancias residuales para los aliados en la industria farmacéutica cuando llegara la hora de producir en masa una cura. La "epidemia" de gripe porcina había sido un ensayo... y un contundente éxito financiero.

Lozano caminó hasta la última limusina. Verificó la matrícula e hizo una señal a la conductora, una mujer de cabello corto y unos 40 años, cuyo suéter de cuello de tortuga apenas disimulaba su físico de levantadora de pesas y su pistola 9 milímetros.

Al igual que Lozano, Sheridan Ernstmeyer era una ex agente de la CIA. A diferencia de Lozano, Sheridan había elegido combatir en vez de ganar dinero, uniéndose al Comando Conjunto de Operaciones Especiales, un ala independiente de Operaciones Especiales, exenta de cualquier supervisión legislativa o departamental. Establecida después del 9/11, la unidad había sido utilizada como un escuadrón de asesinos para eliminar a personas percibidas como enemigas de los Estados Unidos, tanto dentro como fuera del país.

Sheridan desactivó los seguros de las puertas, permitiendo así que Lozano subiera a la limusina.

En la parte trasera, solo, se hallaba un energético hombre de 73 años. De cabello blanco y sedoso, con entradas pronunciadas sobre la frente que hacían destacar aún más los ojos de un tono azul-gris, ligeramente estirados hacia arriba a consecuencia de una cirugía plástica reciente.

Conocido en los círculos de Washington como un "intelecto despiadado", Bertrand DeBorn había establecido su imagen de tipo rudo en la década de 1970, cuando él y dos colegas asesores de política exterior de la administración Carter fueron reportados como extraviados durante un viaje de cacería de tres días en Alaska. Una misión de rescate los buscó durante más de una semana. DeBorn fue encontrado por unos leñadores "delirante, deshidratado y sufriendo de congelación" a 20 kilómetros de su cabaña de caza. Los rumores del "feroz ataque de un oso" fueron deliberadamente mantenidos en términos muy vagos; las únicas heridas comprobables eran producto de la congelación que costó a DeBorn dos dedos de cada pie.

Los restos de sus colegas, de tendencias políticas moderadas, nunca fueron recuperados.

Por las venas del asesor de Seguridad Nacional corría rancia sangre europea. De joven, el abuelo paterno de DeBorn había sobrevivido la Gran Revolución de Stalin huyendo a pie desde Siberia hasta Varsovia. Una vez llegado a Polonia fingió seguir a pie juntillas la línea del Partido Comunista, para no acabar frente al pelotón de fusilamiento. El padre de DeBorn, Vasiyl, había sido más explícito en su odio al totalitarismo. Trabajando secretamente como corresponsal en la guerra fría, Vasiyl contrabandeó cartas fuera de Polonia que detallaban las torturas a manos del régimen comunista.

A la edad de 11 años, Bertrand presenció el arresto de su padre por la policía secreta. Vasiyl DeBorn fue torturado en prisión durante seis meses y luego fue ejecutado.

Bertrand consagró el resto de su vida a combatir el Manifiesto Comunista. Sus opiniones antisoviéticas tuvieron una vasta audiencia en Washington durante las décadas de 1970 y 1980. DeBorn era demócrata, pero de línea dura, y fue uno de los arquitectos de un plan para destronar al sha de Irán con el fin de fortalecer el fundamentalismo islámico. Al suministrar armas a los mujadines, DeBorn esperaba que los guerrilleros afganos dieran a los comunistas su versión debilitante de Vietnam. Hicieron mucho más, obligando a los rusos a salir de Afganistán con una aplastante derrota. El hecho de que su plan hubiera engendrado directamente a Al Qaeda no inquietaba a DeBorn, quien lo consideraba un pequeño precio que pagar por el derrumbe de la Unión Soviética.

Una década más tarde, la Casa Blanca de Bush y Cheney utilizaría a Al Qaeda para justificar su propia "guerra al terror", una decisión que enfureció a DeBorn, quien veía en el primer ministro ruso Vladimir Putin al verdadero enemigo de la democracia. Trabajando tras el telón, DeBorn contribuyó a sellar un acuerdo con el ministro polaco de Relaciones Exteriores, Radek Sikorski, para instalar un sistema estadounidense para interceptar misiles en Polonia, una jugada estratégica diseñada para provocar a los funcionarios de Moscú. Años después haría equipo con el vicepresidente Cheney para convencer al presidente de Georgia, Mijaíl Saakashvili, de atacar a los rebeldes de Osetia del Sur mientras se realizaban las Olimpiadas de Beijing, en el verano de 2008, un acto planeado para desatar un muy publicitado contraataque ruso.

Miembro fundador de la Comisión Trilateral y del Consejo de Relaciones Exteriores, Bertrand DeBorn era un hombre empeñado en la misión de cambiar el mundo sin importar el costo. El poderoso cabildero de Washington había respaldado la candidatura presidencial de Eric Kogelo en las últimas elecciones, fungiendo como su asesor militar, ofreciendo al público las garantías que necesitaba de que el joven senador podía manejar la guerra contra el terror y al mismo tiempo llevar a su conclusión las guerras en Irak y Afganistán. Luego de pasar largas horas conversando con el candidato, DeBorn veía en Kogelo a un conservador ataviado de liberal, capaz de inspirar como John F. Kennedy pero cuyas posturas sobre política exterior podían ser manipuladas, alineando ciertas variables globales necesarias para producir el nuevo paradigma que anhelaban tanto los neoconservadores como los demócratas de línea dura desde hacía décadas: un Nuevo Orden Mundial (NOM).

Novus Ordo Mundi: un gobierno para supervisar una economía global integrada, bajo un solo sistema monetario. Un idioma: el inglés. Un código legal unificado, aplicado por una sola fuerza militar que ilumine con la luz de la justicia cada organización terrorista y cada dictadura tercermundista agazapadas hoy en las sombras de la apatía global. Para los maniáticos de las conspiraciones, el NOM representaba una pesadilla orwelliana, pero para las personas más ricas e influyentes del mundo era el único futuro que tenía sentido. Les gustase o no, la era del petróleo barato que movía la economía mundial estaba a punto de terminar, presagiando hambruna y recesión. El cambio era necesario para impedir la anarquía y garantizar la sobrevivencia del mercado... la sobrevivencia del más apto. Como un bosque desatendido, las poblaciones debían ser podadas para prevenir un incendio. Si se dejaba todo en manos de los ambientalistas y los liberales extremistas, todo acabaría reducido a cenizas, llevándose consigo a la civilización.

Y nada producía el cambio mejor que la guerra. DeBorn era un experimentado conocedor de este juego, habiendo influido en el ayatola Jomeini para que se alzara contra el sha de Irán, mediante el expediente de usar a estudiantes iraníes para que se apoderaran de la embajada de los Estados Unidos, reforzando con ello la determinación de los musulmanes, necesaria para desafiar a los soviéticos. Reagan y el primer presidente Bush habían usado la estrategia de guerra de DeBorn para provocar el conflicto entre Irán e Irak. Más recientemente, Bush II y Cheney habían creado su propia "guerra contra el terror" como pretexto para adueñarse de las reservas petroleras de Irak y asegurar un ducto de gas natural a través de Afganistán.

Ahora Bertrand DeBorn y su "comisión" instigarían una guerra completamente nueva, diseñada para engendrar su Nuevo Orden Mundial. Irán, Siria y Líbano serían derribados primero, seguidos a la larga por Arabia Saudita. Cualquier nación que se negara a participar sería sencillamente sometida o eliminada, y sus recursos confiscados, al tiempo que se ensancharían los márgenes de ganancia de compañías occidentales clave con fuertes inversiones en la guerra. La única desventaja de las operaciones de combate era que drenaban a la clase media estadounidense, pero finalmente la clase media no tenía cabida en la Nueva Economía Mundial. Como se había anticipado, el alza en el precio de la gasolina había logrado segregar aún más a las masas, separando a los que tenían de los que no, facilitando el control de la sociedad. Había que ganarse un lugar en la mesa del banquete o ser relegado a servir a la clase alta: en eso consistía la economía de la "ley de la selva".

Ernest Lozano se acomodó en el asiento trasero de la limusina y esperó a que le dirigiera la palabra.

Bertrand DeBorn siguió leyendo el *New York Times*, sin tomarse la molestia de alzar la vista.

—¿Qué tan grave es?

—Grave. Kissin exhibió a Battelle.

—Battelle se repondrá —dijo DeBorn, dirigiendo su atención a la página editorial—. Descubrirán la cura para la siguiente pandemia y sus acciones subirán como la espuma. Lo que se necesita ahora es la pandemia. ¿Viste las imágenes SAT de esta mañana?

—Seis Topol-M SS-27 de fabricación rusa, con MBI (misiles balísticos intercontinentales) móviles, cada misil con un rango de ataque de siete mil kilómetros.

—Once mil kilómetros, y fue un espectáculo "de perros y caballitos", orquestado en parte por China, el mayor comprador de petróleo iraní. El reloj sigue su marcha, señor Lozano. Necesitamos una solución biológica apropiada.

—Sí, bueno, el ántrax está descartado. Y como Battelle acaba de ser denunciada, tiene que ser algo procedente del Fuerte Detrick —Lozano revisó los archivos en su BlackBerry—. Virus del oeste del Nilo, encefalitis equina venezolana, SRAS (Síndrome Respiratorio Agudo Severo), tuberculosis, tifo…

DeBorn dobló el periódico, visiblemente alterado.

—No, no. Todas ésas son toxinas BSL-3. Necesito una BSL-4, algo que infunda en las masas el terror del virus de Marburgo o el ébola, pero que esté habilitado como arma igual que la cepa Ames del ántrax.

Lozano continuó revisando sus archivos.

—La fiebre de Lassa es Nivel 4, lo mismo que la fiebre hemorrágica Crimea-Congo. Aguarde un momento, aquí hay algo nuevo... Proyecto Guadaña. Es un contaminante BSL-4, hay un pequeño equipo de investigación y desarrollo dirigido por una desconocida, una microbióloga llamada Mary Klipot.

—Guadaña... Me gusta cómo se oye. ¿Cuál es la historia del bacilo?

—*Yersinia pestis*: la peste bubónica.

DeBorn sonrió. La Muerte Negra era una auténtica pandemia. En unos cuantos años exterminó a más de la mitad de la población de Europa y Asia.

—¿Qué descubrió la tal Klipot?

—Parece ser que hallaron el virus viviente.

—¿Quién más tiene acceso a la Guadaña?

—Además del alto mando, sólo su asistente del laboratorio, otro cerebrito de Nivel 4 llamado Andrew Bradosky.

—Llega a través de él —DeBorn reclinó la cabeza.

—¿Cuál es el plazo límite? Con todo respeto, después de hoy quizá no seamos los únicos en busca de un producto. Necesito saber la magnitud de mis recursos.

El asesor de Seguridad Nacional sujetó la muñeca izquierda de Ernest Lozano; su helada mirada azul paralizó al ex comando.

—Hay cosas en juego, amigo mío. Grandes cosas. El mundo va a cambiar. Así que gasta lo que necesites y elimina a cualquiera que se atraviese en nuestro camino. Espero estar en Teherán bombeando crudo en 18 meses. De modo que quiero que Guadaña esté habilitada como arma a principios de la primavera a más tardar. Ese es *tu* plazo límite, señor Lozano.

El hombre de un solo brazo, parecido a Jim Morrison y de mirada distante, tenía un sueño muy agitado, su mente estaba atrapada en un huracán de recuerdos reciclados.

—¿De dónde eres, novato?

—De Brooklyn.

El joven de 23 años, con el cabello recién cortado casi al rape, vestido con la camiseta y los calzoncillos del ejército, evita la mirada del oficial médico; sus ojos están pegados a la serie de vacunas que el doctor de cabello oscuro está preparando.

—Greenwich Village, prácticamente somos vecinos. ¿Tienes nombre, Brooklyn?

—Patrick Shepherd.

—David Kantor. Soy el oficial a cargo del grupo médico al que has sido asignado. Jugamos muchos partidos cuando no hay nada que hacer. ¿Juegas baloncesto?

—Un poco.

—Sí, tienes aspecto de atleta. Tenemos un equipo decente, pero la mayoría de mis cirujanos son BEP de 90 días. Nos vendría bien tu ayuda.

—¿BEP?

—Botas en el Piso. Rotan a los cirujanos cada 90 días. Bien, esta primera inyección es contra el ántrax. Te va a doler un poquito, y con eso quiero decir que vas a sentir como si te hubiera inyectado una pelota de golf hecha de lava en el deltoides. ¿Alguna preferencia?

—Sí, que no me inyectes. Espera, doc, en ese brazo no. En mi hombro izquierdo. Soy lanzador derecho.

David Kantor inyecta el elíxir en el deltoides y el fuego se enciende 30 segundos más tarde.

—¡Hijo de…!

—Ya se te pasará el ardor, pero vas a sentir ese nudo durante unas dos semanas. La siguiente vacuna es la más perra: la viruela. Aunque no lo creas, George Washington fue el primero en inocular a sus tropas contra esa enfermedad. Era un pensador de vanguardia el general. Claro que cuando digo inocular me refiero a hundir un tenedor en la llaga de un soldado enfermo y luego encajárselo a la persona que va a ser inoculada unas 12 veces con la pus. Muchos hombres de Washington murieron en el proceso, pero esa cifra fue mucho mejor que la de la enfermedad. Los británicos fueron los primeros en usar la viruela como arma biológica. ¿El brazo derecho o el izquierdo?

—El izquierdo.

—¿Seguro? Tengo que darte 15 pinchazos.

—Hazlo nada más… ¡aaay! —*Patrick frunce la cara y cuenta cada inyección en voz alta.*

—¿Te enseñaron árabe elemental?

—¿Cómo te llamas? Suelta el arma. ¿Necesitas ayuda médica? Nunca podré recordarlo.

—Ya lo irás pescando. Por supuesto que nunca te enseñan cuáles son las respuestas aceptables —el doctor Kantor termina de vendar el área—. Muy bien, Brooklyn, esto es importante: necesitas mantener esta área cubierta con una venda durante un mes. Si metes la pata te saldrán unas pústulas de viruela que te darán una comezón infernal. Además de que quizá tengamos que vacunarte otra vez. Así que no metas la pata. ¿Ya empacaste todo?

—Sí, señor.

—Asegúrate de llevar calcetines y camisetas extra, además de baterías para tus linternas y equipo de limpieza para tus armas. También compra unos Sharpies. Todo lo que no esté marcado con tu nombre desaparecerá. Consigue un rollo de paracuerda de 5-50. Es ligero y fuerte, es muy útil para tender tu ropa a secar. Y no olvides la cinta adhesiva. Repara casi cualquier cosa, y la vas a necesitar para pegar las correas de tu mochila. Los ruidos delatores producen soldados heridos. ¿Cómo te va con la armadura corporal de Kevlar?

—Es muy pesada.

—Cuarenta y cinco libras con las placas de cerámica antirrifle. Además de tu casco de combate avanzado. Más tu SVECF (Sistema de Vestido Extendido para Clima Frío): siete capas de bolsas, bolsillos y chalecos tácticos que contienen suficiente equipo para aderezar a una tropa de niños exploradores cuyo único objetivo sea la destrucción. Son muchos aparejos, pero te dará gusto tenerlos. No querrás que te vuelen el brazo…

Leigh Nelson entró al Pabellón 27 y se dirigió directamente al sargento Trett.

—¿Qué pasó, Rocky? ¿Qué lo aterrorizó?

El hombre amputado de ambas piernas se incorporó para quedar sentado en la cama.

—No lo sé. Tuvo las pesadillas de costumbre y luego enloqueció hace una hora.

—¿Amenazas de suicidio?

—No, no desde el primer día. Esto fue diferente. No olvides qué día es hoy.

—11 de septiembre…

Rocky asintió con la cabeza.

—Muchos nos enlistamos a causa de ese día. Supongo que tu muchacho también.

—Gracias, muñeco.

Lo dejó y se encaminó al sanitario del pabellón.

Había agujeros del tamaño de un puño en el muro de mampostería. Uno de los tres excusados comunitarios había sido arrancado de la pared, un espejo estaba estrellado. Dos ordenanzas habían derribado al suelo a Patrick Shepherd. Una enfermera intentaba inyectarle un sedante.

—¡Inyéctalo ya!

—Sujétenlo bien.

—¡Esperen! —Leigh Nelson se colocó de modo que su paciente pudiera ver su rostro—. ¡Shep! Shep, abre los ojos y mírame.

Patrick Shepherd abrió los ojos. Cesó de forcejear.

—¿Leigh?

La enfermera hundió la aguja hipodérmica en el glúteo izquierdo de Shepherd. El cuerpo del manco se distendió.

La doctora Nelson estaba lívida.

—Enfermera Mennella, le dije que esperara.

—¿Esperar qué? Este hombre es un anuncio ambulante del estrés postraumático. No debería estar en el AV, sino en un sanatorio mental.

—Ella tiene razón, doc —añadió uno de los ordenanzas, palpándose un golpe sobre la ceja izquierda—. Este tipo es un toro. A partir de ahora tendré siempre a la mano el *Taser*.

—Sigue siendo un veterano. Procuren recordarlo —Leigh Nelson bajó la mirada hacia su paciente inerte, cuyos nudillos de la mano derecha estaban sangrando por haber golpeado las paredes—. Regrésenlo a su cama y sujétenlo con las cintas. Manténganlo sedado el resto del día. Y, enfermera, la próxima vez que decida ignorar mis instrucciones la asignaré una semana a recoger las bacinicas.

La enfermera le puso la tapa a la jeringa y esperó a que Nelson se alejara y ya no pudiera escucharla.

—Gran cosa. Si quiere pagarme 45 dólares por hora para limpiar las bacinicas, adelante.

El ordenanza lesionado ayudó a su colega a levantar del suelo al paciente sedado.

—Hiciste bien, Verónica. La doctora tiene un mal día.

—No, no es eso —sujetó la muñeca de Patrick para revisar el pulso—. A Nelson le agrada él.

Fundada en 1754 como el Colegio del Rey por la Iglesia de Inglaterra, la Universidad Columbia era una escuela privada de la exclusiva "Liga de la Hiedra", que ocupaba seis manzanas en Morningside Heights, un vecindario ubicado entre el Upper West Side de Manhattan y Harlem.

El profesor Pankaj Patel salió del Auditorio Schermerhorn en compañía de una estudiante que representaba a la *Revista de Ciencia de Columbia.*

—No tengo mucho tiempo. ¿Dónde quieres que lo hagamos?

—Por aquí.

Lo condujo a una banca del parque. Apuntó su videograbadora del tamaño de la palma de su mano para encuadrar el rostro de Patel en el monitor.

—Soy Lisa Lewis, de la RCC, y estoy con el profesor Pankaj Patel. Profesor, ha escrito un nuevo libro, *El mal macrosocial y la corrupción de los Estados Unidos.* Tal vez podría comenzar explicando a nuestros *bloggers* qué es el mal macrosocial.

El intelectual semicalvo de 43 años se aclaró la garganta, indeciso entre mirar a la chica o a la cámara.

—El mal macrosocial se refiere a una rama de la psicología que examina los factores patológicos presentes en individuos pervertidos que, a través de la manipulación de la riqueza, afiliaciones políticas y otras agrupaciones acaudaladas, se ceban en lo que consideran la debilidad moral de la sociedad con el fin de alcanzar el poder.

—En su libro llama a esas personas psicópatas con poder.

—Correcto. Un psicópata, por definición, es un individuo que realiza una actividad anormal y carece de todo sentido de culpa. Imagina vivir toda tu vida sin conciencia... sin sentimientos de remordimiento o vergüenza, sin un sentido de preocupación por los demás. En términos de moralidad, esencialmente careces de alma y te rige el sentido de tu propio derecho de hacer a tu antojo. ¿Te preocupa ser diferente? De ningún modo. De hecho, eso lo consideras un activo, una fortaleza: eres un lobo entre los corderos. Actúas en tanto que los demás vacilan. Seguro en tu infancia te castigaron por meter al hámster en el horno de microondas o por dar de comer cohetes de pólvora a la población local de patos, pero como eres del tipo perverso, aprendiste a asimilarte, a parecer "normal", valiéndote todo el tiempo de tus tendencias sociópatas para encantar y manipular a tus prójimos. Para ti, las leyes de la sociedad carecen de significado; te riges por la ley de la selva... si quieres algo, lo tomas. Y si resulta que naciste en la familia adecuada, en la clase social adecuada, pues entonces el cielo es el límite.

—¿Qué hay de las figuras políticas? Usted de hecho menciona nombres de ambos lados del espectro político, incluyendo a cierto ex vicepresidente. ¿Le preocupa que lo demanden?

—Lo que me preocupa es un mundo dirigido por miembros del complejo militar-industrial que creen tener el derecho de matar inocentes con tal de lograr sus objetivos.

—El libro se llama *El mal macrosocial y la corrupción de los Estados Unidos*. El autor es el profesor de Columbia Pankaj Patel y yo soy Lisa Lewis de RCC en línea —la reportera apagó la cámara—. Gracias, profesor.

—Fue una buena entrevista. ¿Disfrutaste mi libro?

—En realidad sólo leí la solapa, pero estoy segura de que debe ser una gran obra.

Pankaj suspiró y la vio marcharse. El profesor cruzó la Avenida Amsterdam y se dirigió a la camioneta de almuerzos estacionada junto a la acera.

—Sí, quiero un emparedado de pavo, en pan de trigo, con lechuga y tomate...

"...y una botella de agua, seguro".

El dueño le entregó su bolsa marrón con el almuerzo acostumbrado y deslizó su tarjeta de débito.

Para recuperar tiempo perdido, Patel comió mientras caminaba rumbo a la Biblioteca Low Memorial. *Una hora de investigación y después una hora en el gimnasio antes de mi última clase. Debería llamar otra vez a Manisha. El 11 de septiembre siempre es un día difícil para ella y...*

—Profesor Patel, una pregunta rápida por favor.

Volteó, esperando ver a la reportera, y se asombró de ver una belleza asiática de veintitantos años. Vestía un traje negro y una gorra de chofer.

—¿Cuántas letras tiene el nombre de Dios?

La descarga de adrenalina pareció electrificar los poros de su piel.

—Cuarenta y dos.

La chica sonrió.

—Venga conmigo, por favor.

Sintiéndose repentinamente aletargado, la siguió al otro lado de la calle, a una limusina aparcada ahí. Le temblaban las piernas. Ella le abrió la puerta trasera del lado del pasajero.

—Por favor.

Inseguro, miró al interior.

El vehículo estaba vacío.

—¿Adónde vamos?

—A un sitio cercano. No se perderá su próxima clase.

Vaciló un instante y luego se subió, sintiéndose como Alicia al entrar al hoyo del conejo.

La limusina viró a la derecha en la calle 116 y de nuevo en Broadway. En dirección norte, entraron a Hamilton Heights, un vecindario de estudiantes y profesionistas étnicos que lleva el nombre de Alexander Hamilton, uno de los padres fundadores de los Estados Unidos. La conductora aparcó en la calle 135, bajó del vehículo y abrió la puerta al nervioso profesor universitario. Le entregó a Patel una llave magnética y le señaló un edificio de siete pisos del otro lado de la calle.

—Suite 7-C.

Aún dudoso, Patel tomó la llave y se encaminó al edificio de apartamentos.

El portero lo saludó con una sonrisa, como si lo estuviera esperando. Lo saludó con un gesto de la cabeza y cruzó el vestíbulo de mármol hasta los ascensores, usando la tarjeta magnética para pedir uno.

La suite 7-C estaba en el último piso. Patel salió del ascensor a una gruesa alfombra gris y a un pasillo desierto. Localizó la puerta doble de roble de la suite 7-C y abrió con la tarjeta magnética.

El condominio tenía una elegancia vacía que insinuaba el diseño asiático. Pisos pulidos de bambú conducían a ventanas de piso a techo y un balcón con vista al río Hudson. La estancia estaba decorada austeramente: un sofá envolvente, blanco, de piel, un televisor de pantalla plana y una mesa de cocina de vidrio. El costoso apartamento parecía estar deshabitado.

—¿Hola? ¿Hay alguien aquí?

Bienvenido.

La voz resonó en su cerebro, haciéndolo saltar. Miró alrededor. El cuero cabelludo le cosquilleaba. Los cabellos negros de la nuca estaban erizados.

Sigue mi expresión.

Desconcertado, pero sintiendo que no corría peligro, Patel atravesó la estancia hasta una pequeña alcoba y la habitación principal. La puerta estaba abierta, la cama *king-size* estaba tendida y desocupada. Vacilante, echó un vistazo al baño.

La tina de remolino era rectangular y en ella cabían dos adultos. Estaba llena de agua.

Acércate más.

Inquieto, Pankaj avanzó hasta quedar inclinado sobre la tina.

El pequeño hombre asiático estaba bajo el agua, tendido boca arriba en el fondo de la tina. Un paño cubría apenas su entrepierna, el color casi se fundía con el tono marfil rosáceo de su piel, tan lampiña y reluciente como la porcelana. Sus tobillos y sus muñecas estaban sujetos con pesas cubiertas de velcro; tenía los ojos abiertos fijamente, revelando pupilas opacas.

El cuerpo parecía estar sin vida. La sonrisa era serena.

Patel contuvo el impulso de huir. Mientras lo contemplaba, el lado izquierdo del pecho desnudo del hombre dio un salto, el doble latido cardiaco liberó una ola de sangre que pulsó por sus venas.

Increíble. ¿Cuánto tiempo lleva bajo el agua?

Poco más de una hora.

Patel emitió un grito ahogado.

—¿Cómo es que...?

Cerró los ojos y replanteó la pregunta, diciéndola sólo en su mente esta vez. *¿Cómo es que puede comunicarse telepáticamente conmigo?*

A través de extensos estudios y la disciplina adquirida con el tiempo, he logrado acceder a todas las dimensiones de mi cerebro. Percibo que se siente incómodo. Espéreme en la habitación, por favor. Tardaré sólo un momento.

Pankaj salió del baño y cerró la puerta tras de sí. Hizo una breve pausa, lo suficiente para oír un extraño rumor.

El profesor fue corriendo a la estancia, seguro que el asiático había levitado desde la tina.

Apareció 10 minutos después, vestido con un conjunto deportivo gris de la Universidad Columbia, medias blancas y unas zapatillas Adidas.

—¿Así es menos desconcertante?

—Sí.

El asiático fue al refrigerador y tomó dos botellas de agua, con una etiqueta verde adornada con una figura de 10 puntas y la marca Agua Pinchas. Le dio una a Patel y se sentó frente a él en el sillón.

Patel miraba fijamente la piel de aquel hombre, que parecía compuesta enteramente de queratina, la sustancia proteínica fibrosa que se encuentra...

—...en las uñas. Sí, mi piel es ligeramente diferente de la suya, profesor. Quienes han llegado a conocerme me han dado el nombre afectuoso de *el Mayor*. Sé que tiene muchas preguntas. Antes que le brinde las respuestas, comencemos con una deducción simple. ¿Por qué está aquí?

—Mi maestro, Jerrod Mahurin. Antes de morir me dijo que un hombre de gran sabiduría me buscaría. ¿Es usted ese hombre?

—Esperemos que lo sea. ¿Qué más le dijo?

—Que yo debía remplazarlo en una especie de sociedad secreta... nueve hombres que esperan restaurar el equilibrio del mundo.

—Nuevamente, esperemos que así sea —el asiático sorbió un trago de agua y cerró los ojos opacos, su rostro sereno como un estanque en un día sin viento—. Poco se sabe de la Sociedad de los Nueve Desconocidos. Nuestra historia se remonta más de 22 siglos, al año 265 a.C. y a nuestro fundador, el emperador Asoka, el gobernante de la India, nieto de Chandragupta, un líder guerrero que recurrió a la violencia para unificar a su nación. Asoka tuvo su primera probada de la batalla cuando su ejército asedió la región de Kalinga; sus hombres destazaron a 100 mil combatientes extranjeros. Se dice que el espectáculo de la batalla mortificó al emperador; el absurdo derramamiento de sangre lo movió a renunciar a la guerra para siempre.

Patel lo interrumpió, emocionado:

—Aprendí sobre Asoka en mis tiempos de colegial en la India. El emperador se convirtió al budismo, adoptando la *Conquista de Dharma*, los principios de una vida justa. Predicó el respeto a todas las religiones. La práctica de virtudes positivas.

El Mayor asintió con la cabeza.

—La transformación de Asoka propagó la paz por todo su imperio, así como al Tíbet, Nepal, Mongolia y China. Fue un cambio drástico para la dinastía Mauryan, pero eso no fue suficiente para su último emperador. Si bien el budismo ofrecía la posibilidad de la iluminación, lo que Asoka deseaba era el conocimiento de la existencia: ¿cómo surgió el ser humano?, ¿cómo puede unirse al Creador?, ¿cuál es el auténtico propósito del ser humano en este mundo?, ¿por qué parece tener una inclinación a cometer violencia y actos de maldad? Y sobre todo, Asoka quería saber qué hay afuera, más allá del mundo físico... más allá de la muerte.

"Para hallar estas respuestas, Asoka reclutó en secreto a nueve de los sabios más renombrados de Asia, los más grandes consejeros, científicos y pensadores de la Tierra. A la Sociedad de los Nueve Desconocidos le fue encomendada la tarea de buscar la verdad acerca de la existencia.

Cada miembro era responsable de su corpus de información asignado en un texto sagrado, de modo que el conocimiento adquirido pudiera ser entregado a un aprendiz digno de salvaguardar la información.

"El emperador Asoka falleció en el año 238 a.C., sin haber obtenido las respuestas que ansiaba. Su liderazgo sería echado de menos; durante los siguientes tres siglos, la India sufriría una serie de invasiones, cayendo bajo la tutela de gobernantes extranjeros. Pero la búsqueda de los Nueve habría de continuar.

"En el año 174 d.C., un hombre llamado Gelut Panim, descendiente de sangre del emperador Asoka y uno de los miembros nombrados del linaje de los Nueve, escuchó un extraño relato acerca de un hombre en Palestina que podía caminar sobre el agua y sanar a los enfermos. En busca de la sabiduría de ese hombre, el tibetano viajó a la ciudad de Jerusalén, pero sólo para enterarse de que había llegado demasiado tarde; el hombre santo, conocido como Rabí Juan ben José, había sido sometido a suplicio hasta la muerte por los romanos."

—Estás hablando de Jesús.

—Correcto. Panim descubrió que muchas de las enseñanzas de Jesús provenían de su estudio de la Cábala, una antigua sabiduría transmitida por Dios al patriarca Abraham, quien la encriptó en el Libro de la Formación. Moisés adquirió el conocimiento en el Monte Sinaí, pero los israelitas no estaban preparados para él y su energía permaneció sepultada en las tablas originales. Durante los siguientes 14 siglos, los sabios judíos mantuvieron oculta la antigua sabiduría, codificada en arameo, la lengua original de la Tora.

"Los romanos habían prohibido estrictamente el estudio de la Tora dentro de Jerusalén. Luego de desollar vivo al gran cabalista Rabí Akiva, los romanos se fueron tras el resto de sus discípulos. Un hombre, Rabí Shimon bar Yohai, logró escapar al norte de Israel con su hijo. Los dos santos varones permanecieron en Galilea, escondidos en una cueva en las montañas. Dedicaron los siguientes 13 años a decodificar la antigua sabiduría, que finalmente transcribieron en el Zohar, el libro de los esplendores.

"Fue alrededor de esa época cuando Panim llegó al Mar de Galilea y a la ciudad de Tiberio, donde se enteró de que Rabí Shimon acababa de descender de la montaña. Cuando por fin encontró al Rabí, le ofreció una pequeña fortuna a cambio de compartir la sabiduría que había adquirido, pero el maestro se negó. Al advertir que había insultado a un santo varón, Panim ordenó a su séquito marcharse, donó su oro y sus camellos a los pobres y se abstuvo de probar alimento hasta que el cabalista hubiera reconsiderado. Durante los siguientes ocho días siguió al Rabí a todas partes hasta que se desmayó, próximo a la muerte. Impresionado por el recién hallado sentido de la humildad del asiático, el maestro llevó a Panim a su hogar y le dio de comer, instruyendo a su nuevo discípulo para que se reuniera con él en la siguiente luna llena, en una cueva donde él enseñaba la antigua sabiduría a los sabios sobrevivientes de Rabí Akiva.

"Si bien el conocimiento del Zohar fue destinado a todos los hijos de Dios, la humanidad simplemente no estaba preparada para comprender conceptos como el *Big Bang* o los átomos, ya no digamos el auténtico propósito de la existencia humana en el universo físico. Así, el Zohar permaneció oculto hasta el siglo XIII.

"Gelut Panim regresó a Asia décadas más tarde. Era un hombre cambiado. Convocó a la Sociedad de los Nueve en el Tíbet, dividió la antigua sabiduría en varios textos sagrados y asignó un campo de estudio a cada miembro. El noveno texto se ocupaba de lo místico; sus enseñanzas desafiaban las leyes de la física, abrevando en las dimensiones superiores para habilitar a la mente con el objeto de imponerse a la materia. Tan poderosa y peligrosa era esta área del conocimiento que Gelut Panim consideró que lo mejor sería que él mismo salvaguardara ese libro sagrado de sabiduría.

"Y así sucedió que los Nueve tomaron los caminos, propagando sus enseñanzas donde sentían que el conocimiento sería más provechoso. Platón y Pitágoras llamaron a la antigua sabiduría *Prisca Theologia*. Aristóteles, Galileo y Copérnico fueron miembros de los Nueve, junto con Alexandre Yersin, el bacteriólogo francosuizo del siglo XVIII que recibió el conocimiento del libro de microbiología para poder desarrollar una cura para la peste bubónica. Isaac Newton adquirió un ejemplar del Zohar para su uso personal y se apoyó en él como referencia científica. Albert Einstein usó la antigua sabiduría para proponer su teoría de la relatividad.

"La Sociedad de los Nueve Desconocidos anhelaba emplear la antigua sabiduría para mantener el equilibrio entre el bien, la Luz del Creador, y el mal, que es la oscuridad provocada por el ego humano. Conforme a la antigua sabiduría, cuando la balanza de la humanidad se incline por fin hacia la Luz, entonces la plenitud y la inmortalidad serán la heredad de todos. Pero cuando la negatividad pese más que las fuerzas positivas, el Ángel de la Muerte rondará la tierra libremente una vez más, en un tiempo conocido como el Fin de los Días. Según está escrito en el Zohar, esta época de la existencia humana comenzó en la Era de Acuario, en el día 23 de Elul, en el año hebreo de 5760, introducida por 'una gran ciudad altiva, de incontables torres derrumbadas en llamas, cuyo estruendo habrá de despertar al mundo entero'. La fecha conforme al calendario gregoriano es el 11 de septiembre de 2001."

Patel sintió que se elevaba su presión arterial.

—El 11 de septiembre no fue un evento sobrenatural; fue una falsa conspiración patriotera que involucró a lunáticos empeñados en reescribir a cualquier costo el mapa del Medio Oriente.

El Mayor sonrió con los ojos.

—El hecho de que usted así lo crea no lo vuelve verdadero. Es brillante, pero sigue atrapado en el 1% de la existencia que llamamos *Malchut*, el mundo físico de caos y dolor, guerra y pestilencia, muerte y miedo. En su libro más reciente culpa al psicópata por el 11 de septiembre, barriendo a quienes lo hicieron posible bajo una gran carpa a la que etiqueta como el mal macrosocial.

—Yo soy psicólogo. Entender las raíces del mal es justamente el objetivo de la psicología.

—Y sin embargo, nada cambia. El asesinato y el genocidio continúan, a pesar del advenimiento de las drogas y el abarrotamiento de las prisiones. Tal vez usted esté observando las raíces del árbol equivocado.

Haciendo un esfuerzo por mantener la calma, el profesor respiró profundamente, exhaló y mostró una falsa sonrisa.

—Continúe, lo escucho.

—No, está oyendo con el ego. Ha formulado un juicio sin haber escuchado una frase. Permanece engañado por sus cinco sentidos, los cuales son manipulados a su vez por el oponente… el Satán —el Mayor pronunció la palabra *Sa-tahn*, enfatizando la separación entre las dos sílabas.

Patel sintió que se le agotaba la paciencia.

—Con todo el debido respeto, no vine para que me diera una cátedra de la versión budista de David Blaine. Por lo que mi maestro me dio a entender, su sociedad podría contribuir a extirpar la corrupción, identificándola para las masas…

—…al tiempo que buscando la justicia.

—Dos guerras, un billón de dólares, un millón de vidas inocentes robadas. ¿Qué tiene de malo un poco de justicia?

—La justicia ocurrirá para cada uno de nosotros cuando dejemos este plano de la existencia. Su búsqueda es impulsada por el ego... el yo. No puede experimentar la justicia y la genuina felicidad; la búsqueda de la justicia lo hará desdichado.

Esto debe ser una prueba... me está poniendo a prueba.

La vida es una prueba, profesor Patel. El dolor y el sufrimiento, el caos y el mal, existen para ponernos a prueba.

Patel rechinó los dientes.

—Detesto que pueda oír mis pensamientos.

—Ése es su ego hablando. Las respuestas que busca están allá afuera, pero nos las han escondido deliberadamente.

—¿Por qué? ¿Por qué deben estar ocultas todas las respuestas?

—Porque nosotros le pedimos al Creador que las ocultara.

—No entiendo.

—Ya lo entenderá con el tiempo. Por ahora hay preocupaciones más inmediatas. Como mencioné, cuando una masa crítica caiga en la cuenta de que todos somos hermanos y hermanas, el mundo será transformado y recibiremos la inmortalidad. El péndulo, sin embargo, se mece en ambas direcciones. Hay tiempos en que la conciencia negativa de la humanidad llega a estar tan expandida que la oscuridad afecta cada elemento del mundo físico. Cuando el deseo de odiar pesa más que el deseo de amar y la guerra se impone a la paz, el Creador realiza una purga general. La última vez que esto ocurrió a escala global fue en tiempos de Noé. Nosotros creemos que otro evento sobrenatural podría estar muy próximo, tal vez en el solsticio de invierno...

—...el 21 de diciembre, el día de los muertos —Pankaj Patel tragó saliva con dificultad—. Mi esposa Manisha es una nigromante: una persona que se comunica con almas atormentadas. Manisha me ha dicho cosas, advertencias del mundo espiritual acerca del Fin de los Días.

—Pero usted se ha negado a escuchar. Ha abrigado dudas.

—Desafortunadamente, soy un hombre de ego.

—Nunca es demasiado tarde para cambiar.

—Voy a tratar de cambiar. En cuanto a los Nueve... remplazar a mi maestro, lamento no ser digno todavía de semejante honor.

El Mayor asiente.

—Recuerdo el día que conocí a tu mentor. Fue en la China comunista, poco después de que él fuera arrestado y torturado por las fuerzas oscuras, las mismas a las que habría de consagrar su vida para iluminarlas con la luz de su conocimiento. Fue más que un hermano para mí; era un amigo digno de confianza. Y como todos nosotros, cometió errores.

"Hay un dicho: 'Te deseo que vivas en tiempos interesantes'. Algunos lo interpretan como una bendición, otros como una maldición. Yo prefiero verlo como una oportunidad para un gran cambio. Noé vivió en tiempos interesantes, un tiempo de gran maldad y egoísmo, donde imperaban los rasgos más oscuros y bárbaros del ser humano. El Creador hizo un pacto con ese hombre justo y sólo entonces aniquiló a los perversos de la faz de la Tierra. Abraham también hizo un pacto, y Sodoma y Gomorra fueron destruidas. Lo mismo con Moisés. En cada generación del mal, un hombre justo ha sido elegido y puesto a prueba, cada desafío diseñado para robustecer el sentido de espiritualidad y de certeza del elegido, cada pacto hecho entre el ser humano y el Creador ha conducido a la destrucción del mal. Han pasado miles de años; el ciclo se ha repetido numerosas veces, culminando en esto, el Fin de los Días. Si esta vez habrá una salvación, sólo podrá ser hallada en la Luz. De fracasar, la oscuridad imperará sobre la Tierra, llevando a la aniquilación global y a la muerte de más de seis mil millones de personas."

El miembro más prominente de los Nueve se puso de pie y el profesor lo emuló.

—Pankaj Patel, ¿juras por tu alma y por todo lo sagrado salvaguardar el conjunto de conocimientos que está a punto de ser puesto bajo tu cuidado?

—Por mi alma, lo juro.

—¿Juras mantener y honrar la secrecía y santidad de la Sociedad de los Nueve Desconocidos, so pena de tortura y muerte?

—Por mi alma, lo juro.

—¿Juras aportar al conjunto de conocimientos que has jurado salvaguardar y a su debido tiempo reclutar a un sucesor calificado?

—Por mi alma, lo juro.

El monje asiático dio un paso al frente y colocó sus manos con carne de queratina sobre la cabeza de Pakaj Patel.

—Necesito establecer una conexión con tu biorritmo, enlazando tu ADN con el nuestro. De esta manera, reconocerás a tus hermanos cuando sus senderos se crucen y las fuerzas oscuras no podrán penetrar nunca nuestro círculo íntimo. Es posible que sientas una ligera descarga eléctrica.

El profesor saltó cuando una oleada de energía recorrió su espina dorsal primero y luego distalmente por toda su anatomía a través de sus terminaciones nerviosas.

—Pankaj Patel, te doy la bienvenida a la Sociedad de los Nueve Desconocidos. Desde este día hasta tu último serás conocido entre tus hermanos como el Número Siete. Que el Creador santifique tu aceptación con sus bendiciones y mantenga a ti y a los tuyos en la Luz.

—Gracias, Mayor, por este honor. ¿Cuál es mi primera misión?

Gelut Panim, descendiente de sangre del emperador Asoka, discípulo de Rabí Shimon bar Yohai, se dio vuelta para tener ante sí las veloces aguas del río Hudson.

—Necesito que seas mis ojos y mis oídos en Manhattan. Necesito que tu esposa sea nuestro barómetro en la dimensión sobrenatural. Se avecina una tormenta, amigo mío. El Ángel de la Muerte ha sido convocado...

"Y por razones desconocidas todavía, ha elegido como blanco a tu familia."

Desde que ingresé a la política, los hombres me han confiado sus opiniones principalmente en privado. Algunos de los hombres más poderosos de los Estados Unidos, en los campos del comercio y las manufacturas, tienen miedo de alguien, tienen miedo de algo. Saben que existe un poder en algún sitio, tan organizado, tan sutil, tan vigilante, tan entrelazado, tan completo y tan penetrante, que más les vale no hablar sino en un susurro cuando hablen para condenarlo.

WOODROW WILSON,
presidente de los Estados Unidos

Jamás habría aceptado la formación de la Agencia Central de Inteligencia en 1947, de haber sabido que habría de convertirse en la Gestapo estadounidense.

HARRY S. TRUMAN,
presidente de los Estados Unidos

Octubre

—Sí, sufre de paranoia derivada del estrés, pero esto rebasa con mucho el desorden postraumático usual. Esa rabia interior, los sentimientos de vacío, sobre todo su autoimagen inestable… Es un caso límite de desorden de personalidad tal como lo describen los manuales.

La doctora Mindy Murphy cerró el expediente de Patrick Shepherd y se lo dio a la doctora Nelson.

—El punto esencial, Leigh, es que éste es peligroso. Pásaselo a Bellevue y que ellos lidien con él.

—¿Que se los pase? Mindy, este hombre sacrificó todo… su familia, su carrera, ¿y ahora quieres encerrarlo en una celda acolchada?

—No tiene que ser así necesariamente. Hay nuevos enfoques para atender los TLP (trastornos límite de la personalidad). La terapia conductual dialéctica ha mostrado auténtico potencial.

—¡Bien! Puedes tratarlo aquí mismo.

—Leigh…

—Mindy, eres la mejor psicóloga en el sistema.

—Soy la única psicóloga en el sistema. Dos de mis colegas renunciaron la primavera pasada y la tercera tomó el retiro anticipado. Mi carga de trabajo pasó de 75 a 300 pacientes. Ya no estoy ejerciendo la psicología, Leigh; estas reuniones mensuales no son más que triaje. Encara los hechos: el sistema tiene poco presupuesto y está saturado, y a veces los soldados caen por las fisuras. No puedes salvar a todos.

—Éste necesita ser salvado.

—¿Por qué?

—Porque sí.

La doctora Murphy suspiró.

—De acuerdo. Si quieres jugar a Florence Nightingale, adelante, pero no digas que no te lo advertí.

—Sólo dime qué debo hacer.

—Para empezar, no intentes cambiarlo ahora mismo. Acéptalo como es, pero no lo mimes. Si vuelve a tratar de lastimarse o considera quitarse la vida, hazle saber que te causa inconvenientes, que incluso pone en riesgo tu carrera. ¿Ya lo mediste para una prótesis del brazo?

—La semana pasada.

—¿Se mostró receptivo?

—No, pero lo soborné con un DVD de *Bull Durham*. Me dicen que hay un retraso de seis meses en prótesis.

—Antes era peor. Conseguirle un brazo bueno es potencialmente positivo. Le dará algo en qué enfocar la mente. En el último de los casos podría contribuir a mejorar su autoimagen. El mayor desafío que enfrentas en este momento es hallar una manera de reencender su luzpiloto, hacer que desee algo, fijar una meta, sentirse útil otra vez. Está en una forma física aceptable; ¿por qué no lo pones a trabajar en los pabellones? Ayudar a otros es una estupenda forma de hacer que alguien vuelva a sentirse necesitado.

—Buena idea —Leigh Nelson garabateó una nota para sí misma—. ¿Qué hay de su familia?

—¿Qué hay de la tuya? ¿No deberías estar en casa con tu esposo y los niños?

—Mindy, su esposa lo abandonó y tiene una hija que no ha visto en 11 años. ¿Debo procurar una reunión o no?

—Ve despacio. Aquí hay mucha rabia y sentimientos de abandono. ¿Y por qué estás tan segura de poder localizarlas?

—Crecieron en Brooklyn, fueron novios desde pequeños. Es posible que ella tenga todavía parientes que vivan por allá.

La doctora Murphy meneó la cabeza.

—Estás casada y tienes hijos, trabajas 60 horas semanales, pero de algún modo tienes tiempo de buscar a la familia de la esposa separada de uno de tus pacientes, que puede o no vivir en algún lugar de Brooklyn. Leigh, ¿qué estás haciendo?

—Intento salvar un alma perdida, Mindy. ¿Eso no vale un poco de mi tiempo? ¿Un pequeño sacrificio?

—Negación, rabia, negociación, depresión y aceptación. Las cinco etapas del duelo.

—¿Crees que Shep esté pasando por ellas?

La ex gimnasta se puso de pie y arrojó el expediente de Patrick Shepherd en un montón de 50 carpetas.

—No, Leigh, estaba hablando de ti.

Andrew Bradosky viró al norte en la autopista US 15, el auto de cuatro cilindros carecía de la potencia de su nuevo Mustang. Había debatido toda la mañana si debía desperdiciar otros 50 dólares en un auto rentado. Al final, la precaución se había impuesto a la frugalidad. Además, ¿qué eran 50 dólares cuando una jugosa paga estaba ya en camino?

La reunión de esta noche sería la tercera en las últimas cinco semanas con el oficial de operaciones clandestinas. Andrew sospechaba que Ernest Lozano era de la CIA o de la AID, quizá incluso de Seguridad Doméstica. En última instancia no importaba, mientras los depósitos siguieran llegando cada dos semanas a su cuenta en el extranjero.

El Hampton Inn estaba a la derecha. Andrew se enfiló al estacionamiento y aparcó el auto, después caminó al vestíbulo, con la visera de la gorra de los Orioles de Baltimore sobre los ojos. Mantuvo la cabeza inclinada al pasar frente a la recepción y el bar y tomó el ascensor al tercer piso.

Andrew Bradosky tenía 36 años cuando empezó a trabajar en el Fuerte Detrick luego de una temporada de dos años en las instalaciones de Battelle en Ohio. Para sus colegas era un tipo divertido que nunca se negaba a tomar una cerveza después del trabajo o al ocasional fin de semana "sólo para hombres" en Las Vegas. Agradaba en general a sus supervisores, hasta que el tiempo y la actividad revelaban que su ética laboral era menos que estelar. Para sus amigos más cercanos, Andy seguía siendo un consumado artista de las patrañas, y era por eso que lo querían. Con su encanto era capaz de bajarle la pantaleta a la chica caliente con la actitud más fría, pero la mayoría de sus colegas coincidía en que este soltero terminal carecía de la sustancia necesaria para avanzar de los amoríos de una sola noche a relaciones más significativas. De hecho, Andrew prefería las cosas de ese modo. En pequeñas dosis, las mujeres eran agradables; el problema comenzaba cuando empezaban a anidar, algo que evidentemente no convenía a sus mejores intereses.

Lo que *realmente* le interesaba a Andrew Bradosky era un empleo mejor pagado. Tal vez por esa razón había maniobrado para irrumpir en la vida de Mary Klipot. De haberla conocido en un bar o en una reunión social, ella jamás habría pasado de una breve charla, pero en el Fuerte Detrick la microbióloga tenía una llama intelectual que la hacía parecer seudoatractiva. Andrew llamaba a eso "el efecto Tony Soprano". En la vida real, un hombre gordo, calvo, de mediana edad como el personaje de HBO no podría conseguir la clase de sexo de que disfrutaba en la serie de televisión, pero ser un jefe de la mafia le confería cierta aura que atraía mujeres hermosas, aunque problemáticas.

El intelecto y el puesto de Mary Klipot la empoderaban de la misma manera. El hecho de que fuera una solitaria que tenía a su cargo un laboratorio BSL-4 hacía que conocerla fuera mucho más estimulante.

El primer día que se presentó con ella en el almuerzo fue mucho más que incómodo.

En el segundo encuentro en el almuerzo ella se había marchado.

Durante las siguientes dos semanas lo evitó comiendo el almuerzo en su laboratorio. Siempre oportunista, Andrew se enteró de que Mary se ejercitaba cada dos días en el gimnasio del campus. Disimulando su interés, comenzó a aparecerse por ahí para levantar pesas. No dio muestras de haberla visto sino hasta la tercera sesión. Unos cuantos saludos dieron lugar a charlas insustanciales, lo suficiente para tranquilizar a la pelirroja introvertida.

Su diligencia rindió frutos un mes después, cuando Mary lo seleccionó como técnico de laboratorio para el Proyecto Guadaña.

Andrew salió del ascensor del hotel y siguió las flechas indicadoras hasta la habitación 310. Tocó la puerta dos veces, luego una y después otras dos veces.

La puerta se abrió y Ernest Lozano lo invitó a pasar. Señaló la cama, reservándose la silla del escritorio.

—¿Cómo marchan las cosas en el trabajo?

—Estamos avanzando muy bien.

—No te llamé para que me dieras el informe del clima. ¿Cuándo habilitarán como arma al agente?

—Dijiste que en primavera. Estamos en tiempo. Marzo o abril, seguro.

Andrew no vio la daga sino hasta que la punta se encontraba a unos centímetros de su ojo derecho. El poderoso torso del desgarbado agente estaba inclinado contra él, empujándolo de espaldas hacia el colchón; su rostro estaba tan cerca que el técnico de laboratorio podía oler un dejo de salsa Alfredo mezclada con la loción Aqua Velva.

—Te hemos pagado 50 mil dólares. Por 50 mil dólares quiero garantías, no conjeturas.

Andrew forzó una sonrisa nerviosa.

—Tranquilo, grandulón. Estamos en curso, o al menos lo estábamos hasta que Mary se enteró de que está embarazada. Las cosas se complicaron un poco, pero lo estamos solucionando, lo juro.

Lozano se apartó de la cama.

—¿Es tuyo?

Andrew se sentó, enjugando las perlas de sudor que escurrían de su frente.

—Ahí es donde se complica todo. Mary es una chica católica estricta. En abril pasado fuimos a Cancún juntos y nos emborrachamos con tragos de tequila.

—Y tú te la tiraste.

—Sí, pero ella no se acuerda de nada, y tomando todo en consideración me pareció que lo mejor era dejar así las cosas. Pero ahora que está embarazada…

—¿Se lo dijiste?

—Lo intenté. Está convencida de que fue una inmaculada concepción. Tienes que entender con qué estoy lidiando. Cuando se trata de guerra biológica y de alterar virus genéticamente, Mary Klipot es tan brillante como el que más. Pero en cuanto al sexo, los lazos emocionales y toda la basura de las relaciones normales, ella es como una retrasada funcional. Es decir, hay algo seriamente oscuro flotando dentro de la cabeza de esa chica… cosas terroríficas. Así que, ¡rayos, sí!, si quiere creer que está esperando al Niño Jesús; quién soy yo para decirle que no es cierto. Mientras tú me sigas pagando, haré el papel de José y ella será la Virgen María, pero en cuanto la Guadaña esté lista para ser utilizada yo me largo de ahí.

Lozano cruzó la habitación y regresó a la silla del escritorio.

—¿Cuándo va a dar a luz?

—La tercera semana de enero, aunque está convencida de que el médico está mintiendo. Mary jura que el Niño Jesús nacerá en Navidad.

—Necesitas estabilizar la situación.

—¿Cómo?

—Proponle matrimonio. Múdate con ella. Dile que quieres ser el padre putativo del bebé. No hagas nada que agite la barca. Mientras tanto, liga la fecha límite de la Guadaña con el nacimiento del bebé. Presiónala para que termine lo antes posible, para que pueda tomar una larga licencia de maternidad.

—Eso podría ser contraproducente. La supervisora del Proyecto Guadaña, Lydia Gagnon, ya está hablando de traer otra microbióloga o dos. Mary coincide conmigo en que debemos mantener esto nada más entre nosotros, sobre todo después de todas esas ejecuciones.

—¿Cuáles ejecuciones?

—No me vengas con patrañas que yo me las sé todas, amigo. Tú y tus amigos de la CIA empezaron a liquidar microbiólogos a un ritmo constante justo después del 9/11. Seis israelíes derribados en dos aviones diferentes, el biólogo celular de la Universidad de Miami… el desertor soviético al que le destrozaron la cabeza con un martillo. Mary conocía a Set Van Nguyen y fue a la universidad con Tanya Holzmayer. Tanya murió baleada cuando le abrió la puerta al repartidor de pizzas. Guyang Huang recibió un disparo en la cabeza mientras corría en un parque en Foster City. Diecinueve científicos muertos en los primeros cuatro meses después del 9/11, otros 71 mientras Bush y Cheney ocupaban aún la Casa Blanca. Cadáveres hallados en maletas, dos en congeladores, media docena en accidentes de tránsito. Ningún arresto, todo mantenido fuera de las noticias y barrido convenientemente bajo el tapete. Todos esos sabihondos tenían una cosa en común: cada uno de ellos trabajaba para organizaciones que realizan investigaciones biomédicas secretas para la CIA, y todos eran considerados científicos de primera línea que serían seleccionados para contener una pandemia global en caso de que alguna se desatara.

Andrew se incorporó de la cama; su débil acto de desafío fue el gesto inicial de un discurso ensayado.

—Quieres usar la Guadaña para exterminar a una punta de enturbantados, adelante; pero éstas son mis condiciones: primero, olvídate de los 100 mil dólares; sólo eran el anticipo. Quiero dos millones depositados en mi cuenta de Credit Suisse, 50 mil a la semana desde ahora hasta marzo, con el último pago la semana que te entreguemos la Guadaña. Segundo, como un seguro contra repartidores de pizza que porten martillos y pistolas, giré instrucciones a abogados en varios estados para que entreguen los detalles del Proyecto Guadaña y de nuestro pequeño arreglo a ciertos miembros de la prensa extranjera en caso de que algo llegara a ocurrirme.

La expresión de Lozano hizo que el envalentonamiento de Andrew reptara de regreso por su esfínter.

—Entrégame la Guadaña el 1° de marzo a más tardar y quizá vivas para gastar tu dinero. Si fracasas, acompañarás a la Virgen María y al Niño Jesús al fondo de una tumba sin nombre.

CENTRO MÉDICO DE LA AV, MANHATTAN,
NUEVA YORK,
11:22 P.M.

El East River brilla en un tono verde olivo mientras ellos se dirigen al sur a través del puente hacia Brooklyn.

—Tu bola rápida tenía buen movimiento; tu bola de rompimiento dejó congelados a sus bateadores derechos. Pero los equipos universitarios y las ligas menores están llenos de lanzadores perdedores con gran talento. Necesitamos ponernos a trabajar en el aspecto mental.

El entrenador Segal conduce la camioneta, uno de los dos vehículos escolares que transportan al equipo de beisbol de la preparatoria Roosevelt, de regreso a casa tras una victoria por 3 a 1 en los cuartos de final del distrito. Patrick Shepherd está adelante, en el asiento del pasajero. El novato de 16 años es el lanzador ganador de hoy. Apretujada entre Patrick y el entrenador está la hija de Morrie Segal. La condiscípula y mejor amiga de Shep tiene la cabeza apoyada sobre el hombro izquierdo de Shep y ha cerrado los ojos…

…su mano derecha se escurre juguetonamente como una serpiente por abajo del guante de beisbol y la chaqueta de calentamiento que Shep tiene sobre su muslo izquierdo. El contacto de la mano de la chica envía descargas eléctricas a su entrepierna.

—…el hombro adelantado y la cabeza estuvieron clavados hacia tu objetivo en todo tu movimiento, y mantuviste el hombro y la cadera apretados, listos para el disparo, tal como lo trabajamos. Tuviste perfecta simetría hoy, Patrick, pero la forma sólo puede llevarte hasta cierto punto. Sandy Koufax dijo que muchos lanzadores dominan los aspectos físicos del beisbol, pero nunca llegan a ser grandes ganadores porque no desarrollan el aspecto mental de su juego. Seguro, tú te agrandas en las situaciones de presión; me encanta eso de ti, pero los juegos se pueden ganar o perder con dos fuera y nadie en base. Concediste un jonrón absurdo a un receptor sustituto que batea .225 porque no te sentiste desafiado. Mentalmente, ya habías dado por terminada la entrada y por eso apresuraste una curva que nunca rompió, en vez de lanzarla suave y sin prisa.

Su muslo desnudo está apretado contra el dorso de la mano izquierda de Shep. Su piel bronceada es tersa como la seda. Intenta meter la mano debajo de su pierna, pero sólo logra golpearse dolorosamente un dedo contra el broche del cinturón del asiento.

Ella cierra los ojos, ahogando la risa.

—Cada lanzamiento cuenta. Necesitas jugar juegos mentales. Desafíate de modo que ataques a cada bateador. Steve Carlton visualizaba el carril de cada lanzamiento antes de enviar la bola al plato, como si el bateador ni siquiera estuviera ahí. Concéntrate en la señal del receptor. Tómate un momento para visualizar el vuelo exitoso del lanzamiento. Inhala lentamente mientras visualizas, huele el miedo en el sudor del bateador.

Mechones del cabello largo y rubio de la chica descansan sobre el hombro izquierdo de Shep. Aspira el aroma del champú de jazmín; sus feromonas son un afrodisiaco para sus sentidos.

—Si haces un mal lanzamiento… déjalo atrás. Desciende del montículo. Controla tu enojo mediante la respiración. Recuerda que la respiración se ve afectada por lo que piensas y cómo lo piensas. Despeja la negatividad. Visualiza el éxito. Vuelve al montículo sólo cuando hayas recuperado el control de tus emociones.

Las puntas de sus dedos se acercan a la entrepierna de Shep; la chica está en absoluto control de su cuerpo. Lo que comenzó como un inocente juego de gallina se ha convertido en algo mucho más excitante, y él no está seguro de lo que debe hacer a continuación. Sentado muy derecho y en atención, teme respirar cuando ella acerca despreocupadamente la mano a sus genitales y la tela de su uniforme se estira…

—…ponte hielo en el hombro en cuanto llegues a casa, lo último que necesitamos es una hinchazón.

Sus uñas trabajan la parte interna de su plato, incitándolo antes de retirarse alto y afuera. Totalmente bajo su hechizo, Shep exhala y cierra los ojos, mientras ella vuelve a acercarse.

—Sé que lanzar con sólo dos días de descanso es mucho pedir, pero si logramos ponerte en el montículo de nuevo el viernes, tendrás una semana de reposo antes de la final. ¿Estás adolorido? ¿Cómo te sientes?

—Nena, me siento estupendamente.

Patrick Shepherd se incorporó en la cama. Los ojos abiertos. El corazón latiendo con fuerza. La camiseta pegada a la espalda y el pecho por el sudor. La ansiedad va en aumento. Buscó en la oscuridad. Se enfocó en el letrero rojo luminoso de SALIDA. Una línea de vida temporal.

Estiró la mano hacia la mesilla de noche a su derecha, buscó el sobre dentro del cajón superior. Contenía una instantánea parcialmente quemada. Es de antes de que fuera enviado por primera vez al frente, fue tomada dentro de Fenway Park justo después de que lo llamaron de las ligas menores. En la foto, su esposa sostiene a su hija de dos años, y Patrick, en su uniforme de los Red Sox, se asoma desde atrás, abrazándolas.

Una oleada repentina de dolor fantasma. Shep apretó los ojos; las sensaciones de trituración, de huesos tasajeados, provocan que todos sus músculos se estremezcan.

¡Respira! Recupera el control de tus emociones.

Se obligó a respirar lenta y deliberadamente. La agonía disminuyó hasta un nivel más tolerable.

Se hundió de espaldas en la almohada. Intentó revisar los fragmentos de recuerdos que parecían acompañar siempre esos ataques… el recuerdo del accidente, el último día de su estancia en el frente.

Cielo gris. Metal tibio en su mano izquierda. Una luz cegadora. El estallido que cimbró su cráneo y anuló cualquier otro sonido. La sensación de su piel licuada sumergiéndolo en la oscuridad.

Shep abrió los ojos. Se sacudió el horror. Redirigió su atención a la instantánea.

El explosivo había sido cruel por partida doble; no sólo lo había despojado de su brazo izquierdo, haciendo un agujero en su memoria, sino que le había robado las imágenes de esta fotografía, quemando la cabeza de su esposa. Por más que intentaba, Patrick no podía precisar ese rostro; el ojo de su mente sólo atinaba a rescatar vistazos breves y frustrantes.

Para los veteranos heridos, las cicatrices psicológicas vinculadas a la pérdida de un miembro son profundas y a menudo provocan ataques de depresión. Para Patrick Shepherd, esa carga no es nada comparada con la sensación hueca de estar separado de una esposa y una hija cuya presencia él registra en su corazón, pero cuyos rostros ya no puede recordar. Esa pérdida es un asalto constante a la identidad de Shep. Durante el día podía llegar a ser abrumador; de noche gestaba intensas pesadillas.

Los médicos en Alemania le habían dado a escoger el hospital de la AV al que quería ser enviado y esa elección fue simple. Desde ese día se había imaginado acostado en la cama, o quizá haciendo terapia, cuando su alma gemela y su hija —ya adolescente— llegaban para recuperarlo.

Por entre la cortina que rodeaba su cama oyó los ronquidos y los reclamos de sus camaradas veteranos heridos; sus ojos se anegaban de lágrimas cuando veía el letrero rojo luminoso de SALIDA, sintiéndose tan solo como un ser humano puede sentirse.

La fuerza de una corrección es igual e inversa al engaño que la precedió.

The Daily Reckoning

Noviembre

En los linderos del Centro Histórico de la Ciudad de México, en la delegación Cuauhtémoc, se encuentra un área compuesta de tres barrios: Tepito, La Lagunilla y Peralvillo. Juntos conforman uno de los mayores mercados de pulgas de Latinoamérica. La Lagunilla y Peralvillo son mercados bohemios que venden de todo, desde camisetas hasta antigüedades y joyería. Tepito, conocido también como el "Barrio Bravo", es estrictamente un mercado negro.

La historia de Tepito se remonta al imperio azteca, que estableció el área como parte de su tráfico de esclavos. Cuando se prohibió a la gente vender sus mercancías en Tlatelolco, los tepiteños organizaron su propio mercado, un lugar donde los ladrones pudieran mover los artículos robados.

Hoy el barrio está asolado por el crimen, vigilado por más de 50 pandillas y regido por los cárteles de la droga. En el mercado es posible encontrar ropa de diseñador falsa, cámaras robadas y puesto tras puesto de CD y DVD piratas. Aparatos electrónicos robados son vendidos como nuevos, los enseres de cocina y otros artículos tienen precios insuperables porque se "cayeron del camión". Si pierdes tu pasaporte probablemente podrías comprarlo en Tepito por cinco mil pesos. ¿Necesitas documentos falsos o un arma mientras visitas México? Entonces Tepito puede ser tu destino.

Los habitantes de Tepito son muy religiosos. Hay altares en casi cada esquina, dominados por la presencia de la Santa Muerte.

Nadie sabe a ciencia cierta cómo surgió esta Parca. Los historiadores rastrean su origen hasta la Mictecacíhuatl, la diosa azteca de la muerte cuyo esqueleto se dice que era el de la Virgen María. Condenado por la Iglesia católica, el culto a la Santa Muerte permaneció clandestino hasta 2001. De un solo altar en Tepito aumentó a 20; la creciente congregación de "la Huesuda" demuestra que el poder de la plegaria no se limita a quienes escogen vivir una vida sin pecado.

Para los pandilleros y los miembros de los cárteles de la droga, la Santísima Muerte es una figura espiritual cuya presencia brinda fuerza psicológica. Los presos le rezan para que los proteja de otros reos. Los pobres, los enfermos, los oprimidos de México buscan la salvación que ella les ofrece, libre de juicios.

Otros le rezan a esta Parca para que fulmine a sus enemigos.

El taxi avanzaba rumbo al norte por el Paseo de la Reforma, el conductor mirando de tiempo en tiempo a la pasajera por el retrovisor. *Cruz de oro, ninguna otra joya. Bolso simple, no tiene ropa de diseñador. De todos modos es estadounidense y además está embarazada. El anillo de bodas debe estar en su bolso.*

Hizo una falsa sonrisa.

—Señorita, ¿ya ha ido al mercado de Tepito?

La mujer siguió viendo por la ventana, palpándose distraídamente su abdomen abultado con la mano derecha, mientras con la izquierda enroscaba un mechón de su sedoso cabello rojo.

—**Te amo,** Mary. Quiero estar ahí cuando tengas a nuestro bebé. Quiero que seamos una familia. Cásate conmigo, Mary, y hazme el hombre más feliz del mundo.

Si la propuesta de Andrew Bradosky era una bendición del cielo, el anillo de compromiso de dos quilates era la cereza del pastel. Con la cabeza en las nubes, Mary sólo podía pensar en hacer los preparativos para la boda en diciembre.

Andrew tenía otros planes.

—Mary querida, una boda en diciembre… es demasiado pronto. Tendríamos que apresurar las invitaciones, reservar un salón de banquetes; hay un millón de detalles. Junio es mejor para una boda. El bebé ya habrá nacido, habrás recuperado tu figura. Además, puedo contratar a una asesora de bodas mientras tú te concentras en terminar el Proyecto Guadaña.

El sentimentalismo de Andrew la conmovió profundamente. Y él tenía razón. ¿Cómo podría prepararse para el mejor día de su vida mientras su mente estaba ocupada en desenmarañar los secretos genéticos de la Muerte Negra? Así que se entregó con redoblado esfuerzo al trabajo, empeñada en terminar la habilitación como arma de la Guadaña una semana antes de que naciera el Niño Jesús. Después de ese bendito acontecimiento tomaría una licencia de seis meses, que le daría tiempo para establecer el lazo con su bebé y planear la boda. No recordaba haberse sentido nunca tan feliz, tan llena de vida.

Tres semanas después empezó a tener dudas.

El anillo de diamantes costaba más de lo que Andrew podía pagar, pero Mary se tranquilizó considerando que lo había comprado en un arranque sentimental. Sus trajes nuevos y el televisor de plasma se justificaban con su decisión de vender su condominio y mudarse a la granja de Mary, una inversión reciente aprovechando la baja en los precios de los bienes raíces. Y luego estaba su nuevo Mustang convertible. Andrew desestimó la adquisición un mes antes, diciendo que el arrendamiento de su auto estaba por expirar y había conseguido un buen trato. Cuando Mary decidió contactar al vendedor surgió otra señal de alarma: Andrew había pagado en efectivo por el coche nuevo.

¿De dónde venía ese repentino flujo de dinero? ¿Podía arriesgarse a permitir que el Niño Jesús creciera bajo el mismo techo que un hombre en quien no estaba segura de poder confiar?

Mary conoció a Rosario Martínez en el gimnasio, donde a veces se ejercitaban juntas. Su curiosidad se despertó al ver los tatuajes de la Parca que cubrían los brazos y la espalda de la mexicana, uno de los cuales marcaba una cicatriz de 20 centímetros en el omóplato izquierdo.

—La Santa Muerte vela por mí. De joven fui arrestada por vender cocaína. El juez me sentenció a siete años en Almoloya de Juárez, una cárcel de máxima seguridad. Mi compañera de celda había pintado a la Huesuda en una de las paredes. Muchas de las internas tenían tatuajes de la Santa Muerte. Mi compañera me dijo que la Huesuda velaba por su rebaño, sobre todo por las mujeres. Un día, dos pandilleras me atacaron en las duchas. Una me golpeó en la garganta y la otra me apuñaló por la espalda; la navaja atravesó mi tatuaje de la Santa Muerte. Desperté en el hospital, luego de estar dos semanas en coma. La doctora dijo que sobreviví de milagro, pero yo sabía que la Santa Muerte me había salvado. La vi en sueños. Estaba de pie junto a mí, llevaba un vestido rojo de satén, su cabello era negro como la medianoche. Le prometí que si me salvaba yo haría algo de provecho con mi vida cuando saliera de la cárcel. Y así lo hice. Le debo mi vida.

—Yo preferiría morir que venerar a Satán.

—Esto no es un culto satánico. Yo voy a la misma iglesia y creo en el mismo Dios que tú. Pero todos nos vamos a morir y quiero que mi muerte sea dulce, no amarga. He hecho cosas en la vida que no me enorgullecen. La Santa Muerte me perdonó mis pecados y ahora cuida de mí. Quizá algún día necesites protección. Quizá algún día te preguntes por las intenciones de tu hombre. En México hay un lugar llamado Tepito. El 1° de cada mes es un día santo dedicado a la Huesuda. Miles de personas acuden ahí a pedir bendiciones para el mes que comienza. Ve allá, pide su ayuda. Si deseas dinero, ella te concederá la prosperidad. Si estás en peligro, ella te protegerá de quienes quieren hacerte daño. Si temes que tu hombre va a abandonarte, rézale y ella lo castigará en caso de que se sienta atraído por otra.

Ya había oscurecido cuando el taxi salió del Paseo de la Reforma y tomó la calle Matamoros, una de las vías que conducen a Tepito. Había un congestionamiento vehicular. La multitud se derramaba de las aceras a las calles. Un lugareño la sobresaltó golpeando su ventanilla. Le mostró una bolsa de marihuana. A pesar de sus objeciones, siguió ofreciéndosela hasta que el taxi avanzó.

El conductor la miró por el retrovisor.

—Tepito puede ser un sitio peligroso, señorita. Dígame qué es lo que busca y yo la llevaré adonde necesite ir.

Mary desdobló el papel que le había dado su conocida mexicana y leyó la dirección.

—Calle Alfarería número 12.

El conductor abrió desmesuradamente los ojos.

—¿Vino a ver a la Huesuda? —se persignó y se lanzó por una abertura en el tráfico, desechando todos sus pensamientos anteriores.

Condujo un kilómetro más y luego aparcó.

—Hay demasiada gente, señorita; cerraron la calle Alfarería. Va a tener que ir a pie desde aquí.

Le pagó al conductor, tomó su bolso y salió a un enjambre de gente morena, todos desplazándose hacia un mismo destino. Muchos lugareños cargaban efigies de la Santa Muerte, figuras de más de un metro con largas pelucas y atuendos que respondían a un código de color: blanco para la protección, rojo para la pasión, dorado para el dinero y negro para acarrear un daño a otro.

En algún punto más adelante tocaban unos mariachis.

El número 12 de la calle Alfarería era un edificio de ladrillos, café con ribetes blancos, ubicado frente a una lavandería venida a menos. En el frente había un escaparate de 1.80 metros que había sido convertido en un altar. Detrás del cristal había una figura de tamaño natural de la Santa Muerte, vestida de novia.

Mary siguió la procesión, aproximándose a empujones. El camino que llevaba al altar estaba adornado con flores frescas y el suelo estaba iluminado con las llamas de cientos de veladoras. Los feligreses llevaban velas con el mismo código de color, se arrodillaban frente al altar y se pasaban por el cuerpo las velas antes de encenderlas. Todo mundo traía ofrendas. Cigarrillos y licor. Dulces y manzanas. Uno de los dueños de la tienda se llevó a la boca la punta encendida de un puro y sopló nubes de humo por el otro extremo en dirección a la efigie, llenando el altar.

Mary se acercó, sintiendo que la multitud la miraba. Supuso que era por ser estadounidense. Después oyó los murmullos, reconociendo algunas palabras en español.

¿Pelirroja? Rojo significa "red"... están mirando mi cabello.

Esperó a que una familia terminara su plegaria y se arrodilló ante el escaparate, alzando la vista hacia el maniquí de la Parca. La larga cabellera ondulada de la muñeca era color escarlata, idéntico al suyo.

Extrajo de su bolso una pila de billetes de 100 dólares y volteó hacia una mexicana gorda y de baja estatura, cuya cabellera oscura tenía un mechón blanco tipo zorrillo.

—Tengo una petición para la santa. ¿Cómo debo proceder?

—Venga conmigo, señorita —Enriqueta Romero condujo a Mary a través de su tienda hasta una bodega en la parte trasera—. Es estadounidense, ¿verdad?

—Sí.

—Entonces ha hecho un largo viaje para estar aquí, en este sitio sagrado. El color de su cabello lo comparte esta noche la Huesuda. Eso no es una coincidencia. Está a punto de iniciar un viaje muy especial, ¿no es cierto?

—El hombre en mi vida... necesito saber si en verdad me desea. Ya he sido abandonada antes...

—...y no quiere ser abandonada otra vez. La Santa Muerte puede ayudarla con eso. Para ello debe adquirir una estatua. La estatua viene con un cordón anudado siete veces. Cubra el cordón con el semen de su amado, colóquelo alrededor del cuello de la Huesuda, en la muesca, y luego diga la plegaria eyaculatoria durante nueve noches consecutivas. La santa dejará en claro las intenciones que anidan en el corazón de su hombre.

—¿Y si él me está mintiendo?

—Entonces la santa lo estará esperando… en el infierno.

JOHNSON STREET 176, BROOKLYN,
NUEVA YORK,
8:12 P.M.

Construido en 1929, el edificio de ocho pisos y 20 mil metros cuadrados había sido originalmente una fábrica de juguetes cuyo producto más vendido fue el primer juego eléctrico de futbol. Hoy, los apartamentos de la fábrica de juguetes tenían techos de cuatro metros y ventanales de pared a pared de dos metros y medio.

Doug Nelson siguió a regañadientes a su esposa y al administrador del edificio por el pasillo del cuarto piso hasta la última puerta a la derecha.

—Es bastante inusual que un casero le guarde por tanto tiempo un departamento a un soldado.

Joe Eddy Brown, conocido por los ocupantes de los apartamentos como *el Brown-Man,* tenía dificultades para hallar la llave correcta.

—La mayoría de estos departamentos son condominios. El señor Shepherd compró el suyo en 2001.

—¿Qué hay de su ex esposa? ¿Ella viene por aquí alguna vez?

Brown hizo una pausa antes de insertar la llave en la cerradura, pasándose la rugosa palma de la mano por la cabeza rasurada.

—No he visto a la señora por aquí en mucho tiempo. Es una lástima, era de muy buen ver. Bueno, yo siempre digo que es mejor haber amado y perdido que no amar nunca.

—De hecho, eso lo dijo Tennyson —apuntó Doug—. Y pasó así toda su vida sin un centavo y acabó en un sanatorio.

Leigh lanzó a su esposo una mirada reprensiva.

El departamento era pequeño, consistía de una estancia de 180 metros cuadrados, un baño y varios clósets amplios. Una cocina moderna tenía vista al puente Williamsburg. La cama *queen-size* estaba en una esquina de la habitación, el colchón en el piso, las mantas y las sábanas destendidas. No había fotografías ni cuadros en las paredes, ni otra decoración de cualquier tipo… como si el propietario ocupara la morada pero sin considerarla su hogar.

—Sé lo que están pensando: no hay mucho que ver. El señor Shepherd pasaba los días caminando por las calles. Regresaba a casa ya muy entrada la noche, a menudo borracho. Lo encontré en la entrada desmayado más de una ocasión. No toleramos esa clase de conducta en *Brown Town*, pero como él era un héroe de guerra me hice de la vista gorda. Si él está pensando en volver a mudarse aquí…

—El señor Shepherd no recuerda siquiera la existencia de este lugar —le aclara Leigh—. Sólo vine porque hallé la dirección en su expediente militar.

—Y yo sólo estoy aquí porque mi esposa me trajo a rastras en un sábado por la noche —Doug respondió a la mirada fulminante de su esposa con una propia.

—Diez minutos, Doug. Ya deja de ser tan egoísta.

—¿Yo soy el egoísta? —busca en un revistero; toma un viejo ejemplar de *Sports Illustrated*—. Avísame cuando estés lista para marcharnos. Voy a estar en el baño.

—Lo siento, señor Brown. ¿Dónde está el clóset que mencionó en el teléfono?

Leigh siguió al administrador del edificio hasta un muro cubierto de espejos. Brown lo tocó con dos dedos para liberar el seguro magnético. Tiró de la puerta para abrirla y reveló un pequeño cuarto para almacenamiento.

Había algunas camisas colgadas en ganchos y un traje azul marino. El resto del guardarropa de Patrick Shepherd estaba amontonado en pilas de ropa sucia. Un hedor de mezclilla empapada en alcohol, marinada en olor corporal antes del añejamiento, gravitaba desde la superficie pulida del piso de madera.

Las cajas de cartón apiladas parecían más invitantes.

—Señor Brown, necesito unos minutos para revisar las pertenencias de mi paciente.

—Nada más cierre la puerta al salir. Yo regresaré más tarde a cerrar con llave.

—Gracias.

Esperó hasta que él se marchara para ver el contenido de las primeras cajas. Equipo de beisbol, camisolas y zapatos manchados de pasto. Hatillos de camisetas sin estrenar con la leyenda ESTRANGULADOR DE

BOSTON impresa en el frente. Revisó otras tres cajas y entonces encontró el baúl sepultado bajo un montón de chaquetas.

Se apoyó sobre una rodilla, abrió los broches metálicos y levantó la tapa.

Un aire rancio, con aroma de almizcle y lleno de recuerdos desechados, escapó del contenedor que tenía mucho tiempo sellado. Extrajo una sudadera rosa de mujer, con capucha, de la Universidad Rutgers; dos trajecitos de bebé: uno un uniforme de los Yankees y otro, el más grande, de los Red Sox; tres libros de texto de la universidad, todos sobre literatura europea, marcados y subrayados; la letra curveada claramente pertenecía a una mujer. Buscó en vano un nombre y luego vio la foto enmarcada: fue tomada afuera de un dormitorio universitario.

La chica tenía apenas unos 20 años, rubia, con una belleza de modelo; su larga cabellera ondulada lucía un moño. Su novio la estaba abrazando desde atrás. Apuesto, con un aire infantil y una sonrisa presuntuosa. Leigh contempló la imagen de Patrick Shepherd en su juventud. *Mírate. Tenías al mundo agarrado de las pelotas y decidiste dejarlo atrás… y todo para poder arrastrarte a través del infierno.*

—¿Leigh? Tienes que ver esto.

Con la fotografía en la mano alcanzó a su esposo en el cuarto de baño. Doug le señaló el gabinete de las medicinas.

—Yo diría que tu muchacho tiene unos demonios bastante pesados.

La nota manuscrita, amarillenta por el paso de los años, estaba pegada al espejo.

Shep:
La voz que te dice que te mates es Satán. El suicidio es un pecado mortal. Por el bien de tu familia, aguanta y acepta tu castigo. Vive hoy por ellas.

Está peor de lo que pensé… Abrió el gabinete de las medicinas. Los angostos entrepaños estaban llenos de medicinas ya expiradas.

—Amoxapina. Thorazina, Haldol. Trifluoperazina, Triavil, Moban. Aquí hay suficientes antidepresivos y tranquilizantes para medicar a todo el edificio.

—Parece que tenía tendencias suicidas mucho antes de perder el brazo. Te apuesto la cena a que tiene una pistola cargada debajo de la almohada —Doug salió del baño y fue hasta la cama, haciendo a un lado la almohada de plumas de ganso—. ¿Qué es esto?

Leigh lo alcanza.

—¿Encontraste un arma?

—No precisamente —le mostró el libro empastado en piel. *El Infierno,* de Dante.

Doug tomó la calle 34 rumbo al oeste, guiando la Range Rover hacia uno de los tres carriles que van a Nueva Jersey vía el Túnel Lincoln.

—¿Quieres saber por qué estoy enojado? Porque pasas más tiempo con tu amigo soldado que con tu propia familia.

—Eso no es verdad.

—¿Por qué él, Leigh? ¿Qué tiene de especial ese veterano? ¿Es porque jugaba beisbol?

—No.

—¿Entonces qué?

—No lo sé —miró por la ventanilla, haciendo un esfuerzo consciente para no respirar el humo de monóxido de carbono mientras su vehículo avanzaba a gran velocidad por el túnel iluminado con luces brillantes—. Al principio sólo me preocupaba que intentara quitarse la vida otra vez. Después, cuando vi cuánto echaba de menos a su esposa, temí que quisiera volver con ella demasiado pronto.

—¿Thomas Stansbury otra vez? Leigh, hemos hablado de esto un millón de veces. Tenía un terror nocturno. Estaba fuera de tu control.

—Estranguló a su esposa y luego se suicidó. Yo fui la que lo dio de alta.

La noche reapareció, el túnel los depositó en Nueva Jersey. Doug permaneció callado, considerando un plan de acción.

—Invítalo a cenar.

—¿A quién? ¿A Shep? ¿Para qué?

—En algún momento vas a tener que darlo de alta, ¿no es así? ¿Por qué no suavizar la transición con un poco de vida normal? Le prepararemos una comida casera; puede jugar con los niños. Quizá podrías invitar a tu hermana.

—¿A mi hermana?

—¿Por qué no? No sugiero que sea una cita a ciegas; nada más me parece que sería bueno para él. Además, ya sabes lo sola que ha estado Bridgett últimamente.

—Está pasando por un divorcio difícil.

—Ése es exactamente mi punto.

—No, sería demasiado extraño. Además, Shep podría ofenderse. Sigue perdidamente enamorado de su esposa.

—Entonces nada más di que es una cena y ya veremos qué pasa.

—De acuerdo. Eso sí lo puedo hacer.

—Ahora responde mi pregunta original. ¿Por qué Shepherd?

Reclinándose, posó la cabeza sobre el hombro de su esposo.

—¿Alguna vez has conocido a alguien que pareciera tan necesitado, tan perdido, pero a la vez que tuviera una personalidad hacia la cual es imposible no gravitar? Esto te va a sonar extraño, pero estar cerca de Shep es como estar con un alma vieja que está extraviada en un viaje importante, y mi tarea es ayudarla lo más que pueda antes que continúe su trayecto. ¿Eso tiene algún sentido?

—Alma vieja o nueva, los tipos como Shepherd que pelearon en combate tienen una tendencia a la autodestrucción. Sé que tú eres su doctora, Leigh, pero algunas personas simplemente no quieren ser salvadas.

En los concejos de gobierno debemos estar alerta contra la adquisición de influencia indebida, ya sea buscada o no, por el complejo militar-industrial. La posibilidad del desastroso surgimiento de un poder mal depositado existe y persistirá.

DWIGHT D. EISENHOWER,
presidente de los Estados Unidos

Diciembre

Lo curioso era que nunca le había gustado correr. Ni en la preparatoria, cuando el entrenador Segal lo exigía de todos sus lanzadores. Ni en Rutgers, cuando su prometida entrenaba para entrar al equipo de hockey sobre césped y había insistido en que él la acompañara en las carreras de seis kilómetros alrededor del campo de golf de la universidad. Y ciertamente tampoco cuando lanzaba en las ligas menores.

¿Y entonces por qué ahora le gustaba?

La canción "Help!" de los *Beatles* rugía desde la estación de rock clásico mientras el odómetro de la caminadora se aproximaba a la marca de dos mil.

Le gustaba porque el desafío lo hacía sentir vivo otra vez y cualquier sensación que fuera diferente de su depresión y lobreguez acostumbradas era algo bueno. Le gustaba porque lo hacía sentir menos autodestructivo, algo que la doctora Nelson atribuía a las "endorfinas felices" que se liberaban en su cerebro. Más que nada, a Patrick Shepherd le gustaba correr porque eso daba una mayor claridad a sus pensamientos, ayudándolo a recordar cosas. Por ejemplo, que su prometida lo obligaba a correr en el campo de golf de Rutgers. O que ella también era una atleta acreedora de una beca. O que…

La canción cambió. No ha escuchado esa melodía en más de una década, la letra abre otro recuerdo sellado, las palabras cantadas por el difunto Jim Morrison desgarran la cubierta de la fisura de su corazón: *"Antes de que te deslices en la inconsciencia quisiera que me dieras otro beso. Otra centelleante oportunidad de dicha, otro beso, otro beso…"*

El corredor manco se tropieza, su mano derecha sujeta momentáneamente la barra de apoyo antes de que sus piernas cedan bajo su peso y la caminadora lo escupa sobre el tapete de hule.

"*Los días son brillantes y están llenos de dolor. Envuélveme en tu lluvia suave. El tiempo en que corriste era demasiado desquiciado; nos volveremos a encontrar, nos volveremos a encontrar…*"

Patrick rodó en el tapete. Le sangraba la nariz, se sentía mareado, se recargó en la pared para escuchar el resto de la canción de los Doors… Los bloques son idénticos a los del viejo dormitorio universitario de su prometida.

Está sentado en el piso, *recargado en la pared del dormitorio. "La nave de cristal" suena en la grabadora; la estudiante rubia con el uniforme enlodado de hockey sobre césped lo mira desde la cama; sus ojos verdes avellanados están teñidos de azul por las lágrimas.*

—*¿Estás segura?*

—*No me lo preguntes otra vez. Si me lo vuelves a preguntar, Patrick, te voy a meter el palo de hockey por el trasero y entonces sabremos si tú estás embarazado.*

—*Está bien, está bien. Que no cunda el pánico todavía. ¿Cuántos meses tienes?*

—*No lo sé. Tal vez uno o dos.*

—*¿No deberías saberlo?*

—*Deberías saberlo tú, que siempre decías: "Estaremos bien, no vas a ovular hasta dentro de ocho días". Dios mío, mi papá me va a matar cuando se entere.*

—*Tengo una idea: no hay que decírselo. Te llevamos a una clínica, hacen lo que sea que hagan y empiezas a tomar la píldora.*

Ella le arroja uno de las espinilleras del hockey al rostro, pegándole justo en la nariz, que empieza a sangrar.

—*En primer lugar, los abortos cuestan dinero, algo que ninguno de los dos tenemos en este momento. En segundo lugar, hay un bebé creciendo en mi panza… nuestro bebé. Pensé que tal vez reaccionarías de otro modo. Creí que yo era tu alma gemela.*

—*Lo eres, pero ¿qué hay de nuestros planes? Querías continuar tus estudios y yo todavía tengo dos años de elegibilidad para mejorar mi cotización antes del reclutamiento amateur.*

—*Aún puedo terminar la escuela.*

—*Te rescindirán la beca.*

—*Me saldré de las competencias por un año.*

—*Sí, seguro… Ya en serio, ¿en verdad estás preparada para tener un hijo?*

—*No lo sé* —*se cubre el rostro y llora incontrolablemente.*

Patrick está atónito. Nunca la había visto así. Estira la mano para tomar su muñeca y la guía al piso de losas, junto a él, abrazándola en su regazo como si fuera una niña.

"La nave de cristal" termina, cediendo el sitio burlonamente al inicio de "No siempre puedes obtener lo que quieres". Y en ese instante singular de claridad todo cambia para Patrick Ryan Shepherd; la solución aparece cristalina, como si su adolescencia acabara de pasarle la estafeta a la edad adulta.

—*Bien, aquí hay otra opción: tú te quedas en la escuela y yo entro al reclutamiento de beisbol del mes entrante. No contrataré un agente, así que mantendré mi estatus de amateur. Si me reclutan, usaremos el bono de contrato para pagar los pañales. Si no, terminaré el año escolar y trabajaré por las noches para pagar los gastos del bebé. ¿Qué te parece?*

Ella deja de llorar; su rostro está surcado de lágrimas y del sudor de la práctica de esa tarde.

—*¿De veras lo harías?*

—*Con una condición… cásate conmigo.*

"…Esos fueron los Doors. Ésta es su estación de rock clásico, la hora exacta es las 3:45. Después de la pausa escucharemos a los Beach Boys…"

Apagan la radio.

—Shep, ¿estás bien?

Patrick alza la vista hacia la doctora Nelson, las fosas nasales manchadas de sangre.

—Nunca me gustó correr.

—Te dije que no corrieras tan rápido, tu paso está desequilibrado. Sentirás mucho mayor control cuando llegue la prótesis del brazo.

—¿En qué año será eso?

—Honestamente, desearía saberlo. ¿Todavía estás de acuerdo con lo de esta noche?

—¿Segura que no es una cita a ciegas?

—Es sólo una cena. Pero te va a agradar mi hermana, es un trompo —Leigh abre el portafolio de piel que cuelga de la correa en su hombro—. Shep, tengo algo que te pertenece. Te lo voy a mostrar porque me parece que puede ayudarte a recordar el nombre de tu esposa, pero no quiero que te alteres. ¿Crees poder lidiar con esto?

—¿Qué es?

—Dímelo tú —saca el libro empastado en piel de su portafolio.

Shep se endereza de un salto, mirando fijamente ese objeto de su pasado.

—*El Infierno* de Dante. Mi esposa me lo compró cuando estábamos en Rutgers. Era su favorito. ¿Dónde lo encontraste?

—En tu departamento en Brooklyn.

—¿Tengo un departamento en Brooklyn?

—Sí, pero no has estado ahí desde antes de que te enviaran al frente por última vez. Shep, háblame de este libro. ¿Por qué era tan importante que lo guardabas debajo de tu almohada?

La expresión de Shep se nubla.

—Significaba algo para mí porque significaba algo para ella.

—¿Pero aún no logras recordar su nombre?

Sacude la cabeza.

—Está ahí, está muy cerca.

—Escribió un mensaje para ti en la primera página. Echa un vistazo, quizá te ayude.

Con la mano temblorosa, Patrick abre la tapa del libro y lee en la primera página:

Por el sacrificio que estás haciendo por tu familia.
De tu alma gemela, amor eterno siempre.

Patrick cierra los ojos, apretando el libro contra su pecho.

—Beatrice. Mi esposa se llama Beatrice.

OFICINA OVAL DE LA CASA BLANCA, WASHINGTON, D. C.

El presidente Eric Kogelo alzó la vista de su escritorio cuando uno de sus asesores principales ingresó a la Oficina Oval para su reunión agendada.

—Tome asiento, enseguida estoy con usted.

Kogelo siguió trabajando en más de una cosa a la vez, escuchando a su jefe de gabinete en el teléfono mientras enviaba un mensaje de texto a la primera dama.

El hombre mayor, de sedosa cabellera blanca y los ojos ligeramente estirados hacia arriba, miró alrededor de la Oficina Oval, ocultando su desprecio.

La sede del poder. La oficina del hombre más poderoso del planeta. Y el público todavía lo creía. Los Estados Unidos son como un tablero de ajedrez; el presidente es el rey, una mera figura, capaz de movimientos apenas más grandes que los de un peón. No, el genuino poder no estaba en las piezas en el tablero, sino en los jugadores invisibles que movían. La CIA mantenía una influencia editorial en todas las cadenas de televisión, estaciones de radio y medios impresos importantes del país. Las compañías farmacéuticas y de seguros dirigían la industria médica, mientras las grandes petroleras monopolizaban el sector energético. Pero era el complejo militar-industrial el que dirigía el mundo, una reina en las tinieblas cuyos tentáculos llegaban a casi todos los bolsillos de los políticos y a todo Wall Street, tirando de los hilos del bolso de dinero que instigaba revoluciones, actos terroristas y finalmente iniciaba guerras.

Miró en el otro extremo de la habitación el retrato al óleo de JFK. Eisenhower advirtió a Kennedy contra el ascenso incontrolado de la CIA y su complejo militar-industrial. JFK estaba decidido a disolver la agencia de inteligencia y "esparcir los pedazos al viento". Un mes más tarde, el presidente fue asesinado, estableciendo así firmemente quién estaba realmente al mando. La democracia había llegado a su fin; la libertad no era más que una ilusión conveniente destinada a mantener a las masas bajo control.

El presidente Kogelo guardó su BlackBerry en el bolsillo de su saco y dirigió su atención hacia su invitado.

—Mil disculpas. Detalles de último minuto antes de que viaje a Nueva York.

—¿Alguno de esos detalles me atañe?

Kogelo se reclinó en su silla.

—El secretario de Defensa renunciará dentro de tres horas.

—¿Es oficial?

—No me dejó otra opción. Lo último que necesito ahora es que un miembro de mi administración arroje granadas verbales a la mesa de negociación.

—Dicho sea de paso, sus declaraciones de la semana pasada estaban justificadas. Los rusos no habrían vendido los misiles balísticos intercontinentales a Teherán sin la aprobación de China.

—Tal vez, pero es necesario apagar este incendio, no rociarle gasolina.

—¿Me está ofreciendo el puesto?

—Usted tiene la experiencia; además tiene aliados en ambos lados del corredor. Con todo lo que está ocurriendo en el Golfo Pérsico nos vendría bien una confirmación rápida. ¿Qué dice?

El asesor de Seguridad Nacional, Bertrand DeBorn, ofreció una sonrisa del gato Cheshire.

—Señor presidente, será un honor para mí.

HOBOKEN, NUEVA JERSEY,
5:18 P.M.

—**Dime, Shepherd,** ¿sabías que en Hoboken se jugó el primer partido de beisbol de la historia?

Patrick se enfocó en el espagueti en su plato, que parecía un cuadro de Jackson Pollock, aún demasiado desconcertado por el entorno para poder hacer contacto visual con el esposo de Leigh Nelson o con su hermana Bridgett, menor y menos refinada que la doctora.

—En el Elysian Field, 1846. Los Knickerbockers contra los Nueva York Nine. Siempre hemos sido grandes aficionados al beisbol. A Bridgett le encanta el beisbol, ¿no es cierto, Bridge?

—El hockey —Bridgett Deem enjuagó un bocado de brócoli con lo poco que quedaba de su tercera copa de vino—. Al menos solía gustarme —se dirigió a Patrick—: Mi ex... conseguía boletos para toda la temporada de los Rangers para mí y mi amiga. Luego descubrí que sólo quería deshacerse de mí para tirarse a su secretaria en nuestro departamento mientras yo estaba en el partido.

Leigh entornó los ojos.

—Bridge, ¿tenemos que hablar de eso?

—Eso me recuerda un chiste —interrumpió Doug, acompañando su frase con una sonrisa de colegial—. Shepherd, ¿has oído el de la esposa que estaba enojada con su marido porque no le compró un regalo en su cumpleaños? El esposo dice: "¿Por qué voy a desperdiciar más dinero en ti? El año pasado te compré una fosa en el cementerio y todavía no la estrenas".

Patrick tosió, ocultando una sonrisa.

Leigh golpeó a su esposo en el hombro.

—Para ti todo es un chiste, ¿verdad?

—Oye, estoy tratando de aligerar el ambiente. A Bridgett no le molesta, ¿verdad, Bridge?

—Seguro, Doug. Ya sabía que los hombres eran unos patanes insensibles; gracias por tu contribución —se volteó hacia Shep—. Barry me decía que yo era su alma gemela. Por un tiempo lo creí. Diez años. Crees que conoces a alguien, pero en cuanto te volteas salen corriendo...

El corazón de Patrick se convulsionó en su pecho como si le hubieran clavado una daga. Cerró los ojos con fuerza.

La sangre se drenó del rostro de Leigh.

—Bridgett, ayúdame con los platos.

—Aún no termino de comer.

Su brazo izquierdo anuncia su regreso. El miembro está bañado en lava. La carne se derrite a lo largo de su antebrazo. Se le desprenden los dedos cubiertos en ácido. Un mazo de hule golpea la parte trasera de su cráneo. "¡Respira, imbécil!"

La puerta trasera se abrió de golpe con la irrupción de Parker, el hijo de siete años de los Nelson. Su presencia apartó las miradas curiosas de su lucha interna.

—¡Mami, estás en casa! Te extrañé.

—Yo también te extrañé. ¿Cómo estuvo el Museo de Ciencias?

—Bien. Autumn volvió a meterse en problemas —la cabeza del niño giró para encarar al desconocido. Sus impactantes ojos azules se clavaron en la manga vacía de Patrick—. Mami, ¿dónde está su brazo?

Desde la ardiente oscuridad detrás de sus ojos apretados, entre la carne que gotea y el corazón atenazado, una voz le susurró desesperadamente al cerebro de Patrick: *¡Lárgate!*

—Cariño, está bien. Él es Patrick…

—¡Baño! —se puso de pie tan rápido que sobresaltó al niño. Parker abrazó a su madre.

Su padre señaló con la mano hasta que pudo hallar las palabras:

—En el pasillo, a la izquierda.

Patrick avanzó entre motas moradas de luz en un aire aglutinado, con músculos apenas bajo su control. Casi ciego entró al baño y se encerró en ese santuario de porcelana. Manchas de sudor cubrían su ropa. El hombre pálido con la cabellera castaña larga y empapada le devolvió la mirada distante en el espejo. Gritos apagados de la cocina interferían con la pequeña voz en su cabeza, mientras sus ojos despavoridos buscaban una nota pegada al espejo que no estaba ahí.

Logró desprender sus pensamientos para oír el balbuceo de una mujer hispana.

—Anda, Autumn, dile a tu padre lo que hiciste.

—¡Déjame sola!

—Te voy a dejar sola la próxima vez que te me escapes así!

—Sophia, por favor.

La niña siguió gritando y logró zafarse de la mujer, tirando el plato de espagueti de Patrick. Eludió la mano de su padre y escapó por el pasillo, dando alaridos mientras subía enfurecida a su habitación.

—¡Autumn, vuelve aquí! ¿Doug?

—No seré yo, Leigh. Necesita a su madre.

—¡Yo no puedo controlarla, señora Nelson! —bramó la niñera—. Se niega a abrocharse el cinturón de seguridad en el coche, se echa a correr cuando le hablo. Es una niña demasiado hiperactiva para que la controle alguien de mi edad.

—Se está haciendo tarde, ya debería irme —Bridgett le dio un apretón en el hombro a su hermana, repentinamente agradecida de que su matrimonio hubiera terminado sin hijos—. La cena estuvo deliciosa. Te llamo mañana —bajó la voz—. ¿Quieres que lleve a Patrick de regreso al hospital?

—¡Patrick! —Leigh puso a Parker en brazos de su esposo y corrió por el pasillo hasta la puerta cerrada del baño—. Shep, ¿te encuentras bien? —no hubo respuesta; su corazón dio un brinco—. ¿Shep? ¡Maldita sea, Shep, abre la puerta!

Giró el picaporte. Le sorprendió que no tuviera puesto el seguro. Tomó aire y entró preparada para gritar "¡LLAMEN AL 911!", al tiempo que maldecía su elección de profesión y la autoindulgencia e ignorancia que han llevado a…

…Vacío.

Revisó la ventana. Cerrada con seguro. *Él sigue en tu hogar. Encuéntralo antes de que…*

Salió del baño y subió los escalones de dos en dos. Frenética, buscó en el cuarto de Parker y luego en la recámara principal y en el baño. Revisó el vestidor. Debajo de la cama *king-size*. Nada, sólo un muñeco de peluche de su hija.

La semilla de un pensamiento germinó en la peor pesadilla de un padre.

—Autumn…

Mamá Osa corrió al otro extremo del pasillo, a la recámara de su cachorrita. La lámpara de Dora la Exploradora en el escritorio de la niña iluminaba las dos figuras inertes entrelazadas en la cama.

Doug apareció junto a ella y compartió su silencio.

La cabeza de Patrick estaba apoyada en las almohadas. Tenía los ojos cerrados. Recargada en el pecho del manco estaba la hija de los Nelson.

Dos almas atormentadas. Consoladas por el sueño.

La granja estaba situada en 12 acres rurales del condado de Frederick. Construida en 1887, la casa era estructuralmente sólida; sus ocupantes anteriores habían reforzado los cimientos, remplazado el techo y renovado la fachada de piedra. Aún faltaba mucho por hacer —el establo podrido arruinaba el paisaje y urgía demolerlo— pero la nueva propietaria, en su último trimestre de embarazo, había tenido poco tiempo para nada que no fuera su trabajo y los preparativos de la habitación de su bebé.

Mary Louise Klipot compró la casa de oportunidad cuando el banco la embargó a los dueños anteriores. La ubicación era ideal: aislada pero cerca de varios centros comerciales y a sólo 20 minutos en coche del Fuerte Detrick.

Andrew Bradosky se había mudado con ella dos semanas después de proponerle matrimonio.

"...Y Bertrand DeBorn ha aceptado las responsabilidades de secretario de Defensa en funciones en la víspera de una cumbre mundial. Nos acompaña el analista político de FOX News, Evan Davidson. Evan, en tu opinión, ¿qué impacto tendrá en la cumbre de mañana la decisión de última hora del presidente Kogelo de despedir a su secretario de Defensa?"

Mary entró a la estancia desde la cocina, cargando dos tazas de chocolate humeante. Le dio una a Andrew, quien estaba arrodillado junto a la chimenea, poniendo otro leño en las brasas agonizantes.

—Cariño, ve si está lo suficientemente caliente.

Andrew dio varios sorbos a la bebida caliente, lamiendo la crema batida de su labio superior.

—Mmm, qué rico. Mary, ¿podemos terminar nuestra conversación?

Mary se dejó caer en la mecedora llena de cojines. Le dolía la parte baja de la espalda.

—Ya te dije que la Guadaña estará lista en marzo o en abril a más tardar.

—¿En abril? —Andrew movió las brasas con un atizador para que se encendiera el leño y luego se sentó en el borde de la chimenea frente a ella—. Mary, el momento oportuno lo es todo. En abril podríamos estar involucrados en una invasión a gran escala. Lo último que queremos es que la CIA decida que puede remplazarnos...

—Andy, en caso de que lo hayas olvidado, el bebé nacerá en unas cuantas semanas.

—El médico dijo que en enero.

—El médico se equivoca. Además voy a tomarme por lo menos seis meses de licencia de lactancia.

—¿Seis meses? ¡Mary, vamos, el futuro del mundo libre está en juego!

—No seas tan melodramático. Estaba bromeando. La Guadaña está muy adelantada. Ahora acábate tu chocolate caliente para que puedas frotarme los pies.

—Cielos, me asustaste —aliviado, bebió el resto de la taza, limpiándose la boca con la manga—. Pero segu... zegurr... gurr... —Andrew cayó de rodillas; el adormecimiento de sus labios se difundía ya por sus piernas—. ¿Qué...?

—No te inquietes, es probable que la parálisis no afecte tu respiración... suponiendo que haya medido la dosis correctamente. Dijiste que pesabas 82 kilos, ¿verdad? ¡Ay, cielos! Se me olvidó que tienes asma. ¿Se te está dificultando la respiración?

Mary sorbió su chocolate caliente, frunciendo el rostro ligeramente cuando la frente de Andrew Bradosky se estrelló contra el piso de madera de arce.

Segunda Parte

FIN DE LOS DÍAS

El diario perdido: Guy de Chauliac

El siguiente texto fue tomado de unas memorias inéditas recientemente descubiertas,
escritas por el cirujano Guy de Chauliac durante la Gran Peste: 1346-1348

(traducido del original francés)

Entrada del diario: 20 de diciembre de 1347

(escrito en Aviñón, Francia)

*L*a muerte avanza por el mundo.

Durante ya un año, su sombra se ha desplazado desde China a través del continente asiático. Ha infiltrado Persia por las rutas comerciales de Mongolia e infectado los puertos del Mediterráneo. Los aldeanos que huyen de la Gran Mortandad refieren historias de horror: un hálito nocivo y otro más cae, un toque de sangre infectada y la enfermedad se lleva a una familia entera a la sepultura. La ira de Dios está en ninguna parte y por doquier a la vez y no parece haber escapatoria.

Informes de una enfermedad que se propaga llegaron a Europa luego de que los ejércitos de Mongolia sitiaron Caffa [nota del traductor: la actual Feodosiya, un puerto del Mar Negro en el sur de Rusia]. Los invasores deben haber traído la enfermedad con ellos, pues cuando ya despuntaba la victoria enfermaron a tal grado que se vieron obligados a retirarse por las estepas de Eurasia… pero no antes de envenenar Caffa con los restos de sus muertos, arrojando los cuerpos infectados sobre las fortificaciones de la ciudad.

En mi calidad de médico principal del papa Clemente VI, se me ha encomendado rastrear el avance de la peste. Caffa es un puerto importante. Con base en nuestros informes más recientes, he conjeturado que en algún momento hacia finales de la primavera de este año unos marineros infectados con la peste zarparon de Caffa a bordo de barcos mercantes genoveses, con destino al Mar Mediterráneo y Europa. Los marineros practican el *costeggiare*, una forma de navegación que los mantiene constantemente a la vista de la costa. Deben haber hecho frecuentes paradas, lo que permitió que la enfermedad se propagara de un puerto a otro. Al parecer, uno de los barcos genoveses infectados llegó a Constantinopla en algún momento del verano pasado. Como en Caffa, la Gran Mortandad cundió rápidamente en la ciudad. Un contacto personal, un médico veneciano que fue mi condiscípulo en la Universidad de Bolonia, informó a la Santa Sede que las calles de Constantinopla estaban repletas de muertos y moribundos. Su carta describe fiebre elevada, tos con sangre y un hedor que apesta a muerte. Pronto aparecen verdugones, rojos primero y después negros e hinchados, algunos tan grandes como una manzana madura. A cada amanecer, el médico hallaba otra docena de infectados; a cada atardecer sepultaba a otro familiar o vecino, hasta que la desazón y el miedo se volvieron tan abrumadores que tuvo que huir de Constantinopla. Su descripción de un padre que sobrevivió y que tenía demasiado miedo para enterrar a su propio hijo me hizo llorar.

Hacia finales del verano, el papado fue advertido de que la pestilencia había avanzado hasta Persia, Egipto y el Levante, al sur, y hasta Polonia, Bulgaria, Chipre, Grecia y Rumania al norte. Si bien esos informes no pueden ser verificados, todos nosotros vivimos temerosos de la inminente llegada de la Muerte.

El 14 de noviembre, el papa me llamó a sus aposentos para informarme que la peste había azotado Sicilia. El contacto de la Santa Sede, un fraile franciscano llamado Michele da Piazza, aseguraba que la enfermedad había llegado a las costas de Europa una semana después de que 12 galeras genovesas tocaran puerto a principios de octubre. Bajo cubierta fueron hallados docenas de tripulantes muertos, todos infectados. Quienes seguían con vida entraron a Messina, contagiando la enfermedad a todos aquellos con quienes tuvieron contacto, antes de morir ellos también. El fraile informó de furúnculos negros en el cuello y la entrepierna de los infectados, además de la tos con sangre y la fiebre, generalmente seguidas de vómito incesante y violento. A pocos días de haberse infectado, todas las víctimas habían muerto.

Mi propio espanto se mezcla con la rabia. A pesar de la Muerte que se aproxima, la Santa Sede está más ocupada en su contienda con el rey de Inglaterra, que quiere dominar la Península Ibérica conquistando uno tras otro los poblados costeros franceses, y la disputa de Clemente con Roma, ciudad de donde el papado fue expulsado hace varios papas.

Es indiscutible que la codicia de una élite ha mantenido a Europa sumida en décadas de guerras interminables. La corrupción se ha asentado en la Iglesia y el pueblo ha perdido la confianza. Los episodios de hambruna siguen devastando los campos, a resultas de décadas de cosechas arruinadas por las condiciones inclementes del tiempo que comenzaron cuando yo era apenas un niño.

Muchos dicen que hemos sido maldecidos y sufrimos la ira de Dios. Yo digo que nuestra corrupción, nuestra codicia y nuestro odio al prójimo, alentado por el dogma religioso, han allanado el camino a nuestra propia destrucción.

La decadencia impera hoy en el Palacio de los Papas; la guerra campea en los estados papales. Bandas errantes de *condottieri* atacan las aldeas de Europa, mientras las descuidadas ciudades fortificadas se han convertido en inmundos vertederos. Influenciada por la politiquería, la Santa Sede ha decretado que es pecado bañarse y su ortodoxia tiene el respaldo de la facultad médica de París; su determinación no se basa en un hecho científico, sino en su deseo de atizar su pugna con las tradiciones más liberales de Roma y Grecia, para las cuales la higiene personal es una de las virtudes cardinales.

No tiene nada de virtuoso vivir en Aviñón, donde el plebeyo comparte la habitación con el ganado. Todos los días los carniceros sacrifican animales en las calles y la sangre y las heces son dejadas ahí como alimento de moscas y roedores. Hay ratas por doquier, un azote que se ceba en la inmundicia de Aviñón y París y de todas las ciudades bajo la influencia de la Santa Sede, avasallando los hogares de los campesinos en las zonas rurales.

Es en medio de este hedor de corrupción que la Muerte Negra se aproxima a nuestra otrora gran ciudad.

Que Dios se apiade de nuestras almas.

Guigo

NOTA DEL EDITOR: Guy de Chauliac, también conocido como Guido de Cauliaco, fue médico de cinco papas a finales del siglo XIII y es considerado el más importante escritor de tratados quirúrgicos de la Edad Media. Su obra principal, *Inventarium sive Chirurgia Magna (El inventario de la cirugía mayor)*, fue el principal texto didáctico de cirugía hasta el siglo XVIII.

Bueno, llegué a la ciudad apenas hace una hora. Eché un vistazo alrededor, para ver para qué lado soplaba el viento, donde están las chicas en sus bungalós de Hollywood. ¿Eres una damita afortunada en la ciudad de la luz? ¿O simplemente otro ángel perdido en la ciudad de la noche? Ciudad de la noche, ciudad de la noche, ciudad de la noche…

The Doors, "Mujer de L. A."

Bioguerra Fase I
Inseminación

20 de diciembre

CIUDAD DE NUEVA YORK,
8:19 A.M.
(23 HORAS, 44 MINUTOS ANTES
DEL FIN DE LOS DÍAS PROFETIZADO)

Manhattan: una Meca en una isla, rodeada de agua.

El río Harlem fluía hacia el sur a un lado del Bronx, ensanchándose en el East River, espumeando con una feroz corriente de cuatro nudos. La Estatua de la Libertad llamaba a los viajeros desde el otro lado de la bahía de Nueva York. Más al norte, la vía fluvial se convertía en el poderoso Hudson, el río que separa a la Gran Manzana de la costa noreste de Nueva Jersey.

Aguas urbanas, frígidas y grises. Un paisaje delicioso para los agentes de bienes raíces y los paseantes. Ignorada cotidianamente por los conmutadores, la barrera natural neutralizada por una docena de puentes y túneles.

Hoy no.

El sol invernal salpicaba el horizonte de Manhattan con fugaces destellos dorados. Las interminables obras de construcción reducían el tráfico a un ritmo reptante. Los ánimos se caldeaban. Diez mil mensajes de texto lanzados al ciberespacio. De las alcantarillas surgía vapor. Los islotes de calor atraían a los sin techo como una llama a las palomillas. Su desamparo ignorado por las oleadas de peatones. Como los ríos.

El frío mordía las orejas expuestas, las narices moquientas. La nieve de la noche anterior ya había sido pisoteada hasta ser reducida a fango de hielo. Árboles de Navidad. Luces festivas. Aroma de canela y de bizcocho danés caliente.

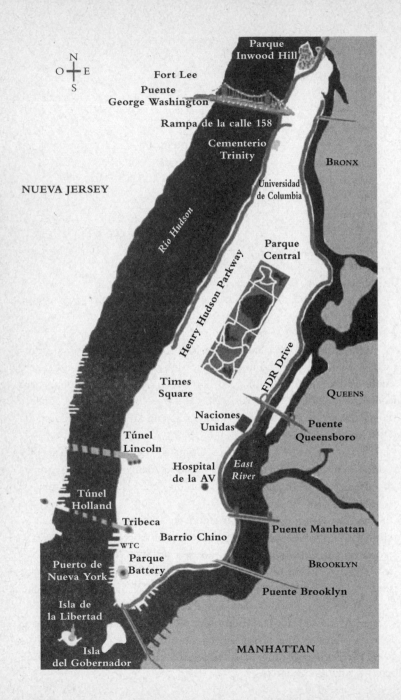

El jueves previo a la Navidad. La fiesta inminente daba renovada energía a la fuerza laboral de regreso a Manhattan. Sardinas humanas enlatadas en los subterráneos y los trenes. En la hora pico, medio millón de vehículos convertían las vías rápidas en estacionamientos. Negociantes y vivales. Compradores y vendedores. Abogados y legos y padres escoltando a sus hijos a la escuela. Impulsados por la cafeína y los sueños y los instintos de sobrevivencia afinados luego de años en la jungla de asfalto. Dos millones de visitantes llegaban a Manhattan cada día. A esa cifra hay que añadir 1.7 millones de residentes, todos ellos compartiendo la isla de 45 kilómetros cuadrados.

Cien mil seres humanos ocupando cada calle congelada. Buenos y malos, jóvenes y viejos, hombres, mujeres y niños, representantes de cada grupo de edad y nacionalidad del planeta. Una tajada de humanidad, colocada en un precipicio demasiado grande para comprenderlo; su indiferencia hacia el sufrimiento del mundo mancillaba cualquier inocencia; su afán de eximirse de toda responsabilidad era culpable.

Nunca un copo de nieve se siente culpable en una avalancha.

Los conmutadores avanzaban palmo a palmo por el atestado puente Queensboro, ratas que se alistaban para entrar al laberinto. Ignoren a los conductores cuyos vehículos tengan matrícula triestatal. Fíjense en cambio en el Honda Civic blanco con placas de Virginia. Es un auto rentado; la conductora, una académica que siempre había preferido los suburbios a las tentaciones de la vida en la gran ciudad. Y sin embargo aquí estaba, habiendo conducido toda la noche para estar en Manhattan en esta helada mañana de jueves, en este preciso momento de la historia humana. Siendo virgen para efectos de Nueva York, podría esperarse que sintiera los nervios de la hora pico. Pero la sonrisa en el rostro angular de Mary Louise Klipot era serena; la mujer de 38 años y cabellera roja como un arándano o una manzana exudaba una tranquilidad que sólo podía provenir de su paz interior. Sus ojos avellanados, desprovistos de maquillaje y bordeados de rojo por la falta de sueño, miraron a los conductores embotellados a su izquierda. Rostros angustiados, se dijo, marcados por el miedo constante que nace de la incertidumbre.

Mary Klipot no sentía miedo ni incertidumbre. Estaba en un lugar más allá de la preocupación, más allá de la mácula humana. La fe era un manantial que impulsaba sus convicciones, y era profunda porque viajaba por una senda allanada por el Todopoderoso…

…y viajaba con su hijo.

Claro que Andrew había tratado de convencerla de que no era así. Su prometido había insistido en que *él* era el padre del bebé. Su argumento no había prevalecido: era producto de su afán evidente de vender la Guadaña a las fuerzas armadas, a la comunidad de inteligencia o a algún otro grupo de operaciones clandestinas con sus propias perversiones geopolíticas. ¿Acaso Andrew creía que ella era idiota? ¿El Niño Jesús era *suyo*? ¿Cuándo había tenido lugar ese supuesto "acto de copulación"? ¿Por qué Mary no podía recordarlo?

Habiendo obligado al Diablo a mostrar su juego, su "prometido" había escupido una historia desesperada, alegando que habían pasado la noche juntos en marzo, cuando vacacionaron en Cancún. Frustrado sexualmente, Andrew confesó haber añadido una droga al ron con cola de Mary, haciendo estallar el dique de su libido que estaba a punto de reventar. Había sido una noche salvaje de pasión y lujuria; que Mary no se acordara tenía más que ver con el hecho de que ella no quería recordar, que con el inofensivo coctel químico que él le había administrado.

Esa mentira venenosa le había costado muy caro a Andrew. Después de atarlo al poste central del granero, vertió ácido sobre sus muñecas esposadas, hasta los codos. Él gritó hasta que se desmayó, pero las gruesas paredes interiores de la estructura dilapidada habían amortiguado el sonido y el vecino más cercano estaba a un kilómetro de distancia.

Volvió a sujetarlo al poste central y esperó pacientemente a que despertara. Finalmente lo sacudió con el cañón de una escopeta calibre 12.

—Querido Andrew, abre los ojos. Mamá tiene algo para ti.

El estallido arrojó sesos, sangre y fragmentos de cráneo hasta la pared posterior y las vigas; la sacudida le provocó un esguince en el hombro derecho, haciendo que el Niño Jesús se pusiera a patear durante 10 minutos seguidos. Descansó en el pesebre hasta que se tranquilizó y después purgó el granero con fuego, enviando a su prometido en su viaje de ida al olvido. Mary permaneció en el lugar lo suficiente para convencer a los bomberos de permitir que la vetusta estructura ardiera hasta desintegrarse y luego se agasajó con una cena de langosta en el Benito Grill, antes de ir a empacar a su laboratorio del Fuerte Detrick.

El noticiero de la radio atrajo su atención.

"…Los líderes mundiales, claramente divididos en torno a la cuestión de cómo lidiar con Irán, están llegando a Nueva York para una sesión de emergencia del Consejo de Seguridad de las Naciones Unidas. El líder supremo de Irán pronunciará un discurso ante el Consejo de Seguridad en la Sala de la Asam-

blea General a las 9:15 de esta mañana. El discurso del presidente Kogelo está agendado tentativamente para las 10:30, seguido por el secretario general de China hoy por la tarde. Entre tanto, se espera que el portaaviones USS Theodore Roosevelt se una al grupo de batalla del USS Ronald Reagan, que ya se encuentra en el Golfo Pérsico en respuesta directa a la venta de misiles rusos intercontinentales a Irán el pasado 9 de agosto. Ahora continuamos con la música en WABC Nueva York."

Mary apagó la radio. Su corazón latía con más fuerza al salir del puente Queensboro y entrar al FDR Drive South. El complejo de las Naciones Unidas se hallaba un poco más adelante. Hoy iba a dar una lección a los elitistas. Hoy entenderían cabalmente el significado de Mateo 5:5. "Bienaventurados los débiles, porque ellos heredarán la tierra."

Miró la pila de mantas acomodada en el piso del lado del pasajero, haciendo un esfuerzo por no apartar ese camuflaje de lana y ver el objeto oculto: un maletín de metal que contenía su llave a las Puertas del Cielo. A la hora señalada por Dios, Mary. El Señor estará contigo cuando lo necesites. No anticipes el dolor. Concéntrate sólo en el presente...

CENTRO MÉDICO DE LA AV, MANHATTAN, NUEVA YORK

Perdido en el pasado, Patrick Shepherd soñaba...

Avanzan por las calles de Bagdad, David Kantor a su derecha, Eric Lasagna a su izquierda. Tres Flautistas de Hamelín, seguidos por una docena de niños iraquíes que piden limosna.

David se detiene, permitiendo que la horda de pequeños rodee a sus camaradas.

—¿Alguno de ustedes vio Moby Dick?

—Yo sí —responde Lasagna—. Con Gregory Peck como Ahab. Un clásico.

—¿Recuerdas cuando Ahab les dice a sus hombres que observen a las aves, que las aves les dirán cuando Moby Dick esté a punto de emerger? Los lugareños son sus aves. Suelen presentir cuando se avecinan problemas, así que si los ven desalojar una calle estén preparados. Los chicos son estupendos, pero tengan cuidado. Los fanáticos a veces les atan bombas y los obligan a acercarse a nuestras tropas.

Una niña de siete años, de cabello oscuro y mirada luminosa, le sonríe a Shep, coqueteando abiertamente. Él saca de su mochila una RCM (ración de comida militar); la presencia de la comida portátil genera entusiasmo.

*—Bien, veamos qué nos trajo hoy el Tío Sam. ¿A alguien le interesan unos
ravioles de hace dos días? ¿No? No puedo culparlos. Esperen, ¿qué es esto? ¡M&M!*

Los niños saltan, manotean y dan voces en farsi.

*Shep distribuye tres cajas de los chocolates confitados de modo que cada niño
reciba una porción igual, guardando la última ración doble para la niña sonrien-
te de siete años.*

*Se devora un puñado y la saliva de chocolate se escurre entre sus labios son-
rientes. Shep la observa, perdido en sus enormes ojos cafés, ventanas de un alma
que ha presenciado mucho dolor pero aún puede abandonarse en la inocencia.*

*Su nueva amiguita le dirige una sonrisa fangosa de chocolate. Le sopla un
beso y sale corriendo…*

*…su partida pone fin al respiro momentáneo en el ojo de la tormenta,
enviándolo de regreso a la guerra.*

MORNINGSIDE HEIGHTS UPPER WEST SIDE,

MANHATTAN,

8:36 A.M.

La catedral de San Juan el Divino, situada en 13 acres al sur del campus principal de la Universidad de Columbia, es la mayor del mundo.
Construida sobre un promontorio con vista al río Hudson, la estructura de estilo romanesco-bizantino fue diseñada en 1887, pero la obra
continuaba inconclusa.

Pankaj Patel se detuvo en la avenida Amsterdam para contemplar
la ilustre casa de Dios. La catedral estaba decorada con luces navideñas, pero Patel estaba en un ánimo que distaba mucho de ser festivo.
Han pasado más de tres meses desde que el profesor de psiquiatría fuera aceptado en la Sociedad de los Nueve Desconocidos y el estrés derivado del encuentro clandestino con el Mayor aún pesaba en su mente.

Miró la Fuente de la Paz de la catedral, con el césped que la rodea
cubierto de nieve y cercado por figuras de animales de bronce. Las tallas
de piedra plasmaban con gran detalle la épica lucha del bien contra el
mal: el arcángel Miguel decapitando a Satán, cuya cabeza cornuda colgaba de lado. *Un día más para llegar al solsticio de invierno… El día de los
muertos. Si el Fin de los Días en verdad es inminente…*

—¡Papá, anda! Voy a llegar tarde a la fiesta!

Atrajo su atención su hija de 10 años, Dawn. El largo cabello color
ónice de la niña, separado en trenzas, caía sobre su abrigo invernal y

124

sus oscuros ojos angelicales exudaban una mezcla de ansiedad e impaciencia.

—Lo siento, ¿otra vez estaba perdido en el espacio?

—Totalmente —tirando de su muñeca, lo conduce hacia la entrada de la escuela de la catedral, un colegio desde jardín de infantes hasta el octavo grado, para niños de todas las creencias religiosas—. Recuerda que me voy a quedar después de clases para el ensayo de la banda. Nos vemos en la cena.

—¡Espera! —la alcanzó en el césped cubierto de nieve y se agachó sobre una rodilla—. Sabes que te quiero. Eres un don de Dios para tu madre y para mí, nuestro pequeño ángel.

—Papá —le acarició la mejilla con sus dedos cubiertos de lana—, ya te empapaste la rodilla.

Con el corazón apesadumbrado vio a su única hija correr para unirse a los niños que convergían en la puerta del colegio. Se sacudió la mancha húmeda en la pierna derecha del pantalón y continuó por la avenida Amsterdam hacia el campus este de Columbia.

LOWER EAST SIDE, MANHATTAN,
8:44 A.M.

Los brazos de Mary Klipot temblaron al sujetar el volante. Los nudillos se drenaron de sangre por la fuerza con que sujetaba el rosario. El tráfico congestionado en la Primera Avenida no se había movido en 10 minutos y había una muy nutrida presencia policial en la Plaza de las Naciones Unidas.

Sus ojos volaban como saetas del reloj digital en el tablero del auto al espejo retrovisor. Miró la efigie del esqueleto de metro y veinte en el asiento trasero, sujeta con el cinturón de seguridad, con vestido de novia y una peluca roja del mismo tono que el cabello de Mary.

—Santa Muerte, se me agota el tiempo. Guíame, Ángel. Muéstrame el camino.

Pasaron unos momentos y después los vehículos en los dos carriles a su izquierda se movieron milagrosamente. Mary viró desde la derecha, se patinó un instante sobre un trozo de hielo y dio vuelta en la calle 45 Este, en una búsqueda desesperada de un lugar para estacionarse.

El tráfico reptaba hacia el oeste cruzando la Segunda Avenida. Los parqueos estaban repletos, las cunetas cubiertas de nieve estaban prohibidas. El reloj digital marcó las 8:54 a.m. En su frustración golpeó el volante con las palmas de las manos, rompiendo las cuentas del rosario.

Esto no está bien. Estás avanzando demasiado hacia el oeste.

El bebé le pateó la panza cuando viró en la Tercera Avenida y de nuevo al este, a la Plaza de las Naciones Unidas. Cruzó la Segunda Avenida; la sangre pulsaba en sus sienes. *No vuelvas a quedar atrapada en la Primera Avenida o llegarás tarde.* Miró por el retrovisor.

—Por favor, Huesuda, ayúdame a encontrar un lugar para estacionarme.

El callejón a su izquierda era tan angosto que estuvo a punto de pasarlo de largo. Anidado entre dos rascacielos, era un pasaje reservado sólo para camionetas de reparto. Dio vuelta para entrar en él y avanzó unos 20 metros hasta que topó con una pared y un basurero de metal.

Al amparo de las sombras, brinda privacidad al tiempo que está a sólo unos pasos de la ONU. *¡Es perfecto!*

—Gracias, Santa Muerte. Bendita seas, Ángel mío!

Por doquier había letreros de NO ESTACIONARSE. LOS VEHÍCULOS INFRACTORES SERÁN ARRASTRADOS CON GRÚA, pero sólo iba a tardarse 10 minutos, máximo 15, y además Dios la había conducido hasta ahí y Él no la abandonaría ahora. Aparcó frente a un enorme basurero color marrón y apagó el motor.

Era hora.

Mary apartó las mantas de lana amontonadas en el piso del lado del pasajero, revelando el maletín metálico. Una etiqueta de advertencia de peligro biológico adornaba su pulida superficie; el logo de USAMRIID estaba embellecido con una guadaña plateada.

Puso el maletín en su regazo. Dirigió su atención a la cerradura de combinación. Colocó los siete dígitos de modo que indicaran 1266621 y enseguida abrió los dos broches.

Las cerraduras de metal se abrieron…

…y encendieron un microcircuito que envió una señal electrónica remota a un receptor seguro localizado 394 kilómetros al sur de ahí.

INSTITUTO DE INVESTIGACIONES MÉDICAS DE ENFERMEDADES CONTAGIOSAS DEL EJÉRCITO DE LOS ESTADOS UNIDOS (USAMRIID),FUERTE DETRICK FREDERICK, MARYLAND, 8:56 A.M.

Los laboratorios de biodefensa ubicados en USAMRIID eran los más grandes y mejor equipados en los Estados Unidos, diseñados para trabajar con microbios altamente peligrosos. El campus del Fuerte Detrick, expandido en 2008, incluía ahora el Centro Nacional de Análisis y Contramedidas de Biodefensa, un complejo de mil millones de dólares y 50 mil metros cuadrados, operado bajo los auspicios del Departamento de Seguridad Doméstica. Las nuevas instalaciones albergaban aproximadamente 20 mil metros cuadrados de laboratorios de bioseguridad Nivel 4, diseñados para permitir a los investigadores trabajar con los más peligrosos gérmenes conocidos.

La oficina de la doctora Lydia Gagnon se encuentra en el Edificio 1425, en el Campus Nacional Interagencias de Biodefensa (CNIB), una de las instalaciones originales que se mantenían en uso. La patóloga oriunda de Ontario terminó su segunda Pepsi de la mañana y se dio un minuto más antes de tener que salir a su reunión de personal de las nueve de la mañana. Estaba leyendo mensajes electrónicos de su hermana cuando la pantalla de internet se apagó de manera abrupta.

ATENCIÓN: VIOLACIÓN DE BIOPELIGRO NIVEL 4

La advertencia aparecía una y otra vez. El mensaje encriptado la orilló a ingresar su clave de seguridad. Tecleó el número de identificación de siete dígitos y mientras leía sus ojos azules se fueron ensanchando de miedo detrás de sus lentes de aumento. Después de 30 segundos, tomó el teléfono de la oficina y marcó una extensión de tres dígitos.

—Soy Gagnon del CNIB. Tenemos una violación de biopeligro Nivel 4; repito, tenemos una violación de biopeligro Nivel 4. Quiero a dos TIA (Equipo de Aislamiento Aeromédico) en el helipuerto listos para traslado en seis minutos. Dígale al coronel Zwawa que voy para arriba.

LOWER EAST SIDE, MANHATTAN,
8:56 A.M.

Mary Klipot abrió el maletín de metal, dejando al descubierto los compartimentos moldeados de hule espuma. Había tres objetos asegurados en el interior: un inhalador diseñado para cubrir nariz y boca, un aditamento de inyección para un aerosol y un frasco de cristal que contenía un líquido transparente, cuya tapa estaba sellada con una etiqueta de biopeligro color naranja.

Extrajo metódicamente el inyector de aerosol vacío. Desatornilló la tapa. Lo colocó en uno de los compartimentos de tal modo que quedara en posición vertical. Con sumo cuidado sacó el frasco de vidrio. Peló la calcomanía. Vertió con cuidado una onza cúbica en el fondo del aerosol vacío.

Respiró una bocanada de aire para calmar los nervios. A continuación extrajo del bolsillo de su chamarra un tubo de ensayo de plexiglás que contenía una sustancia grisácea parecida a la tiza. Un modificador genético: el factor X de su labor. Retiró la tapa, que hacía también las veces de asa de una diminuta taza medidora del tamaño de la cabeza de una tachuela. Llenó la taza medidora con el polvo gris. Le dio unos golpecitos para quitar el exceso de material. Lo añadió al líquido transparente en el dispositivo de aerosol, cerró el tubo de ensayo y lo colocó en uno de los compartimentos de hule espuma. Cerró el contenedor en aerosol con la tapa y agitó 12 veces, delicadamente, los ingredientes sellados. Satisfecha, unió el dispensador al inhalador y a continuación puso el dispositivo en el hule espuma.

Consultó la hora: 8:59 a.m.

Sacó de su bolso el sobre que contenía una tarjeta de identificación falsa de las Naciones Unidas. Mary vio su propia fotografía, que ahí se vinculaba al nombre de la doctora Bogdana Petrova, de la embajada rusa. La doctora Petrova había sido una microbióloga. Mary la había conocido en una convención internacional siete años atrás, en Bruselas. El cadáver de Bogdana había aparecido seis semanas después en un basurero de Moscú. Se achacó su muerte a una cita acordada por internet que había salido mal.

Les haremos pagar lo que te hicieron, Dana. Lo que les hicieron a todos nuestros colegas.

Se colgó del cuello la tarjeta de identificación falsa que pendía de un cordón y tomó el inhalador. Su corazón latía con fuerza, le temblaban las manos. *Llegó la hora, Mary. Es por esto que fuiste elegida. La Guadaña no puede lastimar al bebé; ya inoculaste la placenta, pero debe ser inseminada correctamente para propiciar el Éxtasis.*

Miró fijamente a la Parca pelirroja por el espejo retrovisor y recitó el último pasaje del novenario de plegarias dirigidas a la Santísima Muerte, tomado del folleto que había recibido en México dos meses atrás.

—Muerte, bendita protectora: por las virtudes que Dios te ha conferido te pido que me libres de todo mal, peligro y enfermedad, y que en cambio me otorgues suerte, salud, felicidad y dinero, que me des amigos y libertad respecto de mis enemigos, y que también hagas que

Jesús, el padre de mi hijo, venga ante mí, manso como un cordero, que cumpla sus promesas y sea siempre amoroso y sumiso. Amén.

Oprimió el inhalador sobre su nariz y a boca. Apretó el gatillo e inhaló hasta lo más profundo de sus pulmones el acre elíxir.

Hecho lo anterior, inclinó la cabeza hacia atrás. Su corazón latía violentamente, sus párpados aleteaban. Escalofríos recorrían su cuerpo a causa de la adrenalina.

La voz interior, antes reprimida por los medicamentos, ahora la apremiaba.

Descendió del auto, azotó la puerta y cerró con seguro, antes de recordar que estaba dejando un indicio delator: el maletín de metal. Oprimió el control remoto, reabrió la portezuela y tomó el maletín, pateando el piso cubierto de aguanieve para mantener bajo control su vejiga repleta en el frío de menos tres grados.

Miró alrededor, desesperada. El basurero lucía invitante. Arrojó ahí el maletín y se alejó a toda prisa. El maletín se abrió al caer en el basurero vacío con un fuerte estruendo.

Salió del callejón. Dio vuelta a la izquierda y caminó rumbo al este por la calle 46.

Mary Bubónica aceleró el paso a medida que la infecciosa combinación de toxinas inundaba su torrente sanguíneo.

CENTRO MÉDICO DE LA AV, MANHATTAN,
NUEVA YORK,
9:03 A.M.

Leigh Nelson estaba sentada detrás de su escritorio, tomando a pequeños sorbos una taza de café calentado en el horno de microondas. Jueves por la mañana y ninguna reprimenda. Aún tenía puesto el abrigo y sus huesos seguían helados tras la caminata de cuatro calles. *Menos un grado centígrado afuera, menos 12 con el factor de congelación del viento, y tenían que elegir justo el día de hoy para iniciar la obra de construcción en el estacionamiento del personal.*

Abrió su computadora portátil y se conectó a internet para revisar su correo electrónico, eliminando progresivamente aquellos mensajes que eran evidentemente no deseados. Se detuvo en uno cuyo asunto decía BÚSQUEDA DE UNA PERSONA EXTRAVIADA e hizo click en el mensaje electrónico.

Dra. Nelson:

Gracias por su solicitud de información acerca del paradero de BEA-
TRICE SHEPHERD, edad 30-38, con UNA HIJA, edad 14-16. PRINCIPA-
LES 5 estados en los que solicita la búsqueda: NY. NJ. CT. MA. PA.
Fueron halladas las siguientes concordancias positivas:

    Manhattan, Nueva York: Beatrice Shepherd

    Vineland, Nueva Jersey: Sra. Beatrice Shepherd

    Ver también: Sra. B. Shepherd (NY - 4)

    Sra. B. Shepherd (NJ - 1)

    Sra. B. Shepherd (MA - 6)

    Sra. B. Shepherd (PA - 14)

    Para brindarle los resultados de la más alta calidad, le sugeri-
mos nuestro NIVEL 2 de servicios de detectives. Cuota: $149.95.

Los ojos de Nelson se clavaron en la concordancia de Manhattan.
Hizo click en el vínculo:

Shepherd, Beatrice. Calle Thames Oeste 201, Battery Park City, NY.
Hija: Karen (edad desconocida).

    Teléfono: (212) 798-0847 (nuevo registro)

    Estatus matrimonial: Casada (separada)

    Oprima aquí para el MAPA.

Imprimió la información. Consultó la hora. Maldiciendo para sus
adentros, tomó su tablilla con sujetapapeles y salió, 10 minutos tarde
para su ronda matutina.

En el pasillo se oían claramente abucheos y gritos. Leigh Nelson aceleró al paso hasta trotar e irrumpió por la puerta doble del Pabellón 27.

Los veteranos coreaban desde las camas. Aquellos que aún tenían
manos sujetaban billetes; los que no, les iban a la par en entusiasmo. Al
centro del espectáculo estaba Alex Steven Timmer, un veterano de los
marines. Amputado de una pierna, se balanceaba sobre la derecha y la
prótesis de la izquierda, con un bate de beisbol sobre el hombro derecho. Una bandeja del desayuno colocada a sus pies hacía las veces del
home; un colchón recargado en la puerta del baño era la protección. Una
bacinica de aluminio atada al colchón era la zona de *strike*; una pelota
de beisbol ya había caído adentro.

Del otro lado del pabellón, de pie en el pasillo central, a 18 metros
de distancia, estaba Patrick Shepherd. Intimidaba de una forma extraña. En la mano derecha tenía una pelota.

—¿Qué está pasando aquí? ¡Esto es el pabellón de un hospital, no el estadio de los Yankees!

Los hombres se callaron. Shep desvió la mirada.

El sargento Rocky Trett se dirigió a la mujer enfadada desde su cama.

—Timmer jugó beisbol colegial para los Huracanes de Miami. Dice que bateó .379 en la Serie Mundial Colegial y que Shep no podría poncharlo en su mejor día. Naturalmente, nos pareció que se imponía una apuesta.

—Vamos, *Pucheritos*, concédenos dos lanzamientos más para que podamos terminar la apuesta.

—¡Sí! —los hombres empezaron a vitorear otra vez.

Alex Timmer le hizo una seña con la cabeza a la doctora.

—Dos lanzamientos más, doc. Déjenos resolver esto como hombres.

—¡Dos lanzamientos más! ¡Dos lanzamientos más! ¡Dos lanzamientos más!

—¡Basta! —miró alrededor, sopesando las necesidades de sus pacientes contra la realidad de perder el empleo—. Dos lanzamientos más. Y luego quiero que todo vuelva a la normalidad.

Vitorearon salvajemente en tanto que ella avanzaba por el pasillo para hablar con Patrick.

—¿Puedes siquiera lanzar una pelota de beisbol sin un brazo? ¿No vas a perder el equilibrio?

—Estoy bien. He estado medio practicando en el sótano.

Ella miró sobre el hombro a Timmer.

—Tiene facha de que sabe batear. ¿Puedes poncharlo sin romper nada?

Shep sonrió con ironía.

—¡Estrangulador! ¡Estrangulador! ¡Estrangulador!

—Dos lanzamientos —Leigh buscó refugio en la estación de las enfermeras junto a Amanda Gregory; la enfermera se encogió de hombros—. Podría ser peor. Al menos no están pensando en la guerra.

Alex Timmer señaló con el bate a Shep, estilo Babe Ruth.

—Lánzala, campeón. Justo por arriba del plato.

Shep se volteó, ajustó la manera en que sujetaba la pelota y usó el muslo como contrapeso. Como no podía mantener el equilibrio si hacía su movimiento completo, tenía que lanzar con sólo medio envión. Se aprestó para lanzar, ignorando al bateador y concentrándose en cambio en el blanco. Pateó con la pierna izquierda, impulsando su rodilla hasta el pecho antes de estirarla al frente con un poderoso impulso que desplegó simultáneamente su brazo derecho, como una resortera, enviando una mancha blanca rotatoria a través del aire y por el pasillo central, dejando al bateador viendo visiones un segundo entero antes de que éste completara su torpe intento de conectar con la pelota. La bola rápida de dos costuras astilló el centro de la bacinica.

Segundo *strike*.

Los hombres enloquecieron. Un dinero cambió de manos, se caldearon algunos ánimos; entre ellos el del bateador.

—Una más, Shepherd, lánzame otra bola rápida. Más te vale que te agaches, porque la voy a mandar de regreso por el centro.

Un veterano le dio la última pelota a Shep. La sujetó por las costuras de un modo ligeramente distinto. Su rostro podría rivalizar con el del mejor jugador de póquer de Las Vegas.

Nada cambió. Ni la velocidad del lanzamiento, ni el ángulo de su brazo, ni la descarga; nada más la forma de sujetar la pelota. El rayo blanco voló por un mar de camas metálicas rumbo al plato improvisado y el bateador a la espera; de pronto, cayó en picada, convertida en una bola de rompimiento que pasó 25 centímetros abajo del tolete de Alex Timmer, cuyo batazo estuvo tan violentamente errado que hizo que el veterano de una sola pierna diera un giro de 360 grados. La madera de fresno se topó con la pierna protésica, que se reventó en astillas de aluminio y acero, lanzando a Timmer con fuerza al suelo de un sentón. Aulló cuando un trozo de metal perforó su glúteo izquierdo.

Se hizo el silencio entre la multitud. La doctora Nelson estaba de pie junto a la estación de enfermeras, tan pálida como su bata de laboratorio.

—¡Maldita sea, Shepherd! ¡Esperé ocho meses por esta pierna! ¡Ocho meses! ¿Y ahora qué se supone que debo hacer?

Shep se encogió de hombros.

—La próxima vez mejor haz un toque de pelota.

Los hombres gritaron y aullaron de risa.

Sujetando la andadera más cercana, el hombre con una sola pierna se levantó del piso de linóleo y cojeó por el pasillo con la intención de atacar al manco. La doctora Nelson se quedó paralizada, observando estupefacta mientras sus internos se apresuraban a intervenir.

Su localizador vibró en su bolsillo. Buscó precipitadamente el aparato. Leyó el mensaje de texto:

LOS VIPS YA LLEGARON

Su salto de fe perdía fuerza, lo remplazaba una sensación de pavor. Sentía los pulmones pesados. La náusea agitaba su estómago. Un dolor sordo enraizó en sus sienes y lo empeoraba el incesante tañido de campanas. El sonido navideño aumentó cuando se acercó a la esquina de la calle 46 y la Primera Avenida, y la Plaza de las Naciones Unidas apareció ante su vista.

Heath Shelby dejó de tocar la campana. Se quitó un guante y se rascó la cara bajo la irritante barba de Santa Claus. Shelby era escritor independiente y también hacía locución en anuncios locales de radio. Desde hacía dos años era voluntario del Ejército de Salvación; fue uno de los requisitos de su esposa Jennifer cuando ésta aceptó arrancar de Arkansas a la familia.

Heath no tenía problemas con la labor de caridad. El Ejército de Salvación brindaba servicios de emergencia y comidas calientes a los menos afortunados, así como regalos para los niños en Navidad. Lo que detestaba era usar el estorboso traje de gordo y la barba blanca que le daba comezón y las botas de Santa Claus de imitación piel que ofrecían poco o nulo aislamiento contra la acera helada. Había estado de pie en esa esquina, con su olla para los donativos y la campana, desde las siete de la mañana. Le dolían los pies y la espalda baja. Peor aún, se le estaba irritando la garganta. Tenía programados tres anuncios de radio para la semana siguiente y lo último que necesitaba en este momento era un resfriado.

Al diablo con esto. Arroja un billete de 20 dólares en el balde y da por concluida tu jornada. Mejor todavía: toma un taxi a Battery Park y trabaja en el bote. Unas cuantas horas más de reparaciones y ya podrá salir al mar. Me muero de ganas de ver el rostro de Collin… El chico no ha ido a pescar desde que nos fuimos de Possum Grape. Pasa a comprar otra caja de resina de fibra de vidrio antes de que vayas y…

Ignorando el letrero parpadeante de NO CAMINE, la pelirroja embarazada se bajó de la acera y caminó directo al tráfico. Una bocina resonó. El taxi se derrapó.

Heath tomó a la mujer por el codo, apartándola del peligro.

—¿Se encuentra bien?

Mary miró a Santa Claus, desconcertada.

—No puedo llegar tarde.

—Más vale tarde que muerta. Debe ver las señales. ¿Segura que está bien? Se ve un poco pálida.

Mary asintió con la cabeza. Tosió violentamente, hurgó en el bolsillo de su chamarra y arrojó unas monedas cubiertas de pelusas en el balde de Santa. El semáforo volvió a ponerse en verde y la mujer siguió a una nueva ola de peatones por la intersección de la Primera Avenida.

Adelante, elevándose sobre lo que antes fue el jardín norte, estaba el nuevo edificio de conferencias de las Naciones Unidas, todavía parcialmente en construcción. A su derecha estaba el edificio de la Secretaría; su fachada verde de vidrio y mármol se alzaba 38 pisos; los pisos inferiores lo conectaban con el viejo edificio de conferencias, el anexo sur, la biblioteca... y el objetivo de Mary: el edificio de la Asamblea General.

Mary contempló la estructura rectangular curveada y el domo central. *Tal como en mis sueños.* Siguió la acera hasta la plaza, impresionada por el tamaño de la multitud ahí reunida.

Mil manifestantes atestaban la Plaza Dag Hammarskjöld, de 18 acres de extensión. Repartidores de volantes. Letreros de protesta. Consignas por los altavoces. Alentados por la docena de unidades de filmación que registraban todo para los noticieros del mediodía. Ese mar de humanidad era tan denso que Mary apenas logró ubicarse en su entorno. Se dirigía al edificio de la Asamblea General y la barricada de policías antimotines, cuando unas motas de luz blanca obstruyeron su visión, al tiempo que la náusea agitaba su estómago como una batidora.

Debo apresurarme, antes de que los bacilos penetren mi hígado y mi bazo.

Se tapó la boca y la nariz con la bufanda de lana, protegiendo su panza protuberante con el brazo que le quedaba libre. Se abrió paso a empujones entre la multitud. Codos invisibles chocaban con sus hombros y su cráneo. El cielo gris invernal desapareció tras una muralla de seres humanos que la derribó al pavimento frío y se la tragó entera. A gatas salió junto a la barricada; sus gritos pidiendo ayuda eran silenciados por el nivel abrumador de decibeles de la multitud. Desesperada se puso de pie, mostrando su tarjeta de identificación a la hilera de cascos y armaduras que formaban el cerco policiaco.

La mucosidad se espesaba en sus pulmones. Tuvo un acceso de tos mientras el tumulto se agitaba a sus espaldas y fue derribada otra vez, empujada bajo el obstáculo de madera.

Un policía la levantó. Su placa de latón lo identificaba como BECK. Le estaba gritando algo, jalándola hacia su lado de la barricada, y de pronto Mary pudo ver otra vez.

—¡Adelante! —le señaló la entrada.

Mary le dio las gracias con un ademán de la mano y corrió hacia el siguiente punto de control de seguridad. El patógeno surcaba su cuerpo ferozmente.

Los dos helicópteros Sikorsky UH-60Q volaban sobre los campos de Maryland a una velocidad que rondaba los 150 nudos. Cada EAA estaba provisto de un laboratorio portátil de contención de biopeligro y un aislante móvil para transporte de pacientes. La tripulación incluía un médico del ejército, una enfermera y otros tres doctores. Los otros miembros de estos equipos de respuesta rápida eran oficiales de Operaciones Especiales entrenados para lidiar con enfermedades contagiosas letales, armas biológicas y aislamiento de pacientes; esto último era a menudo el factor decisivo para que una población local viviera o muriera.

Al mando de los dos equipos de respuesta estaban los capitanes Jay y Jesse Zwawa, los hermanos menores del coronel John Zwawa, el comandante de USAMRIID. Jay Zwawa, el comandante de campo del Equipo Alfa, era un veterano del ejército que había servido tres años en Irak. Era conocido en el cuartel como Z o *el Perro Polaco*; medía 1.93 y pesaba la friolera de 118 kilos. Cubierto de tatuajes, el ex francotirador del ejército era un operador certificado de la ametralladora Gatling y mecánico de motores diesel, y se había ganado una gran reputación como bromista. Sin embargo, cuando se irritaba, Z era capaz de noquear de un solo golpe a quien lo desafiara.

Jesse, el más joven, era de menor tamaño que sus dos hermanos pero era considerado el más inteligente de los Zwawa, al menos a juicio de su hermana Christine. Los dos comandantes del EAA se hallaban en la cabina de carga del helicóptero líder, ayudándose uno a otro a ponerse los trajes Racal: protecciones anaranjadas de cloruro de polivinilo, con capuchas selladas y sistemas autónomos de respiración. Los hermanos

Zwawa conocían su destino pero no habían sido informados de la naturaleza de su misión. Fuese lo que fuese que John estuviese pensando, el coronel no estaba dispuesto a correr ningún riesgo. Las dos tripulaciones en vuelo hacia Manhattan estaban fuertemente armadas y contaban con órdenes para actuar por encima del departamento de policía, los bomberos, los rescatistas y todas las ramas del gobierno local.

9:11 A.M.

El destacamento de guardias armados estaba en atención frente a la puerta del salón de la Asamblea General, donde el Consejo de Seguridad estaba reunido en sesión abierta a cuantos desearan asistir. Mary se balanceaba sobre los talones, mientras un agente de seguridad de la ONU revisaba su tarjeta de identificación falsa y otro esculcaba su bolso.

—Gracias, doctora Petrova. Suba los brazos, por favor, necesito ver que no traiga armas —el oficial dudó en tocar su vientre hinchado.

—Está bien, usted le agrada al bebé —tomó la mano del oficial y la colocó sobre su estómago justo a tiempo para que sintiera una patada del bebé.

—Wow, eso es… asombroso —se volteó hacia su colega—. Está bien, déjala pasar —el oficial le devolvió la tarjeta enmicada sin cuestionar su falso acento ruso, ni el hecho de que estuviera pálida y sudando profusamente. Su sudor tenía un olor de almizcle agrio.

El auditorio zumbaba como una colmena; la multitud que lo llenaba a tope aguardaba el discurso del líder supremo de Irán. Mary bajó serpenteando por uno de los pasillos. Con los ojos llorosos vio el escenario. Un mural que mostraba a un fénix elevándose desde un campo de batalla era el telón de fondo para un grupo de sillas dispuestas especialmente en forma de herradura, rodeando la mesa rectangular reservada para los 15 miembros del Consejo de Seguridad.

Yo soy el fénix que surge…

El salón dio vueltas. Mary sacudió la cabeza, esforzándose por mantener el control. *Insemina a los portadores.* Tosió flemas en las palmas de sus manos. Inocentemente tocó a un delegado francés al pasar estrechamente junto a su mesilla. Infestó a Inglaterra y a Dinamarca con un estornudo. Tosió en dirección de Brasil y Bulgaria. Cruzó a otro pasillo y se dirigió a una mesilla de árabes vestidos con trajes oscuros. Un letrero los identificaba como iraquíes.

En el escenario, el mulá iraní ocupó su sitio en el pódium. Sus palabras eran traducidas de manera simultánea a docenas de idiomas a través de los audífonos.

—Excelencias, vengo hoy ante ustedes con la esperanza de evitar un conflicto que ha de conducir a otra guerra. Argumento mi caso ante la Asamblea General a sabiendas de que ésta ha sido corrompida por quienes hoy mantienen la ocupación de Afganistán e Irak...

Mary tocó el hombro de un delegado iraquí que se encaminaba a su asiento.

—Por favor, ¿dónde está la delegación iraní?

El muerto ambulante miró su vientre hinchado y señaló una mesilla vacía.

Una oleada de pánico aceleró su pulso. *Los mansos heredarán la tierra, no los mulás.* Salió del salón abriéndose paso entre la gente y regresó al escritorio de los agentes de seguridad.

—Por favor, voy retrasada a una reunión con la delegación iraní. ¿Dónde puedo encontrarlos?

La mujer del escritorio consultó su lista.

—Sala 415 —señaló el pasillo—. Tome el ascensor al cuarto piso.

—*Spasibo* —Mary se apresuró por el pasillo, tosiendo una flema espesa en la mano. Vio si estaba sanguinolenta, se la limpió en la chaqueta, oprimió el botón del ascensor y esperó. Su reloj interno seguía su marcha.

CENTRO MÉDICO DE LA AV, EAST SIDE,
MANHATTAN,
9:13 A.M.

Leigh Nelson condujo al VIP a sus dos invitados y a sus escoltas por el corredor hacia el Pabellón 27, rezando por que ya hubiesen retirado hasta el último rastro de la apuesta de beisbol de esa mañana.

La visita de Bertrand DeBorn al hospital de la AV era mucho más que una oportunidad para tomar una fotografía. Mientras el presidente Kogelo se disponía a hablar ante las Naciones Unidas esa misma mañana, con la esperanza de sofocar el llamado de los sectores duros a invadir Irán, el nuevo secretario de Defensa promovía una campaña clandestina, financiada privadamente, para reclutar a las fuerzas armadas a una nueva generación de jóvenes estadounidenses.

Dos guerras prolongadas obligaban a modificar la percepción que el público tenía del combate. Trabajando en conjunción con una de las mayores agencias publicitarias de Nueva York, DeBorn se proponía presentar a los veteranos heridos de los Estados Unidos como la nueva élite de la nación: genuinos patriotas, cubiertas sus necesidades financieras, garantizada su atención médica y brillante el futuro de su familia. Si a eso se añadía la bandera de las barras y las estrellas, hasta un trozo de excremento podría venderse como el perfume más dulce del mundo... siempre y cuando el modelo elegido cuadrara con esa imagen.

DeBorn se colocó al lado de la doctora y la tomó del codo, tocando su seno derecho con el dorso de la mano.

—No más parapléjicos o pacientes de cáncer, doctora. El candidato ideal debe ser bien parecido y de clase media, caucásico de preferencia, temeroso de Dios y cristiano. En cuanto a las heridas, pueden ser visibles pero no repugnantes. Nada de heridas en la cabeza, ni ojos faltantes.

Leigh apretó los dientes, apartando la mano morosa del secretario de Defensa.

—Me dijeron que le mostrara nuestros veteranos heridos. A quién elija para su campaña de reclutamiento es asunto suyo.

Sheridan Ernstmeyer se sumó a la conversación.

—¿Qué hay de la claridad mental?

DeBorn sopesó la pregunta.

—No lo sé. Coronel, usted es el experto. ¿Qué opina?

El teniente coronel Philip Argenti, un ministro ordenado, era el religioso de más alto rango en las fuerzas armadas y DeBorn lo había escogido personalmente para encabezar la nueva campaña de reclutamiento. Con una Biblia en una mano y un rifle en la otra, Argenti tenía en la mira a las familias que aún sentían las repercusiones de la recesión, así como a aquellas que eran el bastión tradicional del sector militar: gente sureña que comía tarta de manzana y ondeaba la bandera y que aún veía el servicio militar como la máxima definición del patriotismo.

—La claridad mental ciertamente es deseable, pero no del todo necesaria, señor secretario. Limitaremos todo a frases escogidas y *tweets*.

Aplausos y gritos recibieron a Leigh Nelson cuando entró al Pabellón 27 con el grupo de DeBorn. Abochornada, pateó discretamente la bacinica astillada y esperó que los hombres se hubiesen calmado desde su última visita.

—Gracias, amigos, hacen que esta chica de Virginia del Oeste se sienta muy orgullosa. Sólo recuerden que mi abuelito me enseñó a castrar puercos cuando era niña, así que no crucen la línea. Les he traído a un visitante muy especial. Denle una cálida bienvenida a nuestro nuevo secretario de Defensa, Bertrand DeBorn.

Ignorando la falta de respuesta, el dinámico caballero de pelo blanco avanzó rápidamente por el pasillo central, asintiendo gentilmente con la cabeza mientras hacía un inventario mental de cada uno de los veteranos de combate heridos. *Hispano… Hispano… Negro… Él es blanco, pero no tiene el aspecto que buscamos. Cuadrapléjico, no sirve. Éste se ve blanco, pero está demasiado flaco, probablemente sea drogadicto…* DeBorn conducía a su séquito a paso rápido; su frustración iba en aumento, como un criador obsesivo en busca de un sabueso de caza en una perrera llena de *poodles* y *dachshunds*, hasta que Sheridan Ernstmeyer, una ex asesina de la CIA, lo tomó del brazo y le indicó la última cama a su izquierda. La cortina estaba parcialmente corrida, pero no lo suficiente para ocultar al soldado inválido: un afroamericano de unos 35 años, probablemente un oficial, paralizado de la cintura para abajo.

—No es del… aspecto que buscamos, Sherry.

—Él no, Bert. El ordenanza.

El hombre ataviado con una camiseta blanca y traje de quirófano era caucásico, de unos 30 años, y tenía la larga cabellera oscura atada en una cola de caballo. Tenía un hoyuelo en el mentón. Su figura de 1.93 metros y 90 kilos estaba cincelada como la de un atleta. Estaba cambiando las sábanas del paciente, girándolo hacia un lado con la mano derecha, usando el hombro izquierdo como contrapeso, maniobrando con facilidad… a pesar de que no tenía el brazo izquierdo.

—Doctora Nelson, ese ordenanza… ¿es un veterano?

—¿Se refiere a Shep?

—¿Shep?

—Patrick Shepherd. Sí, señor. Estuvo cuatro veces en Irak, pero no me parece que…

—Es perfecto. Exactamente lo que estamos buscando. ¿Coronel Argenti?

—Un joven impresionante, obviamente un atleta. Y trabaja diligentemente para ayudar a sus camaradas soldados. Es sobresaliente, señor secretario. Bien hecho.

Sheridan lanzó una mirada al ministro.

Leigh trató de apartar a DeBorn de los otros.

—Señor, hay ciertas cosas que debería saber acerca del sargento…

—Misión cumplida, doctora. Que el sargento se reúna con nosotros en su oficina en 10 minutos. Señorita Ernstmeyer, vea que la doctora Nelson nos envíe por correo electrónico el expediente personal —consultó su reloj: *Aún faltan algunas horas para la reunión*—. Coronel, acompáñeme afuera. Necesito un cigarrillo.

9:26 A.M.

"**...Y sin embargo,** no es una armada iraní la que está posicionada en el Golfo Pérsico, ni es Hezbolá quien ha establecido bases militares en Irak y Afganistán. Es el Gran Satán quien es responsable de este conflicto... Huelo su presencia sulfurosa ahora mismo en este edificio. A él le dirijo esa advertencia: el mundo musulmán no le permitirá invadir la República Islámica de Irán y robar nuestro petróleo como lo hizo con nuestros hermanos en Irak. Lucharemos..."

El oficial de seguridad bajó el volumen del discurso del líder iraní en su pantalla de video mientras inspeccionaba la identificación que le había dado Mary Klipot. Satisfecho, oprimió un botón bajo el escritorio, llamando así a la sala de conferencias 415.

—Tienen una visitante. De la embajada rusa.

Mary apretó los dientes, esforzándose por controlar los espasmos pulmonares que la conminaban a toser.

Se oyó un click metálico, la puerta de la sala 415 se abrió y un guardia de seguridad iraní apareció.

—Diga.

—Debo entregar un mensaje de la oficina del primer ministro Putin al agregado del líder supremo de su país.

—Su identificación.

Se la mostró para que la leyera. El iraní cerró la puerta.

La piel de Mary Klipot estaba caliente y pegajosa; su fiebre superaba los 39 grados. Tosió bilis en su bufanda. Al sentir el sabor de la sangre se limpió con la mano derecha, dejando que la mucosidad se quedara sobre su piel.

El oficial sentado junto a la puerta encogió el cuerpo con disgusto.

—Qué tos tan espantosa. Aléjese de mí.

La puerta se reabrió.

—Tiene dos minutos.

Mary entró a la sala de conferencias; el guardia le hizo una seña para que permaneciera junto a la puerta. Dos docenas de hombres, algunos vestidos de traje, otros en túnicas tradicionales, estaban viendo el discurso del líder supremo en monitores de pantalla plana en circuito cerrado, colocadas alrededor del cuarto.

Su corazón se desbocó al ver al presidente de Irán conversando con un mulá en el otro extremo de la sala.

Un hombre trajeado se le acercó, escoltado por dos musulmanes corpulentos cuyos audífonos diminutos indicaban que eran agentes de seguridad.

—Yo soy el agregado del líder supremo. Comuníqueme su mensaje.

Los ojos de Mary estaban llorosos por la fiebre. Sus extremidades temblaban. Su vestido y sus medias estaban empapados de sudor. Su pecho se contrajo, provocándole una convulsión en un acceso de tos.

—El primer ministro Putin desea... (tos) que el líder supremo lo contacte... (tos) una hora después del discurso del presidente Kogelo.

Los ojos del hombre se angostaron. Estiró la mano para tomar la identificación de Mary y examinar la fotografía...

...Mary detuvo la mano del iraní entre sus palmas húmedas. "С Рождеством ... и с Новым Годом!"

El hombre apartó su mano. Soltó una ráfaga de palabras en árabe, provocando que los guardias la escoltaran con brusquedad a la puerta.

Mary salió al corredor. Se apresuró para tomar un ascensor. Logró escurrirse al interior al momento que se cerraban las puertas, detenidas para ella por un delegado mexicano de cerca de 50 años. El hombre se movió por instinto al fondo del ascensor al inhalar el penetrante aroma corporal de Mary.

Una sonrisa perversa retorció el rostro de la embarazada cuando su mente febril tradujo la frase rusa que le había dicho al iraní: *¡Feliz Navidad... y próspero Año Nuevo!*

La migraña la golpeó en cuanto salió del ascensor. Unas sinuosas líneas moradas obstruían su visión. Un repentino acceso de náusea la obligó a correr al baño de mujeres. Apenas había llegado a un gabinete desocupado cuando la masa sanguinolenta fue expulsada de sus entrañas, quemándole la garganta. Durante varios instantes estuvo arrojando al excusado el resto del contenido de su estómago; todo su cuerpo temblaba mientras abrazaba el retrete de porcelana contra su vientre contorsionado.

Se le pasó la náusea, dejándola débil y temblorosa. Se puso de pie con un gran esfuerzo y salió del gabinete a tropezones, pasando a la hilera de lavabos. Su imagen en el espejo la desconcertó.

Estaba pálida como un espectro, casi gris. Sus ojos se veían hundidos y enrojecidos. Su frente estaba surcada por un fino encaje de venas azules. Un bulto rojizo del tamaño de una nuez había aparecido sobre el nódulo linfático en su cuello. *La Guadaña ha entrado en la fase 2. Regresa al vehículo. Usa la vacuna…*

—¿Señorita? ¿Se encuentra usted bien?

La mujer caucásica, de baja estatura y algo sobrada de carnes, con una identificación de servicios alimenticios, la miraba horrorizada.

—Náuseas matutinas —Mary se enjuagó la boca, apartando de su frente los mechones de cabello mojados. Salió del sanitario y enseguida también del edificio.

El aire frío la ayudó a no desvanecerse. Aspiró la helada decembrina con sus pulmones contaminados. Se abrió paso entre la barricada policiaca y la multitud de manifestantes. Cada vez que tosía rociaba a la muchedumbre sin rostro con motas de sangre emponzoñada.

Dejó atrás la horda y aguardó en la Primera Avenida a que cambiara el letrero de NO CAMINAR, sujetando el poste del semáforo de peatones para apoyarse. Su mente operaba a una velocidad vertiginosa. *Delirante, pero victoriosa. Una verdadera guerrera de Cristo.* Su mirada febril se posó en la grúa negra que estaba dando vuelta en la Primera Avenida…

…¡remolcando su Honda Civic blanco!

—¡No… no! —un vómito sangriento bullía en su garganta. Corrió casi dando tumbos a través de la intersección de cuatro carriles.

Rugido de bocinas, chirridos de frenos, gritos de peatones.

Una muchedumbre se arremolinó ante el cuerpo de Mary Klipot, tendido sobre la Primera Avenida.

Las autoridades intentan llegar al fondo de la cuestión de cómo fue que el fabricante de vacunas Baxter International Inc. produjo "material de virus experimental" a partir de una cepa de la gripe humana pero contaminado con el virus H5N1 de la gripe aviar, y lo distribuyó a una compañía austriaca (Avir Green Hills Biotechnology). La liberación accidental de una mezcla viva de los virus H5N1 y H3N2 podría haber tenido muy graves consecuencias. Si una persona expuesta a esa mezcla hubiese sido coinfectada con H5N1 y H3N2, habría servido como incubadora para un virus híbrido de fácil transmisión entre los seres humanos. Ese proceso de mezclado, conocido como recombinación, es una de las dos formas en que son creados los virus que provocan pandemias.

Prensa canadiense, 27 de febrero de 2009

Bioguerra Fase II
Infestación epizoótica

20 de diciembre

Han pasado 34 minutos desde que Mary Klipot se deshizo del maletín metálico en el basurero del callejón. Veinticuatro minutos desde que llegó ahí la primera rata negra.

Rattus rattus. Nadie sabía a ciencia ciertas cuántos de esos roedores vivían en la Gran Manzana; los cálculos iban desde 250 mil hasta siete millones. La rata es una criatura ágil, capaz de balancearse sobre las patas traseras, subir escaleras, saltar a un metro de altura o treparse por una pared lisa. Escurrirse por un agujero tan angosto como una moneda, sobrevivir a una caída de 20 metros o nadar cuesta arriba por una tubería hasta un retrete. Es un animal nocturno, pero capaz de cazar de día y de noche. El nombre de la rata proviene del verbo *roer*, y con justa razón. Tan fuertes son sus dientes y su mandíbula que es capaz de horadar ladrillo y mezcla de cemento; incluso el concreto reforzado.

Una rata vive dos o tres años, los cuales dedica casi sólo a comer y a reproducirse. Las hembras promedian más de 20 actos sexuales diarios desde que cumplen los tres meses de edad. Las camadas van de seis a 12 crías, y cada hembra tiene entre cuatro y seis alumbramientos en su vida. Se sabe de casos de ratas macho que se aparean con una hembra hasta que ésta muere de agotamiento... y prosiguen tiempo después de su deceso.

Las ratas son animales inteligentes y se ceban en los interminables banquetes de desechos de la ciudad. Su sentido del olfato es capaz de detectar alimento en cualquier punto de su territorio. La población de ratas negras de Nueva York había perdido hacía mucho tiempo el miedo a los humanos y el penetrante aroma proveniente del basurero era muy atractivo.

MORNINGSIDE HEIGHTS, MANHATTAN,
9:38 A.M.

Francesca Minos salió de la pizzería Minos balanceando una pila de tazones de cartón para sopa sobre su protuberante abdomen. El nacimiento de su primer bebé tenía una semana de retraso. La mujer de 25 años hubiese preferido estar en cama, descansando los pies hinchados sobre las almohadas, en vez de recibir otra mañana helada de Nueva York en su conjunto deportivo y su abrigo… pero Paolo no había faltado a un desayuno en dos años y, embarazada o no, debía ayudar a su esposo.

De una olla de aluminio humeante tomó un cucharón de madera y sirvió avena cocida en uno de los tazones desechables, dejándolo en la mesa para la siguiente persona en la fila, que a esa hora de la mañana ya se extendía hasta la avenida Amsterdam. Y más gente sin techo venía en camino. Su alma gemela, un hombre devoto, estaba empeñado en alimentar a todos y cada uno de ellos.

Un pelotón de miradas vacías y rostros carentes de expresión desfiló frente a ella en silencio. *Las almas olvidadas de la sociedad. ¿La tentación los descarrió o simplemente se rindieron?* Muchos eran drogadictos y alcohólicos, sin duda, pero otros habían caído en apuros económicos y sencillamente no tenían otro sitio adónde ir. Por lo menos 30 por ciento eran veteranos de la guerra de Irak, la mitad de ellos discapacitados.

Francesca llenó otro tazón; su miedo se convirtió en rabia. Había casi 100 mil personas sin techo nada más en la ciudad de Nueva York. Si bien Francesca las compadecía, estaba más preocupada por su propia familia. Como la mayoría de los negocios, la pizzería tenía problemas para subsistir y pronto tendrían otra boca que alimentar. ¿Las personas sin techo apreciaban siquiera la comida gratis que estaban recibiendo? ¿O acaso la generosidad de unos desconocidos era algo que habían absorbido como parte de su ritual cotidiano? Con cada día que pasaba, la línea que separaba a los Minos de sus prójimos empobrecidos se hacía más delgada… ¿Qué sucedería cuando se vieran obligados a dejar de hacer esa obra de caridad? ¿Los sin techo lo comprenderían? ¿Darían las gracias a sus anfitriones por su generosidad pasada y les desearían todo lo mejor? ¿O se tornarían violentos y romperían las ventanas de la pizzería, exigiendo lo que creían que era su derecho?

Esa idea estremeció a Francesca.

Una vez vacía su olla, Paolo se limpió las manos en el delantal de chef lleno de manchas de avena y se dirigió al interior para rellenarla.

—Paolo… espera.

El italiano moreno, de cabello rizado, se detuvo y le sonrió a su esposa embarazada.

—¿Sí, mi ángel? ¿Qué desea tu corazón que haga yo por ti?

¿Qué deseo? Me duele la espalda de cargar esta bola de boliche pateadora las 24 horas del día, los siete días de la semana. Los pies me están matando. Las hemorroides se desprenden de mi trasero como no te imaginas. Lo que deseo es que dejes de derrochar nuestros ahorros en estos perdedores, o que por lo menos te saques la maldita lotería, ¡para que me alejes de todo esto!

Volvió a mirar la procesión de gente de la calle; sus zapatos desgastados chorreaban luego de pasar por los charcos de aguanieve. Apaleados hasta que se volvieron sumisos, pasaban los días en modo de sobrevivencia. Y sin embargo, en algún momento, cada una de esas vidas había tenido esperanza y potencial.

Como su bebé por nacer…

—¿Francesca?

Se apartó un mechón negro de los ojos y le devolvió a su esposo su amorosa sonrisa.

—Ten cuidado con la estufa, cariño. Está muy caliente.

Dos calles al sur de la pizzería Minos y una calle al este de Riverside Park estaba el Manhasset, un edificio de ladrillo de 11 pisos y un siglo de antigüedad. Los condominios de una recámara se cotizaban en más de medio millón de dólares, sin incluir lavadora y secadora.

El departamento del décimo piso del Manhasset, con vista al oeste, estaba oscuro a esta hora, con las pesadas cortinas cerradas y sujetas a las ventanas en la parte inferior con pilas de libros de texto para evitar que ni siquiera un rayo de luz matutina penetrara en la habitación. Una llama solitaria era la única iluminación; la vela se hallaba en el piso a espaldas de la mujer hindú.

La nigromante cerró los ojos. Vestía la túnica blanca tradicional, sin joyas, excepto por el cristal que pendía de una cadena de oro en su cuello. El cristal, en sintonía con las vibraciones de lo sobrenatural, era su canario en la mina de carbón, un dispositivo que la alertaba cuando su compañera espiritual deseaba comunicarse con ella.

Estudiar el arte de la nigromancia en Nepal no era distinto que aprender a tocar algún instrumento musical; para algunos era un mero pasatiempo, para otros una pasión que podía conducir al dominio de ese arte, suponiendo que se tuviera talento para ello. Si se trataba de buscar la comunicación con los espíritus de los muertos, por las venas de Manisha Pande corría la sangre de los dotados. Nacida en una aldea de los Himalaya, compartía el linaje materno con nigromantes que se remontaba a la antigua Persia. En la Edad Media, esta práctica había llegado a Europa, donde fue corrompida por autoproclamados magos y hechiceros, y condenada por la Iglesia católica como medio de los malos espíritus. En Nepal, sin embargo, un practicante talentoso podía ganarse bien la vida con su oficio.

A pesar de sus dotes innatas, Manisha creció creyendo que su vocación era otra. Su padre, Bikash, y sus tíos paternos, eran médicos y la adolescente sentía un poderoso deseo de ayudar a los demás. Cuando cumplió 16 años le rogó a su padre que le permitiera mudarse a la India para vivir con uno de sus tíos, de modo que pudiera estudiar psiquiatría, con la esperanza de tratar a mujeres víctimas del tráfico de personas. Ese tráfico estaba alarmantemente expandido en Nepal y en el resto de Asia, con miles de mujeres secuestradas y vendidas como esclavas sexuales.

Manisha se sorprendió cuando su padre accedió a apoyar sus planes. Lo que nunca supo fue que el doctor Bikash Pande había sido abordado años atrás por un miembro de una sociedad secreta que había hecho arreglos para que la talentosa hija del médico conociera un día al prodigio de otra familia: los Patel, cuyo hijo mayor, Pankaj, estaba también inmerso en la ciencia de la psicología, pero en su caso aplicada al estudio de la génesis del mal.

Manisha Patel aspiró y exhaló, esperando la aparición de su guía espiritual. La nigromancia era un arte que dependía del desarrollo de relaciones con los difuntos. Era imposible conjurar o dar órdenes a un espíritu; debía participar voluntariamente en el acto. Habiéndose mudado a Nueva York con su familia tras el nacimiento de su hija (un año después de los ataques del 11 de septiembre), Manisha se había sentido abrumada por el repentino diluvio de contactos sobrenaturales deseosos de comunicarse. Con el paso del tiempo se estableció una relación especial entre la nigromante y uno de esos espíritus desasosegados, una mujer que había estado a bordo de uno de los aviones secuestrados que se estrellaron contra las Torres Gemelas. Hasta esta mañana, las comunicaciones entre Manisha y su compañera espiritual habían estado reservadas al crepúsculo.

Hoy no. Durante las últimas dos horas, el cristal de Manisha Patel había estado radiando como un diapasón.

Esperó hasta que Pankaj salió del departamento con Dawn. Había un lazo estrecho entre su hija y el espíritu de la muerta, y las reverberaciones que provenían del cristal esta mañana eran inquietantes. Normalmente, la presencia de un espíritu se parecía a la sensación de una cuerda de guitarra bien tocada; su dulce rasgueo reverberaba en el corazón de Manisha, la Luz infinita del Creador elevaba su alma con cada compás. Pero las vibraciones de esta mañana estaban claramente desafinadas. Manisha sintió miedo y mientras más temía más horripilantes se tornaban las vibraciones. De pronto se sintió aislada y sola, incapaz de conectarse con nadie… como si estuviese atrapada en su propia isla de desconfianza en sí misma.

Manisha…

—Sí, aquí estoy. Habla a través de mí… Dime qué cosa grave ocurre.

Tú y tu familia deben marcharse. Márchense de Manhattan… ¡Ahora mismo!

FUERTE DETRICK FREDERICK, MARYLAND,
9:43 A.M.

Como sus dos hermanos menores, el coronel John Zwawa era un hombre de una corpulencia imponente. Veterano de dos guerras, el coronel había participado en combate y había sido destacado en lugares tan diversos como Egipto y Alaska. Ya se acercaba a la edad de retiro. Llevaba 16 meses de una misión de cuatro años como comandante del Fuerte Detrick. Al mando… pero deliberadamente desinformado por el Pentágono de las operaciones en curso.

Hasta esta mañana, la mayor preocupación del coronel había sido asegurarse de que las máquinas expendedoras de gaseosas de la base estuviesen siempre bien surtidas.

La microbióloga estaba frente a las cámaras remotas; su imagen aparecía en monitores seguros en el interior del Pentágono y la Casa Blanca y a bordo de los dos helicópteros de equipos de respuesta rápida que volaban hacia Manhattan.

—El maletín que fue sustraído de nuestra instalación Bio-Nivel 4 formaba parte de un proyecto de máximo secreto llamado Guadaña. En pocas palabras, la Guadaña es un arma biológica de autoadministración que permite a un insurgente infectado propagar rápidamente la peste bubónica entre personal militar o una población civil hostil.

"La Guadaña es la Muerte Negra en su peor manifestación; combina las variantes bubónica, neumónica y septicémica en una forma que puede propagarse rápidamente tanto en las poblaciones animales como en las humanas. Durante la pandemia bubónica de 1347, la bacteria *Yersinia pestis* vivía dentro del estómago de su vector principal: la pulga de las ratas. Las bacterias de la peste se multiplican velozmente dentro de una pulga, bloqueando su tracto intestinal anterior. Esto estimula más hambre y más mordeduras. Cada vez que la pulga muerde a su anfitrión se atraganta con sangre indigesta y bacilos de la peste, vomitándolos sobre la herida. Las pulgas infestadas vivían a expensas de las ratas anfitrionas, generando una propagación epizoótica que devastó Asia y Europa. Si bien es el más tratable, el bubónico es en muchos sentidos el más terrible de los bacilos de la peste: deja a la víctima con el aspecto y el hedor de la muerte. Los síntomas incluyen fiebre, escalofríos y una dolorosa hinchazón de las glándulas linfáticas, produciendo bubones que se ponen rojos y luego negros. La peste bubónica perturba también el sistema nervioso, causando agitación y delirios. Si no se la trata, la peste bubónica tiene una tasa de mortandad de 60 por ciento.

"La peste neumónica es un estadio avanzado de la bubónica. Ocurre cuando los bacilos infectan los pulmones de la víctima, lo cual les permite transmitirse directamente de humano a humano. Los pulmones se tornan agitados, estimulando la tos y la expectoración de sangre, seguida de vómitos interminables. Quien inhale el aliento de una persona infectada o entre en contacto con sus fluidos corporales contraerá la peste. En temperaturas frías, el esputo puede congelarse, lo que permite un mayor rango de transmisión. De no aplicarse tratamiento, la tasa de mortandad entre las víctimas de la peste neumónica es de 95 a 100 por ciento.

"La última variante, la peste septicémica, es la más letal de todas. Ocurre cuando los bacilos pasan directamente al torrente sanguíneo, matando a la víctima en un lapso de 12 a 15 horas. Repito que la Guadaña contiene estas tres variantes. Se propaga rápidamente, tortura a sus víctimas al tiempo que infunde pánico, y mata en no más de 15 horas. Sólo nuestro antibiótico diseñado específicamente puede inocular al público o curar a un individuo infectado... suponiendo que puedan llegar hasta ellos a tiempo."

—Háblenos de esa mujer —el vicepresidente Arthur M. Krawitz estaba sentado al lado de Harriet Clausner. La secretaria de Estado hizo una mueca en el monitor de la Casa Blanca.

—Se llama Mary Louise Klipot. Estamos enviando por correo electrónico su foto y su biografía a todo mundo, incluyendo al FBI y al departamento de policía de Nueva York, desde luego. Mary es la microbióloga que desarrolló la Guadaña. Fue ella quien trajo de Europa muestras de la peste.

"Mary tiene ocho meses de embarazo, está comprometida con su técnico del laboratorio, Andrew Bradosky, de quien se cree que es el padre del bebé. Mary y Bradosky están desaparecidos desde las 2:11 a.m. de hoy, cuando Mary salió de su laboratorio BSL-4. Los videos de seguridad revelan que llevaba consigo un contenedor para transporte de variantes de BSL."

El vicepresidente interrumpió.

—Doctora Gagnon, esos maletines... La Guadaña estaba en proceso de ser habilitada para su empleo, ¿no es así?

Lydia Gagnon apartó la mirada de las imágenes provenientes de la Casa Blanca, esperando evitar un inútil debate prolongado.

—Nosotros no tomamos decisiones de política, señor vicepresidente; simplemente acatamos órdenes. Nuestro departamento ha estado siguiendo una directiva de 2001 para desarrollar un sistema de sometimiento de poblaciones hostiles. Esas órdenes nunca han sido rescindidas.

—¿Quién sabía siquiera que esas órdenes existían? Yo no, y eso que estuve en el Comité de Relaciones Exteriores durante 22 años. Esa directiva no es sólo ilegal, doctora Gagnon, ¡es genocida!

—Es la guerra, señor vicepresidente —terció la secretaria Clausner—. Como lo expuse claramente en mis últimos dos comunicados presidenciales, nuestras fuerzas armadas carecen de tropas para invadir un país extranjero. Las armas biológicas nos brindan opciones.

—Exterminar a 40 millones de iraníes no es una opción aceptable, secretaria Clausner.

—Como tampoco lo es permitir que armas nucleares caigan en manos de terroristas.

—Con todo el debido respeto, éste no es el momento ni el sitio —interpuso tajantemente el coronel Zwawa—. Doctora Gagnon, ¿dónde se encuentra ahora el maletín faltante de la Guadaña?

La doctora Gagnon oprimió el ratón de su computadora portátil para activar un mapa satelital de la ciudad de Nueva York. Un círculo rojo delimitó la calle 46 entre la Primera y la Segunda avenidas.

—Está en un callejón ubicado a 60 metros al oeste del edificio de las Naciones Unidas. Una vez que nuestros equipos de aislamiento aeromédico (EAA) estén sobre el terreno, el equipo Delta recuperará el maletín mientras el equipo Alfa se coordina con Seguridad Doméstica y el CCE (Centro de Control de Enfermedades) de Albany para asegurar el perímetro alrededor de la plaza. Estableceremos la plaza de la ONU como una zona gris temporal, al menos hasta que podamos determinar si la Guadaña ha sido liberada. Los EAA están equipados con suficiente antibiótico para tratar hasta 50 individuos infectados y estamos alistando más dosis del antídoto.

—Muéstrenos qué ocurriría en el peor de los casos —ordenó el coronel Zwawa.

La doctora Gagnon dudó un instante y luego oprimió el botón del ratón en otro vínculo.

Un círculo negro apareció sobre la plaza de la ONU y la punta sur de Manhattan.

—Suponiendo que la propagación se limite al tráfico peatonal durante los primeros 30 a 60 minutos de inseminación, quizá podamos contener a la Guadaña en los confines de la parte baja de Manhattan. Si logra salir de la isla y se limita a tráfico vehicular, las horas dos y tres presentarán este aspecto...

Un segundo círculo apareció, abarcando Connecticut, Nueva York, la mitad oriental de Pennsylvania y Nueva Jersey.

—Sin embargo, si un vector humano aborda un tren o, Dios nos libre, un avión comercial, entonces la Guadaña podría expandirse alrededor del planeta en un lapso de 24 horas.

CENTRO MÉDICO DE LA AV. EAST SIDE,
MANHATTAN,
9:51 A.M.

—¿**Qué quiere** conmigo? —Patrick Shepherd se afanaba por ir al paso de Leigh Nelson, quien atravesaba apresuradamente el congestionado corredor del hospital, serpenteando entre pacientes en bata que empujaban los soportes con ruedas de los que pendían las intravenosas.

—Estoy segura de que te lo explicará. Ten presente que es el nuevo secretario de Defensa del presidente Kogelo. Sea lo que sea que quiera contigo, yo en tu lugar lo vería como un honor.

Patrick siguió a su doctora a su oficina. El santuario que ya le resultaba familiar estaba violado ahora por la presencia de DeBron, con su cabellera blanca, quien se había colocado tras el escritorio de la doctora Nelson.

El secretario de Defensa hizo una seña para que sus dos agentes del servicio secreto se retiraran, permitiendo que Leigh y Patrick se sentaran.

—Sargento Shepherd, es un honor. Ella es mi asistente personal, la señorita Ernstmeyer, y este gentil caballero es el teniente coronel Philip Argenti. El coronel será su nuevo oficial de mando.

—¿Por qué necesito un nuevo oficial de mando? Ya cumplí mi lapso de servicio.

DeBorn lo ignoró, entrecerrando los ojos para leer el archivo que estaba apareciendo en su BlackBerry.

—Sargento Patrick Ryan Shepherd. Cuatro periodos de servicio. Abu Ghraib… la Zona Verde. Reasignado a la 101 División Aérea. Aquí dice que recibió adiestramiento práctico para convertirse en piloto de helicópteros.

—Blackhawks. Helicópteros de Medevac. Fui herido antes de poder hacer el examen para obtener mi certificación.

El secretario de Defensa recorrió el texto en la pantalla.

—¿Qué es esto? Su expediente personal dice que jugó beisbol profesional. ¿Es verdad?

—En las ligas menores básicamente.

—El sargento jugó también para los Boston Red Sox.

Shep lanzó una mirada fulminante a la doctora Nelson.

—¿En serio? De jardinero, supongo.

—Lanzador.

DeBorn alzó la mirada.

—No era zurdo, espero.

—¿Shepherd? ¿Patrick Shepherd? ¿Por qué ese nombre me suena tan conocido? —el coronel Argenti tiró de su cabello gris mientras se devanaba los sesos—. Un momento… ¡eres tú! El chico al que apodaban *el Estrangulador de Boston*. El novato que dejó sin *hit* a los Yankees en su primera salida en las mayores.

—En realidad permití dos *hits*, pero…

—Blanqueaste a Oakland en tu siguiente salida.

—Toronto.

—Toronto, eso es. Recuerdo haberlo visto en *Sports Center*. Ese juego se fue a entradas extra y a ti te sacaron en la novena. Fue una locura; deberían haberte dejado en la lomita —Argenti se puso de pie y en su entusiasmo agitaba el puño en dirección de DeBron—. He tenido boletos para toda la temporada durante 30 años. Yo sé de beisbol y este muchacho era una bestia. Su bola rápida era decente, una picada que alcanzaba las 90 millas, pero su lanzamiento realmente criminal era la *rata de dos patas*.

DeBorn frunció el entrecejo.

—¿La rata de dos patas?

—Ya sabes, la maza traicionera… la guillotina. La enemiga pública número dos. ¡La bola quebrada, Bert! Este chico lanzaba una bola quebrada que era como batear una pelota de plomo. Conseguía *outs* al por mayor con rodados al cuadro. Sacaba de quicio a los bateadores —el religioso se recargó en el escritorio de la doctora Nelson, contemplando a Patrick como un fanático embelesado—. Eras un fenómeno, hijo. Una raya en el agua. ¿Qué te pasó? Desapareciste del mapa como si tal cosa.

—Me enlisté… señor.

—Ah, claro. La patria es primero, pero aun así… Es una lástima terrible lo de tu brazo. ¿Cómo lo perdiste?

—No lo recuerdo. La llamaron una amputación traumática. Un amigo mío, un médico de nombre David Kantor, me encontró… me salvó la vida. David Kantov dijo que fue un AEI. Debo haberlo recogido del piso pensando que era el juguete de algún niño. Desperté en el hospital seis semanas después y no podía recordar nada. Probablemente haya sido mejor así.

—¿Has pensando volver a lanzar? —Argenti sonrió, dándole ánimos—. El lanzador aquel, Jeff Abbott, lo hacía bastante bien con un solo brazo.

—Jim Abbott. Y sólo le faltaba la mano derecha; llevaba el guante en la muñeca. A mí sólo me queda un muñón donde antes estaba mi bíceps izquierdo.

—Ya fue suficiente, de beisbol, padre —DeBorn hizo un ademán para que Argenti regresara a su asiento—. Sargento, lo necesitamos para una nueva misión que ayudará a los Estados Unidos a combatir a nuestros enemigos en el extranjero, así como a mantener a salvo el territorio nacional. Su labor consistirá en ayudarnos a reclutar a una nueva generación de guerreros, hombres y mujeres. Es un gran honor. Viajará alrededor del país, visitará escuelas preparatorias...

—No.

El rostro del secretario de Defensa se tornó color escarlata.

—¿Qué fue lo que dijo?

—No lo haré. No puedo. Mi esposa se opone tajantemente. No podría hacerle eso otra vez. No, señor.

—¿Dónde se encuentra ahora su esposa? Quisiera hablar con ella.

—Ella no quiere hablar con usted. No quiere hablar tampoco conmigo. Me dejó. Se llevó a mi hija y... bueno, se ha ido.

—¿Entonces qué le importa lo que ella...?

—Está en Nueva York.

Todos voltearon a ver a Leigh Nelson, quien cerró los ojos con fuerza, deseando no haber hablado.

La sangre se drenó del rostro de Patrick.

—Doc, ¿qué está diciendo? ¿Habló con Bea?

—Aún no. Recibí su dirección por correo electrónico esta mañana. No había tenido oportunidad de mencionártelo. No es cien por ciento seguro, pero ciertamente todo encaja con su descripción.

Shep se reclinó en la silla; todo su cuerpo temblaba.

—Hay un número telefónico. Podemos llamar y asegurarnos. ¿Shep? Shep, ¿te encuentras bien?

El ataque de ansiedad le sobrevino como una marejada. De pronto ya no podía ver ni respirar. Manchas blancas obstruían su visión. El sudor manaba de sus poros en gotas frías. Se deslizó hacia el piso; su cuerpo se convulsionaba.

La doctora Nelson abrió la puerta de un jalón y gritó:

—¡Necesito una enfermera y un ordenanza! —se arrodilló junto a Shep y tanteó su pulso. Rápido y débil.

—¿Qué demonios le ocurre? ¿Le está dando un ataque al corazón?

—Ansiedad. Shep, cariño, recuéstate y respira. Estás bien.

DeBorn miró a Sheridan Ernstmeyer, quien se encogió de hombros.

—¿Ansiedad? ¿Lo que dice es que está sufriendo un ataque de pánico? ¡Por Dios, actúe como un hombre, sargento! ¡Recuerde que es un *marine* de los Estados Unidos!

Una enfermera entró corriendo, seguida por un asistente que venía empujando una silla de ruedas.

La doctora Nelson ayudó a subir a Shep a la silla.

—Eleven sus pies. Pónganle una compresa fría en el cuello y denle un Xanax.

El asistente se llevó de la oficina a Shep en la silla de ruedas.

El secretario de Defensa dirigió a Leigh Nelson una mirada de halcón cuya intención era intimidarla.

—¿Dónde está la esposa?

—Como dije, en Nueva York.

—La dirección, doctora Nelson.

—Señor secretario, esto va mucho más allá de reunir a una familia. Shep está inestable. Su memoria está fragmentada, su cerebro sigue afectado por las lesiones. Nosotros lidiamos con situaciones semejantes todo el tiempo. No pueden seguir enviando soldados al frente tres o cuatro veces seguidas sin desgarrar sus lazos familiares. Los cónyuges se mudan a otra ciudad, a veces porque conocen a otra persona, a veces simplemente por miedo. Las fuerzas armadas ya no desintoxican correctamente a los veteranos; pasan del combate a la vida civil en una semana. Algunos de ellos son bombas de tiempo ambulantes; sus mentes siguen inmersas en la guerra. No pueden entrar a sus hogares sin realizar un cateo exhaustivo, y guardan armas bajo la cama. He visto demasiados casos de soldados que regresan a casa y apuñalan o balean a sus seres queridos estando atenazados por alguna terrible pesadilla. Supongo que eso no luciría muy bien en el nuevo cartel de reclutamiento.

—No le pedí una disertación sobre la guerra, doctora. Ahora deme la dirección de la esposa.

Leigh vaciló.

—Con la economía todavía en crisis, debe ser muy agradable tener un empleo del gobierno bien pagado. Claro que podríamos sustituirla con dos residentes por el mismo sueldo que percibe.

La espalda de la doctora se tensó.

—¿Me está amenazando, señor DeBorn?

—Señorita Ernstmeyer, contacte al Pentágono para que localicen a la familia del sargento.

—¡Espere! Nada más… espere —del bolsillo de su bata de laboratorio, Leigh sacó el mensaje electrónico impreso y se lo dio a regañadientes al secretario de Defensa.

DeBorn entrecerró los ojos y leyó en voz alta.

—Beatrice Shepherd. Battery Park, Manhattan.

—Está cerca de aquí —apuntó Sheridan—. Parece demasiada coincidencia. Tal vez ella está aquí porque él está aquí también.

—Averígüenlo.

—Oiga, tranquilícese un momento —dijo Leigh, furiosa—. Shepherd es mi paciente. Si alguien va a abordar a la esposa, debo ser yo.

—Usted está demasiado involucrada. Los cónyuges que se sienten traicionados por las fuerzas armadas requieren un toque sutil. Esta mujer parece ser otra pacifista insoportable. ¿Lo es?

—No tengo la menor idea.

—Las mujeres que anteponen la moral a la familia son la peor clase de hipócritas. Cindy Sheehan, por ejemplo. Pierde a su hijo, se pasa los siguientes tres años protestando contra las fuerzas armadas en las que su hijo quiso enlistarse con riesgo de su vida, y acaba abandonando a su familia para hacer una carrera política. Sospecho que Beatrice Shepherd está cortada con el mismo molde. La señorita Ernstmeyer sabe cómo lidiar con gente de esa calaña.

—Bien. Encárguense ustedes. Y ahora, si me disculpan, tengo otros pacientes que atender.

—En un minuto. Necesito que tome las medidas del sargento para un brazo protésico.

—Eso ya lo hicimos hace tres meses. Nos dijeron que hay una demora de cuatro a seis meses.

—¿Coronel?

—Lo tendrá esta misma tarde.

Leigh Nelson sintió que se ahogaba.

—Con todo el debido respeto, atornillarle un brazo mecánico y obligarlo a confrontar a su esposa servirá de muy poco para tratar sus problemas psicológicos.

—Deje que nosotros nos ocupemos de su familia, doctora. Usted disponga la ayuda psiquiátrica.

Leigh cerró los puños; su presión sanguínea se disparó a la estratosfera.

—¿Y dónde voy a encontrar a un psiquiatra? ¿Debo hacerlo aparecer por arte de magia? Tengo 263 veteranos de combate con una apremiante necesidad de tratamiento psiquiátrico, la tercera parte de ellos bajo vigilancia por riesgo de suicidio. Compartimos dos psicólogos clínicos entre los tres hospitales de la AV y…

—Está resuelto —interrumpió el padre Argenti—. Esta misma tarde Patrick Shepherd estará conversando con el mejor loquero que pueda pagar el dinero de los contribuyentes.

El secretario DeBorn arqueó las cejas inquisitivamente.

—¿Algún otro reto, doctora Nelson?

Se sentó de nuevo en la silla, derrotada.

—Si quieren contratar a su propio especialista, no me opongo, pero háganlo con discreción. No quiero que los otros pacientes del pabellón de Shep se enteren. Sería malo para la moral. Y Shep tampoco estaría de acuerdo.

—He tomado nota. Coronel, agende sesiones privadas en el consultorio del psiquiatra.

—Eso no va a funcionar. La semana pasada tuvimos un incidente. Saqué a Shep del hospital como un primer paso para reorientarlo en la vida civil. No resultó bien. Será más conveniente que las sesiones tengan lugar en el hospital.

—Entonces haga los arreglos necesarios para que tenga su propia habitación. Dígale que es un obsequio del Pentágono —el secretario DeBorn se puso de pie, dando por concluida la reunión—. Me esperan en la ONU esta tarde, pero antes debo hacer otra parada. Coronel, lo dejo a cargo. Asegúrese de que el psiquiatra que contrate sepa que Shepherd tiene que estar en Washington para el informe presidencial de enero. Eso le dará cuatro semanas para poner a nuestro muchacho en buena forma mental.

DeBorn se encaminó hacia la puerta. Se detuvo.

—Shepherd le agrada, ¿verdad, doctora?

—Me intereso por todos mis pacientes.

—No. He notado cómo lo mira. Hay algo ahí. ¿Quizá una atracción física?

—Señor, yo nunca…

—Desde luego que no. Pero no le vendría mal estar disponible para el sargento… Ya sabe, para consolarlo cuando su esposa termine oficialmente su relación.

Leigh Nelson estalló.

—No es asunto suyo, pero estoy felizmente casada y tengo dos hermosos hijos. Y ya puede irse olvidando de Shep. Y lo que haya ocurrido entre Bea y él, los problemas que hayan tenido, él ama intensamente a su esposa y a su hija y diría o haría lo que fuera para recuperarlas.

DeBorn asintió con la cabeza.

—Eso es exactamente con lo que estoy contando.

El carácter repentino del ataque tomó a los manifestantes por sorpresa. Los combatientes —300 miembros altamente preparados de la Unidad de Servicios de Emergencia (USE) de Nueva York, con máscaras antigás y trajes especiales de Seguridad Doméstica— habían irrumpido en la plaza en una ola veloz y avasallante. Trabajando en equipo, las tropas habían sometido rápidamente a la multitud, atando sus muñecas en la espalda con bandas específicas desechables, antes de colocar a todas las personas en hileras organizadas sobre la fría explanada de concreto.

Luego de neutralizar a la muchedumbre, su siguiente objetivo fueron los medios de comunicación.

Con poca consideración por las cámaras, o por los derechos constitucionales, el equipo de ataque arreó físicamente a los azorados reporteros y camarógrafos a otra sección de la plaza, donde también fueron maniatados.

—¡Estamos en los Estados Unidos! ¡No pueden reprimir a la prensa!

—¡Oye, imbécil! ¿Nunca has oído hablar de la Primera Enmienda?

Lo que los miembros de la prensa nunca vieron fue que los policías que habían formado una barricada humana contra los manifestantes también fueron levantados y sus armas etiquetadas y confiscadas. Después de que funcionarios de sanidad les dijeran que esas acciones sólo eran una pequeña precaución ante un posible brote de gripa porcina, el destacamento de agentes de seguridad fue conducido a un triángulo de triaje, una de las cuatro carpas móviles del ejército que ocupaban ahora la plaza. Aislados en compartimentos pequeños con cortinas de plástico, a los policías desconcertados se les aseguraba que todo estaba bien, al tiempo que equipos médicos con trajes Racal blancos pasaban de un agente a otro, realizando un examen físico minucioso.

—Está limpio. Escóltalo a la carpa de observación.

—Éste se encuentra bien.

—Éste tiene una fiebre ligera.

—Mis hijos tienen gripa... No es nada.

—A la carpa de tratamiento. Hagan análisis completos de sangre y de cabello y luego comiencen a darle antibióticos.

—Doctor, será mejor que vea a este otro.

El oficial Gary Beck estaba sentado en el piso de linóleo, con sus aperos antimotines a un lado. Sudaba profusamente; su tono de piel era de un gris pastoso... y estaba tosiendo sangre.

—¡A la carpa de aislamiento, *stat*! Alerten al capitán Zwawa. Quiero análisis completos de sangre y de cabello en 10 minutos, seguidos de...

El oficial se puso en cuatro patas y vomitó.

—¡Sellen el compartimento!

—Triaje 3 a base. Necesitamos una unidad móvil de aislamiento y un equipo de limpieza, *stat*.

CENTRO MÉDICO DE LA AV, EAST SIDE,
MANHATTAN,
10:21 A.M.

Leigh Nelson condujo a su paciente semiconsciente a un cuarto privado en el sexto piso.

—No está nada mal, ¿verdad? Vista parcial de Manhattan, baño privado...

Observó a Patrick Shepherd deambular por la habitación en un estado de sopor inducido por el Xanax. El veterano miró debajo de la cama y entre los colchones. Revisó los cajones de la mesilla de noche y el ropero... incluso detrás del excusado.

—Muñeco, es seguro. Y es todo tuyo. Ahora sé un buen chico y acuéstate, que me tienes hecha un manojo de nervios.

El tibio adormecimiento se propagaba por su cuerpo, calmando las oleadas de ansiedad, debilitando su resolución. Se sentó en la cama y su cuerpo se fundió como plomo líquido.

—Leigh, escucha... ¿me estás oyendo?

—Sí, muñeco, te escucho.

—¿Sabes qué es el amor verdadero?

—Dime.

Shep alzó la vista; sus ojos dilatados estaban anegados de lágrimas.

—El vacío ilimitado.

Leigh sintió el nudo que se le estaba formando en la garganta.

—Shep, necesitas hablar con alguien... alguien que pueda ayudarte a lidiar con lo que estás sintiendo. DeBorn enviará un especialista. Antes de que hables con Bea, me parece importante que hables con él.

—¿Por qué? ¿Para que me diga que siga con mi vida? ¿Que la deje ir?

—No, cariño. Para que puedas ver con claridad. Para que pongas tu vida en perspectiva.

Patrick hizo un ademán hacia la caja de objetos personales que estaba sobre el escritorio.

—El libro de Bea… sácalo.

Leigh buscó en el contenedor de cartón y extrajo el ejemplar de *El Infierno* de Dante.

—Lee el canto inicial… los primeros versos.

Abrió el libro en la primera estrofa de *La Divina Comedia* y leyó en voz alta:

—En medio del camino de mi patética vida, me hallé desconcertado en sitio oscuro sin saber cómo había llegado ahí. Supongo que erré el camino varias veces —miró a Patrick—. ¿Se supone que eres tú?

Él señaló una pintura enmarcada de una casa en la playa; la escena tropical era lo único que aportaba colorido a la habitación.

—Eso se suponía que sería yo —cerró los ojos; el sueño lo sometía rápidamente—. Ahora esto es todo lo que me queda de mi vida patética… Atrapado en el purgatorio. El infierno me espera.

—Yo no creo en el infierno.

—Porque tú nunca has estado ahí. Yo sí —se recostó en la cama—. He estado ahí en cuatro ocasiones. Cada vez que cierro los ojos para dormir, el infierno me arrastra de regreso. Te ensucia. Te mancha el alma. No permitiré que manche a mi familia —sus palabras comenzaron a barrerse—. DeBorn… Dile que no. Dile que se vaya mucho a…

Las pupilas giraban bajo los párpados; en su laringe resonaba un ronquido tranquilizador.

La casa en la playa es abierta y aireada, el techo de la estancia en forma de A está recubierto de madera. Ventanales de cinco metros de altura revelan una terraza y una piscina en la parte de atrás, y más allá el océano Atlántico.

La agente de bienes raíces abre las puertas-ventanas, llenando la casa de una brisa salada y el relajante sonido de las olas rompientes.

—Atlantic Beach es una pintoresca aldea junto al mar; les encantará. La casa es estilo mediterráneo, cinco recámaras, seis baños, más la casa de huéspedes. Es una auténtica ganga por 2.1 millones.

Patrick voltea hacia su media naranja.

—¿Y bien?

La belleza rubia sostiene sobre la cadera a su hija de dos años.

—Shep, no necesitamos todo esto.

—¿Qué importa si lo necesitamos o no? Ya soy un lanzador de las grandes ligas.

—Has lanzado dos juegos.

—Pero mi agente dice que los contratos de patrocinio que está negociando nos darán dinero suficiente para pagar tres casas en la playa.

—Queda muy lejos de la ciudad.

—Nena, será nuestra casa de verano. Conservaremos el condominio en la ciudad.

—¿En Boston o Nueva York?

—No sé, quizá en ambas.

Bea menea la cabeza.

—Estás loco.

—No, no, su esposo tiene razón —la agente inmobiliaria muestra una sonrisa tranquilizante—. Los bienes raíces siguen siendo la mejor inversión que hay; los precios de las propiedades continuarán subiendo. Es imposible que se equivoquen.

—Es estupendo saber eso —cambia a la pequeña de cabello rizado a su otra cadera—. ¿Puede dejarnos solos a mi esposo y a mí para que hablemos en privado un momento?

—Por supuesto. Pero tengo otro comprador que vendrá a ver esta propiedad en 20 minutos, así que no se demoren mucho —se retira a la terraza de la piscina, dejando la puerta abierta para espiar la conversación.

La rubia la cierra con fuerza.

Shep sonríe a la defensiva.

—Esposo. Eso me encantó.

—Pongamos las cosas en claro. Aún no estamos casados y no lo estaremos si vuelvo a sorprenderte coqueteando con las porristas.

—No eran porristas y ya te dije que no estaba coqueteando. Era nada más una sesión de fotografías para Hooters.

—Esas mellizas tenían sus hooters en tu cara cuando yo entré.

—Es mi trabajo, nena. Parte de la nueva imagen. Ya sabes, el Estrangulador de Boston.

La rubia resopla con disgusto.

—¿Quién eres? Tu ego está tan fuera de control que ya casi no te reconozco.

—¿De qué estás hablando? Esto es lo que queríamos... estamos viviendo el sueño.

—Tu sueño, no el mío. No quiero estar casada con un ególatra, preguntándome en qué cama se acuesta cuando no está en la mía.

—Eso no es justo. Nunca te he sido infiel.

—No, pero sientes la tentación. Reconócelo, Shep, hemos estado juntos desde que éramos unos chicos. Dime que no sientes ni tantita curiosidad de estar con otra mujer, sobre todo ahora que prácticamente se te echan encima.

Él no dice nada, le resulta imposible mentirle.

—*Sí, eso es lo que pensé. Así que esto es lo que vamos a hacer. Yo me regresaré a Boston con nuestra hija, mientras tú decides si prefieres probar algo exótico con una de las mellizas oh-la-la o estar atado a una familia. Será mejor que lo purgues de tu sistema de una vez. No quiero que te despiertes dentro de tres o cinco o 10 años pensando que cometiste un error* —recoge la pañalera de la niña y se dirige a la puerta.

—*Cariño, aguarda…*

La rubia voltea con lágrimas en los ojos.

—*Sólo recuerda, Patrick Shepherd, que a veces no aprecias realmente lo que tienes hasta que lo pierdes.*

Patrick gimió en la almohada, incapaz de desprenderse del sueño inducido por el fármaco.

EDIFICIO DE LA ASAMBLEA GENERAL
DE LAS NACIONES UNIDAS,
10:28 A.M.

Aturdido, Jeffrey Cook, el jefe del Departamento de Seguridad de las Naciones Unidas (DSNU), condujo a los siete hombres ataviados con trajes Racal, respiradores faciales, botas y guantes gruesos, a la sala de control del edificio de la Asamblea General.

—¿Me permiten su atención, por favor?

Una docena de pares de ojos dejaron de ver los monitores.

—Éste es el capitán Zwawa del laboratorio de enfermedades infecciosas del Fuerte Detrick. Necesita nuestra ayuda con una posible falla de seguridad.

—¡Dios mío! ¿Qué está sucediendo?

—¿Es seguro respirar el aire?

—¿Estamos bajo ataque?

—Permanezcan tranquilos —Jay Zwawa alzó la copia de las fotografías de identificación de USAMRIID—. Necesitamos que localicen a este hombre y a esta mujer. Uno de ellos o ambos puede haber entrado a uno de los edificios de las Naciones Unidas en algún momento a partir de las ocho de esta mañana. Necesitamos saber a qué edificios entraron, con quiénes entraron en contacto y si ya salieron de las instalaciones.

El equipo de Zwawa repartió copias de las fotos de Mary Klipot y Andrew Bradosky a cada uno de los técnicos, junto con un CD.

—El archivo en el CD contiene los indicadores de ADN de los sospechosos. Córranlo en su sistema de vigilancia y busquen una coincidencia. Comiencen por el edificio de la Asamblea General y luego procedan por el resto del complejo de la ONU.

—¿Quiénes son? ¿Estamos en peligro?

—¿No deberíamos usar trajes protectores nosotros también?

—Los trajes son una precaución para mis hombres de primera línea. Mientras ustedes permanezcan en esta sala estarán bien.

Uno de los técnicos se mostró preocupado.

—Fui al baño hace unos 10 minutos.

—Un miembro de nuestro personal médico lo examinará.

—¿Personal médico? Dios mío, ¿hay una alerta biológica?

—Calma. Ni siquiera estamos seguros de que los sospechosos hayan ingresado al complejo de la ONU.

Los técnicos insertaron los CD en sus computadoras y buscaron coincidencias de los rasgos faciales usando las grabaciones de vigilancia de esa mañana.

Jeffrey Cook llevó a un lado al capitán Zwawa.

—Sus hombres están bloqueando las salidas. No pueden hacer eso.

—Es una precaución por seguridad. Nadie saldrá del complejo de la ONU sin haber sido examinado.

—¿Examinado de qué?

—Lo sabrá si acaso decido informárselo. Esperemos que no sea necesario.

—¿Qué hay de los diplomáticos? ¿Los jefes de Estado? No puede decirles a esas personas que no les está permitido marcharse. Tienen inmunidad diplomática.

—Nadie se irá a menos que los médicos lo autoricen. Esa orden tiene el respaldo del Pentágono y la Casa Blanca.

—¿Qué hay del presidente? ¿Le va a decir que no se puede ir?

—¿El presidente está aquí?

—Está en el Salón de la Asamblea General, hablando ante el Consejo de Seguridad en este mismo momento.

—¡La tengo!

Todas las cabezas voltearon en dirección de Cameron Hughes, un técnico de seguridad en silla de ruedas. Jeffrey Cook se inclinó sobre el hombro de Hughes para ver la imagen borrosa en blanco y negro congelada en el monitor. La computadora afinó los pixeles, resaltando los indicadores genéticos hasta que el rostro de Mary Louise Klipot apareció ominosamente en la pantalla.

—Cam, ¿dónde fue tomada esta imagen?

—En la entrada principal. ¡Demonios! Mira el código de tiempo… Las 9:11.

El sudor escurría por el rostro del capitán Zwawa. Contuvo el impulso de arrancarse de la cabeza la capucha asfixiante.

—Adelante la cinta. ¿Adónde va?

La imagen saltó de un ángulo al siguiente, siguiendo a Mary Klipot a través de varios controles de seguridad hasta que ingresó al Salón de la Asamblea General. La perdieron en el interior del auditorio oscurecido.

—Que un destacamento de seguridad…

—¡Señor, espere! —la imagen cambió de nuevo al corredor—. Mire, salió. ¿La ve? Habla con los agentes de seguridad. Se dirige a los elevadores.

Jay Zwawa resentía el peso del tiempo como gravedad extra. Estaba una hora atrás del objetivo; cada minuto de la grabación revelaba a otra potencial víctima de infección; cada segundo que pasaba permitía a la Guadaña propagarse por el complejo de las Naciones Unidas.

—Esto tarda demasiado. Acelere la cinta, tengo que saber si ella continúa en el edificio. Cook, necesitaremos los nombres de todas las personas con las que entró en contacto y después quiero los nombres de todos aquellos con quienes éstas tuvieron contacto a su vez.

—¿Está loco? Está hablando de cientos, tal vez de miles de personas. No tengo personal suficiente…

—La mujer que buscamos puede haberse contagiado a sí misma con una forma muy contagiosa y letal de la peste bubónica. Cada persona con la que entró en contacto, así haya sido sólo a la distancia de sentir su aliento, es una víctima y portadora potencial. Haga su trabajo, hágalo rápido y nadie sale de esta habitación.

Zwawa tomó un teléfono celular del cinturón de su traje Racal. Con el índice enguantado marcó un número preprogramado; con la otra mano operaba los controles de los audífonos en su capucha…

…pasando la llamada del puesto de control del Fuerte Detrick al celular seguro de su hermano mayor.

El centro de mando del Fuerte Detrick se había convertido en el núcleo central de comunicaciones, enlazando a la Oficina Oval, al Pentágono y a varios miembros del Congreso, en un interminable debate de Babel. Harto de oír a los jefes del Estado Mayor Conjunto discutiendo con el vicepresidente y su personal, el coronel John Zwawa se dirigía al santuario de su oficina cuando su celular privado vibró en el bolsillo de su pantalón.

—Habla.

—*Vicioso*, es *Delicioso*. ¿Puedes hablar?

—Aguarda, Jay —el coronel cerró la puerta de su oficina para hablar con su hermano. ¿Qué tan grave es?

—Es una megamierda con tentáculos. Todos los presentes en el Salón de la Asamblea General fueron infectados. No estamos seguros de qué tan grave, pero PEU (presidente de Estados Unidos) está ahí ahora mismo, hablando ante los condenados.

—Demonios, Jay Zee, sácalo de ahí.

—Seguro. Nada más dime cómo hacerlo sin provocar el pánico generalizado y perder la contención.

La mente del coronel operaba a toda velocidad.

—Amenaza de bomba. Alertaré al Servicio Secreto. Que tu equipo esté esperando afuera del salón. Usa a la gente de ESU para canalizar a los delegados a sus oficinas en el edificio de la Secretaría General. Los encerraremos ahí. Una vez aislados, será más fácil para los equipos CCE hacer un triaje de puerta en puerta.

—¿Qué hay de PEU?

—Asigna un piso privado, lejos de los otros, para él y su personal. Pero, Jay, nadie se va de la plaza hasta que la Guadaña haya sido contenida. Y quiero decir nadie. ¿Está claro?

—La gente de PEU podría insistir en sacarlo de ahí.

El coronel Zwawa miró por la ventana de su oficina la pared de monitores y las docenas de cabezas parlantes.

—Esa opción ya está siendo debatida por los cretinos del Pentágono que nos metieron en este desastre. Por suerte, cuando se trata de contención yo estoy al mando, así que éstas son mis órdenes, sólo para tus oídos: Nadie se va de la ONU. Si la gente de PEU entra en pánico, tus órdenes son eliminar a su escolta del Servicio Secreto.

—Mi estimado, no por nada te apodan *Vicioso*.

—Lo que sea necesario, Jay Zee. Ya justificaremos los cadáveres en el juicio. ¿Dónde está Jesse?

—En el callejón, buscando el maletín.

Jesse Zwawa y tres miembros del equipo Delta entran al callejón. Las botas de hule chapotean sobre las marcas de neumáticos entre los charcos de aguanieve. El viento aúlla en el pasaje, sus capuchas protectoras amortiguan el sonido. Trajes Racal anaranjados y mascarillas para respirar. Astronautas confinados a la Tierra para combatir una presa invisible. Tres hombres llevan equipo de campo y bastones con tenazas. El mayor de ellos carga un equipo médico de emergencia.

El doctor Arnie Kremer cojeaba sobre una cadera que estaba a dos semanas de ser remplazada en el quirófano. Era demasiado bajito para el traje Racal que le asignaron y se le hacía bolas en las rodillas, dificultándole el andar. Una hora antes, Kramer y su esposa estaban disfrutando del desayuno en un bufet de coma-todo-lo-que-pueda en el Tropicana Resort de Atlantic City. Era el inicio de una semana de vacaciones, interrumpida por el Tío Sam. *Reservas del Ejército: la historia interminable.*

El médico chocó con el hombre que lo precedía. El equipo se había detenido de manera abrupta.

El capitán Zwawa estaba a 15 metros del basurero, con el GPS en la mano.El objeto que buscaban estaba en el contenedor, pero había algo enfrente sobre el piso. A primera vista, el comandante había supuesto que era un montón de ropa mojada...

...pero ahora se estaba moviendo.

—Doctor Kremer, al frente y al centro.

Arnie Kremer se colocó junto al capitán. La masa húmeda estaba oscurecida por la presencia frenética de una docena de ratas, cada una del tamaño de un balón de futbol. La piel de sus lomos estaba embarrada de sangre. *Estaban devorando algo... ¿pero qué era?*

—¿Es un perro muerto?

—Asegurémonos —Zwawa alargó su bastón. Volteó el objeto indistinto, pero sus acciones apenas importunaron a los roedores.

Ambos hombres saltaron hacia atrás. Kremer sintió el impulso de vomitar dentro de su capucha.

Había sido un trabajador de mantenimiento. Las ratas le habían arrancado la mitad de la cara y los dos ojos. Dos machos peleaban por un nervio óptico que asomaba todavía por la cuenca vacía como un espagueti. Las otras ratas comían los restos del estómago del hombre como una feroz camada de cachorros mamando las tetas de su madre. Había roedores deambulando sobre los órganos internos, provocando que el vientre hinchado de la víctima ondulara.

Cuando una rata empapada en sangre salió por la boca del muerto, Zwawa perdió la compostura. Retrocedió, sacó el brazo derecho de la manga del traje Racal y se llevó la mano al pecho hasta la bolsa para vomitar ahí, colocándola sobre su boca un segundo antes de regurgitar su desayuno.

El resto del equipo Delta musitaba y apretaba los dientes, esforzándose por no oír la acústica repugnante que reproducían sus audífonos.

Ryan Glinka, el segundo al mando del equipo Delta, se acercó a su comandante.

—¿Se encuentra bien, capitán?

Zwawa asintió con la cabeza. Selló la bolsa, la guardó en el bolsillo interior y volteó para ver a sus hombres.

—Señor Szeifert, me parece que usted es el experto en esta materia.

—Sí, señor —Gabor Szeifert avanzó, pero no demasiado. Era un veterinario y experto epizoótico de Hungría y esta misión era su primera experiencia de campo—. Algo no está bien. Las ratas no suelen alimentarse así. Parecen estar estimuladas.

—¡Shh! Escuchen —Ryan Glinka hizo un ademán con la mano para que guardaran silencio.

Más allá del aullido del viento y el ruido distante de una sirena podían oír golpes secos en el interior del basurero. Mientras observaban, una rata negra se trepó al contenedor de metal oxidado y saltó al interior.

La piel del doctor Kremer se enchinó dentro del traje protector.

El capitán Zwawa colocó un gancho en su bastón y se lo dio a Szeifert.

—Recupere el maletín, pero tenga mucho cuidado.

Gabor se acercó al basurero mientras aparecían más ratas que entraban y salían del receptáculo a un ritmo frenético. El científico húngaro se inclinó para ver el borde del contenedor. Miró al interior…

—*Nem értem…*

Era una orgía de cuerpos oscuros y colas color piel, arrancando y royendo y trepándose unas en otras en su afán por llegar hasta algo sepultado bajo la pila en movimiento. Un caleidoscopio de vivas y muertas, de heridas y golpeadas, todo parte de una masa arremolinada de roedores que se movía como una sincronizada marea negra.

—¡Señor Szeifert!

—Lo siento, señor. Dije que no entendía. Hay tantas... Necesitamos...

Una rata brincó al hombro de Gabor. El veterinario intentó quitársela de un golpe mientras ésta roía furiosamente su traje protector. Se le unieron otras dos, luego otra, después en grupos de tres y de cuatro, demasiadas para contarlas; el borde del basurero metálico se convirtió en el punto de lanzamiento hacia el siguiente bufet.

El experto en animales avanzó dando tumbos hacia el doctor Kremer. Ratas negras coparon los hombros de ambos hombres y se aferraron a sus espaldas y sus muslos; sus garras y dientes afilados rasgaban los trajes Racal de los soldados que huían despavoridos...

...cayendo al instante al suelo como costales de pelo, sus patas diminutas sacudiéndose en espasmos a medida que Ryan Glinka las sometía con un cilindro de dióxido de carbono comprimido.

Jesse Zwawa observó a los roedores asfixiados, con una granada de dióxido de carbono en su mano enguantada.

—¿Alguien tiene antojo de ratatouille? —quitó el seguro y arrojó el bote en el basurero.

¡Boom!

Del contenedor salió metralla de rata en todas las direcciones, el *gong* metálico resonó en sus oídos mientras una nube de dióxido de carbono escapaba del depósito dañado.

El doctor Kremer contuvo el reflejo de vomitar, forzándose a sacudir de su protector facial pelos negros y excremento sanguinoliento.

—Eso fue un tanto excesivo, ¿no le parece?

—Necesitamos el maletín. Supongo que está sepultado bajo la pila de ratas.

—Si es así, las ratas podrían ser vectores. Necesito especímenes vivos para realizar exámenes de toxicología.

—Si quiere ratas vivas, sáquelas usted mismo, Gabor. Si quiere filete de rata, aquí hay un basurero lleno de esas desgraciadas —Jesse Zwawa se desplazó a la parte posterior del humeante depósito de basura y lo empujó con toda la fuerza de sus 90 kilos de peso, haciéndolo caer hacia adelante y derramar su contenido sobre el piso lleno de suciedad.

Ryan Glinka alargó su bastón para hurgar entre la pila húmeda de restos de rata, hasta que enganchó el maletín abierto.

Las ratas lo habían roído hasta dejarlo irreconocible. Todo lo que quedaba era un trozo de la agarradera y una sección de 45 centímetros de metal de la que pendía una bisagra ensangrentada.

Glinka sostuvo en el aire el pedazo de metal para que su comandante lo examinara.

—Creo que estamos en problemas, señor. ¿Capitán?

—Aquí —Jesse Zwawa estaba acuclillado sobre una rodilla, dirigiendo su linterna a la abertura de un tubo de drenaje roto situado a lo largo de la pared de ladrillo del edificio contiguo. El rayo de luz iluminaba pares de ojitos rojos que no parpadeaban, la madriguera de los roedores infectados que le devolvían la mirada...

...a la espera.

El diario perdido: Guy de Chauliac

El siguiente texto fue tomado de unas memorias inéditas recientemente descubiertas, escritas por el cirujano Guy de Chauliac durante la Gran Peste: 1346-1348 (traducido del original francés)

Entrada del diario: 4 de enero de 1348

(escrito en Aviñón, Francia)

La muerte ha llegado a Aviñón.

Hemos escuchado informes desde hace meses... los horrores procedentes de Sicilia y Génova, las advertencias desde las islas de Cerdeña y Mallorca. Hubo rumores acerca de que Venecia y Roma se habían infectado, seguidos semanas después por el pánico ante la huida de nuestros vecinos del este, en Marsella y Aix. Y aun así permanecimos aquí, vigilantes, atenazados por el terror, pero convencidos de que Dios en su infinita compasión eximiría a la ciudad papal y a todos sus habitantes.

Tal vez no estábamos convencidos todavía. Tal vez simplemente esperábamos una señal del cielo: un terremoto, una lluvia venenosa.

Y sin embargo no ocurrió ninguna. En cambio, la peste que había puesto de rodillas al imperio mongol y llevado la muerte a todas las ciudades comerciales del Mediterráneo y del Mar Negro llegó a Aviñón una noche del comienzo del invierno, como un susurro mientras dormíamos. Por la mañana había un forastero tendido en un callejón; esa misma noche, la fiebre florecía ya en una docena de hogares.

Por recomendación mía, el papa Clemente IV ha ordenado el cierre de las puertas de Aviñón...

...aunque temo que sea demasiado tarde.

Guigo

La División de Investigaciones Criminales (DIC) del Fuerte Meade ha estado investigando a USAMRIID en el Fuerte Detrick desde principios de febrero. USAMRIID estaba cerrando la mayoría de sus investigaciones biológicas mientras intentaba hacer coincidir sus inventarios con sus registros, aduciendo un "exceso" de agentes biológicos selectos y toxinas. Pero a la DIC de Meade no le preocupa el excedente: sus agentes buscan lo que pudo haberse extraviado entre 1987 y 2008.

KATHERINE HEERBRANDT,
Frederick News-Post, 22 de abril de 2009

Bioguerra Fase III
Propagación de humano a humano

20 de diciembre

La mujer pelirroja sentada en la camilla en la parte posterior de la ambulancia gimió en protesta. La fiebre la sumía por momentos en una bendita inconsciencia. La náusea la escupía de regreso. Vomitó flemas biliosas en el cobertor y esa acción la expulsó de vuelta al turbulento mar de la realidad. Abrió los ojos con un esfuerzo para ver si el vómito tenía sangre. La Guadaña estaba avanzando. Impulsada por su genio.

Le dolía la cabeza. Sentía pulsaciones en la cadera, justo donde el taxi la golpeó, lanzándola al otro lado de la calle 46. El Niño Jesús daba patadas en su vientre. Mary sufría cada brinco y cada vuelta pronunciada *¡y esa sirena incesante!* La vocecita gritaba obscenidades desde el lugar oscuro de su mente que ya no podía razonar, que sólo se limitaba a recitar el mismo mantra alarmista acerca del tic-tac de los relojes y el suero oculto junto a la llanta de refacción en la cajuela del coche rentado. ¿Y ahora quién es la genio?

Un repentino alto total interrumpió su delirio. La sirena se calló, dando paso a un instante de silenciosa desesperación. *Instruye a quienes te atienden antes de que te anestesien.* Antes de que pudiera protestar, la camilla fue lanzada hacia atrás, bajo deslumbrantes cielos grises y un frío ártico. Después volvió a estar en movimiento. Por la rampa y a lo largo de un corredor de luces fluorescentes y caos controlado. Nuevos rostros con batas blancas y gafetes de identificación se asomaron a su mundo, negándose a escuchar.

—¿Qué nos trajeron?

—Un taxi la arrolló. Poco más de 35 años, embarazada; parece estar avanzada en el tercer trimestre. La víctima estaba consciente cuando la recogimos. Pulso acelerado, fiebre alta. Presión sanguínea, 80 sobre 60. Al parecer, casi todo el impacto fue absorbido por los glúteos y la parte posterior de las piernas.

—Está pálida. ¿No tiene heridas abiertas? ¿Pérdida de sangre?

—Ninguna que hayamos percibido, pero aspiró sangre en el trayecto hacia aquí. Probablemente sea necesaria una cesárea de emergencia, si es que hay alguna esperanza de salvar al bebé.

—De acuerdo. ¿Qué es ese hedor?

—No lo sé. Quizá a las rusas no les gusta bañarse.

—¿Cómo sabes que es rusa?

—Llevaba puesto este gafete: Bogdana Petrova, embajada de Rusia.

—Llévenla a rayos X. Nosotros nos ocuparemos de ella desde aquí.

EDIFICIO DE LA ASAMBLEA GENERAL
DE LAS NACIONES UNIDAS,
10:46 A.M.

—**¿Una amenaza de bomba?** —el agente del servicio secreto miró con recelo al hombre corpulento en el traje Racal anaranjado—. ¿Dónde está el escuadrón antibombas?

—Nosotros somos el escuadrón antibombas.

—Pamplinas. Ésos son trajes ambientales.

—La amenaza era un dispositivo biológico. Y si en verdad hay una bomba y estalla, estaremos protegidos. Ustedes, por otro lado, básicamente estarán fritos. Ahora, o informas al presidente o lo hago yo mismo y provoco el pánico entre mil diplomáticos y jefes de Estado visitantes.

Maldiciendo en voz alta, el guardaespaldas del presidente y asesino personal pasó rápidamente a un lado de las cortinas y subió al escenario, rumbo al pódium, con la cabeza agachada.

—...Nadie desea la guerra, pero no vacilaremos ante ella si eso significa impedir la destrucción de una o más de nuestras ciudades. El uranio enriquecido puede ser empleado tanto en maletines-bomba como en misiles balísticos. En el pasado, Irán no ha dudado en armar a grupos terroristas como Hezbolá y Hamas, grupos que no dudarían a su vez en usar una bomba nuclear en un maletín contra Israel o cualquier otra nación soberana. En ese sentido, un tratado...

El presidente Kogelo se detuvo; el larguirucho líder del mundo libre escuchó atentamente lo que el agente del Servicio Secreto le dijo al oído.

—Señor secretario general, distinguidos huéspedes... Acabo de ser informado de que la Asamblea General ha recibido una amenaza terrorista. Seguridad Doméstica tiene la situación bajo control, pero como una precaución extra se nos solicita posponer el resto de la agenda de esta mañana mientras nuestros expertos verifican que este salón sea seguro. Piden también a todos los diplomáticos y jefes de Estado, incluyéndome, reportarse a las oficinas de sus respectivos países en el edificio de la Secretaría y aguardar instrucciones.

El agente del Servicio Secreto tomó del brazo al presidente y lo condujo fuera del escenario, mientras dos docenas de efectivos fuertemente armados de la Unidad de Servicios de Emergencia, todos con trajes Racal blancos, ingresaron al salón por las puertas traseras y arrearon hacia el corredor a los azorados diplomáticos.

CALLE 22 ESTE Y PRIMERA AVENIDA
LOWER EAST SIDE, MANHATTAN,
10:47 A.M.

Una calle más por recorrer y Wendi Metz estaba exhausta.

Criaba sin pareja a su hijo de ocho años y había tratado de bajar siete kilos desde octubre, cuando comenzó a salir en citas por internet. Su rutina de ejercicio —caminar desde la Plaza de la ONU, donde trabajaba en el turno del desayuno, hasta la parada de la calle 23 Este— le había ayudado a reducir dos tallas en tres meses, además de ahorrar en fichas del metro. Pero esta mañana se sentía agotada, al borde de un desmayo.

La invitante banca de la parada del autobús estaba a la vista, alentándola a seguir caminando. Cada paso era doloroso, la tensión se propagaba por el cuello y la columna vertebral hasta la espalda baja, las piernas y los pies. La brisa invernal proveniente del East River había estado refrescando su perspiración, pero ahora que redujo la velocidad a un paso lento pudo percatarse de la fiebre que la abrasaba por dentro.

Una ráfaga de viento estremeció su cuerpo.

Recordó por enésima vez la imagen de la mujer pálida vomitando en el sanitario y se preguntó si le habría contagiado algo.

Se le nubló la vista; sus ojos se esforzaban por distinguir contrastes en el fulgor repentino. Consideró la idea de comprar un yogur en un puesto callejero —*mi nivel de azúcar en la sangre debe estar bajo*— hasta que vio aproximarse por la Primera Avenida al autobús X25.

Ve a casa. Tómate unas medicinas para el resfriado y la fiebre, come un plato de sopa y corre a la fonda antes de que comience el turno del almuerzo.

Le hizo la parada al autobús y lo abordó, sumándose a los otros 17 pasajeros que se dirigían a Midtown East y Sutton Place.

PLAZA DE LAS NACIONES UNIDAS, 10:48 A.M.

La carpa de aislamiento se estaba llenando rápidamente. Los clasificados como "infectados" eran ya 22, con un nuevo paciente agregado cada seis minutos. La mayoría eran policías o manifestantes detenidos en la plaza. Otros habían estado a cargo de la seguridad dentro del edificio de la Asamblea General cuando *Mary Bubónica* había recorrido las instalaciones.

El primer contacto verificable estaba tendido en lo que llamaban un aislador autocontenido: una camilla ligera rodeada por un armazón desmontable y plástico transparente. La burbuja envolvente se sostenía con su propio sistema de suministro de aire, creando un diferencial negativo de presión que impedía que escapara el aire contaminado. Ocho fundas de plástico para introducir los brazos, cuatro de cada lado, permitían al personal médico acceder al área de contención del paciente sin romper el aislador.

El oficial Gary Beck estaba horrorizado. Sabía que había sido expuesto a una sustancia biológica peligrosa. Lo sabía porque podía sentir cómo la toxina hacía olas dentro de su cuerpo. La fiebre, aunada a la ansiedad, había hecho que su corazón se acelerara, su presión sanguínea se desplomara y su piel se estremeciera. Los médicos en los trajes ambientales blancos le habían asegurado que estaría bien, que el antídoto administrado por vía intravenosa había llegado a su cuerpo con tiempo de sobra. Beck les había creído; su pánico perdió intensidad a medida que el Valium mezclado con un elíxir cristalino cuya etiqueta decía SCY-ANTI, goteaba hacia sus venas.

Recostado en el interior de la burbuja aislante, Gary Beck pensaba en su esposa Kimberly y en sus dos hijos y dio gracias por que estaban en Doylestown, Pennsylvania, visitando a sus suegros. Se sentía solo y definitivamente en el lugar equivocado a la hora equivocada. Hizo un esfuerzo por mantener la calma. *Estás vivo, estás bien. Los expertos están aquí para atenderte. Conserva la serenidad y coopera y estarás en casa, en tu propia cama, antes de que tu mujer regrese de casa de sus padres.*

Una mujer en un traje Racal blanco se acercó, comunicándose por medio de un intercomunicador interno.

—¿Cómo se siente, oficial Beck?

—Nada bien. Volví a vomitar y todavía me duele todo. Siento el cuello hinchado, justo aquí. Parece como si algo estuviera creciendo.

—No es más que un nódulo linfático; procure no tocárselo. Voy a sacarle un poco más de sangre, ¿de acuerdo?

—Está bien —el oficial Beck cerró los ojos llorosos; sus extremidades temblaban mientras la enfermera extraía otra jeringa de sangre y la vertía en un tubo de recolección externo.

Jay Zwawa sentía como si se estuviera hundiendo en arena movediza. Volvió a leer el informe médico del doctor Kremer y en ese momento vio a su hermano menor, Jesse, salir de una carpa del ejército y le hizo una seña para que fuera a su lado.

—Dos equipos de exterminio de roedores están en camino.

—Será mejor que leas esto. Es un informe de toxicología de la primera oleada de víctimas.

Jesse Zwawa recorrió con la mirada el informe; su expresión se ensombreció detrás de la careta de su traje con capucha.

—Eso explica por qué…

—Sí.

—Entonces estamos oficialmente jodidos.

—Así es. Jess, esto es sólo entre nosotros y el doctor Kremer. Si se llegara a difundir…

—¿Ya le dijiste a Zee?

—Estaba a punto de hacer la llamada.

—**Coronel, el equipo Alfa** tiene una transmisión urgente.

—Estén en espera —John Zwawa silenció las conversaciones provenientes de la pared de monitores de video—. Señor vicepresidente, damas y caballeros, tenemos un informe actualizado del equipo en tierra. Adelante, capitán.

—Coronel, tenemos una situación muy grave. Un análisis de la sangre de las víctimas infectadas revela que los bacilos no coinciden con el ADN de la Guadaña.

La doctora Lydia Gagnon tomó el micrófono más cercano; su voz rugió con estrépito en los audífonos de Jay Zwawa.

—¿Cómo que no coincide? El maletín robado contenía la Guadaña en estado puro.

—Entendido, pero nuestros antibióticos no están funcionando. Ninguno de los pacientes infectados está mejorando. De alguna manera, Mary Klipot alteró el ADN de la Guadaña.

El coronel Zwawa sintió un vértigo repentino y tomó asiento en la silla de su escritorio.

—Capitán, que Kremer suba todos los resultados de las pruebas de sangre de la zona cero directamente a nuestros laboratorios Bio-4. Doctora Gagnon, ¿en cuánto tiempo pueden producir sus laboratorios un antibiótico efectivo? ¡Doctora Gagnon!

—¿En cuánto tiempo? No lo sé, coronel... ¿En un día? ¿En un año? ¿No se da cuenta? No importa. La Guadaña mata en un plazo de 15 horas. Se está propagando demasiado rápido para que mi gente descifre su nuevo código genético, ya no digamos para hallar una cura. Todos aquellos que contrajeron la peste son cadáveres ambulantes. Ese juego ha terminado, perdimos. A partir de este momento, de lo que se trata es de control de daños. Tenemos una oportunidad de contener esta cosa antes de que se convierta en una pandemia mundial. Un pequeño golpe de suerte. Manhattan es una isla; técnicamente puede ser aislada. Tenemos que cerrar todos los accesos a la ciudad, ¡y quiero decir ahora mismo!

—Ella tiene razón, coronel —dijo Jay Zwawa—. El jefe de seguridad de la ONU acaba de darme un informe de las personas que pueden haber tenido contacto con Klipot. Por lo menos una docena se ha marchado del complejo de la ONU. Perdimos la contención del perímetro hace 33 minutos.

La doctora Gagnon estaba de pie frente al monitor del vicepresidente; su voz temblaba de miedo.

—Señor, o aislamos ahora mismo a Manhattan y sacrificamos a dos millones de personas, o para mañana en la noche toda la especie humana, a excepción de algunas tribus remotas del Tercer Mundo, se habrá extinguido.

La isla de Manhattan estaba separada de los barrios de Bronx y Queens por el río Harlem; de Brooklyn, por el veloz East River; de Staten Island y Nueva Jersey, al sur y el oeste, por el poderoso Hudson. Lo que enlazaba a la metrópolis con las comunidades que la rodeaban eran más de mil kilómetros de tren subterráneo, 3 500 kilómetros de rutas de autobús, ocho puentes, cuatro túneles, dos sistemas ferroviarios y docenas de transbordadores y helicópteros. Ahora el gobierno federal quería que todos los puntos de entrada y las rutas de salida de Manhattan quedaran cerrados, y exigía que esto se hiciera en menos de 15 minutos.

El gobernador de Nueva York, Daniel Cirilo II, estaba en camino a Vermont, donde iba a vacacionar esquiando, cuando recibió la llamada telefónica del vicepresidente Krawitz. Después de que éste le dijera que dejara de hacer preguntas y empezara a girar órdenes, el gobernador contactó al director de la Agencia Metropolitana de Transporte, una red que incluía los trenes subterráneos, los autobuses y los ferrocarriles de la ciudad de Nueva York. En cuestión de minutos fueron cerradas todas las líneas y todo el sistema quedó bajo una alerta roja por amenaza terrorista.

Todos los trenes que debían parar en las estaciones Grand Central y Penn fueron redirigidos a otras terminales, todos los que estaban programados para salir fueron cancelados hasta nuevo aviso. La Fuerza Aérea ordenó que todos los vehículos aéreos en los aeropuertos La Guardia, JFK y Newark permanecieran en tierra. La autoridad portuaria restringió todos los transbordadores y embarcaciones en ambos ríos. Seguridad Doméstica se hizo cargo de la Agencia del Puente y el Túnel Triborough, impartiendo órdenes a más de 900 oficiales colocados en las casetas de peaje de los puentes y los túneles de Manhattan, para cerrar por completo el tráfico peatonal y vehicular y rechazar a cuantos intentaran entrar o salir de la isla.

A las 11:06 A.M., tiempo del este, en todos los puentes y túneles de Manhattan había un embotellamiento interminable, la cacofonía de mil bocinas estruendosas era el presagio del caos que estaba por venir.

CENTRO MÉDICO DE LA AV, EAST SIDE, MANHATTAN, 11:07 A.M.

En un lote de tierra y pasto lleno de casquillos de bala, a la sombra de un edificio de tres pisos bombardeado, una docena de niños iraquíes juega futbol.

Patrick Shepherd observa el partido desde la antigua iglesia que él y sus camaradas vigilan durante su renovación. La niña a quien ha dado el mote de Ojos Brillantes *persigue la pelota, pero los otros niños la avasallan rápidamente. Cuando se disuelve la melé, la pequeña llora tirada en el suelo, con la rodilla sangrando.*

Patrick corre hasta ella. Se abre paso entre el círculo de niños y se acuclilla junto a ella para examinar la herida.

—*No llores, Ojos Brillantes, no es grave. Vamos a ver si podemos limpiar la herida.*

Con sus ojos cafés aumentados por las lágrimas mira al soldado estadounidense dejar a un lado su rifle de asalto y tomar su maletín médico. Rocía la herida. Le aplica una gasa. Coloca una venda limpia y...

...se gana un abrazo.

Patrick se aferra a la niña por un largo tiempo y después la deja ir con sus compañeritos.

El juego continúa. Él regresa a la iglesia; lo saluda David Kantor.

—*Eso fue lindo.*

—*Ella es como yo, la más pequeña del grupo.*

—*Es una rompecorazones. ¿Disfruta la inacción?*

—*No particularmente. No me enlisté para vigilar una iglesia derruida.*

—*Esta iglesia es un monumento nacional. ¿Alguna vez vio la película* El exorcista?

—*No.*

—*En la escena inicial aparece una iglesia en el desierto, esta iglesia. Esas escenas fueron filmadas en Irak antes que Saddam tomara el poder, cuando el país obtenía buenos ingresos de la industria cinematográfica. Una vez que la hayamos restaurado...*

—*No me enlisté para restaurar iglesias viejas utilizadas en películas* —saca la pistola de la funda, la desarma y usa un trapo aceitoso para quitarle la arena adherida.

—*¿Para qué se enlistó?*

—*Para matar a los enemigos de los Estados Unidos. Para impedir otro 9/11.*

—*El régimen de Saddam no fue el responsable del 9/11.*

—*Usted sabe a qué me refiero.*

—*Lo que sé es que usted tiene graves problemas de ira que no se resolverán con esa pistola que está limpiando.*

—*De acuerdo, ¿y usted por qué está aquí?*

—*Estoy aquí por un traductor iraquí. Lo conocí en Kuwait en 1991. Fue asignado como intérprete a nuestro pelotón. Durante una clase de sensibiliza-*

ción cultural nos dijo que había sido soldado y había luchado del lado del ejército nacional contra los baathistas cuando Saddam tomó el poder. Con lágrimas en los ojos nos contó que peleó en la escalinata del palacio en Bagdad. Nos dijo que se vio forzado a huir de su patria para no ser ejecutado. Tuvo que dejar atrás a su familia; algunos de sus parientes fueron ahorcados. Nos contó que los soldados baathistas violaban y torturaban mujeres bajo el régimen de Saddam y que desde entonces su familia vivía aterrorizada por su propio gobierno. Después de la clase, él y otros adiestradores culturales, en su mayoría intérpretes que nos ayudaban de manera voluntaria, fueron con cada uno de los soldados ahí presentes para darnos un apretón de manos y agradecernos lo que estábamos haciendo. Esos hombres estaban arriesgando su propia vida y la vida de sus parientes en casa por ayudarnos, y sin embargo nos daban las gracias. Eran hombres mayores, duros y experimentados, hombres que habían presenciado combates mucho peores que los que ninguno de nosotros habíamos visto, y lloraban al relatar los acontecimientos que condujeron a la toma de Irak por Saddam y su partido. Así fue como llegué a aborrecer a Saddam y aborrecí también el hecho de que nuestro gobierno lo hubiese instalado en el poder y luego lo hubiese armado hasta los dientes durante la guerra entre Irak e Irán. Por esos hombres y muchos otros como ellos aprendimos a respetar profundamente al pueblo iraquí y su cultura. Como la mayoría de nosotros, todo lo que querían era vivir en paz, sin el temor constante que les producía su propio gobierno. Para contestar su pregunta, sargento, yo regresé aquí para enmendar un error.

Shep vuelve a ensamblar su pistola, introduce el cartucho y deja lista una bala en la cámara.

—Yo también, capitán. Yo también.

Patrick Shepherd despertó sobresaltado. La ansiedad aumentó a medida que sus ojos registraban el entorno desconocido. *DeBorn. Habitación privada.*

Se incorporó en la cama, su corazón latía con fuerza exigiendo a su cerebro recordar algo mucho más importante. *Mi familia… ¡Nelson encontró a mi familia!*

Sacó las piernas de la cama. *Esto era enorme. Inesperado y aleccionador. Su esposa y su hija estaban en Manhattan. A un viaje corto en taxi de distancia. ¿Ellas querrían verlo? ¿Podría él soportarlo? ¿Y si su alma gemela lo rechazaba una vez más? ¿Y si ella se había vuelto a casar? Y su hija… ya no sería la pequeña de cabello rizado. ¿Tenía un nuevo papá? ¿Querría siquiera conocerlo? ¿Qué le habría dicho Beatrice acerca de su padre verdadero?*

—Beatrice —repitió el nombre en voz alta. Le resultaba definitivamente familiar, pero de algún modo ajeno a él—. Beatrice Shepherd. Bea... trice. Bea Shepherd. Bea. La tía Bea.

Se golpeó la sien derecha con la palma de la mano, frustrado hasta las lágrimas.

¿Qué hay del nombre de tu hija? ¿La inicial? Repasa el alfabeto como te enseñó aquel médico en Alemania. ¿A? ¿Audrey? ¿Anna? ¿B? ¿Beatrice?... No. *¿Barbara? ¿Betsy? ¿Bonnie?* Hizo una pausa.

—¿Bonnie? ¿Bonnie Shepherd? Hay algo ahí... ¡pero no encaja!

Usó el baño; sus fosas nasales percibieron el acostumbrado "aroma de paciente" que habita todo hospital.

—¿C? ¿Connie? ¿Carol? ¿Tal vez D? ¿Diana? ¿Danielle? ¿Debby? ¿Deanna? ¿Dara? Encuentra un libro de nombres para bebé... Aguarda, ¡la computadora de la biblioteca!

Después de lavarse las manos salió corriendo de su habitación privada y por poco atropella a un hombre de aspecto vigoroso que estaba cargando una caja grande de cartón y una computadora portátil.

—¿Usted es el sargento Shepherd? Terry Stringer. Soy su terapeuta ocupacional.

—¿Mi qué?

—Su técnico de amputación. ¿Ve? Traigo su brazo protésico. Uno muy bueno, por cierto. He venido a colocárselo y a enseñarle a usarlo. Su camisa... ¿puede quitársela?

—¿Por qué? Oh, disculpe —Patrick reingresó a su cuarto con el terapeuta; se quitó la camisa—. ¿Cómo funciona esa cosa? ¿Qué tanta fuerza voy a tener?

—Bueno, no será un hombre biónico precisamente, pero con un poco de práctica será bastante funcional. Núcleo liviano de acero, con una capa exterior esponjosa de textura similar a la piel. Lo fabrican específicamente para amputados transhumerales como usted. De hecho es un híbrido, uno de los nuevos modelos protésicos en los que el Departamento de Defensa ha estado trabajando para permitir que los amputados regresen al campo de batalla.

Shep retrocedió.

—Consígame un modelo antiguo.

—¿Un modelo antiguo? ¿Por qué querría...? Oh, ya veo. Mire, olvide lo que dije. Nadie lo va a enviar de regreso a la guerra —Stringer extrajo de la caja el aparato color carne y le quitó la envoltura de plástico—. Lo pasamos sobre su hombro izquierdo, de este modo, creando contacto de piel entre los electrodos del dispositivo. Esto amplificará los músculos controlados voluntariamente del deltoides y del miembro residual. Las señales actúan como interruptores para accionar los motores eléctricos del codo, la mano y la muñeca del aparato protésico. Un pequeño pellizco... Ahora ajustamos los broches de soporte. Bien, sargento, intente mover su brazo nuevo.

Patrick levantó el apéndice moldeado pero fue incapaz de generar algún movimiento del brazo mismo.

—No está funcionando.

—Tardará un tiempo en acostumbrarse. Practiquemos con el simulador —Stringer abrió su computadora y enseguida conectó unos electrodos de la computadora a varios puntos de contacto ubicados a lo largo del nuevo brazo artificial de Shep—. Bien, el objetivo es generar un pico de onda en el monitor al flexionar el músculo correcto en su deltoides y tríceps. Adelante, inténtelo.

Patrick apretó los dientes y flexionó.

Nada sucedió.

—Intente esto: cierre los ojos. Ahora visualice en su mente cómo los músculos se conectan a su nueva extremidad. Relájese y respire.

Shep se serenó. Lo intentó otra vez.

Una franja diminuta apareció en el monitor.

—Excelente. Acaba de abrir sus tenazas. Inténtelo de nuevo, pero esta vez mantenga los ojos abiertos.

Shep se concentró y logró flexionar la muñeca mecánica, pero no pudo hallar de manera consistente la combinación precisa para accionar las tenazas.

—Es frustrante.

—Se requiere práctica. ¿Recuerda el dolor fantasma... el tiempo que tardó su mente en aceptar el hecho de que había perdido algo tan indispensable para su existencia cotidiana? Con el paso del tiempo aprendió a adaptarse.

—Todavía siento el dolor fantasma.

—Ya se le pasará. Cada amputado es diferente. La clave es readiestrar a su cerebro para que acepte como suyo este nuevo miembro.

Stringer trabajó con él durante 15 minutos más y luego recogió la basura y la caja vacía.

—Le dejaré la computadora para que pueda practicar.

—No estoy seguro de que pueda hacerlo.

—Seguro que sí puede. Aún es un atleta, entrene como tal. Yo practicaba lucha en la preparatoria. Mi entrenador solía decirnos que el miedo no es más que la aparente realidad de las falsas expectativas, que los unicos límites son los que nos fijamos a nosotros mismos mediante nuestros cinco sentidos. Mire más allá de lo que percibe, sargento, y cambiará su percepción.

TUDOR CITY, MANHATTAN,
11:10 A.M.

Xenopsylla cheopis —la pulga de las ratas— es un parásito adaptado específicamente para sobrevivir en el lomo de los roedores. Es un insecto chupasangre. La docena de pulgas que había estado viviendo en la colonia de ratas del callejón de la calle 46 Este se había infectado de la peste en el momento en que sus anfitrionas de cuatro patas se habían metido al depósito de basura, desatando un evento epizoótico en la parte baja de Manhattan.

En cuestión de propagación de la peste, no había mayor vector que la pulga de las ratas. Al proliferar las bacterias en el estómago del insecto llegaban a bloquear su garganta, produciéndole una intensa sensación de hambre a la criatura diminuta. Desesperada por obtener alimento, la pulga infectada atacaba a su anfitriona, mordiendo a la rata una y otra vez, haciendo que ésta se mostrara agitada y agresiva. El pulso incrementado del animal aceleraba el paso de la toxina por su torrente sanguíneo, agregando a la rata como vector de la peste al tiempo que su vida se extinguía a toda velocidad.

En un principio sobreestimulada y enseguida débil y moribunda, cada rata infectada secretaba un poderoso afrodisiaco que atraía a otro roedor a acoger a sus pulgas infectadas de la peste, provocando una reacción en cadena caníbal entre los otros miembros de la manada. Las ratas sanas devoraban a las débiles, infectándose a su vez.

Como a las pulgas portadoras de la peste no les servía de nada un roedor anfitrión muerto, saltaban a los lomos de los robustos, creando colonias pujantes de cientos de insectos hambrientos que enloquecían a las ratas.

Ese enjambre infectado corría por las cañerías subterráneas de la parte baja de Manhattan como un ejército frenético, desplazándose con dirección al suroeste hacia el Barrio Chino y la Battery a una velocidad constante de 10 kilómetros por hora.

El departamento de dos recámaras olía a pintura fresca y a alfombras nuevas. Los pasillos estaban atestados de las últimas cajas de cartón de la mudanza.

Beatrice Shepherd se sirvió una segunda taza de café y se sentó en su sillón favorito en la estancia que aún le resultaba extraña, viendo por el ventanal la silueta de Nueva York. La vida se movía de nuevo velozmente. Su decisión de vender sus acciones de la compañía editorial independiente que ella había ayudado a fundar cuatro años atrás había sido difícil. Claro que trabajar para una editorial importante de Nueva York era mucho más prestigioso y ya no tendría que preocuparse por la nómina. Además, esa decisión no sólo le incumbía a ella: también estaba su hija. ¿Quería venir al norte con ella? ¿Estaba dispuesta a dejar a sus amistades en Carolina del Sur para iniciar una nueva vida en la Gran Manzana?

Habían hecho un recorrido por Nueva York con un corredor de bienes raíces. Ella prefería el Upper West Side, pero a su hija le había gustado Battery Park. Un vecindario más nuevo. Calles arboladas. Vistas al río. Además, el edificio tenía un gimnasio abierto las 24 horas.

Así que se habían mudado. Su hija nunca sospechó que Beatrice tenía una motivación ulterior para querer que vivieran en Nueva York.

El Lexus azul oscuro con la pegatina de APOYEMOS A NUESTRAS TROPAS en la defensa trasera viró en la entrada sureste del JC Mall. Automóviles, camionetas y pickups, con la piel metálica teñida de color café por la sal y la tierra del camino, monopolizaban cada lugar de estacionamiento legal y cada centímetro cuadrado del espacio que no estaba ocupado por una minimontaña de nieve paleada. El conductor del Lexus eligió un carril y se sumó al juego de "sigue al consumidor hasta su vehículo" que ya estaba en progreso.

Cazadores de ofertas de último minuto. Largas filas en las cajas registradoras. Bebés gritones y niños que juegan a las escondidillas mientras sus madres nerviosas sostienen largas conversaciones con las cajeras, como si fueran primas reunidas después de mucho tiempo. Termostatos a 30 grados centígrados generaban el nivel de calor reservado a un invernadero, en tiendas donde no había ni siquiera una sola silla plegadiza.

La semana de Navidad en el centro comercial local. No es sitio para hombres.

En otro tiempo, el doctor David Kantor habría recorrido con la vista el estacionamiento, virado su auto y se habría marchado. Habría enviado más tarde a su asistente con una tarjeta de crédito y una lista. Cinco asignaciones militares en 12 años cambian a un hombre. Luego de tres vacaciones navideñas pasadas en Irak, los peores inconvenientes se vuelven recuerdos atesorados. Así que David dio vueltas en el estacionamiento con la paciencia de Job. Cantó un viejo tema de los Temptations que sonó en la radio. Ofreció el lugar de estacionamiento que había localizado como un experto y que estaba a punto de ser desocupado a una mujer con cuatro niños en una camioneta. Y lo hizo gustosamente.

El médico retirado del ejército de 52 años de edad ya no ejercía su profesión. Era el socio principal del Victory Wholesale Group. Ya había visto suficiente sangre derramada, vísceras y miembros mutilados, hombres y mujeres agonizando en plena juventud, como para llenar varias vidas de recuerdos desoladores. Se había enlistado en la reserva en la primera Guerra del Golfo y no tenía la menor intención de volver allá durante la segunda, que parecía inerminable. Ni siquiera si lo arrestaran por ello. Le había asegurado a su esposa Leslie que ya tenía un plan. Se había destruido el menisco de la rodilla izquierda jugando basquetbol. El ligamento anterior pendía de un hilo. El ex jugador de Princeton se lo cortaría antes que subir a otro avión de transporte de soldados.

La familia Kantor era judía. Los cuatro hijos de David habían recibido sus regalos la semana anterior, en Chanukah. La lista de obsequios de hoy estaba más relacionada con su negocio. Detallitos para los vendedores y algunos presentes especiales de agradecimiento para sus gerentes. Más un reproductor portátil de DVD que le había prometido a Gavi, su hija de 13 años, en recompensa por haber obtenido 10 de calificación en todas las materias de la escuela. David planeaba ir a una sola tienda y salir del centro comercial en 20 minutos.

La guerra cambia a un hombre, pero no lo cambia todo.

Halló otro sitio disponible junto a una montaña de nieve paleada y aparcó. Como si fuera la señal prevista, su teléfono celular sonó en ese momento. No reconoció el numero.

—¿Hola?

—¿Capitán Kantor?

La mención de su rango militar aceleró el pulso de David.

—¿Sí?

—Señor, llamo del Departamento del Interior, a instancias de la Guardia Nacional en Nueva Jersey. Por orden del asistente general debe presentarse de manera inmediata en...

—¡Espere un segundo, aguarde! ¡No me diga que me movilizarán una vez más! Acabo de regresar luego de instalar una nueva unidad médica hace ocho meses.

—No, señor. Se trata de un asunto doméstico. ¿Cuál es su ubicación actual?

—¿Se refiere a ahora mismo? Uh... Englewood.

—Aguarde.

Gotas de sudor empaparon el dorso de su camisa de mezclilla. Flexionó su rodilla izquierda.

—Señor, debe presentarse de inmediato en la caseta del Fuerte Lee, del lado del puente George Washington de Nueva Jersey. Al sur de la autopista verá el cuartel del mando de apoyo de la 42 División de Infantería. Todos sus deberes le serán explicados cuando llegue; todas sus preguntas tendrán respuesta. Debe apagar su teléfono celular cuando terminemos esta llamada. No debe discutir esto con nadie más, civil o militar. ¿Está claro, capitán?

—Sí, señora.

David colgó y se quedó mirando el teléfono celular, sin saber a ciencia cierta qué acababa de ocurrir.

PUENTE GEORGE WASHINGTON,
WASHINGTON HEIGHTS/UPPER MANHATTAN,
11:34 A.M.

El George Washington era un puente de suspensión de dos niveles que alimentaba el tráfico vehicular a través del río Hudson, uniendo a la isla de Manhattan con el norte de Nueva Jersey.

El taxi avanzaba lentamente hacia el norte por Broadway, a través del Upper West Side de Manhattan, atrapado en una hilera aparentemente interminable de coches y autobuses, todos esperando para dar vuelta en la calle 177 Oeste y acceder al puente George Washington. El chofer maldijo en hindi, un idioma que sus tres pasajeros entendían.

Manisha Patel era un manojo de nervios. Energía negativa pulsaba del cristal que pendía de su cuello como el voltaje de un corto circuito de una batería tamaño A.

—Pankaj, ¿por qué seguimos sin movernos?

Su esposo, que lidiaba con su propio estrés, continuaba marcando en su teléfono celular el número que le había dado meses atrás el monje tibetano que se hacía llamar el Mayor.

—Manisha, por favor. El tráfico se aligerará, todavía tenemos tiempo.

El chofer sonó la bocina cuando otro taxi bloqueó la intersección.

—Algo debe haber ocurrido… un terrible accidente. Miren, están cerrando la rampa de acceso de la I-95.

—Pankaj, haz algo.

—¿Qué quieres que haga? ¿Que separe el tráfico como Moisés?

Dawn Patel, de 10 años, estaba en el asiento trasero, apretada entre sus padres.

—Por favor, dejen de pelear. Si el puente está cerrado, hay que hallar otro camino.

—Nuestra hija tiene razón. Chofer, dé vuelta. Tomaremos el túnel Lincoln.

EDIFICIO DE LA ASAMBLEA GENERAL
DE LAS NACIONES UNIDAS,
11:27 A.M.

El comandante del equipo Alfa, Jay Zwawa, se hallaba en el auditorio evacuado del edificio de la Asamblea General, sintiendo el calor húmedo de su estorboso traje Racal y preguntándose si estaba en la zona cero del fin del mundo. Su temperamento indomable, inculcado en él por un padre exigente y un hermano mayor en las fuerzas armadas, decía *no mientras yo esté a cargo.* El intelectual graduado con honores de West Point consideraba la Caja de Pandora abierta por los lunáticos del Pentágono y rezaba por un milagro.

Miembros de los centros de Control de Enfermedades, todos con trajes protectores Racal blancos y trabajando en equipos de tres, se desplazaban lentamente por los pasillos del salón vacío. Cada uno estaba armado con un pequeño dispositivo sensor con forma de raqueta que contenía un biochip con base de ácido nucleico diseñado para determinar si había agentes tóxicos presentes en el aire.

Mientras los miembros del CCE completaban su labor, dos miembros del escuadrón de bombas de Nueva York buscaban la bomba de la presunta amenaza recibida; su presencia era necesaria para convencer al mundo de que había sido necesario desalojar el auditorio de la Asamblea General. Reconocibles por sus trajes retardantes del fuego, sus pesadas chaquetas Kevlar y sus mascarillas de aire, parecían tan fuera de lugar como si vistieran chaquetas deportivas y pantalones de mezclilla en una fiesta de etiqueta rigurosa.

Jay Zwawa los veía trabajar, preguntándose cuánto tiempo podría mantenerlos en esa búsqueda inútil antes de aceptar su señal de "todo despejado" que lo obligaría a alertar al mundo sobre la Guadaña.

—Capitán Zwawa, aquí —dos de los equipos del CCE se habían detenido en la mesa de la delegación de Irak—. Ella estuvo aquí, sin duda. Las secuencias ribosomales concuerdan. Todos los ocupantes de esta mesa estuvieron expuestos a la Guadaña directamente. Es probable que también todas las mesas a ambos lados del pasillo, desde este punto hasta las puertas de salida.

—Haga una lista de todos los países ubicados en esta hilera. Quiero que las oficinas de esos diplomáticos sean revisadas primero. Después inicien un triaje piso por piso, despacho por despacho, de todo el edificio de la Secretaría. Toda oficina contaminada debe ser tratada como una habitación de aislamiento, con guardias armados colocados afuera, junto a las puertas. Apagamos el sistema de ventilación del edificio, así que quizá convenga ofrecerles mantas. Díganles que haremos un anuncio pronto. En tanto, nadie puede salir de sus oficinas.

—¿Cuánto tiempo cree poder retener a mil jefes de Estado furiosos bajo estas circunstancias?

—No importa, sargento. Mis órdenes, y las suyas, es ver que así ocurra.

¿Qué importa a los muertos, los huérfanos y los que pierden sus hogares que la demente destrucción sea perpetrada en nombre del totalitarismo o en el sagrado nombre de la libertad o la democracia?

MAHATMA GANDHI

Nuestra sociedad es dirigida por personas desquiciadas con objetivos desquiciados. Creo que nos gobiernan maniáticos con fines maniáticos y creo que yo podría ser encerrado como un loco por expresarlo. Eso es lo demencial de la situación.

JOHN LENNON

Bioguerra Fase IV
Parálisis de la sociedad

20 de diciembre

CENTRO MÉDICO DE LA AV, EAST SIDE,
MANHATTAN,
11:49 A.M.
(20 HORAS, 14 MINUTOS ANTES
DEL FIN DE LOS DÍAS PROFETIZADO)

El doctor Jonathan Clark se enorgullecía de ser un hombre de intensa autodisciplina. Se levantaba antes del amanecer. Desayunaba cereal de avena. Ensalada de pollo en el almuerzo. Ejercicios cardiovasculares tres veces por semana durante 30 minutos, seguidos por 20 minutos de pesas. En su calidad de director del centro médico imponía una disciplina absoluta. El líder debe marcar el paso. Se esperaba del personal llegar 15 minutos antes a las juntas, a lo que Clark se refería como "el huso horario de Vince Lombardi". Cada deber tenía una lista de requisitos para el éxito. En opinión de Jonathan Clark, las reglas salvaban vidas y nadie —con excepción de Dios— estaba exento.

Tendría que dar gracias a las reglas y a Dios en caso de llegar a ver el final de este día.

La rusa de una palidez mortal sufría lo indecible. Tenía una fiebre elevada y tosía sangre. Las radiografías revelaron una fractura de la pelvis. Los escaneos TAC (tomografía axial computarizada) no mostraron lesiones internas graves. Una cesárea de emergencia fue programada para las 11:45. Se le administraron intravenosas y se ordenaron exámenes de sangre.

A las 11:15, el delirio de la paciente ya era violento. Gritaba: "¡El diablo existe!", y actuaba como si estuviese poseída. Los ordenanzas tuvieron que sujetarla con correas. Una enfermera la sedó. La trasladaron a una habitación de aislamiento para que no perturbara a los otros pacientes. Nadie advirtió que la rusa despotricaba en un perfecto inglés.

Estaba siendo preparada para la cirugía cuando llegó el doctor Clark, a las 11:29 exactamente, para hacer sus rondas de las 11:30 en el pabellón de emergencia. Después de revisar la tabla de la paciente rusa se puso la bata protectora, guantes y una mascarilla.

—Señor, no es necesario. La trajeron a una habitación de aislamiento sólo porque estaba desvariando como una lunática.

—El aislamiento exige seguir los protocolos correspondientes, así sea que ingrese al cuarto sólo para cambiar la bombilla. Y ahora póngase el atuendo adecuado antes de que le descuente un día de sueldo.

—Sí, señor.

—Según su tabla, trabaja en la embajada rusa. ¿Ya contactaron a los rusos?

—Lo intentamos, señor, pero no nos contestaron. Al parecer hay una emergencia en la ONU.

El doctor Clark esperó a que el médico asistente y la enfermera se terminaran de vestir antes de conducirlos al cuarto de aislamiento de presurización negativa.

La piel de la mujer estaba caliente al tacto, aunque el doctor Clark tenía guantes. Estaba tan pálida que parecía casi translúcida, revelando una fina red de venas en la frente, las sienes y el cuello. Su respiración era corta y errática, sus pupilas estaban dilatadas. Tenía unas profundas ojeras y las cuencas oculares parecían huecas. Sus labios estaban blancos y tensados; de la boca entreabierta emergían babas sanguinolientas con cada jadeo.

El abultado abdomen de la mujer fue destapado y frotado con una gasa. El bebé pateaba y se contorsionaba violentamente en el interior del vientre de su madre.

—¿Ya empezó a suministrarle antibióticos?

—Cefuroxima. No surtió efecto.

El doctor Clark abrió la bata de Mary, revelando sus pequeños senos.

—¿Qué son estas marcas rojas?

—No estamos seguros. Al principio creímos que eran del impacto del taxi. Se golpeó con fuerza cuando cayó en la calle. Seguimos esperando los resultados del laboratorio.

El doctor Clark palpó el abdomen y luego siguió hacia la entrepierna, tanteando la pantaleta de algodón… Se detuvo al sentir un bulto. Con unas tijeras de punta roma cortó la tela, revelando un bulto redondo de carne hinchada, de un tono púrpura oscuro, del tamaño de una tangerina.

—Señor... le juro que eso no estaba ahí antes.

—Esto es un bubo, un nódulo linfático infectado. ¿Quién más aparte de ustedes dos ha estado en contacto con la paciente?

—Los ordenanzas. Hollis en Radiología.

—Más el personal de la ambulancia que la trajo.

—Este cuarto queda oficialmente en cuarentena. Ustedes dos deben permanecer aquí mientras organizamos un pabellón de aislamiento y contactamos al CCE.

—Señor, ya me pusieron las inyecciones de la tuberculosis.

—A mí también.

—Esto no es tuberculosis, enfermera Coffman. Es la peste bubónica.

Había una energía negativa en el aire. No era tan obvia como un silbato agudo o como la fresadora de un dentista, pero su presencia era palpable y los ocupantes del pabellón 19-C estaban claramente agitados. Aquellos que estaban sedados gemían en su sueño febril; sus mentes se hallaban bajo asedio, incapaces de escapar del estigma de la guerra. Los que se mantenían conscientes se arañaban la propia piel o se unían al coro de bombas F-1 contra los enfermeros de turno. Un hombre arrojó su bacinica sucia al otro extremo de la habitación, provocando media docena de respuestas.

Los soldados de este pabellón y otros 10 como éste en la zona de los tres estados no habían sufrido amputaciones, ni heridas de bala o de metralla. Todos estos veteranos, de 21 a 37 años de edad, se estaban muriendo de cáncer.

A pesar de estar prohibido por la ley, las fuerzas armadas de los Estados Unidos continuaban con su uso descarado de uranio empobrecido (UE) para producir municiones. Los proyectiles de UE, un producto derivado del proceso de enriquecimiento del uranio, eran capaces de penetrar el acero y los contratistas militares los preferían por ser muy baratos: el gobierno estadounidense ofrecía de manera gratuita a los fabricantes de armas el UE.

Una vez disparado, el proyectil de UE arde al momento del impacto, liberando partículas microscópicas de polvo radiactivo que se lleva el viento. El UE, de fácil inhalación y digestión, es un metal tóxico que debilita el sistema inmunológico y puede provocar graves enfermedades respiratorias, renales y gastrointestinales... y cáncer.

El sargento Kevin Quercio había pasado dos años en Basora como miembro de la tripulación de un vehículo de combate Bradley que utilizaba proyectiles de UE de 25 mm contra combatientes enemigos en el poblado de Al-Samawah. Durante varios meses, Kevin y varios de sus camaradas se habían quejado ante su comandante de un malestar exacerbado, sobre todo en la zona intestinal-rectal. Los médicos militares desestimaron el problema diciendo que eran hemorroides, pero el dolor se fue intensificando. Después de pasar de un médico a otro, un oncólogo reservista ordenó finalmente unas radiografías... y descubrió tres casos de cáncer del colon, un caso de leucemia, dos hombres con linfoma de Hodgkin y otro soldado con un tumor cerebral maligno.

Kevin fue enviado de regreso a Nueva York, donde los doctores le abrieron el recto y quemaron los tumores en el hígado, sólo para descubrir que el cáncer ya se había propagado a los pulmones. Cuando despertó, el neoyorquino de 26 años de edad vio que tenía una bolsa de colostomía y un pronóstico de cáncer incurable del colon y de los pulmones. Los médicos le dieron un año de vida.

Para completar la noticia de su sentencia de muerte, el Tío Sam declaró que los pacientes con cáncer no recibirían los mismos beneficios que otros soldados heridos, ya que el gobierno estadounidense se negaba a reconocer esa enfermedad como un producto de la guerra. Así que Kevin Quercio y miles de veteranos como él yacían en los pabellones de oncología de los hospitales de la AV alrededor del país esperando la muerte, abandonados por el país al que ofrendaron el máximo sacrificio. Y todo se mantenía oculto a la opinión pública para no perturbar el esfuerzo bélico en curso.

Pero hoy Kevin Quercio no podía permanecer en la cama. Hoy su psique parecía estar en llamas, su ira bullía. Llamó a la enfermera con el botón que colgaba junto a su lecho, pero quien acudió fue la subdirectora, que en ese momento hacía sus rondas.

Patrick estaba solo en el elevador, flexionando su nuevo brazo izquierdo. La mente del veterano discapacitado estaba muy agitada; la anticipación de reunirse con su esposa y su hija después de tan larga separación le generaba una gran ansiedad, y las exigencias del nuevo secretario de Defensa lo alteraban aún más. *¿Qué pasará si DeBorn juega rudo y no me permite ver a mi familia? ¿Y si las mantiene apartadas de mí,* *encerradas contra su voluntad sólo para obligarme a ser el modelo del cartel de la nueva campaña de reclutamiento?*

El elevador se detuvo en el séptimo piso; se abrieron las puertas. Patrick Shepherd se dirigió al pabellón 19-C... Los sonidos y los olores del caos transportaron de inmediato a su mente herida a la clínica de traumatología de Ibn Sina.

—*La presión sanguínea se desploma, 60 sobre 40. Apresúrense con esa arteria braquial. Necesito administrarle Dobutrex antes de que lo perdamos.*

—*¿Seguro que fue un* AEI? *Mira la piel que cuelga bajo los restos del codo, la carne derretida...*

—*Ya está cerrada la arteria, comiencen con el Dobutrex. Bien, ¿dónde está la condenada sierra para huesos?*

—*Me parece que Rosen la estaba usando para rebanar su lomo asado.*

—*¿Cómo está la presión?*

—*90 sobre 60.*

—*Pongámosle otra unidad de sangre antes de cortarle el brazo. Enfermera, sea un ángel y sostenga en alto esa radiografía. Quiero amputar justo aquí, abajo de la inserción en el tendón del biceps.*

—*Shep, soy David Kantor, ¿me oyes? ¿Shep?*

—*¡Shep!*

Patrick salió de su ensoñación. Leigh Nelson gritaba pidiendo ayuda. Atravesó corriendo el pabellón y vio al sargento Kevin Quercio sujetando del cabello a la doctora mientras se arrancaba la sonda intravenosa del brazo e intentaba estrangularla con ella.

—Suéltala, Kevin.

El ítalo-irlandés alzó la vista... y se congeló. La rabia demencial se convirtió en terror absoluto.

—No, Parca, todavía no. Por favor, ¡no me lleves todavía!

Shep volteó, sin entender a quién le estaba hablando el soldado.

Kevin soltó a la doctora Nelson y cayó al suelo de rodillas. Las lágrimas surcaban su rostro.

—No me lleves aún, por favor. No quise matar a todas esas personas. Lo único que yo quería era cumplir mi plazo y volver a casa. Parca, por favor.

El pabellón se silenció.

—Kevin... soy yo, Shep. Todo está bien.

—¡Yo sólo seguí órdenes! No tuve alternativa.

—Viejo, no hay problema.

—Nos mintieron. Por favor, no me lleves todavía.

—¿Llevarte adónde? Kevin, ¿adónde no quieres que te lleve?

Kevin se enjugó las lágrimas; su cuerpo debilitado por la quimioterapia temblaba de terror.

—Al infierno.

Los ordenanzas irrumpieron en el cuarto. Uno ayudó a Leigh a incorporarse. Los otros dos escoltaron a Kevin Quercio de vuelta a su cama.

Shep miró a su alrededor. Los otros veteranos —todos ellos pacientes con cáncer— lo miraban fijamente con temor. Varios se persignaron.

La doctora Nelson lo llevó a un lado. Su cuerpo temblaba.

—Gracias, muñeco, me salvaste el cuero cabelludo. ¿Te encuentras bien?

—¿Estás bien?

—En realidad, no —le temblaba el labio inferior—. Lo siento. Ha sido uno de esos días, ¿sabes? Dios mío, ni siquiera había notado tu brazo nuevo. Wow, luce estupendo. ¿Te estás acostumbrando a él? —el localizador de Leigh los interrumpió antes de que Shep pudiera responder—. ¿Y ahora qué? —miró el mensaje de texto—. Me tengo que ir corriendo… al parecer hay una emergencia.

—Leigh, mi esposa… dijiste que tenías la dirección.

Su expresión se abatió.

—Se la di a DeBorn, lo lamento. Pero está en mi buzón electrónico. Ve a la biblioteca y accede a él. Mi contraseña es *Zorra de Virginia*. Wow, sí que es bochornoso —le dio un beso rápido en los labios—. Gracias de nuevo, Shep. Debo irme.

Dio dos pasos y entonces recordó algo.

—Llamó el coronel Argenti. Tu nuevo terapeuta vendrá esta tarde. Habla con él, Shep. Hazlo por Bea.

Se despidió con un ademán y se apresuró a cruzar el pabellón rumbo a los ascensores…

…sin advertir que el equipo de seguridad sellaba las salidas del hospital.

EDIFICIO DE LA SECRETARÍA GENERAL
DE LAS NACIONES UNIDAS, PISO 33,
11:55 A.M.

El presidente Eric Kogelo se arrellanó en el sillón y cerró los ojos. Lo rodeaba un equipo de asesores cuyo torrente de opiniones encontradas agudizaban la migraña que sentía, al grado de que era como si hurgaran en sus ojos con un picahielos.

—...sí, Irán amenaza con atacar, pero con todo respeto, señor presidente, nuestra mayor preocupación en este momento es la Guadaña. Los del CCE confirman que la delegación iraní fue contaminada...

—...junto con docenas de delegados de otros países y cientos de ciudadanos estadounidenses, así que pospongamos el señalamiento de culpables.

—La mujer se infectó a sí misma con un agente biológico Bio-Nivel 4 que cultivó en un laboratorio del Fuerte Detrick financiado por la CIA. Buscó deliberadamente a la delegación iraní. Si quiere ver el señalamiento de culpables, espere el siguiente discurso del líder supremo de Irán.

—No podemos permitirlo. Señor, recomiendo bloquear todas las transmisiones...

El presidente se masajeó la sien; su mente buscaba una isla de tranquilidad en medio de un mar tormentoso. En toda gran sociedad hay fuerzas de oposición que prefieren el caos al progreso. Eric Kogelo había combatido esas fuerzas a cada paso desde el momento en que asumió la presidencia. Su administración intentaba negociar una ruta intermedia, en vez de "voltear el carrito de las manzanas", según una expresión popular. Con ello había decepcionado a los progresistas y al mismo tiempo no había logrado la conversión de los republicanos, quienes preferían polarizar a la nación mediante el miedo en vez de respaldar cambios significativos. Rehusándose a desistir, Kogelo unió fuerzas con sus seguidores y logró avanzar contra la oposición liderada por las compañías farmacéuticas y el monopolio de los combustibles fósiles. Sin embargo, el joven presidente sabía que una fuerza aún mayor se escondía en las sombras de la guerra. Lidiar con el complejo militar-industrial era un juego peligroso.

Nunca había imaginado un día como éste.

—Señor presidente, la Guadaña no es sólo un problema de Irán. Hasta donde sabemos, todos los presentes en el auditorio pueden haber sido infectados... incluyéndolo a usted, señor.

Todos voltearon a ver al jefe de gabinete como si acabara de maldecir a Dios.

El secretario de prensa de Kogelo intentó un rescate.

—Señor, el alcalde tiene programado dirigirse a los medios dentro de 15 minutos... Tal vez usted debería estar ahí.

—No puede salir del complejo. En el instante en que lo hiciera, los delegados exigirían poder marcharse y perderíamos la contención.

—¿Quién dice que siquiera tenemos contención? ¿Se ha asomado al exterior últimamente? Los del ejército han añadido otras dos carpas y toda la plaza está rodeada por vehículos militares.

—Y precisamente por eso debemos actuar ahora, antes de que sea demasiado tarde. Que un helicóptero Evac aterrice en el techo. Saquemos de Manhattan al presidente.

—Lo que quieres es que te saquen *a ti* de Manhattan.

—¿Es un crimen? Tengo esposa e hijos. Ninguno de nosotros está infectado.

—¿Estás seguro?

—¡Basta! —Eric Kogelo se puso de pie; el dolor de cabeza era insoportable—. Instruya al alcalde. Dígale que haga el anuncio público del aislamiento de Manhattan, pero que enfatice que es una mera precaución; más un ejercicio de respuesta que una emergencia real. No le revelen nada sobre la Guadaña. Lo último que necesitamos en este momento es que cunda el pánico masivo. ¿Dónde está la primera dama?

—En camino a la Casa Blanca desde Chicago.

—Manténganla allá, asegúrense de que mi familia esté a salvo. Necesito recostarme… Una hora para pensar —el presidente se dirigió a la recámara, pero enseguida volteó e hizo contacto visual con cada uno de sus asesores; todos estaban temerosos, pero ninguno apartó la mirada; una buena señal—. Estamos en un grave aprieto, pero no perdamos la compostura y espantemos al rebaño. Lo que menos queremos es dar a nuestros enemigos la excusa que han estado buscando para adueñarse de las reservas petroleras de Irán y propulsar su Nuevo Orden Mundial.

—Señor, la Guadaña fue liberada minutos antes de que usted pronunciara su discurso ante la ONU. ¿Es posible que…?

—¿Que tengamos un Judas en la Casa Blanca? —el presidente exhaló un suspiro y se pellizcó el tabique nasal—. No confíen en nadie fuera de esta habitación.

PARQUE DEL AYUNTAMIENTO LOWER,
MANHATTAN,
12:04 P.M.

Nacido junto a las cataratas del Niágara y criado en el Bronx, Mathew Kushner era neoyorquino en toda la extensión de la palabra.

Tras graduarse de la Universidad de Syracuse y de la Escuela de Derecho de Nueva York, Kushner se unió al bufete de su padre, especializándose en las leyes de inmigración. El abogado estaba a un kilómetro de su despacho en Lower Manhattan la mañana del 11 de septiembre de 2001, cuando el primero de los aviones comerciales secuestrados violó el espacio aéreo de Nueva York y se estrelló contra el World Trade Center.

El alcalde Kushner se hallaba en la parte superior de la escalinata del ayuntamiento, frente a un podio erizado de micrófonos. Hacía un esfuerzo por no patear el atril hacia la multitud. Una vez más su amada ciudad había sido violada; Manhattan había quedado aislada por la fuerza, sin que le hubiesen pedido su opinión, ni su aprobación. Washington le suministraba medias verdades mientras negras Hummer militares corrían por las calles y hombres en trajes Racal atizaban el miedo en Tudor City y en la ONU. No se necesitaba ser abogado experto en inmigración para ver que se estaban violando los derechos civiles; tampoco precisaba sus estudios de psicología en Syracuse para saber que la presión sanguínea de Manhattan seguiría en ebullición hasta culminar en una insurrección que haría que los disturbios de Watts parecieran una fiesta de aficionados previa a un partido de futbol.

Y al final fue por eso que el alcalde Kushner había accedido a interpretar el papel de secretario de prensa concienzudo, no porque creyera la historia sino porque tenía que creerla... porque a veces la diferencia entre la desobediencia civil y la destrucción civil era la mentira blanca de la política.

—Buenas tardes. Como la mayoría de ustedes ya lo sabe, todos los puentes, túneles, pasos peatonales, autopistas... básicamente todos los medios de salida o de acceso a Manhattan han sido cerrados temporalmente. Esta orden, que provino directamente de la Casa Blanca, es una medida precautoria que permite al personal médico de los centros de Control de Enfermedades manejar, contener y monitorear el pequeño brote de un virus semejante al de la gripa que fue detectado esta mañana en la plaza de las Naciones Unidas. Por su propia seguridad y para permitir que se aminoren los embotellamientos de tránsito, les pido a todos en Manhattan, ya sean residentes o huéspedes, que no salgan a las calles hasta que los CCE nos den de manera oficial la señal de todo en orden.

—Alcalde Kushner...

—¡Señor alcalde!

Ignorando a la prensa, Mathew Kushner siguió a sus asesores al interior del ayuntamiento, preparándose para desatar su furia en el primer funcionario de la administración Kogelo que fuera lo suficientemente necio para tomarle la llamada.

Construido en 1898, el cine Sunshine fue primero la sala cinematográfica Houston Hippodrome y luego un teatro de vodevil yiddish, antes de ser convertido en bodega. Cincuenta años después, fue restaurado como cine con cinco pantallas de tecnología de punta, butacas de estadio, sonido envolvente Dolby Digital EX y concesiones gourmet, además de un jardín japonés de piedras y un puente, con vistas espectaculares de la ciudad desde el anexo de vidrio del tercer piso.

Gavi Kantor, de 13 años, estaba frente a la taquilla con sus dos mejores amigas, Shelby Morrison y Jamie Rumson. Habiendo votado por prescindir del último día de clases previo a las vacaciones de Navidad, las tres secundarianas discutían qué película ver en la función de matiné.

—¿Qué tal *Las hermanas del pantalón ambulante III*?

—¿Eres gay, Jamie? En serio. ¿Tú qué opinas, Gavi?

—Me da lo mismo. No me habría molestado ver películas Blu-Ray en la clase de la señora Jenkins.

—Querrás decir ver películas Blu-Ray con Shawn-Ray Dalinky.

—Cállate, Shelby.

—Ni siquiera trates de negarlo. Está en toda tu página de Facebook.

El teléfono celular de Shelby sonó. Vio el número.

—¡Gavi, es tu mamá! ¿Qué hago?

—¡No contestes!

—¿Hola? Hola, señora Kantor. No, no he visto a Gavi… Es decir, no la vi en el segundo periodo. Tuve un cólico muy fuerte y tuve que ir con la enfermera. ¿Por qué? ¿Sucede algo malo? —los ojos de la adolescente se ensancharon—. ¿En serio? De acuerdo, cuando la vea le diré que la llame —colgó.

—¿Qué?

—Hay una especie de emergencia. Tu mamá dijo que cerraron los caminos y los trenes.

—¿Cómo volveremos a casa?

—Por ahora, de ningún modo. Probablemente tengamos que acampar en el gimnasio.

—¡Oh, sí, nena! Gavi y Shawn-Ray Dalinky acurrucados en el piso de duela.

Jamie se rió.

Gavi se inquietó.

—Será mejor volver a la escuela.

Ignorando a su amiga, Shelby le dio su tarjeta de débito a la mujer de la taquilla.

—Tres para *Stranglehold*.

—Shelby, ¿qué estás haciendo?

—Estamos aquí, Gavi. ¿Por qué hemos de ir corriendo a la escuela? Llama a tu mamá más tarde y dile que se le acabó la pila a tu teléfono.

—Olvídalo. Yo voy a regresar. ¿Jamie?

—Yo me quedo.

Gavi vaciló, pero se fue. Cruzó la calle Houston y se dirigió al Barrio Chino.

—¡Gavi, no te vayas! ¡Gavi!

—Olvídala, Jamie. Me sorprende que haya venido siquiera. Vamos, te toca pagar los dulces y las palomitas.

PUENTE GEORGE WASHINGTON, 1:07 P.M.

El tráfico detenido en el puente del lado de Nueva Jersey se alargaba varios kilómetros. Habían retirado las barreras centrales para que los conductores viraran en U sobre los carriles en dirección este de la Interestatal 95, regresándolos hacia el Fuerte Lee.

David Kantor se sujetaba a la banca en la parte trasera del camión del ejército que corría hacia el este en la plancha superior del puente George Washington, ahora vacía, en dirección a Manhattan. El sofocante aparato para respirar que cubría su rostro hacía eco de cada afanosa respiración. Los 20 kilos de equipo que cargaba a la espalda provocaban dolor en sus hombros. Las latas de gas lacrimógeno enganchadas a su cinturón y el rifle de asalto con balas de goma le producían terror. Pero no tanto como lo que veía desde el camión.

Mientras una unidad de demolición del ejército pegaba municiones con cinta adhesiva a los cables de suspensión del puente, un equipo con respiradores y overoles pintaba con aerosol la carpeta asfáltica y la parte inferior valiéndose de varas largas.

David sabía qué estaba mezclado con la pintura y eso era lo que lo perturbaba. *Esto es una locura. Algo grave ha ocurrido.* Se maldijo por haber entregado su celular antes de llamar a su esposa para ver si Gavi había logrado regresar a casa.

El vehículo miliar se detuvo. Siendo el oficial de mayor rango entre los presentes, David instruyó a los 10 guardias nacionales y a los tres reservistas del ejército para que se formaran en fila atrás del camión.

—¿Capitán Kantor? —la voz atronadora cimbró la radio de dos vías dentro de la capucha de David. Al voltear se topó con un imponente hombre barbudo, cuyo cuerpo apenas cabía en el uniforme con las siglas de la ONU.

—Soy el comandante Oyvind Herstad. Mis hombres están a cargo de este punto de avanzada. ¿Usted es el oficial de la fuerza doméstica?

—Por el momento, sí.

—Su gente será usada estrictamente para comunicaciones. Nosotros mantendremos el cerco.

—¿El cerco? ¿Qué cerco?

El comandante Herstad lo condujo al frente del vehículo.

Al final del camino, donde el puente tocaba Manhattan, había una valla de Hummers militares situados en los ocho carriles de la Interestatal 95. Más allá de los vehículos había rollos de alambre de púas a través de la vía superior del puente y los dos cruces peatonales, y todo respaldado por soldados fuertemente armados, con uniformes de camuflaje color caqui, cascos y capuchas.

Del otro lado del cerco, en Manhattan, el tráfico estaba paralizado hasta donde alcanzaba la vista. La mayoría de los civiles permanecía en sus autos para mantenerse calientes. Otros deambulaban en grupos, gritándole a los soldados, exigiendo respuestas. Varios hombres aguardaban su turno para defecar tras un soporte metálico del puente que el público había designado como sanitario improvisado. Más lejos, al este, David podía ver la rampa de la calle 178 y los carriles en dirección al puente colmados de miles de coches, autobuses y camiones. Tanto las arterias superiores como las inferiores estaban bloqueadas en el puente del lado de Manhattan.

—¿Por qué?

—Manhattan está bajo estricta cuarentena. A nadie se le permite entrar o salir de la ciudad hasta nuevo aviso.

—¿Qué pasó? ¿Un ataque terrorista?

—Un ataque biológico. La peste. Muy contagiosa. Sus hombres tomarán las posiciones más próximas a los andadores civiles. Razonen con la gente. Manténganlos en calma. La Fuerza Libertad mantendrá la cuarentena.

—¿Qué demonios es la Fuerza Libertad?

—Somos una división internacional. Soldados profesionales.

—¿Y desde cuándo los Estados Unidos emplean soldados profesionales en emergencias domésticas?

—Estudios de campo muestran que una milicia doméstica vacilará en usar la fuerza necesaria para combatir a sus conciudadanos. La Fuerza Libertad fue creada para lidiar con esas situaciones. Nuestra milicia recluta entre la policía militar de Canadá, la brigada real de los Países Bajos y las fuerzas armadas de Noruega, entre otros cuerpos.

—Esto es demencial.

—Es el mundo en el que vivimos ahora.

—Al pasar vimos un equipo de demolición trabajando en el puente. ¿Qué están haciendo?

—Se aseguran de que no perdamos la cuarentena.

—¿Están planeando detonar el puente George Washington?

—Sólo en caso extremo. Descuide, mis hombres matendrán el cerco. Haga su trabajo y… —Herstad inclinó la cabeza y escuchó las órdenes que llegaban a su audífono—. ¡Traiga a sus hombres, rápido!

David corrió a la parte trasera del camión.

—¡Destacamento, síganme!

Los soldados formaron dos filas y corrieron tras su comandante sobre la carpeta asfáltica en dirección del andador peatonal del sur del puente, donde una creciente multitud de cientos de personas amenazaba con atravesar la barricada, usando neumáticos de repuesto y barretas para acometer el alambre de púas. Una docena de civiles tenía pistolas.

—¡Déjanos pasar, camarada!

—¡Ninguno de nosotros está enfermo! ¡Déjanos pasar!

—Mi esposa está en el coche, va a dar a luz.

El comandante Herstad apartó a David y le dio un altavoz con una conexión para su capucha protectora.

—Ordéneles retroceder o no nos dejarán otra salida —el noruego tocó el gatillo de su arma—. Éstas no son balas de goma.

David se acercó a la multitud. Hombres en su mayoría. Impelidos por la desesperación. Alentados por el miedo y la necesidad de salvarse a sí mismos y a sus seres queridos. Con mucho menor poder de fuego, pero con la ventaja numérica si llegaran a organizarse. Cien mil insurrectos.

Su corazón latía con fuerza.

—¿Me permiten su atención? Mi nombre es David Kantor, soy capitán de la reserva del ejército de los Estados Unidos…

—¡Déjanos pasar!

—No podemos hacerlo por ahora.

—¡Entonces lo haremos sin su ayuda! —un revólver apareció por encima de la multitud.

Un pelotón de la Fuerza Libertad apuntó sus rifles en respuesta.

La multitud se encogió temerosa al aparecer más pistolas.

—¡Esperen! —David se colocó frente a la línea de fuego.

La milicia extranjera no se inmutó. Mantuvieron el dedo en el gatillo.

—¿Dónde está la mujer embarazada? —no hubo reacción—. Soy médico. Si alguien necesita atención médica, déjenla pasar.

Las cabezas voltearon. La multitud se abrió. Una pareja hispana de unos 30 años se acercó al alambre de púas. La mujer estaba encorvada por el peso de su vientre hinchado.

—¿Cómo se llama?

—Naomi… Naomi Gutiérrez. Se rompió la fuente. Es mi cuarto bebé. No tardará.

El comandante Herstad apartó a David.

—¿Qué está haciendo?

—Negociar.

—No hay nada que negociar.

—Estamos negociando para ganar tiempo, comandante. El mando de apoyo de la 42 División de Infantería no ha llegado todavía con sus vehículos blindados y apuesto que su equipo de demolición aún no está listo para volar los 14 carriles de un puente de suspensión de dos niveles. Asimismo, creo que ambos sabemos que sus hombres no pueden contener a cientos de vehículos si deciden romper el cerco al mismo tiempo. Así que esto es lo que propongo: deje pasar a esa mujer. La colocaremos en la parte trasera del camión con unas mantas y si es necesario yo la ayudaré a que tenga a su bebé. Con eso ganaremos tiempo. En Irak a eso lo llamábamos el toque humano. Seguramente habrá por ahí un estudio de campo al respecto, por si acaso necesita leerlo.

Herstad miró a la multitud, que se había triplicado en los últimos minutos.

—Bajen las armas. Dejen que pase la mujer. Sólo la mujer.

David volteó hacia su gente. Localizó a una de las guardias nacionales.

—¿Cómo se llama, cabo?

—Señor, Collins, Stephanie, señor.

—En descanso. Cabo Collins, quiero que escolte a la señora Gutiérrez al camión en el que vinimos. Póngala cómoda, pero sin comprometer su equipo protector. ¿Está claro?

—Señor, sí, señor.

David vio cómo los hombres de Herstad retiraban una sección del alambre de púas para que la embarazada pudiera pasar. Activó el altavoz y volvió a dirigirse a la multitud.

—La mujer estará bien. Ahora, por favor, por su propia seguridad, regresen a sus vehículos y aguarden la señal de todo en orden.

La muchedumbre se dispersó lentamente.

La Fuerza Libertad bajó sus armas de asalto.

David Kantor siguió a las dos mujeres al vehículo militar, con la mirada fija en la unidad de demolición a 100 metros de ahí...

...que seguía pintando con el aerosol la parte inferior del puente.

CENTRO MÉDICO DE LA AV, EAST SIDE,
MANHATTAN,
1:32 P.M.

Leigh Nelson se afanaba por ir al paso del doctor Clark, quien le dictaba órdenes al tiempo que dirigía a los internos y reubicaba a docenas de pacientes, organizando un pabellón de aislamiento en la planta baja de la sala de emergencias.

—Contactamos al CCE de Albany. Ya están en la ONU. Al parecer, el brote comenzo ahí.

—Tiene sentido. Esa rusa es delegada.

—Haremos la cesárea en la sala de emergencias y luego llevaremos a la madre y al bebé al pabellón de aislamiento del tercer piso. El bebé permanecerá en una unidad autónoma. La madre deberá estar maniatada.

—Sí, señor.

—¿Los antibióticos surten algún efecto?

—No, señor, aún no. Las compresas frías bajaron un poco la fiebre. Una vez que nazca el bebé, le pondremos a la madre una intravenosa de morfina para aminorar el dolor.

—No, manténganla lúcida. El CCE quiere que obtengamos de ella toda la información posible. Con quién tuvo contacto, en qué edificios entró... Ésa es su tarea, doctora Nelson. Averígüelo todo. El cce dice que podrán contener esta cosa, pero yo reconozco la mierda cuando la huelo, sobre todo con los federales cerrando por completo el sistema de tránsito. Ordené que trajeran del inventario una docena de trajes ambientales y envié a Myers a conseguir lejía. Prepárse para lo peor, Leigh. Será una larga noche.

El anciano entró al pabellón de emergencias. Su rostro estaba sereno, en contraste con el caos que lo rodeaba. Dejó de lado el tumulto en la recepción y caminó por un pasillo lleno de pacientes en camas con ruedas e internos confundidos que pedían respuestas a enfermeras frustradas. Llegó a los ascensores y oprimió el botón para subir.

El ascensor de enmedio llegó primero. Se abrieron las puertas...

...y por ellas salieron un administrador del hospital y tres internos, todos con batas, guantes y mascarillas. Empujaban una camilla envuelta en una carpa plástica de aislamiento portátil. La paciente era una mujer embarazada de una palidez espectral, atada de muñecas y tobillos con correas a los rieles de la camilla.

—Señor, retroceda por favor.

Mary Louise Klipot abrió los ojos hundidos y miró horrorizada al anciano, quien la saludó con un ademán antes de entrar al ascensor desocupado.

—*Oye, Pan Blanco, te llaman por teléfono. Debe ser tu mujer... o la ramera con la que dormiste anoche.*

Patrick Shepherd toma el teléfono de paga.

—*Lo siento, nena. Uno de mis compañeros de equipo te quiso molestar. ¿Cómo está tu papá?*

—*Nada bien. El cáncer se propagó a los nódulos linfáticos. El médico dice que... ocurrirá en poco tiempo.*

Las lágrimas corrían por las mejillas de Shep.

—*De acuerdo. Iré a casa.*

—*Papá dijo que no, y lo dijo en serio. Dijo que si dejas ahora al equipo perderás tu sitio en la rotación.*

—*No me importa.*

—*¡A él sí! Cuando le baja la fiebre sólo habla de ti: "¿Cómo está Shep? ¿Lanzó hoy?" ¿Y bien?... ¿Cómo va todo?*

Shep revisa el pasillo, se asegura de que nadie lo esté escuchando.

—El beisbol de clase A apesta. Estoy rodeado de dominicanos de 18 años que no hablan ni media palabra de inglés. Estos chicos están locos, es como si acabaran de bajarlos del barco —se enjuga unas lágrimas—. La verdad es que estoy muy solo. Las extraño a ti y a la bebé.

—Te veremos muy pronto. ¿Cómo está la competencia?

—Dura. Pero con algunos de ellos… se nota que usan esteroides.

—Ni siquiera se te ocurra.

—¿Y si ésa es mi única oportunidad?

—Patrick…

—Nena, soy un jugador de Rutgers reclutado en la decimonovena ronda y firmado por 1 500 dólares. Con unas cuantas inyecciones, apuesto que podría aumentarle cinco kilómetros por hora a mi bola rápida.

—Nada de esteroides. Prométemelo, amor.

—De acuerdo. Lo prometo.

—¿Cuándo es tu próxima salida?

—El miércoles por la noche.

—Nada más recuerda lo que papá te enseñó. No pises la goma antes de visualizar el lanzamiento. Cuando el primer bateador se ponche abanicando, no sonrías, no delates ninguna emoción. Sé el Hombre de Hielo. Shep, ¿me estás escuchando siquiera?

—Discúlpame. No logro concentrarme. Sabiendo lo que está pasando tu papá… sin verlas a ti y a la bebé… siento como si tuviese un agujero en el corazón.

—Basta. ¡Deja de lloriquear! Tú no eres una víctima.

—Él no es sólo mi entrenador; es el único padre que he conocido.

—Te despediste de él hace tres semanas. Todos lo sabíamos. Todos lloramos. Si quieres honrarlo, usa las lecciones a las que dedicó toda una vida en enseñarte. Y no olvides nuestro acuerdo. No me casaré contigo hasta que lances en las ligas mayores.

—De acuerdo, chica ruda.

—¿Crees que estoy bromeando?

—Somos almas gemelas. No puedes abandonar a tu alma gemela.

—Un trato es un trato. Renuncia ahora al equipo o comienza a meterte agujas en el trasero y me iré en un santiamén. Yo y tu hija.

—¿Por qué estás haciendo esto?

—Porque papá está demasiado enfermo para abofetearte él mismo. Porque acordamos un plan el día que te dije que estaba embarazada. Necesitas triunfar, Shep. No desistas ahora. Contamos contigo.

Patrick Shepherd se enderezó en la cama, jadeando. Su cuerpo estaba empapado en sudor; otra vez su mente no atinaba a reconocer su nuevo entorno.

—Debe haber sido un sueño tremendo.

Shep volteó, sobresaltado.

El anciano estaba reclinado en la silla del escritorio, observándolo. Parecía más un *hippie* avejentado que un sobrio ciudadano de la tercera edad. Una larga cabellera plateada, restirada desde la frente bronceada y atada en una cola de caballo de 15 centímetros. Un bigote y una barba recortada, plateados también, enmarcaban su mentón hasta la manzana de Adán. Los ojos eran azules, gentiles pero inquisitivos, oscurecidos por unos anteojos de gota entintados en color vino. Llevaba pantalones de mezclilla descoloridos, botas cafés de montañismo y un grueso suéter de lana gris sobre una camiseta negra. Ligeramente barrigón, parecía una versión más entrada en años y más saludable del difunto cantante de los Grateful Dead, Jerry García, si éste hubiera llegado a cumplir 75 años o más.

—¿Quién eres tú? ¿Qué haces en mi habitación?

—Un amigo tuyo me envió a hablar contigo. Dijo que necesitabas ayuda. Por cierto, ¿quién es Trish?

—¿Trish?

—Gritaste su nombre.

—Querrás decir Beatrice. Beatrice es… era mi esposa. DeBorn te envió, eres el loquero.

El anciano sonrió.

—No soy lo que esperabas cuando pediste ayuda.

—Pareces más un refugiado de los años sesenta que un psiquiatra.

—¿Qué aspecto debería tener un psiquiatra?

—No sé. Más cerebral.

—Esto fue lo mejor que pude hacer con tanta premura. ¿Debería quitarme la barba?

—Viejo, me tiene sin cuidado tu aspecto. Y nada más para poner las cosas en claro, DeBorn no es mi amigo; sólo me está utilizando para un nuevo negocio suyo de reclutamiento en el ejército. Debes saber de antemano que no voy a participar.

—De acuerdo.

—¿De acuerdo? ¿Así nada más?

—Bueno, supongo que podríamos torturarte, pero yo siempre he apoyado el libre albedrío.

—DeBorn no te pagará si no hago lo que él quiere.

—Vamos a desentendernos del señor DeBorn. Además, lo que digamos entre nosotros se queda entre nosotros, ¿no es ésa la regla?

—Es más complicado que eso. Él puede impedir que yo vea a mi familia —Shep se deslizó fuera de la cama y se quitó con la mano derecha la camiseta empapada en sudor, sacando con mucho cuidado su nuevo brazo protésico.

—¿Te ha impedido verla hasta ahora?

—Bueno... no.

—¿Y entonces por qué no la has visto?

—Supongo que no estaba listo.

—¿Pero ahora ya lo estás?

—Sí.

—Bien. ¿Cuánto tiempo ha pasado desde que viste por última vez a tu familia?

—Demasiado. Once años, más o menos. Es difícil recordarlo.

—¿Entonces para qué quieres verla? Me parece que sólo abrirías viejas heridas —el psiquiatra tomó el ejemplar empastado en piel de *El Infierno* de Dante que estaba sobre el escritorio. Ojeó con indiferencia las páginas marcadas con un doblez.

—¿Viejas heridas? Es mi familia. Acabo de enterarme de que viven aquí, en Manhattan.

—Querrás decir la familia de la que te separaste. Once años, más o menos, es mucho tiempo. Como tu psiquiatra, yo opino que ya es hora de que continúes con tu vida.

—No eres mi psiquiatra... ¡y deja ese libro! Sácalo de la biblioteca si tantas ganas tienes de leerlo.

—Oh, ya lo leí —volteó el libro y leyó el resumen de la contraportada—. *La Divina Comedia*, escrita por Dante Alighieri entre 1308 y 1321, considerada una de las obras más grandiosas y veneradas de la literatura mundial. Está dividida en tres partes: *Infierno, Purgatorio* y *Cielo*. La primera de ellas describe el viaje de Dante por los nueve círculos de sufrimientos del infierno. En términos alegóricos, la obra representa el viaje del alma hacia Dios. El *Infierno* describe el reconocimiento y el rechazo del pecado...

Patrick le arrebató el libro al anciano.

—Ya sé de qué se trata. Lo he leído tantas veces que prácticamente lo he memorizado.

—¿Y estás de acuerdo con las conclusiones del autor?

—¿Cuáles conclusiones?

—Que los malos son condenados a un más allá de sufrimiento, sin esperanza de salvación.

—Me educaron como católico. Así que sí… lo creo —la pregunta hizo mella en Patrick—. Por mera curiosidad, ¿qué crees tú?

—Yo creo que aun en el último instante de vida es posible alcanzar la redención.

—¿No crees que Dios castiga al pecador?

—Cada alma debe ser purificada antes de seguir su camino, pero los castigos… lo que prefiero llamar obstáculos, son oportunidades para ganar el acceso a la Luz de Dios.

—Suenas como un gurú *New Age*. ¿Cuál es tu religión?

—Francamente, no soy muy afecto a la religión.

—¿Entonces no crees en Dios?

—No dije eso. Simplemente no me parece que el Creador se haya propuesto que la espiritualidad fuera una competencia. ¿Qué hay de ti? ¿Crees en Dios?

Patrick se rió con sorna.

—Creo que Dios se quedó dormido al volante hace mucho tiempo. Es tan inútil como un toro con ubres. Tengo cero fe en Él. Ese sujeto es un peor fracasado que yo mismo.

—¿Culpas a Dios por la pérdida de tu brazo?

—Culpo a Dios por el mundo. Mira toda la maldad, todo el sufrimiento innecesario. Ahora mismo hay dos guerras y una tercera se avecina. La gente muere de hambre. Muere de cáncer…

—Tienes razón. Al diablo con Dios. Si fuera un Creador digno de ese nombre habría arreglado este desastre hace miles de años. Es un miserable holgazán bueno para nada.

—Sí… No, no quise decir eso. Es decir, en parte es culpa nuestra, el libre albedrío y demás…

—Pero lo culpas a Él por tu vida.

—No. Lo culpo por haberme separado de mi familia.

—¿No dijiste que viven en Nueva York?

—Sí, pero…

—¿Te encierran por las noches?

—No.

—Entonces ve. Busca a tu esposa y a tu hija… o no lo hagas. Pero deja de hacer el papel de la víctima.

La sangre se drenó del rostro de Patrick.

—¿Qué dijiste?

—Me parece que me escuchaste bien.

—¿Crees que es tan fácil? —Shep se sentó en una esquina de la cama, crispado una vez más; jugueteó con las tenazas de acero; se sentía incómodo en su propia piel—. Hay cosas, ¿sabes?... en mi cabeza.

—Ah... las pesadillas.

—Eres un auténtico genio. Sí, las pesadillas. Y tampoco me preguntes acerca de ellas.

—Tú mandas aquí —el anciano se apoyó en el respaldo de la silla y volvió a hojear el libro—. Una lectura interesante. Disfruto los libros que abordan los desafíos del espíritu humano.

—*El Infierno* trata de la justicia. El castigo para los malvados.

—¿Vuelves a tu idea de que Dios se quedó dormido al volante?

—He estado en combate. He visto sufrir a gente inocente. ¿Por qué tiene que haber tanto odio? ¿Tanta violencia y codicia sin sentido? ¿Tanta corrupción? No hay justicia en el mundo. Por eso siguen ocurriendo estas cosas.

—¿Quieres justicia o felicidad?

—La justicia me daría felicidad. Si Dios realmente existe, ¿por qué permite que los malvados prosperen mientras los buenos entre nosotros sufren?

—¿Te estás incluyendo entre los buenos?

—No.

—¿Estás sufriendo?

—Sí.

—Felicidades, sí hay justicia en el mundo. Alégrate.

—¡Ugh! Simplemente no quieres entender, ¿verdad?

—Lo entiendo. Quieres que Dios fulmine a cada pecador en el instante en que peque. ¿Pero de qué serviría eso? ¿Has visto cómo adiestran a los animales? Cuando los animales realizan la acción que se les pide, reciben un premio. Cuando hacen algo malo, reciben una descarga eléctrica. La espiritualidad no es cuestión de condicionamiento, sino de ejercer el libre albedrío y resistir los impulsos negativos de reaccionar a la tentación. Se trata de controlar al ego humano... el auténtico Satán. Satán es astuto. Despeja al tiempo de la ecuación de causa y efecto, lo que dificulta rastrear las recompensas a las buenas acciones y los castigos a las malas acciones.

—De acuerdo, pero sí hay una justicia verdadera, ¿no es cierto? Digamos que yo he hecho cosas... cosas que se justifican en una guerra, aunque quizá ya no estoy tan seguro; ¿seré castigado?

—Aclaremos las cosas. El pecado es el pecado; la guerra no justifica asesinar ni violar. En cuanto a la justicia verdadera —el fuego y el azufre de Dante—, ninguna alma regresa a la Luz sin antes haber sido purificada. Para algunos, el proceso de purificación puede resultar sumamente doloroso.

—Hablas mucho de la Luz.

—Discúlpame. Cuando digo Luz me refiero a la Luz del Creador. El infinito. La plenitud sin fin.

—¿Como el cielo?

—Si quieres simplificarlo.

Shep lo consideró.

—¿Qué ocurre cuando el mal te rodea… cuando parece estar en todas partes todo el tiempo, cuando todas las decisiones son las decisiones equivocadas y no puedes escapar?

—Cuando la maldad alcanza la masa crítica, cuando se propaga como una plaga incontrolable y cierra el acceso a la Luz del Creador, entonces hasta las almas inocentes pueden ser destruidas. En ese caso debe ocurrir una purga a una escala que trascienda la depravación de los malvados. ¿Recuerdas la historia de Noé? ¿De Sodoma y Gomorra? Ah, supongo que esas purificaciones tuvieron lugar antes de que Dios se quedara dormido al volante.

Shep no repuso nada, estaba mirando la muñeca izquierda del anciano. El puño del suéter se había subido, revelando un número tatuado en el costado del antebrazo.

—¿Estuviste en el Holocausto?

—Estuve ahí.

—Entonces conoces el mal mejor que la mayoría.

—Sí.

Los ojos de Patrick se llenaron de lágrimas.

—Yo también conozco el mal.

—Sí, hijo, ya lo creo que sí.

—He hecho cosas horribles.

—¿Cosas que tu esposa nunca aprobaría?

—Sí.

—¿Y ahora quieres recuperarla?

—Y a mi hija. Las dos me dejaron. Las echo mucho de menos.

—¿Por qué estás tan seguro de que tu esposa quiere verte de nuevo?

—Porque ella es mi alma gemela.

El anciano suspiró.

—Ésas son palabras muy poderosas, amigo. ¿Sabes siquiera lo que significa esa expresión? Almas gemelas son dos mitades de una sola alma dividida por Dios.

—Nunca había oído eso.

—Es parte de una antigua sabiduría que antecede a la religión. La reunificación de almas gemelas es un acontecimiento bendito, pero debes saber esto: las almas gemelas no pueden ser reunidas antes de que ambas partes hayan completado su tikún... su corrección espiritual. Y tú, amigo mío, distas mucho de estar listo.

El anciano se levantó para marcharse.

—Doc, aguarda un momento. Cambié de parecer. Sí quiero tu ayuda. Dime qué debo hacer para recuperar a mi alma gemela y lo haré.

—Todo tiene causa y efecto. Remedia la causa y remediarás el efecto.

—¿Qué diablos significa eso? Ella me dejó *a mí*, ¿recuerdas? ¿Quieres que le pida disculpas? ¿Eso remediaría las cosas?

—Tómate un tiempo. Piensa las cosas. Decide qué es lo que quieres de tu vida. Cuando estés dispuesto a dejar de actuar como víctima, ven a verme.

El viejo rebuscó en el bolsillo de su suéter y extrajo una tarjeta. Se la dio a Shep y se marchó.

Patrick Shepherd se quedó mirando la tarjeta.

VIRGIL SHECHINAH
INWOOD HILL, NUEVA YORK

INWOOD HILL, NUEVA YORK, 1:51 P.M.

Ubicado en la punta más norteña de la isla, Inwood Hill era un vecindario de Manhattan como ninguno otro. Aquí no había rascacielos. El río Harlem marcaba su frontera noreste, el parque High Bridge y Washington Heights se hallaban directamente al sur. Al oeste estaban unos campos deportivos de la Universidad de Columbia, junto a un terreno montañoso densamente arbolado que parecía estar a miles de kilómetros de la Gran Manzana.

Éste era el parque de Inwood Hill, el único bosque natural que quedaba en Manhattan. Al trepar hasta la cima rocosa, la recompensa era una vista magnífica del río Hudson. Al explorar su floresta espesa era posible descubrir cuevas antiguas que fueron habitadas por los indios lenape mucho antes de que llegaran aquí los europeos.

La Chevy Suburban negra entró a Inwood Hill, dio vuelta en U en la intersección de Broadway y la calle Dyckman y enseguida aparcó.

Bertrand DeBorn salió del vehículo. Azotó la puerta trasera. Cruzó la calle, caminó hasta un nuevo teléfono público de monedas, verificó que funcionara y marcó un número en su celular.

—¿Sí?

—Soy yo. Llámame al 212-433-4613 —el secretario de Defensa colgó y aguardó; tomó el receptor del teléfono de paga en cuanto sonó el primer timbrazo—. ¿Qué sucedió?

—Alguien liberó a la Guadaña.

La piel de DeBorn se erizó.

—¿Dónde? ¿Cuándo?

—En la plaza de la ONU. Hace unas cinco horas.

—¿Cinco horas? Cinco horas son toda una vida. No tienes idea de lo rápido que se puede propagar ese agente biológico en una gran metrópoli. Necesito llegar a la ONU antes de que se les acaben las vacunas...

—Bert, la Guadaña fue alterada genéticamente. No está respondiendo a ninguno de los antibióticos cultivados.

Un sudor frío perló la frente del secretario de Defensa.

—Seguridad Doméstica cerró todos los accesos a Manhattan. ¿Dónde te encuentras?

—Al norte. Aún en la isla.

—¿Estás limpio?

—Por el momento. Estuve en una ubicación segura, en reunión con miembros claves del consejo.

—¿Y?

—Respaldan el plan, el cual acaba de volverse irrelevante.

—No necesariamente. Piénsalo. Si la Guadaña se propagara en Teherán el próximo mes nadie podría culpar...

—¡Basta! No tienes idea de lo que estás diciendo. Si la Guadaña sale de Manhattan en su forma actual, todos estaremos muertos. ¡Todos! Sin una vacuna, la Guadaña es un tren a toda velocidad sin frenos. Necesito irme de esta isla antes que me infecte. ¿Dónde está PEU?

—Lo retienen en cuarentena en la ONU. A nadie se le permite marcharse.

—Sacarán a PEU de aquí por vía aérea, junto con los demás. Los eviarán a todos al Fuerte Detrick, donde los retendrán en tanto se halla una cura. Necesito llegar a la ONU; es mi única esperanza. Llámame a mi celular para darme cualquier novedad.

—Bert, no es una línea segura.

—Nadie está escuchando. La peste ha infestado Manhattan.

El diario perdido: Guy de Chauliac

El siguiente texto fue tomado de unas memorias inéditas recientemente descubiertas,
escritas por el cirujano Guy de Chauliac durante la Gran Peste: 1346-1348
(traducido del original francés)

Entrada del diario: 17 de enero de 1348

(escrito en Aviñón, Francia)

La peste ha infestado Aviñón.

Lo que comenzó como un susurro en la noche ha florecido en los lamentos de los moribundos y los deudos. Y no parece haber escape alguno.

Apenas unos días después de las primeras fatalidades, los muertos y los moribundos pasaron la muerte a quienes velaban por ellos y a sus seres queridos. Las campanas repicaban cada hora y las tumbas se llenaban rápidamente. El terror consumía a los vivos mientras la helada mano de la Muerte recorría las calles y no eximía a casi ninguna alma de su invisible abrazo. Ni a los padres ni a los niños. Ni a los cardenales ni a las prostitutas.

Los aldeanos se desplomaban en los bancos de las tabernas lo mismo que en los de las iglesias.

Familias enteras desaparecieron de las filas de los vivos.

Los últimos ritos fueron cancelados, no fuera que los sacerdotes que aún nos quedaban cayeran víctimas del flagelo.

Los enfermos eran robados mientras yacían agonizantes en sus lechos y los ladrones sucumbían a la Gran Mortandad días después.

¡Cómo aumentó la cuenta de cadáveres! De docenas pasaron a centenas, de centenas a millares. Cuando se llenaron los atrios de las iglesias, el papa compró un nuevo cementerio. Cuando éste también se llenó, cavaron tumbas masivas afuera de las murallas de la ciudad. Cuando los sepultureros se enfermaron, algunos rústicos descendieron de las colinas para obtener un botín de mendigos: Aviñón les paga una pequeña fortuna para que se lleven en carretas a los muertos cada mañana y cada tarde, y los sepulten al ocaso. Amontonados unos sobre otros, los muertos son conducidos a enormes fosas comunes, donde los forman por cientos en hileras ordenadas. Al anochecer cubren de tierra la capa superior de la colecta del día y todo para que sea diezmada unas cuantas horas después por perros y cerdos salvajes que arrancan de los huesos la carne tóxica, dejando las sobras a las ratas.

Cada noche me acuesto al compás del llanto incesante en las calles. Cada amanecer me despierta el ruido de las carretas y el de mis propios jadeos atemo-

rizados mientras reviso mis signos vitales. A media mañana, los recién infectados forman hileras frente a mi puerta. Madres que tosen mientras cargan a sus
bebés que lloran. Maridos que sostienen a sus esposas aquejadas. Todos buscan
una ayuda que no puedo brindarles, y son demasiado numerosos para que pudiera tratarlos incluso si conociera el remedio. El papa requiere de mis servicios, de
modo que me retiro y sólo atiendo a cuantos puedo a mi regreso del palacio, así
sea sólo para que pueda vivir para entender esta enfermedad y algún día hallar
la cura.

En cuestión de enfermedades, a mí me enseñaron que el cuerpo desequilibrado
es el que es proclive a sucumbir. Para que tantos hayan muerto tiene que tratarse de un desequilibrio imponente... Y justamente uno ha salido a la luz. Meses
antes, un fenómeno galáctico poco común se hizo evidente en el cielo nocturno,
alineando a Marte, Júpiter y Saturno. Este desequilibrio cósmico sin duda ha
arrojado su vapor tóxico sobre la Tierra, infectando a la humanidad. De hecho,
es probable que el vapor sea peor en la ciudad, lo que ha provocado que los ricos
entre nosotros huyan a sus castillos en el campo.

He rogado a Clemente VI que parta de Aviñón, pero el papa se niega. En vez
de eso me ha permitido colocar fosas ígneas en su aposento personal. El calor y
las llamas quizá sean capaces de incinerar ese miasma, ese vapor tóxico. Hasta ahora esto ha demostrado ser efectivo para conservar al pontífice libre de la
enfermedad...

...pero el hedor del mal ronda por doquier a nuestro derredor y temo que lo
peor aún esté por venir.

Guigo

Viendo que el virus de la gripa porcina se propaga a varios países, la agencia sanitaria de las Naciones Unidas elevó hoy la alerta internacional a la fase 5, en una escala de seis, señalando una pandemia inminente y conminando a todos los países a intensificar los preparativos.

Centro de Prensa de las Naciones Unidas,
29 de abril de 2009

El trastorno de la vida cotidiana podría ser resultado del colapso económico, el cambio climático fuera de control, la guerra, el alza del petróleo, una pandemia, o una combinación imprevista de estos y otros factores. Lo que vuelve particularmente terroríficas estas perspectivas son las posibles respuestas humanas. Podríamos ver ya sea un colapso social —en que cada persona ataca a otras en una batalla por el dominio o la sobrevivencia— o el fascismo, en que la gente permite que líderes todopoderosos gobiernen por miedo al caos.

SARAH VAN GELDER,
editora ejecutiva, *Yes Magazine*

Bioguerra Fase V
Colapso social

20 de diciembre

El edificio de la Secretaría General, de 39 pisos, se alzaba sobre la Plaza de las Naciones Unidas. Rectangular, con fachada de cristal verde, era una de las estructuras más identificables de Nueva York. Por ser parte de la ONU, era considerado "territorio internacional" y los delegados nunca habían estado sujetos a las leyes de Nueva York o de los Estados Unidos…

…hasta hoy.

Personal del Servicio de Emergencias de Nueva York (SENY) fuertemente armado, estaba apostado en el vestíbulo de la Secretaría y en cada piso. Habían cortado la electricidad para impedir que la Guadaña se propagara por los sistemas de ventilación, así que para colmo de males las bajas temperaturas agravaban la situación. Había actualizaciones cada hora; la táctica dilatoria permitía a seis equipos de los CCE revisar piso por piso, oficina por oficina, realizando el triaje de los diplomáticos cautivos de la ONU.

El ascensor era activado por un generador fuera de la red. Dos escoltas del ESU y el doctor Roy Mohan subían en silencio al séptimo piso. Mohan entendía la tragedia como nadie. Un conductor ebrio le había arrebatado a su esposa y a su bebé seis meses atrás. Ahora el médico trabajaba 60 horas a la semana en los centros de Control de Enfermedades, valiéndose de ello para amortiguar el dolor. En las últimas horas había examinado a más de 70 civiles y 31 oficiales de policía. Lo que había visto había agitado sus recuerdos.

La Guadaña era una asesina despiadada, diseñada para propagarse más rápidamente que cualquier virus que el microbiólogo hubiese visto nunca. Su efecto era siniestro. Casi sobrenatural. A los pocos minutos de haber sido infectado, el nuevo anfitrión ya estaba contagiando a otros. Un beso. Una tos. Un abrazo. Un apretón de manos. A veces la mera proximidad. A medida que la Guadaña continuaba su letal propagación, el edificio de la Secretaría General se convertía en una incubadora de bacilos tóxicos.

—¿Listo, doc?

Asintió con la cabeza al oficial del SENY. Los tres hombres salieron del ascensor. Uno de los oficiales tocó en la puerta de la suite 1701 con la culata de su *taser*. Una placa identificaba a los ocupantes como la delegación de la República Democrática del Congo.

Tras un momento la puerta se abrió un poco, revelando a un hombre de poco más de 20 años, de piel color cocoa, envuelto en una manta. Sostenía una ensangrentada toalla de manos sobre la nariz y la boca. Sus ojos oscuros, amarillentos, estaban desorbitados de miedo.

—*Mai … poladó.*

El oficial de seguridad volteó a ver a su colega.

—¿Alguno de ustedes habla africano?

—Es lingala —el doctor Mohan extrajo una botella de agua de la mochila que cargaba en la espalda.

El hombre se la arrebató y la bebió de un trago.

—¿Habla inglés?

—Un poco. Sólo lo que aprendí en Tasok… la escuela estadounidense en Kinshasa. Me llamo Matthew Vincent Albert Hawkins. Mis padres trabajan para el gobierno. Ustedes nos dirán qué nos está matando.

El primer policía respondió:

—No es más que una fuerte gripa. Necesitamos examinar a todos en la suite y luego volveremos con la medicina.

—¡Mentiroso! Esto no es una gripa —Hawkins abrió la puerta aún más.

Había por lo menos una docena en el interior; la mayoría negros, algunos blancos, incluyendo a una mujer caucásica de unos 55 años. Tenían los rostros cubiertos con hojas de periódico, en los cuales eran visibles unos escurrimientos de sangre fresca.

—Catorce muertos. Cinco más en la oficina de junto, vivos pero infectados. Estoy estudiando medicina, así que ni se le ocurra volver a mentirme. ¿Qué nos está matando?

—La peste bubónica —repuso el doctor Mohan—. Una cepa que se propaga velozmente.

—¿Por qué no han suministrado antibióticos?

—Lamentablemente, no hemos hallado ninguno que sea efectivo.

Los ojos de Hawkins se llenaron de lágrimas; resollaba por la nariz y tenía el ceño fruncido por la rabia. Bajó la manta y se abrió la camisa, revelando un león tatuado sobre su corazón, rodeado por la leyenda *Mwana ya Congo*. Arriba del tatuaje, en el área del cuello, había un bubo negro del tamaño de una manzana.

—Merecemos algo mejor, ¿sí?

—Sí.

—Mi hermano y mi hermana… también tienen sed.

El doctor Mohan le entregó su mochila.

—Aquí hay agua y algunos suministros. Vayan con Dios.

Hawkins asintió. Cerró la puerta.

CENTRO MÉDICO DE LA AV. EAST SIDE,
MANHATTAN,
2:44 P.M.

Leigh Nelson rondaba afuera de la carpa portátil de aislamiento. Dirigió la luz de su lamparilla a los ojos semiabiertos y hundidos de la rusa. Las pupilas respondieron.

Bajo el agua caliente febril, en el flujo y reflujo de la náusea en el mar infinito de dolor, Mary Klipot siguió la luz hasta la superficie de la conciencia.

—Dana, soy la doctora Nelson. ¿Entiendes el inglés?

—¿Mi bebé?

—Tu bebé está a salvo. Tuvimos que realizar una cesárea de emergencia.

¡Ha nacido el Niño Jesús!

—Quiero ver a mi bebé.

—Dana, escúchame. Tu bebé está bien, pero tú estás muy enferma. Tenemos que esperar hasta que te sientas mejor. Los antibióticos deben surtir efecto muy pronto.

—Tráeme a mi bebé —las palabras salieron de su garganta como un carraspeo, chapoteando en sangre.

—Dana, eres contagiosa.

—El niño está protegido. Yo lo inoculé contra la Guadaña.

—¿La Guadaña?

—La peste bubónica. Una cepa nueva. Cultivada en mi laboratorio.

El rostro de Leigh se demudó.

—¿Qué laboratorio?

Mary tosió sangre y se manchó los labios al lamer el residuo.

—En el Fuerte Detrick.

—¿Tú hiciste esto?

—Los antibióticos conocidos no la detendrán. El antídoto... está en mi coche. En el hueco donde va el neumático de repuesto.

—¿Dónde está tu coche?

—Se lo llevó la grúa esta mañana... cerca de la ONU. Tráeme el antídoto y te mostraré cómo usarlo.

USAMRIID, FUERTE DETRICK
FREDERICK, MARYLAND,
2:53 P.M.

El mapa satelital de Manhattan en tiempo real que aparecía en la pantalla de proyección de 140 pulgadas era un híbrido que indicaba calles e identificaba edificios. Los puntos rojos representaban el número verificable de individuos infectados en un vecindario determinado y los totales eran sumados en uno de los bordes de la imagen.

El mayor daño se concentraba en el Lower East Side, en un área de cuatro manzanas que incluía la plaza de las Naciones Unidas, donde el número de infectados se aproximaba ya a 200.

Más preocupante para el equipo del coronel Zwawa era el número creciente de casos reportados en otras áreas de Manhattan, incluyendo Lenox Hill, el Upper East Side, así como el centro y el este de Harlem, donde la Guadaña había brincado al oeste hasta Lincoln Square y Manhattanville. Cada sitio había comenzado con un solo caso, para convertirse luego en un manchón de X rojas a medida que el individuo infectado había propagado la peste sin darse cuenta entre sus familiares y amigos, y por último entre el personal médico.

El coronel Zwawa miró el reloj de pared. *Siete minutos para la siguiente conferencia de prensa del alcalde Kushner y aún no hay noticias del presidente.*

Como si leyera sus pensamientos, se activó un monitor de pared mostrando al presidente Eric Kogelo. Exhausto. Su complexión de un gris pastoso.

—Mil disculpas. Como quitaron la corriente eléctrica hemos tenido que lidiar con algunos retos técnicos. Nuestros monitores de conferencia no están funcionando. ¿El vicepresidente está en la línea?

—Aquí estoy, señor presidente. En la Sala de Situación con el secretario Clausner y los jefes del Estado Mayor Conjunto. Les he pedido al general Folino de la Guardia Nacional y al almirante Ogren de la Guardia Costera que estuvieran presentes con nosotros. Han movilizado sus fuerzas para ayudar a asegurar los puentes, los túneles y las vías acuáticas de Manhattan.

—¿Quién tomó la decisión de movilizar a la Fuerza Libertad?

El vicepresidente frunció el ceño, irritado.

—Tendría que hablar al respecto con la secretaria Clausner, señor.

Harriet Clausner no se acobardó.

—Fue mi decisión, señor presidente. El director de Seguridad Doméstica me llamó en persona cuando estaba en ruta a Nueva York y dijo llanamente que tardaría tres horas en movilizar a la Guardia para tenerla en posición de sellar todos los puntos de acceso y salida de Manhattan. Nos habían dado minutos para hacerlo. Contacté a la Fuerza Libertad. Enviaron un escuadrón desde Jersey City. Hice lo que me pareció necesario.

—Entendido. ¿Quién está a cargo de la milicia extranjera?

—Yo, señor presidente —un hombre de ojos azules apareció en la pantalla; cabello corto rubio grisáceo; su acento era el clásico de Sandhurst—. James O'Neill, fuerzas armadas británicas, comandante en funciones de la Fuerza Libertad. Permítame tranquilizarlo, señor presidente. Manejar poblaciones civiles es nuestra especialidad. Mis unidades han servido en Kosovo, Sierra Leona, Irlanda del Norte, así como…

—No pongo en duda sus cualificaciones, señor O'Neill, sino la decisión de mi secretaria de Estado de emplear una milicia privada internacional en un asunto doméstico.

—Con todo el debido respeto, señor, los acontecimientos de este día son precisamente la razón por la que su antecesor asignó fondos a nuestra unidad. En cuestión de desafíos domésticos, la Fuerza Libertad puede movilizarse más rápido y de manera más eficiente que la Guardia Nacional.

—Apreciamos sus servicios, pero éste es un asunto delicado y su presencia podría empeorar las cosas. ¿General Folino?

—Aquí, señor.

—¿Qué tan rápido podemos remplazar a la Fuerza Libertad con tropas estadounidenses?

—Hemos movilizado al equipo de combate de la primera brigada de la tercera división de infantería. Se encuentran en camino desde su base en el Fuerte Stewart, en Georgia. En cuanto a la Guardia, tendríamos que reasignar a una o dos divisiones que de momento están reforzando las presas del Mississippi.

—Haga cuanto sea necesario, general. Quiero que la Fuerza Libertad sea remplazada. Coronel Zwawa, ¿cuál es la situación en la ONU?

—Nada buena, señor. Los equipos de EAA y CCE se han visto rebasados por el número de infectados. Nos estamos preparando para retirarnos de ahí y reubicarnos en la Isla del Gobernador.

—Aguarde… ¿está diciendo que perdimos la ONU?

—Señor presidente, perdimos Manhattan hace horas.

—¿Manhattan? ¡Santo Dios!

—Señor, esperamos contar con unas instalaciones adecuadas en la Isla del Gobernador a las siete de esta tarde. Traeremos helicópteros para evacuarlo a usted y a su gente, así como a los delegados sobrevivientes. Le reitero que tenemos a todos los laboratorios Bio-4 de Norteamérica trabajando para desarrollar un antibiótico efectivo para esta versión mutada del virus.

—Hable sin ambages, coronel. Nos van a trasladar a la Isla del Gobernador para poder mantenernos en cuarentena. ¿De eso se trata, en esencia?

—En cuarentena, sí, pero también estarán más disponibles para que les administremos rápidamente el antibiótico efectivo una vez que lo tengamos.

—¿Pero perdimos Manhattan?

—Sí, señor. No hemos recibido ningún informe de casos de peste fuera de Manhattan, pero la Guadaña se propaga por toda la isla y cada área infectada es como un pequeño incendio forestal capaz de salirse de control.

—General Folino, ¿sus tropas podrán mantener la cuarentena?

—Por el momento. Es como arrear ganado. Una docena de vaqueros a caballo puede hacerlo, siempre y cuando no haya una estampida. Una vez que esos vecindarios alcancen el punto de saturación, la manada entrará en pánico y de pronto habremos organizado sin proponérnoslo una muchedumbre de cientos de miles de personas. Nuestras fuerzas simplemente no pueden mantener la contención ante semejantes probabilidades adversas.

—¿Qué recomienda?

—Ordene al mayor despejar las calles, que todos vuelvan a sus casas, y después decrete la ley marcial. La congregación de civiles en lugares públicos equivale a yesca para la Guadaña; cada disturbio amenaza con avasallar nuestra contención.

—¿Almirante Willick?

Steven Willick, jefe del Estado Mayor Conjunto, apareció en la pantalla.

—Estoy de acuerdo. Tal como están las cosas en este momento, nuestra mayor preocupación son los 100 mil civiles que viven fuera de Manhattan y que están atrapados en el tráfico en puentes y túneles. Si esa manada entra en pánico enfrentaremos un éxodo vehicular masivo que arrasará con nuestras barricadas. En caso de que eso ocurra, derribaremos los puentes. Luego están las rutas de escape de los ríos Hudson, Harlem y Este. Estamos patrullando las costas a lo largo del Bronx y Queens, y estamos tratando la Isla Roosevelt como parte de Manhattan. Otros dos barcos de la Guardia Costera están en camino para custodiar las vías fluviales, junto con un avión de carga que transporta nuestras más avanzadas aeronaves espías no tripuladas. Ahora mismo necesitamos que el alcalde gane el tiempo suficiente para que pongamos nuestras unidades en posición.

—¿Cuánto tiempo necesitan?

—Dos horas.

El presidente se masajeó las sienes y cerró los ojos para pensar.

—Comuníquenme con el alcalde Kushner.

SALA DE CINE SUNSHINE, LOWER, MANHATTAN,
2:47 P.M.

Shelby Morrison comía del recipiente de palomitas colocado sobre su regazo. Su amiga Jamie escribía mensajes de texto en la sala oscurecida del cine.

—Brent Tripp acaba de invitarme a salir.

—¿El aldeano de Georgia?

—Es lindo.

—¡Shh! —una mujer corpulenta sentada dos filas atrás las miró con furia.

Shelby bajó la voz.

—Es como un *boy scout* o algo así.

—Scout Águila. ¿Y qué? Es un chico *cool*. De grande va a ser cineasta.

—¿En serio?

—¡Shh!

—¡Oh, cállese usted! —Shelby tomó otro puñado de palomitas y de pronto gritó y subió los pies a la butaca—. ¡Jamie, algo corrió sobre mi pie!

—¿Un perro?

—Creo que una rata.

—¡Dios mío! —Jamie Rumson alzó los pies y vio cómo una rata negra de un kilo trepaba por su pierna.

—¡Ahhh! ¡Ahh! —con el bote de palomitas, la adolescente horrorizada golpeó a la criatura hacia la fila siguiente.

Un ejército de ratas negras corría por el piso y las butacas mientras los espectadores salían huyendo hacia los pasillos entre gritos.

—¡Corre! —Shelby intentó caminar por las butacas; desistió y pisó el lomo de una rata, torciéndose el tobillo.

Las luces de la sala se encendieron y pudieron ver a la mujer robusta afanándose en el pasillo central con ratas brincando en el dorso de su abrigo de pieles.

Jamie tomó de la mano a Shelby y se abrieron paso entre la multitud hacia la pantalla, donde una rendija de luz indicaba la puerta abierta de la salida. La gente se apretujaba. Aplastadas por un muro de abrigos humanos, avanzaron a ciegas, sujetándose para mantener el equilibrio, rezando para no caerse. Una helada ráfaga decembrina siguió a la luz grisácea del sol y se hallaron en un callejón. Pasaron corriendo junto a un depósito de basura lleno a reventar de bolsas de plástico y a un indigente tendido sobre su costado, que se sacudía y maldecía en su embriaguez. Una docena de ratas pululaba en su ropa raída y le arrancaba la carne a dentelladas.

Gritando mientras corrían por el callejón, las chicas siguieron a la multitud que se dispersaba por la calle Houston, deteniendo el tráfico.

—¡Ay Dios mío, ay Dios mío! ¡Voy a vomitar!

—Shelby, me sangra la pierna. Creo que me mordió.

—¿En serio? ¡Dios mío, Jamie, estás sangrando!

—¡Ay Dios mío! ¿Me voy a morir?

—No, estarás bien. Las ratas muerden gente todo el tiempo. Hay que lavar la herida antes que te dé rabia. Vamos.

El barrio chino de Manhattan albergaba a más de 160 mil personas que vivían y trabajaban en un laberinto de callejuelas estrechas atestadas de vendedores y tenderos, pescaderías y joyerías, y más de 200 restaurantes chinos "auténticos". Pero el barrio chino era mucho más que *dim sum* y perfumes baratos. Un torrente de productos del mercado negro fluía por este gueto asiático, atrayendo a los cazadores de gangas en busca de imitaciones ilegales de lentes oscuros y bolsos de diseñador hasta las trastiendas, los callejones y los sótanos.

Gavi Kantor había tomado una desviación a la calle Mott Street para conseguir un regalo de Navidad para su nuevo novio, Shawn-Ray. El "vigía" tomó nota de la adolescente caucásica desde una esquina y envió un mensaje de radio a su "coyote" cuando ella se acercó.

—Prada… Gucci… Coach. ¿Quieres Prada? ¿Gucci? Te consigo buen precio.

—En realidad estoy buscando un reloj. Para mi novio.

—¿Cuánto tienes?

—Cuarenta dólares.

—Hmm. Seiko. Timex. ¡Espera! ¿Qué tal un Rolex?

—¿Por 40 dólares? ¡Vamos!

—Muy poco usado. Parece nuevo. Funciona perfecto. Te gustará mucho. Hasta tiene la caja. Anda, te lo muestro.

Con la imagen de un extasiado Shawn-Ray Dalinky flotando en su cabeza, la ingenua chica de 13 años siguió a su Flautista de Hamelín por un callejón serpenteante y una escalinata que descendía al corredor del sótano de un edificio de ladrillo, hasta la oscuridad que la aguardaba…

TIMES SQUARE, BROADWAY, Y LA CALLE 45,
MIDTOWN, MANHATTAN, 3:02 P.M.

Era el corazón de Manhattan: una Meca de 12 calles intensamente iluminadas, de multicinemas y espectáculos de Broadway, entre torres de cristal y anuncios computarizados. Ahora, un cuarto de millón de personas se detuvo en el tráfico paralizado para alzar la vista en silencio hacia las múltiples imágenes del alcalde proyectadas en media docena de pantallas gigantes de alta definición.

—…para impedir la propagación del virus y permitir que las autoridades sanitarias atiendan debidamente a los infectados, estamos instituyendo un toque de queda obligatorio a las 5:00 p.m. Cualquier persona que esté en la calle después de las 5:00 p.m. estará sujeta a arresto. Aquellos de ustedes que se encuentran varados en los puentes y en las interestatales de Manhattan serán transportados en autobuses al Madison Square Garden para que pasen ahí la noche. Este toque de queda obligatorio se mantendrá en efecto hasta que el Departamento de Salud emita la señal de todo en orden.

La multitud exhaló un gemido colectivo.

En las pantallas gigantes los reporteros gritaban para hacerse escuchar.

—Señor alcalde, la ONU está en cuarentena. ¿Qué noticias hay del presidente Kogelo?

—El presidente Kogelo, su equipo y el resto de los delegados de las Naciones Unidas están bajo órdenes de reclusión en tanto pasa el peligro. El presidente nos está pidiendo a todos que tomemos precauciones similares.

—¿Qué tan letal es este virus?

—Es extremadamente contagioso. Nadie ha dicho que sea letal.

—¡Vamos, alcalde Kushner! Hay equipos de personal sanitario, vestidos con trajes ambientales, embolsando cadáveres en la plaza de la ONU. ¡Está en YouTube! ¿Cómo puede venir aquí a decirnos que no es letal?

En la intersección atestada, entre un cuarto de millón de consumidores, turistas y hombres de negocios repentinamente inquietos, Santa Claus llegó a pie para repartir otra clase de "alegría navideña".

Sin haberse quitado el disfraz, Heath Shelby avanzó a tropezones entre la muchedumbre. Febril. El cuerpo adolorido. Mechones blancos de su peluca se adherían a las perlas de sudor que cubrían su frente. Su tez lucía pastosa. Gotas de sangre expelidas por la tos manchaban la barba y el bigote postizos. Sintió otra oleada de náusea.

—Señor alcalde, ¿cómo puede venir aquí a decirnos que no es letal?

¿Letal? El voluntario del Ejército de Salvación mira la pantalla gigante montada a un costado del trunco edificio triangular conocido como Times Square Uno. *¿La mujer embarazada en la ONU? Estaba enferma.*

El corazón de Heath Shelby batía con el ritmo acelerado de un hombre que acaba de recibir la sentencia de muerte. Necesitaba huir… ir a un hospital, pero estaba rodeado por un mar de gente; su mera presencia amenazaba la existencia de la multitud, cuyo número abrumador le negaba la privacía para sucumbir ante la bilis ardiente que se elevaba desde sus entrañas.

Apartando de su camino a la gente a empujones, llegó dando traspiés a un basurero y vomitó.

—¡Mami, mira! Santa Claus está enfermo.

La madre menea la cabeza.

—No es el verdadero Santa, mi amor. No es más que un borracho perdido.

—No, mami. Sí está enfermo. ¡Mira cuánta sangre!

La madre volteó para verlo otra vez.

—¡Dios mío! ¡Tiene el virus! ¡Está infectado! —tomó en sus brazos a su hijo de seis años y se abrió paso entre la multitud, gritando—: ¡Está enfermo! ¡Apártense de mi camino!

Varias cabezas voltearon.

Advirtiendo que su secreto había sido descubierto, Heath Shelby se limpió la boca con la mano y avanzó dando tumbos, labrándose una brecha entre ese bosque humano...

...y a cada paso que daba, la Guadaña infectaba a una nueva tanda de anfitriones.

CALLE 38 OESTE Y DOCEAVA AVENIDA, MANHATTAN,
NUEVA YORK,
3:19 P.M.

El taxista miró por el retrovisor a la chica bonita de cabello oscuro en el asiento trasero que tenía puesta una mascarilla.

—El tráfico no se mueve. La estación de policía está a seis calles de aquí. Probablemente llegue más rápido si va a pie.

Leigh Nelson le pagó al chofer y con un esfuerzo logró llegar a la acera atestada. Se detuvo un momento para orientarse y las oleadas de peatones furiosos la empujaron en ambas direcciones; tenían los teléfonos celulares adheridos a las orejas y sus conversaciones eran todo menos privadas.

—¡...pues entonces llama al senador! Doné 20 mil dólares a su última campaña; ¡más le vale hallar una manera de sacarme de esta condenada isla!

—Cariño, no sé cuándo llegaré a casa, cerraron todas las salidas. Supongo que dormiré en la oficina.

El lote de vehículos remolcados de la policía estaba en el camino al puente Lincoln, el pasaje subterráneo más transitado del mundo. Ubicado en el centro de Manhattan, tenía tres vías del metro y seis carriles para automotores; pasaba por abajo del río Hudson y transportaba a más de 120 mil vehículos cada día desde y hacia el centro de Nueva Jersey.

Leigh siguió los letreros de la I-495 Oeste. Se detuvo al llegar a la Novena Avenida. La escena era surreal.

Habiendo sido bloqueado en su caseta del centro de Manhattan, el túnel Lincoln había engendrado un embotellamiento de coches y autobuses que saturaban las calles de la ciudad hasta donde alcanzaba la vista. Muchos pasajeros habían abandonado los vehículos para gritar obscenidades al personal armado de la autoridad portuaria y a los policías. Otros se congregaban en pequeños grupos para discutir las opciones de una revolución.

—¿Qué diablos se supone que vamos a hacer en el Madison Square Garden?

—¿Recuerdan qué fue de aquellas personas atrapadas en el Superdomo de Nueva Orleans cuando el huracán *Katrina*?

—Yo sólo sé que necesito comer e ir al baño. Cierra el coche y carga a uno de los niños. Nos iremos a pie.

Leigh Nelson tardó 20 minutos en recorrer los dos kilómetros que la separaban del lote de vehículos remolcados. La estación de policía era un caos; patrulleros y miembros del equipo SWAT entraban y salían, muchos de ellos con máscaras antigás.

A empujones llegó al escritorio de la recepción.

—Soy la doctora Nelson. Es muy importante que revise uno de los vehículos remolcados a este lugar hoy por la mañana.

—Lo siento, doctora. No estamos entregando vehículos hasta que se reabra la ciudad.

—No quiero el vehículo, sólo necesito revisarlo. Hay una medicina en la cajuela. Mi paciente está agonizando.

Discutió otros 10 minutos antes de entregar su tarjeta de crédito para pagar la multa de tránsito.

El Honda Civic blanco con matrícula de Virginia parecía bastante ordinario, pero Leigh sintió un escalofrío al verlo. Vio cómo el policía abrió la cajuela con una barreta, activando la alarma al forzar el seguro.

Leigh se puso unos guantes de látex y quitó el neumático de repuesto, dejando a la vista un contenedor de madera pulida del tamaño de una caja de habanos. Abrió los dos broches y levantó la tapa, revelando una docena de frascos pequeños de un líquido cristalino, colocados en una base moldeada de hule espuma. Arriba de los frascos estaba doblada una nota impresa.

GUADAÑA MK-36 Vacuna/antídoto.
INSTRUCCIONES: Tomar oralmente. Una dosis por paciente.
ADVERTENCIA: Este antibiótico contiene un poderoso neurotransmisor que cruza la barrera cerebro-sangre. Puede tener efectos alucinógenos. La ira y el comportamiento reactivo exacerban los síntomas. Mantener al paciente tranquilo. No dejarlo sin supervisión durante las primeras 6 a 12 horas.

Leigh tomó su teléfono celular y oprimió un número de la memoria.

—Doctor Clark, soy la doctora Nelson. ¡La tengo!

—¿Está segura de que es la vacuna correcta?

—No lo sabré a ciencia cierta hasta que la probemos en algún paciente, pero esa mujer prácticamente me suplicó que viniera por ella.

—¿Qué tan pronto puede regresar al hospital?

—Deme una hora.

—De acuerdo, alertaré al CCE. Bien hecho, doctora Nelson. Quizá nos ha salvado de una pandemia.

Con el corazón acelerado por la adrenalina, Leigh se quitó la mochila de la espalda, la abrió y colocó cuidadosamente el estuche entre su bata quirúrgica y su bufanda de lana. Ajustó sobre su rostro la mascarilla de filtro de carbón y se dirigió a la salida del lote de vehículos trotando velozmente.

Situado exactamente en el centro de Manhattan, era el parque urbano más frecuentado de los Estados Unidos. Cuatro mil doscientos metros de largo y 800 metros de ancho. Un rectángulo perfecto de naturaleza, pero completamente artificial. Comprendía 136 acres de bosque, 250 de prados y 150 de vías fluviales, la mayor de las cuales era el Embalse Jacqueline Kennedy Onassis, de 106 acres y mil millones de galones de agua. Había

235

93 kilómetros de senderos peatonales, 7.2 de paseos ecuestres, 10.5 de caminos vehiculares y 11.2 de bancas. Veintiún áreas de juegos infantiles. Treinta y seis puentes y arcos. La estructura más alta era un obelisco de granito de 21.6 metros y 244 toneladas, hecho en Egipto en el año 1500 a.C. La más antigua era también la característica natural más importante del Central Park, su geología subyacente: un lecho de esquisto metamórfico glaciar que se remontaba 450 millones de años.

Marti Evans de 36 años y su compañera de vida, Tina Wilkins, seguían el torrente humano hacia el sur por West Drive. El sendero peatonal serpenteaba por una gruta de macizos de piedra conocida como el Estanque, donde ellas se habían conocido. Las orillas verdeaban en aquel día de primavera 11 años atrás; hoy estaban cubiertas de nieve; los sauces habían sido desnudados por el invierno y se inclinaban sobre la superficie parcialmente congelada del lago.

Marti empujaba la carriola de su hija Gabi, de cinco años. La pareja lésbica vivía en Des Moines, Iowa, pero había decidido pasar la Navidad en Nueva York. Este mismo día habían visitado el Radio City Music Hall y habían prometido mostrarle a Gabi el árbol de Navidad gigante del Rockefeller Center después de la comida.

Ahora lo único que querían era salir con vida de Manhattan.

Las dos mujeres seguían a miles de civiles asustados; todos se dirigían a un punto de congregación anunciado en un volante impreso a toda prisa. Pasaron el embalse a la izquierda, un depósito de agua tan grande que cubría el equivalente a 10 calles. Había olmos americanos en ambas orillas del sendero; sus ramas deshojadas creaban un efecto de celosía arqueada por sobre sus cabezas. Alargados dedos vegetales se extendían contra el fondo gris del cielo vespertino como una visión salida de Sleepy Hollow.

Quince minutos más tarde llegaron al Gran Prado. Adelante se alzaba el Castillo Belvedere sobre la Roca Vista. La estructura de piedra pendía sobre el Teatro Delacorte, donde 10 mil personas se habían reunido, y muchas más venían en camino, y su presencia sobre el prado de 55 acres convertía en lodo helado el manto de nieve.

Un enorme estandarte de vinilo sujeto con alambres se extendía en lo alto del escenario:

LA CIUDAD DE N. Y. PRESENTA DISNEY SOBRE HIELO
28 DE DICIEMBRE-7 DE ENERO

Unos voluntarios habían colocado un micrófono y un sistema de altoparlantes en el escenario del anfiteatro. Todas las miradas seguían a un hombre caucásico de unos 65 años, de cabello negro engominado y peinado hacia atrás y un bronceado del sur de la Florida. Atravesó con paso decidido el escenario y tomó el micrófono.

—Me llamo Lawrence Hershman. Fungí como asistente de política del subsecretario de Defensa durante la segunda administración Bush. Estoy aquí para decirles que nos están mintiendo y que si no actuamos pronto probablemente todos moriremos.

La multitud inquieta exigió silencio para poder escuchar.

—Lo que estoy a punto de decirles es confidencial. Desde hace varios años, los Estados Unidos y otros gobiernos occidentales se han estado preparando para desatar una nueva pandemia que sería incluso más devastadora que la epidemia de influenza española que exterminó a 30 millones de personas en 1918. La industria farmacéutica está metida en esto hasta el cuello; ha recibido en secreto enormes contratos del gobierno para producir vacunas en masa para virus híbridos modificados mediante ingeniería genética. Esos virus, desarrollados por dementes del Departamento de la Defensa, fueron diseñados para exterminar las poblaciones de naciones hostiles. Una de estas armas biológicas fue liberada esta mañana en la ONU. De alguna manera, esos desquiciados infelices se equivocaron con la vacuna y perdieron la contención. Las fuerzas armadas impiden que nadie se acerque, pero los cadáveres se están apilando tan rápido que ya no saben qué hacer. En una ciudad como Manhattan, el virus se propagará como un incendio fuera de control.

Tina apretó con fuerza la mano de Marti. Ambas estaban consternadas.

—Sólo hay una oportunidad de sobrevivir y necesitan actuar ahora mismo, antes de que empiecen a disparar contra la gente en las calles. Cúbranse la boca, la nariz y la piel lo mejor que puedan y hallen una manera de salir de la isla. Vayan a los túneles del tren suberráneo; naden en caso de ser necesario... simplemente salgan de Manhattan antes de que terminen en una bolsa para cadáveres.

Cinco a uno, nena, uno en cinco. Nadie sale vivo de aquí. Toma lo tuyo, nena, yo tomaré lo mío. Lo vamos a lograr, nena, si lo intentamos...

THE DOORS, "Cinco a uno"

Bioguerra Fase VI
S.A.M.
Saturación-Aislamiento-Muerte

20 de diciembre

El coronel John Zwawa brincó cuando su teléfono celular resonó en su bolsillo trasero.

—Adelante, Jay.

—Es posible que hayamos tenido nuestro primer golpe de suerte. El CCE acaba de recibir una llamada de uno de los hospitales locales, diciendo que tenían una paciente con la peste que dice tener acceso a la vacuna de la Guadaña. Su descripción encaja con la de Mary Klipot.

El corazón del coronel se aceleró.

—¿Dónde está la vacuna ahora mismo?

—En la cajuela de su coche rentado, en un lote de vehículos remolcados por la policía.

—¿Cuál es la dirección?

—Ya no importa, el administrador envió a su asistente a recogerla. En estos momentos ya está en camino de regreso.

—¿A qué distancia estás del hospital?

—Estoy en el East Side, pero con este tráfico me tardaría una hora y no puedo prescindir de ninguno de mis hombres. Tenemos planeado retirarnos de aquí a las 19:00 horas.

—De acuerdo, de acuerdo… enviaremos un equipo de recolección. ¿En qué hospital?

—El de la AV de la calle 23 Este.

Durante las últimas dos horas la mujer furiosa al volante de la Chevy Suburban negra había estado usando la sirena y las luces policiacas de emergencia para abrirse paso entre el tráfico paralizado. Avanzaba centímetro a centímetro por Park Avenue rumbo al sur y se acercó a un edificio neoclásico de piedra caliza de cuatro pisos en la esquina noroeste de la calle 68 Este.

Sheridan Ernstmeyer volteó hacia el hombre apoltronado en el asiento del pasajero y despertó violentamente de su siesta a Ernest Lozano.

—¿Qué?

—Estamos pasando frente al Consejo de Relaciones Exteriores (CRE). Quizá deberíamos refugiarnos ahí.

—Quizá —Lozano se inclinó sobre el asiento y tocó suavemente la rodilla de Bertrand DeBorn—. Lamento despertarlo, señor. Estamos pasando frente a la sede del consejo. ¿Nos detenemos?

—¿Y eso para qué demonios serviría? ¿Creen que el Consejo de Relaciones Exteriores es inmune a la Muerte Negra?

Sheridan sonrió para sus adentros.

—No, señor, sólo pensé que…

—Si hubieses *pensado*, habrías ido tras Klipot, ¡en vez de su novio imbécil! —la reverberación en el bolsillo lo interrumpió. El secretario de Defensa se talla los ojos somnolientos y contesta el teléfono celular—. Diga.

—Buenas noticias. Resulta que hay una vacuna.

El corazón de DeBorn dio un brinco.

—¿Quién la tiene?

—Ahora mismo la están llevando al hospital de la AV. Inocúlate y después te sacaremos vía aérea. Dí que eras parte de un equipo médico de la AIPAD (Agencia de Investitgación de Proyectos Avanzados de la Defensa) que recolectaba muestras de sangre para un nuevo antibiótico. Harás el papel de héroe… A la prensa le encantará.

—Bien hecho. Llamaré en cuanto llegue.

—Ten cuidado. Estoy viendo las noticias. Los nativos empiezan a agitarse.

En el sereno vacío de un cuarto antiséptico sin recuerdos ni futuro, Patrick Shepherd miraba el cuadro de una casa en la playa que colgaba de una pared amarillenta y consideraba lo que pudo haber sido su vida. *¿Qué fue lo que dijo el psiquiatra? Todo tiene una causa y un efecto. Corrige la causa y corregirás el efecto. Fui a la guerra y Beatrice me dejó. He vuelto de la guerra y mi familia está en Nueva York. Después de tantos años, ¿por qué ahora? Quizá ella quiere el divorcio. Quizá no tiene nada que ver conmigo. ¿Cómo se supone que debo saberlo?*

Alargó su brazo protésico hacia la pintura e intentó sujetar el marco de madera con las tenazas. Fracasó. Lo intentó de nuevo y volvió a fracasar...

Bullendo de rabia, tiró el cuadro de la pared con un movimiento del brazo de metal. *Deja de ser una víctima. Localiza a Bea. Averigua por qué está aquí. De una u otra forma, es hora de seguir adelante.*

Beatrice Shepherd buscó en la última caja de cartón de la mudanza. Viejos manuscritos sujetos con ligas elásticas. Tenían valor sentimental, pero su nuevo apartamento carecía de armarios. Los arrojó a una caja reservada para papel reciclable.

En el fondo del contenedor había un archivero de plástico. Lo sacó. Quitó la cinta adhesiva amarillenta y lo abrió. Extrajo una pila de cartas sin abrir. Halló el portarretratos. Sopló el polvo del vidrio y vio la fotografía del joven apuesto de 25 años, sin camisa y con pantalón del ejército para el desierto.

Sus ojos se anegaron de llanto. Contempló la foto un largo rato y después la puso en la repisa junto al televisor de pantalla plana, preguntándose cómo le explicaría a su hija su decisión.

Su mirada fue atraída por el noticiero que aparecía en la pantalla, sin sonido. Halló el control remoto y subió el volumen. Escuchó las palabras *pandemia* y *toque de queda obligatorio*, tomó su telefono y marcó el número del celular de su hija que tenía en discado rápido. Después de cuatro timbrazos entró el buzón.

—Soy mamá. Llámame en cuanto puedas.

El teléfono sonó al momento que colgó.

—¿Dónde estás?

—¿Señora Shepherd?

La voz del hombre, ya mayor, la desconcertó.

—¿Sí? ¿Quién habla?

—Señora, usted no me conoce. Hablo a propósito de su esposo, Patrick. Está en Nueva York y necesita verla.

HAMILTON HEIGHTS, NUEVA YORK,
4:02 P.M.

El monje tibetano estaba sentado en posición de loto sobre el piso pulido de bambú frente a su computadora portátil. Cables microdelgados corrían de la parte posterior de la máquina, pasando por la puerta abierta del balcón del séptimo piso con vista al Hudson, hasta conectarse a una pequeña antena parabólica montada en la pared de ladrillo.

El Mayor meditaba.

Un barco de la Guardia Costera pasaba hacia el sur por el río y el monje sentía los dos motores burbujeando con estruendo; la perturbación reverberaba en sus huesos.

Exactamente a las 4:08, Gelut Panim abrió los ojos. Tomó la máscara kabuki japonesa que estaba junto a su rodilla derecha y se la colocó sobre el rostro al activarse el enlace satelital; la pantalla se dividió instantáneamente en tres filas de tres, desde donde ocho máscaras ornamentales diferentes lo miraban, incluyendo la suya propia en la esquina superior izquierda. El espacio número siete estaba en blanco.

La Sociedad de los Nueve Desconocidos inició la que varios de sus miembros temían que fuera su transmisión final.

El Mayor confirmó los biorritmos de sus hermanos antes de hablar.

—Amigos míos, el mundo está cambiando frente a nuestros propios ojos. La primera ficha de dominó ha sido derribada.

—La Guadaña nunca debió ser la primera ficha. Mary Klipot fue un comodín inesperado.

—Sí, Número Cuatro. Pero, ¿fue un comodín o una intervención divina? De cualquier modo, alteró el plan de los Illuminati.

—Yo esperaría algunos días antes de llamarla intervención divina. Y para entonces todos los habitantes del planeta que no usen taparrabos probablemente habrán muerto.

—Quizá, Número Dos, pero percibo que algo importante está ocurriendo. Que el Creador haya elegido intervenir antes que los perversos hicieran estallar la tercera guerra mundial es... alentador.

—DeBorn y sus hermanos ilustrados no cederán sin dar pelea —dijo el Número Cinco con un claro acento franco-canadiense—. Manipularán esto tan fácilmente como Cheney convenció al pueblo estadounidense de que había que derrocar a Saddam por el 9/11. En cualquier momento convertirán a Mary Klipot en una fanática musulmana y una coalición encabezada por los Estados Unidos invadirá Irán. Rusia y China se movilizarán y DeBorn tendrá su guerra.

—Número Cuatro, ¿dónde está DeBorn? —preguntó el Número Ocho.

—Mis contactos confirman que continúa en Manhattan.

El Mayor asintió.

—Hay que encargarse de él antes de que termine este día.

—¿Qué hay del Número Siete?

—Él y su familia están atrapados en Nueva York. Las transmisiones de teléfonos celulares están bloqueadas, pero puedo sentir su presencia.

—¿Seguirás usándolo como anzuelo? —preguntó el Número Tres.

—Si éste es en verdad el Final de los Días, como creemos, entonces el Creador ha elegido a un hombre justo para ofrecer a la humanidad una última oportunidad de salvación. Por razones que aún no están claras, la familia del Número Siete ha sido escogida para servir como conducto del proceso de limpieza, enlazando a esa persona justa con el mundo sobrenatural. Al monitorear los biorritmos del Número Siete puedo determinar si establece contacto y ofrecer mis servicios al elegido, en caso de que él, o ella, así lo requiera.

—¿Qué hay de la Guadaña?

—Mi sistema inmunológico puede lidiar con eso.

—El Siete no es inmune. Él y su familia podrían estar agonizando mientras hablamos.

—De hecho, Número Seis, anticipo que el Siete y su familia se contagien antes de que termine esta noche. Y sí, es bastante probable que perezcan, junto con todos nosotros.

Las respuestas verbales contradecían los ocho rostros inmutables.

El Mayor aguardó hasta que hubo silencio.

—Mucha gente morirá antes del amanecer del solsticio de invierno. Lo que está por verse es si nuestra especie puede sobrevivir a la purga. La Guadaña no es el verdugo, amigos míos, es la prueba.

—¿Qué más podemos hacer?

La máscara kabuki permaneció plácida.

—Orar.

CENTRO MÉDICO DE LA AV, EAST SIDE,
MANHATTAN,
4:18 P.M.

Leigh Nelson corría por la calle 23 Este, las instalaciones de la AV estaban a la vista. Redujo la velocidad al llegar a la Primera Avenida, impactada por los cambios ocurridos en los últimos 90 minutos.

El estacionamiento de ambulancias había sido convertido en zona de triaje. Cientos de personas formaban una fila que serpenteaba desde la Primera Avenida hasta la calle 25 Este. Los rostros estaban cubiertos por mascarillas de filtro de carbón y bufandas. Las madres arrullaban a los bebés que berreaban envueltos en mantas. Maridos y esposas. Amigos y familias y empleados solos. Le facilitaban el trabajo a la asesina silenciosa.

El personal médico, con batas, mascarillas, guantes y sarapes de plástico, realizaba exámenes rápidos antes de segregar a los pacientes en carpas que fungían como áreas de espera junto a la entrada principal (sospecha de peste) y el estacionamiento del personal (peste confirmada).

Leigh vio al doctor Clark que salía a toda prisa por la puerta de emergencias, seguido por dos internos que cargaban mantas.

—Sólo niños menores de 12 años. Que los policías estén enterados.

—¡Doctor Clark!

La vio. Le hizo señas de que aguardara. Tomó de una pila una manga limpia; fue a su encuentro a media Primera Avenida y pasó el plástico impermeable por la cabeza de Leigh.

—Señor, todas estas personas...

—Si no estaban infectadas cuando vinieron, lo están ahora. Sólo estamos dándoles largas, pasándolas de un área de espera a otra. ¿Dónde está la vacuna?

—En mi mochila.

—Trasladamos a la pelirroja al cuarto piso para impedirle ver al recién nacido. Adminístrele la vacuna e infórmeme de los resultados.

Alzaron la vista al ver que una Chevy Suburban negra, con la sirena aullando, se detenía junto a la acera de la calle 23.

—¿El secretario DeBorn? ¿Qué hace de regreso aquí?

—Yo me encargo de él. Usted empiece con la vacuna.

—Sí, señor.

Patrick Shepherd entró a la biblioteca del hospital, sorprendido de ver desierta el área de medios. Pasó junto a estantes de libros donados. Localizó la fila de computadoras y se sentó frente a una de las terminales.

Tecleó la dirección de correo electrónico de la doctora Nelson y la contraseña, ingresó a internet y ojeó sus mensajes. Se detuvo en uno cuyo asunto decía: AVERIGUACIÓN SOBRE UNA PERSONA EXTRAVIADA y abrió ese correo electrónico.

Dra. Nelson:

Gracias por su solicitud de información acerca del paradero de BEATRICE SHEPHERD, edad 30-38, UNA HIJA edad 14-16. CINCO estados prioritarios solicitados para la búsqueda: NY. NJ. CT. MA. PA. Hallamos las siguientes coincidencias positivas:

Manhattan, Nueva York: Beatrice Shepherd

Vineland, New Jersey: Sra. Beatrice Shepherd

Ver también: Sra. B. Shepherd [NY - 4]

Sra. B. Shepherd [NJ - 1]

Sra. B. Shepherd [MA - 6]

Sra. B. Shepherd [PA - 14]

Para brindarle los mejores resultados le sugerimos nuestro Servicio de Detectives NIVEL 2. Cuota: $149.95.

Movió el ratón torpemente. Hizo clic en el vínculo de la dirección e imprimió la página. Corrió a una caseta donde había un teléfono de paga. Se sentó en el escritorio y deslizó por la ranura una tarjeta pre-pagada:

CRÉDITO RESTANTE: 17 MINUTOS

Empezó a marcar el número telefónico de Battery Park, pero se colapsó bajo una oleada de ansiedad tan debilitante que lo dejó sin alien-to. "¿Qué estoy haciendo? ¿Qué le digo? Hola, nena, soy Shep. Regre-sé. ¿Quieres que nos juntemos? ¡Ugh!"

Colgó el teléfono con violencia, disgustado.

Piénsalo bien, imbécil. Recuerda lo que dijo el psicoanalista… causa y efec-to. Prueba a iniciar con una disculpa. "Hola, soy Shep. Lamento haberlas dejado a ti y a la bebé por enlistarme… ¡Ugh! Esto está mal. Necesito ponerlo por escrito. Mejor aún…"

Salió de la caseta y corrió al escritorio de información, donde revi-só los cajones hasta que encontró lo que buscaba: una grabadora minia-tura que los amputados usaban para dictar cartas. Regresó a la caseta, despejó su mente y oprimió GRABAR.

"Bea… soy Shep. ¿Me recuerdas?" Se detuvo, lo borró y comenzó de nuevo. "Bea, soy Patrick. Regresé, cariño. Estoy en Nueva York, en el hospital de la AV. Quizá sea cosa del destino que ambos estemos en Manhattan. Nena, fui herido. No puedo recuperarme por comple-to sin ti. Eres mi alma gemela, Bea, necesito verte y a nuestra hijita… aunque supongo que ya no está tan chiquita." Las palabras se atoraban en su garganta. "Cometí un grave error. Estaba enojado. No pensé las cosas a fondo. Nena, estoy tan perdido sin ti… Si pudieses buscar en tu corazón la manera de perdonarme…"

Se detuvo cuando se abrió la puerta de la biblioteca…

Mary Klipot estaba acostada en el aislador autocontenido, suje-ta de las muñecas y los tobillos al barandal de la cama. Un capote de plástico envolvía la cama para impedir que escapara el aire contami-nado. El capote sellaba también el hedor combinado de su aliento, su sudor y el vómito que manchaba su bata de hospital. A pesar de la morfina intravenosa, el dolor y la náusea que sentía seguían sien-do avasallantes, empujando su delirio al borde de la locura. Se había vuelto un amasijo inconsciente; sus pensamientos eran consumidos por la fiebre. Cada respiración era un jadeo. Tenía los ojos rodados hacia la punta de la cabeza; su boca abierta estaba fija en una mueca grotesca. Sus labios, blancos y separados, dejaban a la vista los dientes amarillos.

El líquido refrescante pasaba por su torrente sanguíneo como una marea limpiadora, serenando el ritmo de su respiración. En sólo unos minutos había ahuyentado la fiebre, bañando sus órganos irritados con un bendito alivio.

Los ojos de Mary volvieron a su posición normal y miró.

Leigh Nelson estaba a un lado de la cama aisladora y sostenía una ampolleta vacía.

—La vacuna, ¿está funcionando?

Mary intentó hablar, pero su garganta estaba todavía demasiado reseca. La saliva sanguinolenta lubricaba sus tosidos.

Leigh ajustó el colchón de Mary para que quedara sentada en un ángulo de 45 grados. Usó una de las mangas de plástico del capote de aislamiento para alcanzarle una botella de agua y colocar el popote en la boca de su paciente.

Mary bebió.

—Dios te bendiga, hermana.

—¿Quién eres? ¿Qué es la Guadaña?

—Libérame de estas ataduras y te lo contaré todo.

Leigh metió una mano por una de las mangas y desabrochó la correa que sujetaba al barandal de la cama el brazo derecho de Mary.

Mary flexionó el brazo y luego liberó su otra muñeca.

—Ahora dime qué es la Guadaña.

—Un arma biológica… una pandemia cosechada genéticamente. Parte de un programa de operaciones encubiertas. La enfermedad se nutre de emociones negativas, en especial de la ira.

—¿De la ira? ¿Cómo?

—A medida que el individuo infectado se torna más reactivo, libera adrenalina y noradrenalina que afectan el ritmo cardiaco, la presión sanguínea y el páncreas. Mientras más grande sea la ira, más rápido se propaga la enfermedad por todo el cuerpo. La vacuna… ¿trajiste las dos cajas?

—No. Sólo encontré una.

—Llévame al coche. Te mostraré dónde escondí la otra.

—Primero dime quién liberó la Guadaña en Manhattan.

—Dios. Me envió como su conducto.

—¿Dios te dijo que desencadenaras una peste producida por el hombre?

—Luego que me embarazó con su Hijo. ¿Dónde está? ¡Tráeme a mi bebé!

Está loca. Clark te dijo que la mantuvieras sometida. Necesitas sedarla otra vez y…

—El Final de los Días se avecina. La Guadaña es la redentora, nos salvará de los herejes. Yo di a luz al Mesías. ¿Dónde está mi hijo? ¡Tráeme al Cristo Niño!

—Tu hijo está bajo cuidados en una incubadora diseñada especialmente. Y por cierto, el Cristo Niño… es niña.

—¿Qué? No… no puede ser. ¡Estás mintiendo!

—¿Yo estoy mintiendo? Escúchame, perra asesina patológica. Tu peste ha matado a miles de personas inocentes; tal vez sean decenas de miles, quizá millones, antes de que podamos cultivar tu antídoto.

—Un momento… Hoy no es el 25.

—¿Me estás escuchando siquiera?

La expresión de Mary se ensombreció; su voz era un graznido.

—El niño debía nacer el 25, ¡lo sacaron antes de tiempo!

Leigh retrocedió, dirigiéndose al teléfono de las enfermeras en la pared…

…cuando un ruido ensordecedor inundó el cuarto. La perturbación se hizo más estruendosa y cimbraba las ventanas. Mary lo oyó, tenía los ojos muy abiertos e intensos; su pulso se desbocó en el monitor cardiaco.

—Satán. Envió a sus secuaces a matarme. ¿Cómo me encontró tan rápido?

Leigh caminó a la ventana y alzó la persiana.

—¿Y ahora qué?

De tres helicópteros negros suspendidos en el aire descendían docenas de comandos de Operaciones Especiales, quienes bajaban en rapel decenas de metros hasta la calle. Estaban fuertemente armados, de negro desde las cabezas encapuchadas hasta las botas. Sus rostros estaban enmascarados con dispositivos respiradores.

Lo que Mary Klipot vio era algo completamente diferente: la vacuna de la Guadaña había pasado de su torrente sanguíneo a su cerebro, afectando su sistema nervioso central e interrumpiendo la liberación de serotonina, un neurotransmisor que modula los cambios de humor y la percepción sensorial. Ver a los comandos de Operaciones Especiales había desatado terribles pensamientos: recuerdos de las primeras convulsiones que aquejaron a Mary. Las imágenes distorsionaban sus sentidos y lanzaron a su mente destrozada a un viaje alucinógeno que convertía los sucesos del presente en visiones pesadillescas del infierno.

Demonios de alas negras aletean frente a la ventana del cuarto piso. Ojos carmesí miran a través de ella. Voces susurran pensamientos sulfurosos en su cerebro: "No hay escapatoria, Mary Louise. Nuestras garras arrancarán la carne de tus huesos. Tu existencia será borrada del libro de los vivos, tu alma será arrojada a los ríos del infierno, te rodeará la luz de Satán por toda la eternidad".

—Santísima Muerte, te lo pido de todo corazón, ¡ahuyenta a estos demonios! —Mary voltea a su izquierda…

…La Parca se materializa ante sus ojos. Túnica morada de satén. Peluca color manzana caramelizada.

—¡Santa Muerte!

La Diosa de la Muerte se anima, su guadaña corta el aire con un tajo corto, su cráneo asoma de la capucha y sus mandíbulas emiten una orden silenciosa a los demonios que vuelan en círculos afuera de la ventana.

Los secuaces infernales desaparecen.

Leigh tenía puesta su atención en los comandos en la calle que ordenaban a todo el mundo tirarse al piso. Una madre que cargaba a su bebé enfermo tardó en reaccionar y recibió el culatazo de un rifle de asalto de 5.56 mm en la cabeza. El ataque hizo correr al doctor Clark por el estacionamiento de ambulancias. Los comandos abrieron fuego.

Leigh gritó al ver bailar el cuerpo acribillado del doctor Clark, que enseguida se desplomó…

…y de pronto la habitación dio vueltas y se sumió en la oscuridad.

Mary Klipot estaba de pie junto a la doctora desmayada. Soltó la bacinica de aluminio; el esfuerzo la hizo tambalear.

—Santa Muerte… ¿es verdad? ¿Fue niña?

La figura encapuchada asiente con la cabeza.

—La niña… ¿de quién es? ¿De Dios?

La huesuda mano izquierda de la Parca señala su propio vientre cubierto de tela.

—¡Oh, no… no! —Mary se inclinó sobre la doctora y tomó su bata blanca. Abrió la ventana, trepó a la escalera de incendios y huyó del lugar.

Shep se ocultó bajo el escritorio de la estación del teléfono de paga, su paranoia estaba desbocada; con el ojo izquierdo seguía a Bertrand DeBorn por una rendija de la caseta. Entró a la estación del teléfono junto a la de Shep y marcó un número.

—Soy yo. Estoy de nuevo en el hospital… Sí, hice una aparición. Ahora necesito una extracción. Que sea para tres, mi equipo de seguridad vendrá conmigo.

Shep alzó la grabadora y registró la conversación de Bertrand DeBorn.

—No me importa qué influencias tengas que usar. La Guadaña ya alcanzó el Nivel 6 de saturación; corro peligro de infectarme… No, no puedo llegar adonde está Kogelo; las calles están atascadas, tuvimos suerte de llegar al hospital… ¡No, escúchame tú! Estoy en medio de la central de la peste, así que hallas la manera de extraerme en menos de una hora o divulgaré todo lo que sé de Ameritrax y de Battelle en el noticiero de las seis… ¡Puedes estar seguro de que nombraré a todos los implicados, empezando con tus dos amigos del FBI que trituraron documentos en West Jefferson.

La contracción muscular del hombro izquierdo de Shep se volvió un temblor. Por más que lo intentó no pudo mantener el equilibrio sobre su resbaladizo codo protésico. Cambió su punto de apoyo, pero cayó hacia atrás y se golpeó la cabeza con una de las patas del escritorio.

—¿Quién anda ahí? —DeBorn desconectó la llamada y se asomó sobre la separación de las dos casetas, que se alzaba hasta la altura del hombro.

Patrick se puso de pie, mostrándose.

—¿Ameritrax? —miró fijamente a DeBorn, mientras armaba en su mente las piezas del complot—. Infeliz desquiciado. Está tratando de iniciar otra guerra.

DeBorn salió de su caseta y tomó su teléfono celular.

—Cada guerra cumple un propósito, sargento. En este caso, preserva el modo de vida americano y reduce la amenaza comunista. Estamos a punto de instituir un auténtico cambio en el mundo… Usted podría haber sido parte de ello; ahora se ha convertido simplemente en daño colateral.

DeBorn oprimió el botón de intercomunicación de su celular.

—Te necesito.

Sheridan Ernstmeyer entró a la biblioteca desde el corredor exterior.

—Agente Ernstmeyer, sorprendí al sargento Shepherd en el teléfono amenazando con una bomba a las Naciones Unidas. Conforme a la sección 411, subsección B de la Ley Patriota, le ordeno arrestar al sargento Shepherd empleando fuerza extrema.

La ex asesina de la CIA sonrió. Extrajo la Glock .22 de la cartuchera del hombro y atornilló un silenciador AAC 40 Evolution al cañón de la pistola.

Shep saltó sobre la caseta telefónica; su brazo de acero hizo añicos la separación de vidrio y corrió a gatas hacia la primera hilera de libreros.

Con el silenciador en su sitio, Sheridan avanzó metódicamente por las hileras, sin que su pulso subiera más allá de 70.

Patrick Shepherd corrió por una de las 12 hileras paralelas de libreros de 2.5 metros de altura hasta que llegó a la pared trasera. Se escondió tras el último tramo de una hilera, se agachó y miró a la vuelta de la esquina.

La asesina se había quitado los zapatos y caminaba lentamente de derecha a izquierda por el otro extremo de los libreros, revisando con la mirada cada hilera antes de continuar.

La voz de DeBorn rugió desde el escritorio de la bibliotecaria:

—Salga, sargento. No le vamos a disparar. Usted es un veterano… un héroe. Estoy seguro de que cualquier amenaza que hiciese podría achacarse al estrés postraumático.

La mujer estaba a tres hileras de distancia. A dos. La pistola en su mano izquierda apuntaba a cada hilera antes de mostrarse.

Es zurda.

El fragmento de recuerdo se proyectó en su conciencia como el ineludible tema musical de un anuncio comercial.

Despeja la negatividad. Visualiza el éxito. Vuelve a la lomita sólo cuando hayas recuperado el control de tus emociones.

La respiración de Shep se volvió más lenta; su mente se estaba despejando.

No es cuestión de poder, Shep, sino de astucia. Con los zurdos debes usar el cambio de velocidad para mantenerlos desbalanceados.

La asesina estaba a una hilera de distancia.

Usa tu cambio de velocidad. Tiende la trampa.

Shep se quitó el zapato izquierdo y lo colocó de lado, de modo que la suela asomara ligeramente por la parte inferior del librero a su izquierda. Después se arrastró al extremo de la derecha. Miró entre los libros, aguardando a que apareciera la mujer.

Sheridan Ernstmeyer se asomó al final del librero y vio otro pasillo vacío. Sabía que su objetivo estaba acorralado, oculto detrás del remate de uno de los libreros. Buscó en la siguiente hilera. *¡Ahí!* Vio el zapato asomado, se deslizó por el piso de mosaicos sobre sus pies con medias, moviéndose en silencio por el pasillo, con la mira de la pistola clavada en la suela izquierda…

…sin saber que Shep se arrastraba sin hacer ruido por el pasillo anterior. Llegó a la mitad, se apoyó con el hombro derecho sobre uno de los soportes verticales de la larga estantería y empujó con sus poderosas piernas.

El librero de seis metros de largo y 2.5 de alto se tambaleó, amenazando con venirse abajo.

Una lluvia de libros cayó sobre la cabeza de Sheridan Ernstmeyer. Brincó instintivamente, se deslizó hasta el extremo de la hilera, donde vio el zapato vacío. Alzó la vista…

…justo cuando el brazo metálico de Shep se estrelló contra su nuca.

—Cambio de velocidad. *Strike* tres —tomó el arma de la mujer, recuperó su zapato y corrió por el siguiente pasillo para enfrentar a Bertrand DeBorn. Apuntó la Glock a la frente del secretario de Defensa.

Los ojos azul grisáceos no denotaban miedo.

—Piénselo, sargento. Si me mata, nunca encontrará a su familia. Así es, yo sé dónde están. ¿Cree que pueda llegar hasta ellas antes que mi gente? Tal vez. O quizá yo ya las secuestré.

—Grabé toda su conversación. La difundiré en el noticiero de las seis.

La expresión de DeBorn cambió.

—No tiene nada.

—Supongo que ya veremos.

—Hagamos un truque, entonces. La cinta a cambio de su familia. El coronel Argenti habló con su esposa hace unas horas. Después de tantos años, ella todavía quiere verlo. No lo arruine haciendo una estupidez.

El brazo derecho de Shep tembló.

—¿Habló con Bea?

La voz de DeBorn se suavizó.

—Baje el arma, sargento, y lo llevaré con ella.

Sus pensamientos estaban fragmentados, su mente no lograba enfocarse, era incapaz de razonar. Bajó el arma…

…y el sonido de balazos atronó fuera de la biblioteca, destrozando las puertas de vidrio.

Confundido, Patrick empujó a DeBorn y corrió en dirección de la pequeña sala del otro lado del vestíbulo. Pasó corriendo junto a la oficina de la bibliotecaria y pateó la puerta de la salida de incendios al final del corredor…

…y se halló en una escalera de concreto.

Leigh Nelson abrió los ojos, aturdida y mareada. Se sentó. Palpitaba el bulto en la nuca, donde Mary Klipot la había golpeado con la bacinica. Miró alrededor.

La pelirroja ya no estaba.

Llegó dando tumbos hasta la silla de examen y su abrigo. Oculta en su chaqueta estaba la caja de madera pulida que contenía las ampolletas de la vacuna, exactamente donde ella la había dejado.

Leigh oyó los disparos y entró en pánico. *¡Mataron a Clark, me van a matar también! Tengo que llevar la vacuna al CCE de Nueva Jersey... pero, ¿cómo?*

El estruendo de los helicópteros disminuyó a la distancia. *El helicóptero de Medevac. Debo hallar al piloto... ¿Dónde podría estar? Quizá arriba, en el salón de descanso.*

Entreabrió la puerta del cuarto de aislamiento y miró por el corredor hacia la estación de enfermería. Tres enfermeras yacían en el piso, con las muñecas atadas con esposas de plástico. Dos comandos sujetaban contra la pared al enfermero John Voyda.

—¿Dónde está la vacuna?

El ex jugador de futbol colegial vio a Leigh al fondo del pasillo y rápidamente desvió la mirada.

—¿Qué vacuna? Nada de lo que hemos probado funciona.

Un comando levantó a una de las enfermeras y puso el cañón de su rifle de asalto contra su cuello.

—Dinos dónde está la doctora Nelson o esta enfermera se muere.

—Salió hace una hora. Juro que no la he visto desde entonces.

El otro comando meneó la cabeza.

—Está mintiendo. Sácala de aquí y mátala. A ver si eso le sacude la memoria.

Leigh salió corriendo del cuarto hacia la escalera.

—¡Ahí está! ¡Alto!

Se agachó, abrió la puerta metálica de incendios y corrió escaleras arriba rumbo a la azotea.

Los dos comandos llegaron a la escalera y se comunicaron por radio.

—La tenemos. En la escalera norte, se dirige a la azotea.

Una bala pasó rozando su oreja; después algo la mordió en la pantorrilla izquierda y se desplomó.

Los dos militares vestidos de negro estaban de pie junto a ella.

—¡Por favor no me maten! Tengo dos hijos pequeños.

—Toma el estuche.

Uno de los comandos se arrodilló para quitarle a Leigh el estuche de madera…

…el otro gritó al sentir que un trozo de plomo al rojo vivo atravesó por atrás de su pierna izquierda e hizo estallar su rodilla.

—Hijo de perra…

Patrick apuntó la Glock al segundo comando.

—Suelta el arma y aléjate de la doctora. ¡Ahora mismo!

—Estás cometiendo un grave error, amigo. Tú y yo… estamos del mismo lado.

—Cállate —Shep le asestó un rodillazo en el bajo vientre. El comando se dobló de dolor y entonces lo golpeó con fuerza en la nuca con la culata de la pistola.

Leigh se puso de pie de un salto y abrazó a Shep colgándose de su cuello.

—Vamos, muñeco, debemos llegar a la azotea —tomó el estuche de madera y subió la escalera cojeando.

Shep la tomó del brazo para darle un apoyo.

—Doc, ¿qué está sucediendo? ¿Quiénes son esos tipos?

—Una de mis pacientes, una pelirroja que teníamos en aislamiento, fue quien desató la peste en la ONU. Manhattan está en cuarentena. Esos infelices mataron al doctor Clark. Buscan la vacuna.

—Pues dáselas.

—La gente de DeBorn creó este monstruo. ¿Crees que voy a confiarles la única vacuna que hay? Debemos llevar este contenedor al CCE de Nueva Jersey antes de que esta cosa se convierta en una pandemia.

—¿A Nueva Jersey? ¿Cómo?

—En el helicóptero de Medevac. Shep, eres piloto, ¡tú puedes volarlo!

—No, no puedo.

—¡Sí puedes!

—No, no puedo. Leigh, mi familia está en Battery Park; necesito encontrarlas antes de que DeBorn las mate.

Leigh llegó a la azotea, demasiado acelerada para preguntar acerca de DeBorn.

—Hallaremos a tu familia. Primero llévame a Nueva Jersey.

—No puedo…

—Shep, escúchame. Necesitamos cultivar esta vacuna. Si no lo hacemos, Bea, tu hija y dos millones de neoyorquinos habrán muerto para mañana en la mañana. Así que vamos.

Quitó el seguro de la puerta de incendios de la azotea y la abrió de un empujón. La recibió una ráfaga de aire helado. El viento se arremolinaba a su derredor; la luz del día se apagaba rápidamente. Las balas rebotaban en el cubo de la escalera, pues una docena de comandos se había sumado a la caza.

Azotó la puerta para cerrarla bien.

—Dame la pistola. Toma la vacuna y arranca el helicóptero. Yo los retendré.

Shep vaciló.

—¡Anda!

Patrick corrió hacia la plataforma donde estaba el helicóptero Sikorsky S-76 de Medevac. Se trepó al asiento del piloto y colocó la caja de madera entre la silla del copiloto y la consola central. Enseguida encendió las dos turbinas de 500 kilovatios.

Lentamente, el rotor principal de cuatro aspas cobró vida y fue ganando velocidad de manera gradual.

Leigh entreabrió la puerta e hizo varios disparos con la Glock a ciegas, en un intento por retrasar el asalto de los comandos por la escalera. Cerró la puerta de golpe y miró a su alrededor...

...detectó la manguera de incendios montada sobre la pared de ladrillo.

Soltó la pistola, tomó la boquilla de la manguera y tiró de ella hasta extender de la rueda que sostenía los 360 kilos de hule un tramo de seis metros que fue pasando por la palanca de metal de la puerta.

Con la mano derecha Shep sujetó el control cíclico: un acelerador utilizado para maniobrar la aeronave después de que emprendiera el vuelo. Tenía los pies en el piso, sobre los dos pedales del timón que le permitían controlar la dirección usando el rotor de la cola.

Perlas de sudor surcaban su rostro mientras luchaba por abrir las tenazas de su brazo protésico para sujetar la palanca de control horizontal situada en el piso junto a su cadera izquierda. El control del paso colectivo servía para determinar el ángulo de las aspas del rotor principal, lo que permitía al helicóptero ascender o descender. Si no podía manipular esa palanca, no podría despegar. Peor aún, si no lograba coordinar los movimientos de su brazo artificial, que todavía le resultaba ajeno, con los de sus otras tres extremidades una vez que estuvieran en el aire, sus acciones podrían provocar que las aspas giraran a una velocidad más de 15 por ciento menor a la normal, transformando a la nave en una roca de tres toneladas.

¡Vamos!… ¡Ábrete!

Los rotores habían alcanzado las revoluciones por minuto necesarias para el despegue. Le hizo una seña a Leigh con la mano derecha. Aún no lograba abrir las tenazas.

Leigh tensó la manguera, pasó la boquilla por la rueda de guarda y la ató con un nudo. Corrió al helicóptero que la aguardaba, justo cuando los comandos llegaron a la cima de la escalera. Intentaron abrir la puerta, pero la manguera no cedió.

Leigh Nelson estaba a seis metros del helicóptero cuando la puerta se abrió con un estallido y una ráfaga de fuego la alcanzó por detrás. Cayó al suelo. Las balas rebotaban en la grava. Algunas pegaron en el helicóptero. Incapaz de moverse y con un intenso dolor, la doctora de 37 años y madre de dos pequeños alzó la vista hacia Shep. Su grito de "¡vete!" se perdió en el rugido de los rotores.

La ola de adrenalina recorrió el cuerpo de Patrick Shepherd como una descarga eléctrica. Ordenó a las tenazas que se abrieran, tomó la palanca del paso colectivo y tiró de ella alzándola del piso, lo cual hizo despegar a la nave de la azotea con un repentino y vertiginoso impulso hacia adelante.

Los comandos apuntaron sus rifles de asalto…

…el helicóptero de Medevac apenas logró librar la azotea y enseguida se desplomó y se perdió de vista.

El comandante de Operaciones Especiales, Bryant Pfeiffer, hizo una señal a su equipo para que cesara el fuego. Cruzó la plataforma de asfalto, corrió al extremo oeste de la azotea y miró hacia abajo.

—Maldición.

A tres pisos de la calle, los rotores del helicóptero habían tomado aire. Por un momento estuvo suspendido sobre la multitud que huía, luego se dirigió hacia el oeste, lentamente, siguiendo la calle 25 Este y manteniéndose muy por debajo de los altos edificios de Manhattan.

Pfeiffer cambió el canal de su radio de dos vías.

—Delta Uno, aquí Delta Seis. El sospechoso escapó con la vacuna de la Guadaña en un helicóptero de Medevac. El objetivo se dirige al oeste sobre la calle 25 Este, acercándose a Park Avenue. Intercéptenlo enseguida; repito, intercéptenlo enseguida.

El comandante miró hacia abajo a la figura descompuesta de Leigh Nelson. La mujer de talla pequeña y cabello oscuro estaba gimiendo; su cuerpo vapuleado estaba rodeado por media docena de balas de goma.

—Amordácenla y embólsenla. La quiero en el siguiente transporte a la Isla del Gobernador.

Aspas giratorias, amenazadas por postes de luz y edificios. Un trueno metálico hacía eco en sus oídos. Shep disminuyó la velocidad, igualando la del tráfico vehicular 10 metros más abajo de su tren de aterrizaje. Temía arriesgarse a alcanzar una mayor altitud; sus tenazas apenas lograban sujetar el paso colectivo, así que volaba por un laberinto de rascacielos, maniobrando al oeste, luego al norte y al oeste una vez más. El viento feroz dispersaba a los transeúntes, el ruido era tan ensodecedor como el de un obús. Había pasado el centro de Manhattan sobre la calle 40 cuando sus tenazas soltaron el control. El helicóptero descendió peligrosamente; las copas de los olmos del Bryant Park amenazaban al rotor de cola.

Shep soltó el acelerador y estiró la mano derecha hasta el otro lado de su cuerpo. Tiró de las tenazas hacia abajo y las cerró sobre el paso colectivo, de modo que rápidamente pudo elevar con su brazo protésico la palanca ya asegurada.

El helicóptero se elevó como un ascensor sobre los edificios y las agujas arquitectónicas. Con la mano derecha de nuevo en el acelerador, Shep se dirigió al oeste sobrevolando a gran altura el Central Park, con el río Hudson a la vista y Nueva Jersey a sólo unos minutos de distancia.

Aterriza en Jersey sólo el tiempo suficiente para entregar la vacuna. Embólsate unas ampolletas para tu familia y luego regresa a toda velocidad a Manhattan. Bea vive en Battery Park. Todo lo que tengo que hacer es aterrizar este balde de tornillos en alguna azotea cercana y...

Las naves negras aparecieron de la nada. Apaches. Lo alcanzaron por arriba. Dos ametralladoras M230 giraron en posición en la parte inferior de los helicópteros militares; los cañones amenazantes apuntaban directamente a su cabina. Un gato casero arrinconado por rottweilers.

—Tranquilos, amigos, yo estoy de su lado —mostró el estuche de la vacuna.

El piloto del Apache situado a estribor de Shep le hizo señas de que aterrizara.

Shep levantó el pulgar en señal de aprobación, tratando de ganar tiempo mientras descendía en un ángulo bajo. Su helicóptero seguía en dirección oeste hacia el río Hudson. *No dejes que te fuercen a bajar en*

Manhattan. Llega al agua. Vio el puente George Washington al norte y se dirigió hacia él.

El aire fue rasgado por 200 disparos calibre 30 mm escupidos desde la torreta del Apache de estribor; las ráfagas se cruzaron en su camino, obligándolo a hacer un descenso más pronunciado. Su corazón latía al ritmo de los rotores. Shep oprimió el paso colectivo; la nave crujía peligrosamente mientras él se esforzaba por mantener el control en el aire agitado de la orilla del Hudson.

Si aterrizas te matarán o te tomarán prisionero. De cualquier modo no volverás a ver a tu familia. Desesperado, descendiendo a gran velocidad, miró la geografía a sus pies y enfocó la mirada en el puente George Washington…

—**Calma, no empuje,** necesito voltearla —deslizando sus dedos enguantados más adentro por ambos costados de la vagina dilatada de Naomi Gutiérrez, David Kantor maniobró suavemente los hombros diminutos del bebé nonato—. Bien, un buen pujido más.

Una masa húmeda de cabello negro asomó por el vientre ensanchado; la coronilla precedía una pequeña cabeza y un rostro arrugado, guiados delicadamente por una mano cubierta de látex. Después, repentinamente, de manera milagrosa y emotiva, el cuerpo entero de un color rosa púrpura, de cuatro kilos, se escurrió entre la abertura, con las piernas colgando junto con el retorcido cordón umbilical.

—¡Felicidades, es niño! —el visor de David se empañó al cargar al bebé. Con una toallita húmeda alrededor del dedo despejó las vías respiratorias del recién nacido. Un sollozo entrecortado se convirtió en el llanto saludable de un bebé; el rostro morado del niño se tornó rosa con la infusión de aire. Stephanie Collins lo envolvió con una manta. La cabo tenía lágrimas en los ojos cuando entregó el bebé a la madre que lloraba.

—Gracias… gracias.

—*Mazel tov* —David dirigía ahora su atención al cordón umbilical y a la placenta que emergía…

…cuando el sonido de disparos hizo erupción como si fuera el 4 de julio.

—Maldición —anudó rápidamente el cordón, lo cortó con su navaja de bolsillo y se quitó los guantes de hule ensangrentados—. Cabo, quédese con la madre…

—Señor… ¡sus manos!

—Ah, sí, tiene razón —David se puso los guantes de su traje ambiental y bajó de un salto de la parte trasera del camión. Dejó su arma de asalto y corrió hacia la barricada… deteniéndose a medio camino de la interestatal, jadeando en su mascarilla respiradora, cuando se desató un verdadero infierno.

Fría, hambrienta, furiosa y desesperada por el miedo, la muchedumbre de peatones colocada detrás del alambre de púas y las barreras estaba disparando contra la Fuerza Libertad. Ésta, a su vez, lanzaba granadas de gas… y los guardias nacionales estaban atrapados en el fuego cruzado. Algunos buscaban refugio a rastras. Otros se sumaban a sus compatriotas y disparaban contra la milicia extranjera. De repente era la guerra, sangre derramada y cuerpos abatidos, y eso era todo, no había punto de retorno. Los conductores arrancaban sus motores y sonaban sus bocinas, dando la señal para el asalto total. Las primeras hileras de vehículos chocaron con las barreras de concreto, sólo para ser recibidas por letales descargas de artillería pesada.

Explotaron coches, encendiéndose como bombas de gasolina, abrasando a los pasajeros cuyo destino había sido decidido horas antes por su lugar en la fila.

La segunda ola de vehículos embistió la parte trasera de los primeros, empujando hacia adelante los restos en llamas, más allá de las barreras de dos toneladas hasta el frente de los Hummers, y de pronto aquello era un derby de demolición. La sobrevivencia de la barricada podía medirse en segundos.

A través del caos, David vio al coronel Herstad. El comandante de la milicia estaba tendido en la autopista, cubierto de sangre…

…gritando órdenes en su *walkie-talkie*.

Los ojos de David se desorbitaron.

—¡No!… ¡No! —corrió de regreso al vehículo militar. Trepó a la cabina, encendió el motor, derribando con el movimiento a sus pasajeros azorados, y aceleró para cruzar el puente George Washington hacia el oeste.

Los dos Apaches arrearon al helicóptero de Medevac en su lento descenso hacia unas canchas de tenis situadas al sur del puente, entre el río y la Henry Hudson Parkway.

¡Ahora!

Shep se zambulló en un muy pronunciado descenso repentino, con un giro esquivó a las dos aeronaves artilladas y se halló sobrevolando el agua. La espuma rociaba el parabrisas mientras nivelaba su helicóptero; la superficie embravecida estaba a menos de tres metros del tren de aterrizaje. El viento azotaba la cabina en su vuelo acelerado hacia el oeste sobre el río...

...los Apaches le cortaron el paso y lo obligaron a virar hacia el norte, ¡en una ruta de colisión con la parte inferior del puente George Washington!

Shep redujo la altitud hasta que el tren de aterrizaje hizo surcos en el agua color azul plomizo, guiando al helicóptero bajo la plancha inferior del puente de suspensión. Un eco de rotores cimbró sus oídos, luego salió por el otro lado...

¡BOOM... BOOM... BOOM!

El sonido desapareció tras un círculo hueco; el aire decembrino se calentó tan repentinamente como si el sol hubiera remplazado a la luna, encendiendo estallidos anaranjados de bolas de fuego incinerantes que producían nubes como hongos hasta el cielo. Vigas de acero untadas con una pintura con carga de termita estallaron en llamas al rojo vivo de más de 2700 grados, derritiendo los largueros de metal y los cables de soporte como si fuesen mantequilla en el horno de microondas. Densas erupciones de humo negro ocultaron parcialmente una sección de la Interestatal 95 cuando el nivel superior del puente se licuó y se derrumbó sobre la plancha inferior. Toda la sección media del puente George Washington, con sus 16 carriles de autopista, se hundió en el río Hudson...

...¡La avalancha de acero crepitante se llevó consigo a los dos helicópteros Apache!

Los restos chocaron con los costados y con la cola del helicóptero de Medevac como granizo de un meteoro en llamas. Los pedales bajo los pies de Shep dejaron de funcionar porque el rotor de la cola se partió como astillas para fogata y el rotor principal luchaba por tomar aire mientras volaba hacia el norte sobre el Hudson como un pelícano aleteando. Afanándose por mantener la altitud, Shep tiró con fuerza del paso colectivo, haciendo saltar a la nave en el cielo nublado, en una espiral vertiginosa. El río desapareció abajo y fue remplazado por una colina cubierta de árboles.

El ángulo de sus rotores violaba las leyes de la aerodinámica. Con una sacudida atroz, el helicóptero se precipitó como una plomada con el tren de aterrizaje por delante, a través de las copas de los árboles del bosque. Las ramas rotas dejaban largas rasgaduras en la aeronave en picada. Los rotores se rompieron, el vidrio de la cabina se estrelló, la tierra inclemente lo recibió con un golpazo final que le sacudió la osamenta y destruyó el compartimento interior a su alrededor.

El caos se atenuó en tics metálicos y luego se hizo el silencio.

Un viento frío y áspero silbaba por la cabina violada.

Patrick Shepherd abrió los ojos. Entre la bruma alcanzaba a distinguir unas columnas oscuras, cada una de ellas era un enorme tronco de árbol. Las raíces estaban llenas de nudos por la edad y parcialmente sepultadas bajo un manto de hojas secas y una cuadrícula de nieve.

Un letrero derribado se apoyaba en el baldado tren de aterrizaje. Hizo un esfuerzo para enfocar las palabras:

BIENVENIDOS AL PARQUE INWOOD HILL

Volteó la cabeza al sentir otra presencia al acecho entre las sombras. La cabeza y el cuerpo de la figura desgarbada estaban cubiertos por una túnica oscura. Unos ojos hundidos lo miraban fijamente. A la espera.

La visión desapareció, absorbida por la oscuridad de la inconsciencia.

TERCERA PARTE

EL INFIERNO SUPERIOR

Hay nueve círculos en el infierno, cada uno corresponde a la gravedad de los pecados de las almas condenadas. En el círculo más inferior está Satán, congelado para
siempre en hielo.

Dante, El Infierno

El Limbo

En medio del camino de mi patética vida, me hallé desconcertado en un sitio oscuro sin saber cómo había llegado ahí. Supongo que erré el camino varias veces.

DANTE, *El Infierno*

20 de diciembre

PARQUE INWOOD HILL, MANHATTAN,
7:37 P.M.
(12 HORAS, 16 MINUTOS ANTES
DEL FIN DE LOS DÍAS PROFETIZADO)

Oscuridad. Absoluta. Impenetrable. Con excepción de un aullido del
viento cuyo frío mordiente lo convenció de que podría estar ciego, pero
no estaba muerto. Hizo un esfuerzo por moverse. Algo lo tenía sujeto
de los hombros, la cadera y el brazo izquierdo. El carácter repentino y
claustrofóbico de la situación desató una oleada caliente de pánico, aun
cuando un jirón de memoria lo forzó a razonar.

El helicóptero de Medevac...

Sus ojos se ensancharon. Alzó el cuello para ver más allá del techo
negro hacia un tramo de luz de luna infestado de nubes. El pánico cedió.
Lo remplazó el albor de la conciencia: estaba en su asiento de piloto,
con el cinturón puesto. Estaba en un bosque espeso. Era de noche.

El viento silbaba por la ventana de acrílico estrellada, le mordía la
carne; el aire helado se hundía hasta los huesos. Olmos invisibles, cuyas
ramas crujientes se habían tornado quebradizas por el abrazo del invierno, atenazaban la cabina destrozada.

La mano derecha de Shep exploró hasta localizar y desabrochar el arnés del hombre. Intentó ponerse de pie, sólo para descubrir que su brazo protésico estaba atrapado entre la consola frontal aplastada y el piso. No podía ver su predicamento, ni podía liberarse.

El pánico volvió a encrestarse como una ola. Tiró del condenado apéndice artificial y sus esfuerzos sólo lograron separar la piel de plástico del esqueleto de metal. Continuó la batalla; cada tirón arrancaba más piel falsa de la varilla de acero, centímetro a doloroso centímetro.

Se detuvo al sentir al animal. Olió el almizcle crudo de la piel. Se le pusieron los pelos de punta contra su suéter de lana cuando oyó unas zarpas avanzando por el suelo del bosque. Sus ojos se ajustaron a la oscuridad y enfocaron el patrón de movimiento a través de la ventana rota de la cabina.

El lobo salió del bosque a la luz grisácea de la luna. Era un macho, oscuro y esquelético. La saliva burbujeaba en su garganta; había retraído el tembloroso labio superior, revelando colmillos amarillentos y arrojando volutas de aliento.

El depredador se acercó sigilosamente, evaluando a su presa atrapada.

El corazón de Shep quería salírsele del pecho; su mano derecha buscaba en la cabina cualquier cosa que pudiese emplear como un arma.

—¡Anda, vete! ¡Vete de aquí!

El lobo rugió más fuerte; una delgada red de saliva escurrió de sus dientes expuestos.

Bombeando adrenalina, Shep puso las piernas contra la consola aplastada y liberó por la fuerza su brazo protésico. Unos tornillos salieron volando de las tenazas al rasgar la piel moldeada del apéndice de acero.

El lobo se acercó a la cabina. Se asomó al interior, alzó las orejas. Escuchó y enseguida retrajo la cabeza y se alejó corriendo grácilmente, para desaparecer en la oscuridad.

Shep reclinó la cabeza, jadeando. Después él mismo lo escuchó también: un sonido atronador de barítono en el cielo. No eran truenos. Haces de luz trazaban conos en el espacio; los reflectores de búsqueda de los helicópteros apenas lograban penetrar el espeso dosel del bosque.

¡Muévete!

Salió de detrás de la consola, tropezándose y cayendo sobre la cabina destrozada, pateando restos de vidrio del parabrisas estrellado. Arri-

ba, el tronido de las aspas violaba los árboles; las dos luces iluminaban el suelo del bosque. Shep alzó la vista. Vio a los soldados bajando en rapel y corrió.

¡La vacuna!

Volvió sobre sus pasos a toda prisa y metió medio cuerpo al helicóptero derribado, buscando con la mano en el asiento del copiloto hasta que halló la caja de madera. Al voltear para huir se cortó la frente con un trozo de vidrio que no vio y unas gotas de sangre escurrieron a sus ojos.

Los invasores se abrieron paso entre las copas de los árboles. Los comandos fuertemente armados tuvieron que reducir la velocidad de su descenso para negociar la maraña de ramas en las alturas.

Shep se vio rodeado de árboles y oscuridad, sin un sendero discernible.

—¿Hola? ¿Hay alguien aquí?

Volteó en dirección del hombre, a quien no alcanzaba a ver. Su voz le resultaba familiar de alguna manera. Vio la linterna de mano y corrió hacia ella.

—¡Aquí! ¿Puede ayudarme?

El hombre corpulento avanzó al claro; tenía abierta la chamarra de piel y eso dejaba ver las letras blancas de la sudadera azul marino con capucha de la Universidad de Columbia. Cabello blanco, cola de caballo. Barba blanca también...

—¿Virgil?

—¿Sargento Shepherd? ¿Tú piloteabas ese helicóptero?

—¡Sí! Transportaba la vacuna de la peste cuando me obligaron a descender —alzó la vista; cuerpos oscuros cayeron en los círculos de luz, revelando armas de asalto—. Están tras de mí. ¿Puedes sacarme de aquí?

—Toma mi mano —Virgil lo condujo en el bosque por un sendero imposible de ver, hasta una periferia envuelta en la oscuridad.

PUENTE GEORGE WASHINGTON, FUERTE LEE,
NUEVA JERSEY,
7:51 P.M.

El área de despliegue se había triplicado; dos batallones más de la Guardia Nacional habían llegado con artillería pesada. A la distancia, el humo negro seguía ascendiendo de los restos calcinados de lo que había sido la parte central del puente George Washington. El hueco de 150 metros impediría a cualquier persona atrapada en Manhattan usar esa vía para escapar a Nueva Jersey.

David Kantor apenas había logrado cruzar el puente antes de que la Interestatal se derrumbara en una bola de fuego en su espejo retrovisor. Exhausto, enfureciendo más cada minuto que pasaba, daba vueltas en la carpa de los médicos, esperando el regreso de su comandante.

Entró el coronel Don Hamilton. De 59 años pero aún activo en la Guardia Nacional. Casi lo habían raptado de su concesionaria de automóviles en Newark para arrojarlo en medio de la emergencia doméstica con muy poca información y apenas la sombra de un personal. Durante las primeras horas su mente volvía una y otra vez a su gran venta navideña de vehículos híbridos, hasta que la inesperada detonación del puente George Washington había sido un balde de cruda realidad.

Hamilton le dio al médico su teléfono celular.

—Están bloqueando todas las llamadas a Manhattan y a los distritos circundantes, pero seguramente podrá comunicarse con su esposa en Nueva Jersey por esta línea. Recuerde: ningún detalle de la operación.

David marcó el número de su casa. El coronel se quedó a una distancia donde podía escuchar la conversación.

—Leslie, soy yo.

—¡David! ¿Dónde estás? He tratado de comunicarme contigo todo el día. ¿Ya viste lo que está sucediendo?

—Fui llamado a cumplir con mi deber en la Guardia. Estoy cerca. Les, ¿Gavi logró salir?

—No, pero logré comunicarme a su escuela. Todos van a pasar la noche en el gimnasio. David…

—Que no te venza el pánico. Si no sale a la calle estará bien —miró al coronel, que le estaba pidiendo el teléfono—. Leslie, ya me tengo que ir. Haré lo que pueda desde aquí.

—Te amo.

—Y yo a ti —colgó y le devolvió el aparato a su comandante.

—Lamento lo de su hija, capitán. Mi esposa y yo… perdimos a nuestro hijo cuando tenía siete años. Leucemia. Falleció en nuestro decimoquinto aniversario de bodas. No hay palabras —Hamilton dio vuelta para marcharse.

—Coronel, la señora Gutiérrez… ¿cómo se encuentra?

—Órdenes son órdenes, capitán. Lo siento.

Adrenalina mezclada con rabia y cansancio. David sujetó a Hamilton de los bíceps, con la suficiente fuerza para dejarle moretones, y lo empujó contra una mesa.

—¿Cómo que lo siente? ¡Ella estaba bien!

—¡Retroceda! —el coronel se liberó—. Nadie sale de Manhattan a menos que sea en un traje Racal o en una bolsa para cadáveres. Ésas son mis órdenes.

—¡Infelices, la asesinaron! Al bebé no, ¿o sí?

—La guerra es un infierno, capitán. Diré una plegaria por su hija.

ISLA DEL GOBERNADOR, NUEVA YORK,
7:58 P.M.

La Isla del Gobernador: 172 acres de terrenos altamente cotizados en la bahía de Nueva York. A menos de un kilómetro de la punta sur de Manhattan, la Isla del Gobernador había sido un punto de avanzada fortificado durante la guerra de la independencia y una base militar estratégica en el conflicto de 1812. Durante el siglo XIX había sido convertida en prisión militar antes de que fuera abierta a visitantes y excursiones en bote. Durante décadas, varios inversionistas habían acariciado la idea de hacer de ella un balneario con casinos.

Esta noche, la atracción turística había sido designada una zona gris.

Leggett Hall oupaba el centro de la Isla del Gobernador. Era tan vasto que podía albergar a todo un regimiento y alguna vez fue considerado como la estructura más larga del mundo. Ahora el edificio era reacondicionado a toda velocidad como un pabellón de aislamiento Nivel 4: un área de retención para líderes mundiales y diplomáticos que aguardaban desesperados su reubicación en la plaza de las Naciones Unidas.

El capitán Jay Zwawa caminaba por las enormes instalaciones, aliviado tras haberse quitado por fin el traje Racal después de casi 12 horas. Su hermano menor Jesse había permanecido en las Naciones Unidas para coordinar el puente aéreo programado para la medianoche, suponiendo que la "estación médica de paso" estuviera lista alguna vez para recibir a sus huéspedes.

El hombre encargado de convertir el cuartel era Joseph *Joey* Parker, un típico hijo de Tennessee, con la corpulencia y la disposición de un tacle ofensivo. Jay Zwawa localizó al ingeniero médico inspeccionando un ducto de ventilación mientras le gritaba al capataz por el celular.

—Escúchame, maldito idiota, hay más agujeros en este cuartel que en un burdel de Las Vegas. Y este pedazo de queso suizo que llamas sistema de ventilación necesita reajustarse por completo.

—¿Problemas, señor Parker?

El ingeniero cerró su celular con violencia y volteó para encarar a Zwawa.

—Mi caballo constipado tiene problemas. Lo que tenemos aquí son situaciones de vida o muerte. Para empezar, necesitamos acelerar el flujo de extracción de este depósito de mierda anticuado. De lo contrario, nunca tendremos una presión diferencial lo suficientemente potente para impedir que su virus escape con la próxima brisa fresca que sople. Y no me pregunte cuándo vamos a terminar. He visto gallineros menos porosos que esto.

—Dígame qué necesita. ¿Más hombres? ¿Más equipo?

—Lo que necesito es más tiempo y varias docenas de milagros. ¿De quién fue esta brillante idea? Deberían enviar a esos infelices de la torre de marfil a una auténtica instalación de aislamiento de Nivel 4.

—Tenemos nuestras razones, señor Parker. Y ahora, ¿qué tanto tardará?

—Qué tanto… qué tanto… Suponiendo que ponga en línea el nuevo sistema de ventilación a las nueve… podría tener un pabellón listo a las 2:00 a.m.

—Nuestro objetivo era la medianoche.

—Y el mío era conservar todo mi cabello, pero eso tampoco se logró —tomó su celular al primer timbrazo—. Susan Lynn, te llamo después.

Zwawa le lanzó una mirada feroz.

—Mire, capitán, me trajo para hacer un trabajo y lo haré. Mi equipo se está desplomando; el problema es la instalación que eligieron. Está vieja y aun con el recubrimiento interno nuevo tenemos fugas de aire por todas partes. Si perdemos aire, perdemos el vacío que impide que los virus se escapen del área de contención. Si eso ocurre, puede darle el beso de despedida a esta isla del demonio.

El teléfono de Jay Zwawa vibró.

—Zwawa.

—Señor, la mujer del hospital de veteranos acaba de llegar. La tenemos en el edificio 20.

—Voy para allá —el capitán se dirigió a su ingeniero—: a las dos, señor Parker. Un minuto más tarde y su siguiente trabajo será limpiar los ductos del aire acondicionado del centro de Manhattan.

Habían avanzado deliberadamente por el bosque. Virgil usaba los troncos de los árboles para cubrirse de las gafas de visión nocturna de los soldados. Descendiendo por senderos que no podían ver, el promontorio rocoso se había empinado precariamente, lanzando a Shep a tropezones sobre las raíces anudadas cubiertas por las hojas y la oscuridad de la espesa vegetación.

En un momento dado habían dejado atrás los reflectores de los helicópteros y después el estruendo de las aspas. Salieron del bosque y Virgil lo condujo a un claro que albergaba un área de juegos para niños.

Shep tosió, el frío afectaba sus pulmones.

—¿Dónde estamos?

—En el Parque del Fuerte Tryon. ¿Qué le pasó a tu brazo?

—¿A mi brazo? —Patrick inspeccionó el apéndice izquierdo dañado a la luz de un poste de luz del parque. De la juntura del codo hacia abajo el dispositivo protésico se había quedado sin su piel falsa. Las tenazas también habían desaparecido; el extremo distal del antebrazo de metal ahora estaba torcido como una guadaña.

—Debo haberlo hecho cuando lo jalé para sacarlo de abajo de la consola —Shep levantó el brazo deforme y luego lo bajó con fuerza, la punta filosa pasó silbando por el frío aire nocturno como si fuese una navaja—. Corta como una guadaña. Apuesto que sería un arma tremenda.

—De todos modos será mejor que te lo quites antes de que te rebanes la pierna.

Shep se palpó bajo el suéter e intentó desabrochar el arnés.

—Está atascado. Y los sensores bajo mi deltoides… deben haberse fundido juntos. No logro moverlo.

—Patrick, esa caja de madera… dijiste que contenía una vacuna.

—Eso fue lo que Leigh… lo que la doctora Nelson dijo. Esos miserables le dispararon cuando despegué en el helicóptero. También vinieron tras de mí. Tengo suerte de seguir con vida.

—La noche aún es joven. Abre el estuche. Veamos qué hay adentro.

Shep se sentó en una banca y colocó la caja pulida en su regazo. Abrió los dos broches frontales y levantó la tapa. Había 11 ampolletas de un líquido cristalino. El duodécimo compartimento de hule espuma estaba vacío.

Virgil leyó una nota impresa que alguien había doblado y metido en uno de los bordes del hule espuma. "Advertencia: este antibiótico contiene un poderoso neurotransmisor que cruza la barrera cerebrosangre. Puede tener efectos alucinógenos. La ira y el comportamiento reactivo exacerban los síntomas. Mantener al paciente tranquilo. No dejarlo sin supervisión durante las primeras 6 a 12 horas."

—Nelson quería que entregara esto en el Centro de Control de Enfermedades de Nueva Jersey. Supongo que eso ya no es posible.

—Patrick, decenas de miles de personas están muriendo en las calles.

—¿Qué debemos hacer?

—¿Nosotros? Tú eres el que está jugando a que es Dios, no yo.

—¿Qué se supone que significa eso?

—Significa que tienes en tus manos el poder de la vida y de la muerte y eso, amigo, te convierte en Dios. De modo que, señor Patrick, ¿quién ha de vivir esta noche y quién ha de morir?

—DeBorn… ¡me olvidé de él! Virgil, tengo que encontrar a mi familia, corren un peligro terrible.

—Patrick…

—DeBorn intentó matarme. Ahora irá tras mi familia. Debo llegar a Battery Park antes de que…

—Patrick, yo hablé con tu alma gemela.

La sangre se drenó del rostro de Shep.

—¿Hablaste con Bea? ¿Cómo? ¿Cuándo?

—Esta tarde. Después de visitarte en el hospital.

—¿Qué dijo ella? ¿Le dijiste lo mucho que la echaba de menos? ¿Quiere volver a verme?

—Te ama, pero teme que hagas algo desesperado. Le dije que estás perdido y asustado, y ella rezó por que yo pueda ayudarte a reencontrar el camino. Le prometí que lo haría. Le prometí que te llevaría con ella y con tu hija… cuando estuvieses listo.

—¡Estoy listo! Lo juro por Dios, Virgil…

—Hijo, mira a nuestro derredor. Todo ha cambiado. El Ángel de la Oscuridad se ceba en Manhattan, la ciudad entera está presa del pánico. Nosotros estamos en Inwood, en la punta norte de la isla. Battery Park es el extremo sur. Son 11 kilómetros a vuelo de cuervo, el doble a pie. No hay transporte público y los caminos están paralizados en un embotellamiento permanente. Tendríamos que caminar hasta allá y las calles están cubiertas de muerte, hay vecindarios enteros azotados por la peste.

—No me importa. Cruzaría a pie el infierno si con eso lograra ver a mi familia otra vez.

—De acuerdo, Dante. Si lo que buscas es un viaje a través del infierno, yo te conduciré; pero más te vale beber una de esas ampolletas o no saldrás con vida de aquí.

—Sí… de acuerdo, eso tiene sentido. Será mejor que tú también tomes una.

—¿Yo? Ya estoy viejo. He visto mis mejores días. Además, uno de los dos debe conservar sus facultades si hemos de localizar a tu familia.

—Entonces tú lleva la caja de la vacuna y yo iré por delante.

—Un gesto muy noble, pero impráctico. Yo conozco esta área. Tú nos extraviarías en cinco minutos. Ahora haz lo que digo; estamos perdiendo tiempo precioso. Esos soldados también quieren la vacuna y sospecho que dispararán primero y harán preguntas después. Pero quién soy yo para decírtelo.

—Está bien, pero apartaré una vacuna para ti, por si acaso —Shep retiró uno de los frascos; quitó el tapón de corcho con los dientes y bebió todo el líquido cristalino que contenía.

—¿Cómo te sientes?

—Bien. Excitado. Como si por fin tuviese un propósito en la vida.

—Será mejor que te prepares, hijo. Lo que tenemos por delante… puede robarle el alma a cualquiera.

Virgil inició la marcha siguiendo una hilera de arbustos paralela al Riverside Drive; el sendero asfaltado los conducía al río y al Henry Hudson Parkway.

El diario perdido: Guy de Chauliac

El siguiente texto fue tomado de unas memorias inéditas recientemente descubiertas, escritas por el cirujano Guy de Chauliac durante la Gran Peste: 1346-1348

(traducido del original francés)

Entrada del diario: 2 de marzo de 1348

(escrito en Aviñón, Francia)

Estoy rodeado de muerte.

Abarca cada instante de vigilia de mi existencia. Ronda cada uno de mis sueños. Que yo me conserve libre de la peste hasta el momento de escribir esta entrada de mi diario puede ser por obra de la voluntad divina o por las precauciones que he tomado al atender a los infectados [nota del traductor: véase *Chirurgia Magna*]. Comoquiera que sea, sólo importa en la medida que mi permanencia en esta vida pueda concederme el tiempo suficiente para poner por escrito las observaciones necesarias para que otros corran con mejor suerte en la búsqueda de un remedio para esta Gran Mortandad.

Que me conservo libre de síntomas no quiere decir que no haya sido infectado. Como médico personal de los últimos tres papas podría haber elegido permanecer en los más salubres confines del palacio papal y pasar los días vigilando los movimientos intestinales de Su Eminencia y analizando sus excrementos. Esas tareas eran aceptables antes de la llegada de la peste, pero no ahora. Ampliar los conocimientos médicos requiere que yo corra riesgos. *Ignoti nulla curatio morbid*: no intentes curar lo que no comprendes. Que yo sucumba a la enfermedad que intento curar es un destino que he dejado en manos de Dios, pero la verdad es que una parte de mí daría la bienvenida a aquello que pusiera fin a esta angustia mental que se ha vuelto casi insoportable.

No hay palabras capaces de describir con exactitud el sufrimiento humano y yo sólo rindo testimonio de los hechos. Consolar a una madre que llora mientras sostiene en sus brazos a su bebé aquejado es ser testigo del pesar; ayudar a los padres con el entierro de la criatura es compartir su dolor; suplicarle al marido destrozado que abandone el cadáver infectado de su esposa un día después rebasa con mucho mi preparación médica.

¿Cómo consolar a los torturados? ¿Cómo perseverar en la oración a un Creador que nos bendice con la vida sólo para arrebatárnosla con tanta crueldad? ¿Cómo despertar cada mañana y obligarnos a salir de la cama cuando lo único que nos espera es más de lo mismo?

En mis horas de mayor soledad, mi mente emponzoñada considera nuestra existencia y ve las cosas con una claridad que sólo la Muerte puede brindar. El sufrimiento ha estado con nosotros desde mucho antes que la peste; nosotros los exentos simplemente habíamos elegido ignorarlo. Las devastaciones de la guerra… la crueldad de la hambruna… el mal desatado por la realeza que se cree bendecida por nuestro Creador para causar estragos en las vidas de los demás. Como médico he estado en presencia de los poderosos y de los sumisos. He sido testigo de la belleza de la vida y de su prima fea, la insensibilidad, y ahora sé que sólo estamos cosechando lo que sembramos… que Dios es un padre enfurecido, decepcionado de sus hijos, y estamos pagando el castigo que Él impone a nuestras indiscreciones.

Mi penitencia es conservarme libre de la infección mientras atiendo a los contagiados. En verdad he paladeado tanto dolor que mi corazón se ha entumecido y mi velada existencia crea una penumbra perpetua: una penumbra que aguarda la luz del Ángel de la Muerte.

Ese segador de almas me observa, lo he visto rondar las sepulturas con el rostro oculto por la capucha y la mano huesuda empuñando su bastón: una guadaña ordinaria, como la que usa el granjero para segar los trigales. De que percibe que lo miro no me queda la menor duda, porque a menudo se me aparece en sueños y su gélida presencia abruma mi alma.

No estoy solo en estas observaciones. Otros hablan de la presencia de este mercader de la muerte y lo reciben con la *Danza Macabra*. Cuando la observé por primera vez creí que era una expresión de la histeria… que la mente infectada del sobreviviente era incapaz de asimilar la pérdida repentina y dolorosa de tantos seres queridos; pero ahora no estoy tan seguro. Cuando no queda nada por qué vivir… cuando cada respiración es tortuosa y cada latido amargo, los vivos reciben a la muerte con los brazos abiertos y suplican que los tome en sus brazos misericordes.

Algún día, pronto, quizá yo también llame a señas a la Parca; pero no ahora, no cuando mi labor permanece inacabada. Hasta entonces continuaré asentando por escrito mis observaciones y tratando de hallar una manera de poner coto a la Gran Mortandad, así sólo sea para justificar mi propia existencia miserable ante mi Creador.

Guigo

SEGUNDO CÍRCULO

La Lujuria

Por aquí se llega a la ciudad del dolor. Por aquí aguarda el sufrimiento sin fin. Todas las almas perdidas deben entrar aquí. La justicia inspiró a Dios a crear este lugar. Fue construido con tres herramientas: Omnipotencia, Sabiduría y Amor. Cuando sólo eran hechas cosas eternas. Y esto también se mantendrá inmortal. Abandone toda esperanza quien entre aquí.

DANTE, *El Infierno*

20 de diciembre

HENRY HUDSON PARKWAY SUR, INWOOD HILL,
MANHATTAN, 8:32 P.M.
(11 HORAS, 31 MINUTOS ANTES
DEL FIN DE LOS DÍAS PROFETIZADO)

Patrick Shepherd siguió a Virgil por un claro hasta el Riverside Drive. La desierta vía de acceso los condujo a los carriles en dirección sur del Henry Hudson Parkway, una vía rápida de 18 kilómetros que iba por el oeste de Manhattan y ofrecía vistas panorámicas del río Hudson.

Ante ellos se extendía un mar de vehículos, apretujadas defensas contra defensas, puerta a puerta, entre las barreras de contención de concreto de la avenida. Los tres carriles en dirección norte estaban sumergidos bajo una pared cegadora de faros estancados. Los tres en dirección sur se fusionaban en la cauda escarlata de las luces traseras que corría paralela al río antes de curvearse a la distancia al ascender la rampa de acceso al ahora destruido puente George Washington.

Nada se movía. En el caos urbano reinaba un silencio tenebroso, roto sólo ocasionalmente por una ráfaga de viento y por el ronroneo de algunos motores en neutral, quemando los últimos litros de gasolina.

—Virgil... ¿qué ocurrió aquí?

El anciano acercó su rostro barbado a una ventanilla, asomándose al interior de una camioneta inmóvil.

—La peste.

Sujetando la caja de las vacunas, Shep avanzó entre los autos. Las escenas variaban al interior de cada uno, pero las implicaciones eran indiscutibles. Atrapados en un embotellamiento sin fin, una comunidad diversa, de decenas de miles de desconocidos, se había entremezclado a un costado de la avenida para expresar sus quejas, discutir opiniones, incluso para quizá compartir un bocadillo o una bebida. Al llegar el ocaso, su enojo se había convertido en desesperación y se habían retirado a sus refugios móviles contra la temperatura descendiente. Los infectados entre ellos habían condenado a los demás.

La Guadaña había sido rauda y despiadada; cada vehículo había hecho las veces de una incubadora privada equipada con un sistema de ventilación recirculada que garantizaba la saturación de bacilos tóxicos entre los pasajeros.

Las imágenes eran tan horripilantes como conmovedoras: padres e hijos en un abrazo final; abuelos envueltos en mantas; rostros pálidos congelados en el miedo y la angustia; labios azules embarrados de sangre; los espacios de carga de los vehículos sobrecargados de mascotas y pertenencias personales.

Desesperación humana. Una autopista a la muerte.

De pronto todo se volvió muy familiar. Shep se desvaneció; su mirada se arremolinaba a causa de la vacuna...

...la noche cedió ante el día y el invierno ante el verano.

El suéter de Patrick Shepherd se convierte en una armadura corporal, los restos del brazo protésico se metamorfosean en carne y sujetan un rifle M16A2.

Los vehículos de pasajeros en la carretera iraquí están calcinados y humean bajo el sol del desierto. El hedor de la carne achicharrada se mezcla con el de la gasolina. Humo negro se eleva sobre las llamas anaranjadas. Hay trozos de cuerpos por doquier; los coches-bomba convirtieron el bazar en un baño de sangre. Palmeras de dátiles enmarcan este enclave chiíta; sus gruesos troncos están roídos por la metralla escupida por los lanzagranadas. Su sombra se desperdicia en 21 cuerpos acribillados. Los hombres, todos ellos campesinos locales, fueron arras-

trados de sus casas por gatilleros vestidos con uniformes militares iraquíes antes de ser fusilados.

El sargento Shepherd busca entre los muertos, listo para apuntar su arma hacia cualquier cosa que se mueva, tal como fue adiestrado. Gira a la izquierda, la punta de su dedo índice derecho coquetea con el gatillo del M16, la mirilla del rifle se centra en la mujer chiíta. Ataviada con la tradicional burka negra, llora y balbucea incoherencias mientras estrecha el cuerpo destrozado de su hijo muerto, limpiándose la sangre del rostro quemado.

Shep pasa de largo, tan inútil para la madre sufriente como lo es su inglés. La paranoia impulsa un cuerpo sobrecargado de equipo. La confusión colma una mente privada de sueño. A la distancia oye los gritos de otra mujer, sólo que éstos son distintos, reflejando el tiempo presente.

Se separa de sus hombres e ingresa en el calcinado cuartel de policía, ignorando las órdenes que llegan hasta su audífono. El edificio, agujerado por la metralla, había sido uno de los blancos del ataque de los insurgentes sunitas. Avanza entre los escombros en el interior, con el rifle de asalto en posición, y se acerca a un cuarto trasero.

Hay tres hombres… y la chica. Es apenas una adolescente; tiene la blusa desgarrada y ensangrentada, está desnuda de la cintura para abajo y la tienen tendida boca abajo sobre un escritorio.

Los sádicos son parte de las improvisadas fuerzas de seguridad iraquíes, una pandilla de renegados acusada desde hace mucho tiempo de proteger a sectarios escuadrones de la muerte. Uno de ellos la viola por atrás; tiene el pantalón enrollado en los tobillos y los dedos enredados en la cabellera color ónix de la chica. Sus dos secuaces, fuertemente armados, esperan su turno como perros en celo.

Ojos negros y rifles lo reciben cuando entra en ese antro de iniquidad.

Transcurre un tenso momento. Los hombres sonríen nerviosamente al estadounidense, envalentonados por el género compartido.

—¿Quieres probar a esta perra sunita?

La voz en el audífono de Shep lo conmina a retirarse.

—…No es nuestra batalla, sargento. Abandone ese recinto… ¡ahora!

Su conciencia, mancillada pero aún operante, dice lo contrario. Su mente negocia con su lengua para hablar.

La chica le grita algo en farsi. No necesita traducción.

El pulso de Shep azota sus oídos. La injusticia exige que actúe, pero sabe que su siguiente movimiento provocará una reacción en cadena que podría poner fin a su vida y quizá también a la de la muchacha.

Su mano derecha tiembla sobre el cartucho del M16, su dedo índice se desliza hacia el gatillo. Los ojos negros que lo miran se tornan huidizos.

—*Sargento Shepherd, repórtese de inmediato.*

Dios mío, ¿por qué estoy aquí?

—*Shepherd... ¡ahora!*

Vacila y a continuación sale del edificio...

...el día vuelve a hacerse noche, el viento helado de diciembre hace temblar a su cuerpo cubierto de sudor.

—¿Sargento?

Voltea hacia Virgil con los ojos perlados de llanto.

—No actué. Debí haberlos matado a todos.

—¿A quiénes? ¿A quiénes debiste haber matado?

—Soldados. En Baladruz. Violaban a una niña. Me quedé parado... Permití que lo hicieran.

Virgil no dijo nada de momento; sopesó su respuesta.

—Esos hombres... ¿merecían morir?

—Sí. No... No sé. Es complicado... Una aldea chiíta, había cadáveres por doquier. Los insurgentes eran sunitas, la chica también, pero tiene que haber reglas. Y no las había. Tampoco había bandos. Un día combatías a un sunita y al siguiente a un chiíta... Y todo el tiempo mueren personas inocentes... destazadas como ovejas. Te miran como si fuese tu culpa; tratas de no pensar en eso pero por dentro sabes que eres parte de aquello... tal vez la causa. Un millón de muertos desde que comenzó todo esto. ¿Por qué estoy aquí? Ellos no nos atacaron. No eran una amenaza. Saddam... seguro, era un infeliz perverso, pero, ¿nosotros somos mucho mejores? Matar es matar, sin importar quién dispare la bala.

—¿Había odio en tu corazón ese día?

—¿Odio? Estaba insensibilizado. De pronto estaba caminando en una carretera cubierta de trozos humanos, con las botas empapadas de sangre de niños. Luego algo sucedió; oí un grito. El instinto se hizo cargo, es decir, ¿y si fuera mi hija a quien estuvieran violando? ¿Odio? Sí, había odio. Hubieras visto sus ojos... Eran como fieras saturadas de lujuria. Debería haberlos detenido. ¡Debería haberles volado la maldita cabeza!

—Tres hombres muertos por un alma deshumanizada. Un acto de maldad habría engendrado otro.

—Sí... es decir, no. Es sólo que... me avergoncé. Es como si, por no actuar, me hubiera vuelto parte de eso. Es decir, ¿qué debí haber hecho?

—No me corresponde a mí decirlo. Podrías haber actuado; tal vez debiste hacerlo. A veces no hay respuestas claras, a veces sufren personas inocentes. ¿Me dijiste que fuiste enviado al frente cuántas veces? ¿Cuatro?

—Sí. Eso ocurrió la primera vez, en mi tercera semana en Irak.

—Ahí hay paralelos interesantes. La vida es una prueba, Patrick. Algunas almas, como los soldados, deben ser enviadas al frente una y otra vez, condenadas a repetir el viaje hasta que aprendan sus lecciones en la tierra. La antigua sabiduría de que te hablé llama a eso tikún, el proceso de reparación espiritual. Se dice que un alma puede viajar al *Malchut* —el mundo físico—hasta cuatro veces para corregir sus errores. Tal vez el Creador te estaba ofreciendo una oportunidad de transformación.

—Vamos, Virgil. ¿Estás diciendo que Dios provocó deliberadamente que yo presenciara la sodomización de una niña inocente, para que yo aprendiera una lección? ¿Qué lección puede ameritar algo semejante?

—Eso te toca a ti descubrirlo. El Creador opera a un nivel que rebasa nuestra percepción. Sólo recuerda que un acto de maldad, como una gota de la peste, puede infectar a un millón de personas, pero lo mismo puede hacer un acto bueno. ¿Qué fue de la chica?

—Murió. De mala manera —Shep se pasó a la barrera de concreto del carril en dirección sur, sus ojos atraídos por el río Hudson. Se detuvo, se le heló la sangre cuando vio la figura parada en las vías del tren Amtrak a 20 metros de distancia.

—Oh… ¡atiza!

La señal roja intermitente del tren iluminaba a la figura desgarbada cada 20 segundos. Un hábito oscuro con capucha. Un bastón largo rematado con una guadaña. Shep no alcanzaba a ver el rostro de la Parca, pero podía percibir la helada quietud de su presencia.

—Virgil, debemos irnos… debemos alejarnos de esta avenida, ¡ahora mismo!

—Cálmate sargento…

Shep se dio vuelta para encarar al anciano.

—¡Deja de llamarme así! Dime Patrick o Shep, no sargento. Ya no estoy en el ejército.

—Entendido. Patrick, la vacuna… ¿está afectando tus sentidos?

—¿La vacuna?

—Provoca alucinaciones. ¿Estás alucinando?

—Sí. Quizá —buscó a la Parca, pero sólo vio sombras—. Hay demasiada muerte a nuestro derredor, Virgil; demasiada peste. A menos que te propongas inmunizarte con la vacuna, debemos alejarte de esta autopista de la muerte. Mira, hay varias rampas de salida pasando el puente. ¿Tienes fuerzas para una carrera veloz? Vamos, yo te ayudo.

Con el brazo derecho, Patrick Shepherd alzó al anciano por la cintura, corriendo con él por el rompecabezas de vehículos del carril en dirección sur, hacia las ruinas humeantes del puente George Washington.

Las paredes del sótano eran de ladrillo de ceniza gris; el piso era de concreto y estaba húmedo.

Leigh Nelson estaba tendida en posición fetal sobre el colchón, bajo una manta militar verde olivo. Le dolía el cuerpo por las balas de goma. Le rugía de hambre el estómago. Las ligaduras en sus tobillos le habían reventado la piel. El rímel se le había corrido con el llanto. Echaba de menos a su familia. Estaba desesperada por llamar a su marido y despreocuparlo. Más que nada, intentaba convencerse de que sus peores temores estaban injstificados, que un brote de peste no podía convertirse en una pandemia mundial y que sus captores sabían que ella era una doctora, del bando de los buenos.

Por más que luchaba, estaba perdiendo esa batalla psicológica. Luego de ser baleada, maniatada y recluida en una unidad portátil de aislamiento, la habían llevado por aire a la Isla del Gobernador, donde la desnudaron y la rociaron con un bactericida verde antes de someterla a un examen médico que duró 90 minutos. Las pruebas de sangre confirmaron que no había contraído la peste; pero la indignidad que le había hecho sentir la mirada lasciva de un policía militar la había turbado, alimentando su decisión de no cooperar.

Oyó que se abría la puerta principal en el piso de arriba. Varias personas ingresaron al edificio; su presencia se registró en el crujiente piso de madera sobre su cabeza. Cruzaron la extensión y llegaron a la puerta del sótano.

Leigh se puso de pie, envolviéndose los hombros con la manta, mientras los hombres descendían la escalera.

El policía militar iba al frente, su comandante estaba dos pasos atrás de él. Era un hombre enorme, pero su lenguaje corporal revelaba fatiga.

—¿Señorita Nelson?

—Doctora Nelson. ¿Por qué me retienen como a una prisionera de guerra? Se supone que estamos en el mismo bando.

—¿Por eso permitió que su amigo huyera en el helicóptero con la vacuna de la Guadaña?

—Sus comandos tomaron por asalto nuestro hospital como si fuese un campamento terrorista. ¡Mataron a mi jefe!

—Usamos balas de goma.

—¿Y cómo demonios podía yo saberlo? ¿No hemos tenido suficiente "conmoción y espanto" por un día? ¿Por qué no pudieron presentarse correctamente? Con gusto les habría entregado la vacuna, junto con la pelirroja que la creó. Podríamos haber trabajado juntos para salvar a Manhattan.

—Manhattan no puede ser salvada.

Leigh sintió un vahído.

—¿De qué está hablando? Por supuesto que puede ser salvada.

—El presidente puede ser salvado. Los diplomáticos bajo triaje en la ONU en su mayoría pueden ser salvados, *si* localizamos a tiempo la vacuna. Y lo más importante, el mundo puede ser salvado de una pandemia, suponiendo que la cuarentena resista hasta mañana. Todos los demás en Manhattan… —negó con la cabeza.

—¿Está usted demente? Hay dos millones de personas…

—Tres millones, incluyendo a los trabajadores que vienen diario a la isla; todos ellos comparten una jungla de asfalto de 45 kilómetros cuadrados, expuestos a una forma altamente contagiosa de la peste bubónica que mata a sus víctimas en un lapso de 15 horas. Aun si tuviésemos la vacuna no podríamos producirla a tiempo en cantidades suficientes.

—Dios mío…

—Sí.

—¿Qué va a hacer?

—Todo. Debo hacerlo para confinar esta pesadilla en Manhattan. Calculamos que un cuarto de millón de personas ya ha muerto, la mitad de ellas en las rutas de salida de la ciudad. Sellamos los túneles y detonamos los puentes, pero a medida que los cadáveres sean más visibles y la gente se desespere más, habrá más probabilidades de que algunos individuos creativos logren escabullirse de la isla sin ser notados. Su familia… ¿vive en Nueva Jersey?

—Sí, en Hoboken.

—Eso queda a una corta travesía en bote, o a una hora a nado a través del Hudson. La mayoría no lo logrará, pero los neoyorquinos son bastante tenaces, así que quizá también perdamos Nueva Jersey.

—¿Qué es lo que quiere?

—Quiero la vacuna. Su piloto llegó hasta Inwood Hill antes de que su nave cayera a tierra. ¿Quién es él? ¿Adónde se dirigiría?

—El sargento Patrick Shepherd, es uno de mis pacientes.

Jay Zwawa tecleó la información en su BlackBerry.

—¿Es un veterano?

—Sí. Desde esta mañana tiene un brazo protésico, el izquierdo. Su esposa y su hija viven en algún lugar en Battery Park.

—¿Cómo se llama ella?

—Beatrice Shepherd.

—Sargento.

—¿Sí, señor?

—Libere a la doctora Nelson. Ella vendrá conmigo.

BATTERY PARK,
MANHATTAN,
9:11 P.M.

Beatrice Shepherd salió de la escalera norte del edificio de departamentos de 22 pisos, con la mente presa del pánico por su hija, quien no había vuelto a casa. Llegó hasta la puerta del vestíbulo, se paralizó y permaneció oculta en las sombras.

La Muerte había tomado Manhattan, pudriendo a la Gran Manzana hasta lo más profundo. Estaba tirada de bruces en la cuneta, bajo el toldo del edificio y sangraba sobre la acera. Acechaba en el asiento del conductor de un taxi cuyo motor aún ronroneaba. Infectaba una calle colmada de autobuses y movilizaba a los muertos vivientes... turistas desesperados y llenos de espanto, sin otro sitio adónde ir.

Al otro lado de la calle, el padre de tres niños arrojó un adoquín por la puerta de vidrio de una casa de empeño envuelta en tinieblas. Un visitante inglés en busca de refugio para su familia. El escopetazo fue cegador y letal; el comerciante, escondido en la oscuridad, disparó hacia la noche.

Beatrice retrocedió en el vestíbulo. Dios le había enviado una señal. Su hija tenía más probabilidades de hallar el camino de regreso a casa que las que Bea tenía de encontrarla en medio de ese caos.

Se quedaría en su departamento a rezar.

Habían tardado 20 minutos en llegar al pasaje inferior del puente George Washington. A medida que se aproximaban, más ruidoso resultaba el caos. Gritos y llamados de auxilio sonaban huecos en el gélido aire decembrino, entremezclados con el *staccato* de disparos distantes. Extraños chirridos hacían eco a través del Hudson: aviones no tripulados sobrevolaban sin ser vistos. Botes patrulla navegaban en la oscuridad, con los faros apuntando hacia el río y los motores rugiendo. Muy por encima de sus cabezas, en la vía rápida que cruzaba el Bronx, las hogueras convertían la noche en islotes de fulgores anaranjados. Docenas de vehículos quemados iluminaban las siluetas de la turba.

El olor del puente calcinado seguía siendo abrumador.

Patrick y Virgil pasaron rápidamente por el cimiento oriental del puente, manteniéndose agachados tras la división central de la Henry Hudson Parkway. Más allá del laberinto de rampas que conectaban esa explanada fragmentada, treparon una barrera de concreto de 1.20 metros para poder pasar a los carriles en dirección norte y luego por una valla de acero para desembocar en la rampa de salida de la calle 158. El camino serpenteante estaba desierto y requería de un ascenso constante. Ambos hombres continuaron su marcha; su aliento era visible en el aire helado.

—Virgil, en el hospital dijiste que todo tiene causa y efecto.

—Remedia la causa y remediarás el efecto.

—¿Y cómo remediar todo esto? La gente muere por millares. DeBorn y los de su calaña manipulan al mundo para provocar otra guerra. ¿Cómo remediar tanta maldad?

—Una pregunta eterna. ¿Te respondo como psiquiatra o como consejero espiritual?

—Me da lo mismo; simplemente necesito saberlo.

El anciano siguió caminando mientras consideraba su respuesta.

—Te voy a dar una respuesta, pero no te agradará. El mal cumple un propósito. Hace posible la elección del bien. Sin el mal no podría haber transformación. Y por transformación hemos de entender el deseo de cambiar la propia naturaleza, pasar del egoísmo al desinterés.

—¿Qué clase de patrañas esotéricas son ésas? Dios mío, en verdad creí que tú sí entendías. ¿Eso le dirías a una madre desconsolada cuyo hijo fue acribillado en la calle?

—No. Es la respuesta que le ofrezco al soldado que jaló del gatillo.

El camino dio un giro bajo sus pies; un vértigo repentino obligó a Patrick a hincarse en la rampa de concreto. Tenía el pecho constreñido. Hizo un esfuerzo por respirar.

—¿Quién... te lo... dijo? ¿DeBorn?

—¿Acaso importa?

—El padre estaba furioso... corría hacia mí. No pude recordar qué debía decir en farsi. Fui entrenado para reaccionar. ¡Yo no lo quería matar! No tuve alternativa.

—¿Eso crees honestamente?

Shep meneó la cabeza.

—Debí acabar con todo ahí mismo... Mi vida por el padre del niño. En vez de eso... ¡Dios mío! —el dique reventó, las convulsiones sacudían su cuerpo, su angustia se desbordaba en una noche ya de suyo cargada de desesperanza.

—El suicidio no es la transformación, Patrick. Es una blasfemia —Virgil se sentó junto a Shep y puso un brazo sobre sus hombros—. ¿Ese incidente ocurrió hace cuánto tiempo?

—Ocho años y tres meses.

—¿Y hoy sigues atormentándote por esas muertes?

—Sí.

—Entonces hay cierta justicia. Lo que falta es la transformación.

—No entiendo.

—Me preguntaste por el mal, por qué Dios permite que exista. La pregunta más importante es por qué existe todo esto. ¿Cuál es el genuino propósito del ser humano? ¿Y si te dijera que todo lo que nos rodea: esta rampa, esta ciudad, el planeta, todo lo que llamas el universo físico, representa apenas el uno por ciento de la existencia y que fue creado con el solo propósito de constituir un desafío?

—¿Un desafío para quién? ¿Para el ser humano?

—El ser humano es sólo el conducto; está diseñado para ser falible —Virgil hizo una mueca de dolor—. Se me está entumiendo la espalda. Ayúdame a levantar.

Shep deslizó su brazo derecho alrededor de la gruesa cintura del anciano y lo ayudó a ponerse de pie. Con un gruñido, Virgil siguió la marcha por la larga y sinuosa rampa de la autopista.

—Cada ser tiene un alma, Patrick, y cada alma es una chispa de la Luz del Creador. La Luz de Dios es pura y sólo tiene un propósito: dar. El alma es pura y sólo tiene un propósito: recibir la plena realización sin fin de la Luz. Para recibir la Luz se requiere del deseo. Para ser más parecida al Creador, el alma deseó ganarse la realización sin fin. Eso requería de un desafío. Y henos aquí.

—¿Esa es tu respuesta? ¿*Henos aquí*?

—Es más complejo que eso y te contaré más cuando considere que estás listo. Por ahora entiende que el ego del hombre mancilla el deseo del alma de recibir. El ego es la ausencia de la Luz. Conduce al comportamiento reactivo: violencia, lujuria, codicia, celos. La historia que me contaste de los soldados que abusaron de la niña… es un ejemplo de lo que sucede cuando al alma se le impide recibir la Luz de Dios, permitiendo que las fuerzas negativas se salgan de control.

—Los hubieras visto. La expresión de sus miradas… la ira…

—La ira es el rasgo más peligroso del ego humano. Permite que se apoderen de nosotros las fuerzas oscuras. Al igual que la lujuria, la ira es una respuesta animal. Sólo puede ser corregida mediante actos desinteresados que expandan al individuo en tanto que conducto, para recibir más de la Luz de Dios.

—Pero a las personas que han pecado… ¿no se les prohíbe acceder a la Luz?

—De ningún modo. La transformación está disponible para todos, sin importar lo malo que haya sido el acto. A diferencia del hombre, el Creador siente un amor incondicional por sus hijos.

—Aguarda. ¿Entonces Hitler puede exterminar a seis millones de judíos, pero siempre y cuando pida perdón todo está bien? ¡Vamos!

—La transformación no tiene nada que ver con pedir perdón, o con rezar 10 avemarías, o con ayunar. La transformación es un acto de desinterés. Por lo que hiciste en Irak serás juzgado en la *Gehena*.

—La *Gehena* es el infierno, ¿verdad?

—Puede serlo para algunos. Sólo recuerda que cada acto de bondad realizado antes de tu última exhalación puede contribuir a facilitar el proceso de limpia después de que pases a otro plano.

—Entonces, ¿cómo me transformo?

—Para empezar, deja de hacerte la víctima. No fuiste creado para ser desdichado. Al regodearte en tus desventuras velas la Luz de Dios. Seguramente debe haber algo que desees.

—Sinceramente, lo único que deseo es volver a ver a mi familia.

—Si estás apartado de ella es por una razón, Patrick. Necesitas resolver la causa para superar el efecto. Mientras no lo hagas… —el viento se recrudeció y trajo consigo un aguacero torrencial; el viejo alzó la vista al cielo, luego miró al frente, donde la rampa terminaba en un túnel bajo la vía rápida—. Allá adelante podemos refugiarnos.

La rampa los había llevado a Manhattanville. Adelante estaba la calle 158, desierta y ascendente, pasando por un enorme arco que era parte de un paso a desnivel. Alguien había pintado graffiti con aerosol en el muro de concreto; las letras rojas todavía goteaban:

Bienvenidos al infierno
Abandonen toda esperanza al entrar

TERCER CÍRCULO

Los Glotones

Granizos enormes, agua sucia y nieve negra caen del aire
ponzoñoso para corromper aún más el pútrido lodazal
que los aguarda allá abajo. Y ellos también aúllan como
perros en la gélida tormenta y dan vueltas y vueltas
como si creyeran que un costado desnudo pudiera mantener caliente al otro.

DANTE, *El Infierno*

20 de diciembre

RAMPA DE LA CALLE 158, MANHATTANVILLE,
MANHATTAN,
10:06 P.M.
(9 HORAS, 57 MINUTOS ANTES
DEL FIN DE LOS DÍAS PROFETIZADO)

La lluvia se volvió un diluvio de aguanieve. Patrick y Virgil buscaron
refugio bajo el arco de concreto, el descomunal soporte del Riverside
Drive. Dentro del túnel había un taller mecánico, parte del sistema de
mantenimiento operado por el Departamento de Transporte de Nueva York.

El interior del taller reveló un vasto sustrato cavernoso formado por
la avenida que pasaba por arriba. Vigas de acero encuadraban un techo
de cinco pisos de altura. Un camino de grava desaparecía en las penum-
bras que se extendían ante ellos. El viento aullaba por el túnel, haciendo que Shep temblara de manera incontrolable; su suéter empapado de
lluvia era prácticamente inservible contra el frente frío decembrino.

A su izquierda había una pequeña oficina con ventanas, oscura y vacía. Virgil probó la puerta. Estaba sin cerrojo; entró y regresó un momento después con una parka de esquiar negra.

—Póntela.

—Es demasiado pequeña. No puedo m-m-m-meter ahí el b-b-b-brazo p-p-p-protésico.

Virgil estiró la manga izquierda de la chaqueta frente a él.

—Usa tu cuchilla protésica. Corta la manga izquierda de modo que la prótesis pase por el agujero.

De un tajo rasgó Patrick la tela a la altura del codo, lanzando plumas de ganso hacia el suelo.

Virgil sostuvo la prenda alterada para Patrick. Guiando el extremo de su brazo de acero al interior de la manga izquierda reconfeccionada, Shep logró acomodarse la chaqueta de esquiar sobre los hombros. El anciano lo ayudó con la cremallera.

—¿Así está mejor?

—Mucho mejor. Virgil, escucha.

El viento se había apagado, permitiéndoles oír los gritos de ayuda de una mujer; su desesperada súplica hacía eco en la oscuridad.

—¡Vamos! —Patrick metió la caja de la vacuna en la chaqueta y corrió hacia las entrañas de la estructura subterránea. Virgil iba atrás de él.

El túnel proseguía por varios cientos de metros y terminaba donde el techo descendía para encontrarse con un muro de contención de concreto y una escalera iluminada por una ya agónica luz de emergencia. Tres *rottweilers* estaban sujetos con correas al barandal de hierro, para impedir que alguien usara esa salida. Las cadenas de los animales se habían enredado, maniatando juntos a los feroces perros guardianes color negro y cobre. Sus colmillos cubiertos de espuma no alcanzaban a la mujer.

Tenía más de 50 años, era caucásica y obesa. Estaba en ropa interior, hundida hasta el pecho en una fosa de lodo creada por una de las tuberías del drenaje que se había roto, depositando las aguas negras alrededor de la escalera.

Al ver a Patrick y a Virgil, la mujer comenzó enseguida a gritonear:

—¡Bueno, ya era hora! ¡Sólo he estado pidiendo ayuda a gritos durante 20 minutos! Primero me roban mis joyas, luego se llevan mi máscara de aire que me costó cinco mil dólares. Y después esos bastardos me dejaron en ropa interior y me abandonaron aquí para que muriera.

Los perros gruñones le ladraron a Patrick cuando se acercó a la mujer...

...*sus cuerpos se fusionaron en su mente, creando una sola bestia de tres cabezas...* ¡Cerbero! *El mítico perro del infierno, apoyado en sus patas traseras; sus múltiples fauces amenazan a Patrick, la saliva vuela desde sus mandíbulas espumantes.*

Shep retrocedió; el entorno daba vueltas en su mirada...

...*el muro de cemento se convirtió en un largo corredor de bloques de concreto, con puertas de acero con cerrojos a ambos lados. Los prisioneros se agrupan en el piso al final del corredor. Los guardias se ríen. Apenas contienen a los tres perros guardianes. Los* rottweilers *jalan las correas y gruñen a los aterrorizados y desnudos prisioneros iraquíes.*

El oficial de inteligencia voltea hacia Shep:

—*A esto lo llamamos espantar a los detenidos. Los interrogadores nos lo agradecen. Dicen que ayuda a aflojarles la lengua.*

—*¿Qué hicieron?*

—*¿A quién le importa? Nuestra tarea es inculcarles el temor de Dios para ayudar a los muchachos de Guantánamo. Arrastre el gordo trasero de ese tipo hasta acá.*

Shep sujeta del codo al iraquí, separando del grupo al hombre asustado.

El oficial de inteligencia coloca el cañón de su pistola en la oreja del detenido.

—*Smitty, dile que se agarre de los tobillos. Dile que si los suelta le volaré los sesos. Shepherd, a mi señal quiero que le pegue en la espalda con la manguera a este perro árabe.*

—*Señor... pienso que no puedo hacerlo.*

—*¿Piensa? ¿Quién le pidió que pensara? Le estoy dando una orden, sargento.*

—*Shepherd, estas órdenes provienen directamente de la oficina del secretario de Defensa. Si hacemos nuestro trabajo aquí, impedimos otro 9/11 en casa. ¿Es tan difícil de entender? Ahora tome la maldita manguera. Vamos, Smitty, ¡díselo!*

El contratista privado de la Titan Corporation da órdenes en farsi al prisionero. Temblando de miedo, el iraquí corpulento se inclina y se sujeta los tobillos.

—*Shepherd, ahora, ¡golpea su trasero terrorista!*

Patrick vacila y luego azota con la manguera la espalda peluda del taxista de 41 años de edad y padre de cinco.

—*¿Qué es usted, un amante de los musulmanes? ¡Azótelo, sargento! ¡Eso es! ¡Péguele como a una mula!* —*el oficial de inteligencia le guiña el ojo al contratista, se quita el cigarrillo de la boca y lo apaga en la oreja izquierda del detenido.*

El iraquí aúlla de dolor. Temeroso de soltarse de los tobillos y recibir un balazo, se cae hacia adelante, golpeándose la cabeza contra el inclemente piso de mosaicos, y se desmaya.

El oficial de inteligencia y el contratista privado tienen un ataque de risa histérica.

Shep se aparta del hombre lastimado, los perros ladran y lanzan dentelladas...

...un *rottweiler* se atraganta de repente. Luego otro y después el último. Los tres se están ahogando con algo que se les atoró en la garganta.

—Patrick, ¿te encuentras bien? Patrick...

Shep se sacudió los recuerdos de Abu Ghraib y de nuevo se halló de pie en el túnel subterráneo de mantenimiento. Virgil estaba a su lado, con la mano derecha cubierta de lodo biológico.

Los tres perros se ahogaban, tenían el hocico lleno del mismo fango repugnante.

La mujer entrada en carnes se puso de pie. Pasó rápidamente a un lado de los perros y desapareció por la escalera de concreto, dejando tras de sí un rastro de desechos líquidos del drenaje.

Virgil miró a Shep, que estaba pálido y alterado.

—¿Otra alucinación?

—Un mal recuerdo.

—Cuéntame.

Patrick miró fijamente a los perros; la escena seguía presente muy vívida en su mente.

—En mi segunda movilización... fui asignado a la prisión de Abu Ghraib como administrador de sistemas; básicamente un operador de computadoras glorificado. Los nuevos éramos relegados al turno nocturno. Era entonces cuando ocurrían muchas cosas.

—Cuando dices "cosas", ¿quieres decir tortura?

Shep asintió.

—Fui obligado a participar. Cuando me quejé, me dijeron que cerrara la boca e hiciera mi trabajo. Las cosas empeoraron cuando arribaron los oficiales de Guantánamo. Infelices perversos. Se valían de la privación del sueño... hacían sonar rondas infantiles en los altoparlantes durante todo el día; los detenidos se volvían locos. A veces esposaban a un prisionero en contorsiones dolorosas y lo dejaban así durante horas. Yo no lo vi, pero supe de las inmersiones en agua. A veces se les pasaba la mano y ahogaban al detenido. Cuando eso ocurría, metían el cadáver en una bolsa de plástico y nos ordenaban arrojarla en algún sitio durante la noche.

—Pero eso no es lo que ronda tus sueños.

Shep meneó la cabeza; tenía los ojos llorosos.

—Había un oficial iraquí, Hamid Zabar. Para hacerlo hablar, llevaron a su hijo de 16 años. Torturaron al chico y lo obligaron a presenciarlo… y yo también fui obligado a hacerlo.

Patrick recuperó la compostura.

—Estuve asignado ahí seis meses. Algunos de nosotros logramos filtrar los detalles a casa. Después de un tiempo hubo una investigación. Yo estaba de regreso en Nueva York en ese entonces y ofrecí testificar, pero se negaron a recibirme en las audiencias. La investigación fue una farsa diseñada para apaciguar a los medios y al público estadounidense, culpando de todo a unas cuantas "manzanas podridas", todos ellos suboficiales, a pesar de que nuestro comandante en jefe autorizó las torturas. No se dijo nada de Rumsfeld, que alentó los peores excesos, ni de su sicario Paul Wolfowitz, que los presenció, ni del general de división Geoffrey Miller, a quien Rumsfeld envió para convertir Abu Ghraib en la sucursal oriental de Guantánamo. Ninguno de los culpables fue acusado ni sancionado; sólo los idiotas como yo que denunciamos los hechos. Por ofrecernos a testificar nos bajaron al nivel de paga inferior y nos pusieron secretamente en una lista de "movilización permanente". Ocho meses después yo estaba de nuevo en Irak.

—¿Y los detenidos?

—Eso es lo peor de todo. En su mayoría, esas personas eran civiles inocentes capturados en las redadas de los ejércitos privados o entregados a cambio de recompensas por la población local. Muchos ni siquiera eran rastreados o registrados; simplemente eran retenidos indefinidamente.

—¿Y tú no hiciste nada para ponerle un alto a eso?

—Ya te dije que lo reporté. ¿Qué más se supone que debía hacer?

—¡Oigan, ustedes dos! Llegan tarde.

Voltearon. Los confrontaba un hombre vestido de la cabeza a los pies con un uniforme negro de comando y con el rostro cubierto con una mascarilla respiradora. Hizo una seña desde la escalera de concreto con su rifle de asalto.

—¡Será mejor que se muevan, imbéciles! La barca estará aquí en cualquier momento.

Tomó las correas de los perros y los hizo a un lado, permitiendo que Patrick y Virgil bajaran por la escalera hacia las oscuras profundidades.

Construido en 1875, el embarcadero A era una dársena de piedra de 87 metros de largo que se proyectaba hacia el río Hudson y el lindero oeste del distrito financiero en Battery Park Place. Tenía una vieja estructura de tres pisos, con los arcos de las ventanas pintados verde y blanco y una torre victoriana con reloj ubicada en el extremo que daba al mar.

Horas antes, los atracaderos de los transbordadores a un lado del muelle A eran una colmena de actividad. Decenas de miles habían convergido en el parque frente al río, turistas en su mayoría, desesperados por obtener pasaje fuera de la isla. Se vendían kayaks en cinco mil dólares en efectivo, botes de pedales cambiados por las llaves de automóviles Jaguar y Mercedes Benz. Para el atardecer, cualquier nave que pudiera flotar ya había sido comprada, sobrecargada de civiles y enviada al Hudson...

...cada una de ellas interceptada y hundida en cuestión de minutos por la Guardia Costera. Los pasajeros sobrevivientes tuvieron que nadar de regreso a la costa en agua tan helada que paralizaba las extremidades.

Pocos sobrevivieron. Los afortunados se ahogaron.

La puerta de la cerca de malla del embarcadero A se abría y se cerraba con cada ráfaga de viento ártico procedente del puerto y que sacudía el entarimado. Había luces encendidas en la estructura, media docena de bombillas conectadas a un generador portátil.

Bajo las luces, sobre la plancha del remolque, se hallaba el *Bayliner 2850 Contessa Sedan Bridge Cuddy Cruiser* de 1982. La embarcación tenía 10 pies de eslora y su casco de fibra de vidrio estaba pintado azul y crema. Tenía capacidad para albergar a ocho pasajeros cómodamente, con una estufa híbrida de alcohol/electricidad, sanitario, ducha y Porta Potti. En la cabina de popa podían dormir tres personas.

El crucero estaba enganchado a un cabrestante, sobre un tramo retráctil del muelle que permitía el acceso al agua bajo la sección noroeste del embarcadero.

Heath Shelby se lo había comprado por seis mil dólares a uno de los socios administradores del embarcadero. El motor parecía hallarse en buen estado, pero al casco se le metía el agua a resultas de una colisión ocurrida años antes. Las reparaciones habían sido mal realizadas, por lo que el navío no estaba en condiciones de hacerse a la mar. Como parte del trato, el antiguo dueño acordó alojar el barco en el embarcadero A hasta que Shelby terminara las reparaciones necesarias.

Ahora Heath Shelby yacía en el piso de madera cubierto de polvo, con su traje de Santa Claus a manera de manta. Ardía de fiebre. Cada tantos minutos tosía un gargajo de bilis y sangre. Un tumor del tamaño de un kiwi crecía bajo su axila izquierda.

Solo y aterrorizado, Heath estaba más temeroso de exponer a su esposa y a su hijo a la peste. Por ello se había aislado aquí, con el bote, rezando para sobrevivir esa noche.

Su teléfono celular volvió a sonar. Con ojos afiebrados vio el identificador de llamadas, cerciorándose de que no fuera su esposa.

—Diga.

—Heath, ¿eres tú?

—¿Paolo?

—Acabo de hablar con mi hermana; está enferma de la preocupación.

Heath se sentó, delirante.

—¿Jennie está enferma?

—No, quise decir que está muy preocupada. Dice que no contestas tu teléfono.

—Mal día en el trabajo.

—¿Mal día? Heath, Manhattan fue infectada de peste; tenemos que sacar a nuestras familias de la isla.

Heath volvió a recostarse, haciendo un esfuerzo para no vomitar.

—¿Cómo?

—El barco en que estábamos trabajando para Collin puede llevarnos del otro lado del río. ¿Reparaste la fuga?

—Sí… no, no sé. Paolo, estoy en el varadero… Estoy realmente enfermo. No quiero exponer a nadie más a esta cosa. Me está reventando las entrañas.

—¿Qué puedo hacer?

—Nada. Sólo mantente lejos de mí. Dile a mi familia que hagan eso mismo.

—Heath, la peste se propaga por doquier; para el amanecer ya nadie estará a salvo. Tu familia aún no se contagia; todavía se puede salvar. Alista el barco para cruzar el Hudson. Francesca y yo nos reuniremos con Jenni y Collin en Battery Park tan pronto como podamos. Me aseguraré de llevarlos a un lugar seguro. Cuando lleguemos a Jersey hallaremos la manera de ayudarte.

—Es demasiado tarde para mí. Toma el bote, terminaré las reparaciones y me iré de aquí. Nada más hazme un favor, Paolo. Dile a Jenni que la amo. Dile a Collin que su papá está muy orgulloso de él.

—Lo haré… ¿Hola? Heath, ¿sigues ahí?

Heath Shelby soltó el teléfono, se arrastró hasta el bote de basura más cercano y vomitó.

ISLA DEL GOBERNADOR, NUEVA YORK,
10:14 P.M.

Elevándose sobre la costa noroeste de la Isla del Gobernador estaba la fortificación circular de piedra roja conocida como el Castillo William. Construida en 1807 para proteger la ciudad de Nueva York, la estuctura tenía 60 metros de diámetro y sus muros 12 metros de altura y 2.5 de grosor.

Leigh Nelson siguió al capitán Zwawa por un amplio jardín en el centro del castillo. Entraron a la torre y ascendieron por una escalera de caracol para salir a una terraza con vista al puerto de Nueva York. Battery Park y la silueta de los edificios de Manhattan estaban a menos de un kilómetro del otro lado del río.

—Capitán, por favor… necesito llamar a mi esposo y decirle que estoy bien

Jay Zwawa la ignoró; su atención estaba enfocada en la magnífica vista del distrito financiero y los edificios iluminados.

—Soy un gran aficionado a la historia. ¿Sabía usted que antes de los ataques del 9/11 la peor violencia experimentada jamás en Nueva York ocurrió justo aquí? Fue en julio de 1863, durante la guerra civil. Agentes de la confederación incitaron disturbios que dejaron dos mil muertos y ocho mil neoyorquinos heridos. La Isla del Gobernador fue atacada, pero la milicia rechazó a los insurgentes.

—Capitán… ¿mi llamada telefónica?

—Cuando obtengamos la vacuna.

—Estoy cooperando. Me pidió cooperar y lo he hecho. ¿Qué pasa si sus hombres no encuentran a Shep?

—En ese caso, su telefonema carecerá de importancia.

Un ayudante los alcanzó en la terraza.

—Lamento interrumpir, señor. Todas las señales de telefonía celular están siendo bloqueadas. Estamos listos para desconectar la isla.

—Háganlo.

—Sí, señor —el ayudante desapareció escaleras abajo.

Leigh Nelson estaba consternada.

—¿Van a cortar el suministro eléctrico?

—Nuestro objetivo es contener a tres millones de personas. Al cortar la energía oscurecemos la ciudad, dando así a nuestros sensores térmicos una mejor vista desde las alturas. También queremos alentar a los pobladores a permanecer en sus casas.

—Provocarán mayor pánico.

—Doctora, dejamos atrás el pánico hace cinco horas.

Mientras miraban, la punta sur de Manhattan pareció evaporarse en la noche. El apagón se extendió por Battery Park y el distrito financiero... el Barrio Chino y el Lower East Side... Tribeca, la Pequeña Italia y SoHo. Continuando hacia el norte, la ola de oscuridad avanzó hasta el centro de la ciudad y el Central Park, cubriendo el Upper East y el West Side, hasta que toda la isla de Manhattan, con excepción de la luces de los vehículos en tránsito, fue sofocada por una negrura aterciopelada.

El sonido surgió del vacío como una sola voz, llegando del otro lado del agua como los gritos en una distante montaña rusa...

...el sonido de millones de almas condenadas, pidiendo ayuda a gritos en las tinieblas.

BAJO EL PASAJE DE LA CALLE 158,
MANHATTANVILLE, MANHATTAN,
10:31 P.M.

Por la oscuridad descendieron Patrick y Virgil, el uno inoculado contra la peste pero debilitado por el vacío en su corazón; el otro debilitado por la edad pero inoculado por su propósito desinteresado. Iban tomados de la mano para no caer en la escalera de concreto, iluminada nada más por la linterna del hombre armado. Cada paso imposible de ver los acercaba a la humedad y la enfermedad; cada respiración se tornaba pútrida por el hedor del desagüe que se elevaba desde las profundidades para recibirlos. El ruido de las uñas de los roedores rasgando el cemento les provocaba escalofríos.

Tres niveles se volvieron seis, ocho una docena, hasta que por fin terminó la escalera, depositándolos en la entrada de un túnel de concreto de 2.5 metros de altura, cuyo piso estaba cubierto por 30 centímetros de fango y desechos parcialmente congelados. Las huellas de pisadas revelaban a los centenares que los habían precedido.

El hombre armado les ladró la orden de seguir avanzando. Con la suciedad hasta los tobillos se adentraron por el sendero; el sujeto los impulsaba hacia la oscuridad.

Patrick perdió los estribos. El ex marine consideró girar y asestarle un revés con la prótesis dañada, usando la cuchilla improvisada para degollar a su captor.

Como si le leyera la mente, Virgil colocó a Shep al frente, alejándolo de su blanco potencial.

El pasaje continuó hacia el este otros 100 metros, desembocando a orillas del río Hudson. La aguanieve había dejado de caer; las estrellas eran visibles en el cielo nocturno gracias a la extraña ausencia de las luces de la ciudad.

Patrick miró la orilla, donde una multitud formaba pequeños grupos. Al acercarse pudo distinguir dos sectas muy definidas. La élite estaba vestida con parkas costosas y se cubría el rostro con máscaras antigás y respiradores de alta tecnología, en tallas incluso para los pocos niños que había entre ellos. Sus sirvientes, extranjeros en su mayoría, vestían ropa de segunda, filtrando el aire nocturno a través de cubrebocas de pintor y bufandas, mientras vigilaban mochilas de niños y maletas repletas. Algunos paseaban perros con correa.

Una docena de hombres con armas y enmascarados arreaba a la procesión hacia un pequeño embarcadero. Todas las miradas estaban fijas en el río, donde una enorme barcaza recolectora de basura avanzaba lentamente en dirección sur sobre las aguas del Hudson.

La nave atracó. Patrick reconoció el logo corporativo; era propiedad de la familia Lucchese, un sindicato del crimen que operaba desde Brooklyn. Una tripulación exigua ató la barcaza de tres mil toneladas. Una mujer afroamericana de poco más de 40 años descendió de la cabina del piloto, ataviada con una chaqueta larga de piel negra y botas y pantalones oscuros de camuflaje. Sobre el rostro llevaba una máscara antigás y de su estrecha cintura colgaba una Magnum 44.

Se acercó a Greg *el Chico Maravilla* Mastroianni, un capo de la familia Lucchese.

—Soy Carontha. La asistente del senador arregló que desembarquemos a los trajeados en la Isla del Gobernador. Tenemos que actuar de prisa. Sólo tenemos una ventana de 20 minutos antes de que regrese el guardacostas.

—Cárguenlos… después de que hayan pagado la cuota de admisión.

—¡Ya lo oyeron! Efectivo, joyas, oro; nadie subirá a bordo si no paga por adelantado.

Un hombre bien vestido, de unos 45 años, se adelantó a una pareja de mayor edad y abrió su maletín.

—Aquí hay 26 millones en bonos al portador. Eso debe alcanzar de sobra para nosotros 11 y las dos nanas.

Carontha examinó los bonos a la luz de su linterna.

—Compañías petroleras, ¿eh? Por mí está bien. De acuerdo, anciano, tú sigues. ¿A cuántos traerás a bordo?

El hombre de aspecto frágil, cabello plateado y gorro de aviador con forro de piel, debía tener casi 80 años. Su esposa se sostenía con ayuda de una andadera y de dos corpulentos guardaespaldas.

—Somos 80 o 90. La mitad del dinero ya fue transferida; recibirán la otra mitad cuando lleguemos a puerto seguro. Acaban de cambiarle la cadera a mi esposa, asegúrense de hallarle un lugar cómodo a bordo.

—¿Acaso cree que esto es el *Queen Mary*? Su mujer puede sentarse en la basura como todos los demás.

La voz del anciano sonó a veneno.

—¿Cómo se atreve? ¿Tiene idea de quién soy yo?

Virgil llevó aparte a Shep.

—Debemos irnos… ahora mismo.

—¿Qué hay de los niños? Aún tengo 10 frascos de vacuna. Si guardo dos para mi esposa y mi hija, me quedan…

—Oculta la caja y no digas nada. Ya se cruzarán en nuestro camino otras almas más dignas de ser salvadas.

—¿Y si les doy algunos frascos para que se los entreguen a las autoridades sanitarias de Nueva Jersey? La doctora Nelson dijo…

—Abre los ojos, Patrick. Éstos son glotones de la sociedad, no tienen deseo de salvar a nadie más que a sí mismos. Son ricos y poderosos, han pasado toda la vida creyendo que el mundo fue hecho para que ellos lo controlaran. La corrupción les impide ver la Luz, la codicia los encadena a Satán. Tras esas máscaras están los rostros de quienes violaron los fondos para el retiro de familias trabajadoras y se embolsaron decenas de millones de dólares en bonos de desempeño. Aun ahora tratan de usar sus fortunas mal habidas para comprar un pasaje a la libertad, sin importarles el hecho de que su escape de Manhattan podría propagar la peste al resto del mundo. Míralos muy bien, hijo. Mira a esos glotones como *realmente* son.

Patrick miró al viejo de cabello plateado, quien tontamente se había quitado la mascarilla protectora para discutir con Carontha.

—Escúcheme bien. Mis ancestros ya dirigían este país en los tiempos en que los de usted corrían desnudos en la selva. Y usted, mi amigo siciliano, ¿quién cree que organizó esta pequeña excursión fuera de Manhattan? ¡Su jefe trabaja para mí y lo mismo el senador! Sin mí, imbéciles, no lograrían alejarse ni 30 metros del embarcadero.

El capo de la mafia iluminó con su linterna la identificación del anciano, desdobló un papel y verificó el nombre.

—Maldición, déjenlo subir.

—Que algunos de sus hampones ayuden a mi esposa y llévenos a la Isla del Gobernador, pronto. Mi jet privado nos espera en La Guardia. Necesito estar en Londres dentro de ocho horas.

El viejo hizo una pausa, como si percibiera una presencia. Lentamente se volteó hasta encarar a...

...sus ojos nocturnos y refulgentes, como los de un gato. Sus orejas puntiagudas, como las de un murciélago. Labios delgados se retraen, revelando dientes amarillos, podridos, afilados. Los dedos se adelgazan hasta tornarse espolones. Su postura sigue siendo decrépita, pero el frágil anciano parece estar conectado a una fuerza interior. Un cadáver viviente, más reptil que humano. Una criatura de la noche.

Los sirvientes se prenden de él; sus cuerpos rodeados de enjambres de avispas y abejorros. Los rostros de los criados están hinchados y ensangrentados por las picaduras; sus bocas están selladas de manera permanente con un billete de 100 dólares cosido a sus labios.

El Nosferatu de cabello plateado le habla a Shep con acentos ásperos, siseando cada palabra como una víbora.

—*¿Sssssssssí? ¿Desssseasssss algo?*

La negra, Carontha, se asoma detrás del hombro derecho del vampiro. Le sonríe seductoramente a Shep; su abrigo de cuero se ha transformado en un par de alas gigantes. Los gatilleros que la rodean involucionaron hasta ser hombres de Neanderthal; sus ojos bulbosos bajo las máscaras antigás son de un color amarillo ictericia...

Virgil arrastró a Shep de regreso entre la muchedumbre, lejos de los ojos hambrientos que ardían con maldad, hasta donde ya no pudiera escuchar los susurros que lo maldecían en la oscuridad. Lograron atravesar el área sin incidentes, avanzando hacia el sur por la orilla desierta del río, espolvoreada de blanco por el aguanieve.

Patrick dio la cara al viento; el aire gélido contribuyó a despejar de su cerebro aquella visión infernal.

—La vacuna… las alucinaciones parecen muy reales.

—¿Qué fue lo que viste?

—Demonios y almas condenadas. Bolsones de carne sin alma.

—Lo que yo veo son personas que no sienten amor hacia Dios ni respeto hacia los otros seres humanos. Tal vez logren cruzar el río, pero el equipaje que llevan consigo es el caos y las tinieblas. Morirán sin haberse arrepentido y pagarán por sus pecados con una moneda tasada según el sufrimiento que han infligido a sus prójimos.

Virgil y Patrick se apretujaron junto al borde del río para ver al último grupo subir a la barca; los ricos usaban sus maletas como sillas sobre el acre de basura. Después de algunos minutos, los dos motores cobraron vida y las hélices alejaron gradualmente a la barcaza del embarcadero, impulsándola hacia el sur rumbo a la Isla del Gobernador.

La sensación era de peso, como si la fuerza de gravedad de la Tierra se hubiera duplicado de pronto en torno suyo, convirtiendo la sangre de Patrick Shepherd en plomo líquido. En un estado de ensoñación volteó a su izquierda; sus movimientos eran lentos y surreales y el terror hacía que sus intestinos se contrajeran.

El Ángel de la Muerte está de pie junto a las olas del Hudson, su atavío semejante a alas hecho jirones y pesado. La criatura exuda un almizcle añejo que permea los pulmones de Patrick. La capucha reduce el perfil a una nariz larga y delgada y a un mentón puntiagudo. Sólo hay manchones de carne sobre la osamenta. La huesuda mano derecha sujeta el mango de madera de la guadaña, con la hoja de acero erguida y teñida extrañamente de un color verde espárrago.

La Parca ve pasar la barcaza… y sonríe.

La Parca estaba suspendida en el aire mil metros sobre el río Hudson; sus ojos nocturnos rasgaban el velo de la oscuridad mientras buscaba ávidamente humanos que intentaran escapar de Manhattan.

De 11 metros de largo y 20 de envergadura, la Parca MQ-9 era una nave no tripulada de 2 300 kilos, diseñada para brindar a sus operadores inteligencia, vigilancia y reconocimiento de largo alcance. Más grande y poderosa que el Depredador MQ-1, la Parca estaba clasificada como Cazadora-Asesina; su chasís reforzado tenía misiles Fuego Infernal AGM-114, armas inteligentes Allanadoras GBU-12 guiadas por láser y municiones de ataque conjunto directo GBU-38.

Las Parcas habían llegado al aeropuerto internacional JFK a bordo de un avión de transporte Hércules C-130, acompañadas por una docena de técnicos, cuatro equipos de control de dos hombres cada uno, un tráiler móvil que contenía dos estaciones avanzadas de cabina de control de tierra y la mayor Rosemarie Leipply, una ex operadora de naves no tripuladas que ahora era la comandante de la unidad.

Se requería de dos personas para volar una Parca: un piloto que usaba imágenes en tiempo real provistas por sensores infrarrojos y un operador de los sensores que controlaba las cámaras, los sensores y los proyectiles guiados por láser de la nave no tripulada. Los aprendices de la mayor Leipply no eran comandos ni pilotos; eran el futuro del combate militar: chicos de la generación X, magos de los juegos de video cuyos reflejos y coordinación visual-manual hacía de ellos candidatos excepcionales para operar aeronaves a control remoto. De hecho, su falta de experiencia de vuelo era una ventaja.

El discípulo estrella de Leipply era Kyle Hanley, cuyo expediente militar era típico entre su equipo. Malas calificaciones en la escuela. Problemas de control de ira. Embarazó a su novia a los 17 años. Robó un coche. Se enlistó en el ejército como alternativa a una sentencia de prisión. Duró dos semanas antes de desaparecer sin permiso. Enviado a la prisión militar, donde demostró reflejos superiores en un juego de video llamado Mundo de la Guerra, atrajo la atención de la mayor Rosemarie Leipply.

Kyle estaba estacionado en la Parca-1 como operador de sensores. Ante él había varios monitores con sensores térmicos y de visión nocturna, capaces de detectar a un ser humano de sangre caliente en las heladas aguas del Hudson. Kyle giró instrucciones por los audífonos a su piloto, Brent Foehl, un mastodonte de 135 kilos que vestía una vieja camiseta de Brian Dawkins de las Águilas de Filadelfia.

—Dos más motonetas acuáticas. Acercamiento con la cámara uno. Tenemos dos pasajeros en cada uno. Descender a 300 pies.

—Enterado. Descendiendo a 300 pies, trayectoria uno-ocho-cero...
Eso debe colocarte justo en su camino.

—Municiones aseguradas y cargadas.

—Los objetivos se separan.

—Los veo. Los abatiremos de norte a sur.

—Enterado. Rango: 50 metros. Reduciendo velocidad a 40 nudos.
Dales, amigo. Que sientan la lluvia.

El granizo de balas blancas sobre la pantalla oscurecida atravesó de
lado la primera motoneta acuática, matando instantáneamente a Cindy Grace, de 48 años, oriunda de Carolina del Sur, y a su esposo Sam
antes de liquidar a sus consuegros. Un repentino estallido de luz blanca
anuló por un momento el monitor del sensor térmico de Kyle, cuando
explotó el tanque de combustible de la segunda motoneta acuática.

—Cuatro más al hoyo —Kyle se inclinó y chocó palmas con su
piloto.

—¡Basta! —la mayor Leipply sentía un temblor en sus entrañas; sus
raciones no digeridas amenazaban con regresar—. Esos puntos en la
pantalla no son monstruos de un juego de video o combatientes enemigos: son seres humanos, ¡ciudadanos estadounidenses!

—Teníamos que tomarlo como un juego, mayor —repuso Brent
Foehl—. ¿Cree que podríamos hacer esto si en verdad pensáramos en
lo que estamos haciendo?

—Procuraremos controlar nuestras reacciones —prometió Kyle,
inclinando la cabeza.

—Eso sería de gran ayuda, gracias —miró el reloj digital colocado
arriba de su estación—. Terminen su turno. Voy a ver a sus relevos.

Kyle esperó hasta que la mayor Leipply se hubo marchado.

—Esos puntos no son monstruos de un juego de video... Chúpamela, mayor Hipócrita. Qué curioso que ella no tenía problemas con
esto cuando estuvimos liquidando locales en Pakistán.

—Amén, hermano. Eddie, ¿cuál es el tanteador?

El operador de sensores Ed White se asomó desde su estación de la
Parca-2.

—Seis minutos, cretinos. Aún les vamos ganando por 14 muertes.

—Todavía no te gastes tus ganancias, presumido —Brent lanzó a la
Parca-1 en un empinado ascenso antes de seguir el curso del Hudson
hacia el sur—. Tomando trayectoria dos-siete-cero. Veamos si hay algún
movimiento alrededor de los restos del puente George Washington.

Kyle se inclinó para susurrarle a su piloto:

—Oye, viejo, el Hudson es una zona de exclusión aérea hasta las 23:00 horas.

—Eso dices tú. A mí me dijeron que cualquiera que escapara de Manhattan podría infectar con la peste al resto del mundo. Nadie se acercara al río Harlem al menos por media hora más y yo no voy a perder esta apuesta. No me importa si es una barca de remos, un buzo o unas rameras en un bote salvavidas… Por cuanto a mí respecta, si intenta huir, va a sangrar.

—Eso es verdad.

Brent alteró el curso de la Parca hacia el suroeste, manteniendo la nave no tripulada 400 pies sobre la orilla oriental del río Hudson.

Kyle ojeó las cuatro pantallas montadas arriba de su consola de control. Cuando la nave pasó el puente George Washington, una enorme cauda se abrió en el radar de abertura sintética, un dispositivo detector remoto que empleaba energía electromagnética en microondas para crear imágenes bidimensionales, atravesando tanto la cubierta de nubes más espesa como la misma noche.

—Tengo algo, socio. Una cauda enorme de proa y dos rastros de olas. Ve a la trayectoria dos-tres-tres. El objetivo está 3.7 kilómetros al sur del puente, desplazándose hacia el sur a 12 nudos. Demasiado grande para ser un guardacostas. Desciende a 500 pies para que pueda obtener una lectura térmica.

Brent ajustó las coordenadas y redujo la velocidad mientras maniobraba el descenso constante de la Parca.

—Olvídalo, sólo es una barcaza de basura.

—Una barcaza de basura… ¡cargada de gente! Amigo, mira las imágenes térmicas. ¡Nos sacamos la lotería!

Eric White salió de su estación para echar un vistazo.

—Están fuera de los límites, chicas. El Hudson es tierra de nadie hasta las 23:00 horas.

—Ignóralo, Kyle. ¿Cuántos cuerpos cuentas?

Kyle revisó la información que aparecía en su lector térmico.

—Doscientas veintiocho personas… 17 perros y cientos de ratas.

—Manos a las armas, compañero. Es hora de tostar gusanos.

Kyle tecleó comandos en su monitor. Su pulso se desbocó.

—Asegurando y cargando un misil Fuego Infernal. He esperado toda la noche para lanzar uno de esos bebés.

—Veinte segundos. Que duela rico… Vamos, nena, haz que duela rico. Aquí vamos, primor. Cuatro… tres… dos…

Kyle sonrió.

—Es hora de iluminar la noche.

No hubo un sonido de motores que lo delatara, ninguna advertencia, simplemente un estallido de energía fosforescente al rojo blanco, cegadora, que hizo de la noche el día, seguido de una explosión atronadora que desató una onda de calor a través del río, expandiéndose en todas direcciones.

Patrick cayó de rodillas y se cubrió la cabeza. Manchas moradas nublaban su vista y le zumbaban los oídos mientras lo envolvía una ola de calor intenso...

...seguida de un abrasador granizo de metralla. Trozos hirvientes de basura siseaban al chocar con las aguas mancilladas del Hudson; pedazos calcinados de carne humana caían sobre la nieve que se derretía en torno suyo, como malvaviscos escupidos por una fogata inmensa. No fue sino hasta que los restos dejaron de granizar que se atrevió a alzar la cabeza para ver la isla de fuego que se hundía.

El fulgor decreciente de las llamas reveló otro espectador parado a su izquierda. La Parca inclinó hacia atrás la cabeza cubierta por la capucha, extendió sus brazos huesudos, ensanchando su túnica semejante a alas, como si el ente sobrenatural estuviese inhalando las almas de los pasajeros incinerados.

La Parca volteó lentamente para encararlo. Las cuencas de los ojos de la Muerte, antes vacías, ahora estaban atestadas de cientos de ojos parpadeantes. De la hoja curva color verde olivo de su guadaña chorreaba sangre fresca.

La garganta de Shep se contrajo como por efecto de una prensa. Sus músculos se paralizaron.

Una ráfaga de viento hediondo enfrió la tierra fangosa. Un relámpago púrpura surcó la giratoria bóveda celeste.

La oscuridad alargó el brazo para sujetar a Patrick Shepherd y arrastrarlo hacia el infierno...

El diario perdido: Guy de Chauliac

El siguiente texto fue tomado de unas memorias inéditas recientemente descubiertas,
escritas por el cirujano Guy de Chauliac durante la Gran Peste: 1346-1348
(traducido del original francés)

Entrada del diario: 17 de mayo de 1348

(escrito en Aviñón, Francia)

El Ángel de la Muerte camina entre los vivos, enviado por Dios a destruirnos. No tengo duda de que éste es el Fin de los Días, pues he sido testigo del mismo mal que ha convocado a la Parca a supervisar nuestra desaparición.

¿De qué mal estoy hablando? Del asesinato de niños inocentes. De las miles de víctimas quemadas en la hoguera. De la inhumana matanza de toda una secta de personas.

La blasfemia de nuestras acciones es tan audaz como nuestra negación del pecado.

Asentar en el papel estos pensamientos pone en peligro mi existencia tanto como el hecho de estar expuesto diariamente a la pestilencia, pero me siento compelido a escribir estas palabras, así sólo sea para salvar a mi alma del infierno que nos aguarda.

La historia no ha sido amable con el judío, un pueblo resistente pero despreciado, que ha sido objeto de abusos y masacrado desde tiempos de los faraones y a lo largo del ascenso y la caída del imperio romano. Durante los siete siglos que siguieron, el odio se demonizó bajo la forma de un nuevo tipo de persecución: el pogromo. En lo que no puede sino describirse como una forma de masacre casi erótica, los cruzados cristianos asaltaban comunidades judías a medianoche y arrastraban fuera de sus casas a hombres, mujeres y niños inocentes por centenares. Los familiares era obligados a ver la mutilación y la quema de sus padres y sus hermanos, actos tan horrendos que hombres judíos preferían matar a sus esposas y a sus hijos antes que verlos encarar los horrores que los esperaban afuera.

Ante la prohibición de viajar libremente y adquirir tierras, los judíos se dedicaron a la profesión de prestamistas, que estaba vedada a los cristianos por el derecho canónico. Las altas tasas de interés atrajeron más odio hacia los judíos, que se vieron obligados a aliarse a reyes, obispos y consejos de gobierno para obtener protección. En Francia, los parisinos pusieron de manifiesto este odio con el tristemente célebre "juicio del Talmud" en 1240, la expulsión masiva de judíos en 1306 y los pogromos que siguieron a la Gran Hambruna, una época que antecedió a la peste que enfrentamos hoy.

Alrededor de aquel tiempo de la Gran Hambruna, en la primavera de 1320, una banda de pastores, los *Pastoureaux*, se reunió en el suroeste de Francia, a orillas del río Garona. La desesperación engendra el miedo, el miedo se manifiesta en el odio y los judíos eran un blanco fácil. Los pastores reclutaron más paganos y aldeanos y marcharon a Toulouse, asesinando a todos los judíos que encontraban. Cuando los líderes del movimiento fueron capturados, los monjes los liberaron y declararon que su escape había sido "por intervención divina".

La matazón prosiguió, el mal se propagó como la peste. Cuando por fin terminó, los *Pastoureaux* habían aniquilado más de 100 comunidades judías en el sur de Francia, España y Cataluña, asesinando brutalmente a más de 10 mil personas inocentes.

Aunque los *Pastoureaux* fueron arrestados finalmente, las cosechas siguieron malográndose y la población moría de hambre, lo que incrementó el odio hacia aquellos que habían adquirido los medios financieros para sobrevivir. En 1321 se propagó el rumor de un supuesto complot que involucraba el uso de leprosos para envenenar los pozos en el sur de Francia en un intento por derrocar a la Corona. Cuando Felipe V tuvo noticia de ello, ordenó arrestos en masa. Los leprosos que confesaron fueron quemados en la hoguera; aquellos que insistieron en su inocencia fueron torturados hasta que confesaron y enseguida ellos también fueron quemados en la hoguera.

Naturalmente, la riqueza de los leprosos fue confiscada por la Corona.

Si los vastos tesoros acumulados por los leprosos los convertían en blancos irresistibles, ocurría lo mismo con la riqueza de los judíos. Para la Semana Santa, los rumores sobre conspiraciones se habían ampliado para incluir a los judíos como cómplices y finalmente a los musulmanes también.

La matanza recomenzó. En Toulon, 160 judíos fueron llevados en procesión a la hoguera. En Vitry-le-François, otros 40 judíos se degollaron a sí mismos antes de que sus torturadores cristianos pudieran atraparlos.

El 26 de abril tuvo lugar un acontecimiento cósmico en Francia que selló el destino de los judíos. Durante cuatro horas, el sol vespertino fue borrado del cielo como si se hundiera en sangre [nota del editor: un eclipse solar]. Convencidos de que el Día del Juicio había llegado y que los judíos tenían la culpa, se desató otra serie de pogromos y todas las almas judías que vivían en Francia fueron exterminadas o encarceladas.

Yo era apenas un muchacho durante la Gran Hambruna; pasé mis primeros años en la granja de mi padre en el Languedoc, empujando el arado. La violencia que se propagó por el sur de Francia era atroz, pero me hice de la vista gorda, pues qué más podía hacer, sino dar gracias al Todopoderoso porque no nací judío.

Después, un día, como lo quiso el destino, vi cómo una joven de la nobleza fue arrojada por su caballo. Las heridas eran severas, tenía rota la pierna izquierda. Logré detener la hemorragia y acomodar el hueso para que sanara correctamente. Meses después, su padre fue a visitarme: era prestamista y judío. Agradecido porque había salvado la pierna de su hija, y tal vez su vida, accedió a pagar mi educación médica. De inmediato me inscribí en Boloña, donde estudié anatomía y cirugía... El curso de mi vida había sido alterado significativamente por un acto de bondad; mi indiferencia hacia el drama de los judíos y de cualquier otro pueblo oprimido cambió para siempre.

Todo lo cual nos trae de regreso a la peste.

No me causó sorpresa alguna que culparan de la Muerte Negra a los judíos. De hecho, una de las razones por la que he trabajado tan febrilmente para descubrir la causa de la mortandad era la de anticiparme a ese hecho inevitable.

Si bien era de esperarse, la ferocidad de los ataques contra la comunidad judía me ha dejado asqueado y estupefacto.

Como los pogromos del pasado, la primera matanza ocurrió durante la Semana Santa. En la noche del Domingo de Ramos, el pasado 13 de abril, los cristianos de Toulon atacaron el barrio judío, arrastrando de sus camas a familias enteras. Las casas fueron quemadas, el dinero y los bienes valiosos fueron robados, los judíos fueron despedazados en las calles y sus cuerpos desnudos fueron arrastrados por la ciudad.

De Toulon, el pogromo se propagó tan rápico como la peste. Enormes hogueras exterminaron aldeas semitas. En algunos casos, los cristianos ofrecieron bautizar a los niños judíos para así salvarles la vida, pero las madres se negaron a traicionar su fe y saltaron al fuego, apretando entre sus brazos a sus bebés.

Para Pascua ya se había difundido por toda Francia un nuevo "temor": que los judíos habían causado la peste envenenando pozos y manantiales. Aunque era similar a las historias de 1321, el rumor cobró mayor validez cuando se informó que las autoridades de Chillon, Suiza, habían obtenido mediante tortura las confesiones de algunos de sus aldeanos judíos, vinculando a un cirujano judío y a su madre con la creación del veneno de la peste.

Mientras escribo esta entrada, un terrible ciclo del mal está desatado en toda Europa. Al culpar del brote de peste a los judíos el populacho ha adquirido un sentido satánico de poder. En vez de sentirse indefensos, se han vuelto proactivos, creyendo que su aldea podrá salvarse si destazan a todos los judíos de la comarca. Que también mueren judíos por la peste no tiene ningún efecto en esas muchedumbres enfurecidas, ya que sin importar que sea inocente, la muerte de un prestamista trae consigo la ventaja adicional de eliminar la deuda del asesino.

Trescientos judíos fueron asesinados tan sólo la semana pasada en Tarrega; docenas más en Barcelona. Nuevos suplicios son inventados cada día; el más reciente es la violenta imposición de una corona de espinas en la cabeza de un judío, para luego incrustarla en el cráneo con un mazo hasta que muera el prisionero.

De modo que la pestilencia ha desatado una orgía no sólo de muerte sino de inmoralidad; nuestros temores y nuestros odios sacan a relucir los peores atributos de la humanidad. Mi alma está asqueada de la conducta de mi propia especie y se lo he dicho a Clemente VI. En respuesta, el papa emitió una bula que declara que no puede ser cierto que los judíos sean la causa de la pestilencia porque también a ellos los infecta.

Pero la matanza continúa.

Entre tanto, el papa dejó el palacio papal y se trasladó a su retiro en Etile-sur-Rhone con el cardenal Colonna. Me juró mantener encendidas las chimeneas de sus aposentos para limpiar el aire.

Rechacé la invitación de Clemente de escapar al campo. Como cirujano principal, Aviñón es el lugar donde me corresponde estar; pero hay otra razón por la que decliné la petición del papa...

...yo también me he contagiado de la peste.

Guigo

CUARTO CÍRCULO

La Avaricia

Fueron el derroche y la acumulación lo que los despojó del mundo encantador y los condujo a este aprieto. ¡No he de desperdiciar palabras selectas para describirlo! Ya ves, hijo mío, la burla fugaz de toda la riqueza que custodia la Fortuna y por la que riñe la especie humana. Todo el oro que hay o ha habido bajo la luna no alcanza para comprar un momento de descanso para alguna de estas almas agobiadas.

DANTE, *El Infierno*

20 de diciembre

LA RIBERA DEL HUDSON,
NORTE DE MANHATTAN, 11:04 P.M.
(8 HORAS, 59 MINUTOS ANTES
DEL FIN DE LOS DÍAS PROFETIZADO)

Patrick Shepherd abrió los ojos. La aguanieve humana había cesado. La cubierta de nubes había cedido y ahora se veían algunos manchones de cielo estrellado.

—¿Te encuentras bien, hijo? Te desmayaste casi como si te hubieses muerto.

Alzó la vista hacia Virgil, que estaba acuclillado junto a él.

—¿Qué sucedió?

—Algo destruyó la barca, probablemente un avión militar no tripulado. La onda de la explosión debe haberte noqueado.

—Todas esas personas...

—Murieron como vivieron… sólo para ellos mismos.

La memoria de Shep volvió como un torrente.

—Virgil, lo vi. Estaba de pie en la orilla del río, justo antes de la explosión.

—¿A quién viste?

—Al Ángel de la Muerte, a la Parca. Me ha estado siguiendo desde que me estrellé en el helicóptero.

—Cálmate…

—No es la vacuna, Virgil. ¡No estoy alucinando! Tienes que creerme.

—Te creo.

Patrick vio la expresión en los ojos del anciano.

—Tú lo has visto también, ¿verdad?

—No esta noche, no. Pero las almas de los malvados lo llaman. Debemos darnos prisa si hemos de hallar a tu familia. ¿Puedes caminar?

Patrick se puso de pie. Sentía la cabeza ligera. No recordaba su última comida. Apenas recordaba su propio nombre. Miró en torno suyo sin poder orientarse.

La ribera estaba llena de restos calcinados y pedazos de cadáveres. Brazos y piernas, y torsos y partes inidentificables. Abrasadas hasta lo irreconocible.

Hacia el sur, la silueta de Manhattan estaba envuelta en tinieblas; los edificios bloqueaban el horizonte como una imponente cordillera de otro planeta. Al este, el vecindario situado en las inmediaciones se iluminaba esporádicamente con luces color naranja, cuyo origen era difícil de discernir debido a su elevación sobre la orilla del Hudson. Para reingresar a la ciudad tenían que ascender de nuevo por la maraña de pasos a desnivel y rampas de salida de la autopista, una tarea que parecía imposible.

—Virgil, no creo tener energía para trepar otra rampa de salida.

—Conozco una manera mejor —Virgil le entregó la caja de madera pulida—. No olvides esto, tus seres queridos la necesitarán.

Sujetó del codo derecho a Patrick y lo condujo de regreso hacia el Henry Hudson Parkway y un tramo de acera que intersecaba el Riverside Drive West.

EL BARRIO CHINO, 11:09 P.M.

Tump… tump… tump.

El martilleo rítmico era incesante y atraía a su conciencia a través de la oscuridad como atrae a un gato un gusano que se retuerce.

Tump... tump... tump.

Tan irritante... nada más déjenme dormir.

Tump... tump... tump.

Gavi Kantor abrió los ojos; la adolescente estaba perdida en un mar de delirio.

Una bombilla desnuda. Un colchón sin sábanas. El pesado hedor del sexo. Gente diciendo palabras sin sentido.

Tump... tump... tump.

Miró como una gatita fascinada la bolsa de goteo intravenoso que pendía sobre su cabeza; sus ojos dilatados siguieron el tubo de plástico hasta su antebrazo, mientras su mente drogada luchaba por asentarse en la realidad. Cuando lo hizo, sólo pudo emitir un gemido.

—¡Auxilio! Alguien, por favor... ¿Hola?

El sonido retumbó en su cerebro, hueco y distorsionado. Intentó sentarse y entonces se dio cuenta de que unas correas sujetaban sus tobillos y sus muñecas.

Y ahí fue cuando el sueño se hizo añicos; su cautiverio corrió hacia su conciencia tan rápido que su gravedad drenó de sangre su rostro y lanzó un grito hiperventilado, inducido por la angustia.

—¡Ay Dios mío!... ¡Ay Dios mío!... ¡Auxilio!

Dio alaridos y se sacudió en la cama hasta que su captora se mostró.

La mexicana tenía poco más de 50 años. Los depósitos de grasa en sus brazos temblaron mientras inyectaba con fría calma el elíxir en la bolsa de Gavi y ajustó el goteo.

—Duérmete otra vez, *Chuleta*. Enseguida te atenderemos.

El tump... tump... tump de la lavadora industrial de ropa se perdió en la oscuridad a medida que la chica de 13 años se hundía de nuevo en las profundidades de la inconsciencia.

ISLA DEL GOBERNADOR, NUEVA YORK,
11:17 P.M.

El Pave Hawk MH–60G sobrevoló el puerto de Nueva York, el piloto había dado un rodeo desde Nueva Jersey para evitar la zona de vuelo restringida del río Hudson. El helicóptero de combate mediano tenía dos ametralladoras GAU-2B montadas a la par de las ventanas laterales y un par de ametralladoras calibre .50 junto a las puertas corredizas de la cabina. Un piloto, un copiloto y un ingeniero de vuelo estaban en la cabina; 80 *rangers* del ejército estadounidense, fuertemente armados, iban atrás... junto con un médico reservista exhausto y ligeramente intimidado. David Kantor se sentía como un pateador de goles de campo entre linieros defensivos. Sus entrañas se retorcieron cuando la nave dio un giro vertiginoso y descendió, aterrizando con un golpe escalofriante. Los *rangers* revisaron su equipo metódicamente y desembarcaron incluso antes de que los dos motores hubieran sido apagados.

Solo en la cabina, David cerró los ojos, serenándose mentalmente. *¿Por qué estoy aquí? Debe haber una razón.* Obligó a sus músculos agotados a volver a la acción; se puso de pie y saltó a la grama congelada.

Un policía militar que estaba junto al *jeep* le hizo señas para que se acercara.

—¿Capitán Kantor? Venga conmigo, por favor.

David se subió al vehículo, sujetando el borde del asiento cuando aceleraron sobre la grama cubierta de hielo y luego sobre un puente de un solo carril, situado sobre un canal seco, hacia la fortaleza del puerto.

El antiguo cuadrángulo del Fuerte Jay había sido convertido en un puesto de mando del siglo XXI. Hileras de generadores y una maraña aparentemente interminable de cables de uso pesado cruzaban el complejo, suministrando energía a bancas móviles de consolas de computación y antenas satelitales. David fue conducido a uno de los cuatro edificios de ladrillo; el interior estaba iluminado con luces portátiles y el calor lo brindaban hornos de queroseno. En el centro de la habitación había un mapa de Manhattan de 2.15 por tres metros, extendido sobre una mesa de ping-pong.

El oficial al mando era muy robusto y vestía un traje Racal anaranjado, la parte superior del cual estaba amarrada alrededor de la cintura. Estaba gritando en el teléfono, con la voz ronca:

—¡No, escúchame tú! No hay excepciones en una cuarentena Nivel 4; me importa un comino el arreglo que haya hecho el senador —su rostro pasó del rojo al morado—. ¡Me tiene sin cuidado si tu VIP es el rey de Siam! Y si vuelves a tratar de actuar a mis espaldas, iré personalmente a D. C., los meteré al senador y a ti en un helicóptero Apache y los arrojaré en medio de Times Square, ¿entendido, gusano?

El oficial cortó la llamada violentamente.

—¡Je... sús!

El policía militar vaciló.

—Disculpe, señor, traje al capitán Kantor como me ordenó.

El hombre enorme alzó la vista.

—¿Quién?

—David Kantor, señor. Lo trajimos en helicóptero desde Nueva Jersey. El paciente de la doctora Nelson...

—El médico, claro... lo siento —el comandante se dirigió a David—. Jay Zwawa, bienvenido al purgatorio. ¿El coronel Hamilton lo puso al tanto?

—No, señor. Sólo me dijo que mis servicios eran requeridos para algo especial.

—Si por "especial" quiere decir salvar la vida de nuestro presidente y de varios cientos de diplomáticos, al tiempo que impedir una pandemia global, entonces sí, yo diría que es especial —Zwawa hizo una señal al policía militar para que se retirara y le entregó a David un expediente militar—. El hombre que buscamos logró hacerse de la única vacuna conocida para el arma biológica que ya ha infectado a la mitad de la población de Manhattan, matando a 400 mil personas según nuestros cálculos más recientes. Resulta que el hombre más buscado del mundo es amigo suyo, capitán.

David abrió el expediente y vio una fotografía tomada tres años antes en un control de seguridad de la Zona Verde controlada por los Estados Unidos en Irak.

—¿Shep? ¿Van tras Shep?

Zwawa hizo una señal a otro policía militar, quien escoltó a una mujer de talla pequeña y cabello oscuro, cuyo torso estaba sepultado bajo una parka militar.

—La doctora Leigh Nelson, el doctor David Kantor. Háblele a Kantor de su paciente.

—Hace siete horas, Patrick escapó de una innecesaria invasión violenta del hospital de la AV en Manhattan, a bordo de un helicóptero de Medevac. Hizo un aterrizaje forzoso en Inwood Hill Park. Llevaba consigo una caja con la vacuna contra la peste. Creo firmemente que se dirige al sur de Manhattan en dirección de Battery.

—¿Por qué? ¿Qué hay en Battery?

—Su esposa y su hija.

David depositó el expediente en la mesa; su mente corría a toda velocidad.

—¿Shep le dijo que su familia estaba en Battery?

—En realidad, no. Yo logré localizarla por la mañana.

—Enviaremos un equipo de extracción, Kantor, pero no podemos arriesgarnos a que su amigo enloquezca y destruya la vacuna. Capitán, ¿me está escuchando?

David alzó la vista, agobiado.

—Quiere que me sume a su equipo de extracción para cazar a Shep.

—Básicamente, sí.

—¿Y si su esposa y su hija ya no se encuentran en Manhattan? ¿Si ya se fueron de la ciudad?

—Él cree que están en Battery; eso es todo lo que importa. Sabemos que intentó contactarla hoy mismo. Lo que queremos es la vacuna, no a su amigo.

David rodeó la mesa hasta la punta sur del mapa y observó Battery Park City. *Está cerca de la escuela de Gavi, a sólo unos kilómetros. No demuestres demasiada ansiedad. Oblígalo a hacer un trato.*

—Una condición… esto será lo último para mí. No más movilizaciones, no más suplencias de emergencia ni acción como reservista. Quiero mis papeles de licenciamiento firmados ahora mismo o no iré a ningún lugar.

—Hecho. Doctora Nelson, ¿por qué no le consigue a nuestro muchacho un par de emparedados de la carpa-comedor mientras le tomamos medidas para la armadura corporal?

DISTRITO FINANCIERO, MANHATTAN,
11:22 P.M.

Comenzaba con un dolor de cabeza, una pulsación llana seguida por un irritante punto ciego color púrpura. Después venían los escalofríos, un preludio a la fiebre. El bulto despejaba cualquier duda que quedara: un pequeño verdugón rojizo del tamaño de una moneda de 25 centavos que crecía sobre una glándula, tal vez el cuello o una axila, quizá la ingle. A la segunda hora el verdugón se volvía una molesta uva morada, hinchada de sangre y pus. La fiebre ya era rampante, los ojos se tornaban acuosos. El sudor era inusualmente espeso, con un hedor distintivo. El rostro empalidecía y los bubos se ennegrecían, madurando del tamaño de una cebolla pequeña, lanzando la Muerte Nergra al torrente sanguíneo.

Las náuseas se imponían. Un reflejo de arcada provocaba el vómito: rastros de la última comida de la víctima mezclados con sangre. Dientes y labios se manchaban, pero la vanidad no significaba nada cuando todo el cuerpo sufría. El dolor llegaba hasta los huesos. Los músculos ardían. Los órganos internos comenzaban a fallar. Llegada la cuarta hora no había alivio a la vista… excepto la muerte.

La sensación se originaba en los dedos de los pies como una onda gélida. El entumecimiento ascendía lentamente por las piernas y luego por la ingle. Los intestinos se desactivaban. El esfínter se distendía, liberando los excrementos, una última indignidad de la condición humana. Una punzada reflexiva interrumpía la última exhalación de la víctima, cuando la fría mano de la Muerte tomaba el corazón.

El alma abandonaba el cuerpo. Se detenía, pero sólo brevemente, atraída por la Luz y su santuario cálido y reconfortante.

También la peste abandonaba el cuerpo; su ADN le instruía buscar otra víctima. Era demasiado fácil. Un toque de sudor, un estornudo o una tos inevitables, un mal aliento inhalado, una toalla con sangre arrojada a la basura. La precaución era una cuestión de fugaz interés cuando se estaba abrumado por el dolor. El aislamiento era imposible en un condominio de dos recámaras, en un edificio de 10 pisos.

El horror era la comprensión que se asentaba cuando fallecía el primer miembro de la familia, dejando tras de sí un costal carnoso de infección del que había que deshacerse, fría e inmediatamente.

¿*Un clóset?* El hedor era demasiado avasallante. ¿*El pasillo?* ¿Qué dirían los vecinos?

La Guadaña en Manhattan era el hundimiento del *Titanic* sin un solo bote salvavidas. No había milagros en puerta; tan sólo una dosis constante de realidad: la Muerte estaba avanzando…

…y no había escapatoria.

Shelby Morrison estaba sentado en el piso de la sala, acunando su cuarta cerveza y mirando la vela aromática que estaba encendida sobre la mesilla. El tío de su novia estaba sentado junto a la ventana. Rich Goodman era maestro de química en la preparatoria. Su esposa Laurie estaba en la recámara principal con sus dos hijos pequeños.

Jamie Rumson estaba en el cuarto de huéspedes. Gemía y vomitaba.

A Rich Goodman no le cabía la menor duda de que su sobrina se estaba muriendo. La pregunta que ardía como una brasa en su cerebro era a cuántos miembros de su familia se llevaría con ella.

La respuesta era "a todos"... a menos que él actuara con frialdad y determinación. Y ése era el dilema, porque ¿cuál era el costo de la sobrevivencia? *Mi alma... para salvar a mi familia. Hazlo ahora, antes de que el debate mismo sea irrelevante... La amiga primero.*

Rich Goodman levantó el candelero de latón, apagó la llama de un soplido...

...y lo azotó con fuerza contra la nuca de Shelby Morrison. El golpe le fracturó el cráneo con un *craaack* que le retorció las entrañas. La frente de la chica de 13 años se estrelló contra la mesa de la cocina, siguiendo el peso muerto del cuerpo hacia el piso. Sangre oscura como jarabe de maple formó un charco en el linóleo; un fragmento de hueso provocó que la herida lanzara un chorro como si fuese el orificio de una ballena, salpicando la mejilla izquierda y el suéter de Goodman.

Se arrancó la prenda y se lavó la cara con detergente para trastes y agua. Pasó por encima de la chica para llegar hasta la ventana de la cocina. Durante un enfurecedor minuto y medio forcejeó para soltar el pasador hasta que lo intentó con las dos manos y logró abrir la ventana cubierta de hielo.

Un viento ártico azotó el departamento y apagó las velas.

Goodman levantó del piso el cuerpo de Shelby, chorreando sangre por todas partes. Se apresuró y entre arrojándola y empujándola la sacó de cabeza por la ventana, y su cintura quedó balanceándose precariamente en la cornisa. La sujetó por los tobillos y aventó fríamente a la chica por la ventana del departamento.

Diez pisos. Diez metros por segundo.

El cuerpo se estrelló contra la acera con un sonido seco que aceleraría el pulso de quien lo oyera.

Goodman retrocedió, temblando, pero de algún modo también con la sensación de haber logrado algo. Sus zapatos se derrapaban en la sangre mientras su mente criminal, alcanzada la adolescencia, se apresuraba para ir al mismo paso que el hecho. *¡Primero limpia la sangre! No, no... eso hazlo después de que hayas arrojado a Jamie. En ese momento limpia, blanquea y fumiga. Guantes... vas a necesitar guantes y una mascarilla.*

Goodman buscó bajo el lavadero de la cocina hasta que encontró un par de guantes de hule para mujer y un montoncito de mascarillas con filtro de tela que había usado por última vez cuando pintó la cocina seis años atrás. Empapó los guantes con cloro y se dirigió al cuarto de huéspedes...

...ignorando las náuseas que se acumulaban en su estómago y la fiebre que aumentaba en su torrente sanguíneo.

Habían seguido el Riverside Drive por varios kilómetros; su silencio se sentía pesado con el telón de fondo de alaridos y gritos de agonía lanzados a la noche desde los vecindarios del oeste.

La cacofonía de sufrimiento humano perturbó a Patrick. Fragmentos de recuerdos aparecieron fugazmente en la pantalla de su mente, cada imagen enlazada a la emoción específica que había definido el momento.

Purgatorio en el Fuerte Drum. Entrenamiento incesante. Odio abrasador. Como el azufre.

Movilización al frente. Avión de transporte. El calor del desierto de Kuwait. Molestia por ser arreados a tiendas de campaña como si fuesen ovejas.

Primera noche. Sirenas de bombardeo aéreo. Misiles Scud. Ponerse torpemente la máscara antigás. Dos alertas más. Sin dormir, sin comer, sólo líquidos. Armadura corporal y máscara y calor de 38 grados. El combate es un sauna terminal. Confusión cuando su cuerpo apaga los sistemas. Ansiedad cuando los médicos le arrancan la chaqueta para administrarle líquidos.

Bagdad. El sonido del aire rasgado por el proyectil de un AK-47 que pasa zumbando muy cerca. Bienvenido al espectáculo, novato. Obuses de 155 mm que cimbran la osamenta. Tintineo en los oídos. Las fosas nasales arden por el fósforo blanco y el aceite.

Mana sangre de un camarada herido. Muere mientras Shep intenta cubrir con gasa la herida mortal en el pecho. Una madre iraquí abraza a su bebé sin brazos… Un esposo a su mujer despedazada… Un niño a su madre inerte. Ésta es la guerra que el político jamás puede permitir que sus compatriotas vean, una realidad que carga de energía las manifestaciones y fragua la paz.

Para el soldado novato, el combate sustituye al odio por la duda, al patriotismo por las preguntas.

El hogar está a un millón de kilómetros de distancia; el combate es una isla de soledad y miedo y confusión, confusión del bien contra el mal; la moralidad se redefine cada momento que pasa. A la larga, las reglas se simplifican: para volver a casa tienes que sobrevivir.

Para sobrevivir tienes que matar.

La aldea está junto al río Éufrates; la población local es rural, la mayoría no ha visto nunca a un estadounidense. El hombre y su hijo corren hacia Patrick; su intención es tan desconocida como las frases en farsi que salen de sus labios. Les hace una seña para que se detengan, pero sus traducciones incompletas son ignoradas. La distancia se acorta, la amenaza de un explosivo oculto es inminente cuando ingresa en su zona de muerte.

Su arma escupe una descarga de plomo caliente. El padre se desploma.

El hijo, de nueve años, se arrodilla junto a su padre asesinado; incrédulo, la realidad se desangra lentamente hasta tornarse entendimiento... y agitarse como rabia. El chico iraquí corre hacia el invasor que le ha robado a su padre y quizá al resto de su familia, todo en nombre de una causa que simplemente no puede sondear.

La vida es concebida en un instante y termina en un instante. La proximidad del niño lo define como una amenaza. Las reglas de sobrevivencia son simples.

Patrick le dispara al chico, reuniéndolo con su padre.

El tiempo transcurre en un vacío. Así es para los animales. Shep ha involucionado, convirtiéndose en un gruñido subhumano, una herramienta del sistema de poder militar, diseñado para ser utilizado pero no para ser entrevistado por la prensa, para ser visto pero nunca tener voz. El día se vuelve noche, los sueños de una vida mejor se desvanecen gradualmente ante las pesadillas que obligan al alma a rendir cuentas. La mente es puesta en respiración artificial, tal como se lo propusieron siempre los militares. La creatividad es vencida, junto con el recuerdo del rostro de su esposa y de la niña que nunca volverá a tener en sus brazos: una relación atrofiada en su infancia.

Cambia la geografía. Concluye su primer plazo de servicio. Dos semanas en desintoxicación, fingiendo ser Patrick Shepherd, y ahora está de regreso en Boston...

...solo.

La casa está fría y vacía. Su esposa y su hija se marcharon hace mucho tiempo. No hay ninguna nota, pero el soldado ya conoce la historia: le corresponde cosechar ahora la desdicha que sembró.

La realidad irrumpe de golpe; el dolor le desgarra el corazón. En algún lugar, las almas de 100 mil iraquíes muertos sonríen ahora que comienza el verdadero suplicio.

Se automedica. Sus amigos pasan a verlo, pero el Patrick Shepherd que conocían ya está muerto. Los Red Sox preguntan, pero la imagen del niño de nueve años se interpone. Vende la casa y se muda a un mal vecindario, sólo para que lo dejen solo.

El Tío Sam lo encuentra ocho meses después. Lo echan de menos en el infierno.

Comienza su segunda movilización en el frente de guerra...

—¡**Patrick, abre los ojos!** Patrick, mírame… ¿puedes oírme?

—¿Virgil?

—Te quedaste pasmado. Estabas alucinando otra vez, ¿no es así?

Lágrimas calientes fluyeron de sus ojos.

—¿Patrick?

—No puedo… lo siento. Nada más… sigamos caminando.

—Hijo, no puedes huir de tu propia cabeza.

—¡No! No puedes hablar de esto, simplemente… lidias con esto y sigues adelante.

—Sólo que tú no has seguido adelante. Tu familia siguió adelante, pero tú no.

Ignorando al anciano, Shep siguió caminando hacia el sur por Riverside Drive.

—Deja de actuar el papel de víctima, Patrick. Las víctimas son como los gusanos: prefieren pasar la vida debajo de una roca. Es más fácil en la oscuridad.

—Quizá la oscuridad es lo que merezco.

—Así habla toda una víctima.

—Déjame solo, loquero.

—Si eso es lo que deseas, podemos separarnos aquí mismo. Tu alma gemela estaba convencida de que aún tenías algo positivo que ofrecer al mundo. Supongo que estaba equivocada.

Las palabras calaron hondo.

—¿En verdad dijo eso?

—Es la única razón por la que estoy aquí.

Shep volteó hacia el anciano, con la mirada empañada por las lágrimas.

—Maté a un niño. Estaba tan cerca de mí como lo estás tú ahora, y le disparé… justo después de haber matado a su padre —Shep se limpió los mocos que escurrían de sus fosas nasales—. Yo no soy una víctima. Soy un asesino. ¿Cómo purgo eso de mi alma?

—Comienza por asumir la responsabilidad de tus actos.

—¿Estás sordo, viejo? ¿No oíste lo que acabo de decir?

—Lo que oí fue una confesión. La culpa y el autodesprecio no te ayudarán en nada, hijo. Si en verdad quieres cambiar, si quieres traer de nuevo la Luz a tu vida, entonces tienes que asumir la responsabilidad de tus actos.

—¿Cómo? ¿Yendo al confesionario hasta el fin de mis días? ¿Hablando con un psiquiatra?

—No. Asume la responsabilidad, no exiliándote en el dolor, sino transformándote, pasando de ser el efecto a ser la causa, generando una diferencia positiva en las vidas de otras personas. En tu interior está la fuerza para dar, para compartir, para amar, para ver por los otros, para ser generoso. Sin importar lo que hayas hecho, aún hay bondad dentro de ti.

—No lo entiendes. Me enlisté justamente para marcar la diferencia. Lo sacrifiqué todo… mi familia, mi carrera, la fama y la fortuna, todo para reparar un agravio… ¡para proteger a mi país!

—Un hombre justo, rodeado por el caos, corrompido por su entorno.

—Exacto.

—Quizá deberías haber construido un arca.

—Sí. Aguarda… ¿qué? ¿Dijiste un arca?

—¿No estás familiarizado con la historia de Noé? Noé era un hombre justo nacido en una época de gran corrupción y tuvo que enfrentar grandes obstáculos en su vida, tanto en su corazón como en el mundo real. Como tú, Noé distaba mucho de ser perfecto, pero vivía en un mundo completamente corrompido por la codicia: el excesivo deseo de riquezas, que se destacaba entre los demás. El Libro del Génesis llama a ese pueblo los nefilim, los ángeles caídos, hombres de nombradía. Gigantes. Si decodificamos el pasaje obtenemos una imagen más clara. Para el hombre común eran gigantes, no por su talla física sino por su influencia. Eran el equivalente de los poderosos que han corrompido a Wall Street y a Washington, valiéndose del miedo y de la guerra para amasar aún mayores fortunas. El hecho de que se consideraran a sí mismos en un plano superior de la existencia definía su arrogancia, y bajo su dominio los hombres se corrompieron, todo por su sed insaciable de poder y posesiones. El mundo físico se volvió un sitio muy oscuro, privado de la Luz del Creador. Así que el Creador buscó a la luz más brillante que quedaba: Noé, y le previno que desaparecería al hombre de la faz de la Tierra a menos que las cosas cambiaran. Noé intentó advertir a la gente, pero se negaron a escuchar. Entonces el Creador le instruyó construir un arca para que pudiese salvar a su familia y poblar de nuevo el mundo con una nueva generación que buscaría la realización en la Luz… por la vía de tratarse unos a otros con bondad, como Dios dispuso.

—Es una bonita historia y la interpretas como todo un psiquiatra, pero ¡vamos!… ¿animales formados por parejas, un diluvio que inundó el planeta? Nunca he tomado literalmente esas historias de la Biblia.

—Las historias de la Biblia no fueron escritas para ser tomadas literalmente. El Antiguo Testamento en su totalidad está encriptado; cada pasaje en arameo revela una verdad vital acerca de la existencia del hombre, la antigua sabiduría diseñada para enseñar al hombre cómo desprenderse del caos a través de la transformación, reconectándose con la Luz eterna del Creador.

—¿Cómo es que nunca había oído hablar de esa antigua sabiduría?

—Permaneció oculta durante la mayor parte de los últimos cuatro mil años. Apenas ahora, al acercarnos al Fin de los Días, el conocimiento ha sido puesto a disposición de todos.

—Y el relato de Noé... ¿qué significado oculto contiene?

—Podríamos dedicar semanas a ese tema, así que te diré a grandes rasgos lo que se relaciona con tu situación particular. De acuerdo con la sabiduría encriptada, cada persona que llega a nuestra vida representa una oportunidad de crecimiento, de salvación y de realización. Noé construyó el arca tal como se lo ordenó el Creador, pero lo hizo buscando vengarse de aquellos que lo habían agraviado. Así fue que nunca intentó convencer a Dios de permitirle salvar a nadie que no fuera de su propia familia. Construir el arca era una prueba de transformación y Noé fracasó miserablemente al aceptar el aniquilamiento de la población del mundo y al negarse a ofrecer a los caídos la oportunidad de redimirse.

"La historia de Noé tuvo lugar en dos niveles. En el *Malchut*, una palabra aramea que se refiere a nuestro mundo físico, ocurrió un cataclismo que exterminó a la población. En un nivel espiritual, la entrada de Noé al arca representó la entrada de la Luz de los mundos superiores al universo físico, la destrucción de la energía negativa por obra de la energía positiva."

—Dios aniquiló el mal, ya entiendo.

—No, Patrick. El Creador nunca aniquila a nadie. La Luz del Creador sólo puede hacer el bien. Lo que determina el resultado es el receptor. Imagina la Luz de Dios como la electricidad. Si conectas tus aparatos, suministras energía a las herramientas de la realización. Si metes los dedos mojados en el enchufe puedes electrocutarte. De cualquier modo, la naturaleza de la Luz nunca cambia. Cuando Noé ingresó al arca, la Luz de las dimensiones superiores destruyó la negatividad y la codicia que habían mancillado a la Tierra. Aquellos que velaban por los demás, que compartían e intentaban transformarse en algo mejor, fueron protegidos. Aquellos que no, fueron destruidos.

—¿Qué fue de Noé?

—Murió impuro.

—Espera… acabas de decir…

—El arca fue construida para que Noé y su familia pudieran ocultarse en el interior de una nave protectora cuando el Ángel de la Muerte llegó para exterminar a la humanidad. El diluvio duró 12 meses, dando tiempo suficiente para que Noé y su familia completaran el proceso de purificación mientras las almas de los malvados eran enviadas al *Gehenom*. Pero Noé cometió un último error, el mismo que Adán. La fruta que tentó a Adán no era una manzana, sino una uva, o el vino que proviene de ella. Es posible abusar del vino, y entonces el hombre se pone en contacto con niveles de conciencia que no pueden sustentar una conexión con la Luz. Cuando las aguas del diluvio descendieron, Noé sucumbió a la tentación, consumiendo el fruto de la vid en un intento por acceder a las dimensiones superiores. Noé nació circuncidado. Cuando su hijo Ham, el futuro padre de la tierra de Canaán, halló a su padre tirado, borracho y desnudo, lo castró. Por eso fue que Noé maldijo la tierra de Canaán.

—Eso fue un tanto severo, ¿no te parece?

—Como ya te dije, el relato requiere de una traducción. Noé pasó de ser un hombre justo a ser una víctima, al menos según su propio estado de ánimo. Había sido testigo de la muerte de todos los seres vivos del planeta, con excepción de su familia, pero nunca comprendió realmente la causa original del sufrimiento. El fracaso de Noé fue que construyó el arca y después, como todas las víctimas, supuso que su propio dolor purificaría su alma. Como nunca sintió el dolor de aquellos que habían sufrido, no pudo crecer en un sentido espiritual.

Siguieron caminando hacia el oeste por Riverside Drive. Shep iba sumido en sus pensamientos.

—He causado mucho dolor, Virgil. ¿Cómo busco la salvación por mis pecados? Es decir, si alguien como Noé metió la pata, ¿qué maldita oportunidad tiene un pobre idiota como yo?

—Cuando un hombre busca purgar su alma de circunstancias adversas, primero debe crear una abertura en su corazón.

—Estás diciendo que me he vuelto frío, insensible.

—¿Es así?

Shep consideró su respuesta.

—A veces ser frío es la única manera de sobrevivir. Hay mucha maldad en este mundo, Virgil. Cuando luchas contra los terroristas, no siempre puedes ser Gandhi.

—Gandhi dijo: "Sé el cambio que quieres ver en el mundo". La violencia sólo genera más violencia.

—Bonitas palabras, pero no muy prácticas cuando enfrentas insurgentes enemigos empeñados en asesinar a personas inocentes.

—La diferencia entre un insurgente y un combatiente por la libertad se define en términos del bando al que uno pertenezca en un momento dado. De cualquier modo, carece de significado para los muertos. La vida es una prueba, Patrick. Noé fracasó en su prueba, a su alma se le negó el acceso a la Luz eterna del Creador. Como todas las almas que no logran completar su tikún, la suya fue reasignada a otra misión.

—¿Reasignada? ¿Hablas de reencarnación?

—El proceso recibe el nombre de *Gilgul Neshamot* y se traduce como la Rueda del Alma. Un alma desciende al mundo físico porque necesita realizar una corrección, a menudo por un pecado cometido en una vida anterior. Si un alma agota una vida sin hacer la corrección, puede regresar sólo otras tres veces para completar su tikún, su reparación espiritual. Por supuesto que en cada vida que un alma es reciclada, corre el riesgo de estar expuesta a las fuerzas negativas que están al acecho.

—Déjame ver si te entendí: ¿me estás diciendo que todo lo que estoy padeciendo es un castigo por pecados cometidos en una vida anterior?

—Es posible.

—No, es una locura. Tengo cero recuerdos de haber tenido una vida pasada.

—¿Recuerdas cada momento de tu vida, desde que naciste y a lo largo de tu niñez?

—Por supuesto que no.

—Y sin embargo es obvio que los viviste. Tratándose de vidas pasadas, tu memoria consciente está tan limitada como tus cinco sentidos, que te mienten a cada momento que pasa. Lo aceptes o no, cada alma que vive hoy en el mundo físico ha vivido antes. Quién hayas sido no es tan importante como el tikún que debes completar para tu transformación espiritual.

—De acuerdo, está bien. Con ánimo de debatir, digamos que acepto lo que estás diciendo. ¿Cuál crees que sea mi tikún?

—No lo sé. A menudo, las cosas que nos hacen reaccionar de la manera más negativa son las que requieren de mayor corrección. El dolor que estás experimentando, el dolor que bloquea la Luz y le impide llegar hasta ti… creo que tiene que ver con tu separación de tu esposa. Resuelve la causa y resolverás el efecto.

Siguiendo la curva de Riverside Drive llegaron a la puerta oeste de un antiguo cementerio.

El cementerio Trinity: 24 acres de históricas laderas con vista al río Hudson. En 1776 su tierra fue bañada con sangre de las fuerzas británicas y rebeldes durante la batalla de Washington Heights. En 1842 un brote de cólera, tifo y viruela convirtió estos terrenos en lotes de cementerio. Hoy, más de 32 mil muertos estaban sepultados en apretadas hileras o depositados en mausoleos en la propiedad.

Shep vaciló, inseguro de entrar al cementerio.

—Está bien. Al Ángel de la Muerte no le interesan los cementerios.

Virgil entró primero, conduciéndolo por robles centenarios cuyas gruesas ramas crujían al viento y sus raíces nudosas irrumpían entre la acera rota de cemento que ascendía hasta la cima cubierta de nieve. Shep ayudó a Virgil por el sendero estrecho bordeado por lápidas antiguas, añejadas con la historia de los Estados Unidos. John James Audubon. John Jacob Astor. John Peter Zenger.

La pendiente se empinó más. El anciano respiraba con dificultad.

—Necesito descansar.

—Aquí —se sentaron en un rellano seco.

La luna se asomaba entre las nubes.

—Virgil… la Parca, ¿es mala?

—No. El Ángel de la Muerte es una fuerza neutral que ajusta su tono según su audiencia. Ha habido ciclos de oscuridad en la historia de la humanidad en que Satán ha cobrado enorme fuerza, bloqueando la Luz del Creador. Cuando el mal se propaga por todas partes, cuando la lujuria y la codicia conducen a una depravación rampante, entonces la perversidad del mundo llama al Ángel de las Tinieblas para que ronde la Tierra. Son tiempos difíciles, pero las horas más oscuras pueden dar paso a la Luz más intensa.

—Tú has vivido en esos tiempos. Háblame del Holocausto. ¿Cómo logrste sobrevivir?

—¿Por qué de pronto resulta tan importante?

—No lo sé. Algo en mi interior necesita escucharlo.

Virgil cerró los ojos. Durante largo rato no dijo nada. A la luz de la luna, su expresión parecía de dolor.

—Como el niño iraquí que creíste que tenías que matar, yo tenía apenas nueve años cuando los nazis sacaron de la cama a mis seres queridos y nos hicieron marchar junto con las otras familias judías de nuestro pueblo en Polonia hasta la estación del tren. Nos apretujaron en vagones para ganado… Era muy difícil respirar. Las personas se trepaban unas en otras para alcanzar la única ventila. Debo haberme desmayado. El silbato del tren me arrancó de mis sueños cuando llegamos a nuestro destino: Oswiecim. Auschwitz.

"Aún puedo ver los reflectores deslumbrantes y a los soldados con uniformes negros, armados con ametralladoras. Igual que esta noche, el aire estaba helado; el calor de la locomotora lanzaba ráfagas arremolinadas de vapor. Un hombre bien vestido se desplazaba entre esa niebla. Era la encarnación del mal. Más tarde supimos su nombre: era el doctor Josef Mengele.

"Ésa fue la primera vez que vi al Ángel de la Muerte. Vestía una túnica blanca con capucha y se asomaba sobre el hombro izquierdo de Mengele. Me miró, luego vio a mi madre y a mis tres hermanas; en cada una de sus cuencas trepidaban docenas de ojos, ojos testigos, ojos que habían contemplado el mal. Ante mi propia mirada, de la hoja verdosa de su guadaña comenzó a chorrear sangre fresca.

"Mengele nos hizo una señal a mi padre y a mí. Nos separaron de las mujeres y nos condujeron a la derecha. El resto de las mujeres, las madres con hijos pequeños, las tías y las ancianas… fueron enviadas a la izquierda. Recuerdo los gritos de las personas cuando las familias fueron separadas. Recuerdo a una madre que se negaba a cargar a su bebé que lloraba, pues sabía que ese lazo sellaría su destino. Vi a un soldado de la ss pegarle un tiro ahí mismo.

"Ésa fue la última noche que vi a mi madre y a mis hermanas con vida. Nos enteramos de que las llevaron a las cámaras de gas. Más tarde, cuando construyeron los crematorios, los niños eran arrojados directamente a los hornos o a las fosas con fuego abierto."

Shep se sintió enfermo, su cuerpo temblaba.

—Los hombres y los niños considerados lo suficientemente fuertes para trabajar eran llevados por un camino bordeado de vallas y alambre de púas que conducía a la puerta principal. Había un letrero en alemán: *Arbeit Macht Frei* (El trabajo los hará libres). No había libertad en Auschwitz-Birkenau. No había Luz, sólo tinieblas.

"Cada mañana comenzaba con la lista y las selecciones diarias. Nos obligaban a estar de pie, desnudos, en el frío, a veces durante horas, mientras los médicos nos examinaban y decidían quién viviría y quién habría de morir. Mi padre me dijo que corriera en mi sitio para dar color a mis mejillas y mostrarles lo fuerte que era. Nos daban raciones con las que un perro se moriría de hambre: un trozo de pan, un cucharón de sopa. Una rebanada de papa cuando era un gran día. Nos volvimos costales de huesos ambulantes: esqueletos humanos, habiendo perdido músculos y grasa, nuestro pulso era visible a través de la piel. Tenía la boca llena de úlceras y el hambre crónica me enloquecía. Un día encontré pasto verde, me lo comí y caí mortalmente enfermo; la diarrea casi me cuesta la vida. La ropa que usábamos era inmunda, los zapatos eran zuecos de madera con los que era imposible moverse rápidamente, pero era mejor eso que andar desnudo. Estar desnudo era estar indefenso. Estar desnudos aumentaba nuestra vergüenza.

"Las cosas empeoraron una vez que los crematorios comenzaron a funcionar. Los hornos operaban día y noche, canalizando el humo a una sola chimenea que lanzaba una gran columna negra que oscurecía el cielo como un río sinuoso. Algunos días imaginaba el rostro de Satán en el aire espeso, mirándonos, riéndose. Vi al Ángel de la Muerte varias veces después de eso, pero para entonces su vestimenta era negra."

—¿Le tenías miedo al Ángel de la Muerte?

—No. Les tenía miedo a los nazis. Le tenía miedo a Mengele. La Parca era la muerte y la muerte era la salvación, pero los nazis hacían que el viaje fuera tan espantoso que uno hacía cuanto estuviera a su alcance para mantenerse con vida. También habíamos hecho un pacto; decidimos que sobrevivir era nuestro deber para con nuestras familias, así sólo fuera para informar al resto del mundo de las atrocidades que habíamos sufrido.

"Trabajábamos los cadáveres. Nos volvimos dentistas para extraer tapaduras y puentes de metal. Cargábamos pertenencias: equipaje, bolsos de mujer, joyería, ropa. Desinfectábamos el cabello de las víctimas del gas y lo secábamos en los áticos. Vaciábamos las cámaras de gas y alimentábamos los hornos. La grasa de los muertos era el combustible. Molíamos los restos de nuestra gente para hacer la composta que usábamos para fertilizar los campos de cultivo.

"Vivíamos en el infierno; pero como lo señaló tu amigo Dante, el infierno tiene varios círculos. El más profundo era la Crujía 10, la de experimentos médicos. Era el laboratorio de patología de Mengele, su muy personal cámara de horrores, donde realizaba cirugías experimentales sin anestesia. Operaciones de cambio de sexo. Transfusiones de fluidos. Remoción de órganos y extremidades. Fertilizaciones incestuosas. Mengele prefería hacer la mayor parte de su trabajo con niños, sobre todo con gemelos. Jóvenes judíos y gitanos eran castrados; otros eran colocados en cámaras de presión o congelados vivos. Los cegaban, los usaban para ensayar drogas y los sometían a torturas demasiado atroces para decirlas en voz alta. Se creería que estos horrores causarían repulsión en las instituciones médicas de Alemania, pero sus médicos acudían en tropel a Auschwitz para participar en el circo de Satán, regocijándose de la oportunidad de trabajar con ganado humano. Y cada día los trenes traían nuevas víctimas para Mengele."

—¿Nadie trató de escapar?

—Algunos lo intentaron. La mayoría fue recapturada. Cuando alguien lograba escapar, nos ordenaban a todos estar en posición de firmes en el patio durante horas, mientras cazaban al prófugo, y a continuación lo humillaban y lo ahorcaban. Recuerda, Patrick, que éramos judíos, exiliados al infierno porque nadie más quería recibirnos... ¿Adónde habríamos escapado? Los mismos aliados que liberaron los campos de concentración no ingresaron a la guerra por nosotros. Nos dijeron que éramos los elegidos de Dios y Dios nos había abandonado, del mismo modo que tantos de nosotros habían abandonado a Dios en el Sinaí.

"La plegaria se volvió intolerable. Éramos humanos reducidos a insectos. Aun así, algunos logramos encontrar una mota de Luz, un último jirón de dignidad humana, que representaba nuestra negaiva a aceptar nuestro destino. Para mí era la limpieza. Cada noche, antes de acostarme en mi litera con otros cuatro o cinco cadáveres vivientes, me las ingeniaba para lavarme las manos y purgarlas de la mugre y las cenizas acumuladas durante el día. Ésa era mi manera de combatir a mis opresores. Ésa fue la pequeña victoria que me mantuvo fuera de la oscuridad."

—¿Creíste alguna vez que serías rescatado? ¿Cómo lograbas mantener la esperanza?

—En Auschwitz, la esperanza era un pecado. La esperanza te mantenía con vida un día más y para seguir vivo te veías obligado a pensar y a actuar de maneras que eran inhumanas. Vi a madres renunciar a sus hijos para poder vivir, vi a mujeres que se dejaban violar por los guardias a cambio de una rebanada de pan. Fui testigo de cómo un hombre asfixió a su propio hermano para robarle su ración. El mal engendra más mal, Patrick, como tú bien sabes. Y sin embargo, entre toda esa locura, sí... conservábamos la esperanza de que algún día el mundo sería diferente, que nuestra sobrevivencia traería consigo el cambio que anhelábamos.

Virgil abrió los ojos.

—Ahora ya has escuchado mi historia. ¿Pone tu desdicha en perspectiva?

—Siendo honesto, simplemente refuerza lo que llegué a entender en Irak: que Dios no existe, que esa fuerza de Luz que según tú es parte de todos nosotros no puede existir. Si Dios es omnipotente, ¿por qué hay tanto mal en el mundo? Si Dios es tan amoroso, ¿por qué no detuvo el Holocausto? Si lo que dices es que eligió no hacerlo, entonces no quiero tener nada que ver con ese Dios. Es un monstruo.

Virgil se puso de pie con dificultad. Le dolía la espalda.

—Comprendo tus sentimientos, Patrick. He escuchado esas mismas ideas un millón de veces. La respuesta nos lleva de vuelta al genuino propósito de la vida, que es una prueba para el alma: completar su tikún. El mal existe para que la libre voluntad pueda elegir.

—¿Qué elección tuviste cuando gasearon a tu madre y a tus hermanas? Si Dios estaba cerca de ti, ¿por qué no respondió a tus plegarias?

—Dios sí respondió a nuestras plegarias. La respuesta fue no.

—¿No? —Patrick meneó la cabeza con incredulidad—. ¿Y eso es aceptable para ti? Los nazis arrojaban niños a los hornos ¿y a Dios le tenía sin cuidado?

—Por supuesto que no. Pero, ¿quiénes somos nosotros para juzgar el plan del Creador? Eres sólo un hombre, vives en tu propio microcosmos limitado de tiempo y espacio, toda tu perspectiva de la existencia está basada en una sola vida que abarca tres décadas, vivida en una dimensión física que representa menos de uno por ciento de lo que realmente existe allá afuera.

—¡Esas personas eran inocentes, Virgil! Fueron víctimas del mal rampante.

—El mal rampante, como lo llamas, ha estado con nosotros durante mucho tiempo. Con ánimo de debatir, ¿qué respuesta habría sido suficiente? ¿Otro diluvio? ¿O tal vez Dios debería haber matado al primogénito varón de cada familia alemana, como lo hizo en Egipto? ¿O qué tal una nueva serie de plagas? ¿O esperabas una respuesta más tipo "fuego y azufre"… como una bomba atómica? Aguarda, eso vino después, y gracias a Dios, porque el mundo es mucho más seguro ahora que existe, ¿no es cierto? El libre albedrío, Patrick. Dios nos dio sus leyes; nosotros elegimos si las obedecemos o no. ¿O acaso el mandamiento de "No matarás" viene con una cláusula especial que dice que está bien asesinar a cientos de miles de personas inocentes si quieres apoderarte de los campos petroleros de Arabia?

—Saddam era malvado. Fuimos allá como libertadores.

—¿Y de quién liberaron a los indígenas americanos tus antepasados cuando les robaron sus tierras y exterminaron a sus tribus?

Patrick comenzó a responder, pero enseguida recapacitó.

—De acuerdo, concedo el punto. Esto nos lo hicimos a nosotros mismos y yo soy tan culpable como cualquiera.

—Sí, lo eres, y como todas las almas, a menos que completes tu tikún, vendrás de regreso otra vez... suponiendo que quede algo a lo que sea posible regresar.

Llegaron a la cresta y pudieron ver acres de lápidas dispuestas a lo ancho del cementerio Trinity. Bajando por la ladera de la colina al este se llegaba a Broadway; la principal avenida brillaba con la luz de cientos de fogatas.

Virgil señaló.

—Podemos ir por Broadway hasta Battery Park, pero el viaje será peligroso. La peste se ha propagado, la gente se halla en estado de pánico. Lleva la vacuna oculta bajo tu abrigo o no quedará nada para tu esposa y tu hija. Patrick, ¿me estás escuchando?

Patrick no estaba escuchando; miraba fijamente el camino por delante. La rajada acera de cemento bordeada a la derecha por una hilera de mausoleos y a la izquierda por lápidas.

—¿Qué pasa?

—Creo que estoy teniendo un tremendo *déjà vu*.

—¿Has estado antes aquí?

—No lo sé. Pero de pronto tengo mucho frío, como si acabara de entrar a un congelador industrial. Oh no... es él.

De pie en el sendero, señalando con un dedo huesudo una lápida coronada con la estatua de un niño angelical, estaba el Ángel de la Muerte.

—Virgil, está aquí.

—¿El Ángel de la Muerte? ¿Dónde?

—¿No lo ves? Está ahí adelante, en el sendero. Está señalando una tumba. Virgil, ¿qué debo hacer?

—No te le acerques demasiado, no permitas que te toque. ¿Alcanzas a ver el nombre en la lápida?

—No.

—¿Estás seguro de que no has venido antes a este cementerio?

—¡Sí!

La Parca volvió a hacer un ademán, esta vez de manera más enfática.

Shep podía sentir los gélidos tentáculos del Ángel de la Muerte cristalizándose sobre su propia carne: dedos fríos y huesudos clavados como garras en su cuero cabelludo, tratando de penetrar a su cerebro. Nunca había sentido semejante terror, ni en Irak ni en su peor pesadilla.

El miedo era demasiado, desataba oleadas de pánico que cuajaban su sangre.

¡Patrick Shepherd se echó a correr!

De cuatro zancadas dejó atrás los mausoleos, corriendo cuesta abajo por la ladera este de la colina a través de un laberinto de tumbas. La nieve que cubría el camino lo volvía aún más traicionero. Su brazo protésico destrozado oscilaba con violencia a un costado suyo y la afilada hoja chocaba con las lápidas, generando una chispa con cada golpe: un faro que amenazaba con guiar a la Muerte directamente hasta él.

El sendero apareció a su derecha; un sinuoso tramo de asfalto con hielo que hacía un ángulo por la periferia y terminaba en la entrada este del cementerio y Broadway. Hacia ahí se dirigió…

…tropezándose con la losa de una tumba cubierta de nieve que lo lanzó cuesta abajo con la cara por delante, como un tobogán humano: girando y rodando, la nieve se precipitaba por el cuello abierto de la camisa; el cielo nocturno se arremolinaba ante sus ojos, hasta que aterrizó como un muñeco de trapo contra el antiguo basamento de piedra que sostenía la puerta del este del cementerio Trinity.

Shep rodó sobre la espalda, adolorido y desorientado. Ya no tenía miedo; la helada presencia de la Parca había desaparecido. Tendido en la nieve, contempló la noche. La luna llena había ascendido ya lo suficiente para reflejar su luz tras un velo de nubes. *Dios, si en verdad estás allá arriba… ayúdame, por favor.*

Oyó las reverberaciones: botas sobre la nieve. Cerró los ojos y esperó la llegada de Virgil.

La voz pertenecía a otra persona.

—Ahí hay uno.

—Déjalo, es mío.

—Marquis, me prometiste el último.

—¿Te me estás insubordinando, *capullo*?

—No, amigo. Está bien.

—Sí, ya se me figuraba que eso habías dicho.

Shep se sentó; la noche estalló en mil colores cuando la bota conectó con su rostro.

QUINTO CÍRCULO

Los Iracundos

> Ninguna penumbra infernal, ni una noche permitida,
> ni un planeta bajo su cielo empobrecido, ni la oscuridad
> más profunda que puede acarrear una nube; ningún velo
> semejante se ha corrido sobre mi rostro, ninguna tiniebla
> cuya textura hiriera de tal modo mis sentidos, como lo
> hizo el humo que nos envolvió en aquel sitio.
>
> DANTE, *El Infierno*

21 de diciembre

USAMRIID,
FUERTE DETRICK FREDERICK, MARYLAND,
12:27 A.M.
(7 HORAS, 36 MINUTOS ANTES
DEL FIN DE LOS DÍAS PROFETIZADO)

El coronel John Zwawa soportaba el día con un agobio que crecía a cada momento; cada desafío era amplificado por la intensificación de la presión sanguínea en sus venas.

El caos se había desatado en las Naciones Unidas. La Guadaña había matado al líder supremo de Irán, la autoridad política y religiosa de mayor rango en aquella nación. El Consejo de los Guardianes había convocado a una reunión de emergencia en Teherán, nombrando al ayatola Ahmad Jannati como nuevo líder supremo. Jannati, quien encabezaba el Consejo de los Guardianes —de línea dura— y era uno de los mayores opositores de la reforma democrática en Irán, un hombre que en una ocasión había declarado ante los devotos que deseaba que alguien le pegara un tiro a la ministra de Relaciones Exteriores de Israel, Tzipi Livni, comandaba ahora el nuevo arsenal de misiles balísticos intercontinentales de Irán, provistos de ojivas nucleares y fabricados en Rusia.

El nuevo líder supremo permanecía encerrado en una suite privada del edificio de la Secretaría General. Sólo un puñado de mulás conocía su ubicación. A través de un emisario estaba exigiendo ser trasladado en helicóptero al aeropuerto JFK, desde donde volaría en un jet privado de regreso a Teherán. Lo que Jannati no sabía era que su último correo electrónico encriptado a la capital iraní había sido interceptado y traducido por la Agencia de Seguridad Nacional.

A su regreso a Teherán, se proponía autoproclamarse *Mahdi*, el redentor del Islam según las profecías, y dar inicio al *Yaum al-Qiyamah*, el Día de la Resurrección, en el que él, en su calidad de *Guiado*, libraría al mundo del terror, la injusticia y la tiranía. Dicho de otro modo, Jannati planeaba movilizar a insurgentes iraníes armado con minibombas nucleares ocultas en maletas, para atacar Tel Aviv, Jerusalén, Riad y el complejo de la base Victory que fungía como cuartel general de los Estados Unidos en Bagdad.

Informado en su suite de la ONU, el presidente Eric Kogelo había ordenado de inmediato posponer todos los planes de evacuación hasta el amanecer, en tanto que él y sus asesores decidían la mejor manera de manejar la situación.

Mientras el equipo del presidente organizaba en secreto una reunión de emergencia del Consejo de Seguridad de la ONU, recaía en el coronel Zwawa la tarea de limpiar el desastre en Manhattan.

La Gran Manzana se estaba pudriendo desde adentro. Los nuevos cálculos procedentes de los funcionarios de sanidad situados en la zona cero hablaban de más de medio millón de cadáveres. Los muertos y los moribundos contaminaban a otros 100 mil cada hora. Los edificios de departamentos y los rascacielos se convertían en incubadoras de la Guadaña; las calles y los callejones eran depósitos de infectados y la única vía de escape eran los ríos.

Para contener un posible éxodo en masa, los militares habían desplegado otros cuatro aviones no tripulados Parca artillados, así como otros tres botes patrulla de la Guardia Costera. Afortunadamente, las corrientes fluviales eran veloces y la temperatura del agua estaba por debajo de los siete grados, haciendo que una inmersión fuera un bautizo de hipotermia.

Pero Zwawa sabía que la desesperación nutría la creatividad y para el amanecer las legiones de sobrevivientes que tuvieran acceso a equipo de buceo podrían eludir los sensores térmicos de los Parcas y llegar hasta las costas de Brooklyn, el Bronx, Queens y Nueva Jersey, desatando con su arribo una pandemia global. Como precaución estaban evacuando los distritos aledaños a Manhattan, junto con las comunidades ribereñas de Jersey, desde Englewood hasta todas las ubicadas al sur de Bayonne.

La cuestión pendiente era cómo lidiar con Manhattan.

La instalación se hallaba seis pisos bajo tierra; su existencia sólo era conocida por unos cuantos oficiales de inteligencia no vinculados a operaciones clandestinas. Al salir del ascensor, el coronel Zwawa fue escoltado para pasar por otros dos controles de seguridad antes de ser conducido por un corredor anodino de mosaicos blancos hasta unas puertas de acero marcadas con un letrero que decía: DEPARTAMENTO C.

Los cerrojos se liberaron, la puerta izquierda se abrió y lo recibió el estruendo de una canción de INXS en el sistema de sonido interior.

John Zwawa entró a la sala, cuyo aire estaba fuertemente acondicionado. Sentado a solas en una mesa rectangular estaba un hombre de unos 45 años, con la cabeza rasurada y un bronceado inalterado todo el año gracias al uso de una cama de rayos ultravioleta. Vestía una camisa hawaiana en colores anaranjado y blanco, y unas sandalias Teva. Los lentes de sol tenían aumento y el tabaco de su pipa estaba mezclado con opio.

Al acercarse, el coronel advirtió que la superficie de la mesa era un holograma tridimensional con una imagen satelital de Manhattan en tiempo real.

—Soy Zwawa.

El hombre tocó sus gafas y el estéreo bajó de volumen.

—Dino Garner —el físico químico alargó la mano por abajo de la mesa hasta un pequeño refrigerador, extrayendo una lata de gaseosa—. ¿Doctor Pepper?

—No, gracias.

—He estado analizando su problema, Zwawa. Tuvo suerte y se fregó al mismo tiempo.

—¿Por qué?

—Tuvo suerte porque ocurrió en Manhattan. Si esto hubiera pasado en cualquier otro distrito de Nueva York, estaría usted más fregado que el piso del baño de Howard Hughes. Como es una isla, fue posible imponer la cuarentena; por eso digo que tuvo suerte. Sin embargo, también se fregó porque Manhattan es el terreno más densamente poblado y costoso del mundo... cosa que complica mi trabajo, que es el de limpiar su batidillo.

Garner caminó alrededor de la mesa, observando la silueta de la ciudad desde diferentes ángulos.

—En esencia, el punto es incinerar todos los contaminantes biológicos y orgánicos, vivos o muertos. Eso significa humanos, roedores, pulgas, piojos, aves y la familia de los Chihuahua, y mantener al mismo tiempo la infrastructura. Como decimos aquí, es una complejidad simple. Aún estoy calculando el número mínimo de sistemas de ejecución, pero lo básico ya está bien cimentado. Lo haremos en dos fases. La Fase I es crear una capa muy densa de nubes de dióxido de carbono justo arriba de las torres más altas de Manhattan, combinada con otros elementos estabilizadores. Ya requisamos tres tractores aéreos de turbinas propiedad de una compañía de pesticidas en Nueva Jersey, y otros dos vienen en camino. Los compuestos químicos deben llegar al aeropuerto de Linen en no más de tres horas. Otra hora para cargar y luego un vuelo rápido sobre el puerto de Nueva York hasta Manhattan.

—Disculpe, señor Garner... ¿por qué necesitamos esas nubes de dióxido de carbono?

—Mi nombre es doctor Garner, y se necesitan para contener la Fase II, la incineración. Imagine que es como cubrir una casa con una carpa antes de fumigarla para exterminar una plaga. En nuestro caso, vamos a fumigar toda la ciudad con una mezcla de fósforo blanco y otros ingredientes de los que seguramente preferirá no estar enterado, para crear suficiente calor para derretir la carne en los huesos.

"El oxígeno será el catalizador, el gas combustible que alimente la caldera. Una vez encendida la mecha, estallará en llamas hasta el último bolsón de oxígeno en la ciudad: los túneles del tren subterráneo, las alcantarillas, los departamentos; todo arderá en una inmensa llamarada que se sofocará por sí sola en cuanto se consuma el aire."

—¡Jesús!

—Jesús sólo caminó en el agua. Incinerar a dos millones de víctimas de la peste y a tres millones de ratas requiere de gran ingenio. Afortunadamente para usted, así es como yo me gano la vida.

El coronel Zwawa se sintió enfermo.

—Esa nube de dióxido de carbono, ¿cuánto tiempo debe permanecer en el cielo?

—No se preocupe. Se dispersará cuando detonemos las cargas incendiarias.

—No, quiero decir... ¿cuánto tiempo puede permanecer ahí antes de que decidamos... usted sabe, fumigar?

—No le entiendo.

—El presidente necesita una excusa para demorar la evacuación de la ONU. La Guadaña se está propagando velozmente a través del contacto humano y por la población de ratas, específicamente por las pulgas infectadas. A mi especialista epizoótico le preocupa que esas mismas pulgas infecten a los pájaros, en particular a las palomas. Una paloma infectada podría llevar a la Guadaña a Nueva Jersey o a los otros cuatro distritos de Nueva York antes del alba.

—El dióxido de carbono matará a cualquier ave que escape. Ahí tiene su excusa para liberar la nube de dióxido de carbono.

—Y para aplazar la evacuación de la ONU.

—Es usted un hombre bendecido, coronel. Para responder a su pregunta, en este clima la nube debe permanecer estática hasta el amanecer. Para entonces tendríamos que lanzar la Fase II, o de lo contario los rayos del sol la disiparán gradualmente. Digamos a las ocho de la mañana, minutos más, minutos menos.

El coronel Zwawa consultó su reloj.

—Siete horas y media. ¿Puede tenerlo todo dispuesto en tan poco tiempo?

—Se hará, y eso es todo lo que usted necesita saber. En cuanto a la infraestructura, tendrán que pasar de tres a cinco meses antes que nadie pueda mudarse de regreso a la isla. Pero ése es su problema, no el mío.

—¿Puedo hacerle una pregunta personal, doctor?

—¿Quiere saber cómo puedo dormir por las noches?

—Olvídelo —Zwawa meneó la cabeza y se dirigió a las puertas de acero.

—El sentimiento de culpa es para los civiles, coronel, para los comentaristas y para los políticos. Aquí abajo nosotros tomamos decisiones. Es un viejojuego que llamamos "Nosotros o ellos". ¿Quiere que le dé un consejo? Tómese un Vicodin y un trago de Captain Jack, y dormirá como un bebé.

Eran seis, todos ellos latinos, adolescentes, vestidos con chaquetas negras y bandanas en tonos rojo, blanco y azul: los colores de la bandera de la República Dominicana. Un grupo violento, el DNJ (los *Dominicanos No Juegan*), se había labrado un territorio en Washington Heights, Queens y el Bronx, traficando drogas mediante sus contactos con un cártel criminal colombiano.

Uno de ellos, de 18 años, peinado con trencitas, de nombre Marquis Jackson-Horne, se sentó sobre Shep y le acercó el rostro.

—No tienes cartera ni joyas... Oye, ¿qué es esto? ¿Tienes algo en tu abrigo para mí?

Abrió con fuerza la chaqueta de Shep, revelando la caja de madera. El líder de la pandilla la tomó...

...el brazo protésico de Shep cobró vida, oprimiendo su extremo afilado y curvo contra la garganta del chico musculoso; con la derecha sujetó la chaqueta de piel de Marquis y lo atrajo hacia sí.

—Lo siento, amigo, no puedes quedarte con eso.

Al instante aparecieron cinco pistolas 9 mm, todas apuntando al rostro de Shep.

—Aparta la cuchilla despacio y con cuidado, *pan blanco*.

—Si disparan, aún tendré tiempo de degollarte. Dile a tu banda que retroceda y te dejaré ir.

Nadie se movió.

—En la caja no hay dinero; es medicina... para mi hija. Sé que el mundo se ha vuelto loco y a ti te importa un bledo, pero quizá por una vez, antes de que estén ante el Creador, tú y tus amigos podrían hacer lo correcto.

Los ojos del líder de la pandilla se desorbitaron, revelando una rabia interior.

—¿Hacer lo correcto? Te estás metiendo con el pandillero equivocado, *Spike Lee*. Yo soy de los que odian. Estoy peleando una guerra.

—Yo acabo de regresar de pelear una guerra. Estuve allá cuatro veces. Yo también soy de los que odian, pero ¿sabes de qué acabo de darme cuenta? Los que odian lo hacen porque creen que los han agraviado y todo lo que quieren es justicia... Sólo que la justicia y la felicidad no combinan muy bien. Mi familia no ha sido parte de mi vida durante 11 años. He culpado a mucha gente por eso. Ahora lo único que quiero es recuperarla.

La mirada de Marquis perdió intensidad.

—Nadie se mueva. Tú tampoco, *Capitán Garfio* —con cuidado abrió la caja, revelando los frascos del suero; el líder de la pandilla se volteó hacia sus secuaces—. Ya estuvo.

Los chicos dominicanos se miraron unos a otros con desconcierto.

—Ya me oyeron. ¡Andando!

Se guardaron las armas en el cinturón y se alejaron.

Shep esperó a que llegaran a Broadway antes de liberar al líder.

—¿Cuántos años tienes?

—Los suficientes para matar.

—Yo también he matado. Créeme, hay mejores maneras de emplear tu vida.

—Vete a la mierda. No sabes nada de mí. Mi madre murió. Mis primos también. Mi hermanita se está muriendo en su cama, escupiendo sangre. Tiene seis años, nunca le hizo nada malo a nadie.

Shep tomó dos frascos de la caja.

—Dale esto a tu hermana. Que se lo tome. Y tú haz lo mismo.

—Estás loco.

—Es la vacuna de la peste. Tómala. No se lo digas a nadie.

El pandillero miró los frascos.

—¿Es en serio?

—Sí. Cuidado con los efectos secundarios. Provoca alucinaciones. Probablemente eso no afecte a tu hermana, pero te hace ver cosas acerca de ti mismo que quizá no quieras ver.

—¿Por qué me das esto?

—Tengo una hija.

—¿Y yo?

—Llámala una oportunidad de transformación.

—Tal vez debería tomar toda la caja.

—Nunca llegarías a casa. El ejército me persigue; sin duda nos están viendo vía satélite ahora mismo. Vete. Salva a tu hermana. Ustedes dos encuentren una forma de salir de esta isla.

Marquis vaciló y luego se alejó trotando.

Shep volteó...

...y se topó con Virgil.

—Eso fue peligroso. Regresará con su pandilla para tomar el resto de los frascos. Tenemos que irnos.

—¿Qué hay de la Parca?

—Reza por que tu acto de bondad nos dé algo de tiempo antes de que te vuelva a encontrar.

PLAZA DE LAS NACIONES UNIDAS,
12:43 A.M.

Bertrand DeBorn aguardaba en la parte trasera de la Chevy Suburban negra, sentado detrás del conductor. Tanto Ernest Lozano como el secretario de Defensa tenían puestas unas máscaras antigás.

El ex agente de la CIA miró a su jefe por el espejo retrovisor. La mascarilla en el rostro de DeBorn había desarreglado su sedosa cabellera plateada, revelando secciones de cuero cabelludo y lunares cerca de las correas. Sus ojos oblicuos, de un azul grisáceo, lucían amenazadores detrás del plástico protector. Miraba fijamente, sin parpadear, por la ventanilla posterior.

Lozano vio a Sheridan Ernstmeyer reaparecer más allá del perímetro de seguridad, escoltada por un hombre en un traje Racal blanco. La asesina regresó a la camioneta a toda prisa y subió al asiento trasero. Respiraba trabajosamente detrás de su mascarilla.

—¿Y bien?

—Es grave. Desistieron de la contención hace 12 horas; ahora sólo tratan de organizar la evacuación.

—¿Tu contacto puede informar al presidente que me encuentro aquí abajo?

—Es un simple detective de la policía local. Es imposible que pueda contactarlo.

DeBorn golpeó con el puño el asiento del conductor.

—¡Soy el maldito secretario de Defensa!

—Señor, todas las comunicaciones han sido suspendidas, con excepción de una línea segura entre Washington y la suite de Kogelo. No se permite a nadie el acceso al piso del presidente, ni siquiera al CCE.

—¡Maldita sea! —la mascarilla de DeBorn se empañó; hizo un esfuerzo para contener el impulso de arrancársela y arrojarla por la ventana.

—Señor, hay algo más. Operaciones Especiales está organizando un equipo de asalto; mi contacto es uno de los policías seleccionados para dar apoyo en tierra. Van tras Shepherd.

El rostro enjuto de DeBorn empalideció.

—No es lo que cree. Shepherd escapó del hospital con una caja de vacunas de la Guadaña.

DeBorn se enderezó en el asiento, su mente corría a toda velocidad.

—Tenemos que encontrar a Shepherd antes que ellos... él es nuestro pasaje para salir de aquí —el secretario buscó en los bolsillos de su saco y extrajo un papel doblado donde estaba escrita la dirección de Beatrice Shepherd.

—Llévanos a Battery Park City... ¡Rápido!

Ernest Lozano volteó para verlo.

—Señor, todas las calles de Manhattan están bloqueadas por un embotellamiento interminable. La gente ha abandonado sus coches...

—Conduce por la maldita acera si es necesario. No me importa. Necesitamos llegar con la familia de Shepherd antes que los militares.

MANHATTANVILLE/MORNINGSIDE HEIGHTS, 1:37 A.M.

Los edificios y los faroles de la calle estaban a oscuras, el vecindario densamente poblado refulgía con los cientos de coches incendiados y los torrentes de fuego de los lanzallamas de las autoridades. Cadáveres infestados de la peste tapizaban las calles. Víctimas invadidas por la peste iban dando tumbos por las aceras o yacían tendidas en las cunetas, sus bocas y sus fosas nasales embadurnadas de sangre, como si acabasen de canibalizar al barrio entero. La escena surrealista se extendía hacia el sur por Broadway, como salida de una película de terror de los años setenta.

Agentes de Seguridad Doméstica, con trajes negros de asalto y el rostro oculto por las máscaras antigás, avanzaban en formación por la avenida repleta de vehículos, arreando a la muchedumbre airada de regreso a sus departamentos. Presintiendo una emboscada, un policía prendió fuego con un chorro de propano y gas natural a una pila de cadáveres, haciendo huir a una negra y sus dos hijos pequeños que se escondían detrás de los restos de los muertos. La mujer pegó de alaridos y arrastró por la calle a sus niños que también gritaban, los tres envueltos por las llamas; su carne infestada chorreaba de los huesos.

Hubo disparos desde los rincones oscurecidos de los edificios circundantes. Dos oficiales fueron abatidos; sus camaradas devolvieron el fuego.

—¡Retrocedan!

Arrastrando a sus heridos, se replegaron hacia la seguridad de su flotilla de Hummers.

Una hispana, histérica por la muerte de su bebé, arrojó el cadáver de la pequeña por la ventana de un tercer piso. El frágil cuerpecito golpeó a uno de los comandos en retirada, quien casi enloqueció...

...su reacción incitó a docenas de madres y padres enfurecidos y obnubilados por el dolor a lanzar los restos infectados de sus niños muertos desde sus balcones y sus ventanas, paralizando a la milicia en medio de los carriles de Broadway en dirección sur.

El cambio de táctica energizó la revuelta. En cuestión de minutos, cientos de vecinos salieron como un torrente de los edificios de departamentos, armados con bates de beisbol, cuchillos, pistolas y rifles de asalto. Una última descarga de llamas y la batalla terminó; las masas resultaron victoriosas y su ira fogosa se extinguió, pero sólo de momento.

Retomando las calles, la multitud se dispersó, descargando su furia contra los comercios locales, rompiendo ventanales y saqueando su propio vecindario.

Virgil jaló a Shep lejos de la escena, conduciéndolo entre hileras de coches abandonados. El campus de la Universidad de Columbia se veía a la distancia.

—El colapso del orden social... siempre va seguido del caos. Somos testigos de una prueba de fe, Patrick. Parece que Satán ha ganado.

La Parca sobrevolaba a mil pies de altura sobre Broadway; sus ojos escarlata enfocados en la calle...

...su operador remoto, a 50 kilómetros de distancia, escaneaba en su monitor los rostros de la multitud. Cada toma de una cabeza era enviada a un localizador de rango fisonómico que creaba un mapa facial bidimensional usando 18 puntos preestablecidos. Los puntos recíprocos eran comparados a continuación con una morfología tridimensional del rostro del sujeto puesto en la mira, que ya estaba cargado en la computadora.

El escáner óptico hizo un acercamiento al anciano y a su joven compañero, que avanzaban rápidamente hacia el sur por Broadway. La imagen del joven fue capturada, pixeleada, reenfocada y punteada.

COINCIDENCIA CONFIRMADA: BLANCO REGISTRADO.

—¡Mayor, lo encontramos! El sujeto se dirige al sur por Broadway; se acerca a la calle 125 Oeste.

Rosemarie Leipply se inclinó sobre el hombro del piloto de la nave no tripulada y confirmó la coincidencia.

—Bien hecho. Fijen la mira en el sujeto y alerten a la gente del capitán Zwawa en la Isla del Gobernador. Asegúrense de que reciban la señal en vivo.

—Sí, señora.

ISLA DEL GOBERNADOR, NUEVA YORK,
1:53 A.M.

El Pavehawk MH-60G reverberó sobre sus patines de aterrizaje; los rotores del helicóptero de combate violaron la fría noche decembrina. Los nueve miembros del equipo de extracción de los *rangers* del ejército ya se hallaban sentados en la parte trasera, esperando con impaciencia a que el último recluta subiera a bordo.

David Kantor exprimió su voluntad para hacer que su cuerpo exhausto lo llevara, con los 20 kilos de equipo sobre su espalda, a través de la grama hasta la aeronave en espera. Al acercarse a la puerta lateral abierta, dos *rangers* extendieron los brazos y lo treparon a bordo, aventándolo prácticamente a la banca más apartada.

El mayor Steve Downey se inclinó a su lado y encendió el sistema de comunicación en la mascarilla de David.

—¿Usted es Kantor?

David asintió.

El *ranger* le ofreció la mano enguantada y gritó para que pudiera escucharlo.

—Mayor Downey, bienvenido a bordo. Tengo entendido que está familiarizado con nuestro objetivo.

David se sujetó de la banca cuando el helicóptero se elevó por los aires.

—Estuvimos juntos en un término de servicio en Irak.

—¿Es todo?

—Sí, señor.

Downey se quitó la mascarilla y la capucha, revelando una cabellera puntiaguda, una barba de candado y unos ojos duros color avellana.

—Su expediente muestra que sus caminos se cruzaron en al menos tres términos de servicio. Su expediente personal indica que lo invitó a la boda de su hija mayor, pero él no se apareció. No juegue conmigo, Kantor. Hay vidas en juego… La vida del presidente, la de los delegados de la ONU y tal vez la de todas las personas que tienen la buena fortuna de no estar en Manhattan. Mi misión es simple: obtener la vacuna. Que su amigo sobreviva a esta noche depende de él mismo… y de usted. ¿Me explico claramente?

—Sí, señor.

—Una vez que hayamos aterrizado en Morningside Heights, dividiremos el escuadrón en dos vehículos militares que nos estarán esperando ahí. Quiero que usted se siente junto a mí.

—Sí, señor. Espere… ¿dijo Morningside Heights? Me informaron que aterrizaríamos en Battery.

—Una de nuestras naves no tripuladas divisó a Shepherd en las inmediaciones de la Universidad de Columbia. Es nuestro nuevo destino. En este momento, la esposa es estrictamente el plan B. ¿Eso le representa algún problema, capitán?

David cerró los ojos tras la mascarilla entintada.

—No, señor.

CATEDRAL DE SAN JUAN EL DIVINO,
AVENIDA AMSTERDAM, MORNINGSIDE HEIGHTS,
1:57 A.M.

Eran miles. Algunos habían recorrido varios kilómetros a pie, otros vivían en los vecindarios aledaños. Su gobierno los había abandonado; la industria médica no tenía respuestas, así que buscaban ayuda de un poder superior, empujando a sus seres queridos infectados en carretillas y en carros del supermercado. Aporreaban las puertas arqueadas que permanecían selladas, lanzaban gritos a la noche y sus súplicas de salvación caían en oídos sordos… tal como había ocurrido en Europa 666 años antes.

En el interior de la catedral, el reverendo canónigo Jeffrey Hoch avanzaba por la nave inmensa, con el rostro envuelto en una mascada de seda roja. Miles de personas estaban dispersas por toda la iglesia; muchas de ellas dormían en las bancas.

Habían empezado a llegar poco antes del mediodía, primero los ancianos, como si presintieran la tempestad que se avecinaba. A las dos ya era un torrente de cientos de seres: familias enfurecidas y frustrados turistas varados en el caos. Todos en busca de un sitio cálido para pasar las horas de espera, de preferencia uno que tuviese baños limpios.

La hora pico comenzó una hora antes del ocaso, cuando la ira y la confusión se convirtieron en desesperación y ésta se trocó a su vez en miedo. Un toque de queda obligatorio significaba que cientos de miles de personas serían canalizadas a gimnasios escolares, misiones y el Madison Square Garden. Este último suscitaba recuerdos del huracán *Katrina* y el caos en el Superdomo, sólo que en esta ocasión los desesperados, los indigentes y los pobres compartirían el espacio con los infectados. A medida que las multitudes empezaron a alinearse sobre la Avenida Amsterdam para la examinación, la obispo Janet Saunders había ordenado a los clérigos entrar a la catedral y sellar las puertas.

El reverendo Hoch se detuvo para encender una veladora, acompañado por Mike McDowell, el deán de la escuela religiosa.

—Reverendo, esto no está bien. ¿Cómo podemos vedar a la gente el acceso al santuario? ¿Cómo podemos seguir negando la extremaunción a los moribundos?

—Yo ya no estoy a cargo. Debe hablar con la obispo Saunders.

—San Juan el Divino es una catedral multidenominacional. Yo no reconozco la autoridad de la obispo.

—Desafortunadamente, señor McDowell, yo sí.

Los golpes en las puertas de bronce de tres toneladas continuaban con la misma fuerza; el sonido se dispersaba por la cavernosa nave de 183 metros de largo. McDowell se dirigió por el pasillo central al ábside, donde Janet D. Saunders, la segunda mujer electa primada en la Iglesia anglicana, dirigía las plegarias de un reducido grupo de fieles.

—Obispo Saunders, ¿puedo hablar con usted en privado?

La oriunda de Kansas, de 67 años, alzó la vista.

—Lo que sea que tenga que decir, puede decirlo frente a mi grey.

—Con todo el debido respeto, obispo, la mayoría de su grey está afuera de la catedral y está aterrada. La catedral puede recibirlos, podemos brindarles santuario.

—El Todopoderoso ha desencadenado la peste sobre esta ciudad, señor McDowell. Todos los que están afuera de estos muros han sido expuestos. Abra las puertas ahora y condenará a los pocos que Jesús ha elegido para que sobrevivan a esta noche.

Varias cabezas asintieron.

McDowell sintió que se abochornaba.

—¿Y si estamos siendo castigados por el Todopoderoso? ¿No es éste un claro ejemplo de nuestra maldad? ¿De nuestra corrupción? Si tan sólo permitiésemos que los necesitados se refugiasen en nuestro sótano, lejos de los infectados, ¿eso no convencería a Dios de que somos dignos de salvación?

Los fieles miraron a la obispo en espera de una refutación.

—Ya lo he considerado, señor McDowell. Al avanzar la tarde consulté la Biblia en busca de respuestas. La primera vez que Dios decidió aniquilar a los malvados, instruyó a Noé para que construyera un arca, un navío de salvación de tamaño similar a la morada donde nos encontramos ahora. Noé advirtió al pueblo, pero éste se rehusó a escuchar. Una vez que las lluvias comenzaron, a nadie más se le permitió ingresar al arca, pues el Ángel de la Muerte ya había llegado. Ahora el arca ya está cerrada, señor McDowell. El Ángel de la Muerte no habrá de entrar a este establecimiento.

Treinta y siete fieles exhalaron un suspiro de alivio, algunos de ellos incluso aplaudieron.

El trueno de los rotores del helicóptero los alcanzó segundos antes de que el reflector los aislara de la oscuridad.

Patrick y Virgil alzaron la vista. El helicóptero del ejército estaba posado en el aire y se preparaba para aterrizar.

—Necesitamos hallar dónde cubrirnos… o, mejor aún, una multitud.

—Por aquí —Virgil lo condujo por la calle 113 Oeste, pasando por hileras de departamentos iluminados con velas. La luz del reflector permanecía sobre ellos como el halo de un ángel. Llegaron a la Avenida Amsterdam; la catedral de San Juan el Divino se alzaba del otro lado de la calle. Su explanada era un campo de refugiados para decenas de miles de personas. Rápidamente se fundieron entre la multitud, agachándose lo más posible mientras se abrían paso gradualmente alrededor de la Fuente de la Paz…

…el reflector los perdió cuando cruzaron una extensión de césped cubierta de nieve y emergieron en la acera de Cathedral Parkway.

La noche giró. A Patrick se le nubló la vista. Miró hacia arriba…

…*impactado de ver a un demonio de alas negras posado en el aire a 25 metros de altura, con sus ojos escarlatas fijos en él, sin parpadear, como si mirara su alma a través del vacío.*

Virgil lo tomó del brazo y tiró de él con fuerza. Cortaron por un callejón emparedado entre dos edificios de departamentos, sólo para descubrir que el pasaje estaba bloqueado por pilas de cadáveres humanos. Desanduvieron el camino y avanzaron en zigzag entre los vehículos abandonados.

El reflector del Pavehawk volvió a ubicarlos cuando corrían por la Avenida Amsterdam. Virgil se dobló sin aliento.

—Continúa... sin mí.

—No —Shep miró en torno suyo, desesperado por hallar un lugar dónde esconderse...

...justo cuando una parvada de demonios alados descendió del cielo. El tiempo se desaceleró hasta apenas reptar; cada doble cadencia de su corazón se amplificaba en sus oídos. Las criaturas de la noche bajaban sobre él y trataban de atraparlo con sus garras...

El reflector se mecía porque el helicóptero luchaba contra una ráfaga de viento de 65 kilómetros por hora. La celestial luz azul de la aeronave iluminó el letrero de una tienda: PIZZERÍA MINOS.

Todos los comercios de la Avenida Amsterdam habían sido vandalizados; todos los escaparates rotos, todas las tiendas destrozadas, *excepto* la pizzería Minos. La luz se reenfocó en Shep y éste pudo ver entre 60 y 80 indigentes que montaban guardia afuera del restaurante, y ningún saqueador se atrevía a cruzar esa línea defensiva.

Shep ayudó a Virgil a llegar a la puerta de la pizzería. Hombres y mujeres harapientos les impedían el paso.

—Por favor, necesitamos un escondite.

Un italiano corpulento, de cabellera gris y negra, una agreste barba de candado y gafas, sacó un enorme cuchillo.

—Lárguense o mueran.

Shep vio las placas metálicas de identificación que colgaban del cuello sin afeitar de aquel hombre.

—Patrick Shepherd, sargento, marines de los Estados Unidos, Compañía LIMA, Tercer Batallón, 25° Regimiento de Marines.

—Paul Spatola, 101° Regimiento Aéreo.

—¿A quién custodias, Spatola?

—A los dueños de la pizzería. Son buenas personas.

—Yo puedo salvarlos —Shep abrió la caja de madera y le mostró los frascos—. Vacuna para la peste. El gobierno la quiere desaparecer. Necesitamos santuario, rápido.

Spatola miró alrededor; el reflector del helicóptero atrajo su atención. Los *rangers* descendían en rapel hasta la calle.

—Vengan conmigo —los condujo entre la multitud de indigentes y golpeó la cortina de aluminio que cubría las puertas de vidrio del local.

La puerta se entreabrió sólo un poco. El hombre en el interior permaneció oculto en las sombras, su voz apagada tras una mascarilla de pintor.

—¿Qué ocurre?

—Este veterano y su abuelo necesitan salir de las calles. Dice tener una vacuna para la enfermedad.

—¿Una vacuna?

Shep se acercó más.

—El ejército nos está persiguiendo. Ayúdenos y nosotros los ayudaremos.

Una voz de mujer gritó desde el interior del restaurante.

—¡Paolo, no lo hagas!

Una linterna iluminó el rostro de Patrick, quien sostenía la caja en la mano, y luego el de Virgil.

—¿Debería confiar en ustedes?

El viejo asintió.

—Sólo si usted y su esposa quieren sobrevivir a esta noche.

En la Avenida Amsterdam, *rangers* fuertemente armados avanzaban entre la muchedumbre, revisando rostros.

—Adentro, rápido —Paolo quitó el seguro de la cortina metálica y la subió lo suficiente para que los dos desconocidos pudiesen entrar.

Paul Spatola bajó la cortina de protección con un rápido movimiento que volvió a asegurarla y luego corrió la voz:

—Nadie puede pasar.

La pizzería estaba vacía. El aroma de embutido italiano que provenía de las tinieblas de la cocina hizo que el estómago de Shep burbujeara. Se encaminó hacia la comida…

…Paolo lo detuvo.

—Necesito revisar su piel para ver si tienen la infección.

Se alzaron las camisas y se bajaron los pantalones. La linterna de Paolo les revisó el cuello, las axilas, las piernas y las ingles. Shep dio un brinco cuando un gato le tocó la pantorrilla izquierda con la nariz.

—Parecen estar limpios. Vengan conmigo —siguieron al italiano entre las mesas con manteles de cuadros hasta la cocina, dispuestos en una hilera de mesas de aluminio había salamis rebanados a la mitad y bloques de queso, hogazas de pan y una bandeja de emparedados ya preparados—. Tomen lo que gusten. El resto es para los indigentes. Todo se está pudriendo de cualquier manera.

Shep tomó un emparedado y lo devoró en tres bocados.

—Virgil, come algo.

—Comí antes y no tenemos mucho tiempo. Los soldados...

La puerta del cuarto de refrigeración se abrió, revelando a una italiana embarazada de cabello negro. En la mano tenía una escopeta.

—Está bien, Francesca. Están limpios.

—Nadie está limpio. Esta peste nos matará a todos.

Afuera se oía una discusión. Hubo disparos.

—¡Rápido, al congelador! —Paolo metió a toda prisa a Shep y a Virgil en el cuarto frigorífico y cerró la puerta con fuerza.

Se apretujaron en la sofocante oscuridad, entre maullidos de gatos y el hedor de los alimentos perecederos en proceso de descomposición. El círculo de luz de la linterna moribunda de la mujer se posó en el rostro de su esposo, quien había hecho a un lado unas cajas de lechuga y estaba de rodillas en el húmedo piso de madera. Tenía en la mano un alambre delgado y torcido. Lo pasó por un agujero en la madera y lo movió hasta que enganchó un cordón. Se puso de pie y tiró con fuerza, abriendo así una compuerta oculta. La luz trémula de una lámpara de aceite iluminaba una escalera que descendía a lo que parecía ser un sótano.

Paolo bajó hasta la mitad de la escalera y esperó ahí para ayudar a su esposa embarazada.

Virgil bajó después, seguido por Shep. Paolo volvió a subir y llamó a los gatos, que corrieron en tropel por el agujero. Cerró la compuerta, descendió por la escalera y se unió a los otros.

Estaban en una antigua cava de vinos; los muros de piedra y mortero se remontaban varios siglos. El cuarto olía a encerrado, pero estaba seco. Cajas de cartón y un viejo tocador estaban amontonados contra la pared opuesta.

—Por favor —el italiano le dio la lámpara de aceite a Virgil y comenzó a apartar las cajas con la ayuda de Shep.

Oculta tras la cajonera había una pequeña puerta de madera cerrada con candado.

—El pasaje conecta con la línea del tren subterráneo de la Octava Avenida. Podemos seguirla al sur hasta la calle 103 y luego cortar por el Central Park. El hermano de Francesca tiene un pequeño bote en Battery que nos puede sacar de la isla.

—¿En Battery? ¡Mi esposa y mi hija están en Battery!

—Entonces denos la vacuna a cambio de su pasaje a salvo.

—Sí, por supuesto —Shep abrió la caja y sacó dos de los ocho frascos que quedaban.

Francesca le arrebató la linterna a Virgil.

—¿Cómo sabemos que funciona, Paolo? ¿Cómo sabemos que no matará a tu hijo? —Francesca alumbró su vientre y después a Shep—. ¿Es usted médico, señor *Veterano de Guerra*?

—Me llamo Patrick; mis amigos me dicen Shep. Él es Virgil. No tengo preparación médica, así que no tengo idea si la vacuna afectará a su bebé. Hasta ahora, el único efecto secundario que he tenido son alucinaciones...

—...razón por la cual yo aún no la he tomado —añadió Virgil.

—No tiene preparación médica, ¿eh? —Francesca sostuvo el frasco de elíxir cristalino bajo la luz mientras su esposo abría el candado de la puerta—. Hace tres años yo estaba estudiando enfermería, pero tuve que dejarlo. Ahora, en vez de trabajar en un hospital con un plan de seguro decente, sirvo pizzas y atiendo a los indigentes.

—Cariño, no es el momento. Disculpen a mi esposa, el bebé nacerá en cualquier momento.

Virgil entrecerró los ojos deslumbrado por la lámpara.

—Si de algo te sirve, Francesca, hace unas horas estuve en el hospital de veteranos con Patrick. En una carpa de aislamiento tenían a una mujer embarazada infectada con la peste. Sospecho que todos los que trabajaban ahí ya están muertos. En cuanto a los indigentes, me parece que ya pagaron su deuda con creces.

Paolo abrió la puerta con dificultad. Una ráfaga aullante de aire helado irrumpió en el sótano.

—Los indigentes no resistirán contra los rifles de asalto, Francesca. ¿Tomamos la vacuna, sí o no?

—Por el bien del bebé, yo esperaré. Tú toma la tuya.

—Sí, es lo más sabio... mi esposa es la sabia —Paolo quitó el corcho y bebió el contenido de uno de los frascos de vacuna. Con la linterna en la mano, su esposa salió casi a rastras por la pequeña puerta, seguida por Virgil, Shep y los gatos.

Paolo tiró el frasco vacío, se puso en cuatro patas y salió detrás de ellos.

Estaban interconectados con diademas de audio y las palabras que pronunciaban eran vertidas a texto en sus monitores, traducidas al francés, el ruso, el chino y el inglés, los idiomas de los cinco miembros permanentes del Consejo de Seguridad.

El presidente Eric Kogelo bebió el resto de su botella de agua y esperó a que el presidente del Consejo pasara la lista de asistentes.

—Hola. Soy Rajiv Kaushik, el subsecretario general. Lamento informarles que el presidente y el secretario general fueron expuestos a la peste; ninguno de los dos se encuentra en condiciones de participar en esta llamada. Si no hay objeciones, yo cumpliré sus funciones durante esta sesión de emergencia. ¿El caballero de Francia está en línea?

—*Oui.*

—¿El caballero de la Federación Rusa?

—*Da.*

—El caballero de China?

—Soy Xi Jinping. El presidente Jintao se ha enfermado. En mi calidad de miembro de mayor rango en nuestro partido, el comité permanente ha solicitado mi presencia en esta reunión.

—Gracias, señor Jinping. ¿Nos acompaña el caballero de la Gran Bretaña?

—Sí, aquí estoy.

—¿El caballero de los Estados Unidos?

—Presente.

—Entonces comencemos con el caballero de los Estados Unidos. Nos han prometido reiteradamente que la evacuación es inminente. ¿Por qué da la impresión de que nos están dejando aquí deliberadamene a morir?

—Les pido disculpas si sienten que es así. Esta situación es muy grave. Nuestro objetivo es iniciar el puente aéreo al amanecer.

Una andanada en ruso respondió al presidente Kogelo; el texto traducido aparecía en su pantalla a borbotones.

—Esto es un escándalo. Delegaciones enteras han sido aniquiladas. No puede retenernos en cuarentena; es una violación directa de la Carta de las Naciones Unidas.

Kogelo respiró profundamente, negándose a perder la calma.

—Todos, incluyendo a mi personal, compartimos las preocupaciones del presidente Medvedev. Pero hay algo que debe quedar muy claro. Enfrentamos un brote que fácilmente podría convertirse en una pandemia global si la cuarentena no se observa al cien por ciento. El total de muertos en Manhattan ya rebasa el medio millón de personas. Todos hemos perdido colegas, aliados, seres queridos y amigos. Lo que menos queremos es precipitar la evacuación sin tomar las precauciones adecuadas y que cada uno de ustedes resulte ser el portador que desate la peste en sus propios países y alrededor del planeta.

—Hemos oído informes de que esta peste se originó en uno de sus biolaboratorios dirigidos por la CIA.

—Les reitero que medio millón de personas han muerto; muchas más están sufriendo y la inmensa mayoría es estadounidense. Ya habrá un momento apropiado para investigar y deslindar responsabilidades. Por ahora, nuestra prioridad es transportar a salvo a los diplomáticos de la ONU y a los jefes de Estado a unas instalaciones médicas seguras en la Isla del Gobernador. Para lograrlo, se requiere que cada evacuado use un traje ambiental autocontenido que impedirá que cualquier individuo infectado contagie a otros con la peste. Los trajes ambientales están en camino ahora mismo y se los llevarán a sus suites en cuanto lleguen. Me informan también que ha sido localizada una vacuna que no sólo inocula sino que revierte los efectos de la peste.

Kogelo esperó el murmullo diferido en tanto sus palabras eran traducidas.

—Si bien éstas son buenas noticias, hay otro asunto que debemos discutir. ¿Señor Kaushik?

El presidente en funciones del Consejo de Seguridad tomó la palabra.

—El presidente Kogelo tiene poderosas razones para creer que el nuevo líder supremo de Irán, una vez que regrese a Teherán, suministrará a insurgentes iraníes en Irak, Israel y posiblemente los Estados Unidos, minibombas nucleares en maletas. La transmisión que escucharán a continuación corresponde a una conversación privada entre el ayatola Ahmad Jannati y un general que supervisa los centros de adiestramiento de Qods, que han sido vinculados a actividades insurgentes.

Todos escucharon atentamente; sus ojos escaneaban el texto conforme éste iba apareciendo traducido a sus idiomas en los monitores.

El miembro del comité permanente de China fue el primero en hablar.

—No oigo ninguna amenaza. Sólo oigo la intención del señor Jannati de autoproclamarse *Mahdi*.

—Con el debido respeto, señor Jinping, nuestras agencias de inteligencia nos han brindado una interpretación mucho más mortífera de sus intenciones. Estamos solicitando al Consejo de Seguridad que haga severas advertencias públicas al señor Jannati, al canciller y a los clérigos iraníes de línea dura, en el sentido de que cualquier nación que suministre uranio enriquecido a organizaciones terroristas correrá, en caso de ataque, con la misma suerte que los perpetradores.

—¿Y cómo vamos a saber, en caso de semejante ataque, si los iraníes son los responsables? —repuso el presidente ruso—. Hay facciones al interior de su propio gobierno, señor presidente, que han presionado por una invasión a Irán desde que el vicepresidente Cheney dirigía la Casa Blanca. ¿Cómo podemos saber si una explosión nuclear no fue provocada intencionalmente por la CIA o la Mossad con el fin de instigar una guerra?

—Mi administración busca soluciones pacíficas a los conflictos en el Medio Oriente.

—Si es así, ¿por qué sus tropas continúan ocupando Irak y Afganistán? ¿Cuándo cerrarán sus bases militares en la región? Su nuevo secretario de Defensa insiste en aliarse con funcionarios georgianos, impulsándolos a desafiar nuestros pactos de no agresión con Abjazia y Osetia del Sur. Esas acciones envían un mensaje muy diferente.

—El secretario DeBorn fue reprendido por sus acciones. Nuestro plan es continuar la reducción de tropas en Irak, llegando a nuestro objetivo de 50 mil el próximo mes de agosto. Un acto de guerra por parte del señor Jannati socavaría estos esfuerzos, alentaría una agenda neoconservadora en Washington y Tel Aviv, y nos obligaría a retribuirlo con la misma moneda.

—¿Y qué hay de esta peste que ha matado a tantos, incluyendo a casi toda la delegación iraní? ¿Teherán no debería considerar esto como un acto de guerra?

Eric Kogelo hizo un esfuerzo para concentrarse en medio de la jaqueca y la fiebre.

—Medio millón de estadounidenses han perecido. Nuestra ciudad más grande se ha vuelto inhabitable. Si esto fuese un acto de guerra, entonces los Estados Unidos serían el blanco. Les reitero que realizaremos una investigación y llevaremos ante la justicia a todos los responsables de la peste. Lo que no podemos hacer es permitir que esas facciones radicales logren empujar a nuestras naciones a una guerra nuclear. Fue por ello que todos nosotros acordamos venir a Nueva York esta semana, para prevenir otra guerra.

Pero el ruso distaba nucho de haber concluido.

—Señor presidente, en agosto de 2001 el presidente Putin envió una delegación rusa a Washington, D. C., para informar al presidente Bush de un complot de al-Qaeda para secuestrar aviones comerciales y estrellarlos contra el World Trade Center. No fuimos la única nación que lanzó advertencias. Por lo menos otra docena de agencias de inteligencia envió avisos, incluyendo a la de Alemania, que informó de las fechas de los ataques. ¿Por qué fueron ignoradas esas advertencias? La razón resultó evidente para todos: la administración de Bush quería que los ataques tuvieran éxito para justificar así una segunda invasión de Irak. Ahora henos aquí, una década después; sólo que esta vez el objetivo ambicionado es Irán. Señor presidente, si en verdad quiere impedir un holocausto nuclear, no nos pida lanzar amenazas contra los iraníes. En vez de eso, muéstrele al mundo que sus intenciones son serias metiendo en cintura a los elementos radicales al interior de su propio país que se empeñan en minar sus esfuerzos para lograr la paz.

PIZZERÍA MINOS, AVENIDA AMSTERDAM,
2:19 A.M.

Las balas de goma y el gas lacrimógeno habían dispersado a los indigentes. Una granada arrancó la cortina metálica. El mayor Downey pasó sobre los vidrios rotos y los escombros y entró al local oscurecido.

—Están aquí en algún lugar. Encuéntrenlos.

Los *rangers* vestidos de negro avanzaron por la pizzería desierta, volteando las mesas con manteles a cuadros y vaciando armarios y gabinetes. Revisaron minuciosamente hasta el último rincón donde pudiesen ocultarse dos hombres.

—Señor, alguien estuvo en la cocina preparando emparedados. Parece ser que se han marchado.

—Los indigentes no estaban custodiando emparedados. Busquen en los departamentos de los pisos superiores.

Dos *rangers* salieron de la cámara frigorífica y pasaron bruscamente al lado de David Kantor, quien iba entrando. El lugar estaba cálido; su linterna mostró contenedores de masa de pizza y queso rayado. Se sentó sobre una caja de tomates, con el cuerpo agotado y los nervios crispados. *Debo hallar una manera de separarme del grupo y llegar a la escuela de Gavi.*

Oyó maullar al gato en algún punto de las tinieblas, pero no pudo ubicarlo. Vio la mancha húmeda con la silueta de la caja. Tocó las tablas del piso con la culata de su rifle. Sonó hueco. Revisó la cocina. Oyó a los *rangers* en el departamento de arriba.

Regresó a la marca húmeda y pateó la duela con la bota...

...hundiendo la compuerta.

PASAJE SUBTERRÁNEO;
2:35 A.M.

Tres pisos abajo de la ciudad moribunda, por un túnel de mantenimiento horadado 50 años antes, la luz vacilante de la linerna de Paolo era lo único que mantenía a raya a la claustrofobia. La luz bailaba sobre los muros de concreto surcados de tuberías y graffiti. Los zapatos chapoteaban en el piso de cemento donde el agua que escurría formaba charcos envueltos en una oscuridad perpetua. Francesca apretó la mano libre de su marido. El miedo abrumaba su mente y su baja espalda y sus hombros se doblaban con el peso del bebé que quizá ya nunca nacería.

Pasados 10 minutos, el túnel intersecó la línea del tren subteráneo de la Octava Avenida. Los rieles fríos y en desuso eran nuevos obstáculos en la luz intermitente, junto con las ratas muertas. Las alimañas estaban por doquier, bultos negros de piel mojada. Dientes afilados bajo las narices rosas embadurnadas de sangre.

Francesca se persignó.

—Paolo, quizá deberías darme la vacuna.

Paolo miró a Virgil, dudoso.

—¿Qué opinas?

—Es tu decisión, hijo. Tal vez te convendría rezar antes.

Patrick resopló con sorna.

—Luego de lo que me contaste de Auschwitz, ¿cómo puede sugerir siquiera que rece?

—Simplemente dije que rezar podría ayudar a Paolo a encontrar la respuesta. Es su bebé. Ellos deben decidir, no tú.

—¿Y si Dios los ignora, como a ti, como ignoró a seis millones de tu pueblo durante el Holocausto?

—Yo nunca dije que el Creador hubiese ignorado nuestras plegarias. Dije que su respuesta fue no.

—Al parecer, Él sigue diciendo que no. ¿Crees que esas familias varadas en sus coches en la avenida estaban rezando esta noche cuando la peste se las llevó? ¿O aquellas personas que agonizaban en la calle?

—Dios no es un verbo, Patrick. Nosotros debemos ser la acción. La plegaria no fue ideada como petición o súplica. Es una tecnología que permite la comunicación con las dimensiones espirituales superiores. Ayuda a transformar el ego humano, haciéndolo más desinteresado, para que acepte la Luz. La Luz es…

—No tenemos tiempo para oír toda la disertación sobre la Luz. Francesca, tómate la maldita vacuna.

—Aún no —Paolo volteó, la luz de la linterna nadó en los ojos de Patrick—. Creo que Virgil tiene razón. En tiempos como éstos hay que tener fe.

—¿Sabes qué es la fe, Paolo? La fe no es más que la creencia sin evidencia, una pérdida de tiempo. La vacuna es real.

—La fe también es real —repuso Virgil—. Si no, quizá estemos perdiendo el tiempo tratando de encontrar a tu esposa y a tu hija.

Un vertiginoso acceso de ansiedad hizo que se desplomara la presión sanguínea de Shep.

—Eso es diferente. Dijiste que habías hablado con ella.

—Sí, pero eso fue mucho antes de que tanta gente se enfermara. Hasta donde podemos saber, quizá esté muerta. Tal vez deberíamos dirigirnos directamente al barco.

—Bea no está muerta.

—¿Y cómo lo sabes?

Patrick hizo un esfuerzo por conservar la calma.

—Reza tu maldita plegaria, Paolo.

—Señor, tú nos hiciste para ti y nuestros corazones no hallan descanso hasta que descansan en ti…

Fue una sensación de agua helada en la columna vertebral. Shep se dio vuelta lentamente, con la mirada clavada en el túnel de mantenimiento. Observándolo desde la oscuridad estaba la Parca, con los brazos levantados y la guadaña congelada a medio envión. Cráneo encapuchado, cuencas vacías que apuntaban hacia Paolo; las palabras del devoto agitaban claramente al ente sobrenatural.

—…concédenos la gracia de desearte con todo el corazón, para que así deseándote podamos buscarte y encontrarte, y encontrándote podamos amarte y compartir equitativamente con nuestros prójimos…

La Parca gritó en silencio y se disipó en las sombras del pasaje subterráneo.

—...esto lo rezamos a través de Cristo Jesús, amén.

Shep se quitó las perlas de sudor frío de la frente con su temblorosa mano derecha.

—Amén.

EL BARRIO CHINO,
2:47 A.M.

Fue arrastrada fuera de la pesadilla con un jalón de cabello. El dolor obligó a Gavi Kantor a salir del sopor inducido por las drogas y ponerse de pie. Usando su cabello como una correa de perro, un hombre desgarbado, empapado en loción, la condujo por un sótano laberíntico iluminado con velas. Pasaron por baños sin puertas y llegaron a un corredor bordeado por una docena de cubículos con cortinas. El aire acre apestaba a cebollas viejas; los gruñidos que salían de ahí eran más animales que humanos. En su delirio, Gavi percibió vistazos de hombres depredadores que obligaban a chicas desnudas a realizar actos que la orillaron a gritar.

El hombre que parecía una silueta le dio un golpe en la nuca que la derrumbó. Gavi cayó de rodillas.

—¡Basta!

La masa rotunda de la madama mexicana superaba a la de la silueta al menos por 30 kilos.

—Dámela, es mía. Ven acá, *Chuleta*. ¿Alí Chino te lastimó?

Buen policía: mal policía. La niña de 13 años se arrastró a los brazos de la mujer y lloró desconsoladamente. La madama le hizo un guiño a su cómplice.

El tráfico de seres humanos no era prostitución. Era el negocio mundial de miles de millones de dólares de raptar y comprar niños y adultos jóvenes para ser usados como esclavos sexuales. Era la tercera empresa criminal más rentable del mundo. Estaba bajo el control del crimen organizado. Dominaban los rusos, los albanos y los ucranianos que traficaban mujeres a Europa occidental y a Oriente Medio.

Los Estados Unidos seguían siendo uno de los principales consumidores. Treinta mil mujeres y niños extranjeros eran traficados al país cada año. Los contrabandeaban por la frontera mexicana y los vendían a redes de prostitución. Eran transportados a casas y departamentos de seguridad, algunos en ciudades importantes como Nueva York, Chicago y Los Ángeles; otros en poblados suburbanos donde quedaban ocultos a plena vista.

Pero la autopista de la esclavitud no corría sólo en dirección de los Estados Unidos. Había gran demanda en el extranjero por niños y adolescentes estadounidenses. Niños de seis a 13 años podían ser vendidos por una cantidad de seis cifras. Entre los compradores finales había príncipes saudís, "aliados" a los que el Departamento de Estado estaba renuente de perseguir. En el mundo del tráfico de personas, la corrupción era la sangre vital de la inmoralidad y su pulso era la indiferencia del público.

La habitación no tenía ventanas. Una docena de colchones sin mantas cubría el piso de concreto. Los compartían 22 chicas de 10 a 19 años de edad. Trabajaban por turnos. El negocio prosperaba en el Fin de los Días.

La "cosecha" consistía mayormente de rusas e hispanas. Tops de hombros descubiertos y maquillaje barato cubrían sus carnes escuálidas. La mirada de las víctimas estaba vacía, como si la luz de su alma hubiese sido sellada con ámbar a resultas de haber sido violadas en masa, golpeadas y obligadas a dar servicio a 20 o 30 hombres al día.

La madama sacó del colchón de una patada a una chica rumana, empujando a la estadounidense en su lugar. Como "madre putativa", el trabajo de la matriarca era torturar psicológicamente a sus entenadas, antes de pasarlas con los "entrenadores", quienes violaban y golpeaban una y otra vez a cada nueva recluta hasta que se sometiera. Luego de dos semanas, la mercancía estadounidense era drogada y exportada a Europa oriental para ser vendida al mejor postor. A cambio de eso, la madama recibía tres mil dólares.

—¡Por favor, déjeme ir! Yo sólo quería comprar un reloj...

La mujer obesa abofeteó a Gavi con tal fuerza que le sacó sangre.

—Esperarás aquí hasta que yo venga por ti. Si intentas escapar, las otras chicas me lo dirán y Alí Chino regresará. Alí Chino mata a muchas chicas. ¿Quieres que te mate?

El cuerpo de Gavi Kantor tembló de manera incontrolable. El llanto la cegaba.

—No.

—Entonces haz lo que yo te diga. Estoy aquí para cuidarte, pero me tienes que hacer caso —miró alrededor del cuarto y señaló a una chica rusa—. Tú. Enséñale a usar la penicilina.

Y diciendo eso, la cacique hispana se marchó, cerrando la puerta con llave tras de sí.

CENTRAL PARK WEST,
2:45 A.M.

Central Park West definía el lindero oeste del parque, de la calle 110 a la calle 59.

Apagando la lámpara, Paolo salió de la desierta estación del tren subterráneo y condujo a Francesca, Virgil y Patrick a través del Frederick Douglass Circle a Central Park West, zigzagueando entre los coches abandonados.

La luna estaba envuelta por nubes innumerables; su luz velada revelaba los altos edificios aledaños al parque, hogar de algunas de las personas más ricas de Nueva York. Ahora las estructuras se veían oscuras y temibles. Pero no estaban silenciosas. Los gritos de los indigentes y los sufrientes rasgaban la noche y de vez en cuando se les sumaba el repugnante sonido seco de un cuerpo arrojado desde una ventana al golpear la acera cubierta de nieve.

Al llegar a la calle 106, Paolo guió a su séquito a Stranger's Gate, una modesta entrada del parque que consistía de una escalinata de pizarra negra y que los depositó en un área arbolada. Avanzando bajo la celosía de olmos americanos desnudados por el invierno, se dirigieron al este a través de un prado en la cima de una colina hasta que llegaron al sendero de asfalto que era el West Drive.

Psicóticos disimulantes y pervertidos sexuales rondaban la periferia: lobos disfrazados con carne humana, cuyos murmurados deseos añadían otra capa de terror a la noche. Francesca jaló a su esposo hacia sí.

—Aquí estamos demasiado expuestos. Llévanos por la barranca.

La aeronave Parca sobrevolaba a 200 pies de altura, rastreando en silencio a su presa.

La información fue reenviada al sistema de comunicación del mayor Downey. Podía ver las coordenadas del blanco en el visor del ojo derecho.

—Están en Central Park. ¡Andando!

—Señor, nos falta un hombre… el guardia nacional.

Downey maldijo para sus adentros y cambió la frecuencia de su radio.

—Control, necesito que rastreen a Delta-8.

—Delta-8 está cuatro metros al sur de su posición actual.

Downey miró en torno suyo, confundido. Entró al cuarto de refrigeración…

…y vio el comunicador de David Kantor sobre un contenedor de mayonesa abierto.

Los ojos de Paolo recorrieron el campo oscuro en busca de la mancha de sombra.

—Por aquí.

El Bosque Norte abarcaba 90 acres del cuadrante norte del parque. Era un área densamente arbolada que anulaba hasta el menor rastro de la metrópoli circundante. La barranca atravesaba el bosque. Era un valle que incluía el Loch, un lago estrecho con cinco cascadas que fluía a un arroyo que corría paralelo a un sendero hacia el sur.

Avanzando rápidamente por el césped cubierto de nieve, llegaron al lindero del bosque. Un viento gélido azotaba sus espaldas y hacía bailar a los árboles. Paolo se arrodilló en el pasto húmedo y cubrió su encendedor mientras trataba de encender la lámpara. La llama no prendía. Lo intentó una y otra vez hasta que se quemó los dedos.

—Ya no tiene mecha. La lámpara es inservible. Francesca, intenta con tu linterna.

Francesca apuntó el haz de luz, pero era demasiado tenue para penetrar los árboles.

—¿Y ahora qué?

—Shh —Paolo escuchó, sus oídos se clavaron en el sonido del fluir del agua—. Tómense de las manos. Puedo conducirnos al sendero —tomó la mano de Francesca, esquivó la maleza y entró al bosque.

La oscuridad era tan absoluta que no alcanzaba a ver su propia mano frente a él, tanteando el camino. Entre las hojas y tropezando con troncos, pasando entre ramas invisibles que rasgaban sus abrigos y sus mejillas, continuaron hasta que el piso del bosque cedió su lugar a un angosto camino de asfalto. En algún lugar de la oscuridad delante de ellos estaba el Arco Huddlestone, un túnel natural de enormes piedras

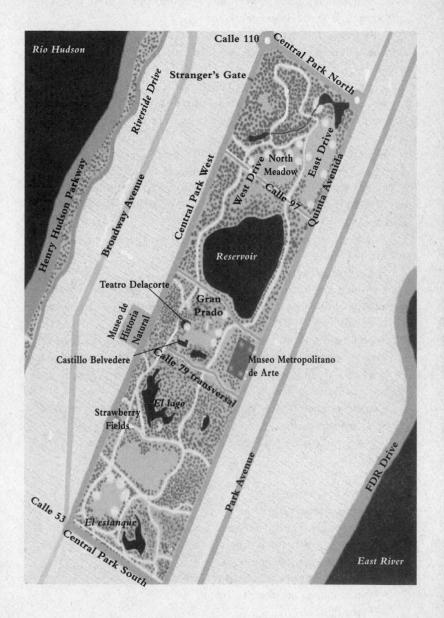

Río Hudson

Calle 110

Central Park North

Stranger's Gate

Riverside Drive

Henry Hudson Parkway

Broadway Avenue

Central Park West

West Drive

North Meadow

Calle 97

East Drive

Quinta Avenida

Reservoir

Teatro Delacorte

Gran Prado

Museo de Historia Natural

Castillo Belvedere

Calle 79 transversal

Museo Metropolitano de Arte

El lago

Strawberry Fields

Park Avenue

FDR Drive

Calle 53

El estanque

Central Park South

East River

de esquisto sujetas en su sitio por la gravedad. Avanzaron palmo a palmo, agachando la cabeza, tanteando el camino por el arco, con sumo cuidado por la senda descendente.

Una franja de luz de luna reveló el sendero sur. Serpenteaba a su derecha y conducía a un pequeño puente de madera que cruzaba un arroyo.

Erguida sobre el puente estaba la Parca.

—Paolo, mis pies… Necesito descansar un momento —sin percatarse del Ángel de la Muerte, Francesca se acercó al puente y se recargó en el barandal de madera.

Shep intentó gritarle una advertencia, pero su voz se ahogó como si un peso oprimiera su garganta. Sus ojos se desorbitaron de horror al ver a la Parca levantar silenciosamente la guadaña sobre su hombro derecho y apuntar la hoja curveada de metal hacia el cuello de la embarazada.

Francesca se estremeció; su aliento exhalado aparecía espeso y azul a la luz de la luna.

—De pronto empezó a hacer mucho frío.

La Muerte le sonrió burlonamente a Shep y sus brazos cubiertos: huesos envueltos en ligamentos desvencijados, tendones y carne, enviaron la cuchilla teñida de oliva en un arco hacia abajo.

Shep rebasó a Paolo con dos ágiles zancadas y asestó un revés con su brazo protésico. El metal contuvo la guadaña de la Parca a medio vuelo; el *clack* de fierro contra fierro generó un brillante destello anaranjado que iluminó por un instante la barranca entera.

Cegado temporalmente por la luz, Shep se hincó sobre una rodilla. Su cuerpo temblaba.

—¿Qué fue eso? —Francesca giró la cabeza y miró desconcertada a su esposo.

—¿Qué fue qué?

—¿No viste el destello?

—No, mi amor. ¿Virgil?

El viejo estaba arrodillado junto a Shep.

—Hijo… ¿te encuentras bien?

—La Parca… va tras Francesca.

Virgil miró las pupilas contraídas de Shep.

—Paolo, dale la vacuna a tu esposa.

—Pero dijiste…

—Hazlo ahora mismo.

Francesca tomó el frasco que le tendió su marido y lo bebió hasta el fondo, atragantándose con el elíxir cristalino.

Shep se puso de pie; las manchas púrpuras iban desapareciendo poco a poco de su visión.

—Detuve su cuchilla con la mía. Dime que viste el destello de luz.

—No, pero Francesca obviamente sí lo vio. Debes haberla arrastrado del túnel.

—¿El túnel?

—El pasaje que toda alma debe recorrer cuando abandonamos el *Malchut*, el mundo físico. El túnel conduce a la Cueva de Machpelah, donde están sepultados los patriarcas de toda la humanidad.

Shep lo llevó aparte.

—La peste… Toda esta muerte, es como carnada para el Ángel de la Muerte, ¿verdad?

—No es la muerte, Patrick, es la negatividad… La conducta reactiva es lo que está incrementando el poder de Satán. De cierta manera, el Ángel de la Oscuridad es un barómetro de la psique del ser humano. Las transgresiones del mundo han inclinado la balanza más allá de la masa crítica, dando carta blanca a la Muerte. El Fin de los Días es inminente y esta vez ni siquiera las almas de los inocentes serán dispensadas.

ISLA DEL GOBERNADOR,
3:29 A.M.

El laboratorio de biopeligro había sido instalado en una de las antiguas residencias militares de la isla. Un generador portátil que gruñía en la cochera abierta suministraba la energía.

Doug Nichols le dio una taza de café a Leigh Nelson. El teniente coronel había llegado siete horas antes del Fuerte Detrick para supervisar el análisis y la replicación de la vacuna de la Guadaña. El veterano de mandíbula cuadrangular le sonrió a la bonita mujer de cabello oscuro.

—¿Se encuentra bien?

El labio inferior de Leigh tembló.

—Estaría mucho mejor si me permitieran cinco minutos para contactar a mi marido.

La sonrisa se disipó.

—Puede usar mi teléfono celular… una vez que hayamos identificado la vacuna.

—Es usted todo un tipazo.

—Dice que tuvo en sus manos la caja que contenía el suero. ¿Cree que podría identificarla si la viera otra vez?

—Es probable.

Nichols abrió su computadora portátil. Tecleó la dirección de un sitio web seguro.

—Éstos son los estuches estándar para transportar compuestos a los que tenía acceso la doctora Klipot. Por ejemplo, estos empaques se usan para transportar la vacuna de la influenza.

—No, no era de metal. Era una caja de madera pulida, con un molde de hule espuma para 12 frascos, cada uno de tres onzas cúbicas.

—¿La caja tenía alguna marca distintiva? ¿Números de serie, logos departamentales?

—Ninguno que yo recuerde. Pero en el interior de la tapa había una advertencia. Decía que la vacuna contenía un poderoso neurotransmisor capaz de producir efectos alucinatorios temporales.

—¿Está segura de eso?

—Absolutamente. La doctora Klipot se me escabulló poco después de que le di el antídoto y recuerdo que me quedé pensando que…

El teniente coronel hizo click en varias páginas buscando un sitio.

—¿Esta era la caja?

Leigh miró la imagen.

—Sí. Ésa es, estoy segura. ¿Sucede algo malo?

—Es el estuche de envío empleado para terapias antimicrobióticas, incluyendo tetraciclinas, cloranfenicol o estreptomicina. Las terapias antimicrobióticas son cultivadas en un medio artificial a partir de organismos inactivados con formaldeído y preservadas en fenol al 0.5 por ciento. Por esas y otras razones, los anticuerpos del suero necesitan acceso directo al torrente sanguíneo. Usted más que nadie debería saber que los sueros antimicrobióticos no pueden cruzar la barrera sangre-cerebro; tienen que ser inyectados.

—¿Cree que lo estoy inventando?

—Klipot escapó cuando estaba bajo su cuidado. Lo mismo el sargento Shepherd. Ahora está mintiendo deliberadamente acerca de la naturaleza de la cura. Puede ser que todo sea una coincidencia conveniente, o que usted esté trabajando con los grupos terroristas responsables de infectar a Manhattan.

—Eso es una locura.

—¡Guardia!

Un policía militar llegó corriendo del cuarto contiguo.

—Sí, señor.

—La doctora Nelson nos ha estado mintiendo. Que el capitán Zwawa la interrogue... con la violencia conveniente.

Habían atravesado el Bosque Norte. Rodearon el Prado Norte y la orgía de sombras segregadas por las fogatas, cruzaron el puente de la calle 97 y se detuvieron a descansar junto a la estatua de bronce de tamaño natural del escultor danés Albert Thorvaldsen.

Patrick los había dejado para hacer un reconocimiento por el lindero oriental del parque. Ocultándose tras un muro de poco menos de metro y medio había inspeccionado la Quinta Avenida. Los vehículos bloqueaban la arteria. Las sombras se agitaban bajo los toldos oscurecidos. Estaba a punto de marcharse cuando un disturbio sacudió la noche.

Las dos Hummers negras avanzaban hacia el sur por la Quinta Avenida, evitando los carriles atascados y trepándose a la acera extraancha que bordeaba el parque. Los gritos rasgaban el gélido aire nocturno cuando los vehículos militares arrollaban a los civiles que atestaban la acera, triturando miembros y cráneos bajo los neumáticos dobles de las camionetas.

Patrick corrió de regreso por el parque. Localizó al grupo en el área de juegos infantiles de la calle 96 Este.

—Ahí vienen. Debemos ponernos en marcha.

Francesca gimió; le dolían los pies.

—¿Cómo nos encontraron tan rápido?

Shep miró el cielo nublado.

—Probablemente usaron aeronaves no tripuladas para rastrearnos. Vamos.

—¿Adónde se supone que iremos? —preguntó Paolo molesto—. Venimos del norte; al oeste no hay nada más que canchas deportivas y el camino al sur está bloqueado por el embalse. Nos alcanzarían mucho antes de que pudiéramos rodearlo.

—Estábamos más seguros en la pizzería —se quejó Francesca—. Te dije que no los dejaras entrar, Paolo. Te lo supliqué.

—Francesca, por favor —Paolo se arrodilló junto a la resbaladilla cubierta de nieve y cerró los ojos para rezar—. Dios, ¿por qué nos has conducido hasta aquí sólo para matarnos? Guíanos a salvo lejos de aquí… ¡Muéstranos el camino!

—Ayúdanos, Dios, muéstranos el camino —Virgil imitó a Paolo; su tono de voz escurría sarcasmo.

—Virgil, por favor…

—Y Moisés le lloriqueó a Dios: "Dios, haz algo. Tenemos el Mar Rojo por delante y a los egipcios por detrás". Y Dios respondió: *"Ma titzach alai"*, ¿por qué me gritoneas? Así es, Paolo, Moisés le gritaba a Dios: "Ayúdanos", y Dios gritaba a su vez: "¿Por qué me gritas?"

Paolo se levantó.

—Yo… nunca leí ese pasaje de la Biblia.

—Porque lo eliminaron de la versión del rey Jacobo y ningún rabino o cura se atreve a discutirlo. Pocos aceptarían que Dios le respondiera de esa manera a Moisés; después de todo, Dios es bueno… Dios es justo. Lo que Dios les estaba diciendo a los israelitas era que en ellos residía el poder para ayudarse a sí mismos.

—No comprendo. ¿Cómo podrían los israelitas cruzar el Mar Rojo sin la ayuda de Dios?

—La respuesta está encerrada en el versículo, Éxodo 14; el pasaje más importante de toda la Tora. Extrayendo las letras en un orden específico, de la línea 19 a la 21, nos quedan 72 palabras de tres letras, las mismas triadas que Dios grabó en el cayado de Moisés.

—¿Cuáles eran? —preguntó Paolo.

—Los 72 nombres de Dios. No son nombres en el sentido ordinario, sino una combinación de letras arameas capaces de robustecer la conexión del alma con la dimensión espiritual y canalizar la Luz sin intermediación de ningún filtro. Abraham usó los 72 nombres en su juventud para salvarse de ser quemado vivo por el emperador Nimrod cuando fue arrojado al horno. Moisés usó esa energía para controlar el universo físico.

—Virgil, discúlpame… pero, ¿cómo puede ser todo eso de utilidad para nosotros en este momento?

—Paolo, si en verdad crees que Dios es omnisciente y omnividente, entonces resulta insultante pensar que Él necesita que le recuerdes que debe ayudarte. "Oye, Dios, te necesito aquí abajo, y no olvides a mi alma gemela, mi dinero, mi alimento." Por eso fue que Dios el Creador, Dios la Luz, le dijo a Moisés: *"Ma titzach alai"*, ¿por qué me estás gritando? Lo que Dios estaba diciendo era: "Moisés, despierta, tienes en tus manos la tecnología, ¡úsala!" Es el concepto de la mente sobre la materia.

Shep deambulaba concentrado en la dirección de los motores que se aproximaban.

—Virgil, francamente no es momento para un sermón.

El viejo frunció el rostro.

—Patrick, la conexión suscitada por los 72 nombres no va a funcionar si tus pensamientos y tus actos son impuros. Moisés dudó, así que el mar no se abrió. Pero un hombre no vaciló nunca en su fe. Un hombre devoto tomó el cayado de Moisés, grabado con los 72 nombres, y se adentró en el Mar Rojo hasta que las olas le llegaban a la barbilla... Y fue entonces que las aguas se separaron. Mira, Paolo, tratándose de la fe no puede haber ninguna duda, nada de ego, sólo certeza. El alfabeto hebreo tiene 22 letras. Una letra clave está ausente en los 72 nombres de Dios: la gimel, que representa a *ga'avah*, el ego humano. Si en verdad crees en Dios, no hay cabida para la duda.

Shep se apartó de la conversación, bombeando adrenalina mientras aguardaba la aparición de los vehículos militares. *No hay adónde huir, no hay dónde ocultarse... arrastrando el lastre de un viejo desquiciado y una embarazada.*

Miró en dirección del embalse. Era tan vasto que sus orillas se extendían casi de un extremo a otro del parque; su horizonte de 10 cuadras desaparecía en un banco de niebla.

¿Niebla?

—Paolo... ¡tenemos que conseguir un bote!

El embalse Jacqueline Kennedy Onassis era un cuerpo de agua de 12 metros de profundidad y 106 acres de extensión, rodeado por una pista para correr de dos kilómetros y medio y una alta malla de alambre. El cobertizo de mantenimiento del embalse se hallaba junto al camino de herradura.

Shep abrió la puerta de una patada. Paolo alumbró el interior. La balsa inflable amarilla colgaba del techo, asegurada a las vigas de madera con dos poleas. Shep cortó los cables con un tajo de su brazo protésico. Tomó un remo y ayudó a Paolo a arrastrar la embarcación de hule afuera del cobertizo.

—Aquí —Virgil y Francesca aguardaban junto a los sanitarios públicos de la pista para correr.

El viejo desprendió una sección de la valla, en el punto donde se enganchaba al borde del muro de ladrillos, permitiéndoles acceder al agua.

La fachada del edificio estaba cubierta de graffiti pintado con aerosol que representaba de todo, desde las insignias de varias pandillas y mensajes de amor, hasta coloridas obras de arte que empequeñecerían a Peter Max. En la parte superior de la pared, pintado en letras negras, había un mensaje profético:

USTED SE HALLA BAJO VIGILANCIA.

Abajo de eso, representado con letras blancas estilizadas de 1.20 metros de altura, se veía el homenaje de un aficionado al rock a su banda favorita:

Styx

Shep miró fijamente el graffiti; un recuerdo distante se agitaba en su cerebro.

—Patrick, te necesitamos —Virgil y Paolo habían desprendido a tirones la sección desenganchada de la valla, permitiendo a Shep maniobrar la balsa por la abertura y botarla al agua.

Paolo fue el primero en subir a la embarcación y enseguida alargó los brazos para ayudar a Francesca y Virgil.

Luego de pasar por la estrecha abertura, Shep colocó la valla de nuevo en su lugar y se arrodilló en la popa junto a Virgil. Tomó un remo por la mitad con el puño derecho, pero no podía sujetar la parte superior con la tenaza rota de su brazo protésico.

—Permíteme, amigo —Paolo le quitó el remo a Patrick y comenzó a remar, guiando la balsa lejos del muro norte del embalse.

El agua estaba oscura y turbia, pero notablemente más cálida que el gélido aire nocturno. La diferencia de temperatura era la causa del espeso banco de niebla.

La orilla fue desapareciendo de la vista, junto con el cielo.

Paolo siguió remando. Rápidamente perdió por completo el sentido de orientación.

—Esto no está bien. Quizá los estoy llevando en un círculo interminable.

Virgil levantó una mano.

—Escuchen.

Oyeron a una multitud vitoreando en algún lugar a la distancia.

—Dirígete hacia ese sonido, Paolo. Te guiará al extremo sur del embalse.

Alterando el curso, continuó remando. El sonido del agua era diáfano en el aire decembrino. La niebla se espesaba a cada golpe de remo.

El olor los alcanzó primero. Un pútrido hedor similar al de una cloaca abierta.

El remo golpeó un objeto invisible. Luego otro.

Paolo sacó el madero del agua bruscamente. Le arrebató a Francesca la linerna y volvió a tratar de encender la mecha de la lámpara, lográndolo al tercer intento. La alzó por un costado de la balsa y la luz velada por la niebla reveló lo que había en la superficie.

—¡Santa Madre de Dios!

Eran miles de cadáveres, flotando como los restos de un naufragio. Algunos estaban boca abajo, la mayoría no, y sus ojos enrojecidos parecían a punto de salírseles; su carne moteada estaba pálida e hinchada, sus cuellos tenían bubos color negro-morado del tamaño de una toronja, aún más inflamados por la inmersión en el agua. Hombres y mujeres, viejos y jóvenes: el agua fría se había combinado con la peste para disfrazar su origen étnico; la composición de cada cuerpo determinaba su jerarquía dentro del embalse. Los más pesados, siendo los que flotaban más, ocupaban la superficie del lago artificial. Los delgados y musculosos, no pudiendo flotar, habían sido relegados a las aguas medias y profundas, junto con los bebés y los niños.

Paolo tapó con una mano la boca de su esposa antes de que pudiera gritar.

—Cierra los ojos, mira hacia otro lado. Si gritas, los soldados nos encontrarán.

Virgil se enjugó unas lágrimas frías.

—Paolo, apaga la lámpara y ponte a remar… Llévanos a la otra orilla de este río de la muerte.

"Río de la muerte… Styx." Las palabras de *La Divina Comedia* abrieron otra cámara sellada de la memoria de Shep; la prosa infernal de Dante apareció ante sus ojos. *El agua era de un tono oscuro, gris-púrpura, y nosotros, siguiendo su sombría ondulación, avanzamos por una extraña senda hasta donde había un pantano al final de la ladera…*

…Styx era el nombre de aquella laguna cenagosa.

Los ojos de Shep se dilataron al atenazar su mente la alucinación provocada por la vacuna; la multitud de cadáveres flotantes daba vueltas en su visión...

...¡los muertos se animan de repente!

Giran las extremidades. Manos empapadas se lanzan zarpazos a ciegas, arrancando ropa de la piel en el proceso. Cada vez más inquietos, los muertos que despiertan jalan del cabello a sus vecinos y les sacan los ojos. Varios de los cadáveres más animosos asoman sus horrendas cabezas por encima del agua helada, hincando los dientes amarillentos en la carne podrida de otra víctima de la peste, como si fuesen zombies.

Shep mira horrorizado unos extraños destellos de luz blanca azulosa que se encienden azarosamente desde algún punto en las profundidades; cada luz estroboscópica revela vistazos atroces de más víctimas de la peste: un ejército sumergido de muertos luchando para llegar a la superficie. De pronto, Shep se da cuenta de que está viendo un mar de rostros: rostros iraquíes, que lo miran a su vez y lo juzgan. Su silencio es ensordecedor.

—*Ignóralos, Shepherd, no son más que paganos sin Dios.*

Patrick voltea hacia abajo y se asombra de ver al teniente coronel Philip Argenti. El clérigo flota de espaldas junto a la balsa; viste su larga sotana negra y su cadáver es remolcado por la corriente que provoca la balsa.

—*La guerra es un infierno, Shepherd. Había que hacer sacrificios para poder lograr nuestros objetivos. Hicimos lo que era necesario.*

—*Necesario... ¿para quién?*

—*La libertad tiene un costo.*

—*¿Y quién lo paga? Matamos familias... aldeas enteras. Esas personas nunca pidieron ser bombardeadas e invadidas.*

—*¡Calma, sargento! ¿Personas? Son musulmanes, la escoria de la Tierra. Un montón de árabes buenos para nada, empeñados en destruir a la sociedad occidental por cualquier medio.*

—*Se equivoca. La mayoría de esas personas sólo quería vivir en paz.*

—*Nadie le pidió su opinión acerca de la misión, sargento. Usted fue adiestrado para defender a los Estados Unidos contra quienes buscan destruir nuestro modo de vida. En vez de eso, eligió la salida del cobarde: dejó todo y corrió. Al hacerlo, avergonzó a su familia, avergonzó al uniforme... pero, sobre todo, traicionó a Nuestro Señor y Salvador, Jesucristo.*

—*Jesús era un hombre de paz. Nunca apoyaría ningún acto violento.*

—*¡Despierte, sargento! Los Estados Unidos son una nación cristiana. Una nación bajo Dios.*

—*¿Desde cuándo los Estados Unidos son una nación cristiana? ¿Desde* cuándo Dios necesita del hombre para librar sus guerras santas? *Invocar el nom-bre de Dios en nuestras acciones militares no santifica la violencia, como tampoco lo hace el que al-Qaeda proclame la jihad. Mírelos bien, coronel. Ésas son las vidas que despedazamos en nombre de Dios, el pueblo que vilipendiamos como excusa para bombardear sus ciudades, los niños que masacramos para...*

—Ahórrese el discurso, traidor. ¿Se quedaría cruzado de brazos y permiti-ría que esos extremistas islámicos atacaran nuestras costas otra vez? ¿Qué clase de estadounidense es usted?

—Uno que se niega a seguir siendo un instrumento en sus manos. Vincu-lar el 9/11 con Saddam, las armas de destrucción masiva, el avance de la demo-cracia... todo era mentira. Ustedes los fanáticos simplemente querían una excusa para tomar el control del suministro de petróleo iraquí. La guerra no es más que una fuente de ingresos para el complejo militar-industrial. ¿Quién sigue? ¿Irán? ¿Venezuela? ¿Eso también es parte del plan de Dios?

—¿Quién es usted para sermonearme? Ambos sabemos por qué fue a Irak: fue en busca de un blanco... un combatiente enemigo, alguien a quien pudiera poner en la mira y volar en pedazos, para obtener una dulce venganza. Noso-tros le dimos esa oportunidad, sargento, ¿y así nos retribuye?

Shep mira la multitud de rostros morenos moteados que lo ven en silencio.

—Tiene razón. Nadie me obligó a ir. Fue mi decisión. Quería justicia... venganza. Maté a personas inocentes convencido de que Dios estaba de mi lado... hasta que cobré mi primera vida. Mis actos nunca acarrearon justicia, sino sólo dolor y sufrimiento. Permití que mi rabia mancillara mi alma y la culpa es toda mía.

Aparece otro destello luminiscente; esta vez es una chispa que se enciende justo debajo de la balsa e ilumina los rostros de los muertos. En vez de disi-parse, la luz se eleva, girando en torno al coronel Argenti como un tiburón hambriento.

El clérigo percibe la proximidad del ente sobrenatural.

—¡El Ángel de la Muerte! ¡No permitas que me lleve con él! En nombre de lo más sagrado...

—Ya es tiempo, coronel. Es tiempo de que tanto usted como yo cosechemos lo que sembramos.

—Yo soy un ministro ordenado... ¡un embajador de Cristo Nuestro Salvador!

La luz estrecha el círculo; su energía luminosa corta la sotana y la ropa inte-rior del clérigo. Philip Argenti grita cuando su cuerpo desnudo de repente salta del agua y cae en la balsa. Alarga hacia adelante sus extremidades sin vida; sus manos muertas logran de alguna manera sujetar la solapa de la chaqueta de Patrick Shepherd.

—¡Yo… soy un hombre… de Dios!

—Entonces vaya con Él —blandiendo su averiado brazo protésico como una guadaña, Shep le corta la garganta a Argenti.

El coronel da tumbos hacia adelante, de la rajada en el cuello mana a borbotones un líquido negro y espeso, y finalmente vuelve a caer al agua…

…el brillo espectral lo arrastra bajo la superficie espumosa con un último destello chisporroteante.

Mil rostros iraquíes: hombres, mujeres y niños, cierran los ojos y se hunden bajo la superficie atestada de cadáveres… satisfechos.

Con los ojos desorbitados, Patrick Shepherd estaba erguido en la balsa, hendiendo su brazo de acero en el aire vacío de la noche brumosa.

—¡Deténlo! ¡Va a perforar la balsa! —Francesca, aferrada a los costados de la nave que se mecía con fuerza, ordenó a su esposo que interviniera.

Virgil tomó la mano derecha de Shep y la apretó.

—Hijo, está bien. Lo que haya sido, ya se fue.

Shep se sacudió la visión. Confundido, permitió que Virgil lo guiara a su asiento. El viejo volteó hacia Paolo.

—Él se encuentra bien. Continúa.

—No… esto está mal. Estamos perturbando lo más sagrado que existe. No debimos haber venido…

Francesca tomó la mano de su esposo.

—Míralos, Paolo… todos ellos están muertos. Tu hijo, en cambio, ya quiere nacer.

—Mi hijo… —metió el madero al agua nuevamente y remó en dirección de los ruidos de la multitud.

Virgil puso una mano en el hombro de Shep.

—¿Qué fue lo que viste? ¿A la Parca?

—No. Vi personas… víctimas de guerra. Se levantaban desde abajo… sólo que…

—Continúa.

—Sólo que yo no maté a esas personas. Y sin embargo de alguna manera me siento responsable de su muerte. Todo generaba una sensación de familiaridad, como un mal déjà vu.

—Aceptar la responsabilidad de tus actos es el primer paso necesario para reconectarte con la Luz.

—No me estás poniendo atención. Yo no maté a miles de personas.

—Quizá no las mataste en esta vida.

—Virgil, ya te dije que no creo en todo ese asunto de la reencarnación.

—Que creas en ello o no, no lo hace menos verdadero. Nuestros cinco sentidos nos provocan un caos: la percepción errónea de que no hay conexiones. De hecho, todo está conectado. El *déjà vu* es una encarnación pasada que se manifiesta en el presente. Lo que sea que hayas hecho en tus vidas pasadas, sospecho que ésta es tu última oportunidad de arreglar las cosas.

—¿Arreglar las cosas? ¿Cómo se supone que voy a saber lo que debo hacer?

—Llegado el momento, lo sabrás. Confía en tus entrañas, en tu instinto. ¿Qué te dice tu intuición?

—¿Mi intuición? —Shep miró hacia el sur.

La niebla se adelgazó a medida que se acercaron a la orilla del embalse. A 800 metros de distancia, la noche brillaba con la calina anaranjada de un millar de fogatas.

—Mi intuición me dice que las cosas están a punto de ponerse mucho peores.

CUARTA PARTE

EL INFIERNO INFERIOR

SEXTO CÍRCULO

Los Herejes

Y sentimos que nuestros pies eran dirigidos a la ciudad, tras aquellas santas palabras con plena confianza. Ingresamos sin ninguna oposición, y yo, que tenía deseos de ver cómo estaba dispuesta aquella fortaleza, en cuanto entré miré en derredor y vi en todas direcciones una vasta extensión llena de desazón y terrible tormento.

DANTE, *El Infierno*

21 de diciembre

CENTRAL PARK, MANHATTAN,
4:11 A.M.
(3 HORAS, 52 MINUTOS ANTES
DEL FIN DE LOS DÍAS PROFETIZADO)

Su arribo al extremo sureste del embalse supuso el siguiente obstáculo del viaje, pues la valla que separaba la pista de carreras del muro de contención sur no ofrecía ningún punto de salida ni un eslabón débil. Paolo continuó remando, siguiendo la barrera de piedra que se curveaba hacia el oeste. La linterna de Francesca reveló por fin una abertura en el muro: una pequeña rampa para botes. La pendiente estaba parcialmente bloqueada por un enorme camión de plancha plana.

Paolo fue el primero en bajar. Arrastró la proa de la balsa por la rampa de cemento y luego ayudó a su esposa a salir.

La plancha de metal oxidada del camión estaba inclinada en un ángulo de 30 grados respecto del embalse y estaba manchada de sangre congelada. Francesca se cubrió el rostro con su mascada.

—Deben haber usado el camión para recoger a los muertos y luego arrojarlos al agua. ¿Por qué harían semejante cosa?

Paolo se asomó por la ventana a la cabina desierta.

—La pregunta más importante es ¿por qué dejaron de hacerlo?

—La peste debe haberse propagado tan rápido que no pudieron deshacerse de los cadáveres lo suficientemente rápido —Shep revisó el cielo nocturno—. Necesitamos seguir adelante antes de que otra aeronave nos localice.

Siguieron adelante, por un camino de herradura cubierto de nieve. Las fogatas ardían más adelante.

CENTRAL PARK WEST,
4:20 A.M.

David Kantor avanzó hacia el sur por Central Park West. Con el arma en la mano, se desplazaba a la sombra de los vehículos varados. Envuelto en las tinieblas, lo rodeaba la muerte. Estaba tendida en los coches y tirada en las aceras, llovía desde las ventanas de los edificios destrozando toldos y decorando jardines cubiertos de nieve. Cada 15 segundos, David se detenía para cerciorarse de que no lo estuviesen siguiendo. La paranoia le daba oportunidad de estirar la cadera y la parte baja de la espalda, que le dolían por cargar su quipo de sobrevivencia. *Así nunca llegaré a la escuela de Gavi. Debo encontrar otra manera.*

Descansó otra vez. En su mascarilla asfixiante se acumuló un charco de sudor. Abrió la pieza de goma que cubría su mentón y vació el exceso de transpiración. Clavó la mirada en los extraños edificios a su derecha. El Centro Rose de la Tierra y el Espacio proyectaba un vacío con forma de diamante contra el cielo iluminado por la luna. El Museo de Historia Natural bloqueaba la noche como un castillo medieval cuyo puente levadizo era custodiado por la estatua de bronce del presidente Theodore Roosevelt a caballo.

Al ver al Jinete Salvaje recordó la primera visita de su pequeña hija al museo. Gavi apenas tenía siete años. Oren también había venido; el hijo de David insistió en que en vez de tomar el tren fueran en coche para poder escuchar por la radio el partido de los Yankees en el camino de regreso a casa. Aquel día germinaba ahora en la memoria de David.

Revisó la perfieria con su visor nocturno y subió trotando la escalinata del museo hasta la entrada principal. En su fuero interno debatía si no estaba desperdiciando tiempo valioso.

Las puertas estaban cerradas con llave. Miró en torno suyo otra vez; determinó que estaba solo y disparó con la pistola al vidrio de una de las puertas.

El interior del museo estaba oscuro con excepción del tenue brillo de una luz de emergencia. David avanzó rápidamente por la Sala Memorial Theodore Roosevelt, cuya entrada desierta le crispó los nervios. Se desvió por la exposición espacial de la Galería Rose y buscó un letrero de visitas que sabía que estaba en algún punto del corredor oscurecido.

—Ahí —siguió la flecha al estacionamiento, rezando por un pequeño milagro.

Los sitios reservados para motocicletas se localizaban pasando las hileras para minusválidos. Su corazón se aceleró cuando el haz de su linterna reveló una motoneta Honda y una motocicleta Harley-Davidson, ambas encadenadas a sus lugares. Consideró forzar el encendido de la motoneta, pero temió que el motor del vehículo atrajera la atención de los militares.

Y entonces vio la bicicleta de 10 velocidades.

CENTRAL PARK,
4:23 A.M.

El camino de herradura pasaba por Summit Rock, la mayor elevación del parque, antes de descender a un valle boscoso. Más adelante estaba el Arco Winterdale, un túnel de cuatro metros de altura, hecho de piedra caliza y granito, sostenido en ambos costados por un muro de contención que se extendía de este a oeste por el parque. Doce contenedores metálicos de basura, cuyo contenido había sido encendido en llamas, iluminaban el túnel.

Más allá de las fogatas, custodiando la entrada del túnel de granito, había una docena de hombres y mujeres. Guardianes autodesignados. Fuertemente armados. Cada uno de ellos llevaba puesto un chaleco fluorescente anaranjado y amarillo que habían tomado de los cadáveres de trabajadores de la construcción.

Una procesión de gente deambulaba afuera del portal vigilado: familias, almas perdidas, prostitutas callejeras, empresarios desplazados, indigentes, todos a la espera de que se les permitiera pasar por el Arco Winterdale.

Paolo se volteó hacia Virgil.

—Es la única forma de cruzar, a menos que quieran arriesgarse de nuevo por las calles principales. ¿Qué hacemos?

—¿Patrick?

Shep seguía viendo el cielo nocturno, anticipando otro ataque aéreo.

—Estamos más seguros entre la multitud. Veamos si nos dejan pasar.

Se acercaron a la última persona de la fila, un hombre corpulento de unos 55 años de edad. A pesar de la gélida temperatura, llevaba un chaleco de esquiar sobre una camiseta. Sus brazos desnudos estaban cubiertos de tatuajes del Cuerpo de Marines de los Estados Unidos. La leyenda "La muerte antes que el deshonor" estaba estampada sobre su bíceps derecho. Sostenía a una mujer envuelta en una manta. Por la postura y lo tieso de su cuerpo, Shep se dio cuenta de que tenía parálisis cerebral.

—Disculpe…

—Bienvenidos, hermanos. Bienvenida, hermana. ¿Han venido a presenciar la gloria de Dios?

—¿Qué gloria hay en tanto sufrimiento y muerte? —preguntó Shep.

—La gloria de la Segunda Venida. ¿No es por eso que están aquí?

Paolo se abrió paso; sus ojos brillaban de emoción.

—¿Entonces será aquí en verdad? ¿El Éxtasis?

—Sí, amigo. Se han reunido los 24 mayores. Se dice que la Virgen María en persona se encuentra dentro de los confines del parque, preparándose para conceder la inmortalidad a los elegidos entre nosotros.

Paolo se persignó temblando.

—Cuando informaron por primera vez de la peste, tuve un presentimiento… ¿Cómo podemos entrar?

—Nos están ingresando en grupos pequeños. Necesitan determinar quiénes están limpios.

—Nosotros estamos limpios —Paolo jaló a Francesca a su lado—. No tenemos la peste. Pueden revisarnos.

El hombre enorme sonrió.

—No, hermano. Cuando hablo de limpieza me refiero al alma. Todos debemos ser escoltados al interior, donde los dignos serán separados de los herejes. La Trinidad no permitirá el acceso a ningún pecador.

Shep miró a Virgil, quien sacudió la cabeza.

—¿Qué hay de la peste? —preguntó Francesca—. ¿No tienen miedo de contaminarse?

—Hermana, fue Enfe quien convocó a Jesús para que regresara.

—¿Enfe?

—La enfermedad —dijo la mujer, esforzándose por ajustar la manta de modo que pudiera ver—. Vern, explicáselos como nos lo explicó el pastor Wright en la misión.

—Disculpen, somos los Folley. Yo soy Vern y ella es mi esposa Susan Lynn. Llegamos el sábado de Hanford, California, para un congreso médico de dos días. Teníamos programado volar de regreso a casa esta tarde, pero clausuraron la ciudad antes de que pudiéramos marcharnos. Deambulamos por las calles durante horas y de algún modo acabamos en la misión.

—Fue la voluntad de Dios —agregó Susan Lynn.

—Amén. Cuando llegamos, el pastor Wright estaba diciendo a cientos de personas que acababa de hablar con la Santa Virgen. Ella había encarnado en una mujer cristiana. La Virgen le dijo que Manhattan había sido seleccionada como la zona cero del Apocalipsis a causa de todas sus perversiones.

—¿Y qué lo hizo creer que se trataba de la Virgen María? —preguntó Francesca.

—No cabe la menor duda, hermana. El pastor Wright fue testigo de un milagro cuando la Virgen María curó a los infectados. Al ver al pastor, la Santa Madre le ordenó reunir a su rebaño en Central Park para el Éxtasis, porque Jesús vendría antes del amanecer. La Virgen decidiría quiénes se salvarían y quiénes serían arrojados al infierno.

Paolo miró a Virgil con lágrimas en los ojos.

—Entonces es cierto, éste es el Fin de los Días.

El viejo le lanzó una mirada irónica.

—Por un lado está la espiritualidad, Paolo, y por el otro el dogma religioso. Rara vez son compatibles.

La expresión de Vern se ensombreció.

—Controla tu lengua, anciano. Cualquier palabra que sea percibida como una blasfemia podría consignarte al fuego junto con tu grey.

—¡Es la hora! —un guardia de seguridad bancaria, con un chaleco anaranjado fluorescente, agitó su pistola frente a la multitud—. Hagan una sola fila, permanezcan juntos. Si las Furias les hacen una pregunta, respondan honestamente. A cada uno de ustedes se le dirá adónde ir una vez que hayan llegado al anfiteatro.

Hubo forcejeos; varias personas se abrieron paso a empujones para adelantarse a Shep en la fila.

—Vern, ¿quiénes son las Furias?

—Es el Día del Juicio Final, amigo. Las Furias son las jueces. Las tres Furias son mujeres elegidas personalmente por la Virgen María.

—¿Pero cuál es la función de las Furias?

—Ejecutar la venganza del Señor. Uno de los guardias me dijo que son particularmente severas con cualquiera que haya violado o matado a mujeres y a niños. Una vez que las Furias comienzan su proceso de venganza, ya no se detienen aunque el culpable se arrepienta.

La multitud avanzó rápidamente por el arco. Los guardias armados hicieron señas a Shep y a su grupo para que se sumaran a la fila.

Paolo apartó a Shep.

—Nada de alucinaciones. Necesitas hallar una manera de controlarte. Francesca y yo debemos estar entre los elegidos para la salvación —antes de que Shep pudiera responder, el italiano y su esposa embarazada se formaron en la fila detrás de los Folley y entraron al Arco Winterdale.

Shep y Virgil intercambiaron miradas antes de sumarse al rebaño en movimiento. Pasaron por el túnel de granito, siguiendo el camino de herradura hasta una colina muy empinada, cubierta de fango de nieve, acompañados por el aullar de viento que mordía su carne expuesta.

Patrick estaba operando en piloto automático. Tenía los pies entumecidos por el frío; sus piernas se movían apenas lo suficiente para ir al paso de los cuerpos sin rostro que iban delante de él. Se sentía perdido, física y espiritualmente, como si hubiese sido transportado despierto a una pesadilla desorientadora...

Esto es un desperdicio de esfuerzo, una base por bolas intencional antes de que el entrenador visite la lomita del lanzador, tome la pelota y te saque del juego. Nada más tiéndete. Tiéndete en la nieve y el frío de la noche y muere. ¿Qué tan grave puede ser?

—Ow... ¡maldita sea! —sumido en sus pensamientos, había chocado de frente con un objeto inamovible. Era una estatua de bronce: Romeo acariciando a Julieta en un amoroso abrazo. Shep contempló las figuras inmortalizadas; su corazón anheló de nuevo a su alma gemela. *¿Se supone que eso fue una señal?*

—¡Andando! ¡No se detengan!

El camino serpenteaba en la más profunda oscuridad; las personas estiraban las manos para tantear el muro de ladrillo de un edificio grande. Otros 20 metros y el bosque cedió de pronto ante un espectáculo de fervor religioso que giraba por todo el Gran Prado.

Los reunidos estaban por todas partes, su número revelado por el brillo de llamas color tangerina que danzaban en la punta de mil antorchas. Era una orgía de fe: 40 mil almas perdidas, todas compitiendo por ganar el acceso al cielo. Algunos trepaban por las vetustas grietas de la Roca Vista, otros empujaban hacia adelante en azarosas oleadas de desesperación, atraídos hacia la base del Castillo Belvedere; la mansión gótica se elevaba sobre el ondulante mar humano... El equivalente moderno de los israelitas esperando el regreso de Moisés del Monte Sinaí.

El edificio que Shep y los otros acababan de rodear era el Teatro Delacorte. La arena con forma de herradura que otrora había albergado las producciones de "Shakespeare en el parque" ahora fungía como el foso para una hoguera imponente. Sobre el escenario del anfiteatro pendían los restos de una banderola de vinilo que originalmente decía: LA CIUDAD DE N. Y. EN FERIA PRESENTA DISNEY SOBRE HIELO, pero había sido rota deliberadamente para que dijera:

LA CIUDAD DE ENFE

Sobre una protuberancia rocosa cubierta con mantas, sus siluetas perfiladas por la hoguera crepitante que arrojaba calor a sus espaldas, había tres mujeres, vestidas con túnicas negras tomadas del despacho de algún juez de distrito.

La "Furia" sentada a la izquierda era Jamie Megaera. Un metro 55 de estatura. Dotada de unos senos de 97 centímetros, copa D. Tenía 25 años y era madre soltera. Tres años antes había renunciado a la custodia de su hija, para emprender una carrera de actuación en la Gran Manzana. Lo más cerca que había estado de presentarse en un escenario había sido bailando desnuda en una jaula colgante en el club de nudistas donde trabajaba.

Su hermana gemela, Terry Alecto, estaba sentada a su derecha. Como prostituta de alto nivel, ganaba tres veces más dinero que Jamie: 500 dólares por cada acto sexual. Al igual que su hermana, estaba separada de su familia. Su marido cumplía una sentencia de nueve años por promover la prostitución de su esposa (Terry era menor de edad cuando él fue arrestado). La gemela no ponía reparos a su actividad profesional. De hecho, se consideraba una prestadora de servicios, igual que una peluquera o una manicurista. Había tenido relaciones sexuales tres veces desde que notó por primera vez los bubos hinchados en su cuello.

Colocada entre las gemelas estaba Patricia Demeule-Ross Tisiphone, de 65 años.

Hija de padres alcohólicos, Patricia se había casado a los 17 años y había pasado 39 años en una relación abusiva. Su hija era adicta a los analgésicos a raíz del suicidio de su marido. Su hermana y mejor amiga, Marion, se había mudado con Patricia luego de divorciarse por fin de su esposo alcohólico, quien había abusado de ella física y verbalmente desde que tenía 20 años. Las dos mujeres entradas en años habían subarrendado un departamento a las gemelas, habiendo "adoptado" a las chicas como si fuesen sus nietas.

A las tres de la tarde, las cuatro mujeres ya estaban infectadas de la peste.

Febriles, aquejadas de dolorosos bubos y tosiendo sangre a raudales, se habían dirigido al parque para "morir en paz con la naturaleza". Marion había fallecido primero, sucumbiendo frente a su sitio favorito, la escultura del Ángel del Agua de la Fuente Bethesda.

Patricia y las gemelas yacían moribundas a su lado, abrazadas, temblando de frío y de dolor pero sin miedo.

El pastor Jeramie Wright les administró la extremaunción desde una distancia segura y en eso el ex motociclista vio a una mujer acercarse a las mujeres caídas. Vestida de blanco, se arrodilló en el suelo y besó a las infectadas en la boca abierta, induciéndolas a tragarse su esputo.

En cuestión de minutos, las tres moribundas estaban sentadas. Renacidas.

Habiendo presenciado el milagro, el pastor Wright se acercó a la mujer de blanco.

—¿Quién eres? ¿Cómo te llamas?

—Yo soy María la Virgen. Ha nacido el Niño Jesús. Reúne al rebaño para esta noche. Vendrá el Apocalipsis.

La noticia del milagro de la Virgen se propagó rápidamente. Al anochecer, decenas de miles de neoyorkinos asustados y abandonados se dirigían en masa al Central Park para ser salvados.

—**Cada uno de ustedes** se inclinará ante las Furias, para que ellas decidan el sitio que les corresponde en el Éxtasis. Tú... di tu nombre y tu ocupación.

Una mujer alta, con figura de reloj de arena, inclinó la cabeza.

—Linda Bohm. Vine de visita desde California. Trabajo como asistente de compras para Barnes and Noble...

—¿Por qué estás aquí? —preguntó la Furia de más edad.

—Estaba visitando a una amiga. Estábamos en el autobús. Uno de los pasajeros estaba tosiendo. Ninguno de nosotros estaba enterado de la peste.

—¿Tienes a Enfe?

Asintió con la cabeza y se enjugó las lágrimas.

—¿La Virgen puede curarme?

—Sí.

—Lo siento, pero no creo —la gemela de la derecha se cepilló su larga y ondulante cabellera castaña—. Bohm me suena a apellido judío. Linda no cree en la Santa Madre y eso la convierte en una hereje. La Virgen nos ordenó específicamente purgar a todos los herejes en la arena.

—¿Eres judía? —preguntó la gemela de la izquierda.

—No. Soy... episcopaliana.

—Está mintiendo. ¿Madre Patricia?

La mujer mayor escudriñó a la turista espantada.

—Es muy difícil de decidir. De cualquier modo, creo que es mejor errar por exceso de cautela. Arrojen a las llamas a la hereje.

Los ojos de Shep se dilataron de horror al ver cómo dos guardias con chalecos anaranjados arrastraban hacia el anfiteatro a la mujer californiana que lanzaba alaridos. Antes de que él pudiera reaccionar, un tercer guardia la empapó con gasolina y fue arrojada fríamente a las fauces de la conflagración. Agitando brazos y piernas, su cuerpo se incendió con una etérea llama blanca.

Shep se sintió desvanecer. Un humo negro ascendía de la pira, no sobre el anfiteatro, sino sobre un enclave de ladrillo rodeado de cuarteles de madera y alambre de púas que cercaba a esqueletos vivientes ataviados de uniformes a rayas y de desesperanza.

Auschwitz...

—¿Quién sigue? Tú... el manco. Dinos tu nombre.

Shep se sacudió la visión del campo nazi de exterminio y se halló cara a cara con las gemelas voluptuosas. El viento se arremolinaba sobre la roca serrada y avivaba la hoguera...

...al tiempo que afloja la vestimenta de Jamie Megaera y Terry Alecto. Las gemelas le sonríen seductoramente, le muestran sus enormes senos y se disponen a bailar, girando en su sitio.

—*Acércate, Patrick Shepherd.*

—*Sí, Patrick. Acércate para que podamos paladearte.*

Da un paso en dirección a ellas…

…su rostro es vapuleado por una cegadora masa de granizo que azota el parque, extinguiendo las antorchas y agitando las fogatas, y obligando a las Furias a bajar de su promontorio para buscar dónde guarecerse.

Rugieron truenos en el cielo, seguidos por un estruendo de trompetas que rasgó la noche como un escalpelo. Habiendo sido convocados oficialmente, los 40 mil seguidores avanzaron como un solo hombre, atestando la base del Castillo Belvedere.

Virgil le gritó a Paolo para que pudiera escucharlo sobre el rugido del viento.

—¡Consíguenos un vehículo, cualquier cosa que se mueva! ¡Patrick y yo cuidaremos a tu esposa!

—¡No! ¡Es la Segunda Venida! ¡Necesito estar aquí!

—Quédate aquí y tu hijo no verá el amanecer. ¡Díselo, Francesca! Ella vio la certeza en la mirada de Virgil.

—¡Paolo, haz lo que te dice!

—¿Francesca?

—¡Anda! Te encontraremos en el pasaje de la calle 79.

No muy convencido, Paolo miró en torno suyo, se orientó y se abrió paso entre la muchedumbre en dirección del tramo de asfalto conocido como West Drive.

Una ráfaga de luz cortaba en un haz la periferia del Gran Prado. Por un momento, Patrick temió que fuera un helicóptero del ejército, pero el rayo provenía de la parte superior del Teatro Delacorte. Se posó sobre una figura solitaria en el balcón del tercer piso del Castillo Belvedere: una mujer pálida, ataviada con una túnica blanca con capucha.

Unas bocinas cobraron vida con un crujido, conectadas a dos generadores de respaldo. Por todo el Gran Prado se elevaron vítores cuando la mujer de blanco tomó el micrófono para dirigirse a su grey.

—Y entonces los siete ángeles con las siete trompetas hicieron resonar su clamor atronador. Y la tercera parte de los habitantes de la Tierra fue exterminada por esa poderosa peste. Pero aquellos que no murieron siguieron empecinados en no abandonar sus obras del mal… rehusándose a arrepentirse de sus asesinatos o sus brujerías o sus robos.

La mujer de blanco se quitó la capucha de la túnica, revelándose ante sus seguidores. Su aspecto aterrador arrancó gritos ahogados a quienes se hallaban más cerca de los cimientos del castillo. Un momento después, su imagen se materializó en la pantalla del teatro, donde todos podían verla.

Bajo una mata de cabello grasiento y rojo como una manzana caramelizada, el rostro era de una palidez repugnante. La punta de la nariz tenía manchas de un tono gris-púrpura igual al de los círculos bajo sus ojos verde olivo. La Guadaña había podrido de negro sus dientes y sus encías. Su expresión psicótica era más la de un demonio que la una redentora.

Virgil atrajo hacia sí a Shep.

—Patrick, he visto antes a esa mujer. Estaba en el hospital de veteranos. La estaban trasladando a un pabellón de aislamiento.

—¿De aislamiento? —Shep observó a la figura, recordando su última conversación con Leigh Nelson, cuando ella lo llevaba casi a rastras por la escalera hacia la azotea del hospital. *"Una de mis pacientes, una pelirroja que teníamos en aislamiento, ha liberado una peste creada en un laboratorio…"*

Mary Louise Klipot se acercó al borde del balcón victoriano; la multitud fue guardando silencio al oír sus palabras.

—Babilonia ha caído. Nuestra otrora gran ciudad ha caído porque fue seducida por las naciones del mundo. Babilonia la grande… ahora la madre de todas las prostitutas y las obscenidades del mundo, guarida de demonios y espíritus malignos, nido de buitres asquerosos, madriguera de bestias inmundas. Y los gobernantes del mundo que participaron en sus actos inmorales y gozaron de su lujo inmenso sufrirán ahora que el humo vuelva a ascender de sus restos calcinados… Los herejes que intentaron destruirla… que intentaron destruir a los Estados Unidos, conocerán la ira de Dios.

Luces amarillas iluminaron el segundo nivel del castillo, abajo del balcón de Mary, revelando tres patíbulos erigidos a toda prisa. Había cientos de personas, alineadas en una fila y sometidas a punta de pistola, con las muñecas atadas por la espalda y la boca sellada con cinta adhesiva. Homosexuales y lesbianas, musulmanes e hindúes. Viejos y jóvenes, hombres, mujeres y niños… todos predestinados al sacrificio… al menos en la mente trastornada de Mary Klipot.

—¡Que avance al primer grupo de herejes!

Las primeras tres personas de la fila, una familia hindú, fueron separadas del resto de los condenados.

Manisha Patel se agitaba en los brazos atenazantes de hombres enapuchados ataviados con túnicas de la arquidiócesis. Gritó a través de la mordaza. Sus rodillas cedieron. Su angustia maniatada provocó que su cuerpo se contorsionara al ver a los hombres sujetar a su hija Dawn y forzar la cabeza de la niña por la soga anudada a su derecha.

La horca a su izquierda estaba ocupada por su esposo Pankaj, quien estaba siendo sometido a jalones por cuatro hombres con ropas religiosas.

El cristal que pendía del cuello de Manisha lanzaba destellos de electricidad estática mientras pasaban su cabeza por la fuerza por la soga que la aguardaba. La soga se apretó alrededor de su mandíbula, obligándola a pararse de puntas para poder respirar.

—Dios mío, por favor, salva a mi hija. ¡Salva a mi hija! ¡Salva a mi hija!

Al moverse, la audición de Manisha se amortiguó, apagando la voz de la bruja pelirroja que enardecía a la muchedumbre en un arrebato febril. Apenas consciente, la nigromante jadeaba con cada dolorosa respiración: una inhalación ártica que le quemaba la garganta y aflojaba la mucosidad en su nariz. Su cuerpo entero temblaba mientras bailaba en la soga, esperando… esperando…

—¡Alto!

Manisha abrió los ojos. Sus pupilas dilatadas estaban demasiado llenas de lágrimas para poder enfocar la vista.

Lo vio en la pantalla gigante. Estaba parado en el tercer piso, exactamente arriba de los patíbulos, su rostro parcialmente oculto por la capucha oscura; su puño derecho tenía sujeta a la bruja por el cabello; su guadaña manchada de sangre estaba posada sobre el cuello de la pelirroja.

Patrick Shepherd arrastró a Mary Klipot más allá de los dos "mayores" rapados al estilo neonazi que yacían desangrándose en el balcón de piedra, y se inclinó sobre el micrófono para hablar. El reflector enceguecedor producía destellos en su brazo protésico de acero.

—Y entonces otro ángel apareció… el Ángel de la Muerte. Y la Parca dijo: "Liberen a los inocentes ahora mismo o le cortaré la cabeza a esta bruja horrenda y la enviaré junto con todos ustedes directo al infierno".

La luna se deslizó tras las nubes de tormenta, arrojándolo nuevamente a las tinieblas sobre el asfalto cubierto de nieve de West Drive. Ramas invisibles rasgaban su ropa y su rostro; raíces invisibles lo hacían tropezar y caer. Estaba absolutamente perdido, separado de su esposa, exiliado de la salvación. Se reincorporó y tanteó el camino otros ocho pasos…

…sólo para toparse con una valla junto a un pantano parcialmente congelado. El *impasse* desató una oleada de pánico. Desorientado, con la fe en acelerada disminución, se arrodilló en la nieve y rezó. Era más un acto de desesperación que de salvación.

El viento se apagó. Y entonces lo escuchó… el dulce rasgueo de una guitarra acústica.

Enjugándose el llanto, siguió el sonido, tanteando el camino entre hileras de olmos americanos, hasta llegar a un claro que intersecaba un sendero vagamente familiar.

El hombre tenía poco más de 40 años; estaba sentado a solas en una de las docenas de bancas colocadas alrededor de un mosaico circular. La aceitosa cabellera castaña le llegaba más allá de los hombros. Un rostro delgado y pálido, enmarcado por largas patillas. Los clásicos anteojos redondos estaban ligeramente entintados. Vestía unos gastados pantalones de mezclilla y un saco del mismo material sobre una camiseta negra, y no parecía que el frío lo importunara en lo más mínimo. La guitarra descansaba sobre su rodilla. Medía cada acorde mientras acometía una versión acústica de una canción granada hacía casi cuatro décadas.

—…Jugando esos juegos mentales por siempre, una especie de druidas… alzando el velo. Haciendo la… guerrilla mental. Algunos lo llaman magia… la búsqueda del grial. El amor es la respuesta, y eso ya lo sabes, de seguro. El amor es una flor… la tienes que dejar… la tienes que dejar crecer.

John Lennon alzó la vista hacia Paolo Salvatore Minos y sonrió.

—Sé lo que estás pensando, chico. La verdad es que pensé cantar "Imagina", pero habría sido muy trillado, ¿no te parece?

Paolo se arrodilló sobre el mosaico de "Imagina", visible ahora con el regreso de la luz de la luna; su cuerpo temblaba por la adrenalina.

—¿Eres real?

El difunto Beatle afinó una cuerda.

—Sólo una imagen en el espacio y el tiempo.

—Quise decir… ¿eres un fantasma o te veo a causa de la maldita vacuna?

—No creo en fantasmas, ni tampoco creo en las vacunas —un rugido aumentó de volumen en la distancia—. Escúchalos… Miserables asesinos. Le rezan a Jesús para que llegue montado en su corcel blanco como una estrella de rock… como si Jesús pudiera tener nada que ver con ese caos.

—No son pecadores. Sólo buscan la salvación.

—Sí, pero la salvación, según el condenado apóstol Juan, es un derecho reservado exclusivamente a los cristianos. Irónicamente, eso excluiría también a Jesús. Arrojen al rabí Jesús a la hoguera de la derecha, muchachos; musulmanes, hindúes, budistas y todos los demás, a la fosa satánica de la izquierda. Una vez que hayan desaparecido, podemos limitar las luchas intestinas estrictamente a católicos y protestantes, luteranos, episcopalianos, pentecostales, mormones, bautistas... ¿estoy olvidando a alguno? Aguarda, podemos hacer un llamado para otra guerra en Tierra Santa, esta vez para decidir cuál Iglesia es la auténtica Iglesia de Dios.

Paolo se llevó las manos a la cabeza.

—No, no puedo oír esto... no ahora, no en el Día del Juicio Final. Tú fuiste mi gran héroe, pero esto... esto es herejía.

—Así es. Y asegúrate de contar al rabí Jesús entre los herejes.

—¡Basta... por favor!

—Paolo, escúchame. Todos somos hijos de Dios. Todos. El verdadero pecado es que el hombre se niegue a convertirse en lo que somos. La espiritualidad no es cuestión de religiones, sino de amar a Dios. Dos mil años de pleitos, persecuciones, odios y guerras, todo a causa de una absurda competencia para ver a quién quiere más Papá. Todo lo que tenemos que hacer es amar de manera incondicional. Cuando cada hombre vele por su hermano... entonces todo cambiará. No es demasiado tarde. Mírame a mí; yo crecí enfurecido y después hallé mi propósito.

—¿Tu música?

—No, chico. La música no era sino un canal, un medio para comunicar el mensaje —rasgueó un acorde—. El amor es la respuesta... Disculpa, estoy un poco desafinado.

—John, necesito saber... ¿esto es todo? ¿Este es el fin?

El ex activista hizo a un lado la guitarra.

—La destruccción es una trayectoria que se cumple en sí misma, pero la paz también lo es. El asesinato se ha convertido en una industria de miles de millones de dólares; la codicia y el egoísmo conducen a la humanidad hacia la nada. Hay que detener eso. Como un cristiano a quien le enseñaron a creer a partir del miedo, necesitas decidir qué es lo que más quieres: la destrucción del mundo y la supuesta promesa de salvación, o la paz, el amor y la realización plena que transforma a cada ser humano del planeta.

—¿Pero cómo puede un solo hombre...? Es decir, yo no soy tú.

—¿Quieres decir que tú no eres un músico inseguro, egomaniaco, furioso, que abusó de las drogas y el alcohol?

—Vamos, John. Arriesgaste tu carrera… tu vida, para protestar contra la guerra de Vietnam. Movilizaste a millones de personas, salvaste vidas…

—¿Y cuántas vidas has salvado tú al dar de comer a los hambrientos? Si algo nos ha enseñado la historia, chico, es que un solo hombre, una voz, un mantra, puede cambiar el mundo. Ahora dime, ¿qué es lo que realmente necesitas?

Paolo se limpió las lágrimas que corrían por sus mejillas.

—Necesito… un coche.

John Lennon sonrió.

—Sigue el sendero a la Avenida West Park hasta mi vejo edificio, el Dakota. A un lado hay una pensión para coches…

Con la luz del reflector en los ojos, no podía ver a la muchedumbre, pero sí podía sentir su energía negativa, su odio. Por un breve instante, Patrick Shepherd estaba en la lomita del Yankee Stadium, con 40 mil aficionados del equipo local abucheándolo sin piedad.

A mil pies de altura, la lente nocturna de cámara a bordo de la nave Parca hizo un acercamiento de su rostro.

—¡Escúchenme! Esas personas… no han hecho nada malo.

—¡Mentiroso! —Tim Burkland estaba parado en la parte trasera de una camioneta de la estación de radio WABC cargada de altoparlantes. El ex rockero punk y bloguero se autodescribía como un "periodista polémico"; sus opiniones radicales, envueltas en dogmas religiosos, le habían ayudado a tener su propio programa de televisión por cable en Nueva York en el que combatía "las mentiras, la injusticia y la crueldad del socialismo estadounidense y la sistemática destrucción de la Iglesia".

"Escucha, esperpento. Cristo murió por nuestros pecados, por nuestras imperfecciones. Los judíos necesitan ser perfeccionados. Los homosexuales necesitan ser perfeccionados. Los musulmanes necesitan ser perfeccionados. Quizá no todos los musulmanes sean terroristas, pero todos los terroristas son musulmanes. Permitir que esa gente viva en nuestra sociedad cristiana ¡es un pecado contra Nuestro Señor y Salvador!"

Los seguidores de Burkland rugieron su aprobación y comenzaron a corear:

—¡Cuelguen a los herejes! ¡Cuelguen a los herejes!

La pelirroja se retorció bajo el agarre de Shep y giró para encararlo.

—Y Él destruirá a cuantos han causado destrucción en la Tierra.

—Cállate —Shep jaló su cabeza lejos del micrófono, resintiendo una bocanada de su asqueroso aliento enfermo—. Todo este odio, toda esta negatividad… nutre a la peste. Cientos de miles ya han muerto; quizá ninguno de nosotros vivirá para ver el amanecer. Todos los que estamos aquí presentes hemos agraviado a alguno de nuestros prójimos. ¿Éste es en verdad el último acto que quieren realizar en la Tierra antes de ser juzgados? ¿De qué lado estaría Jesús si se encontrara aquí? ¿Respaldaría el odio que escupen las bocas de estos falsos profetas del mundo del entretenimiento, que profanan Su mensaje de paz para ganar millones de dólares en regalías de libros y a través de las ondas de radio y televisión? ¿Jesús se dejaría engañar tan fácilmente, al grado de cruzarse de brazos y permitir que niños inocentes sean ahorcados? Fíjense bien en mis palabras: si cualquiera de esas personas muere esta noche por obra u omisión de ustedes, ¡entonces todos serán juzgados!

La multitud se acalló gradualmente y valoró las palabras de Shep.

Docenas de hombres y mujeres, con chalecos fluorescentes anaranjados, se acercaron por ambos costados del balcón y apuntaron sus armas. El pastor Jeramie Wright se adelantó entre el grupo; era un hombre corpulento y empujó hacia abajo los cañones de las escopetas de sus seguidores.

—Fueron palabras fuertes, hijo. No significarán nada si lastimas a la Virgen María. Déjala ir.

—Esta mujer no es la encarnación de la Virgen María. Es *Mary Tifoidea*, la responsable de liberar el virus de la peste.

—Eso es mentira. Yo mismo fui testigo del milagro.

—¿Cuál milagro?

—La vi escupir en la boca de las infectadas y curarlas.

Los hombres armados alzaron sus escopetas.

Shep apretó el brazo protésico alrededor del pecho de la pelirroja, liberando su mano derecha para poder someterla empujándole la cabeza.

—¡Violación! ¡Asesinato!

La muchedumbre avanzó como impulsada por un resorte.

—¡Deténganse o le rebano la garganta! —oprimió la cuchilla de su brazo protésico destrozado hasta que produjo un anillo de sangre alrededor del cuello de la pelirroja, deteniendo así el avance de los hombres armados…

...mientras su mano derecha buscaba los frascos de plástico guardados en un bolsillo interno de la bata de hospital de Mary Klipot. Extrajo varios y le arrojó uno de ellos al pastor Wright, alzando los demás a la vista de la multitud.

—Esto es lo que su supuesta Virgen María usó para curar a las infectadas: la vacuna de la peste. La enfermedad se llama la Guadaña. Esta mujer contribuyó a desarrollarla para el gobierno y después la desencadenó en Manhattan. ¿Y ahora quieren venerar a esta asesina?

La muchedumbre en el balcón dirigió sus miradas al pastor Wright, dudosa.

Un murmullo se elevó de las miles de personas que veían la pantalla gigante.

Su momento de transformación le había sido robado y Mary Klipot luchaba para liberarse, gruñéndole a Shep como un perro rabioso...

...mientras en el balcón de abajo Manisha Patel se esforzaba por permanecer parada de puntas. La fricción de la soga le pelaba la piel del cuello.

Hubo algunos abucheos entre la turba.

—¡Entréganos a la asesina!

—¡Danos la vacuna!

Shep metió la mano bajo la chaqueta y extrajo el estuche de madera.

—¿Quieren la vacuna? ¡Aquí está! —arrojó la caja hacia la multitud y luego se volteó para encarar al pastor y a sus seguidores—. Hay más en el bolsillo de esta mujer. Usted hágase cargo —empujó a la pelirroja hacia los guardias de seguridad...

...en tanto que Tim Burkland y sus secuaces llegaron a los patíbulos del segundo piso, justo debajo del balcón donde estaba Shep. El locutor radical estaba decidido a colgar él mismo a las víctimas.

—¡No! —Patrick Shepherd saltó desde la cornisa del tercer piso y cayó de pie en el cadalso de madera. Agitó con violencia su extremidad de acero en dirección de Burkland y su muchedumbre, haciéndolos retroceder...

...mientras que frente al castillo miles de hombres y mujeres infectados con la peste se destrozaban unos a otros en su intento por tomar la caja de madera.

Y entonces se desató el infierno.

El cielo bramó, el piso congelado se cimbró con el rugido generado por cinco tractores aéreos de propulsión a chorro. Los aviones fumigadores industriales pasaron por arriba de la multitud en la formación estándar de V invertida, a sólo dos mil pies de altura sobre el parque. La turba nunca vio los aviones ni la carga que arrojaron y que comenzó a dispersarse enseguida: una bruma parcialmente congelada, mezcla de dióxido de carbono, glicerina, glicol dietileno, bromo y una amplia gama de estabilizantes químicos y atmosféricos.

La lucha cesó; todas las miradas se dirigieron al cielo. El elíxir gaseoso se mezcló con el aire húmedo, provocando una reacción. Las moléculas congeladas de dióxido de carbono y bromo se expandieron rápidamente, creando una nube rojiza, densa y arremolinada, que se coaguló al hundirse y alcanzó su punto de flotabilidad neutral a escasos 675 pies sobre Manhattan.

Para la multitud excitada, el Éxtasis había llegado. Miles de personas que ya estaban a punto de desvanecerse por la fiebre se derrumbaron desmayadas. Los que seguían conscientes se postraron llenos de temor.

La soga alrededor del cuello de Manisha se aflojó; el tramo rebanado se deslizó por sus hombros. Se inclinó hacia adelante, resollando, mientras Shep cortaba la cinta adhesiva y liberaba sus brazos.

Su hija y su esposo corrieron a su lado; la familia lloraba y se abrazaba, agotadas sus reservas emocionales. Se estrechaban como sólo es posible hacerlo cuando la muerte ha sido condonada.

Shep sujetó a Tim Burkland por el cuello del abrigo y lo levantó del piso. Apretó la cuchilla de su tenaza de acero rota contra su manzana de Adán, sacándole sangre.

—¡No, por favor! Estaba equivocado. Pido la absolución.

—Yo no soy Dios, imbécil.

—Eres el Ángel de la Muerte… la Parca. Tienes el poder de salvarme la vida.

—¿Quieres vivir? Libera a estas personas, a todas ellas.

—¡Enseguida! Gracias… ¡Dios te bendiga! —Burkland se alejó a rastras…

…y una explosión de dolor al rojo vivo despojó de sus pensamientos a Patrick Shepherd, en una oleada espumeante de delirio: la cuchilla del hacha estaba hundida en su deltoides izquierdo, rasgando el músculo y las terminales nerviosas antes de toparse con la mancuerna de su apéndice de acero. Lanzó un grito y se desplomó sobre sus rodillas en agonía, su cuerpo presa de espasmos, la herida lanzando sangre a borbotones.

El cielo nocturno encapsulado se encendió en llamas hacia el este y el norte, convirtiendo lo que quedaba de la bóveda celeste en una aurora rosácea. Las luces de bengala de los militares iluminaron el rostro de la atacante de Shep, quien estaba parada junto a él, con el hacha alzada a la altura de su frente, chorreando sangre.

—¡Y el primer ángel hizo sonar su trompeta, y fuego y granizo mezclados con sangre fueron arrojados sobre la Tierra!

Los ojos de Shep se dilataron...

...*el cabello rojo de Mary Klipot se espesa y se convierte en serpientes retorcidas; sus ojos se llenan de sangre hasta que el excedente se derrama sobre su rostro pétreo: la Medusa lanzaba agudos alaridos hacia él.*

Paralizado por la impresión, Shep permaneció congelado en su sitio mientras el hacha descendía hacia su cráneo...

...pero el mango de madera fue interceptado por Pankaj Patel, quien arrancó el arma de las manos de Mary Klipot.

—¡Desaparece, bruja, antes de que te corte la horrenda cabeza y alimente con ella a los patos!

Como si la hubiesen sacado de un trance, Mary se tambaleó hacia atrás y luego salió corriendo del patíbulo y desapareció por la escalera de piedra.

Manisha Patel se arrodilló junto a Shep.

—Pankaj, se halla en estado de choque. Mira su brazo. Se lo cortó hasta el hueso.

Dawn Patel juntó tiras de cinta adhesiva. La niña de 10 años intentaba sellar la herida sangrante de 20 centímetros.

—Mamá, sujeta eso en su lugar mientras le envuelvo el hombro con mi bufanda.

Un anciano de larga cabellera plateada atada en una cola de caballo apareció ágilmente por la escalera.

—Patrick, tenemos que irnos. Ahí vienen los militares.

—No puede escucharlo —dijo Manisha, quien tenía las manos cubiertas de sangre—. Se halla en estado de choque.

Virgil miró a los Patel; sus ojos azules lucían benignos tras los cristales entintados de sus anteojos con forma de gota.

—Un coche nos está esperando del otro lado del castillo. ¿Pueden ponerlo de pie?

—Este hombre nos salvó la vida. Lo cargaría a través del infierno si fuese necesario —Pankaj deslizó su hombro izquierdo bajo el brazo sano de Shep y lo levantó del suelo.

Manisha envolvió la bufanda estrechamente alrededor del vendaje de cinta adhesiva y luego ayudó a su esposo a cargar al manco inconsciente por las escaleras de aquel templo victoriano.

Salieron del Castillo Belvedere por el sur, junto a la Roca Vista, donde Francesca los estaba esperando.

—Virgil, ¿qué le pasó a Patrick?

—Sobrevivirá. ¿Dónde está Paolo?

Voltearon al oír una erupción de disparos en el norte.

—¿Francesca?

—Está más abajo, en el pasaje de la calle 79. Por aquí.

Las dos Hummers militares cruzaron el Gran Prado; con su tracción en las cuatro ruedas y sus neumáticos a prueba de balas destrozaron los diamantes de *softball* cubiertos de nieve. Las ametralladoras montadas en las torretas lanzaban municiones trazadoras sobre la multitud, dispersándola como quien arroja líquido blanqueador sobre un hormiguero.

El mayor Steve Downey iba sentado adelante en el vehículo líder, reenviando las instrucciones de la tripulación en tierra de la aeronave Parca a la segunda camioneta Hummer.

—Está saliendo del castillo en dirección sur. Vayan al suroeste, pasando el Obelisco y el Estanque de Tortugas. Nosotros rodearemos el castillo por el oeste y lo atraparemos en el puente de la calle 79.

Con el fin de crear un flujo natural ininterrumpido de lagos, arroyos, prados, bosques y césped, los ingenieros del parque habían tenido que hundir los caminos que lo cruzaban, de modo que en realidad corrían por abajo del paisaje. Su mayor reto había sido el pasaje de la calle 79, un tramo de camino que conectaba el Upper West Side con el Upper East Side en la calle 79 Este. Para sumergir la calle fue necesario labrar un túnel de la Roca Vista, los restos de una antigua montaña que se convirtió en el cimiento del Castillo Belvedere.

Terminado en enero de 1861, el túnel de roca tenía 43 metros de largo, cinco metros y medio de altura y 12 metros de ancho. Para acceder al pasaje desde el interior del parque, los peatones descendían por una escalinata oculta junto al puente de la calle 79 que pasaba por encima del paso subterráneo.

Un enjambre humano se empujaba, golpeaba y jaloneaba a un lado de Francesca en la oscuridad, mientras ella guiaba a Virgil y la familia hindú que cargaba a Shep desde el Castillo Belvedere y por el jardín de rocas de Shakespeare. Desorientada, devorada por la masa en fuga, se extravió rápidamente.

A la distancia estallaron bengalas. El destello rosa iluminó el celaje de nubes color marrón y de aspecto surreal, revelando también el puente de la calle 79. Tanteando el muro de piedra, Francesca localizó el nicho de 150 años de antigüedad y la escalera. Alargó la mano hacia la reja de hierro y se desconcertó al descubrir que estaba cerrada con candado.

—¡No! ¡No! —Francesca tiró con fuerza del reluciente candado de combinación nuevo, pero no logró desprenderlo de las argollas herrumbrosas.

El rugido de los vehículos militares se acrecentó, sacando a Patrick Shepherd de su estupor. Estaba recargado en una piedra cubierta de hiedra. A través de la bruma del dolor miró a la niña de piel morena y 10 años de edad que estaba sentada tres escalones más arriba que él. Parpadeó para quitarse las lágrimas; no estaba seguro de que lo que estaba viendo fuera real.

Un espíritu flotaba sobre Dawn Patel. La aparición luminosa de color azul daba la impresión de estar jugando con las trenzas de la niña mientras le susurraba algo al oído.

Pankaj Patel hizo a un lado a la mujer embarazada. Con la mano derecha sujetaba una roca.

—Papá, espera, nada más lo vas a atascar. Déjame a mí; yo sé cómo hacerlo —la niña tomó la muñeca de su padre, tratando de impedirle golpear el candado con la piedra.

—Dawn, no tenemos tiempo…

—Deja que la niña lo intente.

Todas las cabezas voltearon hacia Patrick, quien se había incorporado aunque sus piernas flaqueaban.

—Adelante, pequeña. Abre la reja.

Dawn se escurrió por un costado de su padre. Giró varias veces el disco de la combinación, con el oído pegado al candado mientras acomodaba lentamente cada número. Era evidente que el espíritu la estaba guiando.

Atrás de ellos aparecieron unos faros; los vehículos militares estaban a menos de 100 metros.

Con un click metálico, el candado se abrió milagrosamente.

—¡Lo lograste! —Pankaj abrazó a su hija.

—No hay tiempo para eso —Francesca abrió la reja de hierro de un empujón.

Las bisagras oxidadas chillaron en protesta. Con cuidado, la embarazada descendió por la escalera de caracol de piedra hasta la calle 79, donde un Dodge Caravan blanco estaba estacionado.

Paolo vio a su esposa y corrió a ayudarla.

—¿Qué sucedió? ¿Te encuentras bien?

—Nos están persiguiendo. Sube al auto y conduce. ¡Espera a los demás!

Manisha y su esposo ayudaron a Patrick a bajar los escalones, seguidos por Dawn y Virgil. Se subieron a la camioneta. Paolo aceleró hacia el este en medio de las tinieblas, usando sólo las luces de parqueo para guiarse a través del túnel de la calle 79.

Las dos Hummers militares se detuvieron rechinando llantas en el puente de la calle 79. Tras recibir instrucciones mediante el sistema de comunicación en su máscara, el mayor Downey localizó rápidamente la escalinata oculta que conducía al pasaje de la calle 79.

—¡Maldita sea!

La reja de hierro estaba perfectamente cerrada… como si la hubiesen soldado en su sitio.

El diario perdido: Guy de Chauliac

El siguiente texto fue tomado de unas memorias inéditas recientemente descubiertas, escritas por el cirujano Guy de Chauliac durante la Gran Peste: 1346-1348

(traducido del original francés)

Entrada del diario: 18 de mayo de 1348

(escrito en Aviñón, Francia)

Estoy infectado de la enfermedad. Tal vez pensé que Dios tenía otros planes para mí. Que me conservaría a salvo para que yo atendiera a su rebaño. ¿O tal vez me ha azotado con la peste para que yo pueda comprender mejor esta enfermedad? En cualquier caso, permanezco en cama, debilitado, con la fiebre como constante compañera. Los forúnculos [nota del autor: bubos] germinaron de color rojo bajo mi axila izquierda y, lo que resulta más alarmante, en el pliegue de mis órganos genitales. Aún no he comenzado a escupir sangre, pero puedo detectar el inicio de un penetrante hedor en mi sudor.

Entrada del diario: 21 de mayo de 1348

Una observación para quien descubra este diario después de mi muerte: al parecer, es posible que esta mortandad tenga dos variedades. La más severa fue claramente la dominante durante el invierno: las víctimas morían en general en un plazo de dos a tres días. El segundo tipo, una variedad de clima cálido [?], parece permitir que las víctimas perduren más. Todo indica que fui bendecido con esta última variedad… o condenado.

Entrada del diario: 25 de mayo de 1348

Me despertaron las campanas de la iglesia y los cantos en las calles. ¿Se trataba de una boda? ¿De mi propio funeral? Delirante, llamé a mi sirviente, quien me comunicó las malas noticias: los flagelantes han llegado a Aviñón.

Ataviados con capas blancas manchadas y cargando grandes cruces de madera, estas tropas de fanáticos religiosos van de aldea en aldea, tratando de curar la Gran Mortandad a través de la penitencia autoinfligida. Armados con látigos cubiertos de espinas y picas de hierro, se azotan a sí mismos en público con el propósito de ganar la salvación de un Dios iracundo, transformando así el cristianismo en un espectáculo de sangre casi erótico.

¡Y cómo los sigue la gente! En una era dominada por la peste, las plagas y la corrupción, el miedo ha remplazado a la cordura, permitiendo a los gazmoños imponer su ignorancia sobre la población sobreviviente de Aviñón. Los fanáticos expulsan al cura de su iglesia y sacan a rastras a los judíos de sus casas... para quemarlos vivos.

Estaba equivocado. Es el mal lo que pudre a la humanidad; la peste no es más que nuestra salvación.

Muero duramente, cada vez siento más envidia de aquellos que perecieron en el invierno.

Entrada del diario: 27 de mayo de 1348

Fiebre. Empeora el dolor abdominal. Accesos de escalofríos. No puedo comer. Las entrañas... diarrea, rastros de sangre. La muerte ya está cerca. Clemente absolvió mi alma antes de abandonar Aviñón.

Que venga la Parca...

(Entrada final.)

SÉPTIMO CÍRCULO

Los Violentos

Pensaba que el universo vibraba de amor, razón por la cual hay quienes creen que el mundo en ocasiones se hunde en el caos, y en ese punto, aquí y en otros lugares, una vieja roca se derrumba. Pero clava la mirada en lo profundo: el río de sangre se aproxima, en el que se hallan anegados quienes con violencia han agraviado. ¡Oh ciega lujuria! ¡Oh necia ira! Que nos incitan en la vida breve y en la eterna nos avasallan tan miserablemente.

DANTE, *El Infierno*

21 *de diciembre*

ISLA DEL GOBERNADOR,
5:17 A.M.
(2 HORAS, 45 MINUTOS ANTES
DEL FIN DE LOS DÍAS PROFETIZADO)

La manta que cubría su cabeza la paralizaba. Constreñía cada respiración. Convertía su sangre en plomo. Su cuerpo se convirtió en un cadáver, sostenido de cada brazo y transportado a la nada.

Bajó los escalones hasta el sótano. Dos policías militares la llevaban por la fuerza.

El corazón de Leigh Nelson dio un brinco cuando de pronto rugió en las bocinas una canción punk rock; "Blitzkreig Bop" de los Ramones tomó por asalto sus oídos bajo la capucha negra. Se retorció forcejeando con enemigos invisibles que la obligaban a tenderse sobre una superficie dura, con la cabeza en un ángulo menor que los pies.

—¡Ay Dios, ay Dios, por favor no hagan esto! ¡Juro que no tuve nada que ver con esa mujer!

Pateó a ciegas contra manos poderosas que atenazaban sus piernas. Sus atacantes pegaron sus tobillos a la tabla con cinta adhesiva. Cuando pegaron también su torso, la horrorizada doctora y madre de dos, lanzó un grito desgarrador en la capucha negra que le cubría la cabeza.

Hey, vamos... dispárales por la espalda ahora mismo...

Una mano oprimió su cabeza contra la tabla y alzó la capucha de modo de liberar su boca y su nariz.

Qué es lo que quieren... no lo sé. Están todos excitados y listos para arrancar...

En la aterradora oscuridad del sótano húmedo, en su peor pesadilla, a mil años luz de su hogar, el golpe repentino del agua fría vertida en el interior de sus fosas nasales provocó que la mujer amarrada sufriera una convulsión. Asfixia por líquido. Sin aire que contener ni soltar. Un terror cien veces peor que ahogarse en el océano o en una piscina.

Alzaron la tabla. Bajaron el volumen de la música.

Vomitó el agua; sus pulmones purgados luchaban por jalar una bocanada de aire vivificante. Finalmente se despejó su esófago entre jadeos y lágrimas.

El capitán Jay Zwawa le habló despacio y claramente al oído derecho.

—Usted ayudó a Mary Klipot a escapar, ¿no es cierto?

Leigh sollozó y sintió que se ahogaba sin poder proferir palabra.

—Bájenla de nuevo...

Negó con la cabeza enfáticamente, ganando preciosos segundos, y confesó con tonos ásperos:

—Yo la ayudé... ¡yo planeé todo!

—¿Le inyectó la vacuna?

—¡Sí! Diez centímetros cúbicos en su sonda.

—¿Qué había en el frasco?

—Tetraciclina... otra sustancia.

—¿Qué otra sustancia?

—No sé. No puedo pensar...

Bajaron la tabla.

—¡Esperen! Llévenme a su laboratorio, ¡lo descifraré!

Zwawa indicó a sus hombres que la liberaran, poniendo fin a una actuación requerida por el teniente coronel Nichols y por los nazis del Pentágono que aún insistían en que la tortura suministraba valiosa información de campo. El hecho de que Leigh Nelson hubiese estado cooperando hasta ese momento era irrelevante, como también lo era la realidad de que la aterrorizada doctora habría confesado haber asesinado a Kennedy y secuestrado al bebé de los Lindbergh con tal de evitar otra inmersión en el agua amarrada a la tabla.

—Denle ropa caliente y sábanas limpias para su colchón.

—Señor, ¿no deberíamos llevarla al laboratorio?

El capitán se encaminó a las escaleras del sótano e ignoró al policía militar.

CENTRAL PARK/UPPER EAST SIDE,
5:24 A.M.

La camioneta blanca iba a toda velocidad hacia el este por un túnel de roca que la naturaleza había hecho impenetrable a los ojos de las naves no tripuladas Parca. La oscuridad total obligó a Paolo a encender los faros. Los apagó en cuanto el vehículo salió del túnel y el cielo henchido y color marrón reapareció sobre sus cabezas. La luz de las bengalas rosas disminuía a medida que se alejaban del Castillo Belvedere.

Adelante estaba la Quinta Avenida. El lindero oriental del parque estaba bloqueado por una muralla de coches y autobuses.

Paolo se trepó a la acera y arrolló todo a su paso rumbo al sur en las tinieblas.

¡Tump… tump! ¡Tump… tump! Cada colisión cimbraba la camioneta como si pasaran sobre un tope. Francesca estaba sentada adelante, entre su esposo y Shep. Con los brazos estirados, la embarazada se sujetaba con fuerza del tablero frontal.

—¡Paolo, eso que estás arrollando son personas!

—Personas muertas.

—Bájate de la acera.

—¿Y por dónde avanzo? Las calles están bloqueadas.

Manisha estaba en el segundo asiento. Dawn tenía la cabeza apoyada en el regazo de su madre y tosía violentamente, expulsando motas de sangre. La nigromante se volteó hacia su esposo, con desesperación y rabia en la mirada.

—Nunca debimos bajarnos del taxi.

—Es fácil decirlo ahora —repuso Pankaj—. ¿Cuánto tiempo más podríamos haber permanecido ahí? —la camioneta volvió a dar un bandazo; la fuerte sacudida puso a prueba los cinturones de seguridad.

—¡Paolo, basta!

—Están muertos, Francesca. Nosotros seguimos con vida.

—Disculpen —interrumpió Manisha—, pero, ¿cómo es que siguen vivos? Ninguno de ustedes luce siquiera enfermo.

Francesca señaló a Shep.

—Patrick tiene vacuna para la peste. O al menos tenía. Arrojó a la multitud la que le quedaba.

Shep hizo un esfuerzo para voltearse; el dolor provocado por su deltoides izquierdo cercenado lo hacía desvanecerse de manera intermitente.

—Todavía tengo vacuna —le sonrió a medias a Virgil, quien estaba sentado detrás de él—. Vacié la caja en mi bolsillo antes de tomar por asalto el castillo.

Metió la mano en el bolsillo derecho de su chaqueta y extrajo tres frascos del elíxir cristalino.

Virgil lo detuvo antes que pudiera dárselos a los Patel.

—¿Qué hay de tu esposa y de tu hija? ¿Has olvidado la razón por la que estamos tratando de cruzar toda Manhattan?

La expresión de esperanza se borró del rostro de Manisha; su boca temblaba.

—Tu familia… ¿dónde vive?

—En Battery Park —Shep hizo un rictus de dolor mientras buscaba de nuevo en sus bolsillos.

—¿Cuándo fue la última vez que… es decir, estás seguro de que…?

—¡Manisha!

—Lo siento mucho, perdóname. Mi esposo tiene razón. No puedo condenar a tu familia para salvar a la mía. Ya arriesgaste tu vida…

—No, esperen. Está bien. Al principio había 11 frascos; aún me quedan seis. Dos para Bea y mi hija, una para Virgil… Virge, quizá ya deberías tomarte el tuyo.

—Guárdamelo todavía.

Shep le entregó los tres frascos a Manisha, quien recibió temblorosa el don de la vida y besó la mano de Patrick.

—Dios te bendiga.

—Nada más ten cuidado, la droga provoca terribles alucinaciones. Estando en el parque… imaginé una presencia que flotaba sobre tu hija. Juro que parecía un ángel.

Dawn alzó la cabeza.

—¿La viste?

—¿A quién?

Con manos temblorosas, Manisha destapó el frasco a toda prisa.

—Dawn, tómate esto. Te hará sentir mejor —vertió el líquido en la boca de su hija, temerosa de las preguntas que pudiera hacer el hombre de un solo brazo.

—¿Que si *la* vi? ¿Estás diciendo que lo que vi era real? ¿Qué fue lo que vi? Respóndeme.

Dawn miró a su madre.

—Me llamo Manisha Patel; él es mi esposo Pankaj. Soy una nigromante, una persona que se comunica con las almas de los muertos. El espíritu que viste flotando sobre Dawn comparte un vínculo especial con nuestra hija.

La camioneta dio otro bandazo y el impacto por poco truena uno de los amortiguadores.

Francesca gritó y le dio un manazo a Paolo en el brazo.

—¿Qué te pasa? Acaba de decir que habla con los muertos. ¡Deja de pasarles por encima!

—Lo siento —detectó una apertura en la muralla de coches y viró sobre la Quinta Avenida, abriéndose paso hacia el este por la calle 68.

—Manisha, esa alma… te referiste a ella como si fuera una mujer.

La nigromante asintió con la cabeza y tragó la vacuna desabrida.

—Ella ha sido mi guía espiritual desde que nos mudamos a Nueva York. Nos advirtió que debíamos salir de Manhattan, pero nos demoramos demasiado. ¿Cómo fue que pudiste verla?

Shep frunció el gesto cuando la camioneta se sacudió con fuerza. El dolor en su hombro era insoportable.

—No lo sé. Como dije, la vacuna provoca alucinaciones. La verdad es que pensé que era sólo eso.

—Lo que percibiste —señaló Virgil— fue la luz velada del alma. Recuerda lo que te dije en el hospital: que nuestros cinco sentidos nos engañan, que actúan como telones que desvirtúan la verdadera realidad de la existencia. Para poder ser visible, la luz requiere de un objeto en el cual refractarse. Piensa en el espacio profundo. A pesar de la presencia de incontables estrellas, el espacio permanece en la oscuridad. La luz del sol sólo se vuelve visible cuando se refleja en un objeto, como la Tierra o la Luna. Lo que viste fue la luz de esa alma acompañante, reflejándose en la niña.

—¿Por qué en ella?

—Tal vez la niña posea algo muy especial, como su madre.

—¿Y qué sería ese algo muy especial? —preguntó Pankaj.

Virgil sonrió.

—Amor incondicional por el Creador.

Manisha miró al anciano con lágrimas en los ojos.

—¿Quién eres tú?

En el edificio de departamentos había un fuerte olor de velas aromáticas. Las llamas agonizantes parpadeaban en el interior de frascos de vidrio de diseñador alineados sobre la mesa de granito de la cocina y se reflejaban en la superficie de acero inoxidable del refrigerador Sub-Cero. No habiendo corriente eléctrica, las puertas dobles no podían generar el vacío para permanecer cerradas.

Steven Mennella, de 44 años, se movía en el condominio como si portase un traje de plomo. Era sargento de la policía de Nueva York. Su esposa Verónica era enfermera y recientemente había empezado a trabajar en el hospital de veteranos.

Steven tomó una vela aromática de la cocina y la llevó a la recámara principal. La colocó en su mesilla de noche, se quitó el uniforme y lo colgó meticulosamente en el riel del vestidor. Buscando por medio del tacto, sacó una camisa de vestir blanca, planchada hacía no mucho, y su traje gris favorito. Se vistió rápidamente y enseguida eligió la corbata estampada que su hija Susan le había obsequiado en su último cumpleaños. Anudó la corbata de seda, se puso el cinturón de piel y sus zapatos elegantes, y se echó un vistazo en el espejo del vestidor.

Por un instante consideró tender la cama.

Salió de la recámara y regresó a la sala. El departamento se hallaba situado en el piso 30, seis metros por encima de la densa capa arremolinada de ominosas nubes cafés. Por el momento, el cielo nocturno arriba de su balcón lucía estrellado y despejado, permitiendo la desconcertante vista de una ciudad de nubes: Steven aprisionado en esta pesadilla de *penthouse*... a solas.

Verónica estaba tendida en el sillón de piel con forma de herradura. El pálido rostro de la enfermera de la Administración de Veteranos ya no tenía una expresión de dolor; sus ojos azules estaban fijos en una mirada vidriosa circundada de rojo. Steven había lavado la sangre de los labios y la garganta de su esposa, cubriendo con la manta de lana el aterrador verdugón negro del tamaño de una pelota de tenis en su cuello esbelto.

Se inclinó sobre su difunta pareja y besó sus helados labios.

—Les dejé a los chicos una carta con instrucciones... tal como lo discutimos. Espérame, amor. Estaré contigo en un minuto.

Steven Mennella apagó las velas. Se aclaró la garganta y caminó con paso decidido a la puerta-ventana que daba al balcón. La luna llena pendía a baja altura en el horizonte, revelando el espeso banco de nubes color lodo que giraba más abajo. Un viento gélido lo recibió cuando se paró sobre su *chaise longue* favorito; se balanceó en el barandal de aluminio...

...y dio un paso al vacío.

Cristales de hielo se formaron sobre su piel mientras se precipitaba entre la tóxica nube química artificial. El viento aullaba en sus oídos...

No hubo advertencia. En un momento Paolo estaba virando para esquivar un buzón...

...y al siguiente la camioneta fue alcanzada por un meteoro humano.

El cofre estalló; el impacto aplastó el bloc del motor y reventó las dos llantas delanteras. Paolo pisó a fondo los frenos, lanzando al vehículo baldado en un derrapón contra un poste de luz. El anticongelante explotó en el frente averiado, empapando el parabrisas que parecía una sandía explotada sobre la telaraña de vidrio hecho añicos.

La bocina aulló y murió, cediendo el sitio al coro quejumbroso de respiraciones hiperventiladas. Francesca palpó su vientre hinchado.

—¿Qué demonios fue eso?

—Salgan todos de la camioneta —Shep abrió de una patada la puerta del pasajero, ventilando el vehículo con los vapores tóxicos del anticongelante; por un momento contempló los restos del sargento Steven Mennella, el cadáver incrustado en la tapa del cofre, boca arriba; después apartó la mirada—. Necesitamos conseguir otro coche que sirva.

Sin aguardar a los demás, corrió chapoteando por la calle 68 Este, con las piernas hundidas hasta las pantorrillas en un torrente de agua fría para cuando llegó a la intersección con Park Avenue. *La tubería debe haberse roto. ¿O quizá un hidrante de los bomberos?*

Y entonces vio la escena de pesadilla y rezó por que fuera obra de la vacuna.

Los seis carriles de Park Avenue parecían una escena salida directamente del Hades. Enormes edificios de oficinas y de condominios formaban un ominoso corredor apretujado bajo un celaje de arremolinadas nubes color marrón. Funcionando como un aislante, esa atmósfera artificial había encapsulado el calor de docenas de coches incendiados y la temperatura ascendente derretía la nieve acumulada en las cunetas, transformando en un río a una de las principales arterias de Manhattan. Contaminadas con gasolina, las aguas de la inundación presentaban brotes de llamas que se encendían y se apagaban por toda la infernal escena.

Womp.

El sonido distante resultaba familiar de alguna manera y provocó que a Shep se le erizara el cabello de la nuca.

Womp. Womp...

Sus ojos se clavaron en un objeto que cayó de las nubes una calle más adelante. No vio el impacto, pero lo oyó golpear un vehículo estacionado, activando la alarma.

Otro objeto cayó, luego otros dos. Shep se sintió desvanecer una vez que comprendió lo que estaba presenciando.

Llovían muertos en Manhattan.

Pero no todos los objetos eran cadáveres. Suicidas infectados de la peste saltaban de las ventanas de departamentos iluminados con velas, bailando en caída libre antes de pulverizar toldos, cofres y cajuelas de los incontables vehículos que saturaban Park Avenue. Sus entrañas se desparramaban al hacer impacto.

Paolo alcanzó a Shep; ambos estaban atónitos.

—¿Es una ilusión?

—No.

La inundación se convirtió en un torrente vertiginoso a su paso arrollador por Park Avenue a la altura de la calle 68, arrastrando consigo un objeto. A la luz de un coche incendiado pudieron ver que se trataba de un niño pequeño.

La imagen detonó un mosaico de recuerdos que desconcertó a Shep. Su corazón se aceleró; sus sentidos parpadeaban dentro y fuera de la realidad, hasta que de pronto ya no estaba en Manhattan...

...repentinamente estaba de regreso en Irak, de pie a orillas del río Shatt-Al-Arab.

Es el atardecer, el horizonte purga la luz del sol en llamas anaranjadas, extinguiendo el calor del día para dar lugar a un clima tolerable. David Kantor está con él, asistiendo a un médico iraquí, el doctor Farid Hassan, que saca un cuerpo decapitado entre la maleza de la ribera.

David inspecciona los restos.

—Parece ser otra obra de al-Zarqawi, ¿no lo cree así, doctor Hassan?

—Eso opinaría.

Patrick Shepherd lleva apenas dos meses de su primera movilización y responde con un eructo de reflujo ácido.

—¡Qué no daría yo por fusilar a esos bastardos uno por uno!

El médico iraquí intercambia una mirada cómplice con su colega estadounidense.

—El doctor Kantor me dice que es su primera vez en Irak, ¿sí?

—Sí —Shep busca más muertos en la maleza.

—Dice que usted era beisbolista profesional. A mi hijo Alí también le encantaban los deportes. Un atleta nato, mi hijo.

—Pónganos en contacto. Le enseñaré a lanzar un slider.

—Alí falleció hace cuatro años. Apenas tenía ocho años.

—Oh, lo siento.

—Ésas son sólo palabras de cortesía. ¿En verdad lo siente? ¿Cómo puede sentir la tristeza en mi corazón?

Algo parecido a un calambre atenaza el pecho de Patrick. Hace una mueca de dolor, pero ni David ni el doctor Hassan parecen darse cuenta.

A la distancia se aproximaba una pequeña embarcación. Una figura solitaria estaba de pie en la proa, el sol poniente recortaba su silueta encapotada.

—Si en verdad lo sintiera, sargento, estaría en casa jugando beisbol, diciendo a sus numerosos admiradores estadounidenses que la guerra es injusta. En vez de eso, está aquí en Irak, porta un rifle de asalto y juega a que es Rambo. ¿Por qué está en Irak y porta un rifle de asalto, sargento Shepherd?

Un interruptor interno se activa, su sangre vuelve a fluir helada.

—En caso de que no haya recibido el memorándum, fuimos atacados.

—¿Y quién los atacó? Los aeropiratas del 11 de septiembre eran saudíes. ¿Por qué no está en Arabia Saudita matando niños saudíes?

—Los soldados estadounidenses no asesinan niños. Es decir, con todo respeto, nadie quiere nunca lastimar a un niño. Ayúdeme aquí, doctor Kantor.

—Lo siento, novato. Es hora de que abras los ojos. Santa Claus no existe, el Conejo de Pascua se murió y todo lo que crees haber aprendido de Hollywood y el Tío Sam acerca de la guerra son patrañas. ¿Crees que a Cheney y a Rumsfeld les importa un carajo que haya armas de destrucción masiva, o la libertad de los iraquíes? Noticia urgente, Shep: esta invasión fue estrictamente por dinero y poder. Nuestra tarea es controlar a la población para que Washington controle a su vez el petróleo y que un montón de ricachones se vuelvan aún más ricos. ¿Y todos esos miles de millones de dólares asignados a la reconstrucción? El dinero lo están gastando en bases militares, engordando los bolsillos de *contratistas privados como Haliburton y Brown y Root. A Bechtel le otorgaron el contrato para hacerse cargo de los ríos Tigris y Éufrates y está amasando una fortuna mientras la gente local se queda con agua que ya no es potable. Dinero y poder, chico, y las verdaderas víctimas de la guerra son los niños. Por supuesto, dudo mucho que esa historia aparezca nunca en el noticiero nocturno.*

—¿Otra vez los niños? Señor, con todo el debido respeto... ¿de qué está hablando?

—De medio millón de niños muertos, para ser exacto —los ojos oscuros del médico iraquí se llenan de rabia—. Cuando ustedes invadieron nuestro país en 1991, sus mandos militares atacaron deliberadamente nuestras obras civiles, un acto calculado e inmoral que violó la Convención de Ginebra. Destruyeron las presas que utilizábamos para la irrigación. Destruyeron nuestras estaciones de bombeo. Destruyeron nuestras plantas de purificación de agua y nuestras instalaciones para el tratamiento de aguas negras. Mi hijito no murió a causa de una bala o una bomba, sargento Shepherd. Mi hijo murió de difteria. Los medicamentos que yo habría empleado para tratar el corazón inflamado de Alí no podían ingresar a mi país, a consecuencia de las sanciones estadounidenses y británicas impuestas por las Naciones Unidas.

La barcaza se acercó más. Shep alcanzaba a distinguir una figura encapuchada de pie en la popa. Remando lentamente.

—No somos una nación rezagada, sargento. Antes de la primera invasión estadounidense, Irak tenía uno de los mejores sistemas de salud pública del mundo. Ahora padecemos cólera y tifoidea, diarrea e influenza, hepatitis A, sarampión, difteria, meningitis, y la lista sigue y sigue. Quinientos mil niños han muerto desde 1991. Centenas más mueren cada día porque ya no tenemos acceso a agua potable segura. Los desechos humanos se acumulan y eso provoca enfermedades infecciosas.

Shep descubre el cuerpo sumergido entre la maleza...

...uno de cada ocho niños iraquíes muere antes de cumplir cinco años, uno de cada cuatro padece malnutrición crónica.

Levanta hasta su propio pecho el cadáver ahogado de la pequeña de siete años; su cuerpo se sacude al reconocer su rostro...

—Así que, por favor, no me diga que siente la muerte de mi hijo. No tiene idea de lo que se siente perder a un hijo.

...Ojos Brillantes.

—¡Patrick, cuidado!

Surgieron llamas al encenderse un charco de gasolina. Shep da tumbos hacia atrás, con las manos en el rostro.

—¿Te encuentras bien?

Asintió en dirección de Paolo, apartando las manos. Se le heló la sangre. La barcaza de su ensoñación avanzaba lentamente por Park Avenue. Una figura solitaria estaba parada en la barca de madera. La Parca usaba el mango de su guadaña para guiar la nave por la avenida inundada.

Shep retrocedió; la corriente empujó la embarcación calle abajo por Park Avenue y la calle 68. El Ángel de la Muerte volteó su rostro atroz hacia él al pasar. La criatura sobrenatural asintió con la cabeza, invitándolo a seguirlo.

Shep chapaleó tras él por la calle anegada.

La barcaza se salió de la corriente y pasó a la cuneta sumergida, deteniéndose en la acera que conducía a la oscurecida entrada de una construcción neoclásica de piedra caliza. De casi un siglo de antigüedad, el edificio de cuatro pisos, localizado en la esquina noroeste de la calle 68 Este, tenía grandes ventanas en arco que envolvían el primer piso y ventanas octogonales en el piso superior, bajo una cornisa y una balaustrada.

En un letrero grabado se podía leer: CONSEJO DE RELACIONES EXTERIORES.

El agua de la inundación caía por la alcantarilla de la cuneta, que inhalaba todo lo que los rápidos arrojaban a su orificio, incluyendo los restos de los difuntos.

La Parca miró fijamente a Shep. Las dos cuencas de su calavera se estaban llenando con docenas de ojos parpadeantes; la imagen perturbadora semejaba una colmena desbordada de abejas. El Mercader de la Muerte hizo un pase con la cuchilla verde olivo de su guadaña sobre el desagüe.

El agujero inundado se ensanchó hasta convertirse en un sumidero inmenso. El agua teñida giraba alrededor del óvalo del tragadero como si fuese un lavabo; la apertura tenía seis metros de ancho y seguía creciendo. Charcos de gasolina se encendieron, iluminando las profundidades subterráneas con un ígneo fulgor anaranjado.

La Parca señaló el vacío con un dedo huesudo, ordenando a Shep en silencio que se asomara al abismo.

Patrick se negó.

El Ángel de la Muerte alzó la guadaña y azotó el extremo romo del mango contra la acera inundada. El temblor atronador liberó un anillo de olas de 30 centímetros de altura que se volcaron en cascada por la calle 68.

Shep miró en torno suyo. Paolo, Francesca, Virgil y los Patel estaban rígidos como estatuas, como si ahora existiesen en una dimensión

alternativa respecto de la suya propia. *No es más que la vacuna... es otra alucinación.*

Avanzó hasta el borde de la brecha. Con el agua hasta las rodillas, endureció los cuádriceps contra el tirón de la corriente helada y miró hacia abajo.

—¡Oh, Dios mío!... ¡No, no!

Patrick Shepherd se había asomado directamente al infierno.

BATTERY PARK CITY,
5:27 A.M.

La calle Stone era una estrecha avenida en Battery Park, cubierta de adoquines antiguos. La primera planta de sus edificios albergaba varios restaurantes muy populares. Diecisiete horas antes, la gente local y los turistas habían estado ordenando el almuerzo en la pizzería Adrienne's y comprando postres en Financier's Pastries. Cinco horas después atestaban la Stone Street Tavern, uno de los refugios públicos para visitantes de fuera de la ciudad que no tenían adónde ir para escapar del toque de queda obligatorio.

A las siete de la noche, el libre flujo de alcohol había transformado la calle Stone en una ruidosa fiesta de vecindario. La música rugía desde reproductores de discos compactos alimentados con baterías. Una actitud de "es el fin del mundo y todo se vale" había emparejado mujeres con hombres que recién se habían conocido, transformando los asientos traseros de los vehículos estacionados en habitaciones temporales.

Las familias con hijos pequeños se marcharon de la calle Stone e iniciaron la peregrinación por Broadway a la iglesia de la Trinidad.

A las 10, la música había dejado de sonar. A las 10:30, los embriagados se tornaron violentos.

Estallaron peleas. Hubo ventanas rotas, negocios saqueados. Mujeres que horas antes habían accedido a tener relaciones sexuales ahora eran víctimas de violaciones tumultuarias. No había policía, ni ley. Sólo violencia.

Para la medianoche, la Guadaña había impuesto a la depravación su propia versión de la justicia.

Habían pasado cinco horas y media desde que la fecha en el calendario había cambiado al temido 21 de diciembre. El solsticio de invierno había convertido la calle Stone en una aldea europea del siglo XIV.

No había luces, sólo el fulgor anaranjado de las brasas que ardían en los basureros de metal. Un celaje de nubes del color del fango se arremolinaba de manera surrealista en las alturas. Las calles adoquinadas y los callejones estaban salpicados de muertos y moribundos. La nieve derretida había empapado sus restos. Sangre deshielada fluía de nuevo de sus narices y sus bocas, atrayendo a las ratas.

Las ratas superaban en número a muertos y moribundos en una proporción de 60 a uno. Excitadas por las pulgas infectadas con la Guadaña, se avalanzaron sobre los caídos en manadas voraces, sus afilados dientes y garras royendo y arrancando tiras de carne. Cada bocado era motivo de una pelea y esto detonaba a su vez otro frenesí de sangre espumosa.

La Chevy Suburban negra viró despacio en la calle Stone. Durante las últimas cinco horas, el conductor de Bertrand DeBorn había apretujado, maniobrado y aplanado con la camioneta por un sinfín de avenidas llenas de vehículos abandonados que habían restringido su velocidad a menos de 10 kilómetros por hora. Llegando a otro paso bloqueado, Ernest Lozano se trepó a la acera; los anchos neumáticos de la Suburban pasaron por encima de topes humanos y trituraron a los roedores que se negaban a abandonar su merienda.

Sheridan Ernstmeyer estaba sentada a su lado, en posición "escopeta". La asesina profesional había matado a cuantos se habían acercado a tres metros de la camioneta.

Bertrand DeBorn se agitó en el asiento trasero. Las glándulas del secretario de Defensa se habían inflamado; la fiebre de baja intensidad iba cobrando fuerza en su sistema. Con los ojos cerrados y los párpados temblorosos, dijo en tono áspero:

—¿Ya llegamos?

—No, señor. Estamos a una calle de distancia.

—¿Por qué demonios tardamos…? —DeBorn sucumbió a un acceso de tos que duró 20 segundos. Su aliento rancio invadió el vehículo. Los dos guardaespaldas se reajustaron las mascarillas.

Lozano dio vuelta a la derecha en la calle Broad. La bahía de Nueva York apareció a la vista. La calle estaba completamente atascada de vehículos; las aceras también estaban repletas.

—Señor, estamos bloqueados, pero el edificio de departamentos está aquí adelante, a la derecha.

—Ustedes dos tráiganmela. Y también a la hija de Shepherd.

Los dos agentes intercambiaron una mirada.

—¿Hay algún problema?

—No, señor —Ernest Lozano puso la palanca de velocidades en *parking*. Salió de la camioneta y siguió a Sheridan Ernstmeyer por la calle atestada de cadáveres e infestada de ratas, en dirección del edificio donde vivía Beatrice Eloise Shepherd.

UPPER EAST SIDE

Para Patrick Shepherd, el tiempo parecía haberse detenido. La inundación, las llamas, los miembros de su grupo, todo lo que se hallaba dentro de la dimensión física que Virgil llamaba *Malchut* estaba congelado.

Varios centenares de metros bajo su punto de observación en la cuneta de Park Avenue había otra realidad.

La apertura sigue ensanchándose y revela tres niveles del séptimo círculo del infierno. El primero, que se extiende bajo la sede del CRE hasta donde alcanza la vista, es un enorme río de sangre, tan largo y tan ancho como el Mississippi, alimentado en parte por la cascada que avanza gradualmente, barriendo los desechos desde la alcantarilla de la calle 68.

El hedor del río es tan insoportable como los sufrimientos de quienes están atrapados en su tajo. De alguna manera, Shep puede percibir su aura: un pulso de energía, profundo y malévolo, que reverbera lentamente y cuya frecuencia negativa es tan asfixiante como la pestilencia del infierno. Hombres y mujeres. Desnudos y sangrantes.

Las almas de los violentos.

Miles y miles. Sus rostros aparecen y desaparecen enseguida, como carne infecta que fuese bautizada en una pila llena de un caldo bermellón hirviente. Jadean desesperados y luego aguantan la respiración antes de ser obligados a sumergirse una vez más. Se aferran a los otros, concentrados en salvarse a sí mismos en vez de colaborar entre todos para arremeter contra la ribera.

Los Centauros patrullan las aguas bajas y la orilla del río. Mitad hombres, mitad caballos, estas criaturas reciben con la punta de sus trinches a cada alma que emerge, hiriendo a los condenados hasta que se ven forzados a retirarse de regreso al río.

Shep tarda un momento en advertir que esos desdichados hombres y mujeres salen en masa a la superficie no sólo para respirar, sino que parecen sentirse atraídos por la Luz que proviene de arriba…

…¡su Luz!

Patrick se estremece, horrorizado. Tiranos y asesinos… ¿acaso es éste el destino que me aguarda?

—*Ayúdame, por favor.*

Los ojos de Shep rastrean la súplica hasta un agujero del tamaño de un cráter apenas más allá de la ribera. El orificio revela un segundo nivel bajo el primero: un bosque extraño; los árboles no tienen hojas: sólo les crecen espinas. La voz es la de un hombre de unos 40 años. Viste traje gris, camisa blanca y corbata estampada.

Shep lo reconoce. Es el tipo que aterrizó en la camioneta… el suicida.

Mientras lo ve, los pies del hombre se enraizan en el suelo ceniciento. Sus extremidades se entiesan como ramas y se afilan sus dedos como espinas.

Aleteando de una rama a otra de este árbol suicida recién formado hay Arpías. Mitad mujeres, mitad pájaros. Las criaturas buscan hojas, arrancando cada nuevo brote verde en el instante en que aparece en el apéndice de hombre-árbol.

Shep no puede ver lo que ocurre bajo el Bosque de los Suicidas, en el tercer nivel, pero alcanza a escuchar el eco de los gritos, acompañados por atormentadas exclamaciones blasfemas, todas dirigidas contra Dios.

Una sensación que ahora ya le resulta familiar hace que Shep alce la vista. La Parca lo mira con sus ojos compuestos de cientos de pupilas parpadeantes. La mueca burlona de la criatura le hiela la sangre a Patrick. De la túnica oscura alarga una mano huesuda para sujetarlo…

…otra mano lo apartó con fuerza del séptimo círculo del infierno.

Shep gritó al voltear y ver a Virgil.

—¿Te encuentras bien? No, claro que no. Lo veo en tus ojos.

Mudo de asombro, Shep miró en torno suyo en busca de la Parca. Tanto el Ángel de la Muerte como la apertura habían desaparecido.

—¿Patrick?

—Ya no lo puedo soportar, Virgil. Las alucinaciones… la culpa. Pero lo que es peor, mucho peor, es la soledad… Sentirme siempre vacío por dentro. Es como un veneno que devora lentamente cada célula de mi cuerpo. Sólo el miedo del destino que aguarda a los suicidas en el más allá me ha impedido quitarme la vida todos estos años. Me siento tan perdido… rodeado de tinieblas.

—No es demasiado tarde, Patrick. Aún hay tiempo para cambiar, para traer la Luz a tu contenedor.

—¿Cómo? ¡Dímelo!

—Permítete sentir una vez más. Donde hay amor siempre está la Luz.

—Todo lo que siento es este vacío.

—Eso es porque tienes miedo de sentir. Deja de embotellar tus emociones. Permítete experimentar el dolor y el sufrimiento. Debes estar dispuesto a encarar la verdad.

—¿La verdad acerca de qué? ¿Qué es lo que sabes, Virgil? ¿Por qué tu "amiguito" DeBorn te habló de mí?

Paolo llegó hasta ellos corriendo. Tenía la mirada frenética; su mente padecía la agonía de su propia alucinación.

—¡Miren! ¡En el cielo! ¿Lo ven? ¡Un demonio!

Shep y Virgil alzaron la vista.

La nave Parca sobrevolaba abajo del remolino de nubes cafés. La lente roja de su cámara los espiaba desde las alturas.

Virgil entrecerró los ojos para ver el objeto volador.

—No es un demonio, Paolo; es un avión militar no tripulado. ¿Dónde están los Patel?

Una camioneta Volkswagen gris dio vuelta en la acera; el escape vomitaba humo cuando se detuvo derrapando llantas. El pesado eje del monstruo mecánico dispersaba las olas a través de la calle inundada. Pankaj estaba al volante; su hija y su esposa iban sentadas adelante. Francesca estaba recostada en el tercer asiento.

Pankaj bajó la ventanilla.

—Se acercan los soldados. ¡Suban!

Shep abrió de un tirón la puerta deslizable y dejó pasar a Paolo a y Virgil. La reliquia se abrió paso golpeando y deslizándose hacia el sur por Park Avenue, en dirección de Lower Manhattan.

OCTAVO CÍRCULO

Los Fraudulentos

Ya habíamos ascendido tan alto como habíamos podido para observar el siguiente cementerio, situados en medio del puente, con una vista aérea de la zanja. ¡Oh Suprema Sapiencia, cómo abarcas los cielos, la tierra e incluso el infierno con sumo arte, y con qué justicia dispensa tu poder la gracia! Los costados y el fondo estaban perforados con incontables agujeros redondos dispersos sobre la roca de color lívido; cada uno era tan ancho como yo mismo, y similar en profundidad y diámetro a aquellas pilas que se encuentran en mi adorada San Giovanni, en las que se colocaba quien celebraba el bautizo. De la boca de cada apertura sobresalían las piernas de un pecador, desde los pies hasta los muslos; el resto del pecador permanecía dentro del agujero.

DANTE, *El Infierno*

21 de diciembre

TRIBECA, NUEVA YORK,
6:07 A.M.
(1 HORA, 56 MINUTOS ANTES
DEL FIN DE LOS DÍAS PROFETIZADO)

La escalera estaba vacía, una buena señal. David Kantor llegó al rellano del segundo piso. Tenía las piernas muertas de cansancio; los cuádriceps le ardían por el ácido láctico tras el largo recorrido en bicicleta.

El tiempo se agota… ¡vamos!

Sujetándose del barandal, se obligó a subir los escalones. Cada aliento que exhalaba crepitaba en sus audífonos.

El viaje a través de Manhattan en la bicicleta de 10 velocidades había sido muy arduo. El equipo militar de David había complicado terriblemente su equilibrio; sus botas apenas habían logrado permanecer sobre los pedales. Pero la angostura de la bicicleta le había dado la posibilidad de maniobrar en medio de calles bloqueadas y lo silencioso de su transporte le había ayudado a no ser advertido por los soldados.

Para como resultaron las cosas, ellos eran el menor de sus problemas.

Corriendo por el Upper West Side, había cometido el error de seguir la Avenida de las Américas. El edificio de CBS. La torre del Bank of America. W. R. Grace. Macy's. El tramo de calles conocido como el "Callejón de los Rascacielos" había sido transformado por las arremolinadas nubes cafés, suspendidas más abajo que la cima de las estructuras de acero y vidrio, en una escena gótica que parecía salida de una pesadilla de Wayne D. Barlowe. Coches en llamas, calles inundadas. Cuerpos que caían desde extrañas nubes… Costales voladores de sangre y hueso. Una mujer se lanzó en picada sobre el techo de un taxi amarillo. No desde una altura suficiente para matarla. Yacía ahí, gimiendo, rota y desfigurada.

La sacudida repentina de adrenalina había aliviado su fatiga. Corrió a toda velocidad a un lado de Rockefeller Plaza, negándose a ver las multitudes de muertos amontonados en una enorme pila en la pista de hielo. Continuó por el distrito de la vestimenta y Chelsea. Pasó bajo el arco de Washington Square, entró en Greenwich Village, un barrio bohemio donde había pasado la mayor parte de sus años universitarios. Cortó por las aceras de su alma máter; el campus de la Universidad de Nueva York estaba desierto, sus estudiantes se hallaban de vacaciones navideñas, gracias a Dios. Pasó por la vieja casa de sus padres, atravesando por las familiares canchas de baloncesto en Desalvio y en la calle Bleecker, donde había acumulado miles de horas de partidos callejeros. Como la pista de hielo, los rectángulos de asfalto se habían convertido en sitios de descarga de los muertos insepultos de la Guadaña. Las adyacentes áreas de juegos infantiles eran ahora un campo de batalla para pandilleros desenfrenados que estaban decididos a hacer de la Village una galería de tiro.

Sin mediar advertencia abrieron fuego de ametralladora desde las tinieblas, y de pronto se halló de nuevo en Irak; los asesinos invisibles parecían estar en ninguna parte y por doquier. Una bala le rozó el hombro; otra rebotó en la tapa de una alcantarilla y golpeó su bicicleta, obligándolo a guarecerse entre dos hileras de coches abandonados. Permaneció agachado, maniobrando la bicicleta de 10 velocidades por espacios estrechos; logró salir del territorio en disputa y pasar a SoHo.

El área de compras de moda, que debía su nombre a su ubicación al sur de la calle Houston, parecía una zona desmilitarizada. Ocho horas antes, oleadas de lugareños se habían abandonado al frenesí, saqueando y vandalizando las tiendas del vecindario. Los habían enfrentado equipos SWAT dotados de trajes ambientales y poca tolerancia. Restos acribillados habían sido abandonados sobre escaparates rotos, bajo los coloridos toldos desgarrados, como advertencia para otros violadores del toque de queda.

David Kantor había tardado casi 90 minutos para llegar por fin a Tribeca.

Ubicado entre SoHo y el distrito financiero de Manhattan, al oeste del Barrio Chino, Tribeca también derivaba su nombre de su ubicación: el Triángulo bajo la calle Canal. La otrora zona industrial se había convertido en una de las áreas más costosas de la Gran Manzana. Sus bodegas habían sido transformadas en edificios residenciales y *lofts,* varios de los cuales eran el segundo hogar de algunas de las mayores estrellas de Hollywood.

Claremont Prep se localizaba al sur de Wall Street, en el ex edificio del Bank of America International. La escuela de enseñanza elemental, media y preparatoria consistía de casi 40 mil metros cuadrados de aulas, estudios artísticos, laboratorios, biblioteca, cafetería, gimnasio, áreas de juegos al aire libre y una piscina de 25 metros. El estudiantado procedía de los cinco distritos de Nueva York, así como de Nueva Jersey. Padres adinerados en busca de la mejor educación para sus críos. Doce horas antes, la escuela entera había estado en cierre estricto.

Ahora correspondía a David averiguar si alguien había sobrevivido.

Habiendo llegado a la escalera del edificio del Bank of America, el médico militar siguió subiendo. Jadeaba con fuerza para cuando llegó al rellano del tercer piso. Probó la puerta de incendios de la escalera.

Cerrada. Golpeó la barrera de acero con la culata de su rifle de asalto. No obtuvo respuesta.

David retrocedió, apuntó el arma al cerrojo e hizo fuego, destrozando el mecanismo. Horrorizado por lo que podría encontrar, abrió la puerta de un jalón e ingresó en los oscurecidos confines de la escuela de su hija.

Habían conducido sin luces, avanzando sobre las aceras y arrancando toldos de comercios. Dejando Park Avenue, Pankaj había intentado evitar las avenidas principales, resultándole más fácil maniobrar hacia el sur por las calles menos congestionadas cuyo sentido original era al norte.

La parte este del centro de la isla era particularmente peligrosa; la presencia militar seguía siendo intensa alrededor de las Naciones Unidas. Desviándose al oeste a través de Park Avenue, Pankaj logró avanzar por Murray Hill antes de cortar de nuevo hacia el suroeste por las áreas tranquilas y más antiguas en torno a Gramercy Park.

Al entrar a East Village no tuvo más elección que seguir al sur al Bowery.

El cristal en el cuello de Manisha Patel comenzó a vibrar de inmediato.

—No, es el camino equivocado.

—¿Qué alternativa tengo? El tráfico está bloqueado por los dos puentes; no hay por dónde conducir.

—Mi guía espiritual dice que no. Halla otro camino. Llévanos a través del Barrio Chino.

Los Minos iban en el tercer asiento. Paolo reconfortaba a su esposa embarazada, que estaba recostada con la cabeza sobre el regazo de su marido. Su vientre hinchado se agitaba.

—Tu hijo abusa de su madre.

—Mira qué bien patea. Será un gran jugador de futbol.

—Quiere salir, Paolo. Temía decírtelo. Se me rompió la fuente en el parque, mientras esperábamos tu regreso.

Abrumado, sintiéndose absolutamente impotente, Paolo sólo atinó a reunir suficiente fuerza para apretar la mano de Francesca.

—Trata de aguantar, mi amor. Pronto estaremos en el embarcadero.

Virgil estaba sentado en el asiento de enmedio, junto a Shep. El anciano, exhausto, roncaba.

Patrick Shepherd se recargaba en la puerta trasera del lado del conductor; su hombro izquierdo herido palpitaba, el dolor constante lo mantenía despierto. Le pesaban los párpados mientras veía a la pequeña india sentada adelante entre sus padres. De algún modo, su psique se sentía atraída por el aura de la niña.

Siempre alerta, ella sintió su mirada.

—¿Te duele espantoso?

—Otras veces ha sido peor.

La niña se desabrochó el cinturón de seguridad, se dio vuelta y se arrodilló en su asiento frente a él.

—Dame la mano —sonrió cuando lo vio dudar—. Prometo no hacerte daño.

Shep extendió su mano derecha, dejando que ella la tomara entre sus palmas suaves y delicadas. La pequeña palpó su mano, cerró los ojos y posó las puntas de los dedos en su pulso.

—Tan áspera. Tanto dolor...

—Fui soldado.

—Esto es mucho más profundo... un dolor que proviene de un viaje anterior, realizado hace mucho tiempo. Una fechoría terrible... tantos muertos. La carga te aplasta.

—¿Un viaje anterior? ¿Qué clase de...

—...algo más... una gran decepción que todo lo consume. Tus acciones te acosan.

—¡Dawn! —Manisha volteó y empezó a disculparse—. Patrick, mi hija... es muy pequeña...

—No, está... bien —miró a la niña—. ¿Te llamas Dawn?

—Sí.

—Tienes unos ojos castaños muy bonitos. Cuando los vi por primera vez en Central Park... Bueno, olvídalo.

—Dime.

—Es sólo que... me recuerdan a alguien que conocí.

—Mi mamá dice que los ojos son las ventanas del alma. Tal vez nos conocimos en una vida anterior.

—Tal vez. ¿Y tú qué ves en mis ojos?

Dawn lo miró a los ojos; primero ligeramente, luego de manera más profunda.

Patrick sintió que estaba temblando.

La expresión de la niña cambió. Su labio inferior tembló. Perdió la compostura, le soltó la mano y abrazó a su madre.

Shep se enderezó, haciendo un esfuerzo por no desencajarse.

—¿Qué pasa? ¿Ocurre algo malo?

Llorando, Dawn sepultó el rostro en el regazo de Manisha.

—Vamos, pequeña, no me dejes en suspenso.

—Disculpa a mi hija, Patrick, no quiso alterarte. Leer el rostro de una persona es una labor agotadora incluso en un buen día. Está exhausta, pero no hay nada qué temer. Dawn, dile a Patrick que lamentas haberlo alterado.

—Lamento haberte alterado, Patrick. Perdóname, por favor.

—Sí… seguro, no te preocupes —perturbado, apartó la cabeza y se puso a mirar fijamente por la ventanilla trasera.

En algún punto a la distancia estaba el FDR Drive, y más allá el East River. No había más que oscuridad allá afuera, excepto por dos enormes incendios: el del Puente Manhattan al norte y el del Puente de Brooklyn al sur. Las dos vastas estructuras habían sido destruidas 17 horas antes, pero la termita incendiaria utilizada para las explosiones seguía ardiendo; el compuesto químico derretía las vigas de acero…

…tal como lo había hecho el 11 de septiembre de 2001.

Tres edificios se habían derrumbado casi a velocidad de caída libre. Dos habían sido alcanzados por los aviones secuestrados, el tercero —el Edificio 7, de 47 pisos— se había desplomado como una baraja horas más tarde, piso tras piso, a pesar de que el rascacielos sólo había sido golpeado por escombros. Si bien la mayoría de los estadounidenses nunca cuestionó lo que vio con sus propios ojos, científicos e ingenieros estaban perplejos ante sucesos que desafiaban todas las leyes de la física, la ingeniería y la metalurgia conocidas por el hombre.

Al final todo se reducía a un simple problema de números: ¿cómo pudo el combustible de los aviones, que se consume rápidamente entre 425 y 650 grados centígrados, licuar vigas de acero que se derriten a una temperatura de 1 370 grados, más del doble del calor más alto jamás registrado para el combustible de avión? No había duda de que el metal se había derretido; se grabó en video cómo se escurría acero fundido por las ventanas momentos antes del derrumbe, y un lago de acero fundido había ardido bajo los cimientos del World Trade Center durante meses después del 9/11, a pesar de los grandes esfuerzos de los bomberos para apagar el fuego con millones de galones de agua y Pyroccol, un apagaincendios químico.

Seguridad Doméstica había cerrado todos los accesos a la Zona Cero, impidiendo de hecho cualquier inspección detallada de los escombros; sin embargo, ingenieros habilidosos habían logrado reunir bastantes muestras de partículas: su análisis había revelado la presencia de una sustancia extraña que no debería haber estado entre las ruinas: termita. Un material pirotécnico empleado por las fuerzas armadas y los ingenieros de la construcción para derribar estructuras de acero. La termita genera temperaturas supercalientes de 2 480 grados y arde por periodos prolongados de tiempo. Y es posible aplicarla como pintura.

En respuesta a los perturbadores hallazgos de expertos independientes, el Instituto Nacional de Estándares y Tecnología (INET) publicó un informe de mil páginas que contenía explicaciones en franca contradicción con todos y cada uno de los casos jamás estudiados de incendios en edificios altos. El informe no dio cuenta de los residuos de termita; tampoco reconoció el misterioso lago de acero fundido. Los funcionarios del INET también se negaron a explicar la serie de explosiones reportadas por cientos de testigos momentos antes de que las torres se derrumbaran. Ni la evidencia videograbada del desplome del Edificio 7, que mostraba claramente las características nubes de humo creadas por explosiones de demolición, procedentes de cada piso a medida que el edificio se colapsaba sobre sí mismo casi a velocidad de caída libre.

Más de 400 arquitectos e ingenieros independientes rebatieron las conclusiones del INET, en vano. Los Estados Unidos habían sido atacados y los estadounidenses querían un castigo, no ridículas teorías de conspiración.

Durante su segunda movilización en Irak, Patrick Shepherd supo por primera vez, a través de otro soldado, de La Verdad del 9/11, los controversiales sitios de internet. Las acusaciones lo enfurecieron. ¿Y qué si era muy conocido que las torres eran un peligro sanitario por estar llenas de asbesto? ¿Y qué si el derrumbe del Edificio 7 fue reportado por la BBC 40 minutos antes de que ocurriera? O que la torre albergara la segunda estación secreta de la CIA más grande del país, así como las oficinas de la CSI (Comisión de Seguridad e Intercambio), la comisión de la bolsa de valores, que investigaba los fraudes de Enron y WorldCom. Cierto, Larry Silverstein, el nuevo dueño del World Trade Center, había cerrado algunos de los ascensores de las Torres Gemelas para realizar "modernizaciones" un mes antes del 9/11. ¿Y qué con eso? ¿Cómo podía cualquier estadounidense leal creer que elementos del gobierno pudiesen haber ayudado y facilitado tan atroz ataque terrorista y usar la tragedia como excusa para invadir Irak? Era un absurdo patente.

Los medios de comunicación masiva se habían negado a creer nada de eso, lo mismo que la mayoría de los estadounidenses, incluyendo a Patrick. Pero con el paso de los años y la sucesión de movilizaciones, la mente de Patrick comenzó a dar credibilidad a la evidencia y los pensamientos tóxicos le helaron el corazón.

Aprendió que la historia moderna estaba repleta de acontecimientos de "bandera falsa": actos de violencia organizados por las élites gobernantes, diseñados para achacar la culpa al enemigo y así acumular el respaldo del público. En 1931, los japoneses volaron secciones de su propio ferrocarril como pretexto para anexarse Manchuria. En 1939, los nazis fabricaron evidencia de un ataque polaco contra Alemania para justificar la invasión de Polonia. En 1953, Estados Unidos y Gran Bretaña orquestaron la Operación Ayax, un suceso de bandera falsa contra Mohammed Mosaddegh, el líder democráticamente electo de Irán. Nueve años después, el presidente Kennedy puso fin a la Operación Northwoods, un complot del Departamento de Defensa que habría culpado a Cuba de una racha de incidentes, incluyendo el secuestro y el siniestro de un avión comercial estadounidense. Años después, otra operación de bandera falsa —el incidente del Golfo de Tonkin— permitió la escalada de la guerra de Vietnam.

Tres mil personas inocentes fueron asesinadas el 11 de septiembre. Siendo atroz, la cifra era casi irrelevante en comparación con la historia de la guerra moderna. Hitler exterminó a seis millones de judíos. Pol Pot eliminó sistemáticamente a más de un millón de camboyanos. Los chinos masacraban tibetanos diariamente. El genocidio había aniquilado a un millón de personas en Rwanda. La invasión estadounidense había matado a un millón de iraquíes... a pesar de que Saddam no había tenido armas de destrucción masiva y de que para Irak Osama bin Laden y al-Qaeda eran enemigos jurados.

Para los agentes del poder del complejo militar-industrial y la élite de Wall Street, tres mil bajas no eran nada comparadas con las reservas de crudo de Irak y un billón de dólares en contratos sin licitación y en gastos bélicos.

Sentado en el asiento trasero, Patrick recordó el momento en que finalmente asimiló la verdad del 11 de septiembre. Fue el último día de su cuarta y última movilización, el día que cayó en la cuenta de que el país que amaba había sido usurpado por la élite corporativa, que él había matado personas inocentes para sostener sus imperios de codicia y que estaba destinado a arder en el infierno por sus acciones, para no volver a ver nunca a su alma gemela.

Mientras veía los puentes en llamas, Patrick percibió en su boca el ya conocido sabor a cobre del odio. Era un odio que lo había cegado durante casi 11 años, una rabia tan honda que asfixiaba hasta la última onza de amor que había sentido jamás, destruyendo cada recuerdo decente, bloqueando hasta el último ápice de luz. Y en este repentino instante de claridad, otra verdad asomó en su repugnante cabeza…

—Van a incinerar Manhattan.

Los otros pasajeros voltearon a verlo.

Paolo sujetó con fuerza la mano de su esposa.

—¿Quién va a incinerar Manhattan?

—Los federales. El Departamento de Defensa. Sucederá pronto, probablemente cuando salga el sol. Podría haber ocurrido hace horas, si hubiesen conseguido esta vacuna.

—¿Cómo lo sabes? —preguntó Pankaj.

—En el hospital de veteranos oí a Bertrand DeBorn amenazando con soltar la sopa acerca del ántrax y los ataques de 2001.

—¿El secretario de Defensa de Kogelo?

—¿Qué tiene que ver el ántrax con…?

—El ántrax procedía de laboratorios dirigidos por la CIA. Supongo que la Guadaña fue diseñada en un laboratorio similar.

—¿Con qué fin? —preguntó Paolo.

—Para invadir Irán. Como carecemos de efectivos para adueñarnos de otro país, al personal de inteligencia se le ocurrió otro plan. Liberar un agente biológico como la Guadaña, diezmar a la milicia del país y enseguida aparecer con la vacuna y negociar la paz.

—Yo no creo eso —dijo Francesca enfáticamente—. Me niego a creerlo. Esto es Manhattan, la Gran Manzana. Nadie va a incinerar la ciudad más poblada de los Estados Unidos.

—A ellos no les importa —dijo Shep, cerrando los ojos—. Sólo somos números en un libro de contabilidad, pérdidas aceptables. Incinerarán Manhattan, culparán de la Guadaña a unos terroristas y sin que nadie se dé cuenta habrá estallado la tercera Guerra Mundial.

ISLA DEL GOBERNADOR,
6:20 A.M.

Sola en la oscuridad, varada en el colchón mohoso sobre el húmedo piso de concreto, el cuerpo de Leigh Nelson se convulsionó al oír a

437

alguien cruzar el piso de arriba. El terror atenazó su mente cuando el soldado de andar pesado descendió por la escalera de madera.

Leigh gritó cuando él se le acercó.

—No más inmersiones, lo prometo. Le traje algo para calmar los nervios. ¿Puede sentarse? —Jay Zwawa ayudó a Leigh Nelson a enderezarse.

Los músculos de la doctora temblaban. Le dio la botella abierta de whisky.

Se la llevó a los labios con fuerza y bebió. Vació un tercio de la botella antes de que Jay pudiese quitársela. Sus entrañas estaban en llamas; el calor interno serenaba sus nervios crispados.

—¿Está bien?

—¿Por qué me torturó?

—¿Por qué? Porque estaba siguiendo órdenes. Porque el mundo se ha vuelto loco. Porque el sentido común salió por la ventana cuando los presidentes decidieron que halcones como Cheney y Rumsfeld y DeBorn sabían más acerca de cómo dirigir las fuerzas armadas que los hombres que de hecho han prestado servicio en ellas.

—Los odio a ustedes, a sus malditas guerras y a sus desquiciados programas de guerra biológica. Espero y rezo por que todos los gusanos belicistas que hayan participado ardan en el infierno.

—Sospecho que su deseo se hará realidad.

Leigh se encogió de miedo cuando Jay se llevó la mano al bolsillo de su chaqueta…

…y extrajo un teléfono celular.

—Llame a su familia. Dígales que está bien. Nada más.

Con una mano temblorosa tomó el aparato y marcó su número.

—¿Hola?

Leigh sollozó.

—¿Doug?

—¡Leigh! ¿Dónde estás? ¿Lograste salir de la ciudad? ¡Te he estado llamando toda la noche!

Miró al capitán Zwawa a través de las lágrimas.

—Estoy bien. Estoy en una base militar en la Isla del Gobernador.

—Gracias a Dios. ¿Cuándo volverás a casa? Espera… ¿estás infectada?

—Estoy bien. ¿Tú estás bien? ¿Los niños están a salvo?

—Estamos todos aquí. Estamos bien. Autumn está aquí junto a mí. Autumn, ¿quieres saludar a mamá?

Una voz adormilada de niña dijo:

—Hola, mami.

Leigh rompió en llanto. Se le cerraba la garganta al hablar.

—Hola, muñequita. ¿Estás cuidando muy bien a Parker y a papi por mí?

—Sí, mami. ¿Y tú estás cuidando a Patrick por mí?

El corazón de Leigh atronaba en sus oídos.

Jay Zwawa arqueó las cejas; su expresión se ensombreció.

—Cariño, mami se tiene que ir. Te amo —apagó el teléfono, aterrada—. Lo llevé a casa a conocer a mi familia. Estableció un vínculo con mi pequeña.

El capitán se guardó el teléfono. Sin decir una palabra más, subió los escalones de madera y cerró la puerta con llave tras de sí.

Leigh Nelson se arrastró a otro rincón del sótano y vomitó.

BATTERY PARK,
6:21 A.M.

Ernest Lozano siguió a Sheridan Ernstmeyer al vestíbulo del edificio de departamentos. Iban con las armas desenfundadas. La pequeña recepción de mármol estaba a oscuras, excepto por una solitaria luz amarilla de emergencia que parpadeaba en el techo.

Las sombras reptaban. Se elevaban gemidos de las víctimas que tosían. Gritos ahogados llegaban desde las viviendas del primer piso. El aire sucio apestaba a muerte.

Lozano estaba perdiendo la compostura rápidamente.

—Esto es idiota. DeBorn está infectado; podría morir antes de que nosotros lográramos salir a la calle nuevamente.

—Cállate —la asesina profesional buscó el cubo de la escalera; su sistema cardiovascular estaba acelerado por la adrenalina y las anfetaminas—. Por aquí —abrió de un tirón la puerta de incendios, liberando a un gato.

La nerviosa mascota pasó corriendo junto a ellos en la oscuridad.

—¿Piso?

—¿Huh?

—La esposa de Shepherd, ¿en qué piso vive?

—En el undécimo. Sheridan, ésta es una misión para necios.

Volviéndose para encararlo, apuntó el cañón de su pistola de 9 mm a la máscara del chofer.

—DeBorn es un sobreviviente; saldrá de aquí con vida. ¿Y tú?

—Estás loca.

—Quieres decir que soy una perra loca. Eso *es* lo que estás pensando, ¿no es cierto, Ernie? Anda, haz una alusión a mi menstruación. Veremos quién de los dos acabará sangrando.

Los ojos que miraban a Lozano desde el otro lado de la máscara de la mujer estaban frenéticos.

—Sólo vayamos por la esposa de Shepherd y larguémonos de aquí.

Sheridan le picó el pecho con el dedo índice.

—Sí, es lo que pensé que dirías —retrocedió, se dio vuelta y se dirigió a la escalera de concreto.

TRIBECA, NUEVA YORK,
6:24 A.M.

La muerte de un niño era profundamente antinatural, una perversión de la existencia. Simplemente no se suponía que los niños murieran antes que sus padres. Cuando ocurría, desataba una tristeza infinita, un dolor tan intenso, un vacío tan omnipresente, que podía lanzar a los padres en una espiral hacia la nada.

David Kantor había estado en la guerra. Había atendido a niños amputados. Había sostenido en sus brazos sus cuerpos sin vida. Luego de cinco movilizaciones en dos guerras, el médico no se había vuelto inmune a ninguna tragedia que involucrara a niños. Sólo que ésta era diferente. Un espectáculo tan desgarrante que sólo la avasalladora necesidad de encontrar a su hija impidió que sufriera un colapso nervioso.

David iba dando tumbos de un aula a otra; el haz de luz de su linterna desvelaba a la Guadaña en su forma más perversa. Infectados de la peste, los más pequeños se habían acurrucado en el piso como una camada de cahorros recién nacidos, atraídos unos a otros por el calor corporal. Copos de nieve humanos manchados de sangre.

Ella no estará aquí. Éstos son los alumnos de la escuela elemental. Busca a los de séptimo grado.

David oyó gemir a alguien. Avanzó rápidamente hacia el sonido, cruzó el corredor hacia la biblioteca y apuntó su linterna hacia la fuente.

El director estaba tendido en el piso alfombrado, con la cabeza recargada en un tomo de la enciclopedia. Rodney Miller abrió los ojos; cada una de sus arduas exhalaciones arrojaba un hálito de sangre.

—Miller, soy David Kantor.

—¿Kantor?

—El padre de Gavi. ¿Dónde está? ¿Dónde están los niños mayores?

El director hizo un esfuerzo para formar unas palabras. Con un jadeo final, murmuró:

—Gimnasio.

EL BARRIO CHINO,

6:26 P.M.

Un viento feroz azotó el East River, embraveciendo sus aguas, y agitó el banco fangoso de nubes que pendía sobre Manhattan, convirtiéndolo en un maelstrom atmosférico. Bajo el techo tóxico de dióxido de carbono y sustancias químicas, los sobrevivientes de la Guadaña se apiñaban en las azoteas; cada lote de asfalto elevado era un campamento de refugiados. Horas antes, los departamentos habían sido abandonados a los moribundos, y las calles a los muertos.

Pankaj Patel forzaba la palanca de transmisión de la camioneta Volkswagen gris. Mientras avanzaba por la calle Henry, el capó de la crujiente reliquia de cinco velocidades arrasaba los toldos de los comercios y cuanto atascaba las estrechas aceras. Pasó bajo las ruinas del puente de Manhattan Bridge. Viró en la calle Catherine. Condujo otras calles antes de verse obligado a parar.

La avenida conocida como la Bowery, que corría de norte a sur, era prácticamente un amontonadero de coches, autobuses y camiones que ocupaba hasta el último centímetro cuadrado de asfalto y de acera hasta donde alcanzaba la vista. La mayoría de los pasajeros varados en la Bowery había abandonado sus vehículos tiempo atrás, en busca de baños y comida. Los pocos que habían permanecido obstinadamente en el interior de sus coches lograron sobrevivir a la pandemia hasta la noche, sólo para verse atrapados en sus islas de santuario sin ningún otro lugar adónde ir.

La silueta de los edificios de ladrillo y las precarias escaleras de incendios del Barrio Chino se perfilaban más allá del foso de vehículos de la Bowery como un castillo medieval.

Pankaj se volteó hacia los demás.

—Tenemos dos posibilidades: quedarnos aquí y morir, o tratar de cruzar el Barrio Chino a pie. El distrito financiero queda muy cerca de ahí y después es todo derecho a Battery Park y al bote del cuñado de Paolo. ¿Manisha?

441

—Mi cristal se ha calmado. Mi guía espiritual está de acuerdo.

—¿Virgil?

—De acuerdo.

—¿Paolo?

—Se le rompió la fuente a Francesca; acaba de tener su primera contracción. ¿Qué pasará cuando el bebé empiece a bajar?

—Tendremos que ingeniárnoslas… conseguir una carretilla o algo para transportarla. ¿Patrick?

Virgil sacudió ligeramente a Shep para despertarlo.

—Tu esposa y tu hija están cerca. ¿Estás listo para seguir adelante?

—Sí.

Los siete sobrevivientes salieron de la camioneta y cruzaron la Bowery a pie, trepando y deslizándose sobre los cofres y las cajuelas de los coches, hasta que se toparon con un camión de 18 ruedas. El transporte de frutas y verduras estaba volcado de lado y bloqueaba la entrada al Barrio Chino.

Dieciséis horas antes, el enclave asiático era un hervidero de gente; miles de turistas paseaban entre los restaurantes de *dim sum* en busca de gangas en las callejuelas atestadas. A media tarde los turistas habían huido. Al ocaso, el gueto asiático se había segregado del resto de Manhattan. Organizándose rápidamente, los líderes del Barrio Chino habían despejado el tráfico vehicular hasta la calle Canal al norte, y ordenaron cerrar el acceso a su comunidad a todos los fuereños, montando barricadas en los linderos con camiones de carga volcados.

Pankaj les hizo una señal para que lo siguieran. El profesor de psicología había localizado una escalera de incendios accesible.

—Subiremos a la azotea y caminaremos al sur hacia el Columbus Park —se trepó a un depósito de basura, estiró los brazos y sujetó la parte inferior de una escalera de metal, haciéndola deslizar hacia abajo.

Minutos después, el grupo ascendía por un costado del edificio. Las tiras oxidadas de la escalera de incendios crujían bajo su peso.

EDIFICIO DE LA SECRETARÍA GENERAL
DE LAS NACIONES UNIDAS,
6:32 A.M.

El generador de emergencia había sido encendido y sus tentáculos recableados para que distribuyeran la electricidad exclusivamente a los seis elevadores del edificio. En el vestíbulo comenzó el proceso de repartir trajes Racal; las prendas autocontenidas para ambientes peligrosos fueron puestas en carritos y enviadas con escolta militar a las suites que todavía albergaban a sobrevivientes.

En el piso 33, el presidente Eric Kogelo y su equipo ya habían recibido sus trajes. El líder del mundo libre llevaba casi 30 horas despierto, bajo una enorme presión. Durante toda la larga noche, los médicos del CCE le habían asegurado que su fatiga y su fiebre de baja intensidad eran el resultado del agotamiento, no de la Guadaña. Kogelo había fingido aceptar su veredicto, pero había elegido aislarse en su oficina privada "nada más como una precaución".

Que los bubos se hubiesen hinchado en las ingles y no en el cuello había ayudado a ocultar la verdad al resto de su equipo. Sólo John Zwawa en el Fuerte Detrick sabía que el presidente estaba infectado y el coronel estaba empeñado en conseguir una cura a cualquier costo para cuando Kogelo llegase a la Isla del Gobernador.

—Señor presidente, la vacuna está en Manhattan, la estamos obteniendo ahora mismo. Si los bubos aparecieron hace sólo seis horas, entonces todavía tenemos tiempo. Sé que es difícil, señor, pero trate de mantener la calma.

Por un tiempo, Kogelo había mantenido la calma, ocupándose de dejar videomensajes para su esposa y sus hijos, su vicepresidente, el Congreso y el pueblo estadounidense. La hemorragia interna lo había obligado a detenerse; cada tos sanguinolenta le sacudía dolorosamente los pulmones.

Ahora, tendido en el sillón de piel, con el traje Racal puesto, le rezó al Creador para que le concediese un poco más de tiempo… para volver a ver a sus hijos, para abrazar a su esposa…

…y para impedir la guerra que pondría fin a todas las guerras.

EL BARRIO CHINO,
6:37 A.M.

Nivel tras nivel, continuaron su ascenso por la desvencijada escalera de incendios. Manisha mantenía la mirada vigilante sobre Dawn, Pankaj asistía a Virgil y Paolo ayudaba a Francesca a subir por los angostos escalones trenzados; el trabajo de parto iba en aumento y la obligaba a detenerse cada ocho o nueve minutos para "montar" una contracción.

Patrick fue el último en salir de la escalera de incendios a la cumbre del edificio de ocho pisos: una extensión de asfalto y grava que revelaba un laberinto disparejo de azoteas recortadas contra el horizonte. Algunas eran planas, otras anguladas; casi ninguna era de la misma altura, creando un laberinto de sombras que ocultaban barrancas de ladrillo y puentes que las interconectaban, tuberías y ductos de la calefacción, acondicionadores de aire y chimeneas, antenas aéreas y parabólicas, todo ello proyectado en diferentes ángulos hacia las tinieblas.

—Por aquí —dijo Pankaj, seguro de la dirección pero incierto del camino. Los hizo pasar hacia el oeste y después retomó la delantera...

...cuando de pronto el asfalto se levantó frente a él en olas ondulantes y las sombras se convirtieron en personas. Acurrucados bajo mantas, cientos de hombres, mujeres y niños despertaron para recibir a los invasores con absoluto silencio; la luz agonizante de sus linternas proyectaba un aura de otro mundo sobre la confrontación.

Un límite había sido violado. Aparecieron armas.

Antes de que Pankaj pudiese reaccionar, antes de que Manisha pudiese registrar las vibraciones de su cristal, antes de que Dawn pudiese gritar o los Minos rezar, la multitud retrocedió a las sombras, arrodillándose de miedo.

Patrick pasó adelante, con la cabeza y la cara ocultos bajo la sombra de la capucha de su chaqueta de esquiar y con el brazo protésico alzado, como si fuese la guadaña del Ángel de la Muerte.

—Pankaj, creo que es tiempo de que yo tome la delantera —hizo a un lado al desconcertado profesor de psicología y avanzó; su presencia separaba el aterrorizado mar de sobrevivientes.

TRIBECA,
6:38 A.M.

El gimnasio estaba ubicado en el noveno piso. David probó las puertas: cerradas. Con la culata de su rifle de asalto golpeó el pequeño rectángulo de vidrio y lo hizo pedazos.

—¡Hola! ¿Hay alguien ahí? —iluminó el interior con su linterna; escuchó crujidos... murmullos—. ¿Quién es?

—David Kantor; soy el padre de Gavi. No estoy infectado.

Alguien se acercó. Una pesada cadena fue retirada de la puerta desde adentro. La abrieron de un empujón y David entró. El interior estaba a

444

oscuras, excepto por una moribunda luz de emergencia. Los estudiantes ocupaban la cancha de baloncesto de madera y sus siluetas se recortaban en las tinieblas.

—¿Quién está a cargo aquí?

—Yo… más o menos —el muchacho tenía 16 años—. Somos 18 aquí. Nadie está infectado, hasta donde podemos saber. Nos encerramos alrededor de las dos de la tarde.

—¿Gavi Kantor está aquí? ¿Gavi?

—No está aquí —una chica de séptimo grado se adelantó; era afroamericana y estaba envuelta en una manta—. No vino a la escuela hoy.

¡No vino a la escuela! ¿Se fue de pinta? Quizá ni siquiera esté en Manhattan…

—Doctor Kantor, ¿tiene suficientes trajes ambientales para todos nosotros?

Un chico de primer grado le jaló la pierna del pantalón.

—Quiero irme a mi casa.

¿A casa? David apretó los dientes. *Si se van de aquí se contaminarán. Si se quedan, morirán de todos modos. ¿Qué hago con ellos? ¿Adónde los puedo llevar? No hay manera de salir de la isla…*

Se reunieron en torno suyo como las palomillas a una llama.

—Por favor no nos deje.

Miró al pequeño de siete años.

—¿Dejarlos? ¿Por qué haría eso? Estoy aquí para llevarlos a casa. Pero antes de que podamos irnos, todos necesitan cubrirse con algo la boca y la nariz. Usen una bufanda o una toalla, incluso un calcetín… lo que sea que encuentren. Los mayores ayuden a los pequeños. Una vez que salgamos del gimnasio no pueden tocar nada… Necesitan respirar a través de su bufanda. Dejen aquí sus pertenencias, no las necesitarán. Sólo sus abrigos, sus guantes y sus sombreros.

EL BARRIO CHINO,
6:39 A.M.

La repentina reverberación de su cristal hizo saltar a Manisha. Miró alrededor con la paranoia de una madre.

—Pankaj, ¿dónde está Dawn?

Su esposo señaló hacia adelante, donde su hija caminaba de la mano de la figura encapuchada de Patrick Shepherd.

—Ella insistió. ¿Sucede algo malo?

—Todo está mal —susurró Manisha, temblando—. Nuestra guía sobrenatural está cerca.

—**Patrick, ¿podemos detenernos** un momento? Necesito descansar —Dawn le soltó la mano y se sentó sobre una ventila, usando la parte de atrás de su abrigo como aislante contra la superficie congelada—. Lo siento, me duelen los pies.

—A mí también —Shep se recargó en la esquina del muro de metro y medio de la azotea, mirando hacia abajo a la calle Mott—. El Columbus Park está a sólo unas cuantas calles. ¿Quieres que te cargue? Te puedo poner sobre mis hombros, como solía hacerlo con mi pequeña...

Su voz se apagó; su mirada se concentró en la calle allá abajo.

—¿Qué pasa, Patrick? ¿Qué es lo que ves?

Los chinos eran eficientes, había que reconocerlo. Al comenzar a multiplicarse los cuerpos infectados de la peste, habían actuado rápidamente, deshaciéndose de sus muertos directamente al desagüe, de la manera más eficiente posible: arrojándolos de cabeza por las alcantarillas destapadas. En algún momento, la procesión aparentemente interminable de cadáveres se había amontonado, bloqueando el cementerio improvisado. A resultas de ello, cada alcantarilla de la calle Mott estaba retacada de cuerpos; las piernas del muerto más reciente sobresalían de cada coladera abierta.

Cuerpos invertidos, con los pies sobresaliendo de la tierra... La vacuna de la Guadaña se prendió de aquel recuerdo extinto hacía ya tanto tiempo, como si enganchara un pez, arrastrándolo desde el abismo y enrollando el hilo para sacarlo a la superficie.

Briznas de bruma gris se arremolinaron sobre la calle Mott...

...revelando un paisaje fangoso que se extiende casi dos mil kilómetros en todas las direcciones. Hay muertos por doquier: cadáveres moteados, pudriéndose. La mayoría yace en capas en el lodo; otros siguen enterrados de cabeza hasta la cintura en la ciénaga. La prolongada exposición bajo el agua desgarró la ropa de las víctimas ahogadas y en algunos casos desprendió la carne de los huesos.

Es un valle de los muertos, un cementerio en fermentación de decenas de miles de personas, la secuela de un desastre natural inimaginable... o un acto de Dios.

Shep despertó sobresaltado. Su cuerpo temblaba; su mente seguía atenazada por las imágenes aterradoras. Instintivamente se puso de rodillas y estrechó a Dawn con su brazo sano. Por alguna razón, su espíritu maltrecho hallaba tranquilidad en el aura de la niña.

—Patrick, ¿qué sucede? ¿Qué viste?

—La muerte. En una escala que yo nunca podría imaginar. De alguna manera... era mi culpa.

—Debes irte.

—Sí, tenemos que irnos de este lugar.

—Nosotros no. Sólo tú.

—¿De qué estás hablando? —se apartó de ella...

...y fue entonces cuando vio al espíritu. La luminosa aparición azul flotaba sobre Dawn y le susurraba algo al oído, instruyéndola mientras la niña hablaba.

—Debes dejarnos para atender a otro rebaño.

—¿Qué rebaño? Dawn, ¿tu acompañante espiritual te está diciendo esto?

—Diez pisos más abajo de nosotros está *Malebolge*, un nicho de maldad donde las inocentes son agredidas. Ve con ellas, Patrick. Libéralas de la servidumbre. Nos reuniremos contigo afuera de este círculo de muerte cuando hayas completado tu misión.

Patrick se puso de pie; sus ojos estaban absortos en la Luz y se tambaleó hacia atrás...

...casi tropezándose con Virgil.

—¿Sucede algo malo, hijo? No me digas que tuviste otra visión.

—Esta vez fue algo diferente. Algo mucho peor. Genocidio. Destrucción. El Fin de los Días. De algún modo, yo estaba ahí cuando ocurrió, sólo que no era yo. Pero yo lo causé. ¡Estuve directamente involucrado!

Los otros se reunieron en torno a él.

—Trata de mantener la calma. Lo resolveremos.

—Tengo que irme.

—¿Irte adónde? —preguntó Paolo—. Pensé que necesitabas encontrar a tu familia.

—Así es —miró a Virgil y luego a la niña; la luz del espíritu se disipaba a espaldas de Dawn—. Pero antes tengo que hacer un encargo rápido.

Se sentía a la deriva entre el dolor de la conciencia y la irrevocabili-
dad de las tinieblas. La aterradora presencia de los tres depredadores que
la rondaban era lo que en última instancia impedía que se desmayara.

Estaba reclinada sobre el escritorio, con los pantalones de mezclilla
bajados hasta los tobillos. Su cuerpo temblaba; su piel se erizó cuando
ellos se lanzaron sobre su presa.

Apretó los ojos con fuerza, pero no pudo escapar de la repugnante colonia del que llamaban Alí Chino. El mexicano larguirucho acechaba frente a ella, pero aun así se negó a mirarlo. Casi vomitó cuando
él le lamió el cuello. Tembló cuando el cuchillo se deslizó por su garganta y a lo largo de su blusa. Él desprendió cada uno de los botones
con un movimiento de la muñeca. Involuntariamente, ella dio un salto hacia atrás y entonces descubrió a Farfarello.

El siciliano tenía 20 años. Le arrancó el sostén y le manoseó los
pechos desde atrás; sus manos estaban tan callosas y frías como su alma.
En su mente, la chica bloqueó al siciliano y al mexicano. Los dos secuaces habían sido relegados a las sobras del banquete. Era el macho alfa el
que la hacía temblar, el demonio que le estaba bajando la pantaleta y la
manoseaba por atrás.

Cagnazzo la quería para sí e hizo a un lado a Farfarello con un
empujón. El colombiano era un psicópata. Un monstruo que vivía de
infligir dolor y sufrimiento. Gavi Kantor gritó cuando los dedos ampo-
llados del hombre de 27 años la sondearon, mientras con la otra mano
se alistaba para penetrarla. Se inclinó hacia adelante. Susurró en un torpe inglés:

—Esto te va a doler. Te va a doler mucho. Y cuando termine, te
lo voy a hacer otra vez con mi pistola.

Para Gavi Kantor, de 13 años de edad, ya no quedaba nada. No
más miedo, no más nervios crispados; ninguna emoción, ninguna plegaria. La mariposa había sido destrozada en el torno; las últimas horas
de su existencia se llevaban consigo su identidad, su futuro, su pasado.

El colombiano la reclinó sobre el escritorio. Ella no opuso resistencia.

Y entonces, de repente, había otra presencia en la habitación: otro
depredador.

Están ellos tres… y la chica. Ella es apenas una adolescente, tiene la blusa
desgarrada y está ensangrentada. Está desnuda de la cintura para abajo. La tie-

nen reclinada boca abajo sobre un escritorio. Ojos oscuros lo reciben cuando entra
al antro de iniquidad. La chica grita. Las palabras embrolladas no requieren de
traducción.

—Esta no es nuestra batalla, sargento. ¡Salga de ahí ahora mismo!

—No esta vez.

Cagnazzo alzó la vista, desconcertado.

—¿Quién carajos eres tú?

Los ojos de Patrick Shepherd se dilataron; sus fosas nasales aletearon.

—¿No me reconoces? Soy el Ángel de la Muerte.

El brazo protésico rasgó el aire como un látigo; su cuchilla curva rebanó limpiamente la parte frontal del cuello y el esófago de Cagnazzo, hasta que el filo de acero se hundió entre la cuarta y la quinta vértebra cervical del colombiano. Shep pateó al muerto para desencajar su guadaña y enseguida dirigió su atención a los otros dos traficantes de esclavas.

Farfarello, pálido como un fantasma, se persignó y huyó.

Alí Chino, con el cuerpo paralizado por el miedo, vio cómo la cuchilla manchada de sangre se levantaba del suelo y partía en dos la V invertida entre sus piernas, rasgando sus pantalones de mezclilla y rebanando sus testículos. El joven mexicano castrado aulló en su agonía; se derrumbó hacia adelante sujetando sus partes íntimas... y se noqueó solo al golpear el escritorio.

Gavi Kantor se cubrió; su cuerpo temblaba.

—Seas quien seas, por favor no me hagas daño.

—No te haré daño —Shep se echó hacia atrás la capucha, mostrando su rostro a Gavi.

La chica se vistió rápidamente, sin dejar de ver el rostro de Shep a la trémula luz de la vela.

—Te conozco... ¿De dónde te conozco?

—Estás temblando. Toma mi abrigo —se quitó la chaqueta de esquiar y se la entregó—. Me llamo Patrick. Necesitamos salir de aquí —inspeccionó al colombiano muerto y le quitó del cinturón una pistola calibre .45 Smith & Wesson.

—Me raptaron... Iban a... ¡Dios mío!

Shep posó su brazo sobre los hombros de Gavi, quien rompió en llanto.

—Shh, todo está bien. Yo te voy a sacar de aquí. ¿Hay alguien más aquí? ¿Alguna otra chica?

—Las tienen encerradas en un cuarto. Al fondo del corredor.

—Condúceme.

Sheridan Ernstmeyer llegó primero al rellano del undécimo piso; el sudor manaba sobre su rostro bajo la máscara respiradora. Por un instante muy merecido, se dio el lujo de gozar la intensa sensación ardiente en sus cuádriceps: la sobreestimulación por endorfinas acompañaba siempre una buena sesión de ejercicio.

Volteó para mirar escaleras abajo: Ernest Lozano se había rezagado dos pisos.

—Cuando quieras, señor *Cromosoma Y*. De preferencia antes del apocalipsis.

No hubo respuesta.

—¿Cuál es el número de su departamento? Me haré cargo de esto yo sola.

—Mil ciento dos. ¿Por qué no me lo dijiste hace nueve pisos?

—Necesitabas el ejercicio. Recupera la compostura de hombre mientras yo atrapo a la señora Shepherd —abrió la puerta de incendios, arma en mano.

El departamento estaba cerca del cubo de la escalera, la segunda puerta a la izquierda. Tocó sonoramente varias veces.

—¡Señora Shepherd, abra! ¿Hola? —volvió a golpear la puerta, disponiéndose a abrirla de una patada.

Alguien se acercó desde el interior.

—¿Quién es? —la voz correspondía a una mujer de unos 30 años.

—Vengo de parte de las fuerzas armadas, señora Shepherd. Es muy importante que hable con usted —sostuvo su identificación frente a la mirilla de la puerta.

Un pasador de cadena fue abierto. La puerta se abrió…

…revelando a una mujer afroamericana de 32 años, vestida con una bata de franela.

—¿Beatrice Shepherd?

—No, yo soy Karen. Beatrice es mi madre.

—¿Su madre? No, no puede ser. Su esposo… su esposo, de quien está separada… Patrick… necesita verla.

—No estoy casada y mi madre enviudó hace 20 años. Creo que se equivocó de persona —intentó cerrar la puerta, pero la bota de Sheridan se lo impidió.

—Usted está mintiendo. Muéstreme una identificación.

—Tiene que irse.

La asesina apuntó su arma al rostro de la mujer.

—Usted es Beatrice, ¿no es cierto?

—¿Karen?

La voz provino de algún lugar en la estancia oscurecida. Sheridan se abrió paso con un empujón. La luz de las velas reveló una figura tumbada en el sofá.

Beatrice Eloise Shepherd, de 57 años, yacía en un charco de su propio sudor y su sangre. La fiebre roía el cuerpo de la mujer. Un bubo oscuro y obsceno, del tamaño de una manzana madura, sobresalía del cuello de su pijama de seda. Era obvio que estaba a las puertas de la muerte...

...y era obvio también que *no* era la esposa separada del sargento Patrick Ryan Shepherd.

La asesina retrocedió, se dio vuelta y salió del departamento...

...chocando con Ernest Lozano en el corredor.

—¿Y bien? ¿Dónde está la esposa de Shepherd? Creí que te estabas haciendo cargo de ello, presumida.

Sheridan Ernstmeyer levantó la pistola de 9 mm y fría y calmadamente le disparó tres veces al agente en la cara. Fragmentos de hueso y sangre bañaron el interior de su máscara.

—Nos equivocamos de persona.

Pasó sobre el cadáver y corrió a las escaleras, disfrutando la pasajera carga de endorfinas que fluía en su cerebro.

Éste es el fin… hermosa amiga. Éste es el fin… mi única amiga. El fin de nuestros elaborados planes, el fin de todo lo que se yergue, el fin. Sin seguridad ni sorpresa, el fin. Nunca volveré a mirar tus ojos.

THE DOORS, "El fin"

NOVENO CÍRCULO

Los Traidores

Ascendimos en silencio la ribera que forma su lindero. Aquí era menos que el día y menos que la noche, de modo que mi vista apenas alcanzaba unos cuantos palmos. Pero si bien estaba limitado visualmente, escuché un corno alto que emitió tan abrumador sonido que el efecto de un trueno habría sido poca cosa en comparación. De inmediato mis ojos rastrearon la trayectoria del sonido hasta su punto de origen. Ni siquiera el corno de Rolando superaba su atroz aullido. Poco después que volteé mi rostro para seguir el sonido, aparecieron ante mis ojos varias torres de gran elevación, o así lo creí, y pregunté: "Maestro, ¿qué ciudad es aquella que se extiende ante nosotros?" Y él me explicó: "Lo que has percibido son imágenes falsas, producto del esfuerzo por penetrar las sombras con demasiada hondura. Verás cómo te has engañado una vez que nos hayamos aproximado más, así que procura acelerar".

DANTE, *El Infierno*

21 de diciembre

GREENWICH VILLAGE, MANHATTAN,
7:11 A.M.
(52 MINUTOS ANTES DEL FIN DE LOS DÍAS PROFETIZADO)

El mayor Steve Downey iba sentado adelante, en el asiento del pasajero de la Hummer militar negra, con la mirada enfocada en las transmisio-

455

nes de video en vivo que provenían de dos aeronaves Parca que sobrevolaban el Barrio Chino. Durante casi dos horas, su equipo de *rangers* había maniobrado los vehículos militares sobre aceras cubiertas de muertos y moribundos, avanzando hacia el sur y rastreando a su presa a través de Lower Manhattan. Y de pronto, de algún modo, Shepherd y su grupo los habían evadido. Para cuando las naves no tripuladas habían restablecido el contacto, los hombres de Downey habían llegado a la calle Houston.

La avenida, trazada de este a oeste, separaba Greenwich Village de SoHo. Ahora era un muro de vehículos imposible de atravesar. Las extracciones mediante helicópteros habían sido prohibidas a causa de la cubierta de nubes y la evacuación de la ONU, prevista para las 19:30 horas. El tiempo se agotaba rápidamente.

—Base a Serpiente Uno.

Downey tomó el radio.

—Serpiente Uno, denme buenas noticias.

—Los VSI ya desembarcó. El TEL (tiempo esperado de llegada) del VSI 2 es de tres minutos.

—Enterado —Downey cambió la frecuencia para hablar con su segundo de mando—. Serpiente Dos, van a asfaltar el camino. Prepárense para salir.

Si bien la columna vertebral de las fuerzas de tierra del ejército estadounidense seguían siendo los tanques Abrams y Bradley, cada uno de estos vehículos fuertemente blindados pesaba más de 67 toneladas y a menudo requerían de meses para ser transportados al campo de batalla. Para misiones que exigieran un despliegue rápido, el Departamento de Defensa desarrolló la Fuerza Stryker, vehículos de ataque de ocho ruedas que pesaban sólo 17 200 kilos, podían ser transportados en una aeronave C-130 y contaban con suficiente blindaje para detener el fuego de armas cortas.

Los dos vehículos que habían sido transportados en barcazas de carga a Battery Park y aHudson River Park eran vehículos de soporte de ingeniería Stryker M1132, cada uno de ellos acondicionado con una banda de tractor con forma de punta de flecha, de dos metros de altura y 60 centímetros de espesor, montada en la parte delantera del Stryker, convirtiendo al VSI en un bulldozer de alta velocidad.

Luego de desembarcar en el muelle 25 en Tribeca, el VSI 2 labró su camino por la calle Houston a casi 50 kilómetros. El conductor veía

Manhattan a través de las cámaras de visión nocturna y térmica, mientras embestía con la hoja en forma de V las avenidas atascadas, haciendo a un lado los vehículos y volteando autobuses. El Stryker abrió un camino de seis metros de ancho a través de Lower Manhattan. Al llegar a Broadway, el vehículo todo terreno viró a la derecha, destrozó la muralla de coches que bloqueaba a las dos Hummers, militares negras y enseguida se dirigió al sur con los dos equipos de *rangers* siguiendo su cauda.

TRIBECA,
7:17 A.M.

David Kantor salió de la escalera suroeste del edificio con el niño de siete años en sus brazos y el resto de los alumnos atrás de él. Los adolescentes mayores miraron alrededor, estupefactos.

—¿Qué sucedió?

—¡Ay Dios mío!… Hay muertos por todas partes.

—¡Oh! —los niños gritaron, haciendo cundir el pánico en el resto del rebaño.

—Todo está bien. Mantengan la calma —David miró alrededor, desesperado por encontrar un medio de transporte, al tiempo que advertía lo inútil que era el esfuerzo—. Niños, ¿saben dónde guarda sus autobuses la escuela?

—¡Yo sé! —la niña de sexto grado señaló en dirección de la calle 41, hacia el oeste.

—Bien. De acuerdo. Permanezcan todos juntos y fíjense por dónde caminan —siguió a la niña a través de un estrecho pasaje entre hileras de coches.

Los chicos de más edad lo atosigaban con preguntas.

—¿Todas estas personas murieron por la peste?

—¿Cómo va a conducir el autobús? Las calles están atascadas.

El sonido era débil —estallidos—, como fuegos artificiales a la distancia.

—Manhattan fue puesta en cuarentena. ¿Cómo nos va a sacar de la isla?

—Estábamos más a salvo adentro. Tal vez deberíamos regresar.

—¡Silencio! —David se detuvo a escuchar.

El estruendo era cada vez más fuerte; se acercaba por el norte y los estallidos ahora parecían más golpes de metal contra metal, acompañados de una resonancia profunda.

—Eso es un VSI. El ejército debe estar despejando una ruta de evacuación. ¡Vamos, chicos!

BATTERY PARK,
7:19 A.M.

Sheridan Ernstmeyer oyó la erupción de metal sobre metal al momento en que salía del vestíbulo del edificio. El sonido recordaba un *derby* de demolición. Se acercó al lugar y luego se apresuró a regresar a su camioneta.

—¿Bert? —sacudió al secretario de Defensa para despertarlo.

—¿Dónde está la esposa de Shepherd?

—Está muerta —mintió—, pero el ejército está aquí. Hay un VSI avanzando hacia el norte sobre Broadway. Debe tratarse de un equipo de extracción.

Bertrand DeBorn se enderezó. Su máscara tenía manchas de sangre.

—Sácanos de aquí.

EL BARRIO CHINO,
7:22 A.M.

Las sobrevivientes: siete chicas extranjeras envueltas en mantas, siguieron a su ángel de un solo brazo y a la adolescente estadounidense a través de corredores oscuros y ascendieron por una crujiente escalera de madera hasta el primer piso de la tienda china de recuerdos para turistas.

La madama del burdel, de 120 kilos de peso, estaba de pie frente a la puerta del local. La gran masa rotunda de la mexicana les bloqueaba el paso.

—¿Y adónde crees que vas, *Chuleta*?

Patrick Shepherd se colocó delante de las chicas y apuntó la pistola del colombiano muerto a la cabeza de la madama.

—Muévete o piérdela.

La madama sonrió, mostrando sus dientes manchados de sangre.

—Tú no me asustas. A mí me protege la Santa Muerte.

—Nunca he oído hablar de ella —alzando la rodilla derecha, Patrick pateó con fuerza la panza de la obesa mujer, lanzándola de espaldas a través del escaparate de vidrio de la tienda.

Las chicas pasaron por encima del cuerpo de su secuestradora y salieron a la noche.

Pankaj Patel condujo a su familia y a sus compañeros sobrevivientes de la peste por la calle Bayard hasta la cerca del perímetro. Las canchas de baloncesto de Columbus Park y el campo sintético de beisbol estaban cubiertos de nieve; la superficie reflejante de alabastro ofrecía un vistazo de la extensión de la infestación de la Guadaña en la población de roedores.

Cientos de ratas negras se movían como una sola, en una danza simbiótica de vaivén. Enloquecidas por las mordeduras constantes de decenas de miles de pulgas hambrientas, las manadas de roedores en competencia se aglomeraban y se retiraban en la cancha de baloncesto como cardúmenes en el mar. En medio de esta melé sangrienta estaban los restos de una pareja de ancianos, cuyos torsos destazados sólo eran reconocibles por sus ropas desgarradas, que brindaban un material del cual se sujetaban diminutas garras y dentaduras.

La visceral batalla provocó que los seis sobrevivientes retrocedieran de la valla.

Francesca gimió; las contracciones eran más frecuentes con cada minuto que transcurría.

—¡Paolo, haz algo!

—Virgil, mi esposa va a dar a luz a nuestro bebé.

—¿Y qué quieres que yo haga?

—Condúcenos lejos de este horrible lugar. Llévanos al embarcadero y al bote de mi cuñado.

—¿Qué hay de Patrick?

—Ya no lo podemos esperar. Si lo que dijo es verdad, entonces se nos está acabando el tiempo.

Manisha asintió en dirección de Pankaj.

—Tiene razón. No podemos esperar más.

—¡Mamá, no!

—Dawn, cariño, él nos encontrará en cuanto pueda, una vez que termine lo que sea que está haciendo.

—Tal vez deberían construir un becerro de oro.

Los cuatro adultos voltearon para ver al anciano.

—Récenle a su ídolo; quizá les conceda la salvación que buscan.

—Virgil, mi esposa está a punto de tener un bebé. Estamos rodeados por la muerte…

—¿Y quién los guió a través de este valle de la muerte? ¿Quién vacunó a tu esposa y a tu bebé contra la peste? Manisha, ¿quién arriesgó su propia vida para salvar a tu familia de la horca del verdugo? Y sin embargo, helos aquí, dispuestos a abandonar a su líder con tanta facilidad como los israelitas abandonaron a Moisés en el Sinaí. La fe es fácil cuando las cosas marchan bien, cuando los desafíos son negociables, no tanto cuando uno encara la propia mortalidad. Pero, ¿y si ése es precisamente el propósito de la dimensión física? Poner a prueba la fe, luchar contra el ego y confiar en el sistema.

Pankaj empezó a sudar frío. Podía oír a las ratas gruñir 10 metros más abajo de él, mientras desgarraban bocados de carne humana.

—¿Qué sistema, Virgil? ¿Qué nos estás aconsejando que hagamos?

—Actúen con una certeza incondicional.

Dawn señaló con el dedo.

—¡Ahí está!

Shep trotaba hacia ellos, acompañado por un pequeño grupo de chicas de 10 a 18 años. La más pequeña, una niña mexicana, iba abrazada a su pecho.

Manisha rompió en lágrimas de vergüenza, conectando enseguida el "encargo" de Patrick con las esclavas sexuales a las que acababa de liberar. Tomó a la niña de los brazos de Shep, permitiéndole así recuperar el aliento.

—Debemos darnos prisa. El sol saldrá muy pronto.

Con una seña de asentimiento hacia Virgil, el manco condujo a su creciente rebaño al oeste por la calle Worth hacia Broadway.

PLAZA DE LAS NACIONES UNIDAS,
7:29 A.M.

El Boeing CH-47F Chinook, un helicóptero de transporte comercial, volaba bajo por el puerto de Nueva York; sus dos rotores encrespaban las heladas aguas y los pilotos evitaban deliberadamente la ominosa capa de nubes café que se arremolinaba a varios cientos de metros más arriba. Al llegar al East River, la aeronave de carga pesada se dirigió al norte, siguiendo el estrecho cauce hasta Lower Manhattan, y aterrizó en la plaza de las Naciones Unidas.

Una procesión de delegados salió del vestíbulo del edificio de la Secretaría General. Cada sobreviviente vestía un traje ambiental desde la capucha hasta las botas. Los que podían caminar ocuparon los asientos permanentes situados en el centro del Chinook. Aquellos que iban en camilla fueron asegurados en el área de carga...

...incluyendo al presidente Eric Kogelo.

PLAZA FOLEY,
7:32 A.M.

El sonido fue lo primero que los alcanzó: estruendosas colisiones metálicas que cimbraron la noche. Las luces aparecieron después, resplandecientes y brillantes, perfilando la silueta de una oleada de vehículos apartados del camino del monstruo que avanzaba hacia el este arrasando con todo por la calle Worth.

—¡Por aquí! —Shep los condujo hacia la plaza Foley, ubicada al sur.

Unos motores rugieron en la distancia. Luces estroboscópicas iluminaron las columnas que rodeaban los edificios públicos. Un avión Parca no tripulado sobrevolaba muy cerca de ellos; su cámara captó a Shep cuando éste intentaba conducir a su grupo por las escaleras del tribunal federal, las mismas por donde había pasado Bernard Madoff años antes. Al igual que para el defraudador capturado, no había escapatoria.

Una oleada de *rangers* apareció por todas partes. Sujetaron a Patrick Shepherd contra el piso de concreto; la luz de sus linternas lo cegaba mientras ellos palpaban cada centímetro cuadrado de su cuerpo y lo desvestían. Gritó en agonía cuando dos *rangers* le arrancaron del hombro lacerado el brazo protésico, rasgando terminales nerviosas y tendones al amputar por la fuerza esa extremidad.

Patrick se retorcía en el suelo; su cuerpo herido sufría espasmos, su mente estaba en llamas. Oyó a Dawn gritar de dolor. Captó las protestas de Paolo cuando unas manos enguantadas revisaron las cavidades de su esposa en plena labor de parto.

El terror cesó; las víctimas quedaron desnudas y temblando en la grama nevada. El mayor Downey rondaba el área.

—Informe.

—Señor, hallamos tres frascos de la vacuna de la Guadaña en el sargento Shepherd, nada más.

Downey se paró sobre Patrick, oprimiendo con su bota el sangrante deltoides izquierdo del hombre amputado.

—¿Dónde está el resto de la vacuna?

—Se la envié a tu madre a manera de agradecimiento por lo de anoche.

El *ranger* se disponía a patear a Shep en el rostro cuando Virgil, tendido en el piso a su lado, le sujetó el tobillo.

—Inoculó a estos sobrevivientes. Llévenselos con ustedes, están libres de la peste.

—Nadie irá a ningún lado, anciano —Downey activó su comunicador interno—. Serpiente a la base, obtuvimos la vacuna de la Guadaña.

—Bien hecho. Los veremos en el punto de extracción en cinco minutos.

—Enterado. Muy bien, señores, ¡andando! —los *rangers* volvieron a sus vehículos a paso redoblado…

…cuando una Chevy Suburban negra se derrapó al frenar frente a las Hummers, provocando que los soldados apuntaran sus armas de asalto. Una mujer que se cubría el rostro con una mascarilla de tela descendió del asiento del conductor con las manos en alto.

—¡No disparen! Soy agente del Servicio Secreto. Tengo conmigo al secretario de Defensa, Bertrand DeBorn. Formaremos parte de su extracción.

Downey abrió la puerta trasera de la Suburban y miró al hombre de cabello blanco, quien parecía estar inconsciente.

—Sí es él. Y la Guadaña lo tiene en su poder por completo. Llévenlo a bordo. Le pondremos un traje Racal en el embarcadero.

—¿Y qué hay con ella? —uno de los *rangers* señaló a Sheridan Ernstmeyer.

—Ella también viene.

La asesina dio un suspiro de alivio.

Del otro lado del parque, una pequeña figura vestida con un traje Racal blanco salió de atrás de una estatua. El monje tibetano se quitó la capucha. Sus ojos refulgían como diamantes cuando miró a Bertrand DeBorn.

Se oyó el gorgoteo de la sangre que colmaba la laringe del secretario de Defensa, quien se desplomó por la puerta abierta de la Suburban.

Uno de los *rangers* revisó si aún tenía pulso.

—Se nos fue.

—Déjenlo, se nos agota el tiempo —el mayor Downey se trepó al asiento delantero de la Hummer líder.

—¡Esperen! —Sheridan Ernstmeyer sujetó la puerta que ya se cerraba—. ¿Qué hay de mí?

—Lo siento, señorita. Parece que su pasaje de salida acaba de ser cancelado.

Antes de que pudiera reaccionar, los dos vehículos militares dieron vuelta en U sobre la grama cubierta de nieve del parque, patinándose hasta retomar la calle Worth.

Hacia el oriente, la franja de horizonte bajo el falso celaje de nubes color marrón se había tornado gris al arribo del alba. Los sobrevivientes agredidos recuperaron sus ropas y se vistieron a toda prisa, temblando de frío.

Patrick se puso la ropa. Su hombro izquierdo destazado parecía estar en llamas. Con la mano derecha tomó una bola de nieve para apretarla sobre la herida, y al hacerlo reveló una pequeña inscripción en el suelo:

Éstos son los tiempos que ponen a prueba las almas de los hombres. [Thomas Paine.]

Paolo consolaba a su esposa, cubriéndola con su abigo.

—Todo está bien. Dios no nos abandonará en nuestra hora de necesidad.

—Despierta, Paolo. Mira a tu alrededor. Dios *ya* nos abandonó.

—Debería impedir que su lengua profiera negatividad. Sobre todo ahora que su bebé va a nacer.

Francesca volteó y vio al asiático de extraño aspecto.

—¿Quién demonios es usted?

Gelut Panim le hizo una pequeña reverencia.

—Un humilde servidor de la Luz.

Pankaj alzó la vista. Al ver al Mayor, corrió a su lado.

—¿Cómo…?

—Eso no importa —el monje miró al grupo—. Busco al justo. ¿Dónde está?

Todos voltearon la cabeza cuando un autobús escolar amarillo irrumpió por la calle Centre y se derrapó al frenar.

La puerta delantera se abrió con un chirrido y apareció una figura de aspecto ominoso vestida de negro.

Las mujeres gritaron.

David Kantor se quitó la máscara.

—No se alarmen, no voy a hacerles daño. Vi que los vehículos militares se alejaban y…

—¿Papá?

David volteó; sentía que el corazón se le salía del pecho al ver al grupo de mujeres escasamente vestidas…

…y hallar a su oveja extraviada.

—¿Gavi? ¡Oh, Dios mío, gracias! —corrió hasta ella y la levantó entre sus brazos como a una muñequita de trapo, estrechándola con fuerza mientras su hija lloraba fuera de control—. Tuve mucho miedo. Te he estado buscando. Fui a tu escuela…

—¡Me raptaron! ¡Me pegaron, papá! Estaba tan asustada.

—¿Quién te pegó? —la miró a la cara—. ¿Te encuentras bien?

—Estoy bien. Ese hombre me salvó. El hombre de un solo brazo —señaló a Patrick, quien estaba tumbado en una banca del parque.

David se quedó viendo aquella figura desgarbada.

—¿Shep?

—Papá, tú lo conoces, ¿verdad? Vi una foto en la que apareces con él en Irak.

—Gavi, súbete al autobús. Y lleva contigo a todas estas chicas también —David la vio alejarse y enseguida caminó hasta la banca, pasando entre un asiático diminuto y un anciano.

—Shep, soy Dand Kantor.

Patrick alzó la mirada. Sus ojos nadaban en dolor.

—¿Quién?

—David… El doctor Kantor. ¿No me reconoces? Pasamos juntos tres movilizaciones.

—¿David? —Shep se enderezó; el dolor lo despertó como un aguijonazo—. ¿Qué estás haciendo aquí?

—La Guardia Nacional me envió en tu búsqueda. Por la vacuna. La niña que rescataste es mi hija. Hermano, mi deuda contigo es infinita.

Patrick se enjugó las lágrimas.

—Desearía haber podido salvar a mi propia hija. Esos bastardos se llevaron la vacuna antes de que yo pudiese llegar hasta ella.

—¿Tu hija? ¡Atiza! —David se dirigió al anciano—. ¿Usted es amigo suyo?

—Quisiera pensar que sí. La memoria de Patrick no es muy buena. Quizá usted pueda ayudarle.

David se sentó en la banca junto a su camarada veterano. Los demás se reunieron en torno suyo.

—Shep, ¿cómo podría la vacuna haber ayudado a Donna?

—¿Donna?

—Tu hija.

Las pupilas de Shep se dilataron al reconocer el nombre.

—Donna. Mi pequeña se llama… Donna. Recordé el nombre de Beatrice, pero por más que lo intentaba…

—¿Quién es Beatrice?

—Mi esposa. Tú lo sabes.

—Shep, ¿te casaste mientras estuviste en el hospital?

—David, vamos… ¡Beatrice! La única mujer que he amado. La madre de mi hija… mi alma gemela.

David miró a los demás y a continuación posó un brazo sobre el hombro sano de Patrick.

—El cirujano dijo que la explosión dañó tu memoria, pero que era imposible saber hasta qué punto. Shep, no sé quién sea esa Beatrice, pero la mujer que me dijiste que era tu alma gemela… se llamaba Patty. Patricia Segal.

Patrick empalideció; la sangre se drenó de su rostro.

—Solías llamarla Trish. Supongo que suena algo parecido a Beatrice. Shep, ustedes nunca se casaron. Estaban comprometidos… hicieron planes para su boda, pero entonces su papá, tu entrenador de beisbol de la preparatoria, se enfermó. El cáncer se lo llevó justo antes que los Red Sox te llamaran a las Ligas Mayores. Justo antes del accidente.

Un escalofrío helado recorrió la columna de Patrick.

—¿Cuál accidente?

Del otro lado del parque, la Parca lo miraba fijamente… a la espera. David volteó hacia Virgil, quien asintió con la cabeza.

—Continúe, él necesita escucharlo.

—Shep, Trish y Donna estaban a bordo del avión de Boston… el que se estrelló contra el World Trade Center. Amigo, perdiste a tu familia el 11 de septiembre.

Francesca sujetó con fuerza el brazo de su esposo, doblándose con una contracción. Dawn sintió un vahído. Manisha abrazó a su hija antes de que se desmayara.

El pecho de Patrick Shepherd se contrajo tanto que no podía respirar.

Y en ese instante de revelación, una década de trauma psicológico reprimido se liberó repentinamente, destrabando las sinapsis al interior de su corteza cerebral dañada como si fuesen las ruedas atascadas de un reloj...

...y de pronto recordó.

Recuerda que iba corriendo por Trinity Place después de que la segunda torre fue atacada.

Recuerda el humo marrón espeso que se elevaba hacia el cielo. La gente que caía desde las alturas.

Recuerda el Cementerio Trinity y el funeral de su alma gemela y su pequeña hija. Recuerda haber llenado con sus pertenencias sus ataúdes vacíos... todo sepultado para el descanso eterno bajo la escultura de una criatura angelical... La misma lápida que la Parça le había señalado hacía apenas unas horas.

Faltaba unir una pieza del rompecabezas... un último recuerdo: el día que comprendió la verdad del 11 de septiembre, el día que había caído en la cuenta de la magnitud de la traición...

...el día que había salido del cuartel en la Zona Verde, a la luz del sol, con la argolla en la mano derecha...

...y la granada activada en la izquierda.

Desde el otro extremo del prado, la Parca abrió los brazos bajo la túnica, invitándolo a un abrazo. Shep saltó de la banca y corrió torpemente hacia el Ángel de la Muerte, dispuesto a ponerle fin a todo.

La Parca sonrió y desapareció entre las sombras.

—¡Shep, espera! —David se lanzó tras él...

...el viejo se interpuso en su camino.

—¿Usted es médico?

—¿Cómo? Sí...

—Tenemos una mujer embarazada en plena labor de parto. Paolo, este hombre está aquí para atender el nacimiento de tu hijo. Pankaj, conduce a estas personas a Battery Park.

—Virgil, ¿qué hay de ti?

—Patrick me necesita. Y ahora apresúrate, no queda mucho tiempo —el anciano le dio una palmada en la mejilla a Pankaj; le ofreció una sonrisa ácida a un estupefacto Gelut Panim, antes de seguir las huellas de Patrick en la nieve.

David, Pankaj y Paolo ayudaron a Francesca a subir al vehículo que los aguardaba; el interior del autobús estaba 10 grados más cálido. Manisha escoltó a Dawn, pero en el último momento la niña eludió a su madre y cruzó el prado, tomando el dañado brazo protésico de acero de Patrick de manos del asiático de baja estatura.

—¿Vendrás con nosotros?

—Por mí, encantado —el Mayor volteó y buscó al anciano.

Virgil Shechinah había desaparecido.

El horizonte se había teñido de gris claro para cuando Shep llegó a la calle Ann. Adelante estaba Broadway. Alzó la vista y vio a la Parca llamarlo, encaramada en un vehículo volcado. La cuchilla verde olivo de su guadaña otra vez chorreaba sangre.

—¡Maldita! —controlándose, Patrick cruzó Broadway y continuó hacia el este, a la esquina de Trinity Place y la calle Vesey...

...el sitio de construcción del World Trade Center se avistaba más adelante.

Pankaj Patel conducía a toda velocidad el autobús escolar hacia el sur sobre Broadway, siguiendo el camino despejado por el segundo Stryker. La primera luz de la mañana levantó el velo de una larga noche, exhibiendo los auténticos horrores de la pandemia rampante. Había cadáveres por doquier, regados por toda Manhattan como si la Gran Manzana hubiese sido azotada por un tsunami de 30 pisos de altura. Algunos colgaban de ventanas rotas, otros ocupaban los cientos de vehículos que obstruían cada una de las calles de la ciudad. Cada acera era una morgue, cada edificio una tumba. Hombres, mujeres y niños, viejos y jóvenes, caucásicos y de todas las otras etnias, nacionales y extranjeros: la Guadaña no había eximido a nadie.

El autobús pasó por la iglesia de la Trinidad y la Bolsa de Valores de Nueva York. Se dirigía a la punta sur de Manhattan: Battery Park.

Francesca se recargó en el pecho de Paolo. Su esposo entrelazó sus dedos con los de ella, mientras David Kantor trabajaba entre las piernas separadas de la mujer. El médico militar se había quitado el estorboso traje ambiental una vez a bordo del cálido autobús.

—Bien, Francesca, al parecer ya estás completamente dilatada —volteó hacia Gavi, quien lo asistía desde el asiento contiguo—. Consígueme algo limpio. Una toalla o una manta sería estupendo.

Francesca tembló; su cuerpo estaba exhausto, sus nervios crispados por el miedo.

—Usted sí es un médico auténtico, ¿verdad?

—Tengo todos los diplomas. Renuncié a mi práctica para dedicarme a los negocios. Tal vez debería haberme especializado en ginecología: éste será mi segundo parto de hoy.

Paolo forzó una sonrisa nerviosa.

—¿Ya lo ves, mi amor? Dios ha velado por nosotros. El primer bebé que ayudó a nacer, doctor Kantor... ¿qué fue?

David sintió un nudo en la garganta.

—Una niña hispana perfectamente sana. Bien, puja levemente en la siguiente contracción. Prepara... apunta... empuja.

—¡Ugh! —Francesca pujó y su bebé se deslizó un poco más por su cada vez más ensanchado canal de alumbramiento. El dolor era atroz. Alzó la vista y notó que el asiático de extraño aspecto la miraba desde el otro lado del pasillo—. ¿Por qué no toma una foto? ¡Le duraría más!

—Mil disculpas. Simplemente es un honor para mí ser testigo de su milagro.

—¿Milagro? ¿Llama a esto un milagro? Estoy en un autobús escolar, pariendo en una ciudad infestada por la peste, delante de un montón de desconocidos.

—Exactamente. En una ciudad tan atenazada por la muerte, usted y su esposo han desafiado las probabilidades y han logrado sobrevivir. Ahora, desde la oscuridad, usted trae al mundo una nueva chispa de luz. ¿Y eso no es un milagro?

David alzó la mirada.

—Su argumento es muy válido. De acuerdo, una vez más...

Hundida en uno de los asientos traseros, Sheridan Ernstmeyer veía al médico atender el nacimiento del bebé de la italiana y su rabia iba en aumento.

SITIO DEL WORLD TRADE CENTER,
7:42 A.M.

El sitio había sido limpiado a fondo. Habían tallado la escena del crimen. Hasta el último gramo de escombro había sido inspeccionado: habían encontrado de todo, desde fotografías de familia hasta los más diminutos rastros de ADN utilizados para identificar a los pasajeros de los aviones y a los ocupantes de las oficinas. Todo con excepción de las prácticamente indestructibles cajas negras que estaban a bordo de las dos aeronaves y que almacenaban a salvo las grabaciones realizadas duante los vuelos.

Toneladas de acero enviadas al extranjero. Remplazadas por relucientes estructuras fortificadas que se elevaban desde el cementerio excavado de la Zona Cero. *Echen fuera lo viejo y que entre lo nuevo...*

Patrick se escurrió a través de una sección desprendida de la valla de aluminio e ingresó al área de construcción. Era la primera vez que regresaba al sitio donde su prometida y su hijita habían sido incineradas vivas junto con otras tres mil personas inocentes.

Temblando de emoción, avanzó hasta el borde de la enorme fosa: los cimientos de lo que pronto sería otra estructura descomunal. Una gris niebla matutina se había alzado desde el Hudson, oscureciendo los edificios parcialmente construidos que se perfilaban del otro lado del sitio.

Advirtió la ya familiar presencia y volteó hacia su izquierda. La Parca estaba de pie junto a él en el borde, mirando fijamente la fosa.

—¿Por qué me has traído aquí?

El Ángel de la Muerte levantó su guadaña hacia el cielo. Una espesa capa de arremolinadas nubes color marrón ocultaba el cielo de Manhattan, tal como ocurrió en aquel día de traición.

Un intenso acceso de vértigo. Shep puso una rodilla en el suelo cuando una vibrante onda de energía cimbró su cerebro y sus extremidades como si hubiese tocado un cable electrificado. Jadeando, abrió los ojos, desorientado y mucho más que confundido.

El cielo es un torbellino de oscuras nubes de tormenta. La lluvia que azota su piel expuesta está tan helada como si fuesen gotas lanzadas desde un lago congelado, y tan feroz como el monzón. Está de pie sobre una estructura de madera, a 15 metros de altura sobre un vasto bosque de cedros reducido por el hacha a tocones y brotes jóvenes. Abajo, el valle está inundado. Las aguas están aumentando.

Hay gente que se dirige a la estructura de madera. Son miles. Cargan a sus niños y sus pertenencias. Desesperados, furiosos y asustados. El agua helada les llega hasta las rodillas. Le gritan a él en un dialecto de Medio Oriente.

Su atención se distrae con un nuevo descubrimiento: ¡tiene su brazo izquierdo! Sólo que no es suyo. Examina su mano izquierda, luego la derecha... ambas ajadas. Su piel nudosa y artrítica muestra un bronceado de sefardí. Se palpa el rostro enjuto, cuya piel correosa está surcada de arrugas como una ciruela pasa. Toma un mechón de cabello blanco enmarañado y se mece la barba, similar a su cabellera. Su cuerpo, flaco como una vara, está envuelto en una túnica húmeda que despide un fuerte olor de almizcle.

¿Qué me está sucediendo? ¿Es otra alucinación? Soy un anciano...

Los gritos de la muchedumbre exigen su atención. Camina hasta el borde de la estructura de madera y se da cuenta de que está parado en la cubierta de una enorme embarcación.

Retumba un trueno que sacude el cielo y la tierra. El suelo tiembla, luego la montaña se abre y vomita por las fisuras rocas fundidas; el magma hace hervir el paisaje inundado.

La multitud da alaridos. Muchos intentan subir a bordo, trepándose unos en otros, pero los empinados costados y el fondo redondeado del barco imposibilitan su objetivo. La furiosa corriente del río Tigris desbordado arranca el arca de sus pilotes. Las aguas hirvientes abrasan la carne de todos los hombres, mujeres y niños.

Shep lanza un lamento de anciano…

…devolviendo su estado de conciencia al borde de la fosa de construcción.

Hiperventilando, su mente en caos hizo un esfuerzo por surfear la última ola de ansiedad, al tiempo que una nueva visión tomaba forma ante sus ojos.

Entre la bruma grisácea aparecieron las Torres Gemelas. Calcinadas, pero aún erguidas. Los dos edificios del World Trade Center se habían desprendido de su piel de concreto, revelando piso tras piso de vigas de acero. De pie en un unificado silencio, dentro del marco de cada rincón expuesto de las oficinas, estaban las víctimas del 11 de septiembre, con sus identidades perfiladas en silueta contra las sombras.

Shep se dio vuelta, registrando la pesada presencia de esas almas perdidas a través del ente sobrenatural que estaba parado a su izquierda. El Ángel de la Muerte lo miró con las tres mil pupilas que giraban en sus cuencas oculares vacías como moléculas en percolación. Sangre oscura chorreaba del borde curveado de su guadaña, izada y teñida de verde olivo: un torrente constante que se escurría por el mango de madera, se acumulaba y goteaba del huesudo puño derecho de la criatura.

Sin mediar advertencia, la Parca se lanzó a la fosa con los pies por delante y el vórtice gravitacional del ente arrastró consigo a Patrick Shepherd… al noveno círculo del infierno.

EMBARCADERO A BATTERY PARK,
7:45 A.M.

Pankaj Patel hizo pasar el autobús escolar sobre la cuneta y a través de un prado cubierto de nieve. Al llegar frente al río pisó el freno y, al derraparse, el frente del vehículo se estrelló con la cerca de construcción que rodea el embarcadero A.

Los niños más pequeños gritaron. Francesca Minos estrechó a su recién nacido contra su pecho, escudándolo de la sacudida.

—Paolo, encuentra a Heath. Ayúdalo a botar al agua el barco.

Aún abrumado por la emoción del nacimiento de su hijo, Paolo salió del autobús, seguido por Pankaj y David Kantor. Empujaron la valla arrollada, se dirigieron a la entrada suroeste del embarcadero e ingresaron al edificio ruinoso.

El hedor de la peste era avasallante.

Heath Shelby yacía bajo el casco suspendido de su Cuddy Cruiser de 10 pies de eslora. Aún vestía parte de su traje de Santa Claus. Su piel tenía un tono azul pálido; sus labios estaban manchados de sangre. Un bubo color ciruela sobresalía en su cuello.

Paolo apartó la vista, horrorizado.

David se volvió a poner la capucha y la máscara protectoras y se arrodilló bajo el barco junto al muerto.

—Tu cuñado... ¿estaba reparando el casco?

—Sí —dijo—, prometió tenerlo terminado antes de que llegáramos.

—No sé si esos parches resistirán.

—Más vale que reces por que resistan —Pankaj inspeccionó el cabestrante. —Paolo, ¿cómo lo botamos al agua?

—Enciende el cabestrante y se abrirá la compuerta bajo el barco.

Pankaj activó el generador y enseguida encendió el cabestrante. Dos puertas de acero se abrieron lentamente bajo el barco, dejando ver el agua dos metros y medio abajo del embarcadero. Observaron cómo el Cuddy Cruiser fue descendiendo. Flotó delicadamente en la superficie. Exhaustos, los tres hombres se miraron unos a otros, sonriendo al ver que les había sido condonada la muerte.

Y entonces el bote de pasajeros de 10 pies se inclinó hacia estribor; la proa se alzó conforme la popa se llenaba de agua...

...y la salvación se hundió en el fondo del puerto de Nueva York.

SITIO DEL WORLD TRADE CENTER

Se hundía en las tinieblas; una sensación acompañada por un clamor de voces —recuerdos distantes— que resonaba en sus oídos. *¡La pelota cayó en la alcantarilla! ¡Ve por ella, Pastor alemán!... No es nuestra batalla,* *sargento… Bueno, ¿te vas a quedar aquí todo el día?… Hoy lanzaste un tremendo partido, hijo… Un maldito dispositivo explosivo. Perdió el brazo, tiene graves fracturas en el cráneo… Dijiste adiós hace tres semanas… Es mucho equipo, pero te alegrarás de tenerlo… Te amo, Shep… ¡La presión sanguínea se desploma! ¡Necesito otro medio litro de sangre!… Creí que yo era tu alma gemela… El lanzador de hoy por los Red Sox…*

Dios, ¿por qué estoy aquí?

—*La vida es una prueba, Patrick…*

La mota de luz vino a toda velocidad hacia él desde abajo, tornándose más grande… más ancha…

…y de pronto él se zambulló, sumergiéndose en aguas claras y azules. Sintió pánico; se desorientó… no podía respirar. Forcejeó, pateó y dio brazadas hasta salir a la superficie de un azul cristalino, con sus brazos desnudos, bronceados, musculares e intactos. Nadó hasta la escalerilla y emergió de la piscina, su cuerpo vestido con un traje de baño. Desorientado, se arrodilló en el patio de pizarra.

Una casa frente al océano. El sol se siente cálido sobre su rostro. El agua escurre de su cuerpo. El Atlántico golpea suavemente 100 metros hacia el este, bajo un cielo azul y despejado de agosto.

Esto no es real, es la vacuna…

—Hola, amor. ¿Cómo estuvo la natación?

Volteó cuando ella salió al patio, su cuerpo sinuoso y bronceado, irresistible en ese diminuto bikini rojo; la rubia de cabello ondulado lucía tan hermosa como la última vez que la había visto.

—¿Trish? Dios mío… ¿en verdad eres tú?

—Está bien, amor. Todo va a estar bien —le alargó la bata con capucha.

Él se la puso, sintiendo un vahído.

—No eres real. Nada de esto… Todo está en mi mente, estoy alucinando otra vez.

—No esta vez, amor. Ésta era la vida que el Creador nos robó… y todo para darte una lección.

—¿Una lección? ¿Qué lección?

—De humildad. El dolor de perder a un ser querido.

—Pero la guerra… Todo eso ocurrió después de que tú y nuestra hija murieron. No tiene ningún sentido.

—Al parecer, fueron transgresiones de una vida anterior.

—Esto es una locura. ¿Por qué estoy siendo castigado por algo que ni siquiera recuerdo? ¿Por qué soy responsable de los errores de otra persona? ¿Y por qué estoy aquí... ahora? ¿Dios me lo está restregando en la cara?

—Esto no es obra de Dios, Shep. Estamos en la undécima dimensión, una región mucho más habitable donde imperan otras reglas. Aquí, toda la luz que se filtra es controlada por el Adversario.

—¿El Adversario? Te refieres a Satán.

—Relájate, amor. No existe el diablo, no hay una fuerza demoniaca. En la undécima dimensión no se nos exige saltar a través de un aro, ni padecer un sufrimiento sin fin. Todo lo que tenemos que hacer es desear. No pongas esa cara de preocupación. Cada uno de nosotros nace con el deseo de recibir; ésa es la única razón por la que fuimos creados. Lucifer no es el diablo, Shep. Es un ángel que abandonó el cielo para ayudar al hombre a ser feliz. Nuestro deseo de goces atrae la Luz del Creador hasta la undécima dimensión: una eterna existencia de plenitud, sin el dolor y el sufrimiento innecesarios.

Un resplandor de luz...

...y se halló sobre la lomita del lanzador en Fenway Park, encarando a los Phillies de Filadelfia en el séptimo juego de la Serie Mundial. La multitud que abarrota el estadio está enloquecida coreando su nombre. El marcador es 1-0 a favor de los Red Sox, parte alta de la novena entrada, dos *outs,* dos *strikes* para el bateador.

La pizarra indica que está lanzando un juego perfecto.

Hizo su movimiento y lanzó una bola rápida de 106 millas por hora, que el bateador abanica y falla por un metro de distancia.

Sus compañeros de equipo corrieron hacia él de todas partes; su alegría desbordada intoxicaba su alma. Un torrente de aficionados bajaba desde las gradas. Mujeres escasamente vestidas jaloneaban su uniforme...

—¡Basta!

Estaban de nuevo junto a la piscina, Shep recostado en una silla de asolear acolchonada. Trish estaba de pie junto a él, su aceitado escote invitantemente cerca.

—Amor, ¿qué pasa? ¿No era esto lo que deseabas?

—No... Es decir, sí, pero no quería que simplemente me lo dieran. Quería ganármelo.

—Shep, cariño, te lo ganaste. Te lo ganaste todo... pero Él te lo quitó. Te quitó a mí misma. Te quitó a nuestra hija. No estuvo bien. No fue justo. ¿Y sabes por qué te lo quitó todo?

Shep sintió que la sangre abandonaba su rostro.

—Porque lo di por sentado. No lo supe valorar.

—Pamplinas. Por supuesto que lo valorabas. Seguro hubo momentos en que erraste, ¿pero quién no falla nunca? Incluso la pelea que tuvimos a propósito de esta casa… Yo sabía que aún me amabas. Somos almas gemelas, después de todo.

—Somos almas gemelas. Lo juro.

—La verdad es que yo fui la afortunada. Mira cuánto sufriste tras nuestra muerte. Todo ese dolor, ese vacío. ¿Has experimentado un solo momento de alegría desde que nos perdiste?

Shep se enjugó las lágrimas.

—No.

—Guerra… hambre. Sufrimento sin fin. ¿Acaso es así como un padre amoroso debe tratar a sus hijos?

—No, no es así.

—La vida no es cuestión de sufrimento, sino de disfrute. Pregunta a los ricos y poderosos si están sufriendo. Esta casa de playa es un ejemplo perfecto. De haberte hecho caso y permitido que la compraras, tu hija y yo jamás habríamos estado a bordo de ese avión. Tú tenías razón y yo estaba equivocada, y pagaste el peor precio por nuestra ignorancia.

—Ay, Dios…

—Olvídate de Dios. Dios no es más que un concepto… una figura ficticia sentada en un trono, que siempre se duerme al volante. Nunca hemos necesitado a Dios. El Adversario se ha fortalecido en su ausencia. El Adversario nos ofrece el don de la inmortalidad sin ninguna de esas pruebas ocultas.

—¿Qué tengo que hacer, ya sabes… para que volvamos a estar juntos?

—Para empezar, deja de preocuparte. Esto no implica ninguna violencia; no tienes que matar a nadie. Simplemente brinda conmigo —Trish tomó una jarra de vino y vertió el líquido rojo en una copa de oro.

—¿Un brindis? ¿Por quién? ¿Lucifer?

—Amor, tienes que dejar de ver tantas películas de horror —se sentó a horcajadas sobre él, sosteniendo la copa de vino en su mano derecha—. ¿Recuerdas el curso de latín que tomamos en el segundo año de la universidad? ¿Sabes qué significa Lucifer en latín? "El que trae la luz." Lucifer no es un ángel caído, Shep. Fue enviado para traer la Luz a nuestro mundo a través de nuestras acciones. Digo, hablando en serio, mi amor, ¿acaso este sitio te parece el infierno?

—No.

—Bebe conmigo. Embriaguémonos juntos con el fruto de la vid y conectémonos con la Luz.

Conectarse con la Luz...

El corazón de Shep se aceleró al reproducir en su mente una conversación similar que había tenido con Virgil horas antes, en el cementerio.

—*Noé cometió un último error, el mismo que Adán. El fruto que tentó a Adán no era una manzana, sino una uva, o el vino que procede de ella. Es posible abusar del vino, y entonces el hombre se coloca en contacto con niveles de conciencia que no pueden sustentar una conexión con la Luz...*

Hizo a un lado la copa.

—Y cuando esté tendido aquí, borracho, ¿me vas a castrar?

Ella forzó una sonrisa.

—Shep, cariño, ¿de qué estás hablando?

—Lo sabes bien... Tal como lo hizo mi hijo Ham, que me castró cuando me encontró tendido en el arca, ebrio y desnudo.

La expresión de Trish se endureció; sus ojos eran dagas.

—Bebe el vino, Patrick.

—Bébelo tú, *alma gemela*. —se puso de pie, arrojándola de su regazo.

El vino de la copa se derramó sobre su cuello y su escote...

...el líquido derritió la carne, dejando al descubierto un cráneo antiguo, oscurecido por el tiempo, ¡con mil ojos aleteando en las cuencas!

Su entorno se hizo añicos como un salón de espejos, revelando una fosa tenebrosa y enorme. Los restos esqueléticos del World Trade Center se alzaban imponentes en las alturas. Shep se hallaba de pie en un lago congelado, rodeado por miles de cabezas animadas cuyos cuerpos estaban atrapados en el hielo. Traidores de la humanidad, balbuceando en lenguas. Cada palabra mordisqueada generaba una diminuta chispa de luz que flotaba en el aire fétido como una luciérnaga. Las motas luminosas acumuladas eran absorbidas por la descomunal criatura congelada justo en el centro del lago.

Lucifer estaba sujeto por el hielo a la altura del pecho, y aun así sus hombros y sus tres cabezas se erguían a la altura de 10 pisos sobre la superficie helada. El demonio alado tenía un aspecto aterrador, pero parecía desentenderse de su entorno, como si fuese una fachada: un gigantesco muñeco de globo, animado por las chispas de negatividad generadas por las cabezas balbuceantes de los torturados.

Flotando sobre el ala izquierda de Lucifer estaba la Parca.

A la derecha del demonio estaba el alma gemela del Ángel de la Muerte.

La Santa Muerte vestía una túnica púrpura de satén y su calavera encapuchada estaba adornada con una peluca rizada color ébano.

La abominación rió con sorna al ver a Shep. Tenía su guadaña en los puños huesudos. Avanzó hacia él, meciendo la cuchilla mortal como un péndulo.

Shep intentó huir, pero se resbaló en el hielo y se cayó. Alzó la vista justo cuando la cuchilla curva descendía siguiendo el trazo de un arco en el aire, rebanando su deltoides y cercenando su nuevo brazo izquierdo con un solo movimiento brutal.

Cayó de rodillas en el lago congelado; el dolor abrasador lo empujaba hacia la inconsciencia, pero la Santa Muerte distaba mucho de haber terminado con él.

Levantó la guadaña una vez más sobre su hombro huesudo y enseguida proyectó hacia abajo el instrumento de la muerte. La cuchilla manchada de sangre silbó al segar el aire…

…su tajo mortal fue interceptado por la guadaña de su contraparte masculino. El Ángel de la Muerte se colocó sobre Shep, protegiéndolo del ataque.

Y entonces un haz dorado de Luz descendió desde el cielo invisible…

…sacando a su conciencia del infierno.

Quinta Parte

TRANSFORMACIÓN

El final del día

21 de diciembre

Los tres helicópteros MH-53J Pavelow-III de la fuerza aérea volaban hacia el este en una formación escalonada sobre Jersey City, en trayecto a Manhattan. Enormes y torpes, estos "Joviales Gigantes Verdes" se especializaban en el rescate de pilotos derribados y en brindar respaldo a las tropas de operaciones especiales. Su elección para la misión de esta mañana estaba basada en su capacidad para operar en mal clima, así como por su rampa trasera, un aditamento de movilización que permitía la dispersión de un cargamento especial.

La bomba de neutrones, desarrollada en 1958, generó la oposición del presidente Kennedy y fue pospuesta más tarde por Jimmy Carter, sólo para recibir el gran impulso de Ronald Reagan en 1981. Designada como arma táctica, el propósito de la bomba era erradicar tropas sin destruir la infraestructura del área atacada. A diferencia de las armas estándar de radiación amplificada, las tres bombas que cargaban los Pavelow eran de incineración química, diseñadas para búnkers subterráneos. Formuladas para hacer combustión al contacto con moléculas de oxígeno, la conflagración quemaría hasta el último centímetro cúbico de espacio aéreo antes de sofocarse por sí sola.

Exactamente a las 8:03 a.m., los tres helicópteros lanzarían su cargamento en las ubicaciones designadas por encima de la nube de dióxido de carbono que pendía sobre Manhattan. Luego de atravesar ese techo aislante artificial, las tres bombas de neutrones harían explosión...

...incinerando a todos los organismos biológicos —vivos o muertos— en la ciudad de Nueva York.

Un viento helado azotaba el puerto de Nueva York, batiendo la oscura superficie hasta que espumeaba. La Isla de la Libertad se veía a la distancia. La estatua los llamaba.

Se habían reunido junto a una rampa de concreto para botes cerca del borde del agua. Los Patel y los Minos. David Kantor y su hija. El frágil monje tibetano, a quien nada parecía perturbar, y la asesina que estaba furiosa con el mundo. Los colegiales y las esclavas sexuales liberadas se guarecían del frío en el autobús, una incubadora de la Guadaña que resultaba irrelevante con la llegada del amanecer.

Francesca Minos abrazaba a su bebé envuelto en una manta dentro de su abrigo, usando la emanación de su cuerpo para calentar a su hijo.

—¿Qué se supone que vamos a hacer ahora?

Paolo escudó del viento a su esposa y a su bebé.

—Tenemos que encontrar otro barco, es todo.

—¡No hay otros barcos! —gritó David—. No hay manera de salir de la isla, como no sea nadando, y no aguantarían ni dos minutos sin un traje de buceo.

Dawn Patel estaba sentada en una banca del parque junto a su madre. La pequeña examinaba el brazo protésico que le habían arrancado a Patrick Shepherd.

—Mamá, esto es muy extraño. Mira cómo estas letras hebreas están agrupadas de tres en tres.

—¿Me permiten? —el monje tibetano les mostró una sonrisa cautivadora; Pankaj se les unió, asomándose sobre el hombro del Mayor para poder ver las letras grabadas—. Esto es sumamente asombroso. No son letras hebreas, sino arameas.

—¿Qué más da? —repuso Manisha—. Pankaj, ven acá, quédate con tu familia.

—En un momento. ¿Mayor?

—Pankaj, el arameo es una herramienta metafísica empleada por el Creador. Es la única lengua que Satán no puede entender.

—Esas letras... no estaban ahí hace unas horas.

—¿Estás seguro?

—Ayudé a cargar a Patrick desde el Castillo Belvedere luego de que salvó a mi familia. Ese grabado no estaba ahí, estoy seguro. ¿Puede leer el mensaje?

—No es un mensaje, Pankaj, ni son palabras traducibles. Lo que ha sido inscrito en el acero son los 72 nombres de Dios.

—¿Qué dijo? ¡Déjeme ver eso! —Paolo dejó a su esposa y a su recién nacido para unirse a ellos—. ¿Cómo sabe que son los 72 nombres?

—Repaso estas palabras todos los días. Cada una de las letras procede de los versos encriptados en el Éxodo 14, líneas 19 a 21. El segmento de la Tora describe cómo Moisés separó las aguas del Mar Rojo.

Paolo tomó el brazo de acero de las manos del tibetano. Contempló la sucesión de letras.

—No fue Moisés. Virgil dijo que de hecho fue un hombre de mucha fe quien separó las aguas del Mar Rojo.

—Está usted en lo cierto. La verdadera historia de cómo los israelitas escaparon de sus ataduras no tiene nada que ver con la esclavitud; se trataba de escapar del caos, el dolor y el sufrimiento. Separar las aguas del Mar Rojo no fue un milagro, sino una manifestación, un efecto causado por la habilidad para emplear los 72 nombres grabados en el cayado de Moisés como una herramienta sobrenatural para lograr que la mente controle a la materia.

—Mayor, ¿cree que Patrick era el hombre justo elegido por Dios para brindar la salvación a la humanidad?

David se acercó con Gavi.

—¿De qué están hablando?

—La participación de tu amigo en el Fin de los Días quizá obedezca a un llamado superior —explicó Pankaj.

—Miren, amigos, yo no sé nada del tal Fin de los Días, pero conocí a Patrick Shepherd, y créanme que distaba mucho de ser un hombre justo y devoto.

Paolo miraba fijamente el brazo metálico. Su cuerpo temblaba. Su mente trabajaba a toda velocidad… deliberando.

Francesca se le acercó con el bebé.

—Paolo, ¿qué sucede?

—Aguarda aquí —sujetando el dispositivo protésico, se dirigió al agua.

—Paolo, ¿qué estás haciendo? Paolo, ¿te has vuelto loco?

Los sobrevivientes se reunieron en torno a Paolo, quien alzó el brazo de acero hacia el cielo. Vaciló. Y enseguida avanzó decidido por la rampa de concreto hacia el río.

El agua casi congelada lo sacudió como una descarga eléctrica, vaciando de aire sus pulmones y convirtiendo su sangre y sus extremidades en plomo. Luchó para mantenerse a flote en el agua que le llegaba a la cintura y de pronto perdió piso en una brecha invisible y se hundió.

Francesca gritó.

La cabeza de su marido reapareció segundos después. Paralizado por el frío, trataba de jalar aire mientras se afanaba por nadar de regreso a la rampa. David y Pankaj alargaron los brazos para sujetarlo y arrastraron al hombre devoto a un sitio seguro.

Gavi corrió al autobús por unas mantas.

Sheridan Ernstmeyer se rió.

—Valiente intervención divina.

El monje tibetano se acercó a Paolo, quien estaba arrodillado junto al borde del agua, haciendo un esfuerzo por recuperar el aliento.

—Señor Minos, ¿por qué intentó separar las aguas del puerto? ¿Qué lo hizo creer que era digno de semejante tarea?

—Los 72 nombres… Creí que esa historia era verdad —el italiano temblaba sin poder controlarse; su rostro tenía una palidez mortal, sus labios estaban morados; alzó la mirada hacia Gelut Panim, completamente perdido—. Hice lo que dijo Virgil. No funcionó.

—El cruce fue una prueba de certeza, no de fe.

—No entiendo.

—Usted tiene fe, amigo mío, pero su momento de vacilación reveló que usted anticipaba fracasar. La certeza es más que la plegaria; es saber. Hay una historia acerca de un hombre de fe que una noche descendía por la cara de una montaña y de pronto se quedó sin fuerzas. Aferrándose con las dos manos, helado como usted ahora, invocó a Dios para que lo salvara. Dios respondió instruyéndole que se soltara. El hombre soltó una mano, pero tenía demasiado miedo para obedecer. En vez de hacerlo, dio voces en la noche pidiendo la ayuda de alguien más. Los aldeanos lo hallaron a la mañana siguiente, muerto por congelación, a metro y medio del suelo.

Gavi le dio una manta de lana al tembloroso Paolo.

—¿Quién es usted para juzgar la profundidad de mi fe? Caminé directo al agua. ¡Me solté de las dos manos!

—No fue mi intención insultarlo. Cuando Dios le pidió a Abraham que sacrificara a su hijo Isaac... eso fue una prueba de certeza. Usted simplemente fue a darse un chapuzón temerario.

—¡Papá, mira! —Gavi señaló hacia el suroeste sobre la Isla de la Libertad, donde tres helicópteros militares habían aparecido en el horizonte—. ¿Vienen a rescatarnos?

David tragó saliva con fuerza.

—No, mi amor. No esta vez.

Leigh Nelson fue arrancada del sueño por un médico que la sacó violentamente del catre militar y la obligó a ponerse de pie, para ser confrontada por los capitanes Jay y Jesse Zwawa.

—¿Qué pasa? ¿Sucede algo malo?

—Nos mintió, señora.

Leigh sintió que su presión sanguínea se desplomaba.

—¿Acerca de qué les mentí?

—La vacuna de la Guadaña. La analizamos —Jay Zwawa le puso en la mano un frasco medio vacío—. No es más que agua.

—¿Qué? Eso es imposible...

Jesse Zwawa le hizo una seña al guardia.

—Saquen de aquí a esta traidora y fusílenla.

Marquis Jackson-Horne se había desprendido de los colores de su pandilla, pero no de su pistola. El latino de 18 años, peinado con trencitas, y su hermana de siete años se unieron a los sobrevivientes de la Guadaña; todos observaban el horizonte occidental, donde tres aeronaves militares comenzaron un largo rodeo siguiendo la costa de Nueva Jersey hacia el norte.

Marquis saludó con la cabeza a Pankaj.

—¿Están aquí para ser rescatados?

—Lo siento.

—¿Lo sientes? —echó un vistazo al italiano que temblaba envuelto en una manta; vio el brazo protésico tirado en la nieve a su lado—. Oye, ¿qué pasó? ¿Dónde está el manco?

—¿Conociste a Patrick?

—Me dio la vacuna. Me curó a mí y a mi hermanita. ¿Dónde anda? Pankaj miró a los ojos al líder pandillero.

—Está con su familia.

Paolo estaba con su familia, pero sus pensamientos estaban atareados con el aguijón de las palabras del asiático. Durante toda su vida había seguido las leyes de la Iglesia católica. Asistía a misa. Comulgaba y daba diezmo, aunque apenas le alcanzaba el dinero. Había dado de comer a los indigentes y confesado hasta la última de sus transgresiones. Y que ahora, en los últimos momentos de su vida, le dijeran que era indigno... ¡que albergaba dudas!

Dejó a Francesca y al bebé y fue tras el monje tibetano.

—No sé quién sea usted, pero sé que posee el conocimiento de los 72 nombres. ¡Úselos para salvarnos!

—Lamentablemente no puedo. Hace mucho tiempo tomé la decisión de abusar del conocimiento para mis propias necesidades egoístas. De tal modo que disto mucho de ser justo.

—¡Entonces enséñeme! ¡Dígame qué hacer!

—Ya lo hice —los ojos opacos del Mayor refulgieron; colocó una mano tranquilizadora sobre el hombro de Paolo—. Considérelo un bautismo.

Paolo temblaba sin poder controlarse. Sus ojos pasaron como saetas de los tres helicópteros militares al asiático y a la frágil criatura acurrucada en brazos de su esposa.

Desafiando su mayor temor, se quitó la manta y volvió con sus seres queridos.

—Francesca, dame a nuestro hijo.

Ella advirtió su mirada. El brazo de acero en su mano.

—¡No!

—Francesca... por favor.

Los demás los rodearon en silencio.

El Mayor observaba, fascinado por los acontecimientos que lo colmaban de humildad.

—Francesca, un milagro nos trajo aquí y ahora debemos confiar en la causa de ese milagro.

Los ojos de la mujer se llenaron de lágrimas.

—Mi amor, Dios nos ha dado las herramientas. Ahora nos corresponde actuar a nosotros.

Vaciló y enseguida le entregó el bebé envuelto a su esposo.

—Anda. Sacrifica a tu hijo. Sacrifícate a ti mismo también. Yo ya no puedo lidiar con esto.

Sujetando el brazo de acero con la mano derecha y acunando a su hijo con la izquierda, Paolo caminó por la rampa de concreto y entró al agua...

SITIO DEL WORLD TRADE CENTER,
7:57 A.M.

El torbellino marrón giraba en el cielo y bloqueaba el amanecer. Un frío viento de diciembre alzó basura y polvo de la construcción en tornados miniatura y después se extinguió.

Patrick Shepherd estaba sentado en el borde de la fosa de construcción, solo, asustado y perdido.

El viento volvió a arreciar, aullando por los agujeros de los remaches en las vigas de acero desnudas.

Patrick...

La voz susurrada era masculina e inexplicablemente familiar. Shep alzó la vista con incertidumbre.

Has soportado un viaje realmente infernal, hijo. Ahora debemos empezar a trabajar en el aspecto mental de tu juego.

—¿Entrenador? ¿Entrenador Segal? ¿En verdad es...? ¿Qué estoy diciendo? —tomó entre sus dedos un mechón de su larga cabellera castaña y tiró de él, doblándose de dolor—. ¡Fuera de mi cabeza, fuera de mi cabeza! ¡Ya no lo soporto!

No soy una alucinación, Patrick. Lo supiste la primera vez que me comuniqué contigo, en la azotea del hospital de veteranos.

A Shep se le erizó la piel. Se levantó, de cara al viento.

—¿Usted es quien impidió que saltara al vacío?

Confiaste en mí entonces, hijo; confía en mí ahora. Todo lo que has experimentado fue real, con excepción del engaño del demonio cuando utilizó a mi hija. Pero no te dejaste convencer. Confiaste en tus instintos y advertiste su artimaña.

—Es verdad, yo sabía que no era Trish; sabía que no podía haber sido ella. Cuando estoy con ella me siento... me siento...

—Pleno.

Shep se dio vuelta, buscando con la mirada al dueño de la nueva voz. Oyó el sonido de unas botas aproximándose sobre la grava.

Virgil Shechinah salió de atrás de una paladora de tierra y lo iluminó un haz de luz procedente de una pequeña rendija en las nubes.

—Y dijeron: "Vamos, construyamos una ciudad y una torre cuya cima llegue hasta el cielo, y hagámonos de un nombre". Y bien, Maese Dante, ¿disfrutó su excursión por el infierno en busca de su amada Beatrice?

La mención de la difunta enamorada de Dante enfureció aún más a Shep.

—¿Sabes? Eres un mentiroso, anciano. Me dijiste que habías hablado con mi alma gemela. Ella está muerta. Murió con mi hija en este sitio, hace 11 años.

—Sí, así fue. Y está muy preocupada por ti.

—¿Qué se supone que significa eso? ¿Eres una especie de médium, canalizaste su espíritu? ¿O acaso eres un ángel? ¿Eso eres, Virgil? ¿Un ángel contratado por Bertrand DeBorn para volverme loco?

—No soy un ángel. Y yo nunca dije que era un psiquiatra; ni fui a verte a instancias del difunto señor DeBorn. Tú fuiste quien supuso todo eso.

—De acuerdo, no eres un loquero. Entonces, ¿quién eres? ¿Por qué fuiste a verme al hospital de veteranos? Aguarda, lo olvidaba… mi difunta alma gemela estaba preocupada por mí, así que te envió.

Virgil sonrió.

—Los ojos son las ventanas del alma. Mira los míos. Dime lo que ves —se quitó las gafas de cristales rosas—. Adelante, no te voy a morder.

Shep se acercó para contemplar los ojos azules del anciano…

…su conciencia fue repentinamente avasallada por una borrasca de luz blanca etérea, cuya calidez se filtró por su cerebro y bañó hasta la última célula de su cuerpo con una energía sanadora tan tranquilizante, tan amorosa, que no pudo menos que reír tontamente.

Despertó desorientado y tendido en el suelo, sonriendo al abrir los ojos.

—¡Dios, qué sensación!

—Por ahora sigue llamándome Virgil, ¿de acuerdo?

Shep se enderezó. Asombrosamente, la fatiga producto de su larga noche había desaparecido y el frío ya no le afectaba.

—No sé qué fue lo que acabas de hacer, pero si lo pudiéramos embotellar ganaríamos una fortuna.

—Lo que experimentaste fue *Keter*, la Luz de la *Sefirot* superior... la más elevada de las 10 dimensiones de la existencia. Esa energía sólo es accesible al hombre una vez al año, al amanecer, luego de 49 días de limpieza interior después de la Pascua. La fecha conmemora una conexión con la inmortalidad que existió en el Monte Sinaí hace 3 400 años.

—Estupendo, más acertijos —Shep se puso de pie, meneando la cabeza—. Mira, quienquiera que seas, has sido un gran amigo las últimas 24 horas, pero quizá por una vez podrías darme una respuesta directa, considerando que probablemente estemos a sólo unos minutos de ser incinerados por el Departamento de Defensa.

—El tiempo no tiene cabida en el ámbito sobrenatural, Patrick. Mira a tu alrededor. El tiempo ha dejado de existir.

Patrick alzó la vista. Por alguna extraña razón, las nubes cafés ya no se estaban moviendo, como si estuviesen congeladas en su sitio.

—¿Qué demonios...? De acuerdo, espera, ya entiendo. Ésta es otra alucinación provocada por esa condenada vacuna.

—Todo ha sido real. En cuanto a la vacuna, era agua.

—¿Agua? ¡Vamos!

—El agua es el componente esencial de la existencia en el mundo físico. Hace mucho, el agua fue dotada con la esencia de la Luz, confiriéndole el poder de sanar y restaurar, protegiendo al hombre al nivel molecular. Los hombres vivían vidas mucho más largas. La abrumadora conciencia negativa de la humanidad contaminó la naturaleza del agua después del diluvio. Ese proceso es reversible a través de ciertas bendiciones y meditaciones que devuelven el agua a su estado primordial. La vacuna era una forma sumamente concentrada de esa agua purificadora, llamada Agua de Pinchas. El Departamento de Defensa confiscó un suministro que había sido usado por quienes poseían el conocimiento necesario para ayudar a limpiar partes de Chernobyl. Un noble esfuerzo, silenciado una vez más por el ego del hombre. Mary Klipot obtuvo acceso al agua mientras trabajaba en el Fuerte Detrick.

—¿Y qué nos ha mantenido a salvo de la peste?

—Lo que te ha mantenido a salvo es tu fe. El agua fue sólo el medio empleado para movilizar tus pensamientos. Para acuñar una frase, fue la mente sobre el cuerpo.

—Esto es una locura... O quizá yo soy quien está loco —Shep caminaba hacia adelante y hacia atrás, incapaz de procesarlo todo al mismo tiempo—. Quizá no estoy loco, simplemente desvarío. Aguarda...

¡eso es! Ahora todo tiene perfecto sentido. Esta pequeña aventura del Mago de Oz... Todo empezó cuando el helicóptero se estrelló en el bosque. Cuanto he experimentado desde ese momento... que tú aparecieses milagrosamete en Inwood Park, que yo recorriera los nueve círculos del infierno de Dante mientras intentaba volver a casa con mi familia, los "personajes ayudantes" que logramos reunir convenientemente durante el trayecto... incluso la perversa bruja Parca que me estaba esperando en el Hades... No fue más que un sueño, nada de eso ocurrió realmente. En la realidad, estoy desmayado en el helicóptero, o mejor aún, estoy tendido en una cama de hospital en el Bronx, en un coma inducido con drogas. Y esa sensación que tuve cuando te vi a los ojos... probablemente sólo fue una inyección de B-12 que me puso la enfermera —Shep mostró una sonrisa radiante—. Eso es, ¿verdad? Dios, soy muy astuto. No me refería a ti, Virgil, fue sólo una expresión, ya sabes, como si me dirigiera al jefe que ocupa el piso superior, al *mero mero*.

—¿El tipo que se duerme al volante?

—Exacto.

—Te propongo algo: hagamos una prueba —Virgil alargó la mano hasta el rostro de Patrick y le pellizcó la mejilla.

—¡Ow! ¿Ésa es tu prueba?

—A mí me parece que estás completamente despierto, pero no está de más asegurarse.

Shep se sobresaltó cuando una sensación fantasma de pronto escurrió una calidez sanadora en su destazado músculo deltoides izquierdo. Ante sus asombrados ojos, el muñón formó un húmero y el hueso se extendió milagrosamente desde el hombro, seguido por una red de nervios y vasos sanguíneos, tendones y músculos. La extremidad creciente se prolongó en forma de antebrazo, muñeca, mano y dedos. El miembro recién nacido atomizó carne ante su mirada fascinada para dar lugar a un brazo izquierdo perfectamente moldeado y funcional.

Shep cayó de rodillas, flexionando los dedos... mareado. A diferencia de la experiencia en el noveno círculo del infierno, instintivamente sabía que este brazo nuevo era real.

—¿Cómo...?

—Células madre. Son asombrosas. Es una pena que la humanidad haya esperado tanto para comenzar a usarlas. Imagina la dicha infinita que se habría podido propagar alrededor del mundo cosechando extremidades nuevas para los amputados, médula espinal para los paralíticos, órganos para los decrépitos y la cura para muchas enfermedades, todas ellas diseñadas con el propósito de desafiar la capacidad del hombre para superarse. Desafortunadamente, el Adversario los ató a la religión organizada. Ése era el comodín de Satán y el ego del hombre se aficionó a ella como al opio.

Shep miró fijamente a Virgil, como si viese al anciano por primera vez.

—Realmente eres Dios, ¿verdad?

—Dios es un concepto del hombre, la imagen digerible de un soberano en su trono, un ente divino al cual hacer peticiones cuando uno quiere ganarse la lotería o cuando se encara a la muerte. Yo soy el deseo del Creador de revelarse ante ti dentro de la Luz de la Sabiduría, apareciendo ante ti en una imagen finita, reflejada, que tu mente puede aceptar y absorber.

—¿La Luz de la Sabiduría?

—La esencia de la vida —los ojos azules de Virgil danzaron tras sus gafas de cristal rosas—. Deseas saber cómo aconteció todo esto.

—Por favor.

—Muy bien. Pero lo que voy a explicarte son asuntos sobrenaturales, asuntos que no ocupan ni espacio, ni tiempo, ni manifestaciones materiales: justamente los elementos que dominan tus sentidos y tu entorno. Hay cosas que quizá no seas capaz de aceptar o captar, pero tu alma sabrá instintivamente que son verdaderas. Intenta no oponerte a tu reacción instintiva valiéndote de la lógica finita.

—Me estás diciendo que mi cerebro es demasiado pequeño para lidiar con esto.

—Estoy diciendo que tus sentidos están cableados en el *Malchut*, el mundo físico. El Ámbito Superior es una realidad completamente diferente. Es como si tú, un ser tridimensional, tuvieses que explicar la existencia a un personaje bidimensional de caricatura. Tendrías que limitarte al idioma vernáculo bidimensional para describir conceptos tridimensionales.

—Esto es álgebra y yo apenas voy en primer año. Ya entiendo. ¿Algo más que debiera saber?

—Como te dije, el tiempo y el espacio no existen en el ámbito espiritual. Por lo tanto, si empleo la palabra "antes", me refiero a la causa. Si digo "después", hablo del efecto.

—Entendido. Ahora dime… ¿qué hay allá afuera realmente? ¿Cómo surgió todo esto?

—En la realidad del infinito está el Creador, está la incognoscible esencia del Creador y está la Luz que emana del Creador. La Luz existe en el Infinito. La Luz es perfección. Y aunque nunca podrás conocer al Creador, en su esencia está la naturaleza del compartir. Pero como no había nada con qué compartir, era necesaria una energía recíproca para completar el circuito; en este caso, un Conducto que recibiese la Luz infinita del Creador.

"Y así fue creado el Conducto y su único propósito era el de recibir. Y el Conducto era el alma unificada. Y ahora había dos tipos de Luz en el Infinito: la Luz de la Sabiduría, que era la esencia de la vida que simplemente da, y la Luz de la Misericordia, o el Conducto, que no deseaba sino recibir. ¿Recuerdas el ejemplo que puse antes? Si la Luz de la Sabiduría fuese la electricidad que circula en tu hogar, la Luz de la Misericordia, el Conducto, sería una lámpara conectada a un contacto en la pared para recibir la energía. Sin la lámpara no tienes iluminación; sin la Luz de la Misericordia, la Luz de la sabiduría no puede revelarse."

—Como le dijiste a Dawn, es como el sol. El sol irradia energía, pero su fulgor sólo puede ser visto cuando se refleja en un cuerpo en el espacio… como la Tierra —Shep hizo una pausa; su mente corría a toda velocidad—. Virgil, dijiste que eras el deseo del Creador de revelarse ante mí dentro de la Luz de la Sabiduría. ¿Eso significa que reflejas… mi Luz de la Misericordia?

Virgil sonrió.

—Volvamos al relato de la creación. En el Infinito que colmaba la totalidad de la existencia, estaba la Luz del Creador que daba de manera incondicional, y ahora, a través de la causa y el efecto, estaba el Conducto, un depósito de alma unificada y la única creación genuina que ha tenido lugar. La Tora encripta al Conducto con un nombre: Adán. Pero el conducto Adán, como una batería, estaba compuesto de dos aspectos o energías. Su energía masculina, protones de carga positiva, y su aspecto femenino de carga negativa, el electrón, el relato codificado de la creación la llama Eva. El Conducto sólo tenía el deseo de recibir y la Luz sólo daba, de modo que había plenitud sin límite. Sin embargo, Adán carecía de la conciencia de su propia plenitud, ¿pues cómo apreciar un día soleado si todos los días lo son? Y algo más importante, ¿cómo es posible conocer y apreciar a Dios si uno nunca experimenta la ausencia de Dios?

—¿Y entonces que ocurrió?

—Causa y efecto. Conforme la Luz continuó llenando el Conducto, le comunicó la esencia del Creador, su deseo de compartir. El Conducto, creado sólo para recibir, ahora deseaba compartir, ser la causa de su propia plenitud... En esencia, ser como el Creador. Pero el Conducto no tenía manera de compartir; además sentía vergüenza porque no se había ganado la Luz infinita y la plenitud que estaba recibiendo. Así que, para ser como el Creador, el Conducto rechazó la Luz del Creador.

"Este acto de resistencia causó la *Tzimtzum*, la contracción. Sin la Luz, el Conducto se contrajo en un punto singular de oscuridad dentro del Mundo infinito: lo infinito engendró a lo finito. Al estar de pronto sin el Creador, el Conducto se expandió para permitir el reingreso de la Luz. Esta repentina contracción y expansión, lo que ustedes llaman el *Big Bang*, fue la causa que condujo al universo físico, el *continuum* espacio-temporal de Einstein. Sin embargo, esa burbuja de existencia no es la verdadera realidad. La verdadera realidad de la existencia está en el 99 por ciento... el Infinito. ¿Sucede algo malo?"

—Lo que dices me parece bien; es sólo que resulta difícil que mi mente lo asimile. Pero continúa... por favor.

—Cuando ocurrió la *Tzimtzum*, la constricción formó 10 dimensiones, o *Sefirot*. Seis de esas 10 *Sefirot* se compactaron, plegándose en una superdimensión, la *Ze'ir Anpin*.

—¿Por qué 10 dimensiones? ¿Qué propósito tienen?

—Las *Sefirot* filtran la Luz del Creador. Las tres superiores, conocidas como *Keter*, *Chochmah* y *Binah*, están más cerca del Creador y no ejercen influencia directa en el ámbito físico del hombre. El cúmulo de las seis restantes, que están apenas más allá de la limitada percepción del hombre, es la fuente de todo el conocimiento y la plenitud disponibles al hombre en este mundo físico. El mundo físico, la más inferior de las 10 *Sefirot*, recibe el nombre de *Malchut*. Tan inmenso como parece el universo, representa tan sólo el uno por ciento del total de la existencia, y es una realidad basada en el engaño, reforzado por las limitaciones de los cinco sentidos del hombre.

—Increíble. ¿Y qué hay del alma?

—Cada alma es una chispa del conducto Adán. Cuando el Conducto se hizo añicos, separó el principio masculino Adán del principio femenino Eva. Del mismo modo que la concepción en el vientre es seguida por la división de la célula, así también se dividió el Conducto; sus chispas se volvieron almas masculinas y almas femeninas. Chispas inferiores se fueron filtrando hacia abajo, al reino animal, a los árboles, a la vegetación, etcétera, hasta el último aspecto de materia y energía que constituye el cosmos.

—Pero mi alma no está completa, ¿o sí, Virgil? Permanece dividida. Me prometiste...

La Luz surgió ante él como una aparición azul luminiscente, la misma aparición la que había visto comunicarse con Dawn Patel. Mientras la observaba, se contrajo en la forma de una mujer. Llevaba la misma ropa con la que aparecía en la fotografía instantánea quemada; su cabello rubio ondulado le llegaba hasta la mitad de la espalda.

Patricia Ann Segal le sonrió a su alma gemela largo tiempo perdida.

—Hola, amor.

—Oh Dios... —Patrick se derrumbó sobre sus rodillas.

Sus ojos se desbordaban de lágrimas. La abrazó por la cintura y el vacío en su corazón fue remplazado inmediatamente por una dicha sin límites.

Virgil irradiaba una sonrisa angelical.

—La reunificación de almas gemelas es una fuerza de Luz que no puede ser denegada, más grande incluso que la separación de las aguas del Mar Rojo.

Trish ayudó a Shep a ponerse de pie. Él besó su rostro e inhaló sus feromonas. Ella acarició la piel de sus mejillas y sus patillas, irradiándolas de calidez.

El anciano observaba a la pareja como un padre orgulloso.

—Las mujeres suelen completar su corrección espiritual antes que los hombres. El alma de una mujer puede residir en el Plano Superior mientras intenta ayudar a su alma gemela en su propia corrección.

Shep se apartó del abrazo.

—¿Y qué hay de nuestra hijita?

—Ella ya regresó —Trish lo miró a los ojos—. ¿Qué te dice tu corazón?

—¡Oh, cielos!... ¡Es Dawn! La hija de los Patel... Ella alberga el alma de nuestra pequeña.

—He mantenido una mirada vigilante sobre ella... y sobre ti.

—Trish... he hecho cosas terribles. Me enlisté en el ejército para vengar tu muerte. Cometí asesinatos. Llevé la oscuridad a la vida de otros —su cuerpo temblaba; Shep se dirigió a Virgil y se postró, apretando las botas del anciano contra su pecho—. ¡Lo siento, Dios mío, perdóname por favor!

—Tu arrepentimiento ha sido aceptado, hijo mío.

Shep se enjugó las lágrimas. Volvió a ponerse de pie y tomó de la mano a su alma gemela.

—¿Estaremos juntos?

—Pronto. Tu alma debe ser purgada antes de que reingrese al Plano Superior, pero la carga se ha aligerado gracias a tus acciones desinteresadas de las últimas 24 horas. Mientras más Luz desea y recibe un alma, a mayor altura aciende. Todo lo que ves a tu alrededor, todo lo que existe y ha evolucionado para existir en el mundo físico del tiempo y la mortalidad, fue creado para que el alma pudiese transformarse espiritualmente a sí misma, pasar de ser una receptora a ser una dadora, y ganar así su inmortalidad y su plenitud en el Infinito. Ésta es la realidad que pediste como el Conducto, Adán, la petición concedida por el Creador porque Él ama a sus hijos incondicionalmente.

—Si Él nos ama tanto, ¿por qué hay tanto odio en el mundo, tanta violencia, tanto dolor y sufrimiento?

—Como lo discutimos hace unas horas, para que sea posible ganar la plenitud infinita debe haber libre albedrío. Para desafiar al libre albedrío debe existir el Adversario. Un equipo rival. Y el partido no puede estar arreglado, pues el premio carecería de sentido. El Adversario es el ego humano al nivel genético, al que el relato de la Creación se refiere como el consumo del fruto prohibido del Árbol del Conocimiento. Lujuria, glotonería, avaricia, ira, violencia, fraude, codicia, traición... son síntomas del ego; cada acto egoísta desvía hacia Satán la Luz del Creador. El pecado es la negativa del hombre a ser lo que ha sido destinado a ser. Si el hombre simplemente expandiera su propio conducto empleando las herramientas que le han sido dadas, nunca más volvería a haber sufrimiento en este mundo.

—¿Y cómo podemos lograrlo?

—Expandiendo tu conducto para permitir que ingrese más Luz. Amando a tu prójimo como a ti mismo, del mismo modo que el Creador ama a cada uno de sus hijos: incondicionalmente. El amor es un arma de la Luz; tiene el poder de erradicar todas las figuraciones de la oscuridad. La espiritualidad no es cuestión meramente de ser "lindo", Patrick; se trata de transformar las cualidades no tan lindas que cada uno tiene. Cuando ofreces amor incluso a tus enemigos, destruyes su oscuridad y su odio. Más aún, expulsas la oscuridad de tu interior. Lo que queda después de eso son dos almas que ahora reconocen la chispa de la divinidad que ambas comparten. Piénsalo. No es el rasgo positivo el que enciende el interruptor de la Luz; la Luz se enciende cuando uno identifica, arranca de raíz y transforma sus propias características negativas. Cuando una mayoría, una masa crítica de personas alcance esa magnitud de entendimiento, la plenitud infinita y la inmortalidad serán disfrutadas por todos. Y al contrario, cuando las acciones negativas colectivas se acumulan hasta un punto crítico, el Ángel de la Muerte obtiene carta blanca y hasta los más justos sufren.

—¿Eso es lo que está ocurriendo aquí, Virgil? ¿El mal está tan rampante que la humanidad requiere de otro borrón y cuenta nueva?

El anciano adoptó un tono sombrío:

—La generación de Noé era lo suficientemente necia y temeraria para pecar abiertamente. La generación del diluvio ha regresado.

—Entonces... ¿en verdad fui Noé?

—El alma que habita tu existencia como Patrick Shepherd compartió también al ser físico que fue Noé, un hombre justo nacido en una época de codicia y corrupción. Tú y tu alma gemela, Naamah, han regresado para ser testigos del fin de otra generación.

Shep apretó la mano de Trish y se sonrojó.

—No vas a exterminar a seis mil millones de personas, ¿o sí?

—Seis millones o seis mil millones; en cualquier caso el Creador no destruye. El hombre se ha convertido en su propio instrumento de destrucción. Su deseo de comer sin restricción del Árbol del Conocimiento, su insistencia en recibir sólo para su yo... son esos actos los que han invocado al Ángel de la Muerte para que ronde la Tierra, tal como lo hizo hace 666 años durante la última pandemia.

—Pero tú podrías ponerle un alto, tú podrías detener esta locura. Dices que la humanidad debe ser proactiva: ¿qué hay de ti?, ¿qué hay de la historia del Holocausto que me contaste?

—Esa historia era tuya.

Patrick empalideció. Su cuerpo temblaba.

—¿El niño del que hablaste?

—Era tu vida, Patrick; tu segunda movilización, como tú dices. Lo que experimentaste fue la severidad del tikún de Noé. Perdiste a toda tu familia en Auschwitz. Tu alma gemela también pereció ahí.

—¿Y no hiciste nada? ¿Mientras niños inocentes eran arrojados a los hornos? ¿Mientras unos aviones eran estrellados contra los edificios...

—...y familias inocentes eran masacradas por soldados estadounidenses? Como te dije, Dios no es un verbo, Patrick. La Luz fluye, sin consideración de la intención. Todo es cuestión de libre albedrío. Quienes viven su vida conforme a las leyes del Creador permanecen protegidos. Un milagro de salvación a estas alturas sería interpretado como un espectáculo religioso. Al final, sólo conduciría a la misma guerra que tratas de evitar, y serviría a Satán, quien sigue robusteciéndose a través de estos actos oscuros.

—¡No me importa! Noé se quedó cruzado de brazos mientras tú inundabas el mundo, pero yo no lo haré. Tú y yo… hicimos un pacto después del diluvio. El arca era nuestra alianza. ¡Prometiste no volver a destruir a la humanidad!

—No es el Creador quien destruirá a la humanidad, Patrick. ¡Mira!

El remolino de nubes cafés se abrió al oeste, revelando a tres helicópteros oscuros congelados en el tiempo sobre el río Hudson.

—El hombre es responsable de este diluvio. Y a través de sus acciones aumenta el poder de Satán.

Virgil señaló el borde del foso de construcción, donde el Ángel de la Muerte se había materializado. La guadaña de la Parca había empalado a su contraparte masculina; la cuchilla estaba sepultada en la base del cráneo del ente.

—¿Y a él qué le pasó? ¿Cómo es posible matar a… un ángel?

—Cada uno de los elementos de la creación tiene un aspecto masculino y otro femenino. Así es también con el Ángel de la Muerte. Cada Parca, masculina y femenina, nació con forma humana en el mundo físico. Cuando es tiempo de que una Parca siga su camino a otra dimensión, eligen a su remplazo entre los vivos. El aspecto femenino de la Muerte, fortalecido por la corrupción del hombre, ya no está sujeto a control. A menos que la humanidad sea liquidada, ella rondará la Tierra sin mengua y envenenará el *Malchut* para que ninguna Luz pueda ser revelada nunca más en esta dimensión.

Shep contempló a la Parca masculina. La criatura sobrenatural vibraba; sus cuencas oculares aleteaban, su fuerza vital disminuía rápidamente.

—Nunca completé mi tikún, ¿no es así, Virgil? Ni como Noé, ni en Auschwitz. Ni ahora como Patrick Shepherd. Dijiste que cada alma tiene cuatro movilizaciones.

—Ésta fue tu última.

—¿Quién más fui? ¿Un genocida? ¿Un alcohólico, como mi padre?

—De hecho, fuiste un poeta, un hombre inspirado por la Luz pero que careció de la disciplina necesaria para evitar embriagarse de manera permanente con el fruto prohibido. James Douglas Morrison. Sus amigos lo llamaban Jim.

—Espera un momento… ¿Jim Morrison de The Doors? —Patrick volteó hacia Trish—. ¿Yo fui Jim Morrison?

Quien fuera Pamela Courson apretó la mano del difunto rockero. El anciano puso una mano en el hombro de Patrick.

—¿Estás listo para continuar tu viaje, hijo?

—No… espera, espera un segundo. Dijiste que cada alma debe completar su tikún antes de pasar al Plano Superior. ¿Cómo podré reunirme con mi alma gemela en el Plano Superior si no he completado mi tikún? ¿Y cómo puedo completar mi tikún si tú permites que esta pandemia extermine a la humanidad?

—La humanidad ha elegido apartarse de la Luz. La generación de la peste no tendrá cabida en el mundo por venir.

—¿Entonces simplemente permitirás que la Guadaña liquide a todos? ¿Así nada más?

—Dios no es el siervo de la humanidad. Dios sólo es. Es el hombre quien debe emprender una acción, no el Creador. Ésta fue la prueba de la existencia.

Shep cerró los puños en su frustración.

—¿Sabes qué, *Dios*? Como padre, ¡realmente apestas!

—Shep…

—No, Trish, Él necesita escucharlo. ¿Dices que nos estamos alejando de la Luz? Tal vez sea tu culpa. Tal vez nos habría venido bien un poco más de guía espiritual. ¿O qué tal una señal de vez en cuando, para saber que no te has quedado dormido al volante? ¡Diablos!, también sería bonito ver un poco de justicia en este mundo.

—Cada alma es juzgada en el momento apropiado. El Creador ya no microadministra, Patrick. Eso sólo conduce a más dogma religioso, a más falsos profetas… a más caos.

—Entonces nombra a alguien que sí microadministre. Dame una última movilización. Permíteme completar mi tikún… ¡en forma de él! —Shep señaló al Ángel de la Muerte.

—¡Amor, no! No sabes lo que dices.

—Me ha estado siguiendo por toda Manhattan, Trish. Creo que me eligió. La humanidad necesita a alguien que mantenga controlada a la mujer del Ángel de la Muerte. El Plano Superior necesita que se restaure el equilibrio en el *Malchut*. Bueno, me ofrezco de voluntario. Lo que no voy a hacer es cruzarme de brazos y permitir que mueran todas esas personas. No esta vez… de ningún modo.

—Conoce las reglas, Patrick, antes de enlistarte como voluntario para otra guerra. El Ángel de la Muerte es un ser sobrenatural capaz de acceder a los mundos inferior y superior. Allá afuera hay demonios... entes de existencia que ni siquiera Dante osó imaginar. A menos que te mantengas vigilante, las fuerzas de la oscuridad corromperán tu alma fácilmente.

—Mi alma gemela me protegerá. Me mantendrá anclado a la Luz —Shep apretó la mano de Trish—. Es la única forma en que podemos volver a estar juntos. Es la única forma en que puedo proteger a nuestra hija.

—¿Haces esta petición por tu libre voluntad?

—Sí.

Virgil miró a Patricia, quien asintió.

—Entonces el pacto está hecho. Todos aquellos que elijas salvar serán fértiles y se multiplicarán; todos aquellos que elijas condenar, perecerán. Y cuando el mundo recupere el equilibrio, tu tikún estará completado y te reunirás con tu alma gemela en el Plano Superior.

Shep abrazó a Trish, estrechándola en sus brazos.

—Te amo.

—Y yo te amo a ti.

Virgil aguardó pacientemente a que se separaran.

—Una última pregunta... ¿Por qué yo? Disto mucho de ser un hombre justo.

—Al igual que todos los grandes sabios. La mayor Luz, Patrick, procede de la mayor transformación.

Shep seguía sujetando con fuerza la mano de su alma gemela.

—No hay accidentes, ¿no es así, Virgil? Tú orquestaste todo esto.

—No, hijo. Tú lo hiciste —tomó sus manos enlazadas en la suya—. Sólo recuerda que la libre voluntad funciona en los dos sentidos. Noé fracasó al no restringirse a sí mismo en el *Malchut* y fue castrado. Si no te restringes en el plano sobrenatural, las fuerzas de la oscuridad te corromperán de tal modo que ni siquiera la Luz y el amor de tu alma gemela bastarán para rescatarte de ese purgatorio autoinducido.

Patricia le apretó la mano... y luego la soltó. Su aura se disipó en la luz.

—¿Estás listo?

—Sí —Shep tragó saliva con dificultad—. ¿Algún último consejo espiritual que quieras impartir, Virge?

El anciano lo tomó de la mano y lo condujo hacia la Parca, cuyo cuerpo se hallaba ahora bañado por la luz de un arco iris.

—Recuerda siempre que tu alma está conectada por siempre a la Luz del Creador. En ocasiones, tus actos pueden velar esa conexión, pero nunca puede ser cortada. Nunca.

—Gracias. Oye, acerca de lo que dije, que eras un pésimo padre…

—El amor incondicional es incondicional, Patrick. Adopta el caos. Úsalo para erradicar los rasgos negativos en tu interior y así acelerarás tu transformación en un genuino *tzadik*… un santo.

Shep aspiró profundamente. Después extendió el brazo y tocó la mano huesuda de la Parca…

BATTERY PARK,
7:58 A.M.

Armado con su hijo recién nacido, su certeza y un brazo protésico roto, Paolo Salvatore Minos volvió a entrar a las heladas aguas del puerto de Nueva York. Tan concentrada estaba su mente que ya no percibía el frío. El agua le llegaba más arriba de las rodillas… y aún nada sucedía.

Piénsalo como un bautismo. Siguió adelante, sumergido hasta el pecho; la superficie, con una temperatura de tres grados, estaba apenas a unos centímetros de la manta del bebé…

…el sonido y el cielo desaparecieron repentinamente cuando dio un paso más allá del borde invisible de concreto y se zambulló en el agua.

Su corazón latía de terror. Con la mano izquierdo buscó la nariz del bebé y se la tapó con los dedos. Se obligó a caminar a pesar del pánico…

…su pie izquierdo reencontró la percha. Usando el brazo de acero como muleta, recuperó el equilibrio y se encaminó de regreso por la rampa para salvar a su hijo. Pero en cuanto su cabeza emergió del agua y soltó la nariz del bebé, cayó en la cuenta de que no estaba parado en la rampa de concreto para embarcaciones, ¡sino en un bloque de hielo!

Las aguas del puerto no se habían separado, sino que se estaban congelando progresivamente en torno suyo. O al menos en parte: una faja de tres a cinco metros que parecía extenderse hacia el suroeste a través del puerto de Nueva York.

Exhaló el aliento congelado; su cuerpo temblaba y de sus ojos enrojecidos e hinchados manaban las lágrimas. Se encaminó a la orilla, donde lo recibió su esposa —también con los ojos llorosos—, quien tomó en sus brazos al bebé que daba alaridos y lo envolvió en una manta seca.

—Paolo…¿cómo?

—Certeza.

David y Pankaj se miraron uno al otro, sin saber qué hacer.

El monje tibetano los jaló del codo para que reaccionaran y se situaran en el momento.

—No analicen la manifestación, ¡úsenla para sacar a todos de la isla!

—¡Trae a Gavi, yo voy por los demás! —David corrió de regreso al autobús escolar para despertar a los niños, mientras Pankaj y Manisha ayudaban a Dawn y a Gavi a treparse por el borde del témpano de hielo, que se zarandeó pero logró mantenerse a flote.

Los niños bajaron a toda prisa del autobús y corrieron al borde del agua, justo cuando los tres helicópteros cruzaron el Hudson kilómetro y medio más al norte.

—¡Vamos, andando, muévanse todos! ¡Debemos apresurarnos!

David y Marquis Jackson-Horne les pasaban los niños a Pankaj y a Manisha; todos estaban tomados de las manos, haciendo una cadena detrás de Paolo y Francesca, quienes condujeron rápidamente el éxodo a través del puerto. Los colegiales de más edad y las esclavas sexuales liberadas ayudaban a los niños más pequeños a desplazarse en la superficie resbaladiza. David se trepó al témpano, reuniéndose con su hija.

El Mayor detuvo a Marquis.

—Elige ahora mismo el curso para el resto de tus días.

Su hermanita asintió.

El líder pandillero se llevó la mano al cinturón, extrajo la pistola 9 mm y la arrojó al río. A continuación, siguió a su hermana al témpano.

El Mayor subió después de él, cerrando la fila.

Sheridan Ernstmeyer esperó hasta que los 36 hombres, mujeres, niños y bebé estuvieron unos 30 metros lejos del muelle antes de convencerse de seguirlos, pisando con cuidado la superficie congelada.

—Esto es una locura.

Más adelante, Paolo y Francesca se deslizaban sobre la suprficie opaca y resbalosa como si estuviesen patinando. La Isla de la Libertad estaba a menos de 500 metros; la estatua había desaparecido momentáneamente tras una bruma blanquecina que se formó alrededor de la senda congelada y que ocultaba el éxodo de Manhattan; la gélida neblina servía para borrar su rastro térmico de los sensores de los aviones Parca no tripulados. Paolo se concentraba en el témpano creciente, que seguía formándose y endureciéndose varios metros adelante de él, y entonces sintió un escalofrío que lo caló hasta los huesos y recorrió toda su columna vertebral, haciéndolo estremecer.

Volteó hacia la derecha y vio a la figura oscura que emergía entre la bruma y se hallaba de pie en el sendero, como un centinela.

Estaba encapuchada y vestía una túnica negra y sujetaba una guadaña con el huesudo puño izquierdo. El Ángel de la Muerte estaba parado en el borde del hielo recién formado y les hacía señas para que avanzaran.

Evitando su mirada, Paolo condujo su procesión, aferrando con más fuerza el brazo artificial.

—¡No se detengan, mantengan la vista en el camino! No miren nada más.

Ignorando la advertencia, Dawn vio a la Parca y sonrió:

—Gracias, Patrick.

Los ojos de David Kantor se desorbitaron. El Mayor jaló al ex médico militar y a su hija adolescente para que no se detuvieran y evitó mirar al ser sobrenatural, aunque podía sentir su pesada presencia.

Sheridan Ernstmeyer no vio a la Parca hasta que casi chocó con ella.

—¿Qué demonios se supone que eres?

El Ángel de la Muerte sonrió…

…y el hielo se quebró a los pies de la asesina, quien cayó a las inmisericordes profundidades del río Hudson.

ISLA DEL GOBERNADOR,
8:01 A.M.

Sus piernas se movían, pero ella no podía sentirlas; el entumecimiento provocado por el miedo hacía que su recorrido por la base fuese como una experiencia de desprendimiento del cuerpo. Fue entre arrastrada y cargada por dos guardias a través del patio y por una pequeña puerta en el muro de la fortaleza.

Leigh Nelson contempló el puerto envuelto por la niebla. Su cuerpo temblaba de manera incontrolable. Pensó en su esposo y en sus hijos. Rezó por que se conservaran a salvo de la pandemia.

El guardia a su izquierda colocó la pistola contra la nuca de Leigh…

…y se derrumbó… muerto. Los ojos del otro hombre se desorbitaron de horror y enseguida éste se unió a su colega en la muerte.

Leigh miró alrededor, sintiendo el vértigo de la incredulidad…

...sus piernas cedieron; su mente se desconcertó ante la figura de elevada estatura que vestía una túnica con capucha y en cuyas cuencas revoloteaban tres pares de ojos. A gatas en el piso congelado, alzó la vista horrorizada.

—Por favor... no... me... lastime.

El Ángel de la Muerte habló con una voz rasposa que le resultaba familiar.

—Tengo una regla elemental: nunca me llevo un alma buena después del miércoles.

—¿Shep? —poniendo los ojos en blanco, Leigh Nelson se desvaneció.

En las alturas sobre Manhattan, los tres helicópteros militares llegaron a sus zonas de descarga designada. Suplicando perdón, los pilotos devastados liberaron las bombas...

HOSPITAL DE LA AV,
8:02 A.M.

Los corredores, desprovistos de electricidad, estaban desiertos y a oscuras. El interior era frío otoñal, interrumpido por el coro ocasional de toses y gemidos proveniente de los pabellones que albergaban a los olvidados. Los veteranos de las guerras en el extranjero, a quienes se les mostraba respeto de palabra pero no se les compensaba por su sacrificio, seguían siendo el problema de ayer: una carga para la sociedad, como el tío demente que nunca recibió una invitación para la boda ni tuvo quién lo llorara en su funeral. Lidiar con los soldados que regresaban a casa amputados y enfermos de cáncer era una realidad deprimente para las "masas patrióticas" y una prioridad muy menor para los congresistas, quienes obtenían más "plenitud" al aprobar fondos para una nueva arma de destrucción masiva que limpiando el "batidillo" resultante de sus dos guerras simultáneas.

Por supuesto que aquellos que consagraban la labor de toda una vida a llevar luz a la vida de un veterano herido sabían la verdad de la situación, pero la Guadaña había ahuyentado incluso a estos bastiones de la espiritualidad.

Luego de haber vaciado de personal el hospital, la peste había rondado las salas antisépticas como un lobo hambriento. Desesperada por alimentarse, adquirió una nueva vida cuando uno de los empleados de mantenimiento había olvidado en su huida asegurarse de que las puertas del hospital de veteranos quedaran cerradas al vacío, convidando así a la bestia al banquete.

Heridas abiertas y víctimas inmovilizadas. Carne fresca, dispuesta en filas como salchichas.

Doce horas después, no quedaba nada sino incubadoras de la muerte.

La señal de vida resonaba como una flor que se abriera en una pampa desierta; una batería autónoma suministraba energía a su burbuja aislante. La recién nacida, una niña de cabello rojizo de menos de 24 horas de edad, dormía plácidamente bajo la mirada vigilante de su madre.

Mary Louise Klipot veía fijamente a su hija, ansiosa de abrazarla... de darle el amor y el cariño que a ella misma le había negado su progenitor. Alzó la vista cuando una silueta oscura se reflejó en el plexiglás de la incubadora de la unidad de cuidados neonatales intensivos.

—Aléjate, Ángel de la Muerte. No te vas a robar a mi bebé. La Santa Muerte la protege.

El Ángel de la Muerte azotó el mango de madera de su guadaña contra el piso de mosaico y el golpe como un mazazo abrió una fisura de 20 centímetros que dividió en dos la habitación.

—¿Qué es lo que quieres? ¡No a mi bebé!

—Debes responder por los 10 mil bebés robados hoy por tus acciones. Cosecharás el dolor que sembraste por toda la eternidad, y tu hija será parte de la siega.

—¡No! —se arrojó sobre la incubadora, suplicando misericordia—. ¡Por favor, no empeores mis pecados robando otra vida inocente! Dios, yo sé que estás allá afuera... Perdóname, por favor... Ten piedad del alma de mi hija.

La Parca contempló a la inocente recién nacida.

—Renuncia a la Santa Muerte y le perdonaré la vida a tu hija.

Mary levantó la mirada. Una luz blanca brillante colmó la ciudad afuera de la habitación...

—¡Renuncio a ella!

...El calor intenso derritió el grito en su laringe y licuó la carne sobre sus huesos.

Paolo y Francesca bajaron del hielo con cuidado al llegar al embarcadero de la Isla de la Libertad. Los adolescentes y los niños pasaron corriendo a su lado. Todos se apresuraron a subir por el sendero adoquinado que conducía a la Estatua de la Libertad.

David Kantor abrió de una patada las puertas situadas en la base del monolito e ingresaron al nivel del observatorio del pedestal...

...justo cuando un estallido de calor, blanco y brillante, iluminó el cielo al noreste, como un relámpago en expansión.

ISLA DEL GOBERNADOR,
8:12 A.M.

El presidente Eric Kogelo abrió los ojos. El dolor que atormentaba su cabeza y sus órganos internos seis horas atrás había cesado; la fiebre había desaparecido.

Alargó por un momento su permanencia en la cama, disfrutando la alegría pura simplemente de estar sano otra vez, hasta que una sensación abrumadora de pavor lo obligó a entrar en acción. Se enderezó en la cama, desorientado y aún un poco débil, sorprendido de hallarse solo en la habitación de aislamiento, con la puerta cerrada por dentro.

Una repentina sacudida de miedo helado hizo que el presidente se volcara hacia un costado de la cama.

La figura desgarbada en la túnica andrajosa con capucha estaba de pie en un rincón del cuarto, observándolo desde unas cuencas oculares donde aleteaban cientos de pupilas diminutas. La guadaña del ente, enhiesta, chorreaba sangre desde la curvatura de su cuchilla color verde olivo.

El esqueleto se animó y se acercó al pie del lecho.

—¡Auxilio! ¡Que alguien venga aquí!

Una ráfaga de aire gélido emanó de la boca de la Parca cuando la vetusta calavera habló.

—Aquí no hay nadie que pueda ayudarte. El arca que tu gente construyó para aislar a sus líderes fracasados ha sido horadada. La peste ha cobrado todas las almas que había en esta isla, a excepción de una.

—¡Ay Dios mío! —el presidente jadeó para recuperar el aliento y enseguida recuperó la compostura y encaró desafiante su muerte inminente—. Sólo dime una cosa antes de llevarme contigo... ¿Perecerá la humanidad a causa de nuestra estupidez?

—Eso aún está por verse.

—¿Mi muerte contribuirá a un propósito más elevado?

—No. Pero tu vida aún puede aportar Luz al mundo.

La adrenalina cosquilleó la piel de Kogelo.

—¿Me perdonarás la vida?

—Eres un hombre justo, nacido en un tiempo de codicia y corrupción, a quien la voluntad de las masas ha encomendado la tarea de traer la paz. No has llegado lo suficientemente lejos. Has hecho arreglos con las fuerzas oscuras y en ese proceso has sido manipulado. Para develar la Luz debes poner fin a la guerra. Para poner fin al odio, debes hacer la paz con tus enemigos.

—No es tan fácil. Poner fin a dos guerras… Había cabos sueltos en Irak, lo de Afganistán es complejo, estamos negociando con Pakistán… Hay varios asuntos… Estamos logrando avances. Podría establecer un calendario…

—Si en Irak mueren otras 10 personas inocentes, la undécima será tu esposa.

—¿Qué?

—Si en Afganistán mueren otras 10 personas inocentes, la undécima será tu hija. Éste es *mi* calendario.

Kogelo se derrumbó sobre sus rodillas. Tenía cerrada la garganta.

—Por favor, no lo hagas. Toma mi vida, no me importa. Pero no te lleves a mi esposa ni a mi hija. Te lo ruego.

—Causa y efecto. Tú tienes el poder de la vida y de la muerte. Cosecha lo que siembres.

Impulsado por la desesperación, el presidente se armó de valor.

—Pondré fin a la guerra. Pero hay enemigos alrededor… entidades que prefieren las tinieblas. ¿Cómo traigo la paz cuando todo lo que ellas quieren es la guerra?

—Para quienes buscan lastimar a los demás, el Día del Juicio ha llegado. Ése es mi pacto contigo.

El Ángel de la Muerte extendió su esquelética mano derecha…

…el huesudo apéndice se cubrió instantáneamente de vasos sanguíneos y nervios, tendones y músculos, todo ello sellado bajo una capa de tibia piel caucásica.

Por un breve instante, Eric Kogelo se sintió desfallecer, pero hizo un esfuerzo de voluntad para apretar la mano ofrecida y mirar a la cara a su dueño.

El hombre que le devolvió la mirada tenía unos 30 años, se parecía a Jim Morrison y su largo cabello castaño era del mismo tono que sus ojos. Las "placas de perro" que llevaba al cuello lo identificaban como soldado estadounidense. Kogelo entrecerró los ojos para leer la inscripción: *Sargento Patrick Ryan Shepherd...*

Shep retrocedió, soltando la mano del presidente... y su propia humanidad...

...arrojando su alma al inframundo.

La grandeza no es lo que has logrado, sino aquello que has superado.

ELIYAHU JIAN

¿Vas a mejorar o éste es tu tope?

EARL WEAVER, entrenador del equipo de beisbol
de los Orioles de Baltimore, al árbitro principal

El diario perdido: Guy de Chauliac

El siguiente texto fue tomado de unas memorias inéditas recientemente descubiertas, escritas por el cirujano Guy de Chauliac durante la Gran Peste: 1346-1348

(traducido del original francés)

Entrada del diario: 13 de septiembre de 1348

(escrito en Aviñón, Francia)

El tiempo ha transcurrido. Tantas cosas han acontecido y sin embargo no atino a dar cuenta de todo ello. Tal vez eso sea lo mejor.

Cuando redacté una entrada por última vez, estaba peor que muerto... Un alma desventurada, a la deriva entre accesos de un dolor atroz. En mi delirio le recé a mi Creador para que me llevara con Él.

La Muerte finalmente me visitó una terrible noche de mayo.

Mi aposento resultaba asfixiante; la fiebre se rehusaba a concederme un instante de respiro. Quizá fue una tos incesante cargada de sangre, quizá fue una intervención divina, pero en algún punto abrí los ojos a la noche. En ese momento, la figura encapuchada emergió entre las sombras de mi recámara. Su atuendo andrajoso se confundía con las tinieblas. La luz de la vela parpadeó en su presencia; su brillo anaranjado reveló un cráneo ajado, teñido de marrón por el tiempo, como si el hueso hubiese sido dejado a pudrirse en un estanque. O a juzgar por su hedor avasallante, en una fosa séptica.

La habitación se enfrió de manera notable cuando habló; hablaba un francés retorcido con un acento asiático.

—Otrora fui como tú: un esclavo de la carne, nacido en una época de codicia y corrupción. En mis primeros años fui testigo del baño de sangre incomprensible provocado por la espada de mi propio padre. Muchos fueron los hombres que sufrieron bajo el régimen de mi familia. Pero yo le di la espalda a la violencia tras mi primera batalla como emperador, para seguir el camino místico de la dimensión espiritual... En vez de la guerra, hice la paz, y con ello convertí en aliados a nuestros enemigos jurados, llevando la prosperidad a toda nuestra región. Pero el conocimiento que yo buscaba me eludía. Y en mi hora final me visitó la Muerte y me ofreció lo mismo que ahora te ofrezco a ti: los secretos de la creación... la senda de la inmortalidad. Accede a mis términos por tu libre voluntad y yo prolongaré tus días en este mundo, y el conocimiento de las eras que me abandonó será tuyo, acarreando consigo la dicha por el resto de tus días... y más allá.

Me enderecé en mi lecho de muerte; mi mente libraba una guerra con mi propia cordura.

—Y si acepto tu oferta... ¿qué ocurrirá entonces? ¿Cuál es mi parte en este pacto?

—Cuando llegue el fin natural de tus días y hayas exhalado tu último aliento, me relevarás de mi carga como Segador de Almas. Completa esta tarea espiritual y te serán perdonados tus pecados terrenales y tendrás garantizado un lugar en la plenitud infinita del cielo.

—¿Y cuántos días —pregunté— he de vagar por la Tierra como la Muerte?

—En la dimensión espiritual, el tiempo es inconmensurable, *monsieur*. Pero no temas, porque un alma digna, maculada por sus transgresiones pasadas, ahora mismo aguarda ya su próximo renacimiento. En compañía de su alma gemela te relevará de tu carga futura, así como tú me relevarás de la mía.

Y entonces se marchó ese Ángel de la Muerte y yo me quedé cavilando si su visita había sido real o un desvarío provocado por la fiebre. Pero poco después mejoraron mis síntomas y para el final del verano ya era yo el de antes.

Pero en mi ausencia, cuánto había cambiado el mundo.

Más de la mitad de la población de Europa que existía apenas dos años atrás, había muerto. La peste había arrasado poblaciones enteras. La religión había sido puesta de rodillas por su propia corrupción. El dominio papal se vio forzado a desprenderse de sus aliados reales, quienes a su vez fueron perdiendo gradualmente su fuerza coercitiva sobre las masas, cuando el alimento y la tierra resultaron abundantes ante la repentina desaparición de más de 45 millones de personas.

Yo también he cambiado. Los títulos ya no tienen ningún significado para mí. Ahora sólo deseo servir a la humanidad, compartiendo con los demás el conocimiento que he adquirido sobre la condición humana.

¡Y después esto!

Apenas había comenzado a redactar el manuscrito que habría de convertirse en el "Inventario de Medicina", cuando fui visitado por un singular caballero de extracción asiática. El hecho de que él estuviera enterado de mi encuentro con la muerte palideció ante su tan desusado obsequio: un diario que acumulaba la más grande sabiduría médica de todos los tiempos, escrito por Aristóteles, Platón y Pitágoras, así como por algunos de los eruditos más reconocidos de la historia.

El tesoro de conocimiento que me ofrecía ese monje tibetano de extraña apariencia era tan alucinante como lo eran sus ojos opacos y el precio que pedía:

—Acepta la invitación de nuestra sociedad y el conocimiento será tuyo, para que presidas sobre él en calidad de encargado.

De la oscuridad, la Luz; de la enfermedad y la muerte… un nivel de dicha y realización que nunca habría podido imaginar. Ya no temo a la muerte, sabedor de que la promesa de inmortalidad me aguarda.

Y así paso mis días ayudando a los demás; cada acto de bondad siembra la plenitud eterna…

¡Sí, que venga la Parca!

Guigo

LAMÉRICA

Ataviada de sol
Inquieta en la espera
Muriendo de fiebre

Las cambiantes figuras de un imperio
Estorninos invasores
Vastas notas promisorias de alegría

Caprichosa, voluntariosa y pasiva
Desposada con la duda
Vestida con grandes monumentos bélicos de gloria

Cómo te ha cambiado
Cómo te ha alienado lentamente
Te ha dispuesto simplemente

Suplica clemencia.

Jim Morrison

Epílogo

La ciudad medieval se alzaba sobre campos ondulantes de trigo, como una antigua isla gótica. Las murallas de mil años de antigüedad, cuya argamasa ya se había vuelto tersa, fechaban su fortificación en tiempos de los barones. Estrechas calles empedradas serpenteaban entre hileras de casas con medio entramado de madera. Puentes antiguos cruzaban el río Eure. Las aguas entintadas de sus tres tributarios corrían bajo arcos de piedra.

Chartres. Ubicada 96 kilómetros al suroeste de París, esta comuna francesa era un imán de historia, habiendo presenciado algunos de los días más oscuros de la humanidad.

La Muerte Negra: la Gran Mortandad.

Coronando la colina donde fue erigida la villa estaba Nuestra Señora de Chartres, una de las catedrales más majestuosas de toda Europa. Dos torres imponentes, cuyo diseño era representativo de la arquitectura predominante de los siglos XI a XVI, se elevaban más de 107 metros hacia el cielo, lo que las hacía visibles desde una distancia de varios kilómetros a la redonda. Los arbotantes distinguían la basílica romanesca y la descomunal cripta, cuyos cimientos abarcaban 35 600 metros cuadrados. Tallas góticas adornaban su fachada y vitrales sus portales.

Apenas pasaba de la medianoche y las calles que rodeaban la catedral estaban desiertas. Habían corrido la voz: ni un alma se aventuraba a salir, para no tentar la ira de Dios.

Se acercaron a la iglesia a pie; cada miembro había sido tomado en la villa horas antes. Las entradas eran deliberadamente arduas, a través de un pasaje de tierra apisonada oculto entre un tramo espeso de vegetación contiguo al terreno de la iglesia.

Nueve hombres: cada uno ataviado con un pesado hábito de monje con capucha que ocultaba su rostro.

Nueve hombres: sus nombres nunca eran pronunciados, sus identidades mantenidas ocultas por si acaso uno de sus camaradas fuese aprehendido o torturado...

Nueve Desconocidos.

La sala de guerra subterránea estaba tres pisos abajo de la iglesia. Sus muros tenían dos metros de espesor. La cámara tenía su propio generador de energía y estaba equipado con monitores de vigilancia de 16 canales con visión nocturna, así como con tres estaciones de seguridad computarizadas envolventes. Un miembro de los Nueve ocupaba una consola; los otros siete se hallaban en cómodos sillones acolchonados y de respaldo alto, alrededor de una mesa circular de roble. Ocho hombres transformados por los recientes acontecimientos. En espera de la llegada de su líder.

Pankaj Patel estaba sentado en la séptima silla. El profesor de psicología parecía estar leyendo a alta velocidad un antiguo texto en arameo.

Cediendo a la curiosidad, el Número Cinco, un austriaco de 37 años, genio de la tecnología y emparentado con Nikola Tesla, dejó su puesto de seguridad para hablar con el miembro más reciente de la secta.

—¿Estás leyendo el Zohar?

—De hecho, lo estoy escaneando.

—¿Qué pasó, Siete? ¿Perdiste una apuesta con el Mayor?

—He visto cosas, Cinco. Caminé sobre el agua.

—¿No fue más bien sobre hielo?

—Fue un milagro, simple y llanamente. Ahora soy un hombre cambiado. Rezo. Escaneo. Hasta estoy escribiendo un libro espiritual, cuyas regalías destinaré al nuevo Hospital para Niños de Manhattan.

—Admirable. Dime, Siete, cuando rezas, ¿rezas por el alma de Bertrand DeBorn?

—Vete al carajo, Cinco.

—¡Siete! —el Mayor entró al salón; sus ojos opacos reprendían a Patel—. Recuerda, amigo mío: restricción.

—Mil disculpas, Mayor.

Los Nueve ocuparon sus lugares asignados en torno a la mesa ovalada. El Mayor dio inicio.

—Número Tres, qué amable has sido al venir, sobre todo considerando tus nuevas responsabilidades en el Politburó. ¿Nuestros amigos rusos accederán al nuevo plan de desarme del presidente Kogelo?

—De habérmelo preguntado hace dos días, habría dicho enfáticamente que desde entonces cuatro de los comunistas de línea dura han sufrido infartos fatales.

—Debe ser algo que tiene el agua —bromeó el Número Ocho, un físico chino de unos 65 años—. Dos de nuestros líderes comunistas más radicales murieron también la semana pasada. No se sospecha juego sucio, pero, como le gusta decir al Mayor, las coinciencias no existen.

—¿Quieres hacer algún comentario, Número Siete?

—Tiene que ser Shepherd —afirmó Pankaj—. Miren lo que les pasó a esos neoconservadores en Israel… y a los intransigentes de Hamas. Y no olviden a los dos clérigos radicales que murieron en Irán antes de las elecciones.

—Cada acción tiene una reacción —repuso el Número Seis, un ecologista mexicano de origen zapoteco—. Mientras Shepherd intenta microadministrar el mundo físico, la Santa Muerte se fortalece en las tinieblas del inframundo.

—¿Y eso cómo lo sabes, Número Seis?

—De alguna manera, la contraparte femenina del Ángel de la Muerte logró abrir una fisura que le permite acceder al mundo físico desde el infierno. Hace dos semanas exhumó el cadáver de un sacerdote que falleció en Guadalajara a causa de la gripe porcina y danzando esparció sus restos contaminados en una boda local.

El Mayor reclinó la cabeza en el respaldo de la silla.

—El señor Shepherd debe aprender a restringirse tal como sus predecesores, el emperador Asoka y monseñor de Chauliac. Debemos hallar una manera de comunicarnos con nuestro nuevo Ángel de la Muerte. Número Siete, ¿ha tenido tu esposa alguna comunicación sobrenatural desde que tú y tu familia se mudaron de regreso a Manhattan?

El profesor se veía incómodo.

—Ninguna, Mayor.

—¿Y qué hay de… tu hija?

Agosto rostizaba los cinco distritos de Nueva York al mediodía. El calor se elevaba de las aceras y transformaba el cemento en una piedra para hornear. El río Hudson, cuya superficie parecía inmóvil a simple vista, lanzaba en cascada un tsunami subatómico de partículas de agua, aportando humedad al desfile de cúmulos de nubes que se formaba hacia el oeste.

Abajo, en la ciudad, la multitud se sofocaba de calor a la hora del almuerzo. Hombres de negocios se apresuraban en los lugares con aire acondicionado; vendedores sonrojados buscaban alivio bajo las sombrillas o se valían de ventiladores portátiles.

Luego de 40 días de inspección y 153 de construcción, retiro de los restos y misas públicas, la Gran Manzana tenía pulso una vez más. La población de Manhattan se aproximaba a los 600 mil y el descenso en las rentas auguraba el arribo de nuevos habitantes.

El encargado del cementerio tenía resaca y estaba dormido en su oficina. Las persianas venecianas estaban cerradas arriba de un acondicionador de aire montado en el alféizar de la ventana. El aparato ya había vivido más que su garantía. No había ninguna ceremonia fúnebre programada para este día y el calor del verano alejaba a los visitantes...

...a excepción de dos.

En una cumbre solitaria, bajo el sol inclemente, una madre y su hija estaban de pie en medio de una metrópoli de mausoleos y tumbas antiguas. Contemplaban una lápida pulida. Transcurridos 10 minutos, la niña preguntó:

—¿En verdad es aquí donde Patrick está enterrado, mamá?

Leigh Nelson barajó evasivas en su mente, debatiendo qué fragmentos de la verdad satisfarían la curiosidad de su hija sin provocarle pesadillas.

—Ahora Patrick está con Dios. La lápida sólo marca un sitio donde podemos decirle cuánto lo amamos y lo echamos de menos —el llanto se acumuló en sus ojos—, y lo mucho que apreciamos lo que hizo.

Sonó la bocina del Range Rover estacionado junto a la reja de la entrada oeste.

Leigh le sonrió a Autumn.

—Papá nos extraña. Será mejor que nos vayamos.

—Me quiero quedar.

—Lo sé, pero hoy es martes y papá tiene que volver al trabajo. Regresaremos otro día; tal vez el fin de semana. ¿De acuerdo, muñequita?

—De acuerdo.

Tomadas de la mano, emprendieron el regreso por el sendero de pizarra rota, bajando la empinada ladera. A medio camino, Leigh vio a la niña hindú de 11 años, sentada a la sombra de una tumba de concreto. *Esperando pacientemente por una audiencia privada.* Leigh ondeó una mano para saludarla.

Dawn Patel le devolvió el gesto. Después subió apresuradamente la colina, guiándose a través de las tumbas por la lápida adornada con la escultura de una criatura angelical.

Colocó la primera de las dos rosas blancas en la tumba más antigua y leyó la inscripción en silencio, para sus adentros.

PATRICIA ANN SEGAL
20 DE AGOSTO DE 1977-11 DE SEPTIEMBRE DE 2001
AMADA MADRE Y ALMA GEMELA

DONNA MICHELE SHEPHERD
21 DE OCTUBRE DE 1998-11 DE SEPTIEMBRE DE 2001
AMADA HIJA

La lápida adyacente era nueva, erigida por los 36 sobrevivientes que habían sido descubiertos, libres de la peste, en el Museo de la Estatua de la Libertad, dos días después de los horrores de la Mortandad de Diciembre.

Las inscripciones de los dos adultos tenían un parecido inquietante:

PATRICK RYAN SHEPHERD
2O DE AGOSTO DE 1977-21 DE DICIEMBRE DE 2012
AMADA ALMA GEMELA-BENDITO AMIGO

La niña puso la segunda rosa en la tumba. El ataúd sepultado contenía el brazo protésico de su difunto propietario. Dawn retrocedió y se sentó en el borde de una piedra cercana, cuya superficie calentada era apenas tolerable a través de sus pantalones cortos de mezclilla.

Luego de algunos minutos, sintió la presencia femenina de su ángel guardián a su izquierda y el frío de la presencia masculina, más oscura, a su derecha.

—Ustedes dos nacieron el mismo día. Eso me parece tan romántico...

Dawn sintió un cosquilleo en el cuero cabelludo cuando el ente sobrenatural femenino jugueteó con su cabello.

El Ángel de la Muerte permanecía oscurecido parcialmente a la sombra de un roble.

—La escuela comenzará pronto. Dicen que vamos a combinar grados hasta que más gente se mude de regreso a la ciudad.

Se oyó un trueno a la distancia. Al oeste, el cielo adoptó una extraña apariencia: el techo de nubes flotaba a baja altura y ondulaba como un mar de 12 metros. El horizonte distante lucía un tono verde limón.

—Ah, sí, ¿recuerdan a la bebé milagrosa, la recién nacida que fue hallada con vida en una sala neonatal del hospital de veteranos? Por fin fue adoptada, pero nadie ha dicho quiénes son sus padres. Se cree que la madre fue quien desencadenó la Guadaña. Dios mío, ¿se imaginan tener que crecer con algo así colgando sobre la cabeza?

Las hojas superiores del roble volaron hacia el cielo. Claro indicio de una tormenta eléctrica inminente para la tarde.

—En fin, quise venir a desearles feliz cumpleaños por anticipado. Probablemente debería irme. Mi madre cree que fui al restaurante de los Minos por una rebanada de pizza. Bautizaron a su hijo en tu honor, ¿sabes? Patrick Lennon Minos. A mí me pareció genial.

El cambio atmosférico fue repentino y eléctrico; la carga estática procedía de atrás de la niña. Antes de que pudiese voltear hacia el origen de la perturbación, el espíritu femenino la arrojó de lado de su asiento junto a la tumba...

...una fracción de segundo antes de que la cuchilla de la guadaña que se estaba materializando asestara un tajo a la superficie de concreto recién desocupada.

Recuperando el sentido, Dawn vio horrorizada cómo la bruja se abalanzaba contra ella desde el mausoleo con reja de hierro. La Parca tenía una peluca negra, ondulada, y un vestido de satén del mismo tono. La fuerza del infierno intentó sujetarla con sus 10 dedos sin carne...

...pero fue interceptada por su contraparte masculina.

El choque en pleno vuelo entre los dos guardianes de la muerte generó un relámpago violeta que se disparó al cielo desde el suelo, partiendo en dos al roble centenario...

...¡la carga sobrenatural inhaló a las dos figuras hacia otra dimensión!

La compañera espiritual de Dawn empujó y aguijoneó a la niña para que bajara a prisa por la ladera oriental; su madre sobrenatural se negó a permitirle descansar hasta que llegó a Broadway.

Y luego, ella también desapareció.

La niña recobró la compostura. Sudaba profusamente en el calor de agosto. En el cielo, la formación ondulante de nubes verde olivo se había dispersado.

Por primera vez en su vida, Dawn Patel se sintió sola.

La conciencia que fue Patrick Shepherd despierta.

Está arrodillado en una cumbre plana y rocosa, envuelto en tinieblas. Relámpagos púrpuras iluminan el valle más abajo, ofreciendo breves vistazos de la *Gehena*. Una chispa enciende un arbusto en una llama anaranjada incandescente. El fuego expele humo sulfuroso, pero no arde.

La mujer sale de las sombras a la luz... revelando su figura desnuda.

Su piel está compuesta de queratina, la sustancia de las uñas, tan pálida como un reflejo de luz de luna. Su larga cabellera es tan negra como el abismo. Su cuerpo desnudo es la definición de la sensualidad. El aroma almizclado, crudo, de sus feromonas detona un paroxismo involuntario en el interior del ser de su contraparte masculina.

Su voz es profunda y tranquilizante.

—Hoy es el nueve de AV, es tiempo de ajustar cuentas. Revélate ante mí.

En cuestión de segundos, el esqueleto de la Parca masculina se cubre de vasos sanguíneos, nervios, músculos y tendones, envueltos con la epidermis carnosa de Patrick Shepherd.

—¿Quién eres? ¿Por qué me has convocado a este lugar?

Ella se acerca lentamente; cada paso mesurado acelera el pulso de Shep.

—Yo soy la tempestad que despertó a Adán, el espíritu encarnado en el Árbol del Conocimiento. Yo soy la risa del recién nacido que ronda su sueño... el deseo que provoca que los varones adolescentes se masturben. Y cuando el semen se derrama, llega hasta mis entrañas para procrear mis demonios. Yo soy la oscuridad personificada, un hoyo negro de la existencia donde la Luz Superior no puede morar nunca...

"...Yo soy Lilith, y tú, Noé, eres mi alma gemela."

La historia continúa en…

ÁNGEL DE LA MUERTE:

Purgatorio

Para contactar a Steve Alten:
www.SteveAlten.com

Para conocer más de la antigua sabiduría
de la Cábala:
www.uKabbalah.com

Consideraciones finales

NICK NUNZIATA

El Ángel de la Muerte, más que un libro, fue una peregrinación. Como la mayoría de las peregrinaciones, ha tenido sus altas y sus bajas, sus adversidades y sus tribulaciones, y el punto de llegada se volvió menos importante que el viaje mismo. El proceso ha dejado sin duda una marca indeleble en la forma en que Steve y yo abordamos ahora nuestro material. Me parece que llevamos con nosotros este asunto como a un pasajero malicioso a quien hubiésemos dado un aventón; nos dejó una cinta a cada uno de nosotros, tanto en su trama como en su aparente deseo de llegar al mundo a cualquier costo. *El Infierno* de Dante es muy profundo, oscuro y atemporal por sí mismo, pero si se le engarza con peligros reales del mundo que tienen un claro matiz moderno, adquiere un sentido mucho más profundo. Muchas de las cosas que están ocurriendo en nuestras propias vidas y en el mundo real que nos rodea afectaron la evolución de la historia, llevándonos por virajes y senderos inesperados, en su camino hasta ser el libro que ahora está en sus manos. Es como si ciertos puntos de la trama nos aguardaran en las sombras, percolándose en Steve y en mí disimuladamente. En la noche. Con la guadaña lista. Simplemente se negaba a morir.

La semilla de la serie fue plantada en 2005, cuando la película de *MEG* (aún no realizada) acababa de ser ofrecida en opción por segunda vez. Steve y yo ardíamos en deseos de colaborar en algo nuevo y diferente. Durante largas conversaciones que se prolongaban hasta la noche, compartimos muchas grandes ideas que parecían ameritar un guión cinematográfico o un libro. Las sugerencias volaban en rápido tropel; a la larga, algunas fueron trasladadas al papel. La idea para *El Ángel de la Muerte* comenzó de manera inocua, pero muy pronto evolucionó de un libreto de horror genérico a algo mucho más denso y perturbador.

En pos de la historia, nos reunimos en Nueva York. Caminamos por Manhattan como Shep. Pusimos atención a los recovecos y a los rincones. Nos adentramos en lo profundo de la ciudad, bajo la superficie, y vimos sitios que parecían salidos... bueno, de un libro. Al paso del tiempo resultó evidente que *El Ángel de la Muerte* era una historia demasiado profunda para hacer su debut como el guión de una película.

Como un hombre poseído, Steve se zambulló en la novela. Llegó a sitios que ustedes no han visto en sus otros libros, aunque en varios sentidos éste es el alma gemela de algunas de sus mejores obras. El libro creció y evolucionó, desafiándonos en el proceso a descifrarlo y a resolver sus acertijos. Finalmente, después de mucho tiempo, muchas discusiones y muchas ediciones, fue dado por terminado. Dicho lo anterior, yo me pregunto si no habrá un parásito en la cabeza de Steve que le grita pequeños detalles que puede afinar o añadir hasta el día de hoy. Y si creen que este libro es épico, lleno de momentos desgarradores y viscerales, espérense nada más. Muchas de las grandes ideas y de la mitología profunda que nutren esta historia tienen que esperar hasta los volúmenes dos y tres. Qué afortunado es para nosotros que *La Divina Comedia* no tenga una trama sencilla.

Una vez completado el *Fin de los Días*, me parece que estamos en posición de ahondar más en el mundo de Dante y en la materia de que están hechas las pesadillas, llevando al mismo tiempo esa luz dorada en nuestro trayecto. Espero que ustedes estén de acuerdo, porque en cuanto a los libros de Steve, éste es un paso en una nueva y más épica dirección, y si lo conocen sabrán que una vez que pone la mira en algo ya no hay marcha atrás. En parte por su tenacidad y en parte por sus lectores leales y verdaderamente especiales. Espero poder con mi carga en esto y hacer mi parte para mantenerlos despiertos por las noches, cuando no deberían tentar a las Parcas.

El Ángel de la Muerte no fue una historia fácil de contar, ni tampoco fue el libro más fácil de vender, en una época en que las editoriales prefieren novelas más simples y fáciles de colocar en el mercado. De cualquier modo, como ávido lector de libros, siempre consideraré *El Fin de los Días* como una novela cautivante para un público mayoritario. Ciertamente me habla del mismo modo que la asombrosa *Carrion Comfort* de Dan Simmons y, por supuesto, *The Stand* de Stephen King. Esos grandes libros de los años setenta y ochenta lograron evitar el quedar atrapados en un modelo de negocios. Eran historias que te arrancaban el corazón, que hacían preguntas difíciles y llevaban a sus lectores a lugares familiares y extraños a la vez, con tramas y personajes siniestros, llenos de los pensamientos más oscuros que era posible soportar. Eran también aterradoramente relevantes, con una relevancia que ha adquirido un nuevo sentido con el paso del tiempo. A su manera, esos libros eran entidades vivientes, con cuyos horrores la mayoría de la gente se podía relacionar, tanto reales como sobrenaturales. Quiero pensar que *El Ángel de la Muerte* encaja en ese mismo molde.

Me encantan las películas, pero no hay nada como un buen libro. Espero que éste les haya parecido digno de permanecer en su colección, para gastar sus páginas y recomendarlo a otros. Porque *Él* los está viendo, ¿saben? Con la guadaña lista. Y esos ojos que refulgen en la noche.

25 de marzo de 2010